WOLFGANG HOHLBEIN

Die Herren der Schwarzen Festung

Drei CHARITY-Romane in einem Band

BASTEI LÜBBE

BASTEI LÜBBE TASCHENBUCH
Band 23 262

1. Auflage: Juni 2003

Vollständige Taschenbuchausgabe

Bastei Lübbe Taschenbücher
ist ein Imprint der
Verlagsgruppe Lübbe

Titelillustration: Stephen Youll
Umschlaggestaltung: QuadroGrafik, Bensberg
Satz: Fanslau, Communication/EDV, Düsseldorf
Druck und Verarbeitung: Maury Imprimeur
Printed in France
ISBN 3-404-23262-3

Inhalt

Prolog

Das Geschöpf ähnelte einer über zwei Meter großen aufrecht gehenden Ameise. Aber es war keine Ameise. Es glich ihnen allerhöchstens in dem Maße, in dem einem Außerirdischen ein Mensch und ein Angehöriger einer x-beliebigen Primatenklasse gleich vorgekommen wären: Es hatte einen in der Mitte unterteilten Körper mit einem Exoskelett aus stahlhartem Chinin, einen flachen dreieckigen Schädel mit einem winzigen Insektenmaul, bewehrt mit fingerlangen Mandibeln und sechs Glieder. Aber seine Extremitäten waren schlanker als die einer irdischen Ameise, die beiden oberen Beinpaare endeten in kräftigen, trotzdem aber sehr geschickten vierfingrigen Händen, die mit der gleichen Mühelosigkeit, mit der sie einen komplizierten chirurgischen Eingriff vornahmen, auch Panzerplatten zerreißen konnten, und in den kinderfaustgroßen rubinrot schimmernden Facettenaugen glomm eine beunruhigende Intelligenz.

Das Geschöpf hatte einen Namen, aber der war ebenso bedeutungslos wie für menschliche Zungen unaussprechlich. Es hatte ihn bekommen, um sich bei Kontakten mit den Ureinwohnern dieser Welt von seinen Brüdern unterscheiden zu können, denn die schwachen, verwundbaren Geschöpfe, die diesen Planeten bevölkerten, waren Wesen, die Wert auf so überflüssige Dinge wie Namen, Individualität und Gewohnheiten legten. Es würde diesen Namen wieder ablegen und im gleichen Moment vergessen, in dem es diese Welt verließ.

Es wusste jetzt, dass dies bald geschehen musste. Die Vorzeichen waren deutlich gewesen. Aber was sie alle überrascht hatte, das war die Schnelligkeit, mit der es geschah. Nie war ein Sprung so früh erfolgt und niemals so rasch. Einen Moment lang dachte es darüber nach, ob es ihnen wohl gelingen würde, alle Besatzungstruppen von dieser Welt zu evakuieren, verschwendete aber nicht sehr viel Energie auf diese Frage. Solche Überlegungen waren müßig und daher uneffektiv. Der große Transmitter am Nordpol war seit mehr als einem Planetentag von Empfang auf Senden geschaltet, und ein ununterbrochener Strom von Arbeitern, Kriegern und Material verließ diese Welt, um auf anderen Planeten andere Aufgaben zu übernehmen. Es würde bis zum letzten Moment arbeiten, aber wahrscheinlich würde die Zeit nicht ausreichen. Nicht einmal, um einen nennenswerten Prozentsatz der Besatzungstruppen in Sicherheit zu bringen.

Der Inspektor verspürte ein leichtes Bedauern bei dem Gedanken an die bevorstehende Vernichtung dieser Welt. Aber es war ein Bedauern, das einzig der ungeheuren Verschwendung von Material und Kriegern galt, nicht dem sinnlosen Tod der Milliarden und Abermilliarden Geschöpfe, die diesen Planeten bevölkerten.

Auf dem Instrumentenpult vor dem Inspektor begann eine gelbe Lampe zu blinken. Die rechte untere Hand des Insektengeschöpfes berührte eine Taste, und in dem für menschliche Augen völlig unverständlichen Durcheinander von Geräten und Instrumenten begannen grüne Leuchtbuchstaben in der kryptischen Schrift der Moroni über einen Monitor zu flimmern. Der Inspektor verfolgte die Computerauswertung der letzten Geschehnisse mit der hundertprozentigen Aufmerksamkeit, mit der er jede ihm übertragene Arbeit erfüllte, und korrigierte seine Schätzung, was die Gnadenfrist dieses Planeten anging, wieder einmal nach unten. Wäre er dazu in der Lage gewesen, hätte er Überraschung oder Entsetzen empfunden. Was auf dieser Welt geschah, war eine neue Erfahrung; nicht nur für ihn, sondern für sein ganzes Volk. Er hatte von Sprüngen gehört, die sich innerhalb weniger Jahre vollzogen – aber niemals von solchen, die nur Wochen brauchten. Möglicherweise aber auch nur Tage. Die Geschwindigkeit, mit der die Seuche um sich griff, wuchs immer schneller.

Er berührte eine zweite Taste, und die Ergebnisse seiner Computerauswertung wurden an den Hauptrechner der Schwarzen Festung am Nordpol übertragen.

Zeit verging, ohne dass der Inspektor ihr Verstreichen wirklich registrierte. Obwohl aus Fleisch und Knochen und Blut erschaffen und mit einem denkenden Gehirn, das ein für menschliche Begriffe völlig unverständliches und fremdes Bewusstsein hatte, war er doch zugleich wenig mehr als eine Maschine; ein lebender Chip in einem gigantischen lebenden Computersystem, das die Hälfte der Galaxis umspannte und in seiner Gesamtheit hundertmal mächtiger war als die Summe seiner Einzelteile.

Nach einer Weile begann das gelbe Licht auf dem Pult vor ihm abermals zu flackern. Er berührte eine Taste auf seinem Pult, und wieder leuchtete vor ihm ein Monitor auf. Diesmal zeigte er keine Buchstaben- und Ziffernkombinationen, sondern das verschlungene Symbol der Schwarzen Festung.

Der Inspektor senkte den Blick. Nicht aus Furcht oder Respekt, denn beide Begriffe gehörten nicht zu seinem Vokabular, ja, es gab in seiner Sprache nicht einmal einen Ausdruck dafür, sondern einem instinktiven Reflex folgend, wie er vor Urzeiten in die Erbsubstanz seines Volkes eingepflanzt worden war. Niemand durfte die Herren der

Schwarzen Festung sehen. Ihr Anblick war tödlich für sein Volk.

»Herr?«, sagte er.

Die Antwort, die aus dem Lautsprecher drang, klang kalt und metallisch, wie die Stimme einer Maschine, die sie auch war – die Stimme der Herren war so tödlich wie ihr Anblick. Es gab keine Begrüßung, keine Höflichkeitsfloskeln. Solcherlei Dinge waren Zeitverschwendung, und auch das war ein Wort, das es in der Sprache Morons nicht gab. »Überprüfe noch einmal die Ergebnisse der letzten Hochrechnung.«

Nun empfand der Inspektor doch ein leises Gefühl von Verwunderung. Seit er in diesem Datenkomplex arbeitete, war so etwas noch nicht vorgekommen. Und es war auch nicht nötig. Die Computer begingen keine Fehler. Sie sammelten Daten, werteten sie aus, und ihre Ergebnisse waren richtig. Immer. Trotzdem gehorchte er, ohne zu zögern. Seine chitingepanzerten Finger huschten mit der Geschicklichkeit eines Pianisten über vier Computertastaturen gleichzeitig. Auch diesmal vergingen nur wenige Augenblicke, bis das Ergebnis auf einem der Monitore vor ihm erschien, und doch wurden in dieser Zeit Hunderte von Datenbänken abgerufen, Trillionen von Informationen aufgelistet und miteinander verknüpft, Milliarden von Möglichkeiten durchgerechnet und Wahrscheinlichkeiten aufgestellt, mögliche Fehlerquellen erkannt und durch Extrapolationsverfahren eliminiert, die älter waren als dieser Planet und sich milliardenfach bewährt hatten. Das Ergebnis war bis auf die siebzehnte Stelle hinter dem Komma das gleiche wie bei seiner ersten Übertragung. Der Inspektor war weder überrascht noch befriedigt. Er hatte nichts anderes erwartet.

Aber – täuschte er sich? – für einen Moment glaubte er, so etwas wie Beunruhigung in der Computerstimme zu hören, die aus der Schwarzen Festung am Nordpol zu ihm drang. »Das Evakuierungsprogramm wurde soeben geändert. Die verbliebene Frist ist kürzer als bisher angenommen. Der Abtransport von Arbeitern zweiter und dritter Klasse sowie nicht geschlechtsreifer Königinnen wird gestoppt. Der Abtransport von Kriegern mit leichter und mittelschwerer Bewaffnung hat absoluten Vorrang. Du selbst wirst das Kommando über deinen Bezirk an deinen Stellvertreter übertragen und mit deinen Kriegern einen Angriff auf das mutierte Nest auf dem nördlichen Kontinent übernehmen.«

Die beiden linken Hände des Inspektors huschten bereits wieder über das Schaltpult, um die Befehle der Herren auszuführen und das Evakuierungsprogramm zu ändern, aber plötzlich erstarrte er mitten in der Bewegung und tat, was noch vor Sekunden für ihn selbst schier unvorstellbar gewesen wäre und was ihn selbst vielleicht am meisten überraschte: Er widersprach dem Befehl, der aus dem Lautsprecher drang.

»Einen Angriff auf das Nest?«, wiederholte er ungläubig. »Das ist unmöglich! Die Gefahr wä . . .«

»Die Gefahr ist uns bekannt«, unterbrach ihn die Computerstimme. »Ein Totalverlust deiner Einheit wurde einkalkuliert. Es ist von allergrößter Wichtigkeit, die mutierte Königin dieses Nestes in unsere Gewalt zu bringen. Und wir brauchen sie unverletzt.«

Der Inspektor widersprach nicht mehr. Aber er spürte plötzlich etwas, das vielleicht vor ihm noch kein anderes Mitglied seines Volkes empfunden hatte, ein Gefühl, das ihn zutiefst verwirrte, denn er konnte es nicht einordnen, und es führte zu Reaktionen in seinem Körper und seinem Denken, die ihm völlig fremd und unverständlich waren.

Und doch war es das Gefühl, auf dem letztendlich die Macht dieses gewaltigen Sternenreiches beruhte: Angst.

Erstes Buch

Die schwarze Festung

1

Die beiden letzten Stunden waren die Hölle gewesen. Sie hatte längst aufgehört zu zählen, wie oft sie angegriffen worden waren und wie oft sie das Feuer erwidert hatten oder auch geflohen waren. Es war die Hölle, und vielleicht würde es in alle Ewigkeit so weitergehen, Stunde um Stunde, Tag um Tag, Jahr um Jahr – für immer. Keiner von ihnen war noch unverletzt. Charity selbst war zwei- oder dreimal getroffen worden, und der letzte Schuss hatte den Körperschild ihres Anzuges bis an die Grenzen belastet; sie spürte die Hitze noch immer, die wie eine feurige Lohe in ihrer rechten Schulter explodiert war und sie zu Boden geschleudert hatte. Und dabei hatten sie trotz allem noch unbeschreibliches Glück gehabt. Wären die Moroni, die diese Station bevölkerten, nicht so unbeschreiblich unfähig gewesen, ein Scheunentor fünf Meter vor ihnen zu treffen, dann wären sie jetzt schon alle tot.

Wieder einmal.

Sie hätte diesen Gedanken nicht zu Ende denken sollen. Sie spürte, wie die mühsam unterdrückte Hysterie, gegen die sie seit zwei Stunden ankämpfte, erneut aufzuflackern drohte. Ihre Hände begannen zu zittern, und für einen Moment war es kein verrückter Gedanke mehr, sie war vollkommen davon *überzeugt,* dass sie wirklich in der Hölle waren.

Vielleicht war es diesmal nicht mehr ihre eigene Willenskraft, sondern die Hand, die sie an der Schulter berührte, die sie noch einmal in die Wirklichkeit zurückriss und ihre Selbstbeherrschung wiederfinden ließ. Oder zumindest die Kraft, so etwas wie Selbstbeherrschung zu *spielen*.

Sie hob den Kopf und blickte in ein Paar Augen, in denen die gleiche Angst und der gleiche Funke von Wahnsinn loderte, gegen die auch sie kämpfte. Die Erkenntnis überraschte sie, obwohl sie es eigentlich nicht hätte tun dürfen – schließlich war auch Skudder nur ein Mensch. Man konnte auch von einem berufsmäßigen Helden schwerlich erwarten, dass er seinem eigenen Leichnam gegenüberstand und dann einfach zur Tagesordnung überging, als wäre nichts geschehen.

»Ja?«, sagte sie mit einiger Verspätung.

»Ich glaube, wir sind sie los«, antwortete Skudder. »Wenigstens den Moment.«

Sie empfand nicht einmal wirkliche Erleichterung. Ihnen allen war klar, dass sie allerhöchstens eine Atempause hatten. Und sie würde wahrscheinlich kürzer sein als sie glaubten. Die Moroni mussten irgendwie das physikalische Gesetz außer Kraft gesetzt haben, nach dem in einen Raum nicht mehr hineinging, als seine Größe gestattete. Wenn sie sich richtig erinnerte, dann hatte diese Station einen Durchmesser von einhundertfünfzig Metern – wie zum Teufel hatten es die Moroni geschafft, mindestens eine halbe Million ihrer *Ameisen*krieger unterzubringen?

Skudder wartete einen Moment lang vergeblich auf irgendeine Reaktion, dann ließ er sich neben ihr zu Boden sinken, bettete den Kopf an die nackte Metallwand und schloss mit einem erschöpften Seufzer die Augen. Er sah müde aus, müde und so erschüttert und verängstigt, wie sie ihn niemals zuvor im Leben gesehen hatte. Natürlich wusste sie im Grunde sehr wohl, wie naiv dieser Gedanke war – aber bisher hatte sie sich einfach eingeredet, dass Skudder nicht einmal wusste, was das Wort Angst überhaupt bedeutete. Jetzt hatte er sie kennen gelernt. Er und sie alle. Und es war eine Art von Furcht, von der sie bisher nicht einmal gewusst hatten, dass es sie gab.

Charity löste ihren Blick von Skudders bleichem, schweißüberströmten Gesicht und betrachtete nacheinander die anderen. Stone hockte mit an die Brust gezogenen Knien in einer Ecke der kleinen Kammer und starrte aus weit aufgerissenen Augen ins Leere, eine Jammergestalt, bei deren Anblick Charity nicht einmal mehr Verachtung zu empfinden vermochte. Sie fragte sich, wieso sie jemals Angst vor diesem Mann gehabt hatte. Dann begriff sie, wie ungerecht dieser Gedanke war. Vermutlich bot auch sie selbst keinen besseren Anblick als Stone, Skudder und auch Gurk. Verdammt, sie alle hatten ihren eigenen *Tod* erlebt. Was erwartete sie?

Sie hörte ein Geräusch, fuhr erschrocken zusammen und herum – und entspannte sich wieder, als sie sah, dass es nur Gurk gewesen war, der sich auf den Boden hatte fallen lassen und das zerknitterte Gesicht in den Händen verbarg. Seine Augen waren so blicklos und starr wie Stones und ihre eigenen, aber Charity wurde das Gefühl nicht los, dass der Schrecken darin einen anderen Grund hatte als bei ihr und den anderen. Gurk hatte während der vergangenen beiden Stunden kaum ein Wort geredet; und wer den Zwerg auch nur flüchtig kannte, der wusste, was das bedeutete. Skudder hatte einmal scherzhaft behauptet, dass die sicherste Methode, die Moroni von der Erde zu vertreiben, wahrscheinlich die wäre, Abn El Gurk Ben Amar Ibn Lot Fuddel den Vierten nebst zwei- oder dreitausend seiner Brüder auf sie loszulassen, damit die Gnome sie binnen weniger Tage zu Tode redeten.

Aber das war lange her. Vieles von dem, was sie damals noch über Gurk geglaubt hatten, hatte sich als falsch erwiesen. Der Außerirdische mit dem zu groß geratenen Kopf und dem Gesicht eines griesgrämigen alten Mannes war alles andere als der Clown, den er so gern spielte.

Er hatte Charity eine Menge über sich und sein Volk erzählt. Aber nicht alles. Längst nicht alles.

»Glaubst du nicht, dass du uns allmählich ein paar Erklärungen schuldig bist, Gurk?«, fragte sie.

Im ersten Moment schien Gurk gar nicht auf ihre Worte reagieren zu wollen. Er starrte weiter mit leerem Blick an ihr vorbei, aber dann sah er doch auf, straffte die Schultern und versuchte vergeblich, eine seiner Grimassen zu ziehen. »Ich wüsste nicht, warum.«

»Was war mit diesem Transmitter los?«, fragte Charity. »Was um alles in der Welt hat Leßter getan?«

»Ich werde ihn fragen, wenn ich ihn treffe«, knurrte Gurk. In ärgerlichem Tonfall fügte er hinzu: »Woher zum Teufel soll ich das wissen?«

»Du warst nicht besonders überrascht«, sagte Charity.

Gurk zog wieder eine Grimasse zur Antwort. Auch in seinen Augen hatte sich eine tief sitzende Furcht eingenistet, aber wieder hatte Charity das Gefühl, dass seine Angst einen anderen Grund hatte, als sie auch nur ahnte.

»Bitte, Gurk«, sagte sie müde. »Hör auf. Ich bin es einfach leid, Verstecken mit dir zu spielen. Du weißt mehr über die Transmitter, als du zugibst.«

Natürlich hatte sie damit gerechnet, dass Gurk das rundheraus abstreiten würde. Erstaunlicherweise aber blickte er sie nun an und lächelte plötzlich bitter. »Da hast du sogar Recht«, sagte er. »Aber glaub es oder glaub es nicht – was vorher passiert ist, das hat mich genauso überrascht wie euch. Ich habe eine Theorie, das ist alles.«

»Und die wäre?«

»Sie ist so gut oder so schlecht wie jede andere Erklärung, die du dir aus den Fingern saugen kannst«, antwortete Gurk. »Aber bitte – du weißt, wie diese Transportmaschinen funktionieren?«

»Sicher«, antwortete Charity und schüttelte den Kopf.

Gurk lächelte müde. »Ich weiß es auch nicht«, sagte er. »Ich meine – ich kenne das Funktionsprinzip, aber die Technik, die es möglich macht, ist mir genauso rätselhaft wie dir.«

»Ich habe keine Konstruktionszeichnung von dir verlangt«, erinnerte ihn Charity mit sanftem Spott.

»Im Grunde funktionieren die Dinge wie Radio- oder Fernsehsender«, erklärte Gurk. »Nur ein bisschen komplizierter.«

Charity blickte zweifelnd. »Ein Radiosender überträgt Töne«, sagte sie.

»Falsch«, antwortete Gurk. »Informationen, Kleines. Und mehr tun die Transmitter auch nicht. Eure Sender zerlegen das, was man hineingibt, in übertragbare Informationen und wandeln es im Empfänger wieder um. Genauso funktioniert ein Transmitter. Sie tasten jedes einzelne Atom eines Körpers ab, verschlüsseln die Informationen und schicken sie zum Empfänger. Dort wird er neu geschaffen – nach dem Muster, das empfangen wurde.«

Charity war nicht sicher, ob sie begriff, was er sagte. »Du meinst, er ... überträgt nicht wirklich Materie?«

Gurk schüttelte heftig den Kopf. »Das ist nicht möglich«, sagte er. »Die Dinge sind nicht wirklich Materiesender. Sie vernichten und schaffen neu.« Er kicherte, als er Charitys verblüfften Gesichtsausdruck bemerkte. »Ja, ja, es ist schon so – im Grunde stirbst du, wenn du einen Transmitter betrittst. Die meisten glauben, dass er das, was man hineinschickt, in seine Bestandteile zerlegt und irgendwie wieder zusammensetzt. Aber das ist Unsinn. Er vernichtet und schafft neu. Und jetzt frage mich bitte nicht, wie das funktioniert. Ich weiß es nämlich nicht.«

Charity sah ihn weiter verwirrt an – und dann begriff sie den Fehler in dieser Theorie. »Das kann nicht sein«, sagte sie.

»Ach?«, entgegnete Gurk höhnisch. »Und wieso nicht?«

»Vielleicht klappt das bei einem Stein – oder einem Buch oder meinetwegen sogar bei einer Pflanze. Aber du und ich, Gurk, wir bestehen nicht nur aus Materie.« Sie tippte sich mit den Fingerspitzen an die Schläfe. »Da ist noch etwas.«

»Auch deine Erinnerungen sind nur Materie«, antwortete Gurk. »Chemie. Ziemlich kompliziert, zugegeben, aber trotzdem nur Chemie.«

»Und der Rest?«, fragte Charity. »Das Bewusstsein? Die ... Seele?«

Gurk schwieg einen Moment. »Siehst du«, sagte er dann, »damit triffst du den Nagel genau auf den Kopf. Über diesen Punkt zermartere ich mir das Gehirn, seit ich weiß, wie diese Dinger funktionieren. Wahrscheinlich wird sie irgendwie mit übertragen.«

»Sicherlich«, antwortete Charity spöttisch.

Gurk blieb ernst. »Irgendwie muss es funktionieren«, sagte er. »Sonst wären wir nicht hier. Oder gleich zwei- oder dreimal.«

Charity dachte an das unheimliche Auftauchen ihrer Doppelgängerin, das sie mit eigenen Augen beobachtet hatte. Sie wusste sehr gut, dass Gurk und sie im Grunde nichts anderes taten, als wild herumzuraten. Und doch waren sie auf dem richtigen Weg. Was Gurk über die Funktionsweise des Transmitters behauptet hatte, war die einzige Erklärung, die einen Sinn ergab. Was immer Leßter getan hatte, er hatte den Transmitter irgendwie dazu gebracht, die empfangenen Informationen nicht zu löschen, sondern sie immer wieder und wieder zu verarbeiten – und damit immer neue, identische Kopien der Körper erschaffen, die auf der anderen Seite in den Empfänger getreten waren.

Aber es waren nur *Körper* gewesen, nicht mehr. Sie hatte sich selbst aus dem Transmitter taumeln sehen, eine leblose Hülle, der jeder Funke des Lebens fehlte, und sie hatte gesehen, wie dasselbe mit Gurk und Skudder und Stone geschah, solange die zuerst erschaffene Kopie noch am Leben war. Offensichtlich ließ sich das, was den Unterschied zwischen belebter und unbelebter Materie ausmachte, nicht kopieren. Der Gedanke hatte etwas Beruhigendes.

Hinter ihr erklangen Schritte, und als sie sich herumdrehte, erblickte sie French, der in seinem Ameisenkostüm aus Gummi gebückt durch die Tür geschlurft kam. Der Anblick hatte nichts von seiner unheimlichen Wirkung verloren, obwohl Frenchs Aufzug im Grunde lächerlich war. Er trug eine schwarze einteilige Kombination, die verdächtige Ähnlichkeit mit einem umfunktionierten Taucheranzug hatte. An beiden Hüften waren Schläuche aus dem gleichen Material befestigt, die lose an seinem Körper herabpendelten und in leeren Handschuhen endeten, und statt eines Taucherhelmes hatte er etwas auf dem Kopf, das wie der völlig misslungene Versuch aussah, den Schädel einer Moroni-*Ameise* nachzubauen. Ganz offensichtlich hatte er versucht, mit diesem Anzug das Aussehen eines Moroni-Soldaten nachzuahmen. Er sah nicht einmal aus wie eine schlechte Imitation.

Was allerdings nichts daran änderte, dass die *Ameisen* darauf hereinfielen.

Mehr als einmal in den vergangenen beiden Stunden war es French gewesen, dessen bloße Anwesenheit ihnen das Leben rettete. Warum auch immer – ganz offensichtlich hielten die Moroni ihn für einen der ihren, und ein paar Mal hatte dieser Irrtum Charity und den anderen die winzige Zeitspanne verschafft, die sie brauchten, um als erste das Feuer zu eröffnen oder die Flucht zu ergreifen. Sie verstand den wahren Grund einfach nicht. Frenchs Anzug war dunkel, hatte sechs statt vier Gliedmaßen und einen rabenschwarzen Schädel mit zwei halb blinden Plexiglaskuppeln anstelle der Facettenaugen.

French blieb zwischen ihr und Gurk stehen, ließ sich in die Hocke gleiten und nahm den bizarren Helm ab. Das Gesicht, das darunter zum Vorschein kam, war allerdings kaum weniger bizarr. French war ganz eindeutig ein Mensch, aber vor fünfzig oder sechzig Jahren, dachte Charity, hätte er die besten Aussichten gehabt, auf Anhieb eine Hauptrolle in einem Horrorfilm zu bekommen, ohne sich großartig dafür schminken zu müssen.

Sein Gesicht hatte die Farbe einer acht Tage alten Wasserleiche; seine Züge wirkten sonderbar verschoben; als bestünde das Gesicht in Wahrheit aus Wachs, das einen Moment zu lange in der Sonne gelegen hatte – nicht lange genug, um wirklich zu schmelzen, aber doch lange genug, um Schaden zu nehmen. Und trotzdem war diese äußerliche Veränderung nicht einmal das Schlimmste. Was weitaus erschreckender war, was Charity noch immer mit einem eiskalten Schauer erfüllte und sie zweifeln ließ, ob French *wirklich* noch ein Mensch war, waren die Veränderungen, die nicht auf der Hand lagen. French sah aus wie ein Mensch, er bewegte sich in etwa wie ein Mensch, aber Charity war nicht sicher, ob er wirklich noch wie ein Mensch dachte und handeln würde.

Sie verscheuchte den Gedanken und rang sich ein mühsames Lächeln ab, als ihr klar wurde, dass sie French seit einer geraumen Zeit anstarrte. Sie hätte French auch eine Stunde anstarren können, und er wäre die ganze Zeit ebenso reglos und stumm und mit gesenktem Blick vor ihr stehen geblieben. Als eines der größten Hindernisse ihrer Verständigung hatte sich das Problem erwiesen, French daran zu hindern, sie und die anderen ständig wie Götter zu behandeln und ihnen wenn möglich die Füße zu küssen.

»Ja?«, fragte sie.

»Ich ... habe den Gang erkundet, Herr ... Charity«, verbesserte sich French hastig und noch immer mit gesenktem Blick. »Er ist sicher. Wir können weitergehen.«

»Danke, French«, sagte Charity. Der Klang ihrer Stimme und ihr Gesichtsausdruck sprachen eine andere Sprache. Sie konnten nicht hier bleiben. Aber es gab auch keinen Ort, wohin sie *gehen* konnten. »Wohin führt der Gang?«

»Ich ... bin nicht sicher«, antwortete French zögernd. Er begann, unbehaglich von einem Fuß auf den anderen zu treten. »Ich bin noch niemals so weit in das Nest vorgedrungen«, gestand er. Leiser fügte er hinzu: »Niemand ist das bisher.«

Charity seufzte tief. »Na wunderbar«, sagte sie.

»Ich würde ihm nicht trauen«, sagte Stone. »Wahrscheinlich überlegt er schon, wie er uns am besten an die Morons verkaufen kann.«

Charity schenkte ihm einen bösen Blick. Stone hatte wie

sie alle kaum ein Wort gesprochen, seit sie den Transmittersaal verlassen hatten. Aber es war typisch für ihn, dass das Erste, was er dann sagte, als er endlich wieder den Mund auftat, eine an den Haaren herbeigezogene Beschuldigung war. Charity fand es nicht einmal der Mühe wert, darauf zu antworten.

Gurk aber wurde wütend. »Blödsinn!«, sagte er heftig. »Die einzige Gefahr ist wohl, dass ihm ein Moroni einen Heiratsantrag macht.« Er lachte kurz und gequält auf, und Charity seufzte erneut und stand umständlich auf; ehe Stone antworten und Gurk die Gelegenheit ergreifen konnte, einen Streit vom Zaun zu brechen. Der Zwerg machte keinen Hehl daraus, dass er Stone die Schuld an ihrer Situation gab. Wahrscheinlich hatte er Recht damit. Nur nutzte es keinem von ihnen, wenn sie das bisschen Energie, das sie noch aufbringen konnten, damit vergeudeten, sich zu streiten.

Angeführt von French, der seine Insektenmaske wieder übergestülpt hatte, verließen sie die kleine Kammer. Charity spürte ein eisiges Frösteln, als sie hinter French auf den Gang hinaustrat. Alles hier war so ... vertraut. Und zugleich auf schreckliche Weise völlig anders, als sie es in Erinnerung hatte. Vielleicht machte gerade diese Tatsache es so schlimm: die Mischung aus Altem und Wohlbekanntem und zugleich vollkommener Fremdartigkeit. Sie hatte bisher auf alle entsprechenden Fragen Skudders und der anderen beharrlich geschwiegen, aber sie wusste sehr wohl, wo sie sich befanden. Sie hatte es beinahe im allerersten Moment begriffen, schon bevor sie die Transmitterhalle verlassen und French in das Gewirr von Gängen und von mit Spinnweben erfüllten Hallen gefolgt waren. Es gab keinen Zweifel. Eine Weile hatte sie beinahe hysterisch versucht, sich selbst davon zu überzeugen, dass sie sich irrte, dass es ein Zufall war, eine unglaubliche Duplizität von Ereignissen; zwei Dinge, die dem gleichen Zweck dienten und daher auch gleich aussahen.

Natürlich stimmte das nicht, und das wusste sie sehr gut.

Vielleicht hätte sie sich ja noch einreden können, dass eine Raumstation eben eine Raumstation war, gleichgültig, ob sie von irdischen oder außerirdischen Astronauten erbaut wurde. Aber warum hätten die Moroni wohl die Beschriftungen an den Abzweigungen und Korridoren in *englisch* anbringen sollen?

Nein – die Wahrheit war, dass sie sich in der Orbit-Stadt befanden. Sie alle hatten angenommen, dass die gewaltige Raumstation genauso wie alle anderen militärischen Einrichtungen der Menschen beim ersten Angriff der Moroni zerstört worden war, aber das war ein Trugschluss gewesen. Die Orbit-Stadt existierte, und es gab sogar Überlebende, wie Frenchs plötzliches Erscheinen eindeutig erwiesen hatte.

Allerdings …

Als wäre da etwas in ihr, das sie zwang, immer wieder über diesen sonderbaren, kleinwüchsigen Mann nachzudenken, blickte sie wieder zu French hinüber. Er bewegte sich fünf oder sechs Schritte vor ihnen den Korridor entlang, geduckt, mit abgehackten, starren Schritten – im Grunde *ging* er nicht, sondern *stakste,* eine unbeholfene Imitation des eckigen Insektengangs der Moroni, schon beinahe rührend in seiner Hilflosigkeit.

Doch die Ameisenkrieger fielen darauf herein. Vor einer Stunde hatte French vor Charitys Augen einen Moroni getötet, und die *Ameise* hatte nicht einmal versucht, sich zur Wehr zu setzen. Offenbar hatte sie nicht einmal begriffen, dass sie getäuscht worden war, als French seine Harpunenwaffe hob und ihr einen Stahlpfeil durch den Chitinpanzer jagte. Sie hatte French mehrmals angeboten, eine der erbeuteten Moroniwaffen zu nehmen, aber French hatte die Strahlengewehre nur mit einem fast angewiderten Blick bedacht, den Kopf geschüttelt und seine selbst gebaute Harpunenwaffe behalten.

Sie gelangten an eine Kreuzung des Ganges, und French blieb stehen. Einen Moment lang sah er sich unschlüssig um, dann wollte er sich nach rechts wenden, aber Charity hielt ihn mit einer Geste zurück und deutete in die entgegengesetzte Richtung. »Dort entlang.«

French machte eine Bewegung mit beiden Händen, die sie im ersten Moment nicht verstand; dann begriff sie, dass es für die Moroni einem Kopfnicken gleichkam. Mit dem Überstreifen seines Anzuges hatte French auch die Gestik der Außerirdischen übernommen.

Auch dieser Gang endete nach wenigen Dutzend Schritten an einer weiteren Kreuzung. Charity wurde zusehends ratloser. Es war eine Zeit lang her, dass sie hier im Schlaftank gelegen hatte. Aus der simplen Abzweigung, die sie kannte, war ein Kreuzungspunkt mit einem halben Dutzend in alle Richtungen führender Tunnel geworden, außerdem führte ein Schacht in die Tiefe. Charity beugte sich vor und erkannte die asymmetrisch geformten Metallösen, die die Moroni als Leiter benutzten. Offensichtlich hatten sie die Station nicht nur besetzt, sondern auch begonnen, sie nach ihren Bedürfnissen umzubauen.

»Wollen wir hier Wurzeln schlagen, oder gehen wir weiter?«, fragte Gurk.

Charity blieb einen weiteren Moment unschlüssig stehen, dann deutete sie mit einer Kopfbewegung auf den nach unten führenden Schacht. Sie hatte keine Ahnung, wohin er führte, aber sie wusste, dass sie sich ziemlich nahe am Zentrum der Weltraumstadt aufhielten. Mit einer hastigen Bewegung hängte sie das Gewehr über die Schulter und wollte nach der obersten Stufe der Leiter greifen, aber French schüttelte rasch den Kopf und schob sich mit einer überraschend geschmeidigen Bewegung an ihr vorbei. Charity wusste aus eigener Erfahrung, wie schwierig und unbequem es für einen Menschen war, die für einen Sechsbeiner erdachte Leiterkonstruktion zu benutzen. Aber French schien damit keine Schwierigkeiten zu haben. Rasch kletterte er vor Charity die Wand hinunter und hielt nach der Hälfte der Strecke inne. Er legte den Kopf in den Nacken und sah auffordernd zu ihnen auf. Plötzlich bemerkte Charity ein Detail, das sie in Schrecken versetzte. Als sie das letzte Mal hier gewesen war, da hatte sie Schuhe mit Magnetsohlen tragen müssen, denn in der Orbit-Stadt herrschte eine Gravitation, die kaum einem Zehntel der Erdanziehungskraft entsprach. Jetzt war die Schwerkraft vielleicht sogar ein wenig höher, als sie es gewohnt war. Vielleicht stammten die Moroni also von einer Welt mit einer höheren Gravitation als der Erde.

Sie beeilte sich, French zu folgen. Hinter ihr kamen Stone, dann Skudder und als letzter Gurk, der erstaunlicherweise die geringsten Schwierigkeiten mit der Moroni-Leiter hatte, obwohl er kaum größer als ein zwölfjähriges Kind war.

French kletterte weiter und hielt plötzlich inne, und Charity, die so sehr in ihre eigenen Gedanken versunken war, dass sie kaum noch auf ihre Umgebung achtete, bemerkte es zu spät und verpasste ihm einen kräftigen Tritt. French schrie auf, ließ instinktiv seinen Halt los – und kippte mit einem überraschten Keuchen und mit wirbelnden Armen nach hinten. Hilflos stürzte er die restlichen drei, vier Meter in die Tiefe, schlug schwer auf den Boden auf und blieb liegen; benommen, verletzt oder vielleicht sogar tot. Charity blickte einen Moment lang ebenso fassungslos wie erschrocken zu ihm herab, dann kletterte sie hastig weiter. Die Gravitation musste tatsächlich höher sein als gewohnt – denn sie verlor prompt das Gleichgewicht und fiel neben French auf die Knie. Besorgt beugte sie sich über ihn, tastete einen Moment lang hilflos mit den Händen über die Gummihaut seines Anzuges und wollte dann den Helm lösen, um ihm ins Gesicht zu blicken.

»Nicht!«, flüsterte French erschrocken. »Vorsicht! Eine Spinne!«

Vielleicht war es die Überraschung, seine Stimme zu hören, vielleicht auch die Tatsache, dass die Bewohner der Orbit-Stadt die Moroni mit einem anderen Wort bezeichneten als die Menschen auf der Erde, aber sie begriff eine volle Sekunde lang nicht, was French überhaupt meinte.

Und als sie es begriff, war es zu spät.

Sie hob erschrocken den Kopf – und sah sich einem Moroni gegenüber, der kaum drei Meter entfernt dastand und auf sie zielte. Ganz instinktiv versuchte sie, ihre Waffe von der Schulter zu reißen, aber natürlich gelang es ihr nicht. Die Laserpistole in der unteren linken Hand des Moroni stieß einen grellen Lichtblitz aus, und Charity wurde gegen die Wand geschleudert. Der kleine Generator im Körperschild ihres Anzuges heulte protestierend auf, als das Gerät versuchte, die Energie zu absorbieren. Blaues Feuer lief in dünnen, gezackten Linien über den Anzug, und ein Gefühl furchtbarer Hitze durchflutete sie. Charity sank stöhnend in sich zusammen, fiel auf den Rücken und zog vor Schmerz Knie und Ellbogen an den Leib.

Immer noch liefen knisternde blaue Funken über ihren Anzug. Der Laserblitz hatte das Material nicht durchschlagen, aber der elektrostatische Schock, den Charitys Nervensystem davongetragen hatte, war kaum weniger schlimm. Für Sekunden kämpfte sie mit einer Bewusstlosigkeit, die ihre Gedanken zu verschlingen drohte. Sie sah, wie sich die *Ameise* mit eckigen, sehr vorsichtigen Schritten näherte, dann direkt über ihr stehen blieb und sich vorbeugte. Die riesigen Facettenaugen glotzten misstrauisch und starr auf sie herab, und die Strahlenpistole zielte plötzlich genau auf ihr Gesicht. Sie wollte etwas tun, sich aufbäumen, sich wehren, aber sie konnte es nicht. Ihr Nervensystem schien in Flammen zu stehen. Sie war gelähmt und hilflos.

Aber der Moroni schoss nicht. Er stand einfach da und zielte weiter auf sie, und plötzlich richtete er sich auf und drehte sich um.

Eine Sekunde später stürzte eine hünenhafte, in schwarzes Leder gekleidete Gestalt von der Decke herab, riss den Moroni von den Füßen und schlug ein paar Mal mit dem Gewehrkolben zu. Der Moroni hatte keine Chance. Skudder gab ihm keine Zeit, seine überlegenen Körperkräfte auszuspielen, sondern zertrümmerte seinen Chitinpanzer mit mehreren gezielten Schlägen. Dann überzeugte er sich davon, dass die Insektenkreatur tatsächlich tot war, ehe er mit zwei raschen Schritten zu Charity zurückkehrte und neben ihr niedersank.

»Bist du okay?«, fragte er.

Zitternd versuchte Charity sich aufzurichten und nickte schwach. »Ich ... glaube schon«, murmelte sie.

Rasch, aber sehr gründlich tastete Skudder ihre Schulter und ihren rechten Arm ab und überzeugte sich davon, dass sie tatsächlich nicht verletzt war. Charity biss die

Zähne zusammen, denn seine Berührung, so sacht sie war, bereitete ihr heftige Schmerzen; sie senkte den Blick und fuhr ein zweites Mal erschrocken zusammen, als sie ihren Gürtel sah. Der kleine Schildgenerator hatte sich verformt. Seine Plastikteile waren geschmolzen, dünner, grauer Rauch kräuselte sich aus dem Inneren des Gerätes. Voller plötzlichem Schrecken begriff sie, dass sie jetzt keinen Schutz mehr hatte. Der nächste Schuss, der sie traf, würde sie töten.

»Gott sei Dank«, murmelte Skudder. »Für einen Moment habe ich gedacht, alles wäre aus. Du hast dagelegen wie tot.«

Charity blickte ihn verwirrt an. Irgendetwas an diesem Satz war wichtig, aber sie wusste nicht, was es sein konnte.

Diesmal war sie nicht zu stolz, um Skudders Hilfe beim Aufstehen in Anspruch zu nehmen. Auch die beiden anderen waren mittlerweile heruntergekommen. French humpelte ein wenig, als sie weitergingen, schien aber ansonsten ebenso wie Charity mit dem Schrecken davongekommen zu sein.

Charity spürte ein eisiges Frösteln, als sie auf den toten Moroni herabblickte. Skudders Kolbenhiebe hatten seinen Schädel zertrümmert, und der Moroni lag wie eine tote, viel zu große Spinne da, verkrümmt, die sechs Gliedmaßen an den Körper gezogen ... Ganz genau so, wie auch Charity dagelegen hatte, als sie gegen die Bewusstlosigkeit ankämpfte. Und auch das war wichtig. Es gehörte zu dem, was Skudder gesagt hatte. Sie wusste plötzlich, dass sie das Geheimnis enträtseln würde, wenn sie nur einen Moment Zeit und Gelegenheit fand, in aller Ruhe darüber nachzudenken.

»Und wohin jetzt?«, fragte Gurk.

Charity zuckte nur mit den Schultern, während French reglos stehen blieb und dann mit einer Geste, die ein wenig unentschlossen wirkte, nach links deutete. »Ich glaube, dort entlang.«

»Geht es dort zu deinen Leuten?«, erkundigte sich Skudder.

French machte wieder die verneinende Moroni-Geste. »Ich bin zum Luftholen hergekommen«, erinnerte er. »Ich glaube, dort vorn ist eine Kammer mit Luftpatronen. Der Hort wird sterben, wenn er keinen frischen Sauerstoff bekommt.«

Charity und Skudder tauschten einen raschen Blick. French hatte im Laufe der letzten beiden Stunden mehrmals vom Hort und seinen Leuten gesprochen, aber auf eine Art, die sie sehr wenig von dem verstehen ließ, was er sagte. Immerhin war ihnen klar geworden, dass die überlebenden Menschen an Bord der Raumstation offensichtlich Schwierigkeiten mit ihrer Luftversorgung hatten.

Sie gingen weiter. Charity überließ es diesmal Skudder, French zu folgen, und fiel absichtlich einige Schritte zurück, bis Stone zu ihr aufgeschlossen hatte. Er bewegte sich langsam, schlurfend und mit hängenden Schultern. Offensichtlich litt auch er unter der leicht erhöhten Schwerkraft. Sein Blick flackerte, als er sie ansah und begriff, dass sie mit ihm reden wollte.

»Was ist das hier, Stone?«, fragte sie.

»Woher soll ich das wissen?«, erwiderte Stone unfreundlich. »Sie sind hier ...«

»Sie wissen so gut wie ich«, unterbrach ihn Charity scharf, »was ich meine. Das hier ist die Orbit-Stadt. Aber ich will wissen, was sie daraus gemacht haben.«

»Ich weiß es nicht«, beharrte Stone. Er wich ihrem Blick

aus. »Ich war niemals hier. Weder vor noch nach dem Angriff.«

»Nein«, antwortete Charity sarkastisch. »Woher sollten Sie auch. Sie waren nur ihr Gouverneur. Der Statthalter...«

»Eines ganzen Planeten, ja«, unterbrach sie nun Stone. »Glauben Sie, ich wüsste alles? Und glauben Sie, sie hätten mir alles gesagt?« Er schüttelte zornig den Kopf. »Ich weiß nicht genau, wie Sie es sich vorstellen, Captain Laird – aber ich war auch nicht viel mehr als ein Sklave.«

»O ja«, bemerkte Skudder spöttisch, ohne sich herumzudrehen. »Das hat man gemerkt.«

Stone bedachte ihn mit einem bösen Blick, ohne aber etwas darauf zu erwidern. »Sie haben irgendetwas hier getan, das stimmt. Aber ich weiß nicht, was. Sie haben es mir nicht gesagt, und ich habe nicht danach gefragt. Im Grunde hat es mich auch nicht interessiert.«

»Du warst wahrscheinlich zu sehr damit beschäftigt, deine Sklavenbrüder zu jagen und umzubringen«, sagte Skudder.

»Verdammt, was soll das?«, ereiferte sich Stone. »Ich stehe auf eurer Seite. Was muss ich noch tun, um das zu beweisen?«

»Fang schon mal damit an, dir eine Kugel durch den Kopf zu jagen«, schlug Skudder völlig ernsthaft vor. »Das würde mich überzeugen.«

»Hör auf, Skudder«, bat Charity müde. »Ich glaube ihm. Egal, was er vorher getan hat – er steht jetzt auf unserer Seite. Er ist hier, oder?«

»Ja«, sagte Skudder grimmig. »Nachdem er keine andere Wahl mehr hatte. Ich mag Verräter nicht. Auch nicht solche, die meine Feinde verraten.«

Charity beendete die Diskussion, indem sie Stone

zurückhielt und noch langsamer ging, so dass French und Skudder nun fünf oder sechs Meter vor ihnen gingen. »Was ist mit der Bombe?«, fragte sie. »Ist sie hier?«

»Ich weiß es nicht«, sagte Stone. »Glauben Sie mir, das ist die Wahrheit. Ich weiß es wirklich nicht. Offiziell weiß ich nicht einmal, dass es sie gibt.«

Charity seufzte. »Wir müssen uns einmal eingehend unterhalten, Stone«, sagte sie. »Und zwar sehr bald.«

2

Hartmann starrte die vierfache Reihe von hintereinander geschalteten Bildschirmen vor sich an und versuchte vergeblich, sich in Erinnerung zu rufen, dass diese Monitore nichts anderes als Monitore waren und keinerlei Schuld an dem trugen, was sie zeigten. Es nutzte nichts – seit einer Stunde verspürte er das immer heftiger werdende Bedürfnis, den schweren Glasaschenbecher vom Schreibtisch vor sich zu nehmen und in einen der Bildschirme zu werfen. Vielleicht sollte er es tun, überlegte er. Nicht, dass es irgendetwas ändern würde. Aber es würde ihn erleichtern.

Hauptmann Hartmann war stets stolz auf seine Selbstbeherrschung gewesen. Aber dies war einer von den Tagen, an denen er sie zu verfluchen begann.

Ja, vielleicht sollte er es tun.

Er streckte die Hand nach dem Aschenbecher aus, nahm ihn sogar für einen Moment hoch und wog ihn in den Fingern, stellte ihn dann aber wieder zurück auf den Tisch. Ersatzteile waren knapp. Die Hälfte dieser verfluchten Monitore funktionierte ohnehin nicht mehr.

Er hörte das Geräusch der Tür, schwang abrupt mit seinem Drehsessel herum und entspannte sich wieder, als er erkannte, dass es Net war, der hereinkam. Es war absurd genug: Noch vor wenigen Wochen hätte er ihr ungefragtes Eindringen in das Allerheiligste der Basis als Affront empfunden, und von allen, die Captain Charity Laird begleiteten, war die junge Wasteländerin wohl diejenige, die Hartmann und seinen Männern mit dem größten Misstrauen begegnete. Trotzdem war er jetzt beinahe erleichtert, dass sie es war und nicht einer seiner Männer. In den letzten Tagen pflegten seine Soldaten nur noch Hiobsbotschaften zu bringen.

Einen Moment lang sah er sie an und fragte sich wieder einmal vergeblich, was hinter der Stirn des dunkelhaarigen Mädchens vorgehen mochte. Sie stand auf ihrer Seite, und über ihre Loyalität gab es keinen Zweifel, aber die Art, wie sie sich manchmal umsah, und der verwirrte, fast erschrockene Ausdruck, der in all den Wochen nicht aus ihrem Blick gewichen war, beunruhigten Hartmann. Sie hatte es niemals ausgesprochen, nicht einmal angedeutet, aber Hartmann wusste, wie wenig wohl sie sich hier fühlte. Sie mochte diese neue und zugleich alte Welt nicht. Sie hatte Angst vor all diesen Apparaten, den technischen Gerätschaften und Waffen, dem Lärm und der Hektik, der untergegangenen Zeit, die dieser Bunker symbolisierte. Dabei hätte es genau umgekehrt sein müssen. Er hatte sehr wenig mit Net, aber doch genug mit den anderen über sie geredet, um zu wissen, wie das Leben eines Waste-länders aussah; Net war in einer Welt aufgewachsen, die nur aus Furcht und Entbehrungen, aus Kämpfen ums nackte Überleben und aus Angst vor dem nächsten Tag bestand. Der Eifelbunker hätte ihr wie das Paradies vorkommen müssen, mit seinen atombombensicheren Wänden, seiner Nahrung im Überfluss, der Sicherheit, die er bot. Aber jeder Blick in ihre Augen bestätigte Hartmann, dass eher das Gegenteil der Fall war.

»Haben Sie Nachrichten von Charity?«, fragte Net.

Hartmann deutete ein Kopfschütteln an. Die Frage überraschte ihn nicht. Net hatte sie in den letzten vierundzwanzig Stunden ein paar Mal gestellt. Captain Laird und die anderen waren überfällig. Das Letzte, was Hartmann von der Gruppe gehört hatte, war ein verstümmeltes SOS-

Signal gewesen, das abbrach, ehe es auch nur zu Ende gesendet wurde. Er hatte nicht verhindern können, dass die Wasteländerin von diesem Signal erfuhr, aber er hatte ihr verschwiegen, was es *wirklich* bedeutete.

Es war keine direkte Nachricht von Captain Laird oder einem der anderen gewesen, sondern ein automatisches Signal, das der Bordcomputer des Flugzeuges ausstrahlte, wenn die Maschine zerstört wurde. Was nicht unbedingt hieß, versuchte er sich selbst in Gedanken zu beruhigen, dass ihnen wirklich etwas zugestoßen war. Aber es bedeutete ganz bestimmt auch *nicht*, dass alles nach Plan verlief.

Er schüttelte noch einmal den Kopf und schwang sich abermals mit seinem Stuhl herum. Sein Blick richtete sich wieder auf das ungleichmäßige Muster von intakten und blinden Monitoren an der gegenüberliegenden Wand. »Was zum Teufel *tun* die da?«, murmelte er.

Da es nicht wirklich eine Frage gewesen war, sagte Net auch nichts, trat aber nach einigen Sekunden des Zögerns um den Schreibtisch herum und blieb neben ihm stehen. Ihr Blick irrte über das Durcheinander von Bildern. Hartmann hatte die letzten Wochen dazu benutzt, ein ganzes System von Überwachungskameras und Mini-Satelliten aufzubauen, das es ihm ermöglichte, nicht nur die nähere Umgebung des Bunkers, sondern auch Teile der Stadt zu beobachten. Und *irgendetwas* ging dort draußen vor. Seit Tagen hatte sich eine hektische, nervöse Aktivität unter den Moroni ausgebreitet. Gleiter kamen und gingen, Material wurde gebracht und weggeschafft, *Ameisen* kamen und gingen, und immer öfter tauchten neben den bekannten, flachen Diskusfahrzeugen auch die viel größeren Kampfschiffe der Moroni am Himmel auf. Hartmann bedauerte es sehr, nicht auch einen Blick in die Stadt und auf das mutierte Nest in den Ruinen des Doms werfen zu können. Aber alle ferngelenkten Sonden, die er losgeschickt hatte, waren zerstört worden, ehe das Gebäude auch nur in Sichtweite kam, und Hartmann wagte es nicht, einen oder gar mehrere seiner Männer loszuschicken. Er wusste nur zu gut, dass sie nicht zurückkehren würden.

Er wandte sich wieder dem Schreibtisch zu und berührte eine Taste des Sprechgerätes. Es dauerte einen Moment, bis sein Ruf beantwortet wurde. Wie alles hier war auch die Wachstube unten in den Tiefschlafkammern katastrophal unterbesetzt. Die Arbeit von fünf Männern musste von einem getan werden. Hartmann konnte sich wahrscheinlich glücklich schätzen, dass er überhaupt eine Antwort bekam.

»Leutnant Steinberger hier, Hibernationskomplex«, drang eine verzerrte Stimme aus dem Lautsprecher.

»Hartmann«, antwortete Hartmann knapp. »Irgendeine Änderung?«

»Nein«, antwortete Steinberger, und Hartmann atmete innerlich schon auf. »Nichts. In den letzten vier Stunden waren es neun.«

Mit einem sehr tiefen Stirnrunzeln, aber ohne noch ein Wort zu sagen, unterbrach Hartmann die Verbindung. Im Grunde wusste er es längst, aber etwas in ihm weigerte sich immer noch, sich einzugestehen, dass er wohl alle seine Männer verlieren würde; alle, die in den Schlaftanks lagen und darauf warteten, aufzuwachen, und fast alle, die wach waren. In den ersten Tagen nach ihrem ebenso erbitterten wie kurzen und sinnlosen Widerstand gegen die Jared waren mehr als zwei Drittel seiner Männer einfach gegangen. Hartmann wusste, dass sie jetzt in Köln waren, keine wirklichen Menschen mehr, sondern zu etwas geworden, was er nicht verstand, was ihn aber zutiefst erschreckte. Captain Laird hatte versucht, es ihm zu erklären. Sie hatte etwas von Telepathie erzählt, vom Verschmelzen verschiedener Bewusstseine zu einer dritten, anderen Art, aber er hatte nichts von alledem verstanden. Vielleicht hätte er es, hätte er es gewollt. Aber alles in ihm schreckte davor zurück, sich einzugestehen, dass es außer der Welt, die er kannte, und dem Universum der Invasoren, noch eine dritte, unsichtbare Ebene des Seins gab. Tatsache aber blieb, dass seine Männer verschwanden, unaufhörlich einer nach dem anderen. Vielleicht würde es auch nicht aufhören. Vielleicht würden noch einmal zwei Wochen oder zwei Monate oder auch zwei Jahre vergehen, bis auch der letzte Mann zu einem Teil jenes gigantischen Kollektivbewusstseins geworden war, das sich Jared nannte und über Tausende von Körpern verfügte. Vielleicht würde eines Tages sogar er gehen. Der Gedanke ließ ihn frösteln. Er dachte an das kurze Gespräch mit Kyle zurück, und er *glaubte* das, was der Megamann ihm gesagt hatte: dass es nichts war, wovor er sich fürchten musste. Es war nicht der Tod, nicht die Veränderung in etwas Fremdes, nicht einmal der Verlust seiner Menschlichkeit, sondern die Verschmelzung zu etwas Neuem, Gewaltigen, das nicht nahm, sondern nur gab. Ja, er glaubte Kyle. Aber er hatte die Jared gesehen. Er hatte den leeren Ausdruck in ihren Gesichtern erblickt, und die Gleichmütigkeit, mit der sie ihr Schicksal hinnahmen; und was er gesehen hatte, das hatte ihn einen geheimen Entschluss fassen lassen: In der Pistole an seiner rechten Hüfte befanden sich neun Kugeln. Eine davon war für ihn.

Hartmann verscheuchte auch diesen Gedanken und konzentrierte sich wieder auf den Bildschirm. Zumindest eines glaubte er zu erkennen: Wenn nicht alles, was er jemals als Soldat gelernt hatte, falsch war, dann beobachteten sie die Vorbereitung einer Invasion.

Andererseits war das vollkommen unmöglich. Die Zahl der Moroni, die in den letzten Tagen in der näheren Umgebung von Köln eingetroffen waren, musste in die Zehntausende gehen. Und sie hatten genug Waffen aufgehäuft, um einen kleinen Planeten einzuäschern. Die Vorstellung, dass dieses ganze Aufgebot nur hier war, um es mit einer Hand voll abtrünniger *Ameisen* und ihren menschlichen Verbündeten aufzunehmen, die nicht einmal Waffen hatten, war lächerlich.

»Wieviel Zeit bleibt ihnen noch?«, fragte Net.

Hartmann blickte auf die roten Leuchtziffern der Digitaluhr, die zwischen den Bildschirmen an der Wand hing. »Nicht ganz sechsunddreißig Stunden«, sagte er.

Sechsunddreißig Stunden. Für einige Sekunden hing Nets Blick wie gebannt an den roten Leuchtziffern. Dann fragte sie: »Werden Sie es tun?«

Hätte er doch eine Antwort auf diese Frage gewusst. »Ich schätze«, sagte er schließlich ausweichend, »es spielt keine Rolle, ob ich es will oder nicht.«

»Danach habe ich nicht gefragt«, sagte Net.

»Ich weiß«, knurrte Hartmann. Er fragte sich, ob es ihr Vergnügen bereitete, ihn immer wieder in Verlegenheit zu bringen. Er begriff aber im gleichen Augenblick, wie ungerecht diese Frage war, und entschuldigte sich in Gedanken bei ihr. Die Frage war nicht, ob er es tun würde. Die Frage, die Net bewegte, war, ob *sie* es tun würde. Wenn er ja sagte, dann nahm er ihr damit einen Teil der Verantwortung ab. Und es spielte überhaupt keine Rolle, dass nicht Net es war, deren Finger auf dem Auslöser lag.

Er räusperte sich, wartete, bis sie darauf reagierte und ihn ansah, und sagte mit fester Stimme: »Ja. Ich werde es tun. Und ich werde Ihnen auch sagen, warum. Es spielt keine Rolle, ob ich Captain Laird und die anderen damit umbringe oder nicht. Wenn sie es geschafft hat, dann ist sie in Sicherheit, wenn die Rakete einschlägt. Wenn nicht, dann sterben wir sowieso alle – ein paar Tage früher oder später.«

Net sagte nichts, aber sie wussten beide, dass es nicht wahr war. Es *spielte* eine Rolle. Es war gleich, ob es sich um wenige Tage, um Jahre oder auch nur um Stunden handelte – was zählte war, dass *er* es war, der sie töten würde, nicht die Nova-Bombe der Moroni.

Nets Frage war ohnehin falsch gestellt gewesen. Er brauchte gar nichts mehr zu *tun*. Er musste einfach die Dinge ihren vorbestimmten Lauf nehmen lassen. Noch sechsunddreißig Stunden und der Computer würde ein Funksignal an einen zweiten Rechner in einen nur von Maschinen und Elektronik gesteuerten Teil der Anlage Hunderte von Kilometern entfernt senden und kurz hintereinander die vier ICBMs starten, die dort seit achtzig Jahren auf ihren Einsatz warteten. Hartmann zweifelte keine Sekunde daran, dass sie noch funktionierten. Vier Raketen waren erbärmlich wenig, doch mehr als genug, um mit ihren vier Mehrfachsprengköpfen die Schwarze Festung der Moroni in eine radioaktive Wolke zu verwandeln.

Bei der Vorstellung überkam ihn eine sonderbare Empfindung, nicht nur pure Angst, sondern das Gefühl, einen Frevel zu begehen. Die Welt der Atombomben war vor einem halben Jahrhundert untergegangen, und er hatte nicht das Recht, vielleicht als einzigen Teil jener verlorenen Vergangenheit ausgerechnet deren größten Wahnsinn wiederzubeleben. Er fragte sich, ob sie alle auch nur irgendetwas aus dem gelernt hatten, was ihrer Welt zugestoßen war.

Er begegnete wieder Nets Blick und las die gleiche Frage in ihren Augen. Barsch und beinahe erschrocken wandte er sich ab. Dann sah er die Anzeige der Digitaluhr. Sie hatten noch ...

3

»... fünfunddreißig Stunden und nicht ganz fünfzig Minuten«, sagte Charity und schob den Ärmel über ihre Uhr zurück.

»Wie bitte?«, fragte Stone.

»Ich sagte: Noch knapp sechsunddreißig Stunden«, antwortete Charity, »bis Hartmann seine Raketen startet.« Nach einer genau bemessenen Pause fügte sie hinzu: »Sollte es also noch irgendetwas geben, was Sie uns bisher zu erzählen vergessen haben, Stone, sollten Sie sich beeilen.«

Stone starrte sie mit einer Entrüstung an, die nicht gespielt war. »Ich dachte, wenigstens Sie hätten begriffen, dass ich auf Ihrer Seite stehe, Captain Laird.«

Charity antwortete nicht darauf, und Stone fuhr in vorwurfsvollem Ton fort: »Das Ganze hier war meine Idee, schon vergessen?«

»Nun ja...«, sagte Skudder zweifelnd.

»Lass ihm doch die Ehre«, bemerkte Gurk spöttisch. Er sah sich demonstrativ um. »Nach allem, was bisher passiert ist, würde ich sagen, es war eine Scheißidee. Wir hätten dabei draufgehen können.«

»Falsch«, sagte Skudder ruhig. »Wir *sind* draufgegangen, Kleiner.«

»Hört auf«, sagte Charity scharf. Nicht einmal so sehr, um den ohnehin nicht ernst gemeinten Streit zwischen den beiden zu beenden, sondern weil ihr das Thema unangenehm war. Wer redete schon gern über seinen eigenen Tod?

Gurk setzte zu einer Entgegnung an, schwieg dann aber

vorsichtshalber, und Charity ging mit zwei, drei schnellen Schritten an ihm und Skudder vorbei, um wieder an French aufzuschließen.

French humpelte noch immer leicht; offensichtlich hatte er sich bei dem Sturz doch schwerer verletzt, als sie bisher angenommen hatte. Der Anblick versetzte ihr einen schmerzhaften Stich. Es war einer jener dummen, überflüssigen Unfälle gewesen, die einfach nicht passieren durften. Sie wagte gar nicht daran zu denken, was geschehen wäre, hätte French sich wirklich ernsthaft verletzt.

»Ist es noch weit bis zu deinen Leuten?«, fragte sie.

Das aus Gummi und Haar nachgeahmte Insektengesicht starrte sie an. Die Antwort kam erst nach einem Zögern, das eine Spur zu lang war, um Frenchs Furcht ganz zu verbergen. »Weit nicht«, sagte French. »Aber ich weiß nicht, ob wir es schaffen.«

»Wieso?«, fragte Charity alarmiert. Ganz automatisch hob sie den Blick und sah nach vorn, wo sich der Korridor nach einigen Dutzend schritten wieder verzweigte.

French schien ihre Gedanken zu erraten, denn er machte die verneinende Geste der Moroni und sagte: »Hier unten sind selten Spinnen. Aber wir müssen durch die Tote Zone.«

Charity fragte ihn nicht, was er mit dem Begriff Tote Zone meinte. Die Kommunikation zwischen French und ihnen hatte sich als schwierig genug erwiesen. French sprach ein so sonderbares Englisch, dass sie manchmal Mühe hatten, ihm zu folgen. Sein Wortschatz war der eines Menschen, der in einer völlig anderen Umgebung aufgewachsen war; er benutzte zwar die gleichen Worte wie alle anderen, aber sie bedeuteten oft genug etwas anderes.

Sie wollte irgendeine Belanglosigkeit sagen, um ihn zu beruhigen, aber genau in diesem Moment ging ein sanfter, aber dennoch spürbarer Ruck durch den Boden unter ihren Füßen; und einen Moment später rollte ein dumpfes Donnern heran.

»Was war das?«, fragte Skudder erschrocken. Charity blieb stehen und hob lauschend den Kopf. Das Donnergrollen verklang allmählich, und auch der Boden zitterte nicht mehr. Aber sie hatte solche Geräusche einfach zu oft gehört, um nicht zu wissen, was sie bedeuteten.

»Eine Explosion«, murmelte sie.

»Sieht so aus, als hätten unsere Freunde Schwierigkeiten«, sagte Gurk.

Skudder tauschte einen fragenden Blick mit Charity. »Leßter?«

»Ein Mann gegen die Besatzung dieser ganzen Raumstation?« Charity schüttelte den Kopf. Wenn das, was sie alle annahmen, zutraf, dann war Leßter mehr als *ein Mann.* Wahrscheinlich war es so gut wie unmöglich, ihn umzubringen. Und trotzdem ... Er stand Tausenden von Gegnern gegenüber.

»Ich schätze, er hält sie ganz schön auf Trab«, sagte Skudder grinsend. »Zumindest wäre das eine Erklärung dafür, dass wir noch am Leben sind.«

Wieder kam Charity nicht dazu, irgendetwas zu antworten, denn eine zweite, weitaus heftigere Explosion erschütterte die Station. Und einen Augenblick später drang ein hohes, dünnes Pfeifen an ihre Ohren, dass sie alle schmerzhaft das Gesicht verzogen. Offensichtlich eine Alarmsirene der Moroni.

Sie wandte sich mit einer auffordernden Geste an French. »Weiter«, sagte sie. »Solange sie abgelenkt sind, haben wir eine gute Chance.«

Wieder bedauerte sie, das Gesicht hinter der Maske nicht erkennen zu können, denn auch jetzt zögerte French einen Moment zu lange, um seine Unsicherheit zu verbergen. Dann fuhr er mit einer entschieden zu hastigen Bewegung herum und humpelte vor ihr den Gang hinunter.

Das Heulen der Alarmsirene und das Zittern des Bodens hielten an, und immer wieder drang auch ein dumpfes Grollen an ihre Ohren. Charity war jetzt nicht mehr sicher, dass es wirklich eine Explosion gewesen war, die sie hörten. Nicht zum ersten Mal, seit sie sich Frenchs Führung durch das bizarre Labyrinth anvertraut hatten, verspürte sie ein eisiges Frösteln – und die Frage, was die Invasoren von Moron mit der gewaltigen Weltraumstadt getan hatten. Die Station hatte sich auf eine unheimliche Art verändert. Die künstliche Welt sechsunddreißigtausend Kilometer über der Erdoberfläche, durch die sie sich bewegten, schien aus Teilen nicht nur zweier, sondern eines halben Dutzends unterschiedlicher Kulturen zu bestehen. Die Orbit-Stadt war ihr im ersten Augenblick nahezu unverändert vorgekommen, denn ihre neuen Besitzer hatten nichts an ihrer grundlegenden Konstruktion geändert – die Gänge und Räume waren noch genauso aufgeteilt, wie sie es vor der Invasion gewesen waren, Aufzüge und Luftschleusen befanden sich an ihrem vertrauten Platz, selbst die kleinen Hinweisschildchen neben den Türen, die ortsunkundige Besucher der Orbit-Stadt davor hatten bewahren sollen, sich in ihren endlosen Gängen zu verirren, waren noch vorhanden. Aber diese Täuschung hielt nicht lange stand. Die scheinbar so vertrauten Gänge starrten vor fremdartigen Maschinen, deren bloßer Anblick Charity schwindeln ließ, sinnverwirrende Erzeugnisse einer Technik, die die halbe Milchstraße unterworfen und geplündert hatte und deren Funktionsweise sie nicht einmal zu erraten imstande war. Daneben entdeckte sie Apparaturen, die so primitiv wirkten, als hätte ein Kind wahllos irgendwelche Ersatzteile genommen und zusammengebaut, und dann wieder Dinge, die sinnvoll und einfach zu durchschauen, aber im Grunde recht primitiv waren. Und manche Geräte wirkten wie eine völlig irrsinnige Kombination aus mechanischen und *lebendigen* Komponenten.

Die Wände einiger Gänge waren von etwas bedeckt, das Charity an das riesige Netz der Königin im Kölner Dom erinnerte – ein Gespinst grauer, klebriger Fäden, in dem sie hier und da große, pulsierende Klumpen gewahrte, die sich zu bewegen schienen. Charity war aufgefallen, dass French sich große Mühe gab, diese Klumpen niemals zu berühren.

»Dort vorn.« French wies mit einer Handbewegung auf eine Tür, die Charity erst beim zweiten Hinsehen überhaupt bemerkte, denn sie lag fast völlig unter einem grauen Spinnwebnetz verborgen. »Ich glaube, in dieser Kammer finden wir Luft. Aber ich bin nicht sicher. Als ich das letzte Mal hier war, war es ... anders.«

»Das glaube ich dir gerne«, sagte Gurk. »Sonst wärst du wahrscheinlich kaum hier.«

Charity sah ihn irritiert an, und Gurk fuhr mit einer Geste zum Ende des Korridors hin beinahe im Plauderton fort: »*Die da* hätten wahrscheinlich etwas dagegen gehabt.«

Charity, Skudder und auch French fuhren in einer einzigen Bewegung herum und erblickten drei oder vier sechsgliedrige Gestalten, die vor einer Sekunde hinter der nächsten Biegung aufgetaucht waren. Offensichtlich waren die Moroni genauso überrascht wie Charity und die anderen; aber dank Gurks dummer Bemerkung hatten sie eine oder zwei Sekunden mehr Zeit gehabt, ihre Verblüffung zu überwinden – mit dem Ergebnis, dass sie sofort das Feuer eröffneten.

Charity fand gerade noch Zeit, sich zur Seite zu werfen und Gurk dabei mit sich zu reißen, dann zerriss ein wahres Gewitter bleistiftdünner Lichtblitze die Luft zwischen ihnen. Skudder warf sich mit einem Fluch zur anderen Seite, prallte ungeschickt gegen die Wand und stürzte. Wahrscheinlich rettete dieser ungewollte Sturz ihm das Leben, denn den Bruchteil einer Sekunde später glühte das Metall dort, wo er gestanden hatte, hellrot unter den Einschlägen von vier oder fünf Laserblitzen auf, während sich Stone mit erstaunlicher Kaltblütigkeit auf ein Knie herabsinken ließ, seine Waffe hob und das Feuer erwiderte. Er verfehlte sein Ziel genauso wie die Moroni, aber die unerwartete Gegenwehr bremste den Ansturm der Vierarmigen für einen entscheidenden Augenblick.

Wahrscheinlich aber war es wieder French, dessen Eingreifen die endgültige Entscheidung brachte. Die *Ameisen* machten nicht so rücksichtslos von ihren Waffen Gebrauch, wie sie es gekonnt hätten, vermutlich, um ihren vermeintlichen Kameraden nicht zu gefährden. French nutzte solche Skrupel hemmungslos aus. Noch während Charity verzweifelt über den Boden rollte, um den zuckenden Laserblitzen auszuweichen, hob er seine Harpunenwaffe, zielte in aller Seelenruhe und drückte ab. Einer der Moroni taumelte zurück, ließ seine Waffe fallen und griff mit allen vier Händen gleichzeitig nach dem langen Stahlpfeil, der aus seinem Brustpanzer ragte, ehe er zusammenbrach. Die anderen erstarrten für eine halbe Sekunde.

Völlig verstört blickten sie French an, der bereits mit fliegenden Fingern einen weiteren Pfeil in seine Waffe legte. So kurz diese Atempause war, sie reichte: Charity warf sich mit einer blitzartigen Bewegung herum, riss ihr Gewehr von der Schulter und drückte ab. Auch Skudder eröffnete das Feuer. Keinem von ihnen blieb Zeit, wirklich zu zielen, aber ihre Waffen erwiesen sich als leistungsfähiger als die Laser der Moroni. Die hellgrünen Laserblitze explodierten in der Wand hinter den *Ameisen* und ließen sie in greller Weißglut auflodern. Die Hitze war so intensiv, dass selbst Charity einen kochendheißen Gluthauch spürte und French mit einem Schmerzensschrei zurücktaumelte. Von der Gummihaut seines Anzuges kräuselte sich grauer Rauch. Die Chitinpanzer der Moroni flammten auf und brannten lichterloh.

Charity hob schützend den linken Arm vor das Gesicht und blinzelte. Das entgegengesetzte Ende des Korridors hatte sich in eine Hölle aus weißer Glut und zuckenden Schatten verwandelt. Geschmolzenes Metall lief zischend zu Boden, Flammen leckten nach dem grauen Spinnengewebe, das Wände und Decke überzog. Voller plötzlichem Schrecken begriff Charity, dass sowohl Skudders als auch ihre eigene Waffe auf maximale Energieabgabe geschaltet waren. Eine Nachlässigkeit, die in einer solchen Umgebung tödlich sein konnte. Sie befanden sich in einer Raumstation, und hinter manchen der Wände, an denen sie vorbeigingen, war nichts mehr als die luftleere Weite des Alls.

Etwas bewegte sich unter ihr, und dann hörte sie eine halb erstickte Stimme, die etwas rief, das sie nicht verstand. Erschrocken richtete sie sich auf und bemerkte, dass sie Gurk halb unter sich begraben hatte.

»Verdammt, willst du mich umbringen?«, keuchte Gurk.

»Eigentlich *sollte* ich dich umbringen, du Idiot. Dein kleiner Scherz hätte uns allen das Leben kosten können, ist dir das klar?«

Zornig stemmte sie sich in die Höhe, griff nach Gurks Arm und zerrte ihn so grob auf die Füße, dass der Zwerg einen quiekenden Laut ausstieß.

»Es ist doch nicht passiert, oder?«, maulte Gurk.

Charity ignorierte ihn und sah rasch zu Stone und Skudder. »Ist jemand verletzt?«, fragte sie.

Skudder schüttelte nur kurz den Kopf, während sich Stone unsicher aufrichtete und beinahe verblüfft auf die Waffe in seinen Händen hinabblickte. Charity musterte ihn einen Moment lang sehr aufmerksam. Sie waren alle ziemlich nervös, aber Stone musste nach den Ereignissen der vergangenen Stunden unter einem Druck stehen, der fast unvorstellbar war. Sie nahm sich vor, ihn genauer im Auge zu behalten, und drehte sich zu French herum.

Sein Ameisenkostüm schwelte noch immer hier und da; die Gummihaut hatte Blasen geschlagen und wies jetzt große, hässlich verbrannte Flecken auf. Aber seine Haltung verriet keinen Schmerz, sondern nur Anspannung. »Alles in Ordnung?«, fragte sie.

French reagierte im ersten Moment überhaupt nicht, sondern blickte weiter wie gebannt zum Ende des Ganges. Die Hitze hatte nachgelassen, aber die Wand glühte noch immer, und aus den verkohlten Chitinpanzern der Moroni leckten kleine, gelbe Flammen.

»Keine Sorge«, sagte Charity. »Sie sind tot.«

French starrte weiter auf die Moronikrieger. Er hob die Hand und massierte seinen schmerzenden linken Arm, in einer Bewegung, die er wahrscheinlich nicht einmal selbst registrierte. »Einer fehlt.«

Charity blickte ihn fragend an.

»Einen habe ich getötet«, sagte French. »Und dort liegen drei.«

»Das macht vier«, erwiderte Charity. »Und?«

»Es waren fünf.«

»Bist du sicher?«, fragte Skudder erschrocken. »Ich habe nur vier gesehen.«

»Ich auch«, fügte Stone hinzu.

French schüttelte stur den Kopf. »Es waren fünf. Ich bin ganz sicher. Einer muss entkommen sein.«

Skudder murmelte einen Fluch und zog die Unterlippe zwischen die Zähne, während Stone erbleichte. Gurk zog es vor, gar nichts zu sagen, und duckte sich unter Charitys Blick wie ein geprügelter Hund.

»Das heißt, dass sie in wenigen Augenblicken hier sein werden«, sagte Charity ruhig. Mit einem giftigen Seitenblick auf den Zwerg fügte sie hinzu: »Vielen Dank, Gurk.«

Gurk öffnete den Mund, um nun doch etwas zu erwidern, aber Charity schnitt ihm mit einer Geste das Wort ab. »Wir klären das später«, bemerkte sie. Dann wandte sie sich wieder an French. »Also los.«

French starrte sie an, und obwohl sie nur in die Gummimaske vor seinem Gesicht blickte, spürte sie sein Erstaunen. »Aber wohin denn?«

Charity deutete mit dem Lauf ihrer Waffe auf die Tür, hinter der ihr ursprüngliches Ziel lag. »Zu Ihren Leuten. Nachdem wir *das da* erledigt haben. Los!«

Das letzte Wort hatte sie bewusst in scharfem, befehlendem Ton gesprochen. Was immer French hatte sagen wollen, er drehte sich gehorsam herum und lief mit weit ausgreifenden Schritten vor ihnen her.

Die Hitze wurde so groß, dass sie es fast nicht geschafft hätten, aber sie hatten zumindest in einem Punkt Glück:

Die Tür war nicht verschlossen, und der Mechanismus funktionierte noch so zuverlässig und schnell wie vor fünfzig Jahren. Mit einem kaum hörbaren Summen glitt das schwere Panzerschott vor ihnen zur Seite und gab den Eingang zu einer asymmetrisch geformten Kammer frei, deren Wände mit Regalen und Schränken so voll gestopft waren, dass sie zu fünft kaum darin Platz fanden.

Charity betrat die Kammer als Letzte, und sie schloss die Tür nicht wieder, sondern gab Skudder mit Gesten zu verstehen, den Gang draußen im Auge zu behalten. »Schnell«, sagte sie dann an French gewandt. »Wir haben nicht viel Zeit.«

»Wir haben sogar weniger Zeit, als du glaubst«, sagte Skudder von der Tür her. »Sie kommen.«

Charity drängte sich an French vorbei und riss wahllos einen der Schränke auf. Er war voll gestopft mit Dingen, die vor einem halben Jahrhundert ihre Bedeutung verloren hatten: Werkzeuge, Ersatzteile, technische Gerätschaften und Batterien, Kleidungsstücke und Lebensmittelpakete. Es war so, wie sie vermutet hatte – sie waren in einem der alten Lagerräume, von denen es an der Peripherie der Station eine ganze Reihe gegeben hatte. Die Orbit-Stadt hatte am Schluss mehr als zweihundert ständige Bewohner gehabt, und sie war darauf eingerichtet gewesen, diese Anzahl von Menschen im Notfall ein volles Jahr lang versorgen zu können.

Während Charity rasch und nacheinander von Schrank zu Schrank ging und ihn aufriss, ohne irgendetwas zu finden, was ihnen im Augenblick weiterhelfen würde, bemühte sich French mit Gurks Hilfe ab, eine Anzahl klobiger, in Signalgelb gestrichener Stahlflaschen von einem der Regale herunterzuwuchten; Reservetanks für die Sauerstoffflaschen, die zu den Anzügen des Wartungspersonals gehört hatten. Sie waren sehr viel schwerer und unhandlicher als die kleinen modernen Wiederaufarbeitungs-Packs und enthielten einen Luftvorrat, der knappe zwei Stunden reichte.

Charity sah den beiden einen Moment lang zu, und es fiel ihr auf, wie sehr sich French anstrengen musste, um auch nur eine einzige dieser Flaschen anzuheben. Sie fragte ihn, wie um alles in der Welt er es geschafft hatte, dieses Gewicht zurück zu seinen Leuten zu schleppen.

»Normalerweise gehe ich nicht so weit in die Schwere Zone«, antwortete French. »Und mehr als eine ist auch nicht nötig.«

Er riskierte sein Leben, um einen Sauerstoffvorrat für *zwei Stunden* zu erbeuten? Charity war mehr als nur ein wenig verwirrt, fuhr aber fort, den Inhalt der Kammer gründlich zu inspizieren. French und Gurk häuften unterdessen vier der klobigen Stahlflaschen neben dem Eingang auf. Offensichtlich setzte French wortlos voraus, dass sie ihm beim Abtransport seiner Beute helfen würden.

Hinter der letzten Tür, die sie öffnete, fand Charity, wonach sie gesucht hatte: Säuberlich aufgereiht hing ein Dutzend silberfarbener Vakuumanzüge. Es waren keine wirklichen Raumanzüge, sondern mit Silber und Aluminium versehene Overalls, die ihre Träger bestenfalls zwei oder drei Stunden vor der Weltraumkälte oder der direkten Sonneneinstrahlung zu schützen vermochten.

»Was immer ihr da tut«, sagte Skudder von der Tür her, »beeilt euch. Da draußen geht irgendetwas vor.«

Charity warf ihm einen besorgten Blick zu, dann nahm sie einen der Anzüge aus dem Schrank, öffnete ihn und stieg mit raschen Bewegungen hinein. Stone sah ihr mit großen Augen dabei zu, während sich Gurks Stirn noch mehr in Falten legte. French war wieder zum Regal getreten, beschäftigte sich aber jetzt nicht mehr mit den Sauerstoffflaschen, sondern wühlte mit fliegenden Fingern in einem darunter liegenden Fach. Nach einigen Augenblicken hatte er gefunden, wonach er suchte. Mit einem erleichterten Seufzer zog er eine zusammengefaltete Kunststofffolie aus dem Fach, breitete sie vor sich auf dem Boden aus – und gab einen enttäuschten Laut von sich. Wortlos starrte er auf den Plastiksack vor sich, dann fuhr er plötzlich herum und trat abermals an das Fach heran. Diesmal wühlte er mit hektischen, fast schon panikerfüllten Bewegungen dessen Inhalt durch. Nach einigen Augenblicken fand er eine zweite Kunststofffolie, die er so hastig herauszerrte und ebenfalls ausbreitete, dass er sie beinahe zerrissen hätte. Nicht, dass das noch einen großen Unterschied machte – Charity sah, dass die Kunststoffhaut an zahlreichen Stellen eingerissen war. Sie fragte sich, was er damit vorgehabt hatte. Sie kannte den Verwendungszweck dieser Folien: Aufgeblasen bildeten sie eine Art Miniatur-Behelfsraumschiff; eine Luftblase, um Nachschubgüter, die dem Vakuum nicht ausgesetzt werden durften, an Bord der Station oder umgekehrt in eines der Shuttles zu transportieren. Aber es gab hier drinnen absolut nichts, was sie mitnehmen konnten.

»Was ist los?«, fragte sie alarmiert. Es war nicht nur Frenchs plötzliches Schweigen, das sie aufschreckte. Seine Haltung verriet nicht nur Schrecken, sondern *Entsetzen.*

»Wir ... können nicht zurück«, sagte er.

»Zurück? Wohin?«

»Zurück in den Hort«, murmelte French. »Sie ... sie sind beschädigt. Sehen Sie doch selbst.« Zitternd deutete er auf die Löcher und Risse in der Plastikfolie. »Ich habe Flickzeug dabei, aber es reicht nicht. Wir ... wir müssen versuchen, andere zu finden.«

»Aber wozu?«, fragte Stone.

French sah mit einem Ruck auf. »Wir müssen in den Hort«, wiederholte er unsicher. »Die Tote Zone. Wir ... wir können sie nicht durchqueren ohne einen Schutzanzug.«

»Einen *Schutzanzug?*« Charity hätte fast gelacht. Dann begriff sie. »Die Tote Zone – das ist ein Bereich ohne Luft?«

»Und?«, fragte Stone verwirrt. Er blickte auf den offen stehenden Schrank mit den Vakuumanzügen. »Wozu brauchen wir diese Dinger da?«

»Ihr würdet sterben«, sagte French. »Mein Anzug ist beschädigt, aber vielleicht kann ich es schaffen. Aber ihr nicht. Es ist zu weit. Niemand kann so lange die Luft anhalten.«

»Das ist auch nicht nötig«, begann Stone, »wir ...«

Charity brachte ihn mit einer unwilligen Geste zum Verstummen. »Der Hort«, sagte sie, an French gewandt. »Das ist der Ort, an dem deine Leute leben, nicht wahr? Er liegt außerhalb der Station?«

»Hinter der Toten Zone«, bestätigte French.

»Beschreibe sie«, verlangte Charity. »Wie sieht es dort aus?«

French machte eine hilflose Bewegung. »Es ist ... die Tote Zone«, wiederholte er verwirrt. »Es gibt keine Luft dort, und es ist kalt. Die Spinnen kommen niemals dorthin.«

Charity gab auf. Es hatte wenig Sinn, über Dinge diskutieren zu wollen, für die sie keine gemeinsamen Worte hatten. Aber sie glaubte, zumindest eine ungefähre Vorstellung von dem zu haben, was French als *Hort* bezeichnete.

Langsam drehte sie sich einmal im Kreis und sah sich um. Sie verfluchte jetzt die Tatsache, sich damals nicht mehr für die Konstruktion der Orbit-Stadt interessiert zu haben. Sie hatte ja nicht ahnen können, wie wichtig es einmal werden würde. Andererseits blieb ihnen wahrscheinlich gar keine andere Wahl, als sich darauf zu verlassen, dass sie ihre Erinnerung nicht narrte.

»Wenn das Zeug hier das ist, was ich hoffe«, sagte sie, »dann habe ich eine kleine Überraschung für unsere vierarmigen Freunde.« Sie machte eine schnelle, auffordernde Geste auf den Schrank. »Schnell – zieht die Dinger an. Und beeilt euch.«

»Das ist eine wirklich gute Idee«, rief Skudder von der Tür her und duckte sich unter einem grellen Energieblitz, der den Stahl über seinem Kopf zum Aufglühen brachte.

4

Das Heulen der Alarmsirenen riss Hartmann aus einem Schlaf, in den er erst vor einer halben Stunde gesunken war. Die Digitaluhr in seiner Videowand hatte etwas weniger als vierundzwanzig Stunden angezeigt, ehe er die Wache in der Zentrale an einen der wenigen Männer übergeben hatte, denen er noch vertrauen konnte, und sich in sein Privatquartier zurückzog. Er war seit fast dreißig Stunden auf den Beinen gewesen. Trotzdem hatte es lange gedauert, bis er endlich eingeschlafen war.

Um so schlimmer erwachte er wieder. Das aus zwei Zimmern bestehende Apartment, das Hartmann seit einigen Wochen bewohnte, hatte früher Krämer gehört; es zeichnete sich nicht nur durch einen sonst nirgendwo in der Bunkerfestung anzutreffenden Luxus aus, sondern auch dadurch, unmittelbar an die Kommandozentrale zu grenzen. Die erste Sequenz des Alarmgeheuls war noch nicht völlig verklungen, als Hartmann auch schon die Tür aufstieß und mit zwei gewaltigen Schritten hinter der Wache auftauchte. Sein Blick irrte über die Monitorwand und tastete in fliegender Hast jeden einzelnen Bildschirm ab. Nichts hatte sich darauf verändert. Es war dunkel geworden, und die Kameras zeigten das geisterhafte, grünrote Bild der Restlichtverstärker. Auch mit Ausnahme der Farben unterschieden sich die Aufnahmen nicht von denen, die Hartmann den ganzen Tag über gesehen hatte: Die Moroni taten noch immer unverständliche Dinge, aber er sah nichts, was diesen Alarm rechtfertigte.

»Was ist hier los?«, schnappte er. »Warum dieser Alarm?«

Eine Sekunde lang wartete er vergeblich auf eine Antwort, ehe er begriff, dass die Aufmerksamkeit des Wachoffiziers nicht den Bildschirmen, sondern vielmehr der kleinen Sprechanlage auf seinem Schreibtisch galt. Mit einem Satz war er neben ihm, sagte aber nichts, sondern blickte den Mann nur fragend an. Der Soldat deutete mit besorgtem Gesicht auf den Lautsprecher. Hartmann lauschte.

Im ersten Moment hatte er Mühe, die Geräusche zu identifizieren. Die Übertragung war sehr leise und schien nur aus sinnlosen Lauten und Geräuschen zu bestehen. Dann identifizierte er Schreie, das Klirren von Glas, ein dumpfes Krachen und Rumoren und andere unheimliche Laute, die er in den ersten Sekunden nicht einordnen konnte.

»Die Schlaftanks?«, flüsterte er.

Der Wachoffizier nickte. »Der Alarm wurde dort ausgelöst«, bestätigte er. »Aber ich kann den Posten nicht erreichen. Er meldet sich nicht.«

Hartmann warf einen neuerlichen, raschen Blick auf die Monitorwand. Das Bild darauf hatte sich immer noch nicht verändert, aber er hatte eine ziemlich konkrete Vorstellung davon, was in den beiden unteren Stockwerken der Bunkerfestung vor sich ging.

»Soll ich eine Einsatzgruppe hinunterschicken?«, fragte der Offizier.

Hartmann überlegte eine Sekunde, dann schüttelte er den Kopf. »Nein. Aber schalten Sie den Alarm ab.«

Der Mann gehorchte. Nach dem überlauten, an den Nerven zerrenden Wimmern der Sirene empfand Hartmann die nachfolgende Stille fast als noch unangenehmer. Trotzdem klang seine Stimme ruhig und verriet nichts von seinen wirklichen Gefühlen, als er fortfuhr.

»Wecken Sie die Männer. Sie sollen in Alarmbereitschaft bleiben, aber noch nichts unternehmen.« Er zog eine Schublade auf, nahm den zusammengerollten Pistolengürtel heraus und schnallte ihn um. »Ich gehe hinunter und sehe nach.«

Der Offizier machte eine Bewegung, um sich aus seinem Stuhl zu erheben, aber Hartmann winkte ab. »Ich gehe allein«, sagte er.

Die letzte Salve hatte Skudder von seinem Platz vor der Tür vertrieben. Skudders wütende Gegenwehr und die Hitze in dem engen Gang draußen, dessen Wände unter den Einschüssen seines Lasergewehrs immer wieder aufglühten, hatte die *Ameisen* bisher auf Distanz gehalten. Aber nun begannen sie sich offensichtlich auf ihr Ziel einzuschießen. Charity verstand ohnehin beim besten Willen nicht mehr, wie Skudder die erdrückende Übermacht so lange hatte aufhalten können. Auf dem Gang draußen mussten mehr als ein Dutzend toter *Ameisen* liegen, und allein die furchtbare Hitze hatte sicherlich noch einmal die gleiche Anzahl das Leben gekostet. Selbst hier drinnen war es mittlerweile so heiß geworden, dass sie kaum noch atmen konnten. Der einzige Grund, aus dem sie bisher noch nicht einfach überrannt worden waren, war der, dass die Moronikrieger, die sie angriffen, nicht halb so intelligent waren wie ihre Brüder, die Charity auf der Erde kennen gelernt hatte. Sie verstanden hervorragend, mit ihren Waffen umzugehen, und reagierten so schnell und präzise wie Roboter. Hätte Charity es nicht besser gewusst, sie hätte geschworen, dass sie es nicht mit denkenden Individuen, sondern mit abgerichteten Tieren zu tun hatten, die blindlings in den Tod liefen, weil irgendjemand es ihnen befohlen hatte.

Sie gab einen ungezielten Schuss durch die Tür nach draußen ab und wandte sich dann wieder French zu, um ihm beim Anlegen des Anzuges zu helfen. Er stellte sich alles andere als geschickt an. Auf Charitys Befehl hin hatte er seinen Helm abgenommen, presste ihn aber fast angstvoll an die Brust, während sich Charity ein letztes Mal pedantisch davon überzeugte, dass alle Verschlüsse seines Anzuges auch wirklich versiegelt waren. Mit Stones Hilfe hatte sie eine der gelben Sauerstoffflaschen auf Frenchs Rücken befestigt und die Schläuche angeschlossen. French wankte unter dem zusätzlichen Gewicht, und obwohl er sich alle Mühe gab, sich nichts anmerken zu lassen, spürte Charity, dass er am Ende seiner Kräfte angelangt war. Seine Bemerkung über die Schwere Zone ging ihr nicht aus dem Kopf. Offensichtlich herrschte nicht überall an Bord der Raumstation die gleiche Gravitation. Wenn French in einem Bereich mit deutlich geringerer Anziehungskraft geboren und aufgewachsen war, dann musste er jetzt das Gefühl haben, eine Tonnenlast zu tragen. Selbst sie begann das Gewicht der Sauerstoffflasche bereits unangenehm zu spüren.

»Erschrecke jetzt nicht«, sagte sie und berührte eine Taste auf dem winzigen Instrumentengürtel des Anzuges. French gab sich alle Mühe, sich zu beherrschen, aber er fuhr trotzdem zusammen, als sich der durchsichtige Kunststoffhelm aus den Schultern seines Anzuges herausfaltete und zu einer Halbkugel aufblies. Offensichtlich hatte er einen solchen Anzug noch nie zuvor gesehen.

Sie überzeugte sich davon, dass auch Gurks und ihr eigener Anzug fest verschlossen waren, und warf einen letzten, sichernden Blick zur Tür zurück. Skudder signalisierte ihr mit einer Geste, sich zu beeilen, und feuerte gleichzeitig wieder in den Korridor hinaus. Die Luft draußen vor der Tür waberte vor Hitze. Skudder feuerte nicht wirklich auf die Angreifer, sondern legte einfach eine Barriere aus unüberwindlicher Glut zwischen sie und ihrem Versteck. Aber so dumm, nicht früher oder später mit gepanzerten Anzügen und schweren Waffen anzurücken, konnten selbst diese Moroni nicht sein.

Charity gab Stone, Gurk und French mit einer Kopfbewegung zu verstehen, von der rückwärtigen Wand des Raumes wegzutreten, hob ihre Waffe und visierte eine Stelle zwischen zwei der gebogenen Stahlträger an. Auf engste Bündelung und größtmögliche Energieabgabe eingestellt, fraß sich der grüne Lichtstrahl zischend und Funken sprühend in das Metall; schnell, aber nicht so schnell, wie sie gehofft hatte. Die Wand bestand aus zwei Zentimeter dickem Stahl. Selbst mit der schweren Laserwaffe würde sie eine Viertelstunde brauchen, um eine ausreichend große Öffnung hineinzubrennen. Und sie wusste nicht einmal, ob es Sinn hatte. Was geschah, wenn die Moroni die Orbit-Stadt in größerem Maße verändert hatten, als sie wusste? Was, wenn hinter dieser gekrümmten Wand nicht der leere Raum, sondern nur ein weiterer Saal voller waffenstarrender *Ameisen*krieger lag, die bereits auf sie warteten, und ...

Der Laserstrahl stieß plötzlich ins Leere. Ein helles Zischen und Pfeifen erklang, und etwas packte die Flammen und sog sie ins Freie.

Charity ließ den Laserstrahl ein wenig nach links wandern und begann die gewaltsam geschaffene Öffnung zu erweitern. Aus dem Zischen wurde ein heulendes Fauchen, und der Raum füllte sich mit Bewegung, als der Luftstrom an allem zu reißen begann, was nicht ausgesprochen schwer oder irgendwie befestigt war.

»Verdammt, was treibst du da?«, rief Skudder von der Tür her.

Charity nahm für einen Moment den Finger vom Feuerknopf und blickte zur Tür. Der Luftstrom begann Rauch und Flammen vom Gang hereinzusaugen, so dass Skudder kaum noch etwas sehen konnte. Und plötzlich flackerte neben der Tür eine rote Warnlampe, und das schwere Panzerschott begann sich automatisch zu schließen.

Charity fuhr herum, war mit einem Satz neben Skudder und wuchtete eine der schweren Sauerstoffflaschen in die Türöffnung. Das Schott prallte mit einem Laut, als schlüge ein schwerer Schmiedehammer auf einen Amboss, dagegen, und zum Prasseln der Flammen und Zischen der immer schneller entweichenden Luft gesellte sich plötzlich das gequälte Wimmern eines überlasteten Elektromotors. Einen Augenblick später begann grauer Rauch aus einer Ventilationsöffnung neben der Tür zu quellen.

Skudder blickte sie verständnislos an. »Was tust du da?«, wunderte er sich.

Charity gebot ihm mit einer Geste still zu sein und blickte konzentriert auf den Gang hinaus. Rauch und Flammen hatten sich zu einem Orkan ausgeweitet, der heulend und mit solcher Kraft durch die Tür hereinströmte, dass Charity Mühe hatte, ihm zu widerstehen. Sie wartete mit angehaltenem Atem, eine, zwei, drei Sekunden; und dann drang vom Gang her rasch hintereinander eine Folge dumpfer Schläge herein. Charity atmete hörbar auf. Offensichtlich funktionierte die Notfallautomatik noch genauso zuverlässig wie vor einem halben Jahrhundert. Der Computer hatte sämtliche Türen geschlossen und den Bereich rings um den undichten Raum luftdicht abgeschottet. Der Strom aus Flammen, wirbelndem Rauch und Ruß hielt nur noch einen Moment an und versiegte dann. Der flackernde Feuerschein draußen wurde dunkler und erlosch.

Skudder zog anerkennend die Augenbrauen zusammen, als er begriff, was sie getan hatte. »Du hast mein Feuer ausgemacht«, sagte er übertrieben vorwurfsvoll. Dann richtete er sich auf und spähte vorsichtig auf den Gang hinaus. »Alles klar«, fügte er grinsend hinzu. »Die *Ameisen* hast du auch ausgeknipst.«

Sein Lächeln erstarrte, als er den Blick auffing, den Charity ihm zuwarf. Charity war selbst ein wenig verwirrt – sie kannte Skudders sarkastische Art zur Genüge und wusste, dass sein Zynismus nur aufgesetzt und eigentlich nicht so gemeint war. Trotzdem spürte sie Verärgerung, fast Zorn. Vielleicht hatte sie den Tod zu intensiv berührt, um noch Scherze mit ihm treiben zu können. Rasch drehte sie sich herum und visierte wieder die Wand an. Ihr Lasergewehr fuhr fort, grünes Feuer gegen den Stahl zu schleudern und ihn damit zu zerschmelzen, und nur einen Augenblick später gesellte sich Skudder zu ihr und erweiterte die Öffnung in der entgegengesetzten Richtung.

Trotzdem brauchten sie gute fünfzehn Minuten, um ein Loch in die Wand zu schneiden, das groß genug war, um bequem hindurchsteigen zu können. Immer wieder mussten sie ihre Arbeit unterbrechen, um ihre Waffen abkühlen zu lassen oder ihren gequälten Augen eine Pause zu gönnen. Der Lauf des Lasergewehres schien in Charitys Händen zu glühen, als sich die metergroße Stahlplatte endlich aus der Wand löste und lautlos nach draußen kippte. Ein Blick auf die Ladekontrolle zeigte ihr, dass die Batterien kaum noch zehn Prozent ihrer normalen Leistung hatten. Sehr lange würden sie mit diesen Gewehren nicht mehr schießen können.

Sie gönnte sich selbst den Luxus, einige Sekunden lang die Augen zu schließen und an gar nichts zu denken, dann drehte sie sich zu French herum und sagte: »Okay. Sie als Erster.«

French starrte sie an. Sein bleiches Totenkopfgesicht wirkte unter dem durchsichtigen Plastikhelm klein und verloren. Er sagte etwas. Seine Lippen bewegten sich, aber Charity hörte nicht den mindesten Laut. Erst dann begriff sie, dass hier drinnen jetzt das Vakuum des Weltraums herrschte und sie gar nichts hören *konnte.*

Sie knipste den Helmfunk ein und bedeutete French, es ihr nachzutun. »Gehen Sie voraus«, sagte sie noch einmal. »Sie kennen den Weg.«

In Frenchs Augen flackerte Panik auf, und Charity fügte mit einem erzwungenen Optimismus in der Stimme, den sie selbst ganz und gar nicht verspürte, hinzu: »Keine Angst. Ihnen kann nichts passieren.«

»Das ... das ist die Tote Welt«, stammelte French. »Wir ... wir werden alle zur Erde gehen. Wir werden erfrieren oder verbrennen.«

»Ihnen wird nichts dergleichen geschehen«, versicherte ihm Charity. »Diese Anzüge sind sicher. Und wir passen auf Sie auf.« Sie lächelte aufmunternd. »Wir kommen von dort draußen, schon vergessen?«

Charity war nicht sicher, ob French ihr wirklich glaubte oder ob es immer noch die Ehrfurcht vor den Fremden war, die er für eine Art Götter oder zumindest Übermenschen zu halten schien, aber es wirkte. French beruhigte sich. Er war noch immer nervös, aber in seinem Blick war jetzt keine Panik mehr, und er machte einen zögernden Schritt auf das Loch in der Außenwand zu und hob die Hände. Langsam schob er Kopf und Oberkörper durch die gewaltsam geschaffene Öffnung ins Freie, und Charity hielt ihn im letzten Moment zurück, als ihr der nächste Fehler klar wurde, den sie im Begriff war zu begehen.

»Warten Sie«, sagte sie. Sie signalisierte die gleiche Aufforderung mit Gesten, als French sie erschrocken ansah, trat rasch an den Schrank heran, aus dem sie die Anzüge geholt hatte, und nahm eine der Sicherheitsleinen heraus. Sie befestigte die Ösen an ihrem und Frenchs Anzug und bedeutete Skudder, das gleiche mit Gurk und Stone zu tun. Außer ihr selbst – und möglicherweise Gurk – hatte keiner von ihnen jemals einen Raumanzug getragen oder sich im leeren Raum aufgehalten.

Ihre Vorsicht erwies sich als keineswegs übertrieben. Kaum war sie hinter French ins Freie geklettert, da spürte sie, wie eine unsichtbare Last von ihr genommen wurde. French schwebte vor ihr im Nichts wie ein bizarrer Riesenfisch an der im Vakuum silbern schimmernden Nylonschnur, und die Außenwand der Orbit-Stadt sackte lautlos unter ihr weg. Sie bewegte sich auf die Art, die sie gelernt hatte, glitt wieder in die entgegengesetzte Richtung und berührte sanft wie ein fallendes Blatt die gekrümmte Außenfläche der Raumstation. Mit einem leisen Klicken schalteten sich die Elektromagnete in den Sohlen ihres Anzuges ein. Sie überzeugte sich davon, sicheren Stand zu haben, dann griff sie nach der Leine und zog French zu sich zurück, was ihr nun vollends das Gefühl gab, einen zu groß geratenen Fisch an der Angel zu haben.

Offensichtlich hatte er auch keine große Erfahrung im Umgang mit Magnetschuhen, denn er versuchte ganz instinktiv, die Füße wieder vom Boden loszureißen, bis Charity ihm zeigte, wie er leichter und mit nur einer sanften Drehung ging, ihm aber gleichzeitig andeutete, es im Moment noch nicht zu tun. Besorgt betrachtete sie sein Gesicht. Der Ausdruck, den sie darauf sah, ließ sich nur noch mit Todesangst bezeichnen. Charity schickte ein Stoßgebet zum Himmel, dass sein Respekt vor ihr und den anderen größer sein möge als seine Angst, dann stellte sie den Helmkontakt wieder her.

Frenchs Atem ging schnell und stoßweise. Er zitterte. »Wir ... wir werden zur Erde gehen«, stammelte er. »Wir werden alle ...«

»Wir werden nichts dergleichen tun«, unterbrach ihn Charity scharf. »Vielleicht nehmen wir Sie eines Tages mit dorthin, French, aber nicht auf diesem Weg. Das würde zu lange dauern und wäre auch nicht besonders bequem. Bitte reißen Sie sich zusammen. Ihnen wird nichts passieren.«

Das Wunder wiederholte sich. French beruhigte sich auch jetzt wieder. Doch wenn auch nur noch die kleinste Kleinigkeit geschah, dachte Charity alarmiert, dann würde er einfach zusammenbrechen und wer weiß was tun. Sie musste sehr gut auf ihn Acht geben.

»Bitte, French«, fuhr sie eindringlich fort. »Wir haben nicht sehr viel Zeit. Der Sauerstoff reicht nur für zwei Stunden, und sie werden uns wahrscheinlich verfolgen. Zeigen Sie uns den Weg zu Ihrem Hort.«

»Ich ... ich weiß es nicht«, stammelte French. Sein Blick irrte unstet hin und her, drohte sich in der Schwärze des Weltraums zu verlieren und tastete über die Orbit-Stadt. Sie hatten einen unglücklichen Ort gewählt, um ins Freie zu gelangen: Die Orbit-Stadt hatte die Form eines riesigen Rades, in dessen Nabe sich der Generator und die wichtigsten Versorgungseinheiten befanden, während die Speichen und das Rad selbst die Wohn- und Arbeitsquartiere der Besatzung aufnahmen. Tatsächlich ähnelte sie verblüffend der klassischen Form einer Weltraumstation, wie sie sich Generationen von Science-Fiction-Autoren und Trickfilm-Spezialisten ausgedacht hatten. Aber sie waren an der Außenseite dieses Rades herausgekommen, so dass sich die künstliche Welt unter ihnen schon nach wenigen Dutzend Schritten zu krümmen begann und hinter dem Horizont verschwand.

Sie deutete hinter sich. »Kommen Sie. Von dort aus haben wir einen besseren Überblick.«

French folgte ihr gehorsam, während Charity mit den ungeschickt tapsenden Schritten eines Menschen, dessen Stiefel ihr Möglichstes tun, um ihn am Boden festzunageln, die Krümmung der Stationswand hinaufging. Sie befanden sich auf der Erde und Mond abgewandten Seite der Orbit-Stadt, so dass über ihr nichts als leerer Raum und das Sternendiadem der Milchstraße waren, aber Charity fiel trotzdem auf, dass sich diese Sterne nicht bewegten. Früher hatte sich die Orbit-Stadt um ihre Mittelachse gedreht, um auf diese Weise eine dem Menschen angenehme Schwerkraft an Bord zu schaffen. Die Moroni schienen eine andere Lösung für dieses Problem gefunden zu haben. *Künstliche Gravitation,* dachte Charity fassungslos. Das war unvorstellbar. Die Wissenschaftler des ausgehenden zwanzigsten Jahrhunderts hatten nicht einmal genau gewusst, was Gravitation war. So primitiv ihr die Technik der Moroni manchmal vorkam, schienen sie auf manchen Gebieten ebenso unvorstellbar weit fortgeschritten zu sein. Vermutlich gaben die unsichtbaren Herrscher im Hintergrund ihren Insektensöldnern stets nur das, was sie unbedingt brauchten. Und trotzdem, dachte Charity verbittert, war es ihnen nicht gelungen, mit diesem Söldnerheer fertig zu werden. Welchen Sinn hatte ihr Widerstand überhaupt noch? Selbst wenn es ihnen gelang, die Moroni zu vertreiben – wie sollten sie sich gegen einen Angreifer verteidigen, der Materietransmitter baute und Bomben, die eine ganze Sonne zur Nova werden lassen konnten? Dann waren sie so weit über die Krümmung des Rades hinaus, dass sie seine Oberseite sehen konnten, und Charity vergaß schlagartig alles andere und starrte fassungslos auf das unglaubliche Bild, das sich vor ihnen ausbreitete.

Offensichtlich waren sie nicht nur auf der der Erde abgewandten Seite der Station ausgebrochen, sondern zugleich auch so ziemlich an der einzigen Stelle, die die Moroni nicht um- oder ausgebaut hatten.

Die Orbit-Stadt war schon früher groß gewesen. Jetzt war sie gigantisch. Wohin sie auch blickte, wuchsen rechteckige, runde, zylinder- und kegelförmige Kuppeln aus den Wänden. Auf der anderen Seite des riesigen Rades schwebten drei gewaltige metallene Quader, von denen mindestens einer größer als die Orbit-Stadt selbst sein musste. Ein irrsinniges Durcheinander von Stahlträgern und Stützen und silberfarbenen, flexiblen Schläuchen verband die einzelnen Teile dieses unglaublichen Gebildes miteinander, und weit entfernt auf der anderen Seite der Basis, halb unter dem künstlichen Horizont verborgen, sah sie ein silbriges Blitzen und Schimmern; wie von einer Münze, die das Sonnenlicht widerspiegelte.

Charity sah noch einmal genau hin und entdeckte mehr und mehr der funkelnden Lichtsplitter, ehe sie ihren Irrtum begriff. Die vermeintliche Münze dort drüben war in Wirklichkeit eine gut dreißig Meter durchmessende, silberfarbene Flugscheibe, die zusammen mit Dutzenden, wenn nicht Hunderten oder gar Tausenden gleichartiger Fahrzeuge an der Orbit-Stadt angedockt hatte. Was vor ihnen lag, das war das Flottenhauptquartier der Moroni.

Aber trotz dieser erstaunlichen Erkenntnis verweilte Charitys Blick nur wenig länger als eine Sekunde auf der gewaltigen Gleiterflotte: Erstaunlicher, erschreckender als alles andere war eine Veränderung, die die *Ameisen* mit dem Zentrum der Orbit-Stadt vorgenommen hatten. Die gewaltige Weltraumbasis war kein Rad mehr, sondern ein Ring. Jemand hatte die Speichen und die Mittelnabe entfernt und durch etwas ersetzt, das Charity im ersten Moment nicht einmal richtig erkennen konnte, denn es war zwar riesig, aber von nachtschwarzer Farbe und in schneller, rotierender Bewegung, so dass sie eigentlich nur ein gelegentliches Aufblitzen von Licht sah. Das Gebilde ähnelte einer ins Absurde vergrößerten Hantel: Es bestand aus zwei sicherlich fünfundzwanzig oder dreißig Meter durchmessenden Kugeln, die an den Enden einer vielleicht hundert Meter langen Röhre befestigt waren. Es drehte sich so schnell, dass seine Umrisse zu verschwimmen schienen.

Verwirrt wandte Charity sich um und sah die anderen an. Stone wirkte so beunruhigt und erschrocken wie sie selbst, aber sein Gesichtsausdruck verriet ihr auch, dass er ebenso wenig wie sie wusste, was da vor ihnen lag. Skudders Blick spiegelte ein eher wissenschaftliches Interesse wider und allenfalls Erstaunen über die immense Größe der Hantel, während French noch verängstigter aussah als zuvor. Und dann fiel ihr Blick in Gurks Gesicht, und was sie in seinen Zügen las, das war schieres Entsetzen. Seine Augen waren starr und schienen aus den Höhlen zu quellen, und sein Mund war zu einem stummen Schrei geöffnet. Er war so bleich geworden, dass seine Haut jetzt fast so weiß und durchsichtig erschien wie Frenchs.

Charity ging zu ihm. »Was hast du?«, fragte sie.

Gurks Blick blieb weiter starr auf die riesige Hantel gerichtet, aber er hatte ihre Frage gehört, denn er deutete ein knappes, abgehacktes Kopfschütteln an. »Nichts«, behauptete er. »Es ist ... nichts.«

»Ja«, sagte Charity. »Hör mit dem Theater auf, Gurk. Du weißt, was das da ist, und du wirst es mir jetzt sagen.«

Sie sah, welche Mühe und Überwindung es Gurk kostete, seinen Blick von dem bizarren Riesengebilde zu lösen und sie anzusehen. »Warum eigentlich nicht?«, flüsterte er mit belegter Stimme. »Schließlich sind wir hierher gekommen, um das Ding zu suchen.«

Charity sah überrascht auf und maß die rotierende Hantel mit einem neu aufkeimenden Gefühl von Furcht. »Die Bombe?«, vergewisserte sie sich. »Du meinst – *das* ist die Sonnenbombe?«

»Ja und nein«, antwortete Gurk.

Charity runzelte ärgerlich die Stirn, beherrschte sich aber. »Aha«, sagte sie.

»Es ... es ist etwas viel Schlimmeres«, murmelte Gurk. »Dieses Ding wird ... wird diesen Planeten in seine Atome zerlegen, oder ...«

»Und?«, unterbrach ihn Charity ruhig. »Wir sind schließlich hierher gekommen, um es zu entschärfen. Sollte es uns nicht gelingen, dann spielt es keine Rolle, ob es diese Station, den Planeten oder meinetwegen die halbe Milchstraße zerreißt. Jedenfalls nicht mehr für uns oder die Erde.«

»Du ... du verstehst nicht«, murmelte Gurk. Seine

Stimme wurde schrill, drohte umzukippen. »Das ist eine *Black-Hole-Bombe.* Und sie ist bereits gezündet.«

»Wie bitte?«, keuchte Charity entsetzt.

»Sie geht in ein paar Stunden hoch«, fuhr Gurk fort. »Und keine Macht des Universums kann das jetzt noch verhindern.«

5

Hartmann traf Net auf dem Gang, nachdem er Krämers ehemaliges Büro verlassen hatte und sich auf den Weg nach unten machen wollte. Offensichtlich hatte das Geheul der Alarmsirenen auch sie aus dem Schlaf gerissen, denn sie trug nur einen zerschlissenen Morgenmantel, und ihr Gesicht und ihre Bewegungen wirkten gleichermaßen übermüdet und benommen. Aber ihre Art zu reden war so knapp und präzise wie gewohnt. »Was ist los?«

Hartmann starrte sie einen Moment lang wortlos an. Zum ersten Mal wurde ihm wirklich bewusst, wie sehr ihm Net gefiel. Vielleicht lag es daran, dass sie unvermittelt aus dem tiefsten Schlaf gerissen und noch nicht ganz wach war. Unter der Oberfläche eines Mädchens, das gelernt hatte, niemanden und nichts an sich heranzulassen, gab es noch eine andere Net. Außerdem war sie sehr hübsch. Der dünne Morgenmantel betonte mehr von ihrer Figur, als er verbarg, und strafte ihr normales Bemühen Lügen, sich äußerlich in etwas zu verwandeln, von dem man nie ganz sicher sein konnte, ob es Mann oder Frau war. Aber gleichzeitig wurde Hartmann sich auch wieder der Tatsache bewusst, dass er Nets Vater hätte sein können; wenn es nach seinem *Geburtsdatum* ging, sogar ihr Urgroßvater.

»Was ist los? Greifen sie an?« Energisch wiederholte Net ihre Frage.

Hartmann schüttelte eine Spur zu hastig den Kopf. »Nein«, sagte er und zuckte mit den Schultern. »Ich weiß es nicht. Irgendetwas ist unten passiert.« Er wollte weitergehen, blieb dann aber doch noch einmal stehen und tat etwas, was ihn im ersten Moment selbst überraschte: Er machte eine einladende Handbewegung und sagte: »Komm mit.«

Auch Net wirkte überrascht. Sie waren so etwas wie Verbündete; aber irgendwie hatten sie sich bisher beide wie nach der unausgesprochenen Vereinbarung verhalten, ganz bestimmt *keine* Freunde zu sein. »So?«, fragte sie schließlich mit einer Geste auf ihren Aufzug.

Hartmann zuckte mit den Achseln. »Warum nicht?« Er lächelte matt, als er Nets neuerliche Verwirrung bemerkte, und ging weiter. Was immer dort unten geschehen war – über eines war er sich im Klaren: Es war nichts, was sie mit Waffengewalt würden ändern können.

Net zögerte noch einen Moment, beeilte sich aber dann, ihm zu folgen.

Das Heulen der Alarmsirenen war verstummt, als sie aus dem Gebäude traten, aber in der riesigen Höhle herrschte trotzdem helle Aufregung. Hartmanns Befehl, die Männer vorsorglich in Alarmbereitschaft zu versetzen, wäre absolut nicht mehr nötig gewesen, denn gut die Hälfte seiner verbliebenen Truppen war ohnehin aus ihren Quartieren gekommen. Einige standen in kleinen Gruppen beisammen und debattierten heftig, andere liefen mit unruhigen, nervösen Schritten auf und ab oder standen einfach reglos da und blickten die Höhle des gewaltigen Felsendomes an, aber auf allen Gesichtern las Hartmann nur ein Gefühl: Angst. Da es ohnehin unmöglich gewesen wäre, hatte er erst gar nicht versucht, den Männern zu verheimlichen, was draußen vorging. Eines quälte ihn mehr als die gewaltige Moroni-Armee, die draußen aufmarschierte, nämlich die Frage: Wer würde der Nächste sein? Wer würde als Nächster aufstehen oder sich auch mitten in einem Gespräch oder einer anderen Tätigkeit plötzlich umdrehen und den Bunker verlassen, um sich den Jared anzuschließen, jenen unheimlichen Zwitterwesen, die wie Menschen aussahen, aber längst keine Menschen mehr waren?

Hartmann verscheuchte den Gedanken und ging schneller weiter, um zu den Aufzügen zu gelangen. Einige der Männer, an denen er vorüberkam, blickten ihn mit einer Mischung aus Furcht und Neugier an, und zwei oder drei machten auch Anstalten, ihn anzusprechen, taten es aber dann doch nicht, als sie den Ausdruck auf seinem Gesicht bemerkten. Hartmann war sehr froh darüber. Er hätte nicht gewusst, was er ihnen sagen sollte.

Die Liftkabine kam. Hartmann schüttelte wortlos den Kopf, als zwei Soldaten sich ihnen anschließen wollten. Die Männer wirkten ein wenig überrascht, traten aber gehorsam einen Schritt zurück, so dass sich die Lifttüren schließen konnten und die Kabine summend in die Tiefe glitt.

Der Weg nach unten war ihm noch niemals so lang vorgekommen. Vielleicht, weil er noch niemals mit dem Bewusstsein hinuntergefahren war, dass es eine Rückkehr für ihn vielleicht nicht mehr geben würde.

Wieder verfluchte Hartmann die Tatsache, dass sie so erbärmlich schlecht ausgerüstet waren. Dieser Bunker war vielleicht das modernste Bauwerk seiner Art, das es auf der ganzen Welt gegeben hatte, und er war dazu konzipiert und erbaut worden, seinen Bewohnern auf Jahre, wenn nicht Jahrzehnte hinaus ein Überleben unter einer strahlenverseuchten, unbewohnbaren Oberfläche zu garantieren. Aber annähernd sechzig Jahre hatten ihren Preis gefordert, und der letzte Angriff der Jared hatte nicht mehr sehr viel übrig gelassen. Sie hatten einfach keine

Ersatzteile, um die zerstörten Video- und Sprechfunkverbindungen zu reparieren.

Der Aufzug hielt mit einem Ruck an. Hartmann zog wider besseres Wissen seine Pistole und gab Net ein Zeichen, zurückzubleiben. Mit klopfendem Herzen verließ er die Kabine, sah sich rasch nach rechts und links um und atmete erleichtert auf. Sie waren allein. Von irgendwoher glaubte er Stimmen und Geräusche zu hören, aber viel zu leise, als dass er auch nur die Richtung ausmachen konnte, aus der es kam. In Gedanken versuchte er rasch, sich den Plan der unterirdischen Bunkeranlage vor Augen zu führen. Er war bisher selten in *diesem* Teil der Festung gewesen. Und wozu auch? Dass ausgerechnet *er* eines Tages das Kommando über diesen Bunker übernehmen würde, damit hatte er nun wirklich nicht gerechnet.

»Wir müssen nach links«, sagte er. Er machte Anstalten, seine Waffe wieder einzustecken, tat es dann aber doch nicht, obwohl er sehr genau wusste, dass die Pistole nur den einzigen Zweck erfüllte, ihn selbst zu beruhigen.

Das Stimmengewirr wurde lauter, als sie eine Verzweigung erreichten, und schon die nächsten Schritte brachten sie in einen Bereich der Festung, die die Illusion einer zwar alten, aber unbeschadeten Welt aus Beton und Stahl nicht länger aufrecht erhalten konnte. Die Wände zeigten Brandspuren, auf dem Boden lagen Scherben und Splitter, viele der in den Beton eingebauten Geräte und Versorgungsleitungen waren herausgerissen oder zerstört, und nur noch jede dritte oder vierte Lampe brannte, so dass aus dem kahlen Betonkorridor eine unregelmäßige Kette aus hellen und dunklen Flecken geworden war. Hartmanns überreizte Fantasie gaukelte ihm alles Mögliche vor, was in diesen dunklen Bereichen zwischen dem Licht auf Net und ihn warten mochte. Doch er ging sogar ein wenig schneller, und sei es nur, um sich selbst Mut zu machen.

Plötzlich aber ergriff Net seinen Arm und deutete nach vorn. Es dauerte fast eine Sekunde, bis Hartmann sah, worauf sie ihn aufmerksam machen wollte. Aus einer der zahlreichen offenen Türen, die von dem Korridor abzweigten, war eine Gestalt herausgetreten: groß, schlank, mit wirrem Haar und in ein einfaches, hinten offenes Nachthemd gekleidet. Aus seiner linken Armbeuge tropfte ein wenig Blut, wo er die Nadeln, mit denen sein Körper während des sechzig Jahre währenden Tiefschlafes an die Versorgungseinheiten angeschlossen war, einfach herausgerissen hatte, und auf seinem Gesicht lag der gleiche, benommene Ausdruck, den Hartmann vorhin auch auf Nets Zügen gewahrt hatte. Aber es war nicht einfach nur Müdigkeit, *diese* Benommenheit würde nicht weichen, wenn er nur ein wenig Zeit hatte, um völlig wach zu werden. Der Mann war zum Jared geworden, wie fast alle anderen, die vor sechzig Jahren freiwillig in den Tiefschlaf gegangen waren, um nach einem Jahrzehnt, einem Jahrhundert oder möglicherweise auch einem Jahrtausend den Kampf gegen die Invasoren neu aufzunehmen.

Nein, nicht fast alle Männer, verbesserte sich Hartmann in Gedanken. Er war plötzlich sicher, dass das Drama bald ein Ende haben würde. Die Jared hatten sich nun auch die letzten Männer geholt. Irgendetwas war mit ihrem Geist geschehen während der Jahrzehnte, die sie geschlafen hatten, irgendetwas hatte nach ihrem Bewusstsein gegriffen und sie verändert.

Der Mann wandte den Kopf, als sie weitergingen und sich ihm näherten, aber in seinen Augen war kein Erkennen, ja, eigentlich nicht einmal so etwas wie Leben. Rasch und ohne ihn wirklich aus den Augen zu lassen, gingen sie an ihm vorbei und näherten sich der Tür des Wachraumes.

Sie war nur angelehnt. Durch eine der großen Glasscheiben, die die übrigen drei Wände bildeten, konnte Hartmann in den dahinter liegenden Tiefschlafsaal blicken und sah, dass nun sämtliche Liegen verwaist waren. Die Einrichtung war zum Teil zertrümmert, aber er konnte nicht sagen, ob diese Schäden erst vor kurzem entstanden, oder Spuren der Kämpfe waren, die hier unten getobt hatten. Das ehemals sinnverwirrende Durcheinander von Monitoren und Kontrollinstrumenten, das die vierte Wand des Raumes bedeckte, war ebenso erloschen wie das System der Computer, das es gesteuert hatte, aber Steinberger saß mit dem Rücken zur Tür hinter seinem Schreibtisch und stand auf, als er ihre Schritte hörte.

»Was ist hier los?«, fragte Hartmann. Seine Stimme klang nicht so sicher, wie er es gern gehabt hätte. Sie verriet mehr von seiner Furcht, als ihm recht war.

Aber wenn Steinberger das überhaupt bemerkte, so überspielte er es meisterlich. »Sie sind alle aufgewacht und gegangen«, sagte er.

»Alle?«, vergewisserte sich Hartmann, obwohl das völlig überflüssig war.

»Fast alle«, entgegnete Steinberger. »Bis auf die, deren Überlebenssysteme ausgefallen waren.«

»Alle zugleich?«, wunderte sich Net. »Aber wieso so plötzlich?«

»Wir brauchten sie«, sagte Steinberger.

Es verging eine Weile, bis Hartmann begriff. *»Wir?«*

Steinberger nickte und lächelte. Und plötzlich war dieses Lächeln nur noch ein Verziehen der Lippen ohne irgendeine Bedeutung. Seine Augen blieben kalt, kalt und leblos, und wenn überhaupt irgendein Gefühl darin war, so war es eines, das Hartmann nicht verstand und nicht verstehen wollte. »Sie auch?«, fragte er schaudernd.

Wieder lächelte Steinberger. »Wir brauchen Ihre Hilfe, Herr General«, sagte er.

Hartmann lachte bitter. Die Waffe in seiner Hand deutete immer noch auf den Soldaten, aber seine Finger zitterten plötzlich so stark, dass er nicht mehr die Kraft hatte, sie zu halten. »Hilfe?«, fragte er mit zitternder Stimme. Sein Blick glitt über die verwaisten Liegen hinter der Glasscheibe, über die sinnlos gewordenen, blinkenden Lichter auf den winzigen Computern neben den Betten, über die zertrümmerte Einrichtung. »Was wollt ihr denn noch?«, murmelte er.

Steinberger antwortete nicht, aber fast in der gleichen Sekunde hörte Hartmann Schritte hinter sich. Einen Moment lang blickte er den zum Jared gewordenen Soldaten noch durchdringend an, ohne in seinem Gesicht irgendetwas anderes zu erkennen als dieses leere, bedeutungslose Lächeln, dann drehte er sich herum – und fuhr überrascht zusammen. Seine Augen weiteten sich, als er die Gestalt erblickte, die unversehens hinter ihm erschienen war.

»Sie?«, murmelte er.

Das Vorwärtskommen auf der Außenseite der Station erwies sich als schwieriger und gefährlicher, als Charity befürchtet hatte. Sie war nicht nur die einzige, die Erfahrung darin hatte, sich im freien Raum zu bewegen. Sie schien auch die einzige zu sein, der ihre Umgebung nicht Todesangst einflößte; abgesehen vielleicht von Abn El Gurk, der jedoch durch den viel zu großen Vakuumanzug so sehr behindert wurde, dass er ununterbrochen mehr taumelte als vorwärts ging. Charity hatte den anderen nichts von ihrem kurzen Gespräch mit Gurk erzählt. Und so unglaublich es ihr im ersten Moment auch vorkam – selbst Stone schien nicht zu ahnen, was es wirklich war, das sich da in rasendem Tempo unter ihnen drehte. Die Blicke, mit denen er die unheimliche Konstruktion musterte, spiegelten Neugier wider, aber keine Furcht. Charity hatte Gurk auch nicht gefragt, was genau sie sich unter einer Black-Hole-Bombe vorzustellen hatte; aber ihr astronomisches Grundwissen reichte durchaus, um dem nagenden Gefühl von Furcht in ihr immer neue Nahrung zu geben.

Sie hatten das silberne Riesenrad der Station zu einem Viertel umkreist und einen Punkt erreicht, von dem aus sie beinahe die ganze Anlage überblicken konnten. Charity blieb stehen, winkte French zu sich heran und schaltete den Helmfunk ein. »Wo müssen wir hin?«, fragte sie. In Frenchs Blick lag nur Verwirrung und Unverständnis, und sie machte eine deutende Geste hinter sich und fragte: »Ihre Leute. Der Hort, wie Sie es nennen. Wo liegt er?«

French antwortete nicht gleich. Sein Blick irrte unstet über die gewaltige Konstruktion. Es fiel ihm immer schwerer, seine Panik zu unterdrücken. »Ich ... ich weiß es nicht«, gestand er schließlich.

»Sie wissen es nicht?« Charity runzelte zweifelnd die Stirn. »Sie wissen nicht, wie der Ort aussieht, an dem Ihre Leute leben?«

»Ich ... war niemals hier«, sagte French nervös. Mit einem Ruck sah er auf und starrte Charity aus angstgeweiteten Augen an. »Das ist die Tote Zone«, stammelte er. »Das *Draußen.* Niemand lebt hier. Es tötet die Menschen.«

Zorn stieg in Charity empor und erlosch fast im gleichen Moment wieder, als sie begriff, dass French die Wahrheit sagte. »Sie wollen damit sagen, Sie haben den Hort niemals von außen gesehen?«, vergewisserte sie sich.

French nickte. »Niemand geht nach draußen«, sagte er. »Nur die Toten.«

Charity war enttäuscht. »Beschreiben Sie ihn«, verlangte sie. »Wie sieht dieser Hort aus? Wie groß ist er? Gehört er zur Station, oder befindet er sich außerhalb?«

Frenchs Blick machte ihr klar, dass er nicht einmal die Frage verstand. »Ich ... weiß es nicht«, stammelte er. »Er liegt hinter der Toten Zone, und ...«

Charity unterbrach ihn. »Die Tote Zone?« Plötzlich begriff sie, dass es ihr Fehler gewesen war. Sie hatte ganz automatisch bisher angenommen, dass French mit der Toten Zone den leeren Raum gemeint hatte.

»Es ist ... wie hier«, murmelte French verstört. »Genau wie hier, aber ganz anders.«

»Aha«, seufzte Charity.

»Es gibt keine Luft dort«, erklärte French. »Und es ist kalt. Alles ist zerstört.«

»Zerstört?«, hakte Charity nach.

French nickte heftig. Für einen Moment konnte Charity nicht verstehen, was er sagte. »... haben die Spinnen versucht, sie zu reparieren. Aber wir haben sofort alles wieder zerstört. Pearl sagte, dass wir das tun sollten. Er hatte Angst, dass sie in den Hort kommen, wenn die Tote Zone nicht mehr da ist.«

Charity überlegte angestrengt. Frenchs Worte ließen eigentlich nur einen Schluss zu, nämlich, dass das Versteck seiner Leute in einem Teil der Raumstation lag, der beschädigt worden war. So schwer beschädigt, dass die

Moroni es offensichtlich nicht für wert befunden hatten, allzu viel Energie auf seine Reparatur zu verschwenden. Aber sie konnte keinerlei Beschädigungen entdecken, so sehr sie sich auch bemühte. Sie ...

Und dann wusste sie es. Plötzlich aufgeregt fragte sie: »Ihr Hort, French – wie sieht der aus? Ein Raum mit einer halbrunden Decke, etwa vierzig Schritte lang und zehn breit? Und davor ein kurzer Gang, der zu zwei weiteren, kleineren Räumen führt?«

French blickte sie erstaunt an. »Woher wissen Sie das?«

»Das spielt jetzt keine Rolle«, antwortete Charity und richtete sich auf. Suchend sah sie sich um. Es war sehr schwer, sich zu orientieren. Die Moroni hatten so viel an der Station verändert und angebaut, dass sie fast nicht wieder zu erkennen war. Trotzdem – jetzt, wo sie einmal wusste, *wonach* sie zu suchen hatte, kehrten ihre Erinnerungen Stück für Stück zurück. Und nach einer Weile begriff sie, dass sie an der falschen Stelle gesucht hatten. Die Docks hatten sich auf der der Erde zugewandten Seite der Orbit-Stadt befunden.

Sie wollte sich wieder zu den anderen umwenden, um ihnen mit Gesten zu verstehen zu geben, dass sie den Weg wieder zurückgehen mussten, als eine Bewegung auf der anderen Seite des riesigen Runds ihre Aufmerksamkeit erweckte. Sie sah genauer hin. Im ersten Moment war es nur ein schwaches Aufblitzen, aber es wiederholte sich und nahm an Stärke zu, und plötzlich wurde ihr mit furchtbarer Deutlichkeit klar, dass es noch etwas gab, das sie übersehen oder vergessen hatte.

Aus der Flotte scheibenförmiger Raumfahrzeuge auf der anderen Seite der Station hatten sich drei Gleiter gelöst, die so genau auf sie zukamen, als dass sie sich auch nur eine Sekunde lang hätte einreden können, es wäre Zufall.

Auch die anderen hatten die Gleiter bemerkt. Stone stand erstarrt vor Schrecken da, während French den riesigen Flugscheiben mit nichts anderem als Neugier entgegenblickte. Offensichtlich wusste er gar nicht, worum es sich dabei handelte. Skudder hatte ein wenig die Beine gespreizt, um festen Stand zu haben, und hob seine Waffe.

Charity schüttelte den Kopf. Sie alle kannten diese Gleiter; sie waren viel zu schwer gepanzert, um sie mit einer einfachen Laserwaffe zu beschädigen.

Ihre Gedanken rasten. Die Gleiter schienen sich fast gemächlich zu nähern, aber sie wusste, dass dieser Eindruck täuschte. Sie würden in wenigen Augenblicken hier sein. Und es gab absolut nichts, was sie tun konnten.

Sie fuhr zu den anderen herum, löste mit einer raschen Bewegung die Sicherheitsleine von ihrem Gürtel und gab ihnen zu verstehen, dasselbe zu tun. »Verteilt euch!«, schrie sie. »Vielleicht erwischen sie uns nicht alle! Wenn wir getrennt werden, versucht, euch zu Frenchs Leuten durchzuschlagen.«

So schnell, wie sie es eben noch wagen konnte, damit ihre Magnetsohlen nicht den Kontakt zum Boden verloren, entfernte sie sich von Gurk, Skudder und Stone, während sie French einfach mit sich zerrte. Im Laufen blickte sie sich um und sah, dass auch Skudder sich in Bewegung gesetzt hatte, während Gurk wieder einmal mit seinem viel zu großen Anzug kämpfte und Stone noch immer wie versteinert dastand. Die Gleiter waren ein gutes Stück näher gekommen; eine der riesigen Scheiben schwebte lautlos auf Gurk und Daniel Stone herab, während eine zweite zu Skudder und die dritte zu ihr und Frenchs Verfolgung ansetzte. Charity war klar, wie lächerlich und naiv ihr Fluchtversuch war – Großer Gott, dachte sie, wer hatte jemals versucht, vor einem *Raumschiff* davonzulaufen? –, aber es war das Einzige, was sie tun konnte.

Die Flugscheibe glitt über sie und French hinweg, vollführte eine enge Drehung und begann, sich dann auf die Station herabzusenken. Charity schlug einen Haken nach rechts. Das Schiff vollzog die Bewegung nach, setzte kaum zwanzig Meter vor ihr auf, und in seiner Unterseite erschien ein dreieckiger Spalt, aus dem gelbes Licht und unmittelbar darauf fast ein Dutzend in durchsichtige Vakuumanzüge gekleidete *Ameisen*krieger strömten. Sie waren ausnahmslos bewaffnet, aber sie verzichteten zumindest im Moment noch darauf, sofort das Feuer auf Charity und French zu eröffnen, sondern schwärmten schnell und mit fast militärischer Präzision zu einer langgezogenen Kette aus, die French und ihr vollends den Fluchtweg versperrte. Charity fluchte, fuhr abermals mitten in der Bewegung herum und sah, dass die beiden anderen Gleiter ebenfalls gelandet waren. Die *Ameisen* schienen zumindest eine gewisse Erfahrung mit dem freien Raum zu haben, denn sie verhielten sich sehr viel geschickter als sie und die anderen. Die Enden der drei weit auseinander gezogenen Ketten aus Kriegern bewegten sich rasch aufeinander zu und berührten sich schließlich, so dass sie einen unregelmäßigen, aber vollkommen geschlossenen Kreis um die Flüchtlinge bildeten.

Charity blieb stehen und sah sich um. Wie sie erwartet hatte, begann sich der Kreis fast unmittelbar nach seiner Vollendung zusammenzuziehen; die *Ameisen* marschierten los, nicht sehr schnell, aber aus allen Richtungen gleichzeitig, um ihre Opfer in der Mitte zwischen sich zusammenzutreiben. Sie war immer noch etwas überrascht, dass die Moroni noch nicht das Feuer eröffnet hatten, aber die einzige Erklärung, die es dafür gab, beruhigte sie überhaupt nicht. Die Insektenkrieger schienen den Befehl zu haben, sie lebendig zu fangen.

Schritt für Schritt wichen sie vor den näher kommenden Moroni zurück, bis sie wieder auf Skudder, Gurk und Stone trafen.

»Und jetzt?«, fragte der Indianer.

Charity zuckte mit den Achseln. »Ich sehe nur zwei Möglichkeiten«, antwortete sie. »Wir können aufgeben oder unser Leben so teuer wie möglich verkaufen und noch ein paar von ihnen mitnehmen.« Sie hob rasch die Hand, als Skudder etwas sagen wollte. »Ich weiß, für welche Möglichkeit *du* bist. Ich bin nicht deiner Meinung.«

»Hast du eine Ahnung, was sie mit uns machen werden?«, fragte Skudder düster.

Charity verneinte. »Aber vielleicht ergibt sich ja später die Möglichkeit zur Flucht. Wenn wir tot sind, haben wir diese Chance ganz bestimmt nicht mehr.«

Skudder lachte humorlos. »Das glaubst du doch nicht wirklich. Wunder wiederholen sich selten. Lieber gehe ich drauf, ehe ich mich diesen ... Tieren ausliefere.«

»Unsinn!«, sagte Charity. »Wir ...«

Aber Skudder hörte ihr gar nicht mehr zu. Mit einem Ruck fuhr er herum, richtete seine Waffe auf die näher rückende Reihe der Moroni und drückte ab. Ein fingerdicker, giftgrüner Laserstrahl traf eines der Insektengeschöpfe und tötete es auf der Stelle. Aber sofort nahm eine andere *Ameise* deren Platz ein und schloss die Lücke wieder. Skudder erschoss auch sie, und wieder wurde die Lücke sofort geschlossen. Im allerersten Moment sah es so aus, als würden die Moroni auch diesmal nicht auf den

Angriff reagieren. Doch dann nahmen fünf oder sechs der *Ameisen*geschöpfe gleichzeitig ihre Waffen, und Skudder prallte mit einem Schrei zurück und ließ um ein Haar sein Gewehr fallen, als ein halbes Dutzend dünner, grellweißer Lichtblitze so dicht an ihm vorbeizischte, dass einige davon dunkle Brandspuren auf seinem Anzug hinterließen. Aber keiner davon *traf* ihn. Die Salve war nur eine Warnung.

Skudder fand mit rudernden Armen sein Gleichgewicht wieder, hob sein Gewehr – und senkte es wieder. Sein Blick strich nervös über das knappe Hundert drohend auf sie gerichtete Gewehrläufe. Er wagte nicht noch einmal, seinen Laser einzusetzen. Vielleicht war er doch nicht ganz so entschlossen, lieber mit fliegenden Fahnen unterzugehen als sich zu ergeben, wie er selbst bisher geglaubt hatte.

Jemand zupfte an ihrem Arm, und als Charity den Blick wandte, sah sie Gurk, der mit der freien Hand auf einen Punkt hinter der näher rückenden Moroniarmee deutete. In einer der zahllosen Erhebungen, die die Invasoren auf der Oberfläche der Station angebracht hatten, hatte sich eine asymmetrisch geformte Tür geöffnet, und weitere, in die gleichen Schutzanzüge gehüllte *Ameisen* schwärmten ins Freie. Einige von ihnen schleppten eine unverständliche Konstruktion aus silberfarbenen Dreibeinen und Stützen, gewaltige Metallspulen und gläserne Röhren mit sich, die sie in fliegender Hast wenige Schritte neben dem Ausgang aufzubauen begannen.

»Was um alles in der Welt tun die da?«, murmelte Charity verwirrt.

Sie bekam die Antwort auf diese Frage fast im gleichen Augenblick, in dem die Moroni ihre Arbeiten beendet hatten.

Ein grellweißer, fast armdicker Lichtstrahl brach aus der bizarren Konstruktion, strich flüchtig über eine der gelandeten Flugscheiben und hinterließ eine rauchende Spur auf dem spiegelnden Metall, ehe er auf einer Stelle unterhalb der flachen Kuppel binnen Sekundenbruchteilen ein gewaltiges Loch hineinbrannte. Eine lautlose Explosion zerriss das obere Drittel des Gleiters. Flammen und weißglühende Trümmerstücke schossen wie aus einem ausbrechenden Vulkan in die Höhe, ehe eine zweite, noch gewaltigere und ebenfalls vollkommen lautlose Detonation den Gleiter vollends in Stücke riss. Weißglühendes Metall prasselte auf die Moroni herab und verwandelte ihre bis dahin so geordnete Formation in ein heilloses Durcheinander hastender, auseinander stürzender Gestalten.

Noch ehe Charity überhaupt richtig begriff, was geschehen war, wanderte der Laserstrahl weiter, mähte wie eine Sense aus Licht durch die Reihen der *Ameisen*krieger und hinterließ eine Spur aus schmelzendem Metall in der zweiten Flugscheibe. Die Besatzung des Gleiters reagierte mit fantastischer Schnelligkeit – aber nicht schnell genug. Die Triebwerke des scheibenförmigen Flugschiffes flammten auf und katapultierten die Scheibe regelrecht in die Höhe. Der Laserstrahl stieß für einen Moment ins Leere, suchte dann wie der tastende Leuchtfinger eines Scheinwerfers nach seinem entkommenden Opfer und bohrte sich mit fantastischer Zielsicherheit in eine der grell lodernden Triebwerksöffnungen. Der dreißig Meter durchmessende Diskus verwandelte sich in eine atomare Miniatursonne, deren Schein für einen Moment die Schwärze des Weltalls verblassen ließ. Charity schloss geblendet die Augen und drehte den Kopf weg, und auch die anderen hoben schützend die Arme vor die Gesichter.

Als sie wieder etwas erkennen konnten, hatte sich das Bild total verändert. Der doppelte Kreis aus *Ameisen*, der Charity und die anderen umgeben hatte, hatte sich in ein heilloses Durcheinander verwandelt. Nur einige wenige Moroni hatten ihre Waffen herumgeschwenkt und das Feuer auf die so plötzlich aufgetauchten Angreifer eröffnet; die meisten rannten einfach kopf- und ziellos hin und her, offensichtlich vollkommen überrascht und unfähig, auf die veränderte Situation zu reagieren. Das dritte Flugschiff hatte das Weite gesucht, aber Charity sah auch, dass es nicht wirklich floh, sondern sich nur mit einem gewagten Manöver aus der Reichweite der Laserkanone zu bringen versuchte.

Ein dünner Lichtblitz stach in ihre Richtung. Er verfehlte sie, brachte ihr aber drastisch zu Bewusstsein, dass sie keineswegs außer Gefahr waren. Mit einem gemurmelten Fluch ließ sich Charity auf die Knie herabsinken, hob ihr Gewehr und gab eine Salve kurzer Schüsse ab. Sie sah nicht einmal, ob sie traf, aber ihre Schüsse waren ein Signal für die anderen. Auch Skudder eröffnete das Feuer, und nach einer weiteren Sekunde riss auch Stone die erbeutete Moroni-Waffe von der Schulter und begann auf die *Ameisen* zu schießen.

Aus der Schleuse waren mittlerweile weitere Moroni herausgekommen, welche die Gleiterbesatzungen gleichfalls unter Feuer nahmen. Noch immer waren sie den Soldaten, denen sie gegenüberstanden, zahlenmäßig unterlegen, aber diese Unterlegenheit machten sie durch Entschlossenheit mehr als wett. Charity hatte viel zu viel damit zu tun, dem wütenden Laserfeuer der Moroni zu entgehen und selbst zurückzuschießen, als dass sie Zeit gefunden hätte, *wirklich* darüber nachzudenken – aber mit einem Teil ihres Bewusstseins nahm sie sehr wohl wahr, dass die neu aufgetauchten Moroni sehr viel zielsicherer und entschlossener vorgingen als ihre Feinde. Und ihre Zahl wuchs unaufhörlich. Immer mehr und mehr Krieger strömten durch die Luftschleuse ins Freie. Die Oberseite der Station hatte sich längst in ein Chaos aus grellen, durcheinander zuckenden Lichtblitzen, hastenden Körpern und glühendem Metall verwandelt. Es kam einem Wunder gleich, dass bisher weder Charity noch einer der anderen getroffen worden war.

Plötzlich fuhr Gurk erschrocken zusammen und deutete aufgeregt auf einen Punkt hinter Charity. Sie drehte sich herum und entdeckte den Gleiter, der die Station offensichtlich einmal umkurvt hatte und in rasendem Tempo wieder heranschoss. Charity begriff voller Entsetzen, dass er ganz genau auf sie und die anderen zuhielt, warf sich instinktiv flach auf den Boden und hoffte, dass die anderen es ihr gleichtaten. Für eine schreckliche Sekunde spürte sie, wie sie den Halt verlor und schwerelos in die Höhe zu gleiten begann, dann fanden ihre wild umhertastenden Hände irgendwo Widerstand und klammerten sich fest.

Fast im gleichen Moment war der Gleiter heran und eröffnete das Feuer auf die angreifenden Moroni. Armdicke Laserstrahlen brannten rauchende Spuren aus Feuer in die Reihen der vorrückenden *Ameisen.* Das Geschütz schwärmte herum und eröffnete das Feuer auf den Gleiter, aber das Schiff war zu schnell. Der Laserstrahl prallte an der spiegelnden Unterseite ab und verpuffte wirkungslos im All, und fast im gleichen Moment sauste eine ganze Salve greller Energieschüsse auf das Geschütz herab. Die Laserkanone samt ihrer Besatzung verwandelte sich in eine brodelnde Feuerwolke. Der Gleiter raste im Tiefflug darüber hinweg, kippte wie ein flach geworfener Stein über die Schmalseite ab und vollführte einen rasend engen Salto, um zurückzukehren und auch die übrigen Moroni unter Feuer zu nehmen.

Charity richtete sich behutsam auf, überzeugte sich mit einem raschen Blick davon, dass keiner der anderen verletzt oder gar abgetrieben worden war, und deutete zum Zentrum der Basis. Aus irgendeinem Grund schienen die Moroni diesen Teil der Station zu meiden.

Mit Ausnahme Frenchs schienen die anderen verstanden zu haben, denn sowohl Stone als auch Skudder und Gurk setzten sich unverzüglich in Bewegung, während French wie erstarrt dahockte und fassungslos den miteinander kämpfenden Moroni zusah. Offensichtlich verstand er noch viel weniger als Charity, was hier vorging.

Der Gleiter kam zurück und hielt in zwanzig oder dreißig Metern Höhe über der Station an. Die neu aufgetauchten *Ameisen* eröffneten das Feuer aus ihren Gewehren auf die riesige Flugscheibe, konnten dem Fahrzeug damit aber keinen Schaden zufügen. Dafür überschüttete der Gleiter sie mit ganzen Salven greller, tödlicher Laserblitze, die ihre Reihen schneller lichteten, als sie sich wieder füllen konnten, obwohl aus der Schleuse immer noch Krieger herausströmten. Auch die überlebenden Moroni hatten sich wieder formiert und drangen – wenn auch unentschlossen und ziellos – auf die Angreifer ein. So erfolgreich der Überfall im ersten Moment gewesen war, das Eingreifen des Gleiters wendete das Kampfgeschehen. Charity begriff, dass ihre neuen Verbündeten nicht mehr lange durchhalten würden.

Mit einer entschlossenen Bewegung riss sie French mit sich und versetzte ihm einen Stoß, der ihn hinter Skudder und den anderen hertaumeln ließ. Sie sah, wie sich sein Gesicht verzerrte und er irgendetwas schrie, achtete aber nicht darauf, sondern packte ihn am Arm und zerrte ihn einfach mit sich, während sie mit großen Schritten über das sanft gekrümmte Metall eilte und versuchte, gleichzeitig so schnell wie möglich zu laufen und dabei nicht den Halt unter den Füßen zu verlieren.

Sie lief erst langsamer, als sie Skudder und die beiden anderen erreichte, die dicht über der Krümmung des künstlichen Horizonts stehen geblieben waren. Skudder warf ihr einen fragenden, fast hilflosen Blick zu, auf den sie mit einem ebenso hilflosen Achselzucken reagierte. Hastig drehte sie sich herum.

Der Kampf tobte noch immer mit unerbittlicher Härte. Der Gleiter flog ein wenig tiefer und bestrich die Außenseite der Orbit-Stadt mit ganzen Salven flimmernder, breit gefächerter Lichtstrahlen. Die Laserstrahlen waren jetzt nicht mehr konzentriert genug, um das Metall der Panzerplatten zu schmelzen, aber sie reichten offensichtlich, die dünnen Schutzanzüge der Moroni zu zerstören, denn über der Orbit-Stadt schwebten Dutzende, wenn nicht Hunderte regloser, riesiger Insektengestalten. Und die Moroni erhielten jetzt keinen Nachschub mehr: Eine der Laserkanonen des Gleiters hatte sich auf die Schleuse gerichtet und gab kurze, grellweiße Energieblitze in rascher Folge ab.

Dann hörte Charity Skudders aufgeregte, kurzatmige Stimme: »Was zum Teufel geht dort vor?«

Charity zuckte hilflos mit den Achseln. Sie hatte eine ungefähre Ahnung, was dieser abenteuerliche Zwischenfall zu bedeuten hatte, aber die Idee war zu fantastisch, um sie überhaupt auszusprechen.

»Sie bringen sich gegenseitig um«, murmelte Skudder fassungslos. Sein Gesicht war ein einziger Ausdruck von Verwirrung.

Charity nickte wortlos und wollte sich umwenden, um weiterzugehen, aber in diesem Moment geschah etwas, das ihre Aufmerksamkeit noch einmal auf das Kampfgeschehen lenkte.

Die Angreifer waren durch die Laser des Gleiters längst so dezimiert worden, dass ihnen selbst ihr entschlosseneres Vorgehen und ihre offensichtlich bessere Bewaffnung nichts mehr nutzten. Die Moroni trieben sie vor sich her, schossen sie nieder oder griffen sie mit bloßen Händen an, um ihre Schutzanzüge zu zerfetzen, ungeachtet der Tatsache, dass sie meistens dabei selbst den Tod fanden. Aber plötzlich beobachtete sie, wie sich eine der *Ameisen* mit vier ausgebreiteten Armen auf ihren Gegner stürzte – und mit einemmal erstarrte. Fast eine Sekunde lang stand sie völlig reglos da, dann drehte sie sich plötzlich herum, hob ihre Waffe – und feuerte auf die hinter ihr stehende *Ameise!*

Und sie war nicht die Einzige. Überall, wo die Moroni die aus der mittlerweile rotglühend gewordenen Schleuse aufgetauchten *Ameisen* berührten, wiederholte sich das unglaubliche Bild. Es war, dachte Charity fassungslos, als genüge eine flüchtige Berührung der *neuen Ameisen,* um die Insektengeschöpfe auf der Stelle die Seiten wechseln zu lassen!

Trotzdem gab es am Ausgang des ungleichen Kampfes keinen Zweifel mehr. Der Gleiter feuerte ununterbrochen, und seine Besatzung nahm kaum Rücksicht darauf, welche der beiden Seiten sie traf. Der Kampf konnte allerhöchstens noch Sekunden dauern.

Charity riss sich fast gewaltsam von dem schrecklichen Anblick los und gab den anderen ein Zeichen weiterzugehen. Sie hatten überhaupt nur eine Chance zu entkommen, wenn sie *schnell* handelten.

Trotzdem zögerte auch sie, als ihr Blick auf das riesige, sich rasend schnell drehende Etwas im Zentrum der Orbit-Stadt fiel. Sie waren der gewaltigen Hantel mittlerweile nahe genug gekommen, um Einzelheiten erkennen zu können. Was sie nicht entdecken konnte, war eine *Lücke* zwischen den beiden gewaltigen Kugeln und der Innenseite der Raumstation. Was, dachte sie schaudernd, wenn dieses ungeheuerliche Ding so groß war, dass es einfach keinen Platz gab, um hindurchzukommen. Sie würden zerfetzt werden wie Tauben, die den Rotoren eines Hubschraubers zu nahe gekommen waren.

Es gab nur einen Weg, diese Frage zu klären. Sie unterdrückte ihre Furcht und ging weiter, wobei sie French weiter einfach mit sich zerrte. Nach einer weiteren Sekunde des Zögerns setzten sich auch Skudder und Stone in Bewegung, und schließlich folgte ihnen auch Gurk.

Das grelle Lasergewitter zwischen den Moroni blieb hinter dem stählernen Horizont hinter ihnen zurück, während sie sich der rotierenden Riesenhantel näherten. Die Worte Abn El Gurks gingen Charity nicht aus dem Sinn. Eine Black-Hole-Bombe. Wenn Gurk Recht hatte, dann lauerten in diesen so harmlos aussehenden Metallkugeln unvorstellbare Gewalten; Energien, die ausreichten, eine Sonne zur Nova werden zu lassen oder den kleinen Blauen Planeten auf der anderen Seite der Orbit-Stadt im wahrsten Sinne des Wortes in seine Atome zu zersprengen. Aber warum?, dachte sie. Wovor hatten die Moroni solche Angst, dass sie eine Bombe zündeten, die ein ganzes Sonnensystem vernichtete, nur um sicherzugehen, den Transmitter auch tatsächlich zerstört zu haben?

Ohne dass sie es auch nur merkten, wurden ihre Schritte langsamer, je näher sie der riesigen Hantel kamen. Charitys Blick hing wie gebannt an dem gewaltigen schwarzen Etwas. Ihr Herz raste, und sie spürte, wie sie allmählich am ganzen Körper zu zittern begann. Ein leichter Schmerz breitete sich in ihrem Kopf aus. Sie spürte ein sonderbares, unangenehmes Kribbeln, das diesen Schmerz begleitete und sich, vom Kopf ausgehend, langsam in ihrem ganzen Körper ausbreitete.

Plötzlich blieb Gurk stehen und begann wild mit den Händen zu gestikulieren. Einen Moment lang sah Charity ihn verständnislos an, dann begriff sie, was er ihr und den anderen mitteilen wollte: Verwirrt, aber ziemlich sicher, dass Gurk wusste, was er tat, ließ sie sich auf Hände und Knie herabsinken und robbte auf dem Bauch über das spiegelnde Metall.

Sie brauchte eine gute halbe Stunde, um auf diese Weise die gigantische Hantelkonstruktion zu passieren und die andere Seite der Station zu erreichen, aber Charity und den anderen kam es wie eine Ewigkeit vor. Die Schmerzen und das Kribbeln wurden schier unerträglich; irgendetwas geschah in dieser Zeit mit ihrem Körper, das sie nicht begriff, das sie aber fast an den Rand des Wahnsinns trieb. Die Hantel raste hoch über ihren Köpfen dahin, vielleicht noch zehn Meter entfernt, aber sie versuchten nur ein einziges Mal, sich wenigstens auf Hände und Knie aufzurichten, um auf diese Weise etwas rascher voranzukommen. Unsichtbare Hände schienen nach ihren Muskeln zu greifen und sie zerreißen zu wollen. Ein schier unerträglicher Druck presste ihre Lungen zusammen, und sie hatte das Gefühl, von unsichtbaren Hammerschlägen getroffen und bis ins Mark erschüttert zu werden.

Als es vorbei war, waren sie alle so erschöpft, dass sie minutenlang einfach liegen blieben und keuchend nach Luft rangen. Bunte Sterne tanzten vor Charitys Augen. Sie hatte sich auf die Zunge gebissen, ohne es überhaupt zu merken, und schmeckte erst jetzt ihr eigenes Blut, und es schien nicht eine einzige Zelle in ihrem Körper zu geben, die nicht schmerzte. Sie fühlte sich, als wäre sie unter eine tonnenschwere Presse geraten und eine halbe Stunde dort liegen geblieben, während jemand mit wachsender Begeisterung den Schalter betätigte, um herauszufinden, was das Gerät leisten konnte.

Unsicher und mühsam drehte sie sich auf den Rücken und öffnete die Augen.

Über ihr schwebte die Erde wie ein riesiger blauer Ball; der Anblick war ihr noch niemals so schön und beruhigend vorgekommen wie in diesem Augenblick. Sie verstand plötzlich, wieso French und seine Leute glaubten, dass die Seelen der Verstorbenen zur Erde gingen.

Wieder verging fast eine Minute, während sie einfach dalag, atmete und an nichts dachte, aber dann meldete sich ein Teil ihres Verstandes zu Wort und erklärte ihr, dass sie vielleicht nicht mehr allzu lange hier liegen und diesen Anblick genießen würden, wenn sie nicht machten, dass sie wegkamen. Mit einem Ruck richtete sie sich auf und sah sich um.

Das Erste, was sie erblickte, war Gurks Gesicht, und was sie sah, das erschreckte sie zutiefst. Der Zwerg blutete aus Nase, Ohren und Augen, und da, wo seine Haut nicht rot von seinem eigenen Blut war, hatte sie eine schmutziggraue Färbung angenommen. Sein Blick war verschleiert; er schien alle Mühe zu haben, sich trotz der praktisch nicht vorhandenen Schwerkraft aufrecht zu halten. Hastig kroch Charity zu ihm hinüber und berührte seinen Helm.

»Was ist los mit dir?«, fragte sie.

Gurk stöhnte. Sein Blick klärte sich für einen kurzen

Moment, verschleierte sich dann wieder, und als er antworten wollte, brachte er im allerersten Moment nur ein unverständliches Keuchen zustande.

»Ist alles in Ordnung mit dir?«, fragte Charity besorgt und kam sich im gleichen Moment ebenso hilflos wie dumm vor. Natürlich war *nicht* alles in Ordnung mit dem Zwerg.

Trotzdem zwang sich Gurk zu einem angedeuteten Kopfschütteln, stöhnte erneut und sah sie aus Augen an, die trüb vor Schmerz waren. »Schwerkraft ...«, stöhnte er. »Ich ... ertrage sie nicht so gut wie ... ihr.«

»Was für eine Schwerkraft?«, fragte Charity.

Gurk stöhnte wieder. Er kippte nach hinten, fing sich im letzten Moment und richtete sich wankend wieder auf. »Gravitationswellen«, murmelte er. »Die Kugeln. Sie ... bestehen aus ... Neutronium.«

Charity riss erstaunt die Augen auf, blickte automatisch die gigantischen, rasenden Kugeln über sich noch einmal an und wandte sich dann wieder dem Zwerg zu. »Neutronium?«, wiederholte sie ungläubig. »Du ... du willst behaupten, sie könnten ... *Neutronium* bearbeiten?«

Trotz seines miserablen Zustandes versuchte Gurk zu lachen, brachte aber nur ein Krächzen zustande. »Sie können noch ganz andere Dinge«, murmelte er. Er atmete tief und schwer ein. »Sie können uns zum Beispiel den Arsch aufreißen, wenn wir noch lange hier herumhocken und uns gegenseitig versichern, wie gut es uns doch schon wieder geht.«

Charity starrte ihn eine Sekunde lang verblüfft an, dann stahl sich gegen ihren Willen ein Lächeln auf ihre Lippen. »Ich glaube, *dir* geht es schon wieder besser«, sagte sie.

Gurk knurrte etwas Unverständliches, und Charity richtete sich vorsichtig auf und beugte sich zu French herab. Er schien unverletzt zu sein, zitterte aber am ganzen Körper und leistete im ersten Moment Widerstand, als sie ihn auf die Füße ziehen wollte. Sein Blick hing wie gebannt an der blauen Riesenkugel der Erde, die zwei Drittel des Himmels über ihnen beherrschte. Charity fragte sich, was in diesem Moment in ihm vorgehen mochte. Dann drehte sie sich einmal im Kreis, um sich umzusehen.

Jetzt, als sie wusste, wonach sie suchen wollte, entdeckte sie es fast sofort.

Wie es aussah, hatten sie Glück gehabt. Sie befanden sich nur hundert Schritte von einem klaffenden Loch in der Außenhülle der Orbit-Stadt entfernt. Ein Gewirr aus verborgenen Stahlträgern und zerschmolzenen, zerfetzten Panzerplatten verwandelte seine Ränder in eine fast unüberwindliche Barriere. Dahinter war das hintere Drittel eines gewaltigen Etwas zu sehen, das beinahe die Form einer ins Gigantische vergrößerten, plumpen Pfeilspitze hatte.

Obwohl das Bild damals tagelang über alle Bildschirme der Erde geflimmert war und Charity es in allen Einzelheiten kannte, ließ der Anblick sie schaudern. Die NASA hatte niemals herausgefunden, was damals wirklich geschehen war, denn der Unfall hatte sich nur wenige Tage vor der Invasion der Moroni ereignet, aber Tatsache war, dass er beinahe zum Untergang der ganzen Orbit-Stadt geführt hätte.

Das Europäische Space Shuttle, das eigentlich auf der anderen Seite der Station hatte andocken sollen, war plötzlich ins Trudeln gekommen und hatte sich wie ein Geschoss in den äußeren Ring der Orbit-Stadt gebohrt.

Wie durch ein Wunder hatte es keine Toten gegeben, weder in der Station noch an Bord des Space Shuttles, aber jeder Versuch, das sechzig Meter lange Raumschiff aus dem Gewirr von Trümmern zu befreien, war gescheitert.

»Was ... was ist das?«, stammelte French. Sein Blick glitt verwirrt über das gewaltige Schiff und das riesige Leck in der Station.

Charity deutete nacheinander auf den Bereich aus zerfetzten Panzerplatten und Trägern, dann auf das auf dem Kopf stehende Space Shuttle. »Wenn ich mich nicht sehr täusche«, sagte sie, »dann ist das die Tote Zone, French. Und das«, sie hob abermals die Hand und wies auf das Raumschiff, »ist Ihr Hort.«

6

Obwohl nicht einmal eine halbe Stunde vergangen sein konnte, seit er die Zentrale verlassen hatte, hatte sich das Bild auf den Monitoren auf dramatische Art und Weise verändert. Die Nacht war einem künstlichen Tag gewichen, der aus grellen Laserblitzen, dem Widerschein der Explosionen und Brände, den roten Flammenspuren der Gleitertriebwerke und wirbelnder, einzeln nicht identifizierender Bewegungen bestand. Die so trügerisch ruhige Nacht war einem irrsinnigen Kaleidoskop aus peinigender Helligkeit und absoluter Finsternis gewichen, was das menschliche Auge wie die Belichtungsautomatik der Kameras im gleichen Maße überforderte. Einige Monitore waren ausgefallen, andere zeigten nur sinnlose Schlieren und die vage Andeutung von Bewegung, und über die eingeblendeten Datenfenster huschten Zahlenkolonnen in so schneller Folge, dass auch sie zu unlesbaren Schemen wurden. Die ganze Welt draußen schien in Bewegung geraten zu sein. Die Außenbezirke der Stadt brannten. Der Himmel loderte in einem dunklen, blutfarbenen Rot, und der Fluss spiegelte den Feuerschein wider, als hätte er sich in einen Strom aus Lava verwandelt. Immer wieder flammten am Himmel und am Erdboden grelle Feuerbälle auf, deren Licht von blaustichigem Weiß zu Orange und Rot wechselte, ehe es zu einem brodelnden Ball aus höllischer Glut und Rauch wurde. Das nukleare Inferno, das diese Stadt schon einmal verschlungen hatte, tobte erneut, und obwohl es diesmal keine Menschen waren, die der atomaren Hölle zum Opfer fielen, schmerzte Hartmann der Anblick genauso sehr wie beim ersten Mal.

Er wollte etwas sagen, aber es gelang ihm erst beim zweiten Versuch, einen Ton hervorzubringen. »Ich werde meine Männer nicht in diese Hölle hinausschicken«, stieß er schließlich hervor. Er kam sich hilflos und beinahe lächerlich bei diesen Worten vor. Er war eindeutig nicht in der Situation, irgendetwas zu verlangen; nicht einmal zu verwehren. Trotzdem war er erleichtert, es gesagt zu haben. Einen Moment lang wartete er vergebens auf eine Antwort, dann riss er sich fast gewaltsam vom Anblick der Schlacht auf den Bildschirmen los und sah die Gestalt hinter seinem Schreibtisch an.

Als hätte er auf diese Reaktion gewartet, deutete Kyle ein Kopfschütteln an und lächelte. »Das verlangt auch niemand von Ihnen, Herr General«, sagte er. »Ganz davon abgesehen wäre es auch sinnlos. Der Ausgang des Kampfes steht bereits fest. Wir werden gewinnen.«

Hartmann lachte schrill auf. »Sie sind verrückt, Kyle!« Mit einer abgehackten Geste deutete er auf die Bildschirme. »Ich habe die letzten drei Tage nichts anderes getan, als ihrem Aufmarsch zuzusehen. Sie sind Ihnen hundert zu eins überlegen, ist Ihnen das klar? Ganz davon abgesehen, dass sie dort draußen genug Waffen zusammengetragen haben, um diesen ganzen Kontinent in Schutt und Asche zu legen.«

»Sie verstehen nicht«, sagte Kyle. Er lächelte noch immer, aber sein Lächeln war jetzt irgendwie verzeihend. »Wir werden gewinnen, weil wir gar nicht verlieren können. Ihre Zahl spielt keine Rolle. Im Gegenteil. Je mehr sie sind, desto besser ist es für uns. Es war dumm von ihnen, uns überhaupt anzugreifen. Ich verstehe nicht so recht, warum sie es tun.«

Hartmanns Blick kehrte noch einmal zur Monitorwand zurück. Kyles Worte waren von einer überzeugenden, beinahe suggestiven Kraft. Leider standen sie in krassem Gegensatz zu dem, was die Überwachungskameras behaupteten. Seit einer halben Stunde schoss die Gleiterflotte der Moroni das, was von Köln übrig geblieben war, in Trümmer. Und die nachrückenden Bodentruppen überrollten wie eine Lawine das, was dem Feuer der Flugschiffe entgangen sein mochte. Er sah nirgends auch nur das geringste Zeichen von Widerstand.

Seit sie wieder hier heraufgekommen waren, hatte Hartmann begriffen, wie gewaltig er sich in der Zahl der *Ameisen*krieger verschätzt hatte. Die Armee, die sich in den letzten Tagen rings um die zerstörte Stadt herum zusammengezogen hatte, zählte nicht nach Hunderttausenden, sondern nach Millionen. Wer um alles in der Welt sollte *dieses* Heer aufhalten?

Er wollte etwas erwidern, aber Kyle hob die Hand und schnitt ihm das Wort ab. »Lassen Sie uns nicht noch mehr wertvolle Zeit vergeuden, Herr General.«

»Nennen Sie mich nicht so«, sagte Hartmann unfreundlich. »Ich mag das nicht.«

Kyle lächelte. »Wie Sie wünschen.« Für einen ganz kurzen Moment glitt auch sein Blick noch einmal über die Monitore; Hartmann hatte das sichere Gefühl, dass er etwas auf den Bildern suchte, es aber nicht fand. Dann drehte er sich mit einem Ruck um, ging um den Schreibtisch herum und beugte sich über das Computerterminal. Seine Finger berührten eine Taste, zögerten, drückten zwei, drei weitere Tasten und zögerten erneut. Ein konzentrierter Ausdruck erschien auf seinem Gesicht.

»Was tun Sie da?«, fragte Hartmann alarmiert.

»Ich fürchte, nichts, was mir weiterhilft«, gestand Kyle. Er schüttelte den Kopf. »Erstaunlich. Ein so primitives System – und doch so effektiv.« Er sah auf, blickte erst Net und dann ganz flüchtig den Wachoffizier an, der an einen Platz neben der Tür zurückgewichen war, und wandte sich dann wieder an Hartmann. »Ich gehe wohl recht in der Annahme, dass man ein bestimmtes Code-Wort braucht, um in das Programm einzudringen.«

»Das kann schon sein«, antwortete Hartmann unfreundlich.

»Sagen Sie es mir«, verlangte Kyle.

Hartmann riss verblüfft die Augen auf. »Sind Sie verrückt?«

»Sie verstehen immer noch nicht, Hartmann«, sagte Kyle seufzend, »dass Sie und ich auf derselben Seite stehen; zumindest im Moment. Glauben Sie mir«, er deutete auf den Computer, »es wäre völlig sinnlos, diese Raketen starten zu wollen. Selbst wenn noch genügend Zeit wäre, sie würden ihr Ziel niemals erreichen. Glauben Sie denn, es wäre so einfach?« Er schüttelte den Kopf und beantwortete seine Frage selbst. »Ganz bestimmt nicht. Und Sie wissen das auch. Sie sind Soldat, Hartmann. Ein guter Soldat. Sie wissen so gut wie ich, dass eine Macht, die eine Million Jahre Erfahrung im Kampf hat, nicht so leicht zu besiegen ist. Sie glauben wirklich, ihr Hauptquartier läge schutzlos da? Nur darauf wartend, von irgendjemandem zerstört zu werden?«

Hartmann antwortete nicht. Nein, er glaubte es nicht. Keiner von ihnen hatte es *wirklich* geglaubt. Sie alle hatten geahnt, dass ihr verzweifelter Plan einen bisher unerkannten, aber entscheidenden Fehler haben musste. Aber es war der einzige Plan gewesen, den sie hatten. »Die Idee stammt von Stone«, sagte er und kam sich dabei selbst wie ein störrisches Kind vor.

»Stone«, antwortete Kyle ruhig und sehr ernst, »ist Ihr Sklave. Nicht mehr als ein williges Werkzeug.« Er wandte sich wieder um und deutete abermals auf den Computer auf Hartmanns Schreibtisch. »Es gibt drei Möglichkeiten, Hartmann«, sagte er. »Die eine ist, ich zerstöre dieses Gerät. Aber das möchte ich nicht, denn es ist sehr wertvoll, und es kann sein, dass wir es noch brauchen. Die zweite ist, ich tue nichts und lasse Sie zusehen, wie die Herren der Schwarzen Festung zuerst Ihre Raketen, einen Augenblick später die Startrampen und dann diese ganze Bunkerfestung vernichten. Aber das möchte ich noch sehr viel weniger, denn dabei würden nur sinnlose Leben geopfert werden, und auch diese Station ist ungeheuer wertvoll und darf nicht zerstört werden.«

»Und was ist die dritte Möglichkeit?«, fragte Hartmann, als Kyle nicht weitersprach, sondern ihn nur auffordernd anblickte.

In Kyles Gesicht trat eine sonderbare Bewegung. Für einen Moment verwandelte sich die linke Gesichtshälfte, wurde zu einem Gewirr angeschwollener, weißer, pumpender Adern, die dicht unter der Haut wie missgestaltete Würmer aufeinander zukrochen. Sein Unterkiefer verschob sich, und für einen Moment glaubte Hartmann, anstelle des Auges ein faustgroßes, schimmerndes Facetten-Ding zu sehen. Dann verschwand der unheimliche Anblick wieder.

»Die dritte Möglichkeit«, sagte Kyle ungerührt, »besteht darin, dass Sie das Computerprogramm abbrechen.«

»Warum ... sollte ich das tun?« Es fiel Hartmann schwer, überhaupt zu sprechen. Sein Mund schien völlig wund und ausgetrocknet zu sein. Er wandte den Kopf und warf Net einen beinahe flehenden Blick zu, aber die Wasteländerin sah ihn nur fragend an. Sie hatte hinter Kyle gestanden und nichts von der unheimlichen Metamorphose bemerkt, die für einen Moment mit seinem

Gesicht vorgegangen war. Hartmann hob die Hand und deutete anklagend auf Kyle. Seine Finger zitterten, und sein Herz schlug ganz langsam und so hart, dass er jeden einzelnen Hieb bis in die Finger- und Zehenspitzen zu spüren glaubte. Er war fast verrückt vor Angst. »Sie kommen hierher und verlangen, dass ich Ihnen helfe?!«, krächzte er. »Nach … nach allem, was Sie getan haben?«

Kyle ließ seinen Blick kurz über die Monitorwand streifen, fast, als müsse er sich erst überzeugen, ob noch Zeit für etwas so Unbedeutendes wie ein Gespräch mit Hartmann blieb, ehe er antwortete: »Was habe ich denn getan?«

Hartmann wollte schreien, die Fäuste heben und auf Kyle losgehen. Aber er tat nichts von alledem, sondern stand nur zitternd da und starrte den Megamann an, der kein Megamann mehr war, wahrscheinlich aber auch kein Mensch oder ein Jared, sondern eine dritte, neue Spezies, die etwas völlig Unverständliches und Angstmachendes darstellte.

»Ich weiß nicht, wer Sie sind, Kyle«, flüsterte er. »Ich weiß, wer Sie waren, aber ich weiß nicht, *was* Sie jetzt sind. Aber wenn Sie nicht einmal verstehen, was ich meine, dann hat es auch keinen Sinn mehr, es Ihnen zu erklären.«

Zu seiner Überraschung lächelte Kyle, und hätte Hartmann es nicht besser gewusst, er hätte dieses Lächeln in diesem Moment für vollkommen ehrlich gehalten. »Ich verstehe, was Sie meinen, Hartmann«, sagte Kyle. Seine Stimme klang ruhig, beinahe sanft. Er deutete ein Kopfschütteln an und begleitete es mit einer Geste, mit der man einem verschreckten Kind erklären mochte, dass alles nicht so schlimm war. »Sie irren sich, Hartmann. Sie glauben, dass wir Ihren Männern irgendetwas angetan haben. Dass wir etwas *mit ihnen* getan haben. Aber das haben wir nicht.«

»Macht es Ihnen Spaß, mich auch noch zu verhöhnen?«, murmelte Hartmann. Bevor Kyle antworten konnte, brüllte er plötzlich: »Zehntausend Mann, Kyle! Zehntausend Männer, die dort unten gelegen haben. Und Sie haben sie ... zu ... Monstern gemacht.«

»Wir haben sie gerettet«, sagte Kyle ruhig, aber Hartmann hörte es nicht mehr, sondern fuhr mit schriller, fast überschnappender Stimme fort.

»Es waren noch halbe Kinder, Kyle! Sie haben uns vertraut, verstehen Sie? Keiner von ihnen konnte sichergehen, überhaupt jemals wieder aufzuwachen, aber wir haben ihnen gesagt, dass wir auf sie Acht geben würden, und sie haben uns geglaubt. Und Sie, Sie haben sie zu ... zu Monstern gemacht.«

Wieder blickte Kyle ihn sekundenlang wortlos an, und in seinen Augen erschien ein Ausdruck tiefer, ehrlicher Trauer. »Nicht wir haben das getan, Hartmann«, sagte er leise. »Ihr selbst wart es. Die Maschinen, die diese Männer in Tiefschlaf versetzten, betäubten nur ihre Körper.«

»Lüge!«, sagte Hartmann.

»Es ist wahr«, sagte Kyle in ruhigem, beinahe bedauerndem Tonfall. »Ich weiß es, denn sie sind ein Teil von mir, wie ich ein Teil von ihnen bin. Ihr habt ihre Körper betäubt, aber ihre Gedanken blieben wach.« Er beugte sich leicht vor. Seine Stimme wurde eindringlich. »Siebenundfünfzig Jahre, Hartmann. Siebenundfünfzig Jahre eingesperrt, hier drinnen.« Er berührte mit Zeige- und Mittelfinger der rechten Hand seine Schläfe. »Taub und blind und stumm, abgeschnitten von allen Eindrücken, jedem Gefühl, jedem Spüren, Riechen, Schmecken, Tasten. Nicht einmal der Schmerz ist ihnen geblieben. Viele wurden wahnsinnig. Haben Sie schon vergessen, wie viele körperlich völlig unversehrt erwachten, aber ausgebrannt waren? Eure Maschinen haben versagt. Ihr habt diese zehntausend jungen Männer geradewegs in die Hölle geschickt.«

»Lüge!«, brüllte Hartmann. Er sprang auf und ballte nun tatsächlich die Fäuste, wie um sich auf Kyle zu stürzen, führte die Bewegung aber nicht zu Ende. »Das ... das ist nicht wahr!«, behauptete er. »Auch ich war im Tiefschlaf. Ich habe neun von zehn Jahren darin verbracht. Ich müsste es wissen.«

»Und Sie wissen es auch, Hartmann«, sagte Kyle. »Denken Sie nach. Ihr Bewusstsein und die Erinnerung verdrängt alles, um nicht daran zu zerbrechen, aber sie ist da. Neun Jahre Dunkelheit, Hartmann. Neun Jahre Einsamkeit und Leere. Schreien, ohne schreien zu können. Erinnern Sie sich – falls Sie sich das wirklich antun wollen. Oder glauben Sie mir.«

Hartmann begann immer heftiger zu zittern. Etwas in ihm regte sich. Da war ein Gefühl in seinen Gedanken, die Erinnerung an eine Erinnerung, die er tief, unendlich tief im Grunde seiner Seele vergraben hatte. Ein Schmerz, der so entsetzlich war, dass man ihn mit Worten nicht beschreiben konnte, ein Entsetzen, das alles Vorstellbare überstieg. Einsamkeit. Leere. Dunkelheit und Schwärze, so unendlich tiefe Dunkelheit und so unendlich große, leere Schwärze ...

»Aber wieso ... wieso bin ich ... da nicht verrückt geworden?«, stammelte er. »Ich und die ... die anderen, die geweckt wurden.«

»Manche sind es«, sagte Kyle. »Und vielleicht sind zehn Jahre nicht genug. Ihr könnt so viel ertragen, und doch seid ihr so verwundbar. Es ist die Wahrheit, Hartmann, und Sie wissen es. Die Geister dieser Männer waren gefangen in Leere und Schwärze, und so gingen sie hinaus in die Leere und suchten nach etwas, das ihren Schmerz teilte. Und sie fanden es. Verstehen Sie noch immer nicht? Nicht die Jared haben diese Männer geholt. *Sie* haben Jared erst erschaffen. Es sind die gepeinigten Seelen all dieser Männer, Hartmann, die mit dem Bewusstsein der jungen Königin verschmolzen und etwas Neues, Wunderbares erschufen. Sie glauben, man hätte ihnen etwas genommen, aber auch das ist nicht wahr. Sie haben etwas gewonnen, Hartmann. Etwas unsagbar Kostbares.«

»Ja«, flüsterte Hartmann. »Und sie haben nur eine Kleinigkeit dafür bezahlt, nicht wahr? Nur ihre Menschlichkeit, sonst nichts.«

»Ich wollte, Sie könnten es fühlen, Hartmann«, sagte Kyle. »Ich wollte, Sie könnten am eigenen Leib erleben, was es heißt, Teil eines einzigen, großen Geistes zu sein. Sie glauben, Ihnen würde etwas genommen. Aber das stimmt nicht.«

Hartmann starrte ihn an. Er zitterte am ganzen Leib. Er war nicht sicher, ob er verstand, was Kyle sagte, und im Grunde wollte er es auch nicht. Denn hätte er zugegeben, was er auf einer tieferen Ebene seines Bewusstseins längst wusste, nämlich, *dass* er sehr wohl begriff, was der Megamann ihm zu erklären versuchte, dann hätte er auch gleichzeitig zugeben müssen, dass Kyle die Wahrheit sagte.

»Was ... was wollen Sie?«, fragte er. Selbst diese wenigen Worte hervorzustoßen kostete fast seine ganze Kraft.

Wieder blickte Kyle für einen Moment auf die Monitore, und wieder hatte Hartmann das sichere Gefühl, dass er etwas suchte. »Ich brauche Ihre Hilfe, Hartmann«, sagte er schließlich. »Die Schwarze Festung darf nicht zerstört werden. Es ist sehr wichtig für uns, sie unbeschädigt in die Hand zu bekommen. Aber dazu ist etwas vonnöten, das nur Sie tun können.«

Einen Moment lang blickte Hartmann den Megakrieger fassungslos an, dann starrte er mit aufgerissenem Mund und Augen auf die Monitorwand, die aus verschiedenen Ansichten den Angriff der Moroni-Legionen auf die Stadt zeigte. Die Flotte der Gleiter näherte sich dem Fluss, wobei sie jedes Gebäude, jede Straße, jeden Fußbreit Boden mit den Höllengluten ihrer Laserkanonen überschütteten. Und hinter ihnen wogte die schwarze Flut der Moronikrieger heran. Plötzlich hatte Hartmann Mühe, ein hysterisches Lachen zu unterdrücken. »Ich ... will nicht unhöflich sein, Kyle«, sagte er stockend. »Aber im Moment sieht es für mich so aus, als würden Ihre Freunde Ihnen gewaltig in den Hintern treten.«

Kyle blickte ihn unverwandt an und lächelte. »Werden Sie uns helfen?«

»Sie ... Sie sind völlig verrückt«, stammelte Hartmann. »Selbst wenn ich es könnte – dieses Ding muss zerstört werden. Ganz egal, was es kostet.«

»Ich wusste, dass Sie das sagen würden«, antwortete Kyle ruhig. »Und – glauben Sie mir, ich bin froh, dass Sie es gesagt haben. Aber ich gebe Ihnen mein Wort, dass Ihnen von uns keine Gefahr droht. Wir können Moron schlagen, Hartmann. Helfen Sie uns, die Schwarze Festung in unsere Hand zu bekommen, und ich verspreche Ihnen, dass dieser Planet wieder Ihnen gehören wird, Ihnen allein und niemandem sonst.«

Hartmann starrte Kyle unverwandt an. In dessen Augen lag keine Heimtücke. Aber er hatte *gesehen,* was hinter der Maske des Megamannes lauerte. Und trotzdem ...

Beinahe hilflos wandte er sich an Net, die noch immer an der Tür stand und bisher kein Wort gesagt hatte. »Ich ... glaube ihm«, flüsterte die Wasteländerin.

Wieder suchte sein Blick die Bildschirme. Der Angriff hatte eher noch an Heftigkeit zugenommen. Was von der ehemals so stolzen Stadt den ersten Angriff aus dem All überstanden hatte, das schmolz jetzt im konzentrierten Beschuss der Laser. »Wir sind nur noch eine Hand voll, Kyle«, murmelte er. »Sie wissen doch selbst am besten, dass ...«

»Ich weiß«, unterbrach ihn Kyle. »Und ich kann Ihnen nicht versprechen, dass Sie es alle überleben werden. Aber ich verspreche Ihnen, dass dieser Planet frei sein wird. Moron wird nie wieder seine Hand nach anderen Welten ausstrecken, wenn es uns gelingt, den Transmitter am Nordpol zu erobern.«

Eine Weile schwieg Hartmann und blickte das Inferno auf den Bildschirmen an, aber er sah weder die zuckenden Laserblitze noch die Flammen oder die sterbende Stadt. Für Augenblicke sah er sie, wie sie einmal gewesen war, groß, stolz und voller Menschen, die ihre Probleme und Sorgen gehabt hatten, aber *frei* gewesen waren. Er war nicht naiv genug, sich im Ernst einzureden, es könnte jemals wieder so werden. Die Erde hatte Wunden davongetragen, die nie wieder völlig heilen würden. Aber vielleicht hatten sie die Chance, noch einmal anzufangen.

»Und ... Captain Laird?«, fragte er.

Diesmal zögerte Kyle mit einer Antwort. »Ich kann Ihnen nichts versprechen, Hartmann«, sagte er dann. »Wir werden tun, was in unserer Macht steht, um sie zu beschützen. Aber ich will Sie nicht belügen.«

Sekunden vergingen, reihten sich zu einer Minute, in

der ein tiefes, ungutes Schweigen von der Kommandozentrale des Eifel-Bunkers Besitz ergriff. Dann sagte Hartmann, so leise, dass er nicht einmal sicher war, ob Kyle die Worte überhaupt verstand: »Was verlangen Sie von uns?«

7

Ohne Frenchs Hilfe hätten sie das letzte Stück des Weges nicht geschafft. Das Shuttle hatte seine Position in den letzten fünfzig Jahren nicht verändert. Charity hatte wie alle anderen damals Bilder der Katastrophe gesehen, aber es waren eben nur *Bilder* gewesen, die einen Abklatsch der Wirklichkeit zeigten. Was auf den Videoaufnahmen wie ein in die Außenhülle der Orbit-Stadt hineingestanztes Loch ausgesehen hatte, erwies sich in Wirklichkeit als ein zerfetzter Krater mit Rändern wie Dolche, der von einem Gewirr scharfkantiger Trümmer gefüllt war. Es schien nur eine einzige Stelle zu geben, an der ein Hinunterklettern trotz der Schwerelosigkeit nicht zu einem lebensgefährlichen Abenteuer wurde, aber als Charity diese Stelle ansteuern wollte, schüttelte French hastig den Kopf und machte eine erschrockene Geste. Charity bemerkte erst jetzt, dass ein Stück der ursprünglichen Wand dort herausgeschnitten und durch etwas ersetzt worden war, das wie eine riesige Irisblende aussah. Einen Moment später erinnerte sie sich, eine ähnliche Konstruktion schon einmal gesehen zu haben – in einer Station der Moroni. Sie versuchte nicht, French umzustimmen, sondern bedeutete den anderen, sich für das letzte Stück des Weges seiner Führung anzuvertrauen.

Sie näherten sich dem Shuttle nicht im freien Fall, sondern krochen, Frenchs Beispiel folgend, auf Händen und Knien über das Gewirr verbogener Stahlträger und Eisenplatten, das den größten Teil des gewaltigen Explosionskraters ausfüllte. Charitys Blick wanderte immer wieder über das Space Shuttle. Das Raumschiff ähnelte den amerikanischen Shuttles, war aber deutlich kleiner. Bis auf einen Riss in einem Delta-Flügel und dem geschwärzten, ausgefransten Loch, das dort gähnte, wo der explodierte Raketenmotor gewesen war, schien es völlig unbeschädigt zu sein. Unwillkürlich hatte sie angenommen, dass sie die Luftschleuse hinter der Pilotenkanzel ansteuern würden, aber French näherte sich langsam der Unterseite des Schiffes. Charitys Blick glitt über die geborstenen Keramikfliesen des Hitzeschildes, tastete sich weiter am Rumpf entlang und blieb an einem runden, sehr massiv aussehenden Luk hängen. Sie kannte die Konstruktion dieses Raumfahrzeuges gut genug, um zu wissen, dass es nicht dorthin gehörte. Warum auch immer – Frenchs Leute hatten eine neue Schleuse in den Rumpf geschnitten.

Sie waren vielleicht noch zwanzig oder fünfundzwanzig Meter von der gepanzerten Luke entfernt, als Skudder, der hinter ihr kroch, sie plötzlich am Bein berührte und aufgeregt zu gestikulieren begann, als sie den Kopf drehte.

Obwohl sie es sich im Grunde hätte denken können, erschrak Charity. Der Weltraum über ihnen war nicht mehr leer. Mehr als ein Dutzend der großen Gleiter der Moroni war über dem Horizont der Orbit-Stadt erschienen, und noch während sie hinsah, gesellten sich drei weitere Flugscheiben hinzu. Charity blickte mit einer Mischung aus Zorn und Verzweiflung zu der kleinen Armada hinauf. Es gehörte nicht sehr viel Phantasie dazu, sich zu denken, *warum* diese Schiffe dort oben aufgetaucht waren.

Die Flotte wuchs immer weiter. Sie gab es bald auf, die Schiffe zählen zu wollen, schätzte aber, dass ihre Zahl binnen weniger Augenblicke auf über fünfzig gestiegen war. Doch irgendetwas ... stimmte nicht. Charity war plötzlich nicht mehr sicher, dass diese Schiffe wirklich gekommen waren, um sie und die anderen zu töten.

Plötzlich blitzte es über ihnen auf. Ein dünner, harmlos aussehender Lichtfaden griff von der Oberfläche der Orbit-Stadt aus nach einem der Schiffe, durchbohrte es und ließ es in einer orangefarbenen Feuerwolke explodieren. Und noch ehe die grellen Flammen in der luftleeren Weite des Weltalls auch nur ganz erloschen waren, detonierte eine zweite, eine dritte und schließlich eine vierte Flugscheibe.

Dann feuerten die Gleiter zurück. Eine ganze Salve kurzer, unerträglich greller Laserblitze schlug in die Oberfläche der Orbit-Stadt ein. Der Explosionspunkt lag weit außerhalb ihres Blickfeldes, aber Charity konnte das lang anhaltende Vibrieren und Zittern spüren, das die gesamte, riesige Station erschütterte.

»Was geht da vor?«, fragte Skudder fassungslos.

Wie um Charity eine Antwort abzunehmen, wurde die Schwärze des Weltalls über ihnen in diesem Moment abermals von dem grellen Weiß der Lasersalven durchbrochen. Aber diesmal feuerten die Gleiter nicht auf die Orbit-Stadt, sondern auf eine Gruppe anderer Gleiter, die in einer weit auseinander gezogenen Formation herangerast kamen. Zwei von ihnen explodierten auf der Stelle, ein dritter geriet ins Trudeln, einen Schweif aus glühendem Gas hinter sich herziehend, und verschwand dann aus ihrem Blickfeld. Kaum eine Sekunde später erbebte die Basis unter einem ungeheuren Schlag. Greller Feuerschein löschte für einen Moment das Dunkel des Weltalls aus.

»Sie ... kämpfen miteinander«, murmelte Charity.

»Wunderbar«, sagte Skudder. »Dann sollten wir machen, dass wir weiterkommen, solange sie damit beschäftigt sind, sich gegenseitig umzubringen.«

Sie wusste, dass er Recht damit hatte. Trotzdem hob sie noch einmal den Blick. Der Kampf tobte mit unverminderter Heftigkeit, aber die beiden Gleiterformationen hatten sich mittlerweile so ineinander verkeilt, dass sie unmöglich sagen konnte, wer zu wem gehörte. Automatisch fragte sie sich, wie die Morini Freund und Feind unterschieden – oder ob sie es überhaupt taten.

Über ihnen schien das gesamte Weltall in Flammen zu stehen, als sie die runde Schleuse auf der Unterseite des Shuttles erreichten. French streckte die Hand nach dem Hebel aus, zog sie dann noch einmal zurück und richtete sich nervös auf. Charity registrierte seinen Blick und beeilte sich, an seine Seite zu kriechen.

»Es ... es wäre vielleicht besser, wenn ich zuerst hineinsteige«, sagte er stockend. »Die anderen könnten ... erschrecken.«

Charity nickte. »Gut. Aber bitte – beeilen Sie sich.«

French machte eine nervöse, zustimmende Geste und wandte sich dann hastig wieder dem primitiven Öffnungsmechanismus der Schleuse zu. Charity wich vorsichtig ein Stück zurück, als die Tür wie das Turmluk eines Unterseebootes nach außen schwang, warf aber trotzdem einen Blick in die dahinter liegende Kammer. Sie war winzig. Wahrscheinlich hätte sie ohnehin Schwierigkeiten bekommen, sich zusammen mit French hineinzuquetschen. Die Wände bestanden aus groben, unsauber zusammengeschweißten Eisenplatten.

Skudder und auch Gurk blickten sie verblüfft an, als sie beobachteten, wie sich French in die winzige Kammer hineinzwängte und das Tor dann hinter sich schloss.

»Was soll das?«, fragte Skudder.

»Lass ihm einen Moment Zeit, mit seinen Leuten zu reden«, sagte Charity.

»Oh, sicher«, murrte Skudder.

»Machen wir es uns inzwischen hier gemütlich und trinken einen Kaffee.«

Charity antwortete nicht darauf. Sie verstand Skudders Nervosität nur zu gut, aber sie konnte sich auch vorstellen, welchen Schock es für Frenchs Leute bedeutet hätte, wäre sie einfach zusammen mit ihm in den Hort gekommen. Die wenigen Minuten, die sie möglicherweise hier draußen warten mussten, konnten über ihr Leben entscheiden.

Dann, nach einer Zeit des Wartens, die ihr unendlich lang vorkam, schwang die Tür wieder auf. Doch die Gestalt, die aus der Schleuse herausschwebte, war nicht French. Es war ein junger Mann, der einen zerschlissenen, an zahllosen Stellen geflickten einteiligen Anzug von ehemals weißer Farbe trug. Er war nicht in einen Raumanzug gehüllt, sondern steckte in einer jener durchsichtigen Transportblasen, wie sie French aus dem Regal im Lagerraum genommen hatte. Charity konnte weder auf noch in seinem improvisierten Schutzanzug ein Sauerstoffpaket entdecken. Offensichtlich zehrten Frenchs Leute bei ihren Ausflügen ins Vakuum nur von dem Luftvorrat, der in ihren Anzügen eingeschlossen war.

Die Gestalt trieb ein kleines Stück aus der Schleuse heraus, ehe sie sich mit der linken Hand an der Luke festklammerte und mit der anderen eine Bewegung machte, die Schleuse zu betreten.

Charity gab Stone ein Zeichen, ihr zu folgen. Ihr Blick streifte das Gesicht des jungen Mannes, als sie an ihm vorüberschwebte. Seine Augen waren weit aufgerissen und starr vor Unglaube, Ehrfurcht – aber auch Angst. Zweifellos waren sie die ersten Menschen, die dieser junge Mann außer den Bewohnern des Hortes in seinem Leben zu Gesicht bekam. Wenn Charity daran dachte, wie French auf ihren Anblick reagiert hatte, so würden ihnen vielleicht einige sehr schwierige Augenblicke bevorstehen.

Sie bugsierte Stone vor sich in die winzige Schleusenkammer, quetschte sich selbst hinein und zog die Luke hinter sich zu. Es gab keine Beleuchtung hier drinnen, so dass sie für einige Sekunden blind war, aber der schwere Riegel war kaum eingerastet, als sie auch schon hörte, wie sich in der Wand hinter ihr ein zweiter, gleichartiger Mechanismus bewegte und zischend Sauerstoff in die Kammer zu strömen begann. Gleichzeitig bekam ihr Körper etwas von seinem Gesicht zurück. Offensichtlich wirkte die künstliche Schwerkraft auch hier, die die Moroni in der Orbit-Stadt erzeugten.

Aus der gegenüberliegenden Wand öffnete sich eine runde Luke über ihren Köpfen. Gelbes, sehr blasses Licht erfüllte die Luftschleuse. Charity sah Schatten, blinzelte und kniff die Augen zusammen, aber die Beleuchtung im Inneren des Shuttles reichte einfach nicht aus, um die Gestalten, die im Kreis um die Luke herumstanden und zu ihnen herabblickten, genauer erkennen zu können.

Stone wollte nach dem Rand der Luke greifen und sich herausziehen, aber Charity hielt ihn mit einer raschen Bewegung zurück. Sie konnte die Gesichter über sich noch immer nicht erkennen, um so deutlicher fühlte sie die Spannung, die in der Luft lag. Sie hatten so entsetzlich wenig Zeit, aber sie mussten diesen Menschen die Gelegenheit geben, sich an ihren Anblick zu gewöhnen.

Der gefährliche Moment verging. Plötzlich beugte sich einer der Schatten vor. Charity erkannte French, der auf die Knie gesunken war und ihr die Hand entgegenstreckte. Mit einem erleichterten Aufatmen griff sie danach und ließ sich in die Höhe ziehen.

Charity glitt ein gutes Stück über den Rand der Schleuse hinaus und landete ungeschickt neben French. Einen Moment zu spät begriff sie, dass der Boden aus einem offensichtlich nicht-magnetischen Metall bestand. Ihre Haftsohlen griffen nicht. Sie machte einen weiteren, unsicheren Schritt, um ihr Gleichgewicht wiederzufinden, und wäre trotzdem gestürzt, hätte French sie nicht aufgefangen.

Sie nickte dankbar, drehte sich vollends zu ihm herum und ließ ihren Blick flüchtig über das knappe Dutzend Gesichter streifen, das sie umgab. Jedes einzelne Gesicht ähnelte French: schmal und ausgezehrt, mit dunklen, tief in den Höhlen liegenden Augen, rissigen Lippen und einer Haut, die niemals mit Sonnenlicht in Berührung gekommen war und die von kleinen eiternden Geschwüren bedeckt wurde. Es waren fünf oder sechs Frauen und die gleiche Anzahl Männer, und bis auf einen schien kaum jemand älter zu sein als French. Hinter der Reihe der Erwachsenen, die sie unverwandt und mit dem gleichen Ausdruck von Entsetzen und Ehrfurcht wie die Gestalt draußen anstarrten, erblickte sie drei oder vier Kinder.

Ein eisiger Schauer durchlief sie. Frenchs Anblick war unheimlich gewesen. Aber dieses Dutzend Menschen *(Menschen? Waren das wirklich Menschen?)* erfüllte sie mit Furcht und einer an Ekel grenzenden Abscheu, für die sie sich selbst schämte, die sie aber nur schwer unterdrücken konnte.

French sagte etwas. Sie konnte die Worte nicht richtig verstehen, hob rasch die Hand zu dem kleinen Schalter an ihrem Anzug und atmete tief und erleichtert ein, als sich der durchsichtige Kunststoffhelm öffnete und in ihrem Nacken zusammenfaltete.

Einen Augenblick später wünschte sie sich, es nicht getan zu haben.

Die Luft war so schlecht, dass ihr schwindelig wurde. Und der Geruch war unerträglich. Charity schloss die Augen, unterdrückte mit Macht die Übelkeit, die aus ihrem Magen emporsteigen wollte, und zwang sich, tief einzuatmen. Sie würde das, was French und seine Freunde anscheinend für eine atembare Luft hielten, so oder so für eine Weile ertragen müssen. Besser, sie gewöhnte sich so schnell wie möglich daran.

Als sie die Augen wieder öffnete, hatte sich ein erschrockener Ausdruck auf Frenchs Gesicht ausgebreitet. »Ist ... ist Ihnen nicht gut, Herr ... Charity?«, verbesserte er sich hastig.

Charity versuchte zu lächeln. »Nein«, sagte sie. »Es ... es ist schon in Ordnung.«

French sah sie noch eine Sekunde lang voller Zweifel an, dann deutete er auf den ältesten Mann der Gruppe. »Das ist Stark«, sagte er. »Unser Führer.« Er lächelte. »Und das«, fügte er mit einer Geste auf eine der Frauen hinzu, »ist Pearl, meine Gefährtin. Wir werden ...«

»Sei still, French«, unterbrach ihn Stark. Seine Stimme war rau und heiser. Es war die Stimme eines Menschen, der wenig sprach. Trotzdem hörte sie den befehlsgewohnten Ton darin, einen Ton, der ihr zusammen mit der Härte in seinem Blick verriet, dass Stark vielleicht ein guter, sicherlich aber kein *angenehmer* Führer war. Stark betrachtete sie und Stone mit unverhohlenem Misstrauen. Auch in seinem Blick lag Furcht, aber sie war von völlig anderer Art als die, die sie in Frenchs Augen gelesen hatte. Sie nahm sich vor, sich sehr genau zu überlegen, was und in welchem Ton sie mit diesem Mann sprechen würde.

Stark kam langsam auf sie zu. Er bewegte sich seltsam; auf den ersten Blick fast ungeschickt. Trotzdem schien er keinerlei Schwierigkeiten mit der geringen Schwerkraft an Bord des Shuttles zu haben. Seine Augen tasteten über ihr Gesicht, ihren Körper, den Anzug, verweilten für einen kurzen, aber spürbaren Moment auf der gelben Sauerstoffflasche auf ihrem Rücken und suchten dann wieder ihren Blick. Charity vermochte nicht zu sagen, ob ihm das, was er sah, gefiel.

»Wer sind Sie?«, fragte er. Er sprach jetzt leise, aber seine Stimme war fast schneidend. Seine Hand lag auf etwas, das mit einem Stück Nylonschnur an seinem Gürtel befestigt war und wie eine Miniaturausgabe von Frenchs Harpunenwaffe aussah.

»Aber das habe ich dir doch gesagt«, sagte French aufgeregt. »Sie kommen von ...«

Stark brachte ihn mit einer unwilligen Geste zum Verstummen. »Ich will es nicht von dir hören, French«, sagte er, »sondern von *ihr.*«

»Was soll denn das?«, ergriff Stone neben ihr das Wort. Wie Charity hatte er seinen Helm zurückgeklappt und stand jetzt aufrecht da, wenn auch wankend wie ein Betrunkener. Offensichtlich hatte er noch viel größere Schwierigkeiten als sie, mit einer Anziehungskraft fertig zu werden, die allerhöchstens ein Zehntel der Schwerkraft der Erde betrug. »Ist das Ihre Art ...«

»Seien Sie still, Stone«, sagte Charity scharf. »Er hat Recht. Ich an seiner Stelle wäre genauso misstrauisch.«

Sie hatte zu Stone gesprochen, blickte Stark dabei aber

unverwandt weiter an. Der Führer des Hortes hielt ihrem Blick ruhig stand. Das Misstrauen in seinen Augen wurde noch größer.

Charity legte eine genau berechnete Pause ein, ehe sie mit veränderter, sehr ruhiger Stimme von neuem begann. »Mein Name ist Laird, Mister Stark. Captain Charity Laird von der US Space Force.«

»Space Force?« Die Art, in der Stark das Wort wiederholte, sagte ihr, dass es eine ganz bestimmte Bedeutung für ihn hatte. »Dann ... dann hat French die Wahrheit gesagt? Sie und die anderen, Sie ... Sie kommen wirklich von der Erde?«

Betont und sehr ruhig entgegnete Charity: »Ich glaube, Sie und Ihre Freunde benutzen dieses Wort in einem anderen Sinn als wir. Wir kommen von einer Welt, die sehr weit von Ihrer entfernt ist. Und sehr anders ist.«

Ein anderer Ausdruck trat in Starks Blick. Charity begriff, dass sie einen Fehler gemacht hatte, wusste aber nicht, welchen. »Es gibt keine anderen Welten, auf denen Menschen leben«, sagte Stark. »Es gibt nur uns und die Spinnen. Sie haben alle Menschen getötet, vor langer Zeit.«

»Das habe ich auch gedacht«, mischte sich French ein. Stark warf ihm wieder einen zornigen Blick zu, aber diesmal reagierte French nicht darauf, sondern fuhr noch aufgeregter fort. »Sie haben auch sie getötet, sie und ihre Begleiter. Aber sie ... sie können sie nicht töten. Sie haben auf sie geschossen und sie getroffen, aber sie ... sie sind immer wiedergekommen, Stark. Ich habe es mit meinen eigenen Augen gesehen. Sie sind unsterblich. Nichts kann sie verwunden. Die Spinnen können ihnen nichts anhaben.«

»Ich wollte, es wäre so«, sagte Charity leise. Sie lächelte

traurig, dann deutete sie mit einer Kopfbewegung auf den Schleusendeckel, der noch immer aufgeklappt war. »Ich werde versuchen, Ihnen alles zu erklären, Mister Stark«, sagte sie. »Aber dort draußen sind noch zwei von unseren Freunden. Bitte lassen Sie sie herein.«

French wollte den Lukendeckel schließen, aber Stark hielt ihn zurück, und French trat verwirrt beiseite. »Warum sollte ich das tun?«, fragte er. »Wenn Sie wirklich so unverwundbar und gefährlich sind, wie French behauptet? Wir wissen nicht, ob Sie unsere Freunde oder Feinde sind.«

»Das ist richtig«, sagte Charity. »Aber wenn wir wirklich so unverwundbar wären, wie French sagt, dann wären wir beide ebenso gefährlich für Sie, wie es vier wären.«

Ein Ausdruck, von dem sie nicht wusste, ob es Schrecken oder Zorn war, huschte über Starks Gesicht. Er antwortete nicht.

»Bitte, lassen Sie unsere Freunde herein«, sagte Charity noch einmal. »Sie wissen nicht, was mit uns geschieht und werden sich sorgen. Und ihr Luftvorrat reicht nicht ewig.«

Sie betete, dass Stone nichts Unüberlegtes sagte oder gar tat, aber er hatte entweder wie sie den Ernst der Situation begriffen, oder er verstand gar nicht, in welcher Gefahr sie in diesem Moment schwebten. Jedenfalls sagte er kein Wort, und nach einer endlosen Sekunde deutete Stark auf die Luke und sagte: »Lasst sie herein. Und Sie«, fügte er, an Charity gewandt, hinzu, »erzählen.«

8

Das Insektenheer hatte den Fluss erreicht und wie eine schwarze Woge aus lebendig gewordener Lava einfach verschlungen. Hartmann konnte nicht mehr sehen, was auf der anderen Seite geschah, denn der Rhein war die Grenze gewesen, hinter der die Jared seine Überwachungskameras ebenso schnell zerstört hatten, wie er sie hatte aufstellen lassen. Aber zwischen den brennenden Ruinen blitzte es immer wieder grell auf, und seit die Legionen Morons den Fluss überschritten hatten, hatte sich die Phalanx der Gleiter aufgelöst. Die Schiffe drangen nicht mehr in einer Linie vor, die eine Wand aus Feuer und schmelzendem Gestein wie einen tödlichen Schatten vor sich herschob, sondern rasten einzeln und im Tiefflug über die Ruinen hinweg und gaben dabei kurze, jetzt offensichtlich gezielte Feuerstöße ab.

»Das ist Wahnsinn«, sagte Hartmann. »Ihre Leute haben nicht die geringste Chance, Kyle. Ich ... könnte Ihnen helfen. Wir haben nicht mehr viel, aber es reicht, um diese Gleiter vom Himmel zu holen.«

Kyle drehte sich halb zu ihm herum und lächelte. »Ich weiß, wozu diese Anlage imstande ist«, sagte er. »Aber das ist nicht die Hilfe, die ich von Ihnen brauche.«

Plötzlich spürte Hartmann Zorn. Beinahe anklagend deutete er auf die Bildschirme. »Es sieht so aus, als würden Sie jedes bisschen hier gebrauchen, das Sie kriegen können, Kyle«, sagte er. »Wenn nämlich kein Wunder geschieht, dann werden Sie in spätestens einer halben Stunde niemanden mehr haben, um die Station am Nordpol anzugreifen.«

Kyle antwortete nicht einmal. Er lächelte nur, wandte sich um und konzentrierte sich wieder auf das Geschehen auf den Bildschirmen.

Hartmann hatte plötzlich Lust aufzuspringen und ihn zu packen, ihn zu schütteln und anzuschreien, *irgendetwas* zu tun, nur nicht länger dazusitzen und hilflos zuzusehen, wie das Millionenheer der Insektenkrieger die Stadt überrollte und sich unaufhaltsam dem Hort der Jared näherte. Und erst als er diesen Gedanken gedacht hatte, begriff er, was es wirklich bedeutete. Er betrachtete diese zehntausend Männer dort drüben noch immer als Menschen. Er hatte geglaubt, sie zu hassen, aber das stimmte nur zum Teil. Etwas in ihnen war noch immer menschlich, und diese ungezählten Insektenkrieger dort drüben machten jetzt Jagd auf sie.

Auf seinem Schreibtisch begann eine Lampe zu flackern, und Hartmann streckte instinktiv die Hand aus und betätigte einen Schalter. Auf einem der Monitore erlosch das Abbild der brennenden Stadt und machte den dünnen, grünen Linien eines Radarbildes Platz. Die Bunkerstation selbst war als kleiner, heller Punkt in ihrem Zentrum abgebildet. Und von ihrem oberen Rand her näherte sich eine große Anzahl noch kleinerer, aufblinkender Punkte diesem Zentrum.

Hartmann stöhnte leise. »Es sieht so aus, als bekämen sie noch Verstärkung.«

Kyle sah ihn fragend an, blickte kurz auf den Schirm und lächelte wieder, und dieses Lächeln entfachte Hartmanns Wut erneut. Zornig beugte er sich vor. »Seien Sie vernünftig, Kyle!«, sagte er beinahe beschwörend. »Das sind mindestens noch einmal hundert Schiffe! Und sie sind in einer Minute hier. Ich kann sie aufhalten.«

»Ich weiß«, sagte Kyle ruhig. »Aber es ist nicht nötig.«

Hartmann starrte ihn an und versuchte, seiner Gefühle Herr zu werden. Kyle musste wahnsinnig sein. Für einen Moment war Hartmann ernsthaft versucht, seinen Befehl einfach zu ignorieren und zu tun, worum er ihn seit einer halben Stunde beinahe anflehte ...

Aber selbst, wenn er es wirklich gewollt hätte, wäre ihm wahrscheinlich gar keine Zeit mehr dazu geblieben. Die Radarechos auf dem Schirm rasten schneller, viel schneller heran, als er geglaubt hatte. Es verging noch nicht einmal eine Minute, bis sie mit dem grünen Leuchtpunkt im Zentrum des Bildschirmes verschmolzen.

Fast in der gleichen Sekunde tauchten sie am Himmel über der Stadt auf. Und dann geschah etwas, das Hartmann vollkommen aus der Fassung brachte.

Die Flotte bestand aus gut hundert Flugschiffen. Kaum fünfzig Meter über der Erde jagten sie heran – und eröffneten sofort das Feuer auf die Gleiter, die über der Stadt kreisten.

General Hartmann war nicht der Einzige, der offensichtlich vollkommen überrascht wurde. Schon der erste Feuerschlag fegte ein Drittel der Moroniflotte vom Himmel. Die Schiffe explodierten, verwandelten sich in grell lodernde Feuerwolken oder torkelten hilflos und brennend zu Boden, wo sie in gewaltigen Explosionen vergingen. Überall in der zerstörten Stadt stiegen Flammenpilze in die Höhe, und die Druck- und Hitzewellen zerstörten alles, was den Lasersalven der Schiffe bisher noch entgangen war.

»Was ...?«, stammelte Hartmann. Kyle machte eine rasche Handbewegung zu schweigen, und Hartmann blickte weiter verblüfft und fassungslos auf das unglaubliche Bild. Die neu aufgetauchte Gleiterflotte raste in einer perfekten Formation heran, überquerte den Fluss, wobei die Druckwelle, die sie hinter sich herzerrte, das Wasser wie unter einem gewaltigen Hammerschlag aufspritzen ließ. Immer mehr Gleiter explodierten oder stürzten brennend zur Erde, und an immer mehr Stellen in der Ruinenstadt brachen weißglühende Vulkane aus.

Der Kampf nahm für einen Moment noch an Heftigkeit zu, als die Angreifer ihre geschlossene Formation auflösten und sich jeweils zu zweit oder dritt auf einen der Gleiter warfen, die den ersten Angriff überstanden hatten. Aber er endete auch beinahe ebenso schnell, wie er begonnen hatte. Die Moroni setzten sich mit der Verbissenheit ihrer Spezies zur Wehr, aber sie hatten von Anfang an keine Chance. Die Überraschung und Entschlossenheit, mit der die Angreifer vorgingen, war so groß, dass von den weit über hundert Kampfmaschinen, welche die Stadt in Brand geschossen hatten, nur eine Hand voll entkam. Nicht einmal eine Minute, nachdem der plötzliche Überfall stattgefunden hatte, existierte keiner von ihnen mehr. Der Himmel über der Stadt hing noch immer voller riesiger, silberner Flugscheiben, aber der tödliche Feuerregen hatte aufgehört.

Trotzdem zog sich etwas in Hartmann schmerzhaft zusammen, als er das Bild auf den Monitoren betrachtete. Die Stadt brannte wie ein einziger, gewaltiger Scheiterhaufen. Die explodierenden Gleiter und brennenden Trümmerstücke hatten ganze Straßenzüge pulverisiert und gigantische Krater in den Boden gerissen, in dem rotglühendes Magma brodelte. Der Fluss kochte.

Erschüttert löste Hartmann seinen Blick von der Monitorwand und sah Kyle an. »Großer Gott«, flüsterte er. »Wer ist das? Das sind Moronischiffe! Es sind ihre eigenen Maschinen!«

Statt zu antworten, streckte Kyle plötzlich die Hand aus

und berührte eine Taste unter einem der Monitore. Das Bild zoomte heran, und auch Hartmann beugte sich neugierig vor. Die Kamera zeigte einen Ausschnitt des östlichen Rheinufers. Das Wasser brodelte. Schmelzendes Gestein ergoss sich zischend in die Fluten und ließ Dampf aufsteigen, der das gegenüberliegende Ufer binnen Sekunden ihren Blicken entzog. Tausende von reglosen Insektenkörpern trieben im Wasser, und ebenso viele strebten in heller Panik vom Ufer fort. Die gewaltige Moroni-Armee, die noch vor weniger als fünf Minuten zum Sturm auf die wehrlose Stadt angetreten war, befand sich jetzt in kopfloser Flucht.

Hartmanns Blick wanderte zu einem anderen Bildschirm und suchte die Gleiterflotte. Die Schiffe schwebten reglos über der brennenden Stadt. Sie bildeten jetzt einen gewaltigen, weit auseinander gezogenen Kreis, in dessen Zentrum sich einer der wenigen Bereiche der Stadt befand, der noch nicht in hellen Flammen stand. Sie machten keine Anstalten, die fliehenden *Ameisen*armee zu verfolgen.

Aber das war auch nicht nötig. Hartmann sah wieder auf den Schirm, dem Kyles Aufmerksamkeit galt, und beobachtete etwas, das ihn im ersten Moment einfach nur verwirrte. Die Moroni-Legionen befanden sich immer noch in panischer Flucht, aber irgendetwas schien ihren Rückzug zu bremsen. Trotz der starken Vergrößerung konnte er keine Einzelheiten erkennen, aber er bemerkte zumindest, dass sich die Bewegung der riesigen Heeresmasse stetig verlangsamte.

Er stand auf, trat neben Kyle und versuchte, das Bild noch weiter zu vergrößern, erreichte damit aber nur, dass es unscharf wurde.

»Was geht dort vor?«, fragte er.

»Etwas, das Sie hätten wissen müssen«, antwortete Kyle. Er deutete ein Kopfschütteln an. »Sie müssen sehr verzweifelt sein, wenn Sie es trotzdem versucht haben.«

Hartmann verstand kein Wort. Er beugte sich so weit vor, dass sein Gesicht fast den Bildschirm berührte und seine Augen zu tränen begannen. Die einzelnen Moroni waren auf dem Bild tatsächlich nur *ameisengroß* zu erkennen. Irgendetwas an ihren Bewegungen war ... nicht richtig. Sie rannten, wie nur Lebewesen rennen können, die um ihr Leben liefen, aber immer mehr und mehr von ihnen wurden plötzlich langsamer und blieben stehen. Dann sah Hartmann, dass an immer mehr und mehr Stellen plötzlich wütende Handgemenge unter den Moroni ausbrachen. Hier und da blitzte ein Laserschuss auf, aber die meisten *Ameisen* fielen einfach mit Armen und Beißzangen übereinander her und versuchten, ihre Gegner niederzuringen. Wie ein sich rasend schnell ausbreitendes Steppenfeuer griffen die Kämpfe immer schneller um sich, aber sie dauerten niemals sehr lange. Die *Ameisen* rangen sekundenlang miteinander, dann schienen sie plötzlich jegliches Interesse an ihrem Gegner zu verlieren und lösten sich wieder von ihm. *Was um alles in der Welt ging dort vor?*

»Ich glaube«, sagte Hartmann mit mühsam beherrschter Stimme, »Sie sollten mir vielleicht das eine oder andere erklären, Kyle.«

»Das werde ich«, antwortete Kyle. »Aber nicht jetzt, Hartmann. Uns bleibt nicht mehr sehr viel Zeit. Kommen Sie.« Plötzlich lächelte er. »Wir müssen ein Sternenreich erobern.«

»Also ist alles wahr, was unsere Eltern erzählt haben«, sagte Stark.

Es war sehr still geworden in der lang gestreckten, halbrunden Kuppel aus Stahl, in der er und seine Leute lebten, während Charity mit ruhiger Stimme und überlegten Worten erzählt hatte. Die Blicke des guten Dutzends Männer, Frauen und Kinder hatten gebannt an ihren Lippen gehangen und jedes einzelne Wort aufgesogen. Jetzt breitete sich ein fast lähmendes Schweigen im Inneren des Space Shuttles aus. Charity unterbrach dieses Schweigen nicht. Sie hatte sehr lange geredet und dann geduldig jede einzelne von Starks manchmal sinnlos scheinenden Fragen beantwortet. Der Führer war mit jeder Antwort, die er bekam, schweigsamer geworden; im gleichen Maße hatte sich der Ausdruck auf seinem Gesicht von Misstrauen zu Bestürzung, dann zu vorsichtiger Erleichterung und schließlich zu Ehrfurcht und Staunen verwandelt. Obwohl Gurk und nach einer Weile auch Skudder sie immer ungeduldiger angesehen hatten, hatte Charity Frenchs Brüdern und Schwestern ihre ganze Geschichte erzählt. Dass sie zu jener Hand voll Astronauten gehört hatte, die damals, am Ende des 20. Jahrhunderts, das Sternenschiff von Moron entdeckt und ein Stückweit auf seinem Flug zur Erde begleitet hatte, dass sie zu jenen wenigen Überlebenden gehörte, die noch aus jener alten, von Morons Legionen hinweggefegten Welt stammte und dass sie mit Skudder und einem kleinen Haufen ebenso verzweifelter wie entschlossener Menschen schließlich den Widerstand gegen die Invasoren aus dem All aufgenommen hatte. Einiges hatte sie weggelassen. Sie hatte zwar erzählt, dass sie ein halbes Jahrhundert im künstlichen Winterschlaf verbracht hatte, aber sie hatte wohlweislich *nicht* gesagt, dass sie von Stone dazu gezwungen worden war. Und sie war auch sehr froh, dass keiner der Männer und Frauen eine

Frage nach Gurks ungewöhnlichem Aussehen gestellt hatte. Gleichgültig, was sie sagten oder taten – für diese Leute waren sie Götter, und sie wollte nicht, dass sie im Moment schon begriffen, dass auch die Götter ebenso uneins und zerstritten waren wie vielleicht auch sie manchmal.

»Es ist also alles wahr«, sagte Stark noch einmal. Er sah Charity an, aber sein Blick schien geradewegs durch sie hindurchzugehen, und in seiner Stimme war ein bitterer Klang, den sie im allerersten Moment nicht verstand. »Die Geschichten, die mir mein Vater erzählt hat. Es gibt eine Welt, die ... größer ist als unsere hier. Ohne Spinnen und ohne die Raubzüge.«

»Ja«, antwortete Charity leise. »Es gibt die Erde. Meine Freunde und ich kommen von dort. Und wir sind weder Götter noch Geister und irgendwelche Überwesen. Wir sind Menschen wie Sie.«

Stark sah erst sie, dann French an, und Charity fügte hastig hinzu: »Was French erzählt hat, ist die Wahrheit. Trotzdem sind wir nicht unsterblich. Nicht einmal unverwundbar. Es war ...« Sie suchte einen Moment nach Worten.

»Ein Phänomen. Etwas, das wir selbst nicht richtig verstehen.«

Der Ausdruck auf Starks Gesicht wurde eher noch hilfloser, und Charity begriff, wie wenig er mit diesen Worten anfangen konnte. Aber wie sollte sie ihm etwas erklären, das sie selbst nicht genau verstand?

Niedergeschlagen und von einem Gefühl der Hilflosigkeit ergriffen, löste sie ihren Blick vom Gesicht des alten, grauhaarigen Mannes und sah sich um. Sie begriff erst jetzt, *was* Frenchs Hort wirklich war. Was sie für einen Teil der Orbit-Stadt gehalten hatte, auf den sich der Machtbereich der Moroni aus irgendeinem Grund nicht erstreckte, das war kein Teil der Orbit-Stadt, sondern die vierzig Meter lange Ladebucht des Space Shuttles. Eine große Tunnelröhre, in der mehr als ein Dutzend Menschen seit zwei Generationen lebten, Kinder zeugten und starben und in der jeder Tag ein neuer Kampf ums nackte Überleben war. Sie versuchte sich vorzustellen, wie das Leben dieser Hand voll Männer und Frauen ausgesehen hatte, aber ihre Phantasie kapitulierte vor dieser Aufgabe. Es musste die reinste Hölle sein. Ein ganzes Leben eingesperrt in einem vierzig Meter langen Sarg aus grau gewordenem Eisen, eine Welt ohne Morgen und Abend, ohne Jahreszeiten, ein Leben, in dem sich ein Tag an den anderen reihte, ohne irgendeine Möglichkeit, das Verstreichen der Zeit zu registrieren; lediglich die Raubzüge in die Orbit-Stadt boten eine Unterbrechung der täglichen Monotonie. Raubzüge, von denen nur zu viele nicht mehr zurückkehrten.

Es erschien ihr für einen Augenblick geradezu unvorstellbar, dass Menschen unter diesen Bedingungen überhaupt überleben konnten. Charity war plötzlich sicher, hätte sie mehr Zeit gehabt, sich mit der Lebensweise von Frenchs Brüdern und Schwestern zu beschäftigen, hätte sie rasch festgestellt, dass die hier entstandene Kultur kaum weniger fremdartig war als die der Moroni oder irgendeines anderen Volkes, das auf einem x-beliebigen Planeten der Galaxis leben mochte. Und es waren solche Momente, die immer wieder begreifen ließen, was die Invasoren von den Sternen den Menschen *wirklich* angetan hatten. Was zählte, das waren nicht die Millionen und Abermillionen, die gestorben oder vielleicht nie geboren worden waren. Ungleich schlimmer war das, was sie den Überlebenden angetan hatten. Ein Leben, das sich kaum mehr von dem wilder Tiere unterschied, die vom Tag ihrer Geburt an auf der Flucht waren und es blieben, bis sie starben. Sie dachte an Net und die Wasteländer, an Skudders ehemalige Bande, die Sharks, sie dachte an die sich frei wähnenden und doch gefangenen Bewohner von Paris und an die Jared. Und sie begriff, selbst wenn ihr Kampf Erfolg haben sollte, würde es nie wieder so werden, wie es gewesen war. Selbst wenn es ihnen gelang, die Bombe zu entschärfen, deren Zeitzünder kaum hundert Meter von ihnen entfernt tickte, selbst wenn es ihnen gelang, die Invasoren von Moron dorthin zurückzujagen, wo sie hergekommen waren – die Welt, wie sie sie kannte, war auf immer verloren.

Stark sah Charity plötzlich an, und zum ersten Mal stahl sich so etwas wie ein Lächeln in seine sonderbaren Züge. Bevor er etwas sagen konnte, hob Charity die Hand und machte eine befehlende, knappe Geste. »Ich kann mir vorstellen, wie ihr euch fühlt«, sagte sie. »Wahrscheinlich habt ihr tausend Fragen. Ich werde sie euch alle beantworten, aber nicht jetzt. Es ... bleibt nicht mehr viel Zeit.«

Sie sah aus den Augenwinkeln, wie Skudder überrascht die Stirn runzelte, während Stone mit hängenden Schultern dahockte und einfach ins Leere starrte. Sie war nicht einmal sicher, ob er ihre Worte überhaupt gehört hatte.

»Sie bringen uns zur Erde?«, fragte Stark.

Vielleicht, dachte Charity. Sie spürte, dass sie schon wieder zu lange gezögert und den richtigen Moment verpasst hatte, um ihre Antwort, gleichgültig, wie sie ausfiel, wirklich glaubhaft klingen zu lassen. Doch bevor sie endlich antworten konnte, berührte sie etwas am Arm. Sie senkte den Blick und sah in das Gesicht eines kleinen Kindes; sein genaues Alter oder sein Geschlecht vermochte sie aus der bleichen Totenkopfmaske seines Antlitzes nicht herauszulesen.

»Ist das wahr?«, fragte das Kind. »Ihr bringt uns nach Hause?«

Etwas in Charity zog sich zusammen wie unter der Berührung eines glühenden Drahtes. Sie spürte, wie sich ihre Augen mit Tränen füllten, und versuchte zu lächeln. »Ja«, sagte sie mit zitternder Stimme. »Das müssen wir wohl.«

Sowohl Skudder als auch Gurk blickten sie erstaunt an, und zumindest Stark schien die Wahl ihrer Worte sehr wohl aufgefallen zu sein, denn in den Sturm von Gefühlen, der sich auf seinem Gesicht und in seinen Augen spiegelte, mischte sich wieder Erschrecken. Er sagte jedoch nichts.

Charity stand mit einem Ruck auf, fuhr sich mit einer fast zornig aussehenden Bewegung über die Augen und sah sich auffordernd um. »Gibt es einen Ort, an dem wir allein miteinander reden können?«, fragte sie.

Allein die Tatsache, dass sie diese Frage laut und vor aller Ohren stellte, machte ein Gespräch unter vier Augen schon fast wieder überflüssig. Trotzdem nickte Stark, erhob sich ebenfalls und deutete nach vorn, wo sich der Durchgang zur Steuerkanzel und den eigentlichen Passagierbereichen des Shuttles befand. French wollte ihnen folgen. Stark gab ihm mit einer befehlenden Geste zu verstehen, zurückzubleiben, aber Charity bat ihn, mitzukommen, und nach kurzem Zögern stimmte Stark zu.

Die Luftschleuse, die die ehemalige Ladebucht mit den vorderen Teilen des Space Shuttles verband, war entfernt worden, und Charity bemerkte im Vorübergehen, dass einer von Starks Vorfahren umsichtig genug gewesen war, den Öffnungsmechanismus des Frachtraumes nicht nur völlig unbrauchbar zu machen, sondern die beiden gewaltigen Torflügel auch an einem Dutzend Stellen miteinander zu verschweißen. Sie gingen durch einen kurzen Verbindungsgang, der einmal zwei Türen gehabt hatte, die jedoch entfernt und durch Vorhänge aus undurchsichtiger schwarzer Plastikfolie ersetzt worden waren. Dicht hinter Stark betrat sie das Cockpit der Maschine und verschwendete fünf oder sechs weitere kostbare Sekunden darauf, sich umzusehen.

Sie hatte schon geahnt, was sie vorfinden würde. Sämtliche Fenster waren mit Platten aus Eisen verschweißt. Der allergrößte Teil der Instrumente war verschwunden, und Charity fiel auf, dass bei dem übrig gebliebenen Rest sorgfältig alles Glas entfernt worden war; wahrscheinlich hatten Starks Leute es benötigt, um irgendwelche Werkzeuge daraus herzustellen. Sie musste sich immer wieder vor Augen führen, dass diese Menschen hier zwar im Inneren eines der modernsten Fahrzeuge lebten, das irdische Technologie jemals erschaffen hatte, sich ihre Kultur trotzdem aber auf einem steinzeitlichen Niveau befand; Jäger und Sammler im Weltall.

Stark ließ sich in einer ganz selbstverständlichen Bewegung auf den Pilotensessel sinken und stand dann erschrocken wieder auf, aber Charity winkte ab. Sie wollte etwas sagen, kam aber nicht dazu, denn Skudder, der hinter ihr gebückt durch die niedrige Cockpit-Tür getreten war, ergriff sie plötzlich am Arm und zerrte sie fast mit Gewalt herum. Aus den Augenwinkeln bemerkte sie, dass Stark überrascht die Stirn runzelte.

»Bist du völlig verrückt?«, schnappte Skudder. »Was ist in dich gefahren, hier den Messias zu spielen? Wir haben im Moment wirklich Wichtigeres zu tun, als diesen ... diesen ...«

Er suchte einen Moment nach Worten, und Charity half ihm mit einem Lächeln aus, das ungefähr so warm wie ein Würfel aus gefrorener Luft war: »Menschen?«, schlug sie vor.

Skudders Zorn schien eher noch zu wachsen. »Nenn sie, wie du willst«, sagte er. »Glaubst du wirklich, das wäre der richtige Moment, um sie ins Gelobte Land heimzuführen?«

»Sie können nicht hierbleiben«, sagte Charity.

»Verdammt noch mal, das weiß ich selbst«, antwortete Skudder. »Glaubst du, sie wären mir gleichgültig? Aber muss das unbedingt *jetzt* sein?«

»Ja«, antwortete Charity, aber Skudder schien ihre Antwort gar nicht zu hören.

»Sie haben fünfzig Jahre gewartet«, sagte er. »Glaubst du wirklich, es macht noch einen Unterschied, ob sie einen oder zwei Tage länger warten?«

»Nein«, antwortete Charity. »Das glaube ich nicht. Ich *weiß* es.«

»Wieso?«

In der allerersten Sekunde war Charity ehrlich verblüfft, erst dann erinnerte sie sich wieder, dass außer ihr vermutlich niemand Gurks Worte gehört hatte. Die riesige Hantel aus Neutronium, die sich praktisch nur einen Steinwurf von ihnen entfernt noch immer in irrsinnigem Tempo drehte, mochte Skudder verwirrt und erschreckt haben, aber er wusste nicht, was sie *wirklich* war. Plötzlich nahm sie ihm seinen Zornesausbruch nicht mehr übel. Mit einer sanften Geste wandte sie sich von ihm ab und blickte Abn El Gurk an. »Wieviel Zeit bleibt uns noch?«

»Woher zum Teufel soll ich denn das wissen?«, fauchte der Zwerg. »Ich habe dieses dämliche Ding weder gebaut noch aufgestellt, und ...«

Charity signalisierte ihm mit Blicken, sich zusammenzureißen, und zum Glück gehorchte der Gnom. Er brach ab, blickte nervös zuerst Skudder und dann Stark an und begann in verändertem Tonfall von neuem. »Ich weiß es wirklich nicht. Ich habe so etwas niemals mit eigenen Augen gesehen. Ich habe davon gehört, und ich weiß in groben Zügen, wie sie funktioniert.«

»Du weißt eine Menge in groben Zügen, nicht wahr?«, fragte Charity.

Ein spöttisches Glitzern erschien in Gurks Augen. »Das stimmt«, sagte er. »Ich hatte Zeit genug zu lernen.«

»Worüber redet ihr beiden eigentlich?«, mischte sich Skudder ein.

Charity ignorierte ihn. »Eine ungefähre Schätzung würde mir reichen«, bat sie.

Sie war sicher, dass er es nicht tat, aber Gurk versuchte für einen Moment den Eindruck zu erwecken, als müsse er angestrengt nachdenken. Dann zuckte er heftig mit den Schultern. »Ich weiß es nicht«, sagte er. »Das Zeug hat eine unvorstellbare Massenträgheit. Es können genauso gut nur noch zwei Stunden sein.«

Charity erschrak. »Zwei Stunden?«

»Wahrscheinlich länger«, sagte Gurk hastig. »Aber egal, ob zwei Stunden oder zwei Tage, wir müssen hier weg. Und er«, er deutete auf Stark, dessen Gesichtsausdruck verriet, dass er kein Wort von dem verstand, was der Zwerg gesagt hatte, »und seine Leute auch.«

»Was zum Teufel ...?«, begann Skudder erneut.

Charity unterbrach ihn sofort. »Jetzt nicht.« Sie warf Skudder einen fast beschwörenden Blick zu und drehte sich dann wieder vollends zu Stark um. Einen Moment lang suchte sie nach passenden Worten, dann begriff sie, dass es für eine solche Situation wohl keine passenden

Worte gab. »Wir können nicht hierbleiben, Mister Stark. Und Sie und Ihre Leute ebenso wenig. Das alles wird hier in wenigen Stunden vernichtet werden.«

Stark erschrak nicht sichtlich. Vielleicht begriff er gar nicht, was Charity wirklich gesagt hatte. »Zerstört?«, fragte er nur.

»Ich fürchte ja«, antwortete Charity. »Ich kann es Ihnen im Moment nicht erklären, Stark. Ich kann Ihnen nicht einmal sagen, warum es passiert. Ich kann Sie nur bitten, mir zu glauben und mir zu vertrauen. Wir müssen Ihre Leute hier wegbringen. Schnell.«

»Wegbringen?«, wiederholte Stark verstört. »Aber – aber wohin denn?«

»Fort«, antwortete Charity hilflos. »Vielleicht auf einen anderen Planeten. Vielleicht in ein anderes Schiff. Ich weiß es selbst noch nicht genau. Sie müssen alles für eine Evakuierung vorbereiten, Stark. Und das muss sehr schnell gehen.«

Sie sah und spürte, dass ihre Worte Stark nur in noch größere Verwirrung stürzten. »Gehen Sie«, sagte sie in eindeutig befehlendem Ton. »Gehen Sie zurück zu Ihren Leuten und sorgen Sie dafür, dass alles zum Aufbruch bereit ist, wenn wir hier fertig sind. Es dauert nicht lange.«

Einige Sekunden lang sah es so aus, als wollte Stark sich ihren Worten widersetzen, aber ihr beinahe schon überheblicher Ton tat seine Wirkung. Verwirrt stand er auf, ging zur Tür, blieb noch einmal stehen, um Charity anzusehen, und verließ schließlich das Cockpit, als sie nicht auf seinen Blick reagierte. French wollte ihm folgen, aber Charity hielt ihn mit einer Geste zurück.

»Also?«, fragte Skudder. »Dürfte ich vielleicht jetzt erfahren, was hier gespielt wird?«

»Sicher«, murmelte Charity. Plötzlich hatte sie Mühe, überhaupt noch zu sprechen. Sie fühlte sich müde, so unendlich müde, dass ihr selbst das Reden zu anstrengend erschien. Es war alles so sinnlos. Sie versuchten, eine Springflut mit bloßen Händen aufzuhalten. Für die Dauer eines einzelnen, schweren Atemzuges stand sie mit geschlossenen Augen da, dann zwang sie sich, Skudder ins Gesicht zu sehen und zu antworten. »Es ist Stones Bombe, Skudder. Wir haben sie gefunden.«

Skudder erschrak. »Wo?«

»Du hast sie gesehen«, antwortete Charity. »Dieses riesige Dink, das in der Mitte der Station kreist.«

Skudder runzelte zweifelnd die Stirn. »Das soll eine ... eine Bombe sein?«

Charity zuckte mit den Achseln und deutete auf Gurk. »Jedenfalls behauptet er das. Übrigens glaubt er auch, sie wäre bereits gezündet.«

»Das ist sie auch«, verteidigte sich Gurk mit schriller, keifender Stimme. »Sie müsste so schnell rotieren, dass man nur einen Schemen sieht. Und selbst dann wäre es gefährlich.«

Charity lächelte humorlos. »Du hörst den Mann, der nur in groben Zügen weiß, wie die Waffe funktioniert.«

»Das stimmt auch!«, rief Gurk. Er begegnete Skudders finsterem Blick und begann unruhig auf der Stelle zu treten. »Also gut, ich werde es versuchen«, sagte er schließlich. »Erinnert ihr euch an das komische Gefühl, als wir unter den Kugeln hindurchgekrochen sind?«

»Komisches Gefühl?«, keuchte Skudder. »Ich hatte eher das Gefühl, in Stücke gerissen zu werden.«

»Und wenn du nicht aufgepasst hättest«, antwortete Gurk giftig, »dann wärst du das auch. Die beiden Kugeln bestehen aus Neutronium. Sie sind schwer genug, dass dir ihre Gravitation den Kopf von den Schultern gerissen hätte, wenn du dumm genug gewesen wärst, ihn zu heben.«

»Gurk, bitte!«, sagte Charity. »Jetzt ist wirklich nicht der Moment für deine dummen Sprüche.«

»Ach, was soll das?!«, schnappte Gurk übellaunig. »Jetzt ist der Moment für gar nichts mehr. Das Ding wird hochgehen, und nichts und niemand kann das jetzt noch verhindern. Nicht einmal die Moroni selbst. Es nutzt weder uns noch irgendeinem anderen, wenn ich dir jetzt einen Vortrag halte, den du sowieso nicht verstehst.

»Vielleicht doch«, sagte Charity. »Wir müssen sie entschärfen. Jede Kleinigkeit kann dabei helfen.«

»O sicher«, antwortete Gurk spöttisch. »Sie haben ganze Sternenreiche mit diesen Bomben aus dem All gepustet, aber Captain Charity Laird, die Retterin des Universums, wird zehn Minuten lang ihr Köpfchen anstrengen und eine Lösung finden, nicht wahr?«

Charity schluckte die zornige Antwort, die ihr auf den Lippen lag, herunter. Sie spürte, dass Gurks Aggressivität nichts anderes als Ausdruck seiner Angst war. Sie sagte nichts, und nach einigen Sekunden beruhigte sich der Zwerg wieder.

»Also gut. Das Prinzip ist im Grunde so primitiv, wie es nur sein kann. In den beiden Kugeln befinden sich zwei winzige, schwarze Löcher. Da sie nur ein paar hundert Meter voneinander entfernt sind, würden sie sich normalerweise gegenseitig anziehen, aber die Hantel rotiert schnell genug, um das zu verhindern.«

»Schwarze Löcher?«, wiederholte Skudder irritiert. »Was soll das sein?«

»Ein Ausdruck aus der Astrophysik«, sagte Charity rasch. »Wir wussten damals auch noch nicht sehr viel darüber. Im Grunde nicht viel mehr, als dass es sie gab. Aber dass man sie als Waffe einsetzen kann, ist mir neu.«

»Pass mal auf, Rothaut«, sagte Gurk. »Ich will versuchen, es dir zu erklären. Im Grunde ist das ganz einfach. Du weißt, was eine Sonne ist?«

Skudder würdigte ihn nicht einmal einer Antwort.

»Ein Black Hole«, fuhr Gurk fort, »ist nichts anderes als eine Sonne, die schon vor ein paar Millionen Jahren den Löffel abgegeben hat. Sie bricht unter ihrem eigenen Gewicht zusammen. Sie beginnt zu schrumpfen, verstehst du?«

Skudder warf Charity einen hilflosen Blick zu. Sie musste gegen ihren Willen lächeln, nickte aber. »Ich hätte es vielleicht etwas anders ausgedrückt, aber im Prinzip hat er Recht. Es passiert nicht mit allen Sonnen. Manche explodieren, andere schrumpfen zu weißen Zwergen und schließlich Neutronensternen, aber einige brechen immer weiter zusammen.« Sie hob die Hand und schloss die Finger ganz langsam zur Faust. »Irgendwann wird die Anziehungskraft so stark, dass nicht einmal mehr das Licht ihr entkommen kann. Und der Prozess geht immer weiter.«

»Ich ... glaube nicht, dass ich das verstehe«, murmelte Skudder.

»Niemand versteht es wirklich«, sagte Charity. »Worauf es ankommt, ist das Ergebnis. Versuch dir eine Kugel vorzustellen, die bequem in eine Hand passt – und so schwer ist wie ein Planet.«

Skudder wurde noch eine Spur blasser. Abrupt schüttelte er den Kopf. »Nein«, sagte er, »das versuche ich lieber nicht.«

»Aber genau das ist es, was sie dort draußen haben«, sagte Gurk düster. »Zwei winzige schwarze Löcher. Vielleicht nicht so schwer wie eine Sonne, aber mit der Masse eines kleinen Mondes. Das Einzige, was sie davon abhält, sich immer schneller aufeinander zuzubewegen, ist die Fliehkraft in den Enden der Hantel. Und die wird jetzt immer schwächer.«

»Und ... was passiert, wenn sie ... nicht mehr ausreicht?«, fragte Skudder.

Gurk grinste. »Dann werden die beiden hübschen kleinen Dinger dort draußen zwei ebenso hübsche kleine Löcher in ihre Hüllen bohren und aufeinander zuzufallen beginnen. Und wenn sie sich berühren ...« Wie Charity zuvor schloss auch er die Hand zur Faust und öffnete sie dann mit einem Ruck. »Bumm! Es wird einen hübschen Knall geben. Ich glaube nicht, dass von eurem Planeten noch sehr viel übrig bleiben wird.«

»Ist das ... wahr?«, flüsterte Skudder entsetzt.

»Es ist wahr.«

Charity sah überrascht auf. Seit sie das Raumschiff betreten hatten, waren diese drei Worte beinahe das Erste, was Stone sagte. Er starrte noch immer an ihr vorbei ins Leere, aber das Entsetzen in seinem Blick machte ihr klar, dass er jedes Wort gehört und verstanden hatte. »Und es gibt keine Möglichkeit, es noch aufzuhalten.«

»Unsinn!«, widersprach Charity impulsiv. »Man kann alles aufhalten. Nicht einmal die Moroni sind so dumm, eine Bombe vor ihrer eigenen Haustür zu legen, die sie selbst nicht entschärfen könnten.«

»Was wissen Sie darüber?«, fragte Skudder.

»Nichts«, murmelte Stone. »Weniger, als der Zwerg gerade erzählt hat. Ich wusste, dass es sie gibt, aber mehr auch nicht.«

»Aber Sie wissen, dass man sie nicht entschärfen kann?«, fragte Charity zweifelnd.

»Sie sind so konstruiert«, sagte Stone. Mit einem Ruck hob er den Kopf und starrte sie an. Seine Augen wurden weit vor Entsetzen. »Begreifen Sie doch! Die Moroni fürchten nichts so sehr wie ihre eigenen Nachkommen. Sie kämpfen praktisch gegen sich selbst. Das Volk, das aus einem Sprung hervorgeht, weiß alles, was auch die Moroni wissen. Und es ist intelligenter. Rücksichtsloser. Zielstrebiger. Sie haben bewusst eine Waffe konstruiert, gegen die es keine Abwehr gibt.«

»Dann ... dann müssen wir hier weg«, sagte Skudder. »Charity hat Recht. Wir müssen verschwinden, so schnell wie möglich.«

»Aber wohin denn?«, fragte Stone müde. Seine Lippen verzogen sich zu einem bitteren Lächeln. »Sie haben immer noch nicht verstanden, Skudder. Das da ist keine kleine Bombe, die diese Station hier zerstört. Oder eine Stadt oder auch ein Land. Die Explosion wird diesen Planeten pulverisieren und möglicherweise das ganze System zerstören.« Er deutete auf Gurk. »Hat er Ihnen die Geschichte seines Volkes nicht erzählt?«

Skudder nickte finster.

»Möglicherweise passiert das Gleiche wieder. Vielleicht ist die Schockwelle groß genug, die Sonne zur Nova werden zu lassen. Auf jeden Fall wird sie ausreichen, sämtliches Leben in diesem System auszulöschen. Es gibt nichts, wohin wir fliehen könnten.«

»Aber ... aber da draußen sind Hunderte von Raumschiffen«, murmelte Skudder. »Und ... auf der Erde müssen Millionen von Moroni sein. Sie ... sie würden nicht ihre eigenen Leute ...«

»Du hast immer noch nicht begriffen, Rothaut«, sagte Gurk düster. »Sie würden die halbe Galaxis in die Luft jagen, um zu verhindern, dass die Jared auch nur einen einzigen Transmitter in die Hand bekommen. Das wäre nämlich mit großer Wahrscheinlichkeit ihr Ende.«

»Dann ... dann müssen wir das Ding zerstören.« Skudder kämpfte sichtlich um seine Selbstbeherrschung. Er wurde immer nervöser. Charity konnte sehen, wie es hinter seiner Stirn arbeitete. »Vielleicht ... vielleicht reicht es, wenn wir eine der Kugeln sprengen. Du hast gesagt, dass sie nur explodieren, wenn sie zusammenkommen.«

Gurk lächelte matt. »Gut kombiniert. Ich sehe, du hast das Prinzip begriffen. Leider gibt es da einen kleinen Haken. Die beiden Kugeln bestehen aus Neutronium. Ich erspare mir die Mühe, dir zu erklären, was das ist. Aber glaube mir, du würdest sie nicht einmal mit einer Wasserstoffbombe ankratzen können. Selbst wenn es uns gelänge, ein Raumschiff zu kapern, könnten wir sie fünfhundert Jahre lang beschießen, ohne auch nur einen Brandfleck zu hinterlassen.« Er schüttelte heftig den Kopf.

»Was uns jetzt noch hilft, ist ein Wunder.«

9

Die Ratte war so groß wie ein ausgewachsener Schäferhund, aber ungleich schwerer, und wenn Hartmann jemals ein lebendes Wesen erblickt hatte, das einzig erschaffen worden zu sein schien, um dem Wort *hässlich* einen Körper zu verleihen, dann war es diese Kreatur. Ihr Fell war struppig und grau und wies große, hässliche Löcher auf, in denen entzündete, mit eitrigen Wunden übersäte Haut zum Vorschein kam. Ihre Zähne waren nach hinten gebogene Fänge, die einem Tiger Respekt eingeflößt hätten, und die messerscharfen Krallen waren so hart, dass sie dünne Kratzer auf dem stählernen Boden hinterließen.

Hartmann wandte sich schaudernd ab und begegnete Nets Blick. Die Wasteländerin hockte mit angezogenen Knien in einer Ecke des Laderaumes und hatte die Hände um die Oberarme geschlungen, als wäre ihr kalt. Ihr Gesicht spiegelte Ekel, den sie beim Anblick des Riesennagers und der anderen Ratten empfand, die sich im hinteren Drittel des Laderaumes zusammenquetschten. So wie ihr und Hartmann erging es jedem der insgesamt zwanzig Menschen, die sich an Bord der Flugscheibe aufhielten. Kyle hatte ihnen versichert, dass ihnen von den Tieren keinerlei Gefahr drohte, solange sie sie nicht angriffen, und Hartmann glaubte ihm. Dennoch konnte er seine Angst vor diesen entsetzlichen Kreaturen kaum bändigen. Dabei nutzte ihm auch der Gedanke sehr wenig, dass sie selbst es gewesen waren, die die riesigen Mutanten aus ganz normalen Rattenpopulationen herausgezüchtet hatten. Ganz im Gegenteil. Dieser Gedanke machte es eher noch schlimmer. Während der letzten beiden Stunden hatte Hartmann sich ernsthaft überlegt, ob es wirklich so etwas wie eine ausgleichende Gerechtigkeit des Schicksals gab. Und ob jetzt vielleicht der Moment zur Abrechnung gekommen war.

Er ließ sich neben Net zu Boden sinken und schnippte die letzte Zigarette aus der zerknitterten Packung in seiner Brusttasche. Sie schmeckte, wie eine sechzig Jahre alte Zigarette trotz Tiefkühlung schmeckte, nämlich schauderhaft, aber er sog den Rauch tief und gierig in seine Lungen und genoss für einen Moment das leise Schwindelgefühl, das sich hinter seiner Stirn ausbreitete. Dann hustete er.

»Sie sollten das nicht tun, Hartmann«, sagte Net. »Eine schreckliche Angewohnheit. Es wird Sie umbringen.«

Hartmann hustete erneut. »Wahrscheinlich haben Sie Recht«, sagte er. »Wenn wir das hier überstehen, höre ich damit auf.«

Nets Gesicht verdüsterte sich. Für einen Moment blickte sie wieder die Ratten an, dann schloss sie die Augen und seufzte tief. »Wahnsinn!«, murmelte sie. »Das ist alles Wahnsinn.«

Hartmann antwortete nicht, sondern nahm einen neuen, tiefen Zug aus seiner Zigarette. Net erwartete auch keine Antwort. Sie redeten ohnehin nur, um zu reden, einfach *irgendetwas* zu tun, und sei es noch so sinnlos. Seit sie an Bord des Gleiters gegangen waren, war die Spannung langsam ins Unerträgliche gestiegen. Er wusste so gut wie jeder Einzelne der fünfundsiebzig Männer in seiner Begleitung, dass sich ihre Chancen, den Einsatz zu überleben, irgendwo bei Null bewegten. Und trotzdem wünschte er sich, es wäre endlich soweit.

Er blies einen Rauchring in die Luft, hustete wieder und

lehnte den Hinterkopf gegen die stählerne Wand, an der er saß. Sein Blick glitt über die in weiße Tarnanzüge gehüllten Gestalten der zwanzig Männer, die sich zusammen mit den mutierten Ratten die knapp zehn Prozent des verbliebenen Laderaumes des Gleiters teilten. Die restlichen neunzig Prozent wurden von einem Monstrum aus Ketten und Panzerplatten und Geschützrohren beansprucht. Die Seitentür des Leopard stand auf. Dort drinnen wäre mehr Platz als hier draußen gewesen. Sie hätten bequemer sitzen können und wären von der Gesellschaft der Rattenmonster erlöst gewesen. Trotzdem hatte keiner der Männer den Leopard 2000 bisher betreten, obwohl Hartmann es ihnen erlaubt hatte.

Hartmann hatte keinem seiner Männer gegenüber auch nur mit einem Wort erwähnt, wer Kyle *wirklich* war. Aber das schien auch nicht nötig zu sein. Die Furcht, die die Männer dem Megamann gegenüber empfanden, war deutlich zu spüren.

Kyle tauchte in der Tür des Turmes auf. Er blickte ihn an und wartete sichtlich darauf, dass er irgendwie reagierte. Als er es nicht tat, hob er die Hand und winkte ihn zu sich heran. Hartmann nahm in aller Ruhe einen letzten, tiefen Zug aus seiner Zigarette, stand dann auf und zertrat sie unter seinem Absatz. »Sie haben Recht«, sagte er an Net gewandt. »Dieses Zeug bringt einen wirklich um. Kommen Sie.«

Kyle wich gebückt wieder ins Innere des Panzers zurück, als Hartmann und Net durch die Tür traten. Hartmann sah, wie Kyle fast sämtliche Instrumente des Panzers eingeschaltet hatte. Es wird ernst, dachte er. Noch wenige Handgriffe, und der Leopard würde sich in ein brüllendes Etwas verwandeln, das es ganz allein mit einer ganzen Moroniarmee aufnehmen konnte.

»Es wird Zeit«, sagte Kyle. Er wies auf den großen Monitor im Kontrollpult. Auf dem Bildschirm war das Ewige Eis der Nordpolarregion zu erkennen, das in rasendem Tempo unter dem Gleiter dahinjagte. Die kleine Zahlenreihe darunter verriet Hartmann, dass die Entfernung bis zum Nordpol und somit zur Schwarzen Festung der Moroni auf weniger als hundert Kilometer zusammengeschrumpft war.

Hartmann fuhr sich nervös mit der Zungenspitze über die Lippen. Dem über Gletscherspalten und Schneewehen hüpfenden Schatten des Gleiters folgte eine endlose Kette gleichartiger, runder Schatten. Hartmann versuchte, ihre Zahl zu schätzen, gab es aber fast sofort wieder auf. Jeder Einzelne dieser so harmlos aussehenden Flecken bedeutete ein Glied in einer buchstäblich endlosen Kette von Gleitern, die sich der Transmitterstation am Nordpol näherten. Schiffe, deren Besatzungen bis auf zwei aus Moroni bestanden, die im gleichen Moment das Feuer auf sie eröffnen würden, in dem sie begriffen, wer sich wirklich an Bord der drei Flugscheiben befand, die sich irgendwo über dem Atlantik in die Formation eingereiht hatten.

»Keine Sorge«, sagte Kyle. Er schien zu ahnen, was hinter Hartmanns Stirn vorging. »Sie haben nichts gemerkt. Bis dieses Schiff landet, sind Sie in Sicherheit.«

Hartmann sah ihn zweifelnd an. Er vertraute Kyle, aber seine Worte kamen ihm trotzdem wie böser Hohn vor. Der Gleiter verlor allmählich an Tempo. Trotzdem konnten höchstens noch fünf oder bestenfalls zehn Minuten vergehen, bis sie die Schwarze Festung erreichten.

Kyle blickte ihn noch einen Moment ernst und sehr durchdringend an, dann drehte er sich ohne ein weiteres

Wort um, ging zu der schmalen Bank im hinteren Teil des Panzers und ließ sich darauf nieder. Auffordernd sah er Hartmann an.

»Das ist Wahnsinn, Kyle«, murmelte Hartmann kopfschüttelnd.

»Bitte, Hartmann!« Kyle schaute auf die Uhr. Es gelang ihm nicht mehr ganz, seine Nervosität zu verbergen, aber Hartmann hatte das sichere Gefühl, dass diese Nervosität einen anderen Grund hatte, als er annahm. »Wir haben das alles doch schon besprochen. Wir können ihre Computer täuschen. Aber sie selbst nicht. Sie würden es merken, wenn ich näher als zwanzig oder dreißig Meilen an die Festung herankäme. Und dann wäre alles umsonst gewesen. Dort draußen sind buchstäblich Tausende von Schiffen. Sie würden diesen Gleiter im gleichen Augenblick vernichten, in dem sie auch nur argwöhnen, dass einer von uns an Bord sein *könnte.*«

»Ach, verdammt!«, sagte Hartmann, zog seine Pistole aus dem Halfter und schoss Kyle aus allernächster Nähe drei Kugeln in die Brust.

Lähmendes Schweigen hatte sich im Laderaum des Space Shuttles ausgebreitet, als Charity und die anderen dorthin zurückkehrten. Sie hatten noch eine Weile miteinander gesprochen, nur um Stark noch eine kurze Gnadenfrist zu verschaffen, in der er mit seinen Leuten reden konnte. Offensichtlich aber schien dieses Gespräch anders ausgegangen zu sein, als Charity gehofft hatte. Frenchs Brüder und Schwestern standen schweigend da und sahen sie aus Furcht geweiteten, dunklen Augen an, während Stark die Hände in den Taschen seines grauen Overalls vergraben hatte und zu Boden blickte.

»Stark!« Charity gab sich Mühe, ihrer Stimme einen

möglichst befehlenden Klang zu verleihen. »Warum haben Sie nicht getan, was ich Ihnen befohlen habe?«

Stark sah auf. In seinem Blick war kein Trotz, sondern nur Erschrecken und eine tiefe Verzweiflung. »Wir ... wir können nicht fort«, sagte er. »Bitte – verstehen Sie doch! Es geht zu schnell. Das hier ... das hier ist alles, was wir haben. Wir kennen keine andere Welt. Wir können in keiner anderen Welt leben.«

»Eigentlich hat er Recht«, knurrte Gurk. »Ein Umzug würde sich kaum noch lohnen.«

Charity brachte ihn mit einer raschen Geste zum Verstummen und trat einen Schritt auf Stark zu, blieb aber wieder stehen, als sie die Blicke der anderen registrierte. Es lag noch immer Ehrfurcht und Staunen darin, aber jetzt auch eindeutig Angst. Und etwas, das sie im ersten Moment für Zorn hielt, bis sie begriff, dass es in Wahrheit nichts anderes als Enttäuschung war. Enttäuschung und eine unendlich tiefe Verzweiflung. Diese Menschen hier hatten auf einen Retter gewartet, seit sie auf die Welt gekommen waren. Und jetzt war Charity gekommen. Die Legenden, von denen sie alle insgeheim gewusst hatten, dass sie nichts anderes als Legenden waren, waren wahr geworden, aber Charity kam nicht als Retterin, sondern als Todesbotin. »Bitte, Stark«, sagte sie beinahe flehend. »Ich weiß, was Sie fühlen. Aber wir müssen es wenigstens versuchen. Was Gurk gesagt hat, ist wahr. Aber ... aber es gibt immer einen Ausweg. Solange wir noch am Leben sind, werden wir kämpfen. Es *muss* eine Möglichkeit geben, es aufzuhalten.«

»Das ist es nicht«, sagte Stark leise. »Wir können nicht fort. Wir können hier nicht heraus. Es gibt nicht genug Schutzanzüge, damit alle die Tote Zone durchqueren können. Nur vier oder fünf. Die anderen würden ersticken.«

Charity schloss mit einem Seufzen die Augen. Es war einfach lächerlich, dass es nach allem vielleicht daran scheitern sollte, dass es einfach nicht genug Vakuumanzüge für dieses Dutzend Männer und Frauen gab. »Vier oder fünf«, sagte sie. »Das ist besser als nichts. Dann suchen Sie Ihre vier oder fünf besten Männer aus, die uns begleiten werden. Wir gehen und holen Anzüge für den Rest.«

»Es gibt nicht so viele«, sagte Stark. »Die Spinnen …«

»Es gibt genug von diesen Anzügen an Bord«, unterbrach ihn Charity und strich mit einer Handbewegung über ihren eigenen Raumanzug. »Wir werden sie finden. French und ein paar von den anderen können sie zurückbringen. Er wird Ihnen zeigen, wie man sie anlegt.«

Starks Schweigen war Antwort genug. Trotzdem wiederholte Charity ihre befehlende Geste und sagte noch einmal: »Sie müssen hier weg.«

»Aber wohin denn?«, murmelte Stark, machte aber gleichzeitig mit der linken Hand ein Zeichen, auf das hin sich drei der jüngeren Männer in die transparenten Kunstfolien zu wickeln begannen, die die Bewohner des Hortes zu primitiven Raumanzügen umfunktioniert hatten.

Während sie darauf warteten, dass die drei, einer nach dem anderen, in der improvisierten Luftschleuse verschwanden, trat Gurk an ihre Seite und musterte abwechselnd sie und Frenchs Familie mit finsteren Blicken. »Weißt du«, sagte er so leise, dass nur Charity seine Worte verstehen konnte, »so Unrecht hat er gar nicht.«

Charity schwieg. Sie hatte keine Lust, mit Gurk zu reden. Tief im Innersten war sie sich sehr wohl klar darüber, dass alles, was sie jetzt noch taten, völlig umsonst war, und doch gehörte es zum Menschen und unterschied ihn vom Tier, immer das Unmögliche zu versuchen.

Gurk fuhr nach einer kurzen Pause fort. »Dieser Stark hat Recht, Charity. Sie können nirgendwo anders leben. Bringe sie zur Erde, und du tötest sie.«

Auch damit hat er Recht, dachte Charity. Sie selbst empfand die niedrige Gravitation an Bord des Space Shuttles im Moment als angenehm, aber diese Leute hier hatten niemals die Anziehungskraft eines Planeten gespürt. Sie hatte ja selbst gesehen, wie sehr French unter der künstlichen Gravitation im Inneren der Orbit-Stadt gelitten hatte. Die Haut dieser Menschen hatte niemals Sonnenlicht gespürt. Sie hatten niemals saubere Luft geatmet. Und sie waren niemals mit Krankheitserregern in Berührung gekommen. Sie hätte die Aufzählung beliebig fortsetzen können, aber es lief immer wieder auf das eine hinaus – Gurk hatte Recht. Diese Hand voll Menschen auf die Erde zu bringen bedeutete ihren sicheren Tod.

Sie sprach nichts von alledem aus, sondern wartete stumm, bis French als Letzter in der Schleuse verschwunden war und sich das gepanzerte Luk wieder öffnete. Beinahe hastig schloss sie den Helm ihres Anzuges, quetschte sich in die winzige Kammer und wartete ungeduldig darauf, dass die Außentür aufschwang.

French und seine drei Begleiter hockten auf einem verbogenen Träger unweit der Schleuse, und als Charity zu ihnen hinüberschwebte, da fiel ihr erst auf, dass die drei Männer nicht nur ihre improvisierten Raumanzüge, sondern auch die gleiche Art von *Ameisen*verkleidung angelegt hatten, wie sie auch French trug. Der Anblick ließ sie schaudern, denn er erinnerte sie auf eine unheimliche

Weise daran, wo sie sich befand. Während der letzten Stunden waren ihre Gedanken nur um die höllische Bombe im Zentrum der Station gekreist, so dass sie die unmittelbare Gefahr durch die Moroni beinahe vergessen hatte. Aber sie war vielleicht größer denn je, denn trotz allem würden die Insektenkrieger fieberhaft Jagd auf sie und die anderen machen.

Sie erreichte den Träger, klammerte sich mit einer Hand an dem verbogenen Metall fest und deutete mit der anderen auf das Schleusentor auf der anderen Seite des Kraters. French sah sie verblüfft an und schüttelte dann erschrocken den Kopf. Charity wiederholte ihre Geste etwas energischer und wollte sich dann abstoßen, aber French hielt sie mit einer überraschend schnellen Bewegung am Arm zurück und beugte sich vor, um ihren Helm zu berühren.

»Wir müssen warten«, sagte er.

»Warten? Worauf?«

»Auf die Spinnen. Sie kommen manchmal und öffnen das Tor.«

»Und manchmal auch nicht?« Charity schüttelte heftig den Kopf. »So viel Zeit haben wir leider nicht, French.«

»Aber niemand von uns weiß, wie man es öffnet«, widersprach French.

Charity hob ihren Laserstrahler und machte ein grimmiges Gesicht. »Schlimmstenfalls damit«, sagte sie. »Aber wahrscheinlich wird das nicht nötig sein. Kommt mit.«

Ohne French Gelegenheit zu geben, noch einmal zu widersprechen, stieß sie sich ab und glitt mit weit vorgestreckten Armen zielsicher auf die riesige Irisblende vor der Schleuse zu. Sie prallte ein wenig zu heftig gegen die

Wand, so dass sie um ein Haar zurückgeschleudert und abgetrieben worden wäre. Im letzten Moment fand sie irgendwo Halt, rief sich selbst in Gedanken zur Ordnung und konzentrierte sich dann auf die fremdartige Schleusenkonstruktion. Sie fand den Öffnungsmechanismus auf Anhieb. Er war für Lebewesen gebaut, deren Gliedmaßen völlig anders aussahen als die Hände von Menschen, und mit unverständlichen Symbolen und Schriftzeichen versehen. Aber sein Funktionsprinzip war derart einfach, dass Charity kaum eine Minute brauchte, um es zu durchschauen. Keine weitere Minute verging, ehe sich in der Mitte der Irisblende ein faustgroßes Loch bildete, das rasch im Zentrum einer spiralförmigen Bewegung heranzuwachsen begann, bis es groß genug war, sie bequem hindurchzulassen.

Charity nahm ihr Gewehr wieder von der Schulter, schwang sich in den Schleusenraum hinein und spürte, wie die künstliche Gravitation wieder nach ihrem Körper griff und sie langsam auf den Boden herabzog. Sie wartete, bis alle anderen hinter ihr die Schleuse betreten hatten, winkte aber ab, als French weitergehen wollte. Mit wenigen, knappen Gesten erklärte sie ihm, wie der Öffnungsmechanismus funktionierte, und ließ es sich vorsichtshalber einmal von ihm demonstrieren. »Es kann sein, dass Sie allein zurückgehen müssen.«

French sah erschrocken aus, enthielt sich aber jeden Kommentars, sondern nickte nur. Charity schloss die Schleuse endgültig, flutete den Raum mit Sauerstoff und wollte die innere Tür öffnen.

French hielt sie zurück. Mit bereits erstaunlich sicherer Bewegung öffnete er den Helm des für ihn ungewohnten Anzuges, forderte dann seine Kameraden auf, sich ebenfalls ihrer Schutzanzüge zu entledigen, und richtete plötzlich und ohne Warnung seine Harpunenwaffe auf Charity. In einer einzigen Bewegung hoben auch die anderen ihre selbst gebauten Armbrüste und legten damit auf Skudder, Gurk und Stone an.

Skudder wirbelte herum, sein Lasergewehr von der Schulter zerrend. Gleichzeitig versuchte er, dem Mann vor sich einen Tritt zu versetzen, verfehlte ihn aber und fand im letzten Moment mit einer hastigen Bewegung sein Gleichgewicht wieder.

»Was soll das?«, fragte Charity, mehr verblüfft als wirklich erschrocken.

»Sie sind unsere Gefangenen«, sagte French. Mit einem flüchtigen Lächeln fügte er hinzu: »Keine Sorge. Wir tun natürlich nur so. Aber wenn wir auf Spinnen treffen, ist es sicherer, wenn sie glauben, wir hätten euch gefangen genommen.«

Charity atmete erleichtert auf, während sich Skudders Gesicht noch weiter verdüsterte. »Richte nie wieder eine Waffe auf mich, Knirps«, sagte er, während er versuchte, den in einem Ameisenkostüm steckenden Mann vor sich mit Blicken zu durchbohren.

»Lass es gut sein, Skudder«, sagte Charity. »Sie haben völlig Recht.«

Skudder knurrte irgendeine Antwort, die Charity nicht zu verstehen vorzog, hob aber gehorsam die Hände in Schulterhöhe und stellte sich neben ihr, Gurk und Stone auf, während die vermeintlichen Ameisen mit angelegten Waffen einen Halbkreis um sie bildeten.

French ließ mit einem Knopfdruck das innere Tor aufgleiten. Düsteres, flackerndes rotes Licht und ein deutlicher Brandgeruch schlugen ihnen entgegen; aus der Ferne drangen die undeutlichen Geräusche eines Kampfes zu ihnen. Der Boden zitterte ganz leicht. Offensichtlich waren die Moroni noch immer dabei, sich gegenseitig umzubringen.

»Wohin?«, wandte sich French an Charity.

Sie überlegte einen Moment, dann deutete sie mit einer Kopfbewegung auf die Sauerstoffflasche auf Frenchs Rücken. »Wo finden Sie diese Dinger normalerweise?«

French deutete den Gang hinab. »Es ist nicht sehr weit. Aber die meisten Stellen, wo es Luft gibt, sind erschöpft. Deshalb musste ich ja so weit in die Spinnenwelt vordringen.«

»Das spielt keine Rolle«, antwortete Charity. »Wir brauchen nur die Anzüge.«

»Ohne Sauerstoff?«, fragte Gurk und zog die linke Augenbraue hoch. »Wir müssen die Leute nur irgendwie hier herüberschaffen«, sagte Charity. »Für die paar Augenblicke reicht der Luftvorrat im Anzug. Außerdem können wir schlimmstenfalls die Flaschen tauschen.«

Das Zittern des Bodens nahm an Heftigkeit zu, während sie tiefer in die Orbit-Stadt eindrangen. Ein paar Mal glaubte Charity, Schatten und Bewegungen vor sich zu sehen, aber sie waren niemals deutlich genug, um sie zu identifizieren. Unbehelligt erreichten sie die Kammer, von der French gesprochen hatte.

Es war ein alter Vorratsraum, wie Charity angenommen hatte. Die großen Regale mit den Sauerstoffflaschen waren leer geräumt, aber in einem Schrank daneben hingen fast zwei Dutzend völlig intakter Raumanzüge. Während einer von Frenchs Begleitern draußen an der Tür Wache hielt, nahmen Charity und Skudder die Anzüge aus dem Schrank und verpackten sie hastig in eines jener durchsichtigen Transportbehältnisse, die den Bewohnern des Hortes bisher als Raumanzüge gedient hatten.

Obwohl die Anzüge nur aus dünner Kunststofffolie bestanden, bekamen sie ein ansehnliches Paket zusammen, das sie nur mit Mühe durch die Tür wieder auf den Gang bugsieren konnten.

Als sie die Luftschleuse beinahe wieder erreicht hatten, stießen sie dann doch auf *Ameisen*. Die Wand rechts neben Skudder, der die Spitze übernommen hatte, glühte plötzlich in einem grellen, lodernden Rot auf, und bevor noch einer von ihnen Gelegenheit fand, zu reagieren, brach ein ganzes Dutzend vierarmiger Insektenkrieger aus dem Loch, das in dem dünnen Aluminiumblech entstanden war. Skudder riss seine Waffe in die Höhe.

»Skudder! Nein!«

Skudders Bewegung war zu schnell, als dass er noch auf Charitys Schrei reagieren und sie zurückhalten konnte. Sein Finger riss den Abzug des Lasergewehres durch, und die vorderste der heranstürmenden *Ameisen* flammte auf wie ein Stück trockenes Holz und zerfiel zu Asche. Zwei, drei weitere Moroni warfen sich blitzschnell zur Seite, um nicht von den lodernden Flammen getroffen zu werden, aber aus der gewaltigen Bresche in der Gangwand strömten ununterbrochen weitere Insektenkrieger heran, eine Flut schwarz glänzender Gestalten, die rasend schnell und mit angeschlagenen Waffen einen Halbkreis um sie herum bildeten. Drei Dutzend der kleinen, gefährlichen Laserpistolen richteten sich auf Skudder.

Aber keine von ihnen wurde abgefeuert.

Skudder erstarrte für eine halbe Sekunde. Sein Gewehr schwenkte herum und zielte auf eine weitere *Ameise*. Aber auch er drückte nicht noch einmal ab. Für die Dauer eines Herzschlages stand er einfach reglos und zutiefst verwirrt da, dann drehte er den Kopf und sah Charity an, als begriffe er jetzt erst wirklich, dass *sie* es gewesen war, deren Schrei er gehört hatte.

Er war nicht der Einzige, der Charity verblüfft anstarrte. Auch French und seine Freunde hatten ihre Harpunenwaffen in Anschlag gebracht, zögerten aber ebenso wie Charity, abzudrücken. Es wäre Selbstmord gewesen.

Charity machte eine beruhigende Handbewegung, zog die linke Hand, die sie ebenso wie Skudder zu ihrem Gewehr gehoben hatte, wieder zurück und machte einen zögernden Schritt.

Die Moroni starrten sie aus ihren ausdruckslosen Insektenaugen an. Zwei, drei Waffen bewegten sich und folgten mit der Präzision von Maschinen jedem ihrer Schritte. Dann teilte sich plötzlich die Front der Insektenkrieger.

Skudder sog überrascht die Luft zwischen den Zähnen ein, und auch French ließ einen halblauten, verblüfften Ruf hören.

Eine der dunklen Gestalten war kein Moroni.

Es war Leßter.

Charity war nicht einmal sehr überrascht – aber sie war im ersten Augenblick selbst verblüfft, dass sie ihn überhaupt als Menschen *erkannt* hatte.

Der Mann, der gebrannt hat ... Sie begriff erst jetzt, was French *wirklich* damit gemeint hatte.

Leßter *hatte* gebrannt. Er war *ver*brannt. Er war ein lebendes Wesen aus Fleisch und Blut, und kein lebendes Wesen konnte solche Verletzungen überstehen.

Und trotzdem stand Leßter ruhig da und blickte ihr entgegen.

Seine Kleider und seine Haut waren bis zur Unkenntlichkeit verkohlt. Fast ein Dutzend faustgroßer Wunden bedeckte seinen Körper, von denen eigentlich jede einzelne hätte tödlich sein müssen, und zumindest einer der Laserstrahlen musste sein Gesicht getroffen haben, denn Mund und Kinn waren nur noch eine einzige, vernarbte Masse, bei deren Anblick sich etwas in Charity zusammenzog.

Zwei Schritte vor dem Jared blieb sie stehen. Sie wollte etwas sagen, konnte es aber nicht. Sie schien auch ihr Gesicht nicht so gut unter Kontrolle zu haben, wie sie glaubte, denn Leßter sagte plötzlich: »Ich weiß, welchen Anblick ich biete, Captain Laird. Es tut mir Leid, Sie damit konfrontieren zu müssen. Ich hätte es Ihnen gerne erspart, aber die Zeit reicht nicht mehr aus.«

Charity starrte ihn an. Der Anblick seines zerstörten Gesichts schnürte ihr die Kehle zu; das Entsetzen war so stark, dass sie Mühe hatte, an irgendetwas zu denken. *Doch wieso lebt er noch?*

»Leßter?«, fragte sie unsicher. »Sie ...«

»Bitte, Captain Laird«, unterbrach sie Leßter. Er hob die Hand, um sie vollends zum Schweigen zu bringen, und trat auf sie zu. Seine Bewegungen waren ungelenk. Offensichtlich hatte er Mühe, überhaupt zu gehen. »Sie und Ihre Freunde müssen diese Station verlassen«, sagte er. »Sofort. Es bleibt keine Zeit mehr für Erklärungen.«

Charity hörte wie Skudder neben sie trat und abermals scharf die Luft einsog, als sein Blick in Leßters Gesicht fiel. Sie betete, dass er keinen Fehler machte.

»Wer sind Sie?«, fragte sie leise.

Leßters zerstörtes Gesicht verzerrte sich, als er zu lächeln versuchte. »Aber das wissen Sie doch längst, Captain Laird«, sagte er. »Sie haben gedacht, ich wäre Kyle, nicht wahr?«

Charity nickte schwach.

»In gewissem Sinne stimmt das auch«, fuhr Leßter fort. Er stöhnte. Sein zerstörtes Gesicht verzog sich einen Moment vor Schmerzen. »Ja, ich bin Kyle, Charity. So, wie er ich ist. Leider bin ich in mancher Hinsicht nicht ganz so gut wie er.« Er versuchte ein Lächeln, brachte aber wieder nur eine schreckliche Grimasse zustande.

»Wer zum Teufel *sind Sie?*«, fragte Skuddar. Er sprach ganz leise, aber seine Stimme zitterte vor Erregung. Charity sah, dass seine Hände noch immer das Gewehr umklammerten.

»Bitte, Mister Skudder«, sagte Leßter. »Wir haben keine Zeit. Man wird Ihnen alles erklären, aber jetzt müssen Sie von Bord gehen.« Er deutete mit einer Hand, die wenig mehr als ein verkohltes Stück Fleisch war, auf die Luftschleuse. »Draußen steht ein Schiff für Sie bereit.«

»Und French und seine Leute?«, fragte Skudder.

»Der Gleiter ist groß genug für alle«, antwortete Leßter. Seine Stimme klang noch immer gepresst, aber Charity glaubte jetzt, eine deutliche Spur von Ungeduld oder Nervosität herauszuhören. Er machte einen mühsamen Schritt und wies auf die *Ameise* direkt neben sich. »Das ist Kias. Er wird Sie begleiten. Er spricht Ihre Sprache, wenn auch nicht sehr gut. Er wird Ihnen alle Fragen beantworten.«

»Er?«, fragte Charity. »Und Sie, Leßter? Sie begleiten uns nicht?«

»Ich wollte, ich könnte es«, antwortete Leßter. »Aber ich werde hier gebraucht. Ich hätte gar nicht kommen dürfen, aber wir haben jemandem versprochen, für Ihre Sicherheit zu sorgen. Und jetzt gehen Sie. Der Kampf ist noch nicht vorbei. Ich bin nicht einmal sicher, ob wir ihn gewinnen.«

»Was ist mit der Bombe?«, fragte Charity. »Werden Sie sie entschärfen?«

»Das ist unmöglich«, antwortete Leßter. Er deutete auf Gurk. »Fragen Sie den Zwerg. Er wird es Ihnen bestätigen. Sie wird explodieren. In weniger als einer halben Stunde.«

Charity schloss mit einem lautlosen Seufzen die Augen. Leßters Worte hätten sie nicht enttäuschen dürfen, aber sie taten es, so sehr, dass es fast körperlich schmerzte. Gegen jede Logik hatte sie sich bei Leßters Anblick einfach an die verzweifelte Hoffnung geklammert, dass vielleicht doch noch alles gut werden würde.

»Dann hat es nicht mehr viel Sinn, an Bord dieses Schiffes zu gehen«, sagte sie leise. »Sie wissen, um welche Art Waffe es sich handelt, nicht wahr?«

»Besser als Sie«, antwortete Leßter. Er versuchte es noch einmal, und diesmal brachte er tatsächlich das Kunststück fertig, so etwas wie ein Lächeln auf sein Gesicht zu zwingen. »Sie sind nicht in Gefahr, Captain Laird. Weder Ihnen noch Ihren Freunden wird etwas geschehen, wenn Sie Kias begleiten und diese Station verlassen, solange noch Zeit dazu ist.«

Irgendwo in den Tiefen der Orbit-Stadt explodierte etwas, wie um den Ernst von Leßters Worten zu unterstreichen. Ein lang anhaltendes Zittern und Beben lief durch die Wände und den Boden.

»Gehen Sie«, sagte Leßter noch einmal. »Bitte.«

10

»Es geht los!«

Ungeachtet seiner gewaltigen Größe hatte der Gleiter sanft wie ein fallendes Blatt aufgesetzt, nachdem er das gewaltige Schleusentor der Schwarzen Festung passiert hatte. Trotzdem hatte Hartmann den kaum spürbaren Ruck gefühlt. Nervös fuhr er sich mit der Zungenspitze über die Lippen, schloss noch einmal für einen Moment die Augen, um sich zu konzentrieren, und ließ seinen Blick dann über das sinnverwirrende Durcheinander von Instrumenten vor sich gleiten. Es war lange her, dass er in einem solchen Fahrzeug gesessen hatte. Und er hatte es niemals im Ernstfall kommandiert, sondern nur seine vorgeschriebenen Stunden im Simulator absolviert. Er sollte diesen Panzer nicht fahren. Aber von der Hand voll Männer, die von der einst gewaltigen Armee übrig geblieben war, war er vielleicht der mit der größten Erfahrung, so klein sie auch objektiv sein mochte.

Er verscheuchte den Gedanken und empfand gleichzeitig ein leises Gefühl von Verärgerung sich selbst gegenüber. Schließlich hatte er seinen Männern oft genug eingehämmert, an die Aufgabe zu denken, die vor ihnen lag, und nicht an das, was *schief gehen* konnte.

Mit einem raschen Blick auf den Bildschirm überzeugte er sich davon, dass sich das dreieckige Tor des Laderaumes noch nicht geöffnet hatte, und drückte schnell zwei nebeneinander liegende Tasten auf dem Pult vor sich. »Kuckucksei eins an zwei und drei«, sagte er. »Alles in Ordnung?«

Die Kommandanten der beiden anderen Panzer, die in

den Ladeluken der zwei hinter ihnen hereingeschwebten Gleiter warteten, gaben ihr Okay durch, und Hartmann schaltete mit einem flüchtigen Lächeln wieder ab. Sie benutzten eine UKW-Frequenz, die die Moroni offensichtlich nicht abhörten. Trotzdem amüsierte sich Hartmann eine Sekunde lang an der Vorstellung, welches Kopfzerbrechen es den Moroni wohl bereiten mochte, die Bedeutung des Wortes zu erraten, sollten sie den Spruch wider Erwarten doch auffangen.

Der Sessel neben ihm knarrte, als sich Net auf den Copilotensitz fallen ließ. Hartmann löste seinen Blick nicht von den Monitoren, aber er konnte fühlen, wie Net ihn ansah. Und dann tat er etwas, was ihn selbst überraschte: Für einen kurzen Moment löste er die rechte Hand von den Kontrollen des Panzers, griff nach Nets Fingern und drückte sie. Er spürte ihre Überraschung, aber dann erwiderte sie seinen Händedruck.

Ein neuerlicher sanfter Ruck lief durch den Laderaum und den Panzer, und die Illusion von Geborgenheit zerriss so rasch, wie sie gekommen war.

Hartmann warf einen schnellen Blick auf die Seitenmonitore und überzeugte sich davon, dass seine Männer in Stellung gegangen waren. Gleichzeitig aktivierte er mit einer einzigen, schnellen Bewegung sämtliche Waffensysteme des Leopard bis auf den gewaltigen Rubin-Laser, dessen Lauf aus dem gepanzerten Turm über ihren Köpfen ragte. Es tat Hartmann beinahe weh, ausgerechnet auf ihn verzichten zu müssen, denn er war nicht nur die schwerste Waffe des Leopard, sondern wahrscheinlich auch die Einzige, mit der sie wenigstens die Spur einer Chance gehabt hätten, sich gegen die Übermacht zu behaupten, die im Inneren des Schiffes auf sie wartete.

Drei dünne Linien aus gelbem Licht, die ein nach unten offenes Rechteck bildeten, erschienen in der dem Panzer gegenüberliegenden Wand des Laderaumes und sagten Hartmann, dass sich die Ladeluke des Gleiters zu öffnen begonnen hatte. Seine Nervosität wuchs, allerdings ohne sein bewusstes Denken und Handeln zu beeinträchtigen.

Die Linien verbreiterten sich und wurden zu einem breiten Spalt, als die Laderampe mit enervierender Langsamkeit nach außen schwang. Hartmann konnte ein Stück eines gewaltigen, stählernen Himmels erkennen: die Hallendecke, die sich scheinbar in unendlicher Ferne über ihren Köpfen befand, dann einen Teil der gegenüberliegenden Wand und dann ein schwarzes, glitzerndes Gewimmel, das er erst auf den zweiten Blick als eine ungeheuerliche Menge von Moroni-*Ameisen* identifizierte. Zum allerersten Mal begriff er, wie treffend die Bezeichnung war, die die Menschen ganz instinktiv für die Außerirdischen gefunden hatten. Sternenschiff oder nicht – er befand sich im Inneren eines gigantischen *Ameisen*hügels. Überall in der riesenhaften Halle bewegte es sich, hasteten Moroni hin und her, schoben sich in langen Dreierreihen vorwärts, trugen gewaltige Lasten hin und her oder waren gleich zu Hunderten damit beschäftigt, die scheibenförmigen Gleiter zu entladen, von denen eine große Anzahl in der Halle gelandet war. Es mussten Millionen sein, dachte er entsetzt. Großer Gott – und er hatte siebzig Mann und drei Panzer, um diese gewaltige Armee aufzuhalten!

»Das ist ... Wahnsinn«, keuchte Net entsetzt, als ihr Blick auf den Bildschirm fiel.

Hartmann schwieg, aber er verstand sie nur zu gut. Kyle hatte ihnen gesagt, was sie erwarten würde, und trotzdem lähmte sie der Anblick für einige Sekunden. Das trügerische Gefühl der Sicherheit, das von ihm Besitz ergriffen hatte, seit sie im Panzer waren, zerplatzte wie eine Seifenblase. Dort draußen waren genug Insektenkrieger zusammengezogen, um seine drei Panzerfahrzeuge mit bloßen Händen zu zerreißen.

»Wahnsinn«, flüsterte Net noch einmal. »Die *Ameisen* werden uns einfach überrennen.«

Hartmanns Blick irrte weiter durch die Halle, und nach einigen Sekunden fand er, wonach er suchte. Vielleicht hundert oder hundertfünfzig Meter von ihrem Landeplatz entfernt erhob sich ein gewaltiger Block aus einem nachtschwarzen Material. Über ihm, völlig schwerelos in der Luft schwebend, hing ein schimmernder Ring aus Metall, in dessen Innerem die Wirklichkeit aufgehört hatte zu existieren: der Transmitter. Ein ununterbrochener Strom von Moroni bewegte sich auf schräg gegen den Block geneigten Rampen hinauf und verschwand in dem wogenden Nichts des Dematerialisierungsfeldes. Über den Köpfen der gigantischen Insektenmasse schwebte eine ebenso ununterbrochene Kette von Gleitern heran, die ebenfalls in der wogenden Schwärze verschwand. Sie bewegten sich sehr langsam, denn ihr Durchmesser entsprach fast genau dem Feld des Transmitterrahmens.

Das Tor glitt weiter auf, stand für einen Moment waagerecht: wie eine aus dem Schiff herausragende stählerne Zunge, und berührte dann mit einem lang nachhallenden, dumpfen Dröhnen den Boden. Fast im gleichen Augenblick kamen die ersten Arbeiterinnen die Rampe hinauf, um mit dem Entladen des Gleiters zu beginnen.

Die Moroni blieben überrascht stehen, als sie den Panzer gewahrten, der den Laderaum des Gleiters fast völlig ausfüllte. Ihre Haltung drückte keinen Schrecken aus, sondern allerhöchstens Verblüffung, aber ihnen blieb keine Zeit mehr, wirklich zu begreifen, was für eine Waffe sie vor sich hatten, denn Hartmanns Leute eröffneten in der gleichen Sekunde das Feuer.

Die Laderampe schien in grellgrüner Glut aufzuflammen, und die Moroni brachen unter den Blitzen der Schockwaffen zusammen.

Hartmann stieß den Beschleunigungshebel des Panzers mit einem Ruck nach vorne. Der Leopard machte mit aufbrüllenden Turbinen einen Satz aus der Ladebucht heraus und brach durch die Front der völlig überraschten *Ameisen.*

Net feuerte. Eine Woge giftgrüner Helligkeit brach aus Bug und Flanken des Panzers, fuhr unter die *Ameisen* und schnitt eine gewaltige Bresche in ihre Front. Gleichzeitig deckten die Männer aus der Schleuse heraus die Bereiche vor dem Gleiter mit Feuer ein, die der Panzer nicht unmittelbar beschießen konnte. Auf einem seiner zahlreichen kleinen Monitore konnte Hartmann beobachten, wie auch aus den beiden anderen Schiffen zwei brüllende stählerne Monster herausschossen, um grünes Feuer über die Moroni zu speien.

Es ist zu leicht, dachte Hartmann. Viel zu leicht. Es kann nicht gut gehen.

Mit einem harten Ruck riss er den Panzer auf der Stelle herum, und die grellen Garben der Schockwaffe vollführten die Bewegung wie die leuchtende Klinge einer riesigen Sense mit und schleuderten weitere Moroni zu Boden. Net hielt den Daumen der linken Hand auf dem Auslöser der Waffe; mit der anderen gab sie kurze, gezielte Schüsse auf einzelne Moroni ab, die zu entkommen versuchten.

Hartmann warf einen hastigen Blick auf seine Kontrollen. Gleichzeitig schleuderte er den Leopard mit einem halsbrecherischen Manöver zur Seite, um einer größeren Ansammlung regloser Moroni auszuweichen. Trotzdem konnte er nicht verhindern, dass einige der Rieseninsekten unter die mahlenden Ketten des Fahrzeuges gerieten und zermalmt wurden. Kyle hatte ihnen eingeschärft, möglichst wenige *Ameisen* zu töten. Aber wenn das Spiel hier so weiterging, dann würden sie in wenigen Sekunden schlicht und einfach in der Menge der bewusstlosen Moroni stecken bleiben.

Aber natürlich ging es *nicht* so weiter.

Sowohl Hartmann selbst als auch die Kommandanten der beiden anderen Panzer taten, was Kyle ihnen eingeschärft hatte – aber die Moroni nahmen sehr viel weniger Rücksicht auf ihre eigenen Brüder. Hartmann hatte den Panzer auf siebzig Meter an den Transmitterring herangebracht, als sich etwas in der kochenden Bewegung vor ihm änderte. Im allerersten Moment vermochte er es nicht genau auszumachen, aber dann schnitt ein grellweißer Lichtbalken eine qualmende Spur durch die Masse der flüchtenden Moroni und explodierte in der Flanke des Leopard. Hartmann und Net schrien gleichzeitig auf, als eine Flut unerträglich intensiven Lichtes über die Bildschirme in den Panzer hereindrang, ehe der Computer reagieren und die Filter einschalten konnte. Irgendwo unter ihnen heulte ein Generator auf, als der elektromagnetische Schild des Panzers versuchte, die aufgefangene Energie zu absorbieren. Es gelang ihm. Trotzdem wurde es für Sekunden so heiß, dass Hartmann sich vor Schmerzen krümmte.

Ein zweiter Energiestrahl zischte heran, verbrannte Dutzende von Moroni und strich knisternd über die

Metallhaut des Panzers. Vor Hartmann begann eine ganze Batterie hellroter Warnlampen zu flackern; eine Sirene heulte.

»Sie bringen ihre eigenen Leute um!«, schrie Net. »Großer Gott, Hartmann! Sehen Sie doch!«

Hartmann sah im Moment gar nichts. Vor seinen Augen tanzten bunte Farbflecke. Er erkannte nur Schemen – und den gigantischen Laserstrahl, der in diesem Moment zum dritten Mal aufzuckte und mit tödlicher Präzision den Leopard traf, nachdem er sich eine qualmende Spur durch die flüchtende *Ameisen*-Armee gebrannt hatte.

Hartmann schlug die durchsichtige Kunststoffabdeckung über den Kontrollen des Turmlasers zurück und aktivierte den Zielcomputer. Das Elektronengehirn des Panzers erfasste die Gefahr, identifizierte den Gegner und feuerte. Ein dunkelroter Lichtstrahl zuckte durch die gigantische Halle, traf die Laserkanone und verwandelte sie in einen Feuerball. Hartmann atmete hörbar auf. Über den Bildschirm tobten Flammen, und die Außenmikrofone hatten längst abgeschaltet, um die Insassen des Panzers vor dem Höllenlärm zu bewahren.

»Das war knapp«, sagte Net. Sie deutete auf einen Monitor, auf dem der Zustand des Panzers abzulesen war. Hartmann warf einen raschen Blick hin und verzichtete dann darauf, sich die Daten genauer anzusehen. Sehr viel mehr durften sie nicht abbekommen.

Hartmann ließ die Hand noch einige Sekunden auf den Kontrollen des Rubin-Lasers liegen, fest entschlossen, die Waffe wieder einzusetzen, sollte es nötig sein; ganz egal, was Kyle ihm befohlen hatte.

Aber die Herren der Schwarzen Festung schienen die Warnung verstanden zu haben. Hartmann zweifelte nicht daran, dass das Geschütz, das er ausgeschaltet hatte, nicht die einzige schwere Waffe an Bord des Sternenschiffes war; offensichtlich waren die Beherrscher dieses Schiffes paranoid (oder erfahren?) genug, selbst ihren eigenen Sklaven nicht zu trauen. Aber die Moroni schienen verstanden zu haben, dass er nicht gewillt war, wehrlos unterzugehen.

Andererseits waren *sie* auch offensichtlich nicht gewillt, ihm widerstandslos ihr Schiff zu überlassen ...

Die *Ameisen,* die sich in unmittelbarer Nähe der drei gelandeten Gleiter befunden hatten, hatten sich mittlerweile zurückgezogen, aber Hartmann beobachtete auch voller Sorge, dass sie ihre Überraschung wohl mittlerweile endgültig überwunden hatten, denn längst nicht mehr *alle* Moroni flohen. Inmitten des zurückflutenden Insektenheeres begann sich Widerstand zu formieren.

Hartmann aktivierte das Funkgerät. »Phase zwei«, sagte er. »Los!«

Die drei Panzer änderten ihren Kurs und strebten direkt auf den gewaltigen Quader des Transmitters zu. Gleichzeitig stürmten die Männer aus den Gleitern heraus und schleuderten Rauch- und Blendgranaten. Hinter ihnen, in dem Durcheinander aus grauem Qualm und gleißender Helligkeit, drang eine Hand voll dunkler, pelziger Körper aus den Schleusentüren der Schiffe und stürzte sich auf die Moroni.

Hartmann blieb keine Zeit, dem Kampf wirklich zuzusehen, aber er bemerkte trotzdem, dass die *Ameisen* die mutierten Ratten offenbar ebenso wenig als Gegner ansahen wie diese umgekehrt die Rieseninsekten. Die gewaltigen Nager rannten die Moroni zwar einfach über den Haufen, wo sie ihnen im Weg standen, machten aber keine Anstalten, sie direkt anzugreifen. Die Moroni ihrerseits feuerten auch nicht auf die Ratten, sondern konzentrierten sich ganz auf die drei Panzer und die Männer, die aus den Schiffen herausgekommen waren. Nach einigen Sekunden waren die Ratten irgendwo in der *Ameisen*armee verschwunden. Ihr wirkliches Ziel lag woanders.

Hartmann fluchte erneut, stoppte den Panzer und setzte ein Stück zurück, als die Moroni sich auf das Fahrzeug einzuschießen begannen. Ihre winzigen Laserpistolen vermochten dem stählernen Koloss zwar im Grunde kaum etwas anzuhaben, aber der Leopard wurde von Hunderten von Schüssen gleichzeitig getroffen, und Hartmann wusste nur zu gut, dass selbst der Panzer auf Dauer *dieser* Belastung nicht gewachsen sein würde.

Aber Kyle hatte von drei, höchstens fünf Minuten gesprochen. Wo zum Teufel blieb die geheimnisvolle Verstärkung, die er ihnen angekündigt hatte?

Hartmann sah flüchtig auf die Uhr und begriff, dass seit ihrem Angriff noch keine zwei Minuten vergangen waren. Er zweifelte plötzlich, ob sie wirklich *fünf* Minuten durchhalten würden. Sein Blick suchte den Transmitterring, während seine Hände fast von selbst über die Waffenkontrollen des Panzers huschten und die Moroni abwechselnd mit Schocksalven und Blendgranaten eindeckten. Die Außenlautsprecher des Leopard stießen ein schrilles Heulen aus, das die empfindlichen Ohren der *Ameisen* peinigte und sie zusätzlich verwirrte.

Der Strom von *Ameisen*, der sich in das Transmitterfeld ergoss, war zum Erliegen gekommen, denn immer mehr und mehr der Insektenkrieger ließen ihre Last fallen und wandten sich um, um sich den so überraschend aufgetauchten Angreifern entgegenzuwerfen, aber die Kette der Gleiter verschwand noch immer in gleichmäßigem Tempo in dem wogenden schwarzen Nichts; schimmernden Perlen aus Stahl gleich, die durch eine Öse gezogen wurden.

Und dann, als hätten die Moroni nur auf diesen Moment gewartet, um ihm seine ganze Machtlosigkeit zu demonstrieren, schwenkte der erste Gleiter plötzlich zur Seite, verharrte einen Moment reglos – und nahm Kurs auf die drei Panzer!

Weitere Gleiter gesellten sich binnen Sekunden hinzu, und dann blitzte es plötzlich grellweiß und blendend auf. Im nächsten Moment verwandelte sich einer der drei Panzer in einen explodierenden Vulkan aus Feuer und schmelzendem Stahl.

Hartmann dachte nicht mehr – er handelte.

In einer einzigen, blitzschnellen Bewegung löste er seine Sicherheitsgurte, sprang auf, schlug mit der Faust auf die Kontrollen des Autopiloten und zerrte mit der anderen Hand Net in die Höhe. *»Raus hier!«*, brüllte er.

Über ihren Köpfen heulte der Rubin-Laser auf. Der dunkelrote Lichtstrahl zerfetzte einen der Gleiter und brannte ein faustgroßes Loch in die Hallendecke hundert Meter darüber. Auch die Kanone des zweiten Leopard stieß einen tödlichen Blitz aus. Feuer und weiß glühende Trümmerstücke prasselten zu Boden, aber im gleichen Moment wurde auch der zweite Panzer getroffen und explodierte. Keine Sekunde, nachdem sich Hartmann und Net mit einem gewaltigen Satz aus der Tür des Leopard herausgeworfen hatten, traf etwas den Turm und verwandelte den Kampfpanzer in ein weiß glühendes Gebilde aus zerlaufendem Stahl und Flammen. Die Druck- und Hitzewelle schleuderte Hartmann und Net meterweit über den Boden und presste ihnen die Luft aus den Lungen.

Für einen kurzen, schrecklichen Moment drohte Hartmann das Bewusstsein zu verlieren. Die Hitze war unerträglich. Sein Gesicht und seine Hände schienen zu brennen. Er konnte nicht mehr atmen. Stöhnend tastete er um sich, fühlte im ersten Moment nichts anderes als den glühenden Boden und berührte dann Nets Arm.

Die Wasteländerin reagierte mit einem schmerzerfüllten Stöhnen auf seine Berührung, doch es war dieser Laut, der Hartmann vollends wieder ins Bewusstsein zurückriss. Mit einer Kraft, von der er selbst nicht mehr wusste, woher er sie nahm, stemmte er sich auf Hände und Knie, ergriff Nets Arme und zerrte sie zurück zum brennenden Wrack des Leopard, das ihnen zumindest für einen Moment Schutz vor den wütenden Lasersalven der Moroni geben mochte. Seine Augen tränten, und wie durch einen blutgetränkten Nebel hindurch sah er, wie die Moroni heranstürmten und ununterbrochen schossen. Ihr Feuer war nicht sehr präzise, und die Körperschilde der Männer absorbierten die meisten Treffer. Trotzdem brach einer nach dem anderen getroffen zusammen. Die Übermacht war einfach zu groß.

»Das ist ... Irrsinn«, stöhnte Hartmann. »Kanonenfutter. Sie sind nichts als ... Kanonenfutter für ... diese Bestien.«

Ein Laserstrahl schlug dicht neben ihm in das Panzerwrack und überschüttete sie mit weiß glühenden Tropfen zerschmolzenen Metalls. Hartmann schrie vor Schmerz auf, aber er hatte nicht einmal mehr die Kraft, schützend die Arme zu heben. Alles verschwamm rings um ihn herum, wurde unwirklich, leicht ... Er begriff, dass er starb, auch er wurde ein Opfer dieser völlig sinnlosen

Schlacht, in die er seine Männer wider besseren Wissens geführt hatte.

Mit dem letzten Rest Kraft, den er noch in sich fand, streckte er die Hand aus und versuchte, Net zu berühren. Er wollte sie fühlen, in seinem allerletzten Moment.

Ein riesiger, missgestalteter Schatten wuchs plötzlich über ihm empor. Stahlharte Klauen packten seine Hand, schlugen sie beiseite und näherten sich seiner Kehle. Hartmann bäumte sich verzweifelt auf, hämmerte beide Fäuste in das ausdruckslose Insektengesicht über sich und sank mit einem Schmerzensschrei wieder zurück, als die Klauen des Moroni seinen Unterarm aufrissen. Zwei seiner furchtbaren Krallen hielten Hartmanns Arme wie Stahlklammern gepackt; die beiden anderen näherten sich abermals seiner Kehle, und diesmal hatte er nicht mehr die Kraft, sich zu wehren.

Plötzlich erschien ein Schatten unter der Tür des brennenden Panzers. Der Moroni fuhr überrascht herum, wobei er Hartmann wie eine Puppe einfach mit sich zerrte – und ging unter dem Anprall eines schweren Körpers zu Boden, der sich in einem gewaltigen Satz auf ihn warf.

Hartmann stürzte. Wieder drohten seine Sinne zu schwinden, und wahrscheinlich war es einzig das unglaubliche Bild, das sich ihm bot, das ihm noch einmal die Energie gab, die Bewusstlosigkeit zurückzudrängen.

Es war Kyle.

Sein Anzug war bis zur Unkenntlichkeit verkohlt, und sein Gesicht, seine Arme und sein Rücken eine einzige, fürchterliche Brandwunde. Auch ein Mann mit seinen Fähigkeiten hätte einfach nicht mehr leben dürfen! Aber er bewegte sich nicht nur – er hatte auch noch die Kraft, den riesigen Moroni niederzuringen!

Die *Ameise* bäumte sich auf, versuchte, den viel kleineren Gegner abzuschütteln und schlug mit ihren schrecklichen Klauen nach dem ungeschützten Gesicht des Gegners.

Dann erstarrte die *Ameise.*

Es bot sich ihnen das gleiche, unheimliche Bild, das Hartmann schon auf den Monitoren in der Eifelstation beobachtet hatte – aber jetzt sah er es aus unmittelbarer Nähe.

Die Bewegungen des Moroni erlahmten. Hartmann konnte regelrecht sehen, wie alle Kraft aus dem schlanken Insektenkörper wich und irgendetwas in seinen Facettenaugen erlosch.

Für eine Sekunde. Dann trat ein anderer Ausdruck in die Augen des Insektenkriegers.

Kyle ließ die *Ameise* los, stemmte sich auf Hände und Knie hoch und verharrte einen Moment reglos. Sein Atem ging schnell. Er zitterte am ganzen Körper, und sein Gesicht zuckte vor Schmerz.

Aber gleichzeitig *regenerierte* es sich. Aus ungläubig aufgerissenen Augen beobachtete Hartmann, wie die fürchterlichen Wunden des Megamannes heilten, sich zu schließen begannen, und neue, unverletzte Haut über den verbrannten Stellen heranwuchs …

Der Anblick war fast mehr, als er verkraften konnte. Charity hatte ihm von den unheimlichen Fähigkeiten des Megamannes erzählt, aber es war *eine* Sache, davon zu hören, und eine ganz andere, es zu *sehen.* Für einen Moment hatte er Angst, einfach nur Angst, sonst nichts. Kyle richtete sich weiter auf, warf einen raschen Blick auf die heranrasenden Moroni und kroch dann auf ihn und Net zu, aber im allerersten Moment prallte Hartmann vor ihm zurück; denn für eine Sekunde fürchtete er den Megamann mehr als alle Moroni zusammen.

»Sind Sie in Ordnung?«, fragte Kyle.

Hartmann zitterte. Er hätte nicht antworten können, auch wenn er es gewollt hätte. Fassungslos starrte er Kyle an. Er *wusste,* was er sah, aber etwas in ihm weigerte sich einfach, es zu begreifen.

»Es tut mir Leid«, murmelte Kyle. »Ich ...« Er wankte, kämpfte einen Moment mit einem neuen Schwächeanfall und begann dann von neuem: »Es war schwerer, als ich geglaubt hatte. Können Sie gehen?«

Hartmann antwortete immer noch nicht. Selbst Kyles *Kleidung* begann sich zu regenerieren, als wäre auch sie etwas Lebendiges, das von den unheimlichen Kräften des Megamannes erfüllt war. Das Gesicht Kyles wies kaum noch eine Spur der furchtbaren Verletzungen auf, die es noch vor Augenblicken gezeigt hatte.

Der Moroni, den Kyle niedergerungen hatte, bewegte sich plötzlich. Hartmann stieß einen warnenden Ruf aus, aber Kyle wandte nicht einmal den Blick, sondern streckte nur die Hand aus und half ihm und danach Net auf die Füße.

Auch der Insektenkrieger hatte sich aufgeplagt. Unsicher und mit ausgestreckten Armen, als müsse er so seine Balance halten, stand er da, blickte sich einen Moment lang vollkommen verwirrt um – und schritt dann davon, als ginge ihn das alles hier nichts mehr an.

Hartmann beobachtete fassungslos, wie er sich einem anderen Insektenkrieger näherte, fast gemächlich die Glieder ausstreckte und ihn an der Schulter berührte, worauf auch diese *Ameise* plötzlich in der Bewegung erstarrte und sekundenlang reglos dastand.

»Kommen Sie allein zurecht?«, fragte Kyle. Seine Stimme

klang gehetzt, nervös. »Halten Sie noch einen Augenblick durch, und wir haben es geschafft.«

Hartmann hörte seine Worte nicht mehr. Er bemerkte nicht einmal, dass es rings um sie herum jetzt von *Ameisen* wimmelte, die wütend und scheinbar ziellos auf alles feuerten, was sich bewegte. Er starrte einfach den Moroni an, der weitergegangen war und eine weitere *Ameise* berührt hatte, die unter seiner Berührung ebenso erstarrte wie die erste. Und plötzlich drehte sich auch der zweite *Ameisen*krieger herum, senkte seine Waffe und streckte alle vier Hände nach einem anderen Moroni aus. Dann waren es vier, acht, sechzehn ...

Fassungslos starrte Hartmann das unglaubliche Bild an, dann wieder Kyle.

Der Megamann lächelte, doch die Furcht in seinen Augen blieb. »Sie haben Recht, Hartmann«, sagte er. »Es ist genau, wie Sie denken. Sie können uns nicht aufhalten. Aber wir haben noch nicht gewonnen. Kommen Sie.«

11

Zwanzig ihrer kostbaren dreißig Minuten vergingen, bis sie Starks Familie an Bord des Gleiters geschafft hatten, der sie vor der Schleuse erwartete. Und sie hätten es wahrscheinlich trotz allem nicht geschafft, hätte Skudder nicht am Schluss einfach das Kommando übernommen und Frenchs Leuten *befohlen,* die riesige Flugscheibe zu betreten. Charity war in diesen Momenten beinahe froh, dass die einfachen Schutzanzüge, die sie gefunden hatten, über keinerlei Funk- oder sonstige Kommunikationseinrichtungen verfügten. Doch zumindest French wusste, *wem* dieses gewaltige, silberne Raumschiff gehörte – und wer sie darin erwartete. Sie hatte das Entsetzen auf seinem Gesicht deutlich gesehen, als sie die Schleuse verließen und sich dem Gleiter gegenübersahen.

Nicht, dass sie selbst etwa *keine* Angst gehabt hätte. Sie hatte all ihre Selbstbeherrschung aufbieten müssen, um den Bewohnern des Space Shuttles glaubhaft vorzutäuschen, dass das Raumschiff nur gekommen war, um ihr Versprechen einzulösen und sie fortzubringen – eine Lüge, für die sie bitter würde bezahlen müssen. Starks Leute waren nicht dumm. Sie hatten möglicherweise noch nie einen Gleiter der Moroni gesehen, aber sie kannten die Konstruktionen der Außerirdischen vermutlich besser als Charity und Skudder.

Ihre Uhr behauptete, dass ihnen noch neun Minuten blieben, als sich die Schleusentore des Gleiters hinter dem letzten Mitglied von Starks Familie schlossen. Es war drückend eng in dem winzigen Raum; alles in allem waren sie mehr als zwanzig, darunter einige Kinder, die sich Schutz suchend an die Körper ihrer Mütter oder Väter drängten. Charitys Gedanken rasten. Neun Minuten – das war einfach nicht genug, um diese Menschen auf den Schock vorzubereiten, der ihnen bevorstand, wenn sie erkannten, dass der Moroni Kias vor allen anderen an Bord gegangen war. Aber in ein paar Augenblicken, sobald sich die Tür hinter ihrem Rücken öffnete, *würden sie ihn sehen,* und Charity wagte sich nicht einmal vorzustellen, was dann geschah. Diese Menschen waren in einer Welt aufgewachsen, deren ganze Existenz von der Furcht vor einem einzigen, übermächtigen Feind bestimmt wurde – und sie sollte ihnen jetzt mit ein paar Sätzen erklären, dass der Moroni dort oben in der Zentrale des Schiffes nicht nur nicht ihr Feind, sondern ihr *Verbündeter* war?

Lächerlich!

»Wir sollten irgendetwas *tun«*, sagte Skudder neben ihr. Er sprach sehr leise, und Charity drehte rasch genug den Kopf, um zu sehen, dass er sich Mühe gab, nicht einmal die Lippen zu bewegen, während er sprach. Offensichtlich spürte er die Spannung, die sich unter den Shuttlebewohnern ausgebreitet hatte, ebenso wie sie.

Sie deutete ein Nicken an, wies dann vorsichtig auf die Tür hinter sich und flüsterte: »Versuch mich irgendwie abzuschirmen. Sie dürfen ihn nicht sehen.«

Skudder sah sie verwirrt an und verstand offensichtlich kein Wort, aber Charity verschwendete keine Zeit mit Erklärungen, sondern wandte sich mit lauter, erzwungener, ruhiger Stimme an Stark: »Das Schlimmste hätten wir hinter uns«, sagte sie. Sie war selbst ein wenig erstaunt, wie leicht ihr die Lüge von den Lippen ging. »Meine

Freunde und ich müssen noch eine Kleinigkeit dort drinnen erledigen. Ich … weiß, wie unbequem es für Sie sein muss – aber könnten Sie noch wenige Minuten hier warten?«

Stark starrte sie an. Sein Gesicht war unbewegt, aber sein Blick machte klar, dass er wusste, welche *Kleinigkeit* Charity meinte. Er nickte. Charity konnte erkennen, welche Überwindung ihn diese winzige Bewegung kostete.

»Gut«, sagte sie. »Es dauert nicht lange. Fünf oder sechs Minuten.« Rasch, bevor sie irgendetwas Falsches sagen oder tun konnte, drehte sie sich herum, betätigte den Öffnungsknopf und schlüpfte durch die Tür, kaum dass der Spalt breit genug war. Skudder, Stone und schließlich Gurk folgten ihr auf die gleiche Weise, und Charity atmete erleichtert auf, als sie sah, dass der Moroni so dagestanden hatte, dass er vom Gang aus nicht sichtbar war, und sich die Tür mit einem dumpfen Knall hinter ihnen wieder schloss.

Der Moroni sah sie an, blickte dann kurz zur Tür und trat mit einem raschen eckigen Schritt wieder an die Kontrollen des Gleiters heran. Tief im Rumpf des Schiffes begannen gewaltige Maschinen zu arbeiten, und auf dem großen Zentralschirm wurde das Wrack des Space Shuttles ganz allmählich kleiner.

»Was glaubst du, wie lange das gut geht?«, fragte Skudder, ohne sie anzusehen.

»Was?«

Skudder machte eine Kopfbewegung zur Tür. »Früher oder später musst du sie hereinlassen. Sie werden durchdrehen, wenn sie *ihn* sehen.«

Er deutete auf Kias, und der Moroni hob kurz den Blick von den Kontrollen und sah ihn seinerseits an; dann konzentrierte er sich wieder darauf, das Schiff mit wachsender Geschwindigkeit von der Orbit-Stadt wegzusteuern. Charity sah auf ihre Uhr. Noch vier Minuten. Seltsam – sie hatte nicht einmal Angst. Jetzt nicht mehr.

»Sie werden ihn sehen«, sagte sie. »In fünf Minuten. Wenn wir dann noch leben.«

Skudder zog fragend die Augenbrauen hoch, und Charity fügte hinzu: »Ich bin nicht sicher, dass wir es schaffen. Du etwa?«

»Er ... hat gesagt, sie wird explodieren«, murmelte Skudder. »Aber er hat auch gesagt, wir wären nicht in Gefahr.«

»Vielleicht hat er Recht«, sagte Charity. Sie presste die Lippen aufeinander. »Diese Leute halten uns für Götter, Skudder. Sie glauben, wir wären gekommen, um sie ins Paradies zu führen. Gibt es einen logischen Grund, sie in ihren letzten drei Minuten glauben zu lassen, die Götter hätten sie belogen?«

Langsam glitt das Schiff weiter von der Orbit-Stadt weg. Die Krümmung des künstlichen Horizonts kam in Sicht, und wenige Augenblicke später füllte die Raumstation den Schirm in ihrer ganzen Größe aus; ein riesiger, schimmernder Silberring, in dessen Mitte sich ein bizarres Etwas drehte. Die Bewegung der Riesenhantel war fast zum Stillstand gekommen.

»Wie lange noch?«, fragte Skudder.

Charity sah auf die Uhr. »Zwei Minuten.« Sie atmete hörbar ein, dann sah sie den Moroni an. »Verstehst du mich?«

»Ja«, antwortete Kias. Seine Stimme klang unangenehm und metallisch; die Computerstimme aller Moroni.

»Könnt ihr es aufhalten?«

»Nein«, antwortete Kias. »Sie wird explodieren. In wenigen Sekunden. Aber unsere Chancen sind gut. Machen Sie sich keine Sorgen. Es ist ein schnelles Schiff.«

Charity sah die riesige sechsgliedrige Kreatur verblüfft an. *Keine Sorgen?* Das ... das war doch kein Moroni. Das war nicht der Wortschatz einer *Ameise*. Sie war ...

»Großer Gott!«, flüsterte Gurk plötzlich.

Charity sah erschrocken auf den Zwerg herab, dann wieder auf den Monitor, dem die ganze Aufmerksamkeit des Zwerges galt. Das Schiff bewegte sich jetzt rasend schnell. Die Orbit-Stadt schrumpfte im Zentrum des Bildes zusammen. Trotzdem war die Entfernung lächerlich, wenn sie an das dachte, was ihr Gurk über die Bombe erzählt hatte.

»Seht doch!«, stammelte Gurk. Seine ausgestreckte, zitternde Hand deutete auf die Weltraumstadt.

Charity sah noch einmal hin, konnte aber nichts entdecken. Die Riesenhantel drehte sich nur noch ganz langsam, aber sie drehte sich noch.

»Was hast du?«, fragte sie.

»Seht ihr es denn nicht?«, wimmerte Gurk. »Da! Und da! Und da!« Seine Hand bewegte sich hektisch, deutete nach rechts und links, nach oben und unten und auf verschiedene Teile der riesigen Ringkonstruktion. Charity gewahrte eine Anzahl kompliziert aussehender Geräte, die sie vorher noch nicht bemerkt hatte. Bedachte sie den Abstand, den das Schiff mittlerweile zur Orbit-Stadt hatte, mussten sie allerdings riesig sein.

»Was ist das?«, fragte sie.

»Diese ... diese Wahnsinnigen!«, kreischte Gurk. »Ich ... ich weiß jetzt, was sie vorhaben! Diese Irren! Das ganze Netz wird zusammenbrechen! Sie werden die halbe Galaxis in die Luft jagen! *Sie dürfen das nicht! Nein! Haltet sie auf!*«

Und plötzlich kreischte er wie von Sinnen, fuhr herum und stürzte sich ohne Warnung auf Kias, so ungestüm, dass er selbst die riesige Insektenkreatur von den Füßen riss.

»Nein!«, brüllte er immer wieder. *»Ihr dürfte das nicht! Haltet sie auf!«*

Charity machte eine Bewegung, um den Zwerg zurückzureißen – und erstarrte.

Auf dem Bildschirm war die Hantel zur Ruhe gekommen. Eine einzige Sekunde lang hing sie völlig still im Raum, dann lief ein Zittern und Wogen durch die gigantische Konstruktion; es sah aus, als betrachte man sie durch einen Vorhang aus schnell fließendem glasklaren Wasser hindurch. Und dann ...

Die beiden gigantischen Kugeln aus Neutronium zerbrachen, zogen sich zusammen wie Luftballons aus dünnem Stanniol, wurden kleiner – und waren plötzlich verschwunden. Für einen Moment glaubte Charity an ihrer Stelle etwas zu erkennen, das nicht eigentlich zu erkennen war; eine Schwärze, die alles Vorstellbare übertraf, die Leere, die dort herrschte, wo selbst die Schöpfung aufhörte.

»O mein Gott!«, flüsterte Skudder. »Sie explodiert.«

Das Letzte, was Charity sah, war eine Woge blendend weißer, unerträglicher Helligkeit, die plötzlich da entstand, wo sich zuvor die Riesenhantel gedreht hatte, Licht von so unvorstellbarer Intensität, dass die Wände des Gleiters durchsichtig zu werden schienen. Es war, als hätte der gesamte Kosmos Feuer gefangen, ein Licht wie das Herz einer explodierenden Nova, das sich rasend schnell auf sie zubewegte.

Wie der Kampf gegen die Invasoren in seine Endphase tritt, davon erzählt Wolfgang Hohlbein im achten Band seiner großen Charity-Serie:

DER SPINNEN-KRIEG
(Bastei-Lübbe 23115)

Zweites Buch

Der Spinnen-Krieg

1

Aus dem Transmitter schoss eine hundert Meter lange Stichflamme, gefolgt von einem Gewitter hellblauer, beinahe transparenter Lichtstrahlen, die wie die tastenden Leuchtfinger großer Suchscheinwerfer durch die Luft und über die Hallendecke glitten.

Wo sie auf Widerstand stießen, lösten sie ihn auf. Es gab keine Explosion, keine Flammen, kein schmelzendes Eisen; das blaue Licht verwandelte lautlos alles in Staub, was es berührte. Hier und da stoben Funken auf, wenn der unheimliche Schein eine Leitung durchschnitt oder einen Kurzschluss auslöste, und vor einigen Augenblicken hatte eine Folge schwerer Explosionen die gewaltige Halle erschüttert, als ein ganzes Geschwader der silbernen Scheibenschiffe in das blaue Leuchten hineingeflogen und zerstört worden war. Das hintere Drittel der gewaltigen Halle stand in Flammen, und an manchen Stellen glühten der metallene Boden und die Wände. Seither hatten sich keine Gleiter mehr in die riesige Eisenkuppel hineingewagt. Trotzdem hatte der Kampf noch an Heftigkeit zugenommen.

Hartmann registrierte einen Schatten aus den Augenwinkeln, warf sich zur Seite und sah noch in der Bewegung, wie Kyle herumfuhr und einen Moroni packte, der hinter einem Trümmerstück aufgetaucht war und sich auf Net und ihn stürzen wollte. Der Insektenkrieger schlug mit seinen fürchterlichen Krallen nach Kyle und fügte ihm eine heftig blutende Wunde an der Schulter zu. Trotzdem packte Kyle das riesige Wesen, hielt es eine Sekunde lang mit unerbittlicher Kraft fest, und der Widerstand des

Moroni erlosch. Einen Augenblick lang stand der Ameisenkrieger wie benommen da, dann wandte er sich um und stürzte sich erneut in den Kampf – wenn auch diesmal auf der anderen Seite; wie eine Maschine, die umprogrammiert worden war und sich nun gegen ihren legitimen Herrn richtete. Hartmann hatte dieses Bild in den letzten Minuten hundertmal gesehen, und trotzdem erschreckte es ihn immer noch genauso sehr wie beim ersten Mal.

»Alles in Ordnung?« Kyle wandte sich vollends zu ihm um, und Hartmann nickte automatisch. Die Wunde, die der Moroni dem Megamann zugefügt hatte, reichte bis auf den Knochen und hätte einen normalen Menschen auf der Stelle getötet. Kyle nicht. Vor Hartmanns Augen versiegte das vor Momenten noch heftig strömende Blut, und das zerrissene Fleisch begann sich zu regenerieren; wie in einem Film, der rückwärts läuft. Hartmann wusste nicht mehr, wie oft Kyle getroffen worden war – allein zwei- oder dreimal hatte sich der Megamann schützend vor ihn oder Net geworfen und Schüsse, die ihnen galten, mit seinem eigenen Körper aufgefangen. Und ebenso oft war er von zwei oder drei *Ameisen* attackiert worden, die in dem dunkelhaarigen, schlanken jungen Mann instinktiv den gefährlichsten Gegner zu erkennen schienen und versuchten, ihn auszuschalten, ehe er seine unheimliche Macht einsetzen und sie zu ihren eigenen Feinden machen konnte. Keiner von ihnen war es gelungen.

Hartmann nickte auf Kyles Frage und ignorierte dessen ausgestreckte Hand, als er sich wieder in die Höhe arbeitete. Sein Blick suchte Net. Die Wasteländerin stand neben ihm, aber sie machte einen völlig erschöpften Eindruck. Ihre Jacke hing in Fetzen, ihr Gesicht und die

Hände waren blutüberströmt, und sie atmete schnell und ungleichmäßig. Die Herren der Schwarzen Festung warfen immer mehr und mehr Krieger in den Kampf, um die vorrückenden Angreifer zurückzudrängen, aber es war, als versuchten sie ein Feuer mit Öl zu löschen. Jeder Moroni, den Kyle berührte, änderte plötzlich seine Gesinnung und stellte sich gegen seine eigenen Brüder, und jede *Ameise,* die mit einem ihrer umgedrehten Brüder in Berührung kam, erging es ebenso. Hätte Hartmann Zeit gehabt, darüber nachzudenken, hätte er begriffen, dass es eine mathematische Progression war; der Augenblick, an dem ihre Gegner einfach nicht mehr so viele Krieger in den Kampf werfen konnten, die im gleichen Zeitraum zu Kyle überliefen, war nur noch Momente entfernt. Zwischen den blauen Lichtfäden, die noch immer aus dem Transmitterring hervorbrachen, zuckten immer wieder die gleißenden Blitze der Laserkanonen auf.

»Was ... ist ... das?«, fragte Hartmann schwer atmend. Er deutete auf den Transmitter.

Kyles Blick folgte seiner Geste. »Ich weiß es nicht«, sagte er. Seine Stimme klang besorgt, obwohl er sich Mühe gab, sich seine Gefühle nicht anmerken zu lassen.

Hartmann setzte zu einer weiteren Frage an, aber in diesem Moment explodierte etwas in ihrer Nähe. Net und er duckten sich instinktiv, als ein Hagel weiß glühender Trümmerstücke über sie hinwegfegte, und Kyle ergriff die Gelegenheit, ihn und die Wasteländerin einfach zu packen und mit sich zu zerren. Im Zickzack näherten sie sich der Front der vorrückenden Moroni. Ihr Vormarsch begann zu stocken, einfach weil die Verteidiger jetzt so viele *Ameisen* in den Kampf warfen, dass die nachrückenden die in vorderster Linie stehenden Krieger einfach vor sich herschoben. Immer wieder flammten die großen

Laserkanonen rechts und links des Transmitterringes auf und brannten lodernde Gräber in die Massen der Kämpfenden, aber die Lücken schlossen sich ebenso rasch wieder, wie sie entstanden. Es war eine Schlacht, die heftiger und verbitterter geführt wurde als alles, was Hartmann sich auch nur hätte erträumen können.

»Wohin?«

Kyle war einen Moment stehen geblieben und sah sich nach allen Seiten um. Er antwortete nicht auf Hartmanns Frage, aber sein Gesichtsausdruck machte deutlich, dass er nach etwas ganz Bestimmtem suchte. Schließlich hob er den Arm und deutete auf eine Stelle, auf der Hartmann auch beim besten Willen nichts anderes erblickte als Tausende von Morini, die zum größten Teil mit bloßen Händen gegeneinander kämpften. Dann lief der Megamann weiter, und Hartmann und Net folgten ihm.

Hartmann sah immer nervöser nach oben, während sie sich dem Transmitterblock näherten. Aus dem riesigen Metallring schossen jetzt keine Flammen mehr, aber das blaue Leuchten schien eher noch an Intensität zugenommen zu haben. Die meisten Lichtfinger zerfaserten und erloschen, ehe sie den Boden oder die Decke erreichten, aber einige trafen auch, und Hartmann sah, dass das so harmlos aussehende blaue Licht mühelos durch meterdicken Stahl schnitt. In der Hallendecke waren bereits Dutzende von unterschiedlich großen Löchern entstanden, und in das unheimliche grüne Dämmerlich, welches das Innere der Schwarzen Festung erfüllte, drang der helle Schein der Polarsonne und wirbelnder Schnee. Was immer passiert war – Hartmann begriff plötzlich, dass die gesamte Halle zusammenbrechen würde, wenn es den Moroni nicht gelang, den Transmitter unter Kontrolle zu bekommen.

Sie erreichten einen der haushohen, bizarr geformten Maschinenblöcke, die den Boden der riesigen Halle bedeckten. Kyle gab Hartmann und Net mit einer Geste zu verstehen, zurückzubleiben und begann ebenso rasch wie geschickt, an der Front der Maschine heraufzuklettern, aber weder Hartmann noch die Wasteländerin dachten daran, ihm zu gehorchen. Nicht halb so elegant wie er, aber beinahe ebenso schnell kletterten sie hinter ihm her. Kyle versuchte auch gar nicht erst, sie zum Umkehren zu bewegen, sondern kletterte etwas langsamer, damit sie zu ihm aufholen konnten.

Plötzlich schrie Net auf. Hartmann wandte erschrocken den Kopf und sah, dass einer der blauen Leuchtfinger in ihre Richtung herumgeschwenkt war. Gelähmt vor Entsetzen beobachtete sie, wie das unnheimliche Licht die Maschine berührte und dicht über ihnen über den Stahl strich. Er wartete auf eine Erschütterung oder eine Hitzewelle, die auf sie einbrandete, aber nichts von alledem geschah. Wo das seltsame Leuchten auf das Metall traf, da verschwand der Stahl einfach. Zurück blieb ein klaffender Riss in der Oberfläche der Maschine, dessen Kanten so glatt waren, als wären sie mit einem Präzisionsinstrument geschnitten worden.

Der Strom tödlichen Lichtes erlosch so plötzlich, wie er aufgeflammt war, und Kyle machte ein Zeichen, weiterzuklettern. Nach wenigen Augenblicken erreichten sie die Oberseite der Maschine. Kyle schwang sich mit einer kraftvollen Bewegung hinauf, zog zuerst Net und dann Hartmann zu sich in die Höhe und ließ sich auf die Knie fallen. Zum ersten Mal, seit der bizarre Kampf begonnen hatte, nahm er das Gewehr von der Schulter und entsicherte es. Hartmann und Net taten es ihm gleich.

Von ihrer erhöhten Position aus konnten sie einen

Großteil der Halle überblicken. Und plötzlich begriff Hartmann, woher der schier unerschöpfliche Nachschub der Moroni kam.

Kyles aus dem Nichts erschaffene Armee hatte beinahe die Hälfte der Schwarzen Festung erobert und rückte weiter vor, aber aus dem hinteren Teil der Halle warfen sich ihnen immer mehr und mehr Moroni entgegen; Insektenkrieger, die im wahrsten Sinne des Wortes aus dem Nichts erschienen, denn hinter dem riesigen Block des zu den Sternen führenden Transmitters erhob sich eine schier endlose Reihe kleinerer Geräte – drei Meter durchmessende, schimmernde Ringe aus Metall, aus denen Tausende und Abertausende von *Ameisen* hervorquollen.

Hartmann hob sein Gewehr und visierte einen dieser Ringe an, aber Kyle drückte die Waffe herunter und schüttelte hastig den Kopf. Er sagte nichts, aber er deutete auf eine der großen Laserkanonen in ihrer Nähe, die in ununterbrochener Folge grelle Lichtblitze ausspie, und Hartmann begriff. Er verstand aber nicht, weshalb sie überhaupt hier heraufgestiegen waren.

»Dort!« Kyle deutete auf einen Punkt vielleicht vierzig oder fünfzig Meter von ihnen entfernt. »Da sind sie. Mindestens einer von ihnen.«

Hartmann konnte außer einer schier unendlichen Zahl schwarz glitzernder, sechsgliedriger Körper nichts erkennen, aber Kyle war bereits wieder auf den Füßen und rannte geduckt zum jenseitigen Rand des Maschinenblocks, wo eine schmale, geländerlose Treppe steil in die Tiefe führte. Heftig gestikulierend bedeutete er Hartmann und Net, hinunterzusteigen, hob dann plötzlich sein Gewehr und gab kurz hintereinander drei Schüsse auf die Laserkanone ab, die er Hartmann zuvor gezeigt hatte. Das Geschütz explodierte in einem grellen Feuerball. Beinahe sofort erwiderte eine zweite Laserkanone das Feuer, aber Kyle war bereits ein halbes Dutzend Stufen die Treppe herab und in Sicherheit. Der gewaltige Maschinenblock erbebte unter den Einschlägen der grellen Lichtblitze, und Hartmann fühlte eine Welle erstickender Hitze über sich hinwegstreifen, aber ihr riesiger Schutzschild hielt. Unversehrt erreichten sie das Ende der Treppe.

Auch hier tobte der Kampf mit unverminderter Heftigkeit. Kyle schlug zwei, drei Moroni nieder, die sich nach einem kurzen Moment der Benommenheit wieder aufrichteten und nun auf seiner Seite kämpften, und auch Hartmann und Net mussten sich im allerersten Moment erbittert ihrer Haut wehren, bis die bizarre Veränderung von allen *Ameisen* in ihrer unmittelbaren Umgebung Besitz ergriffen hatte.

»Dort entlang!«, sagte Kyle schwer atmend. Er deutete nach links. »Schnell!«

Er rannte weiter, so schnell, dass sie Mühe hatten, ihm noch zu folgen. Für einen Moment geriet der Kampf um sie herum ins Stocken, aber sie kamen dennoch plötzlich kaum von der Stelle. Nach einigen Augenblicken sah Hartmann auch, warum. Vor ihnen hatte sich ein Kreis aus Dutzenden, vielleicht Hunderten von Moroni gebildet, die wortlos und augenscheinlich starr vor Schrecken oder Entsetzen auf etwas herabblickte, das Hartmann nicht erkennen konnte. Kyle musste die Insektenkrieger beinahe gewaltsam zur Seite stoßen, um eine Gasse für sich und seine zwei Begleiter zu bahnen.

Die Moroni bildeten einen fünfzehn oder auch zwanzig Meter durchmessenden Kreis um ein großes, dunkles Etwas, das in einer riesigen Blutlache auf dem Boden lag.

Hartmann sah, dass hier ein erbitterter Kampf getobt haben musste. Dutzende von toten Moroni bedeckten den Boden, einige davon regelrecht in Stücke gerissen. Erst als Kyle mit einem Satz über eine dieser sonderbaren Gestalten hinwegsprang, erkannte Hartmann, was da am Boden lag.

Eine Ratte. Eine der mutierten Riesenratten, von denen sie an die hundert mitgenommen hatten.

Hartmann blieb erschrocken stehen und sah sich noch einmal um, und plötzlich sah er Dutzende der riesigen Nager, die allermeisten verendet oder so schwer verletzt, dass sie ihre Wunden nicht überleben würden. Einige von ihnen hatten sich noch im Tode in die Körper der *Ameisen* verbissen, die sie umgebracht hatten, aber die allermeisten schienen sich auf den formlosen Schatten gestürzt zu haben, über den sich Kyle jetzt beugte. Hartmann ging zögernd weiter und blieb wieder stehen. Er konnte noch immer nicht erkennen, was es war, das die Ratten da umgebracht hatten. Obwohl er jetzt nur noch weniger als fünf Meter davon entfernt war, sah er nur Schatten und Umrisse, die keine waren, als glitte sein Blick ab wie eine Hand auf spiegelglattem Untergrund. Er fühlte sich auf eine höchst unheimliche Weise unwohl.

Ein rascher Blick zur Seite zeigte ihm, dass es Net ebenso erging. Auch sie starrte das *Ding* an, neben dem Kyle stand, und der Ausdruck auf ihrem Gesicht schwankte zwischen Ekel und einer tiefen Angst. Was um alles in der Welt war das?

Hartmann überwand endlich seinen Widerwillen und war mit drei, vier schnellen Schritten bei Kyle. Schaudernd blickte er auf das herab, was vor dem Megamann auf dem Boden lag. Es war verrückt – er stand praktisch vor dem unheimlichen Etwas, aber er konnte es immer noch nicht richtig erkennen. Vor dem Etwas lag eine tote Ratte. Ihr Rückgrat war gebrochen und der Körper mit einem Dutzend Wunden übersät, deren bloßer Anblick ihm den Magen herumdrehte. Ihre Krallen und die fast fingerlangen Reißzähne waren auch im Tode in den Körper ihres Gegners geschlagen, und Hartmanns Augen nahmen den Kadaver der Ratte in jedem noch so winzigen Detail wahr – aber nicht das Wesen, das sie umgebracht hatte!

»Was ... was ist das?«, murmelte er hilflos. Er hob den Blick und sah Kyle an, aber im allerersten Moment erkannte er in dessen Gesicht nichts als Bestürzung und Ratlosigkeit. Es dauerte eine Sekunde, bis der Megamann überhaupt zu registrieren schien, dass er etwas gesagt hatte.

»Das ist einer von ihnen«, sagte er.

»Von ihnen?«, wiederholte Hartmann. Plötzlich fuhr er zusammen. »Sie meinen ... einer ... der ...«

»... der Herren der Schwarzen Festung«, unterbrach ihn Kyle. Sein Gesicht verdüsterte sich. »Sie haben ihn erwischt. Aber der andere ist entkommen.«

»Der andere?«

»Sie sind immer zu zweit«, sagte Kyle. Er presste die Lippen aufeinander und schlug sich mit der Faust in die geöffnete Linke. »Verdammt! Das hätte nicht passieren dürfen. Wenn er entwischt, dann war alles umsonst!«

Plötzlich fuhr er herum und begann so wild und nervös zu gestikulieren und den Moroni Befehle zuzurufen, wie Hartmann ihn noch niemals zuvor erlebt hatte. Er hatte bisher geglaubt, dass es nichts gab, was den Megamann wirklich aus der Ruhe zu bringen vermochte; aber das war ein Irrtum gewesen.

In die Moroni kam Bewegung. Hastig stürzten die *Amei-*

*sen*krieger davon. Und obwohl auf den starren Insektengesichtern der *Ameisen* nicht die allermindeste Regung abzulesen war, wusste Hartmann, dass sie froh waren, aus der Nähe dieses unheimlichen *Dinges* zu entkommen.

Beinahe gegen seinen Willen wandte er sich wieder um und versuchte erneut, die formlose Masse zu seinen Füßen irgendwie zu identifizieren. Das Wesen schien sich im Tode noch zu bewegen und zu regen, obwohl Hartmann sehr genau erkannte, dass es vollkommen still lag. Er hatte einen flüchtigen Eindruck riesiger, vielfach untergliederter Fühler und filigraner Glieder, eines gepanzerten mächtigen Körpers, der mit nichts Ähnlichkeit hatte, was er jemals gesehen hatte.

Schaudernd trat Hartmann einen Schritt zurück und fuhr abermals zusammen, als sein Fuß gegen den Kadaver der Ratte stieß. »Wieso die Ratten?«, murmelte er.

Er hatte nicht damit gerechnet, aber Kyle antwortete: »Das sollten Sie besser wissen als ich, Hartmann. Sie waren es schließlich, die diese Tiere gezüchtet haben – zu dem einzigen Zweck, die Moroni zu vernichten.«

Hartmann war verwirrt. Er glaubte sich den bitteren, vorwurfsvollen Ton in Kyles Stimme nicht nur einzubilden.

»Sie waren die Einzigen, die es schaffen konnten«, fuhr der Megamann fort. Seine Stimme klang jetzt wieder beherrscht, beinahe dozierend. »Sie spüren unsere Nähe so wie wir ihre. Und Sie und Ihre Männer hätten keine Chance gehabt, auch nur auf eine Meile an sie heranzukommen. Aber ich wusste, dass sie diese *Tiere* nicht als Gefahr einstufen würden.«

»Ihre Rechnung scheint aufgegangen zu sein«, sagte Hartmann.

Kyle schüttelte ruckhaft den Kopf. »Leider nicht ganz«,

sagte er. »Wir müssen den anderen erwischen. Wenn er den Transmitter zerstört, dann war alles umsonst.«

Hartmann legte den Kopf in den Nacken und blinzelte aus eng zusammengekniffenen Augen zu dem riesigen Metallring hinauf, der noch immer blaues Feuer spie. Irrte er sich, oder war das Gleißen ein wenig schwächer geworden? »Ich wüsste nicht, was es da noch zu zerstören gibt«, murmelte er.

»Er wird es überstehen«, sagte Kyle achselzuckend. »Die Energie war gewaltig, aber das Netz ist groß genug. Eine vorübergehende Störung, mehr nicht.«

»Energie? Welche Energie?«

»Später«, sagte Kyle. »Wir müssen den anderen finden und ausschalten.« Er gab Net und Hartmann mit Handzeichen zu verstehen, ihm zu folgen, und lief los.

2

Das Letzte, was sie gesehen hatte, war eine Woge blendend weißer, unerträglicher Helligkeit, die plötzlich da entstanden war, wo sich zuvor die Riesenhantel gedreht hatte, Licht von so unvorstellbarer Intensität, dass die Wände des Gleiters durchsichtig zu werden schienen. Es war, als hätte der gesamte Kosmos Feuer gefangen, ein Licht wie das Herz einer explodierenden Nova, das sich rasend schnell auf sie zubewegt hatte. Und Skudders Stimme: »O mein Gott! Sie explodiert!«

Dann ... Stille. Ein endloses Dahingleiten durch ein schwarzes, weiches, warmes, leeres Nichts, in dem Sekunden zu Jahren und Äonen zu Augenblicken wurden, in dem Zeit und Raum nicht mehr dasselbe bedeuteten wie in der Welt, in der sie geboren und aufgewachsen war, und schließlich der erste, bewusste Gedanke, ebenso banal wie nahe liegend, denn jeder in ihrer Situation hätte ihn wohl gedacht: War das der Tod?

Natürlich nicht.

Sie wusste, was es war. Es war nicht das erste Mal, dass sie in diesem fremden, unheimlichen Kontinuum weilte, einem Raum, der weder still noch leer, weder dunkel noch unbelebt war, aber so anders, dass ihre Sinne nichts von dem, was sie umgab, wirklich begreifen konnten.

Die Bombe war explodiert.

Aber – wieso lebte sie noch?

Lebte sie noch?

Eine gute Frage, dachte Charity. Die Bombe war explodiert, das zumindest war sicher. Sie hatten versagt. Es war ihnen nicht gelungen, Morons Todesboten zu entschärfen. Die Orbit-Stadt und das Flottenhauptquartier der Moroni existierten nicht mehr, und die Erde gab es vielleicht auch nicht mehr.

Sie hätte Zorn bei diesem Gedanken empfinden müssen, Entsetzen, zumindest Trauer – aber sie spürte nichts von alledem. Vielleicht war in diesem Raum zwischen den Universen kein Platz für Gefühle. Vielleicht war das Entsetzen auch einfach zu groß, dass etwas in ihr wie eine überlastete Sicherung durchgebrannt war. Sie hatten gekämpft – und verloren. Es war vorbei, und alles, was sie empfand, war ein tiefes Gefühl von Endgültigkeit.

Ganz flüchtig kam ihr der Gedanke, dass dies vielleicht doch *der Tod war, und diese große, schwarze Leere ringsum nichts anders als die Hölle, durch die sie für alle Zeiten treiben würde, ohne Körper, ohne Gefühl, mit nichts anderem als dem sicheren Wissen ihres Versagens und des Preises, den ihre Freunde und letztendlich ihre ganze Welt dafür bezahlt hatten. Aber gleichzeitig wusste sie auch irgendwie, dass das nicht stimmte. Sie war schon mehrmals hier gewesen, und obwohl sie es bis vor wenigen Augenblicken nicht einmal selbst gewusst hatte, erinnerte sie sich an jedes einzelne Mal, als wären die Erinnerungen die ganze Zeit über dagewesen, aber sorgsam verborgen und ihrem bewussten Zugriff entzogen: Sie befand sich im Inneren des Transmitters. Es war die schwarze Leere, die hinter dem Silber der Transmitterringe wartete, der zeitlose Schritt durch den Raum, der nicht zeitlos war und der auch nicht durch den Raum führte, sondern durch … etwas anderes. Etwas, wofür es keine Worte gab.*

Allmählich begann sich die Dunkelheit zu lichten. Vielleicht verließ sie diesen bizarren Kosmos, vielleicht wurde sie auch allmählich zu einem Teil dieses fremden Raumes – sie wusste es nicht, aber was sie sah, das schlug sie in seinen Bann, machte es ihr unmöglich, den Blick zu wenden.

Es war so unvorstellbar fremd und Furcht einflößend, dass eine Million Worte nicht ausgereicht hätten, es zu beschreiben, aber gleichzeitig auch von einer fast hypnotischen Faszination. Etwas daran berührte ihre Seele und begann Dinge in ihr auszulösen, von denen sie nicht wusste, was sie waren. Und plötzlich begriff sie die Gefahr, die von diesem Angriff ausging. Noch ein paar Sekunden, und dieses Bild würde es ihr völlig unmöglich machen, jemals wieder wegzusehen, jemals wieder an irgendetwas anderes zu denken als an des körperlose Wogen und Gleiten, es würde sie aussaugen, verbrennen und nur eine leere Hülle zurücklassen, die nie wieder irgendetwas tun konnte, als diesen fremden Kosmos anzustarren, der Himmel oder Hölle zugleich war.

Aber wie sollte man die Augen schließen, wenn man keine Lider hatte; wie wegsehen, wenn man nicht sah?

Sie versuchte es. Die schwarzen Wirbel hinter und vor ihrer Stirn drehten sich schneller, zerrissen, ordneten sich neu ... immer und immer und immer wieder.

Dann ...

... fühlte sie etwas.

Stimmen, die lautlos flüsterten, schrien, weinten, riefen, lachten ...

Gefühle. Angst, Verwirrung, Freude, Furcht, Neugier, Entsetzen, Liebe und Hass, Wärme, Kälte ...

Die anderen.

Auch das war so wie die anderen Male, als sie die Transmitter benutzt hatte: Sie fühlte, dass sie nicht allein war, dass es da noch andere gab, die mit ihr durch das Tor in jenen anderen Kosmos getreten waren, aber etwas war anders.

Sie fühlte nicht einfach ihre Anwesenheit.

Sie fühlte sie.

Da war Skudder, groß und stark und voller Ruhe und Selbstvertrauen, aber zugleich auch von einer Verwundbarkeit und Sanftmut, die sie nie auch nur an ihm vermutet hatte. Sie spürte ihn, sie war *er, kannte alle seine Gedanken und Gefühle und Erinnerungen; so wie er im gleichen Moment* sie *war, als wären sie im selben Augenblick für immer miteinander verschmolzen, in dem sich ihre Seelen berührten.*

Es war wunderschön. Seine intimsten Geheimnisse kennen zu lernen, hatte nichts Voyeuristisches. Es gab keine Peinlichkeiten, keine Geheimnisse, denn es war kein Belauschen, sondern ein Teilen, *denn in diesen Momenten* waren *sie eins. Zum allerersten Mal begriff sie, was Skudder wirklich für sie empfand und dass sie diese Gefühle vom ersten Moment an erwidert, es sich aber nie selbst erlaubt hatte, es sich einzugestehen.*

Aber da war nicht nur Skudder.

So deutlich wie ihn fühlte sie die Nähe der anderen – Stone, von dem sie plötzlich wusste, dass er kein Verräter war, allenfalls ein schwacher, bedauernswerter Mensch, der Fehler gemacht hatte, weil er in eine Situation hineingeworfen worden war, mit der er nicht fertig wurde. Auch French und Stark waren um sie und die anderen, die vielleicht zum ersten Mal in ihrem Leben ohne Angst waren ...

Außer diesen vertrauten, bekannten Wesen fühlte sie die Nähe anderer Geschöpfe, und es dauerte eine Weile, bis sie begriff, dass es nicht irgendwelche Bewohner dieses fremden Kosmos waren, sondern Kias und Gurk. Und im gleichen Moment, in dem sie sich diesen beiden zuwandte, wurde sie auch zu einem Teil von ihnen, und plötzlich wusste sie, wer Kias/Jared und Gurk wirklich waren.

Und da lernte sie das Grauen kennen.

Obwohl Hartmann nicht geglaubt hatte, dass es überhaupt möglich war, hatte der Kampf in den letzten Minuten noch an Heftigkeit zugenommen. Trotzdem bestand an seinem Ausgang nicht mehr der mindeste Zweifel. Die Moroni brachten immer mehr und mehr Krieger durch ihre Transmitter heran, aber der Augenblick, den Hartmann vorausgesehen hatte, war längst eingetreten – die Verteidiger der Schwarzen Festung wurden schneller umgedreht und zu ihren eigenen Feinden gemacht, als dass sie nachrücken konnten. Die Front der veränderten Moroni rückte weiter auf die Reihen der Transmitterstation vor, und Hartmann verstand längst nicht mehr, warum die Verteidiger immer noch frische Kräfte in die Schlacht warfen.

»Um Zeit zu gewinnen«, sagte Kyle, der Hartmanns Frage offenbar erraten hatte.

Kyle deutete auf die Transmitterstationen. »Er ist noch hier. Ich spüre es. Es braucht Zeit, um seine Flucht vorzubereiten.«

Hartmanns Antwort ging im Krachen einer neuerlichen Explosion unter, und für eine Sekunde erstrahlte die gewaltige Halle im Widerschein des blauweißen Feuerballs, in dem das letzte noch aktive Lasergeschütz verglühte. Instinktiv duckte er sich, aber die erwartete Hitzewelle blieb aus. Obwohl die Verteidiger sie mit einem wütenden Feuer aus ihren Lasergewehren und -pistolen überschütteten, verzichteten Kyles Krieger darauf, ihre Waffen einzusetzen, sondern stürmten einfach weiter und versuchten, ihre Feinde mit bloßen Händen zu packen und niederzuringen. Vor ihnen tobte ein wildes Handgemenge, und viele endeten damit, dass Freund und Feind von den nachrückenden Truppen einfach niedergetrampelt wurden. Von dem geheimnisvollen Herrscher der Schwarzen Festung war keine Spur zu sehen.

Langsam rückten sie weiter vor. Obwohl alles in ihm sich gegen den bloßen Gedanken wehrte, hatte auch Hartmann seine Waffe abgeschaltet und benutzte sie nur dann und wann, um sich mit Kolbenstößen eines Angriffes zu erwehren – was allerdings selten genug geschah. Obgleich sie sich praktisch in vorderster Front befanden, schützten Kyle und das gute Dutzend *Ameisen*krieger, das den Megamann begleitete, sie doch vor allen Angriffen. »Da ist er!«, schrie Kyle plötzlich. Sein ausgestreckter Arm deutete auf die aufgereihten Transmitter, die in so rascher Folge Moronikrieger ausstießen, dass sie allein dabei schon ein fast unentwirrbares Gedränge bildeten. Hartmann strengte seine Augen an, um zu erkennen, was Kyle entdeckt haben wollte. Aber er sah nur ein schwarzes, glitzerndes Durcheinander von gepanzerten Körpern, dürren Gliedmaßen und glotzenden Facettenaugen. Allerdings war er auch nicht sicher, ob er den Herrn der Schwarzen Festung überhaupt hätte erkennen können, selbst wenn er nicht von Hunderten seiner Insektenkrieger abgeschirmt gewesen wäre.

So wie Kyle seinen Gegner inmitten des Durcheinanders entdeckt hatte, schien der Herr der Festung auf Kyle aufmerksam geworden zu sein. Ganze Salven greller Laserblitze stachen in ihre Richtung, und plötzlich stürmten von überall her *Ameisen* auf sie ein. Auch Kyles Truppen erhielten sofort Verstärkung, und die umgedrehten Moroni setzten nun zum ersten Mal ihre Waffen ein. Die Halle war plötzlich voller Feuer und Qualm. Winzige Geysire aus glutflüssigem Metall spritzten hoch, wo die Lichtblitze ihre Ziele verfehlten und in den Boden schlugen.

Für einen Moment war Hartmann fast blind. Er konnte kaum noch atmen, und er sah nichts außer Feuer und Rauch und schwarzen, eckigen Gestalten, die in sonderbar abgehackten Bewegungen hin und her hasteten. Und für die gleiche, winzige Zeitspanne war Hartmann auch plötzlich gar nicht mehr so sicher, dass sie es schaffen würden. Es war ein *gewaltiges* letztes Aufbäumen, in dem die Moroni noch einmal all ihre Kräfte sammelten, um ihren Herrn zu schützen. Ihr Vordringen war so ungestüm, dass

Kyles Truppen für Augenblicke nicht nur aufgehalten, sondern sogar zurückgedrängt wurden. Hartmann hob sein Gewehr, hielt kurz und vergeblich nach Kyle Ausschau und gab einen fast ungezielten Feuerstoß ab.

Der smaragdfarbene Lichtstrahl traf gleich drei oder vier *Ameisen,* aber für jeden Angreifer, den er ausschaltete, schienen auf der Stelle drei neue aus dem Transmitter herauszubrechen.

Net schrie irgendetwas. Hartmann verstand die Worte nicht, wandte aber den Kopf, sah sie heftig gestikulieren und registrierte eine Bewegung aus den Augenwinkeln. Hastig sprang er zurück, streckte das Bein vor und versetzte dem Moroni, der ihn hatte anspringen wollen, einen Kolbenstoß in den Rücken, als er an ihm vorbeistolperte. Die *Ameise* kippte ungeschickt nach vorn und direkt in die Arme eines zweiten Insektenkriegers hinein. Ihre Gegenwehr erlosch nach wenigen Augenblicken, und plötzlich war Hartmann froh, sie nicht schwerer verletzt zu haben, denn sie war jetzt ein Krieger mehr auf ihrer Seite.

Verrückt, dachte Hartmann. Vor einem Moment war dieses Geschöpf noch sein Todfeind gewesen. Er fragte sich, ob der Trick auch umgekehrt funktionierte, dachte aber dann nicht länger darüber nach, sondern zog es vor, diesen Gedanken zu verdrängen.

Net gestikulierte noch immer, sah aber nach einigen Augenblicken wohl ein, dass er nicht verstand. So zuckte sie nur mit den Schultern, hob die Waffe und gab einen fast anderthalb Sekunden langen Feuerstoß ab. Obwohl die Front der heranstürmenden Moroni keine zehn Meter mehr von ihr entfernt war, verfehlte der grüne Lichtstrahl zu Hartmanns Überraschung sein Ziel.

Erst nach einigen Sekunden begriff er, dass sie gar nicht

auf die *Ameisen* gezielt hatte. Der Energiestrahl traf einen der Transmitterringe, ließ das silberne Metall in greller Rotglut aufflammen und verdampfte es. Für den Bruchteil einer Sekunde hing der durchbrochene Ring noch immer schwerelos in der Luft, dann flammte er plötzlich auf, verwandelte sich in einen Kreis aus Feuer und zerfiel zu Asche. Das Transmitterfeld erlosch. Hartmann beobachtete entsetzt, wie die beiden oberen Drittel eines Moroni aus dem zusammenbrechenden Feld hervortaumelten und reglos zu Boden stürzten; der Rest seines Körpers war so sauber abgetrennt, als wäre er mit einem chirurgischen Messer durchgeschnitten worden.

Net schwenkte ihre Waffe herum und feuerte auf einen zweiten Transmitter, und endlich erwachte auch Hartmann aus seiner Erstarrung und gab einen Schuss auf eines der Geräte ab.

Der Nachschub der Moroni geriet ins Stocken. Auch die anderen *Ameisen* konzentrierten ihr Feuer mittlerweile auf die Transmitterringe. Binnen weniger Augenblicke verwandelten sie mehr als ein Dutzend der wabernden Dimensionstore in glühende Trümmerhaufen, und nach einigen weiteren Augenblicken brach der Angriff der Insektenkrieger vollends zusammen. Kyles Truppen stürmten jetzt so schnell voran, dass Hartmann und Net einfach mitgerissen wurden.

Und beinahe hätten sie die Schlacht um die Schwarze Festung auch gewonnen.

Es geschah völlig lautlos und ohne irgendeine Warnung. Sie sahen nichts. Sie hörten nichts. Aber sie *spürten,* dass *irgendetwas* geschah, etwas Fremdes und Gefährliches und ungeheuer Machtvolles, das die Grenzen ihres Vorstellungsvermögens sprengte.

Hartmann war wie Net einfach stehen geblieben. Die

Hauptmasse der Insektenkrieger bewegte sich noch ein Stück weiter, wie eine große, schwerfällige Maschine, die vom Schwung ihrer eigenen Bewegung mitgerissen wurde, aber der Kampf war ganz plötzlich beendet. Und ebenso plötzlich tauchte auch Kyle wieder auf, eine große, dunkelhaarige Gestalt in zerfetzten Kleidern, die aus einem Dutzend Wunden blutete und schnell und stoßweise atmete. Hartmann wollte ihn ansprechen, aber in diesem Moment sah er, dass Kyles Blick starr auf den riesigen Transmitterring über ihren Köpfen gerichtet war. Hartmann sah ebenfalls auf...

...und erstarrte.

Die gigantische Konstruktion hatte aufgehört, blaues Feuer zu speien, aber sie war nicht leer. Statt des rückwärtigen Teiles der Halle erkannte Hartmann darin eine Bewegung. Schemen. Umrisse, die keine Waren. Durcheinander wogende, wachsende, gleitende Formen, die zugleich organisch wie kristallin wirkten. Formen, die wirklich zu erkennen vollkommen unmöglich schien, ein zugleich entsetzliches wie auch faszinierendes Konglomerat aus blauem und grünem Feuer und Farben, wie sie noch keines Menschen Auge je zuvor erblickt hatte.

»Seht nicht hin!«, sagte Kyle erschrocken.

Hartmann hörte seine Worte, und etwas in ihm begriff nur zu gut, wie ernst diese Warnung gemeint war. Aber er konnte nicht wegsehen. Sein Blick hing wie gebannt an dem dreißig Meter durchmessenden Silberring, in dessen Innerem sich die faszinierende Tödlichkeit eines fremden Kosmos heranbildete, und er spürte, wie etwas in ihm auf den Lockruf dieser fremden Welt antwortete, sich zu verändern begann und ... Kyle packte ihn an der Schulter und riss ihn so grob herum, dass er das Gleichgewicht verlor und zu Boden stürzte, und im gleichen Augenblick zerriss etwas in ihm; die Faszination des Fremden – die nichts anderes als die Verlockung des Todes gewesen war, erlosch, und zurück blieb eine Leere und ein Gefühl des Verlustes, die so tief waren, dass er beinahe aufgeschrien hätte.

Mühsam hob er den Kopf und sah, dass Kyle auch Net gepackt und herumgerissen hatte. Sie hockte benommen auf den Knien und schien Schwierigkeiten zu haben, in die Wirklichkeit zurückzufinden. Sie war bleich und zitterte am ganzen Leib, und obwohl er nicht einmal hingesehen hatte, wusste er, dass auch sie um ein Haar der Verlockung dieses fremden Etwas erlegen wäre. Ein dumpfes Heulen ließ Hartmann aufblicken. Durch das gewaltige, offen stehende Tor am entgegengesetzten Ende der Halle fegte ein Schwarm silberner Lichtblitze heran, die Hartmann nach wenigen Augenblicken als eine Formation der scheibenförmigen Gleiter identifizierte, die sofort das Feuer auf die Moroni eröffneten. Offensichtlich hatten sie nur darauf gewartet, dass sich der Transmitter wieder beruhigte, um in den Kampf einzugreifen. Ein grelles Gewitter aus weißen und orangefarbenen Lichtblitzen regnete auf die gewaltige Insektenarmee herab und säte Tod und Flammen in ihre Reihen.

Für eine einzige Sekunde.

Dann griff ... *etwas* aus dem Transmitter heraus und berührte die Schiffe.

Zuerst war es nur wie das Flimmern heißer Luft, ein kaum wahrnehmbares Gleiten und Wogen, das die Konturen der Gleiter ergriff und sie verwischte. Für einen kurzen Augenblick hatte Hartmann das Gefühl, die heranrasenden Flugscheiben wie durch einen Vorhang aus sanft bewegtem, glasklarem Wasser hindurch zu beobachten. Dann verwandelte sich dieser Vorhang jäh in einen lautlos tosenden Wasserfall. Zitternde Wogen aus reiner Bewegung rasten über die Oberfläche der Gleiter, verzerrten, verbogen sie auf völlig unmögliche Art und Weise, ohne sie zu zerbrechen. Es dauerte vielleicht eine Sekunde, wahrscheinlich aber viel weniger, doch in dieser winzigen Zeitspanne ging eine unheimliche Veränderung mit dem knappen Dutzend Gleiter vor sich. Sie verformten sich auf eine unvorstellbare Weise, bis sie zu bizarren, formlosen Klumpen aus kochendem, silberfarbenem Metall geworden waren – und verschwanden.

Aber es hörte nicht auf.

Das Zittern und Wogen hielt an, ein riesiger Bereich der leeren Luft, der unter einer unfühlbaren Hitze zu kochen schien und sich langsam, aber beständig weiter ausdehnte.

»O mein Gott!«, flüsterte Kyle. »Er reißt auf!«

Seine Stimme war fast tonlos, und als Hartmann zu ihm aufblickte, sah er, dass sein Gesicht alle Farbe verloren hatte. Seine Hände zitterten.

»*Wer* reißt auf?«, fragte Net.

Sie bekamen keine Antwort, Kyle starrte eine Sekunde lang weiter zu dem Bereich flimmernder Leere empor, der sich träge wie ein zitternder Ölschleier auf Wasser immer weiter ausbreitete, dann fuhr er jählings herum, riss Net und Hartmann in die Höhe und versetzte ihnen einen Stoß, der sie vorwärts taumeln ließ. *»Weg!«,* brüllte er. *»Weg hier!«*

Aus der erbitterten Schlacht, die noch vor Augenblicken in der Schwarzen Festung getobt hatte, wurde eine kopflose Flucht. Jegliche Feindschaft zwischen den beiden Moroni-Armeen war vergessen. Die Insektenkrieger stürmten in heller Panik davon, fort von dem wabernden Etwas, das die Wirklichkeit verschlang.

Kyle stieß Hartmann und die Wasteländerin immer schneller vor sich her. Mehr stolpernd als rennend näherten sie sich den zum Teil zerstörten Transmittern. Die schwebenden Silberringe stießen längst keine Krieger mehr aus, sondern verschlangen sie, als die Moroni in wilder Panik auch diesen Weg wählten, um aus der Halle zu entkommen.

Hartmann wandte im Laufen den Kopf. Sein Herz machte einen erschrockenen Sprung, als er sah, welche Ausdehnung das Feld zitternder Leere in den wenigen Augenblicken bereits erreicht hatte. Seine Bewegung *schien* langsam und träge, aber sie war es nicht.

»Schneller!«, schrie Kyle. »Um Gottes willen – *lauft!*«

Hartmann riss seinen Blick von der unheimlichen Erscheinung los – und erschrak erneut und noch heftiger, als er die Transmitter vor sich ansah.

Sie erloschen einer nach dem anderen. Das wabernde Nichts der Entmaterialisierungsfelder wurde transparent und erlosch, und plötzlich waren die drei Meter durchmessenden Ringe aus silbernem Metall nichts als schwebende, leere Kreise, in denen man den dahinter liegenden Teil der Halle sehen konnte. Sie erloschen nicht gleichzeitig. Es war, als beobachte er eine Reihe nacheinander umstürzender Dominosteine, die schneller fielen, mit jedem Stein, der angestoßen wurde.

Trotzdem schafften sie es.

Die Transmitter schalteten sich einer nach dem anderen ab, aber sie näherten sich der Reihe schneller, als die Geräte erloschen. Für den Bruchteil einer Sekunde flammte Angst in Hartmann auf vor dem, was sie auf der anderen Seite erwarten mochte, aber zugleich begriff er auch, dass es kaum schlimmer sein konnte als der lautlose Tod, der ihnen hier folgte. Bevor sie in den Transmitter stolperten, wandte er noch einmal den Kopf, und was er erblickte, ließ ihn vor Schreck aufschreien.

Im Zentrum des außer Kontrolle geratenen Transmitters war ein weiß glühendes, loderndes Etwas erschienen, wie ein höllisches Auge, das auf das Chaos herunterblickte, das sich in der Festung der Moroni ausgebreitet hatte. Gleißende Lichtstrahlen gingen von dem Glutball aus und ließen Metall und Stein verdampfen, wo sie aufprallten, und hinter diesem weiß glühenden, lodernden Höllenauge schien ... irgendetwas aus dem Inneren des Transmitter-Ringes herauszudrängen, etwas Formloses und Ungeheuerliches, dessen bloßer Anblick töten konnte.

Hartmann sah es kaum. Der unheimliche Effekt hatte fast die gesamte schwarze Festung ergriffen. Wände, Decke und Boden wogten und zitterten, verbogen und verformten sich auf unmögliche Art und Weise. Lichtblitze huschten lautlos wie kleine, leuchtende Tiere hierhin und dorthin, und er spürte, wie irgendetwas Unsichtbares, ungeheuer Mächtiges und unvorstellbar Gefährliches nach ihm und den anderen griff.

»Großer Gott, Kyle, was ist das?«, hauchte er.

»Die Bombe«, antwortete Kyle, noch während er herumfuhr und Net und Hartmann vor sich her in den Transmitter stieß. »Die Energie muss sehr viel größer gewesen sein, als wir geglaubt haben. Der Hyperraum reißt auf!«

3

»O mein Gott!«, flüsterte Skudder. *»Sie explodiert!«*

Charity riss entsetzt die Hände vor die Augen, aber es nutzte nichts – über den Bildschirm flutete eine Woge unerträglicher, blendend weißer Helligkeit herein. Licht von so unvorstellbarer Intensität, dass die Wände des Gleiters durchsichtig zu werden schienen und sie *durch ihre Hände hindurch* sehen konnte! Es war, als hätte der gesamte Kosmos Feuer gefangen, ein Gleißen wie das Herz einer explodierenden Nova, das wie eine Mauer aus Licht auf sie zuraste ...

... und erlosch.

Von einem Moment auf den anderen war es vorbei. Es ging zu schnell, aber für eine nicht messbare Zeitspanne glaubte Charity einen ... *Ruck* zu spüren, eine Erschütterung der Wirklichkeit, ein Gefühl, als betrachte sie einen Film, in dem ein nicht ganz sauberer Schnitt war, so dass die Szene übergangslos weiterlief, man aber trotzdem das Gefühl hatte, dass irgendetwas fehlte. Verrückt.

Charity schüttelte die verwirrenden Gedanken ab, hob die Hand ans Gesicht und fuhr sich mit den Fingerknöcheln über die Augen. Grelle Lichtpunkte blitzten auf ihrer Netzhaut, und im ersten Moment hatte sie Angst, blind zu sein. Intensiv genug war das Lohen der explodierenden Bombe gewesen. Aber dann begann sie Schemen in den wirbelnden Schleiern vor ihrem Blick zu erkennen – und eine Szene, die einfach zu bizarr war, um eine Todesphantasie oder ein Fiebertraum zu sein.

Sie sah Gurk, der sich mit einem gellenden Schrei auf Kias stürzte.

Der Anblick war geradezu lächerlich: Die *Ameise* war fast dreimal so groß wie der Zwerg – und trotzdem war Gurks Anprall so ungestüm, dass Kias einen halben Schritt zurücktaumelte und fast in die Knie gebrochen wäre. Gurk krallte sich an ihm fest, schrie und kreischte ununterbrochen und hämmerte mit beiden Fäusten auf den gepanzerten Schädel der riesigen Kreatur ein. Es dauerte Sekunden, bis Kias überhaupt auf den Gedanken kam, sich zu wehren.

Natürlich war der Kampf dann schnell zu Ende.

Der Moroni versetzte Gurk einen Hieb, der ausgereicht hätte, ihm den Kopf von den Schultern zu reißen, hätte er mit ganzer Kraft zugeschlagen. Aber auch so wurde der Zwerg von ihm quer durch den Steuerraum des Gleiters bis vor die gegenüberliegende Wand geschleudert, wo er zusammensackte. Mühsam raffte er sich mit der Kraft eines Tobsüchtigen wieder auf, sprang in die Höhe und versuchte, sich mit weit ausgebreiteten Armen ein zweites Mal auf Kias zu stürzen. Skudder vertrat ihm den Weg und streckte die Hand aus, um ihn zurückzuhalten, aber Gurk schlug seinen Arm einfach zur Seite und versetzte ihm einen Stoß, der den Riesen mit einem verblüfften Laut taumeln und um sein Gleichgewicht kämpfen ließ. Im nächsten Augenblick prallte er ein zweites Mal gegen den Moroni und brachte ihn endgültig aus der Balance. Kias wankte. Mit drei seiner vier Hände klammerte er sich am Kontrollpult des Gleiters fest, mit der verbliebenen versuchte er, den tobenden Zwerg am Schlafittchen zu packen und auf Distanz zu halten.

Gurk entrang sich seinem Griff, prallte zum dritten Mal gegen das Insektenwesen und riss es endgültig von den Füßen. Kias kippte rücklings auf das Steuerpult. Seine wild um sich greifenden Hände fuhren mit einem scharrenden Laut über das Metall, berührten Schalter und Hebel und hinterließen millimetertiefe Kratzer im Metall. Der Gleiter machte einen spürbaren Ruck und begann zu schlingern. Irgendwo unter ihren Füßen heulte eine überlastete Maschine auf.

Charity überwand endlich ihre Überraschung, war mit zwei, drei raschen Schritten bei Kias und Gurk und versuchte, den tobenden Zwerg von der Brust des Moroni herunterzuzerren. Doch Gurk trat mit der Kraft eines Wahnsinnigen um sich. Er schleuderte auch sie zurück und fuhr fort, Brust und Gesicht des Moroni mit Faustschlägen und Tritten zu bearbeiten.

Charity tauschte einen raschen, völlig verwirrten Blick mit Skudder, griff zum zweiten Mal nach Gurk und stürzte hilflos nach hinten, als sich der Gleiter plötzlich auf die Seite legte und mit heulenden Maschinen durchsackte. Der vor Momenten noch ebene Boden verwandelte sich in eine spiegelblank polierte Rutschbahn. Sie schlitterte auf die Wand neben der Schleuse zu und riss instinktiv die Arme vor das Gesicht, aber der erwartete Aufprall blieb aus, denn der Gleiter fand im letzten Moment in die Waagerechte zurück. Hastig wälzte sie sich herum und versuchte auf die Beine zu kommen, schaffte es aber erst beim dritten oder vierten Versuch, denn der Gleiter schwankte immer noch. Das Deck unter ihren Füßen hob und senkte sich wie ein kleines Schiff, das in einen Taifun geraten war. Ein furchtbares Dröhnen und Kreischen marterte ihre Ohren, und plötzlich war der Steuerraum von gleißendem, unvorstellbar intensivem Licht erfüllt, einem grellweißen Lohen, das der Lichterglut der explodierenden Superbombe kaum nachstand.

Charity schrie vor Schrecken und Schmerz auf, riss die Hände vor die Augen und versuchte das Gewicht von der Quelle des peinigenden Lichtscheines wegzudrehen, aber es gelang ihr nicht – das Licht kam von überallher zugleich, als befänden sie sich in einem gläsernen Schiff im Herzen einer Sonne. Den Bruchteil einer Sekunde, bevor es sie endgültig blenden konnte, erlosch es. Zurück blieb ein allmählich verebbender Schmerz und ein Gewitter greller, grüner und orangeroter Blitze, die noch minutenlang auf Charitys Netzhaut nachleuchteten.

Vorsichtig nahm sie die Hände herunter. Sie konnte undeutlich sehen: Es gab keine Farben, und die Gestalten der anderen waren wie schwarze Scherenschnitt-Silhouetten, die sich auf völlig falsche Weise bewegten. Der Boden unter ihr zuckte und zitterte noch immer, und das Kreischen der überlasteten Maschinen hatte keineswegs aufgehört, sondern nur eine Höhe erreicht, in dem sie es nicht mehr *hören* konnte – aber sie spürte es, ein schmerzhaftes Vibrieren und Beben, wie ein lautloser Schrei, der jede Faser ihres Körpers zum Schwingen brachte.

Stöhnend versuchte sie sich aufzurichten, doch in diesem Moment ging ein neuerlicher, furchtbarer Ruck durch das Schiff. Charity verlor den Boden unter den Füßen, flog sich überschlagend durch die Zentrale und prallte gegen Stone, der mit einem Schmerzensschrei zu Boden ging. Halb betäubt brach sie über ihm zusammen, griff blindlings um sich und öffnete die Augen.

Ihr Blick fiel auf den Bildschirm. Wie durch ein Wunder hatte das Instrument die Lichtflut überstanden, so dass sie sehen konnte, dass sich der Gleiter nicht mehr im freien Raum aufhielt. Was sie jedoch *nicht* sehen konnte, war, *wo* sie waren.

Rings um das Schiff tobte ein unvorstellbares Chaos. Gleißende Lichtblitze zuckten über den Monitor, Flammen, grelle Explosionen und irrlichternde … *Dinge,* die sie auf unheimliche Weise an etwas erinnerten, ohne dass sie sagen konnte, woran. Sie fand auch keine Gelegenheit, darüber nachzudenken, denn das Chaos schien erst richtig zu beginnen. Das Schiff torkelte, drehte sich um seine Längsachse und raste für eine entsetzliche Sekunde in Rückenlage dahin, ehe die Automatik den Gleiter wieder auf Kurs brachte. Irgendetwas traf den Rumpf und bohrte sich hinein; Charity konnte das furchtbare Knirschen auseinanderbrechenden Metalls hören und einen Chor von schrillen Schreien, ohne im ersten Moment zu begreifen, wer es war, der dort schrie.

Mit heulenden Triebwerken, einen Schleier aus Feuer und Glut hinter sich herziehend, näherte sich der Gleiter dem Boden, sprang wie ein flach geworfener Stein wieder in die Höhe und prallte ein zweites Mal und mit noch größerer Wucht auf.

Diesmal schafften es die Schockabsorber nicht, die Erschütterung zu dämpfen.

Eine unsichtbare Faust traf Charity und presste sie gegen Stone. Sein Schrei war nur mehr ein ersticktes Keuchen. Sie spürte, wie er unter ihr erschlaffte, und für einen Moment schwanden auch ihr die Sinne.

Aber es konnten nur Augenblicke gewesen sein, denn das Schiff war noch nicht einmal zur Ruhe gekommen, als ihr Bewusstsein zurückkehrte. Splitter und Rauch und grelle Flammen schienen auf den Monitor zuzurasen, und plötzlich sah sie einen riesigen schwarzen Schatten, der das Schiff regelrecht anzuspringen schien. Völlig unsinnig riss sie in einer instinktiven Bewegung, die sie nicht unterdrücken konnte, die Arme vor das Gesicht und spannte sich.

Der Aufprall war grauenhaft. Metall zerbarst. Der Monitor zerbrach, und anstelle der *Bilder* von Flammen brach wirkliches Feuer aus der Wand über dem Steuerpult. Sie konnte regelrecht spüren, wie sich das Schiff unter ihnen verformte. Irgendetwas explodierte, und für eine Sekunde fiel die Beleuchtung aus und wurde dann vom unheimlich gelben Schein der Notbeleuchtung ersetzt.

Und von einer Sekunde auf die andere war es still.

Nach dem Höllenlärm, der ihre Ohren gepeinigt hatte, tat die Stille fast weh. Charity sah die Flammen, die aus dem zerborstenen Monitor schlugen, aber sie hörte ihr Prasseln nicht, sie sah, wie sich dicht neben ihr eine schlanke Gestalt mit zu vielen Gliedern und falschen Bewegungen aufzurichten versuchte, und dann streifte ihr Blick Skudders Gesicht. Sein Mund bewegte sich, aber sie hörte nichts.

Was dem furchtbaren Licht nicht gelungen war, hatte der Lärm geschafft: Sie war nicht blind, aber taub.

Panik drohte sie zu überwältigen, aber es gelang ihr, sie niederzukämpfen. Benommen stemmte sie sich in die Höhe und erinnerte sich wieder daran, Stone bei ihrem Anprall von den Füßen gerissen zu haben. Sie sah auf ihn herab und stellte erleichtert fest, dass er nicht ernsthaft verletzt zu sein schien. Sein Gesicht war verzerrt. Er blutete, und seine Lippen bewegten sich, als er irgendetwas sagte, aber Charity verstand ihn nicht. Sie hörte noch immer absolut nichts.

Dafür sah sie im nächsten Moment etwas, das so bizarr war, dass sie es im allerersten Augenblick nicht einmal glaubte:

Kias hatte sich neben ihr auf drei seiner sechs Glieder hochgestemmt und versuchte auf das Steuerpult zuzukriechen, aber es gelang ihm nicht. An seinem rechten Bein hing ein blutüberströmter Zwerg, der mit einer Hand seinen Fuß umklammerte und mit der anderen immer und immer wieder auf das dünne Insektenbein darüber einschlug. Gurks Gesicht war verzerrt, und er hatte nun *wirklich* Schaum vor dem Mund, der hellrosa gefärbt war.

Charity stand auf, kämpfte einen Moment lang überrascht um ihr Gleichgewicht, als sie etwas zu spät begriff, dass der Boden des Steuerraumes nicht mehr eben war, sondern sich in eine abschüssige Rampe verwandelt hatte. Dann zerrte sie Gurk von dem Moroni fort; nicht einmal so sehr, um Kias zu helfen. Sie bezweifelte, dass das riesige Insekt die Faustschläge des Gnoms überhaupt spürte. Aber Kias war ebenso benommen wie sie oder Stone. Wenn er sich ganz instinktiv zur Wehr setzte, konnte das Gurks Tod bedeuten.

Nein, das konnte es nicht. Gurk würde nicht sterben, er konnte *nicht sterben, ganz egal, was seinem Körper ge ...*

Der Gedanke brach so abrupt ab, als hätte jemand einen Schalter hinter ihrer Stirn umgelegt, und Charity blieb mit einem Gefühl tiefer Verwirrung zurück. *Was war das?* Für einen Moment hatte sie das Gefühl gehabt, als ob sich in ihren Gedanken eine Tür auftat, um ihr einen Blick in einen Teil ihres Gedächtnisses zu gewähren, der ihr für gewöhnlich immer verschlossen blieb.

Gurk nutzte den winzigen Moment, in dem sie abgelenkt war, um sich loszureißen – und sich sofort wieder auf den Moroni zu stürzen. Seine Lippen bewegten sich. *Das Netz! Es wird zusammenbrechen! Ihr Wahnsinnigen!*

Sie las die Worte von seinen Lippen. Es waren die gleichen, die er auch geschrien hatte, ehe das Chaos über das kleine Schiff und seine Besatzung hereinbrach. Völlig außer Rand und Band schlug und trat er immer wieder auf den Chitinpanzer des Rieseninsekts ein. Kias versuchte seinen Hieben auszuweichen, so gut er konnte, verzichtete aber zu Charitys Erleichterung darauf, sich zu wehren, sodass es ihr schließlich gelang, den Zwerg im Wesentlichen unverletzt von der riesigen *Ameise* herunterzuzerren. Durch ihren ersten Fehler gewarnt, packte sie diesmal fester zu. Nach einigen Augenblicken stellte der Zwerg seinen Widerstand ein.

Sie registrierte eine Bewegung aus den Augenwinkeln und sah, dass auch Skudder sich wieder erhoben hatte. Er wankte, und als er den linken Fuß belastete, verzerrte sich sein Gesicht vor Schmerz; er konnte aber aus eigener Kraft stehen.

Sie sah, wie sich seine Lippen bewegten, zuckte zur Antwort mit den Schultern und berührte mit der freien Hand ihr Ohr. »Tut mir Leid«, sagte sie. »Aber ich höre nichts.«

Seltsam – sie hatte nicht einmal mehr ein Gefühl für ihre eigene Stimme.

Skudder runzelte die Stirn, legte den Kopf auf die Seite und sah sie fragend an. Wieder bewegten sich seine Lippen, und plötzlich machte sich ein Ausdruck von Schrecken auf seinem Gesicht breit. Er sagte etwas. Sie konnte sehen, dass er *schrie.*

Charity hörte nichts – aber ganz plötzlich wurde ihr klar, *dass auch Skudder den Klang seiner eigenen Stimme nicht hörte!*

Mit einem Ruck drehte sie sich zu Stone herum. Der ehemalige Gouverneur der Erde hatte sich aufgesetzt und blickte abwechselnd sie und Skudder an, und auch auf seinem Gesicht hatte sich derselbe, fassungslose Schrecken breit gemacht wie auf dem Antlitz des Hopi.

Er starrte sie an, dann hob er die Arme vor das Gesicht und klatschte in die Hände. Charity musste nicht einmal mehr das Entsetzen in seinen Augen sehen, um zu begreifen, dass auch er nichts hörte.

Vorsichtig setzte sie Abn El Gurk wieder auf die Füße. Der Zwerg schien die Botschaft verstanden zu haben, denn er versuchte nicht noch einmal, sich auf den Moroni zu stürzen. Charity berührte mit den Fingern ihr Ohr und blickte fragend. Gurk schüttelte den Kopf. Auch er hörte nichts. Das konnte im Grunde nur eines bedeuten, dachte Charity schaudernd: dass sie alle vier von plötzlicher Taubheit befallen waren, war mehr als unwahrscheinlich. Die wahrscheinlich vollkommen verrückte Erklärung war, dass *es keine Geräusche mehr gab!*

Sie fuhr herum, starrte auf den Schirm und sah nichts außer Flammen und Glas, das über das Steuerpult verstreut war. Eine ölige Flüssigkeit tropfte aus einem Riss in der Wand und verquoll auf dem Pult. Das Metall musste glühend heiß sein – aber sie spürte nicht einmal Wärme ...

Irgendetwas stimmte nicht, dachte Charity. Und nicht nur mit diesem Schiff. Vielleicht überhaupt nicht mit diesem Schiff. Vielleicht ... mit ihnen.

Sie wirbelte auf dem Absatz herum, zerrte Gurk einfach mit sich und lief über den schrägen Boden auf die Tür zu. Plötzlich hatte sie das sichere Gefühl, dass sie den Gleiter möglichst schnell verlassen sollten.

Stone und auch Skudder folgten ihr, ohne dass es einer weiteren Aufforderung bedurft hätte, nur Kias blieb an seinem zerstörten Steuerpult stehen. Der Blick seiner riesigen Facettenaugen huschte unstet über die zerborstenen Skalen und Monitore, und obwohl sie bis zu diesem Moment geglaubt hatte, dass das nicht einmal möglich sei, glaubte sie so etwas wie Panik darin zu erkennen.

Kias *zitterte.* Was um alles in der Welt *sah* der Jared, das sie nicht sahen?!

»Kias!«, schrie sie. »Komm endlich!«

Der Jared reagierte nicht. Charity war sogar sicher, dass er es nicht einmal getan hätte, hätte er ihre Stimme gehört. Stone stürzte an ihr vorbei und verschwand hinter der Biegung des abschüssigen Ganges, und Skudder packte ihre Schulter und versuchte sie mit sich zu zerren.

Eine Sekunde lang war Charity unschlüssig, was sie tun sollte. Sie war nahe daran, kehrtzumachen und zu Kias zurückzulaufen, um ihn mit Gewalt aus dem Steuerraum zu zerren. Dann begriff sie, wie aberwitzig dieser Gedanke war. Kias war viel stärker als sie. Sie fuhr herum und beeilte sich, Skudder zu folgen.

Etwas geschah, als sie lautlos den Gang hinunterstürzten. Die Wände vor ihnen verformten sich und begannen Blasen zu werfen, aber wie vorhin im Steuerraum spürte sie nicht die geringste Wärme. Das Licht wechselte von Gelb zu Blau und dann zu einer Farbe, für die sie nicht einmal ein Wort hatte, und für einen winzigen, zeitlosen Moment war es ihr, als zögen Schwaden aus wesenlosem, grauem Nichts durch den Gang vor ihnen, ein Bild, das gleichermaßen seltsam wie Furcht einflößend war.

Und das sie kannte! Sie hatte dieses sinnverdrehende wogende Etwas schon einmal gesehen, als . . .

Auch diesmal schien irgendetwas den Gedanken abzuschneiden, ehe sie ihn zu Ende denken konnte, und auch diesmal blieb ihr keine Zeit, über das nachzudenken, was hinter ihrer Stirn vorging.

Es wurde schlimmer.

Das Schiff zitterte nicht mehr, es *tobte.* Dreimal musste sich Charity an den Wänden abstützen, um nicht das Gleichgewicht zu verlieren und zu stürzen, und beim letzten Mal versank ihre Hand direkt vor ihren ungläubig aufgerissenen Augen bis über das Gelenk in dem scheinbar massiven Stahl des Gleiters. Sie spürte keinerlei Widerstand, sondern ein körperloses Saugen und Ziehen, als würde sie in einen unsichtbaren Abgrund hineingezerrt. Im letzten Moment erst riss sie sich zurück, fand ihre Balance wieder und torkelte weiter.

Ihre Augen begannen ihr eine andere Welt vorzugaukeln als ihre Sinne – sie hatte weiter das Gefühl, den Gang *hinunter*zulaufen, aber ihr Gleichgewichtssinn behauptete, dass sie sich *aufwärts* bewegte; jeder Schritt kostete sie mehr Kraft als der vorhergehende, und ihr eigener Körper schien plötzlich Tonnen zu wiegen. Ein bitterer, unangenehmer Geschmack lag in der Luft, und in ihren Ohren war furchtbares Rauschen, das sie im ersten Moment für ein Geräusch hielt, bis ihr klar wurde, dass sie es nur *fühlte.*

Dicht hinter Skudder raste sie den Gang entlang – und blieb abrupt stehen. Wo waren French und seine Leute?

Sie war mehr als nur verwirrt. Rings um sie herum brach vielleicht das Universum in Stücke, aber *wie hatte sie Stark und French und die anderen Orbit-Geborenen einfach vergessen können?*

Hilflos sah sie sich um und registrierte, dass auch Skudder stehen geblieben war und fast verzweifelt zu ihr zurückblickte. Der Gang hatte kaum noch Ähnlichkeit mit dem schmucklosen Metallkorridor, durch den sie heraufgekommen waren. Die Wände waren auf unbeschreibliche Weise verformt worden, und ihre Augen gaukelten ihr

Dinge vor, von denen sie gar nicht wissen wollte, ob sie Realität oder bloße Einbildung waren. Aber sie konnte zumindest erkennen, dass sie sich unmittelbar vor der Abzweigung zur Ladebucht des Schiffes befand. Vielleicht hatte Stark seine Familie dorthin gebracht, als das Chaos begann.

Sie gestikulierte Skudder zu und versetzte Gurk einen Stoß, der ihn in die Arme des Indianers taumeln ließ. Dann fuhr sie herum und rannte in den abzweigenden Gang hinein, um zu dem Laderaum zu gelangen. Die Tür öffnete sich, als sie noch drei Schritte entfernt war, und Stone kam ihr entgegen. In Gedanken entschuldigte sich Charity bei ihm dafür, ihn für einen Feigling gehalten zu haben, als er als Erster aus dem Steuerraum floh. Stone sagte etwas und schüttelte gleichzeitig den Kopf, und wenn Charity auch seine Worte nicht verstand, so begriff sie dafür umso besser die Bedeutung des Entsetzens, das auf seinen Zügen erschienen war. Irgendetwas Furchtbares musste mit French und seinen Leuten geschehen sein.

Stone versuchte sie an der Schulter zurückzuhalten, aber Charity schlug seinen Arm beiseite, drängte sich an ihm vorüber und schlug die Faust auf den Schalter, der die Tür öffnete. Sie bereitete sich auf das Schlimmste vor, während das schwere Panzerschott mit enervierender Langsamkeit vor ihr beiseite glitt.

Auf den Anblick, der sich ihr dann bot, war sie trotzdem *nicht* vorbereitet.

Der Laderaum war nicht mehr da.

Er war nicht zerstört oder aus dem Schiff herausgerissen worden. *Er existierte nicht mehr.*

Sekundenlang blieb Charity einfach reglos stehen, gelähmt von der gleichen Mischung aus Erschütterung und Entsetzen, die sie auch auf Stones Gesicht gelesen hatte. Sie kannte diese Schiffe, und sie wusste, dass sie im Grunde nichts anderes als fliegende Laderäume waren; eine Art übergroßer Container mit Triebwerk und Steuerkanzel. Aber wo eigentlich ein dreißig Meter durchmessender Laderaum sein sollte, befand sich nur noch ein Streifen schimmerndes Metall, hinter dem die rückwärtige Wand des Laderaumes begann. So irrsinnig ihr selbst der Gedanke vorkam – das Schiff war einfach *kleiner geworden.*

Stone berührte sie an der Schulter. Sie fuhr herum, starrte ihn an und sah, wie sich seine Lippen bewegten. Sie versuchte nicht zu antworten, sondern signalisierte ihm mit einem Nicken, dass sie verstanden hatte, und lief los.

Skudder, Gurk und auch Kias hatten den Gleiter bereits verlassen, als Stone und sie nebeneinander in der Schleusenkammer anlangten. Sie sah, dass der Hopi Gurk immer noch festhielt. Mit der freien Hand winkte er ihr zu, sich zu beeilen. Sein Mund war zu einem stummen Schrei geöffnet.

Das Schiff bäumte sich auf. Eine lautlose, rasend schnelle Wellenbewegung lief durch den Boden und hätte sie beinahe von den Füßen gerissen, und plötzlich schienen die Wände durchsichtig zu werden. Ein unsichtbarer Wind schien ihr plötzlich ins Gesicht zu schlagen, und mit einem Male fühlte sie erneut diesen schrecklichen, fast unwiderstehlichen Sog. Sie verdoppelte ihre Anstrengungen, versetzte Stone einen derben Stoß, der ihn mehr aus der Schleuse herausstürzen ließ, und setzte ihm selbst mit einem verzweifelten Hechtsprung nach.

»... ttes willen, BEEILT EUCH!«, gellte Skudders Stimme in ihren Ohren. Gleichzeitig schlug ein geradezu höllischer

Lärm über ihr zusammen: Schreie, das Prasseln von Flammen, ein elektrisches Knistern von unvorstellbarer Lautstärke, ein ununterbrochenes Bersten und Splittern und ein dumpfes Dröhnen, als bräche irgendwo ein ganzer Berg zusammen.

Der Schwung ihrer eigenen Bewegung riss sie nach vorne, sodass sie wieder gestürzt wäre, hätte Kias nicht zugegriffen und sie mit einer seiner so täuschend dünnen Hände aufgefangen. Charity bedankte sich mit einem automatischen Nicken bei ihm, machte sich los und drehte sich wieder zum Gleiter herum.

Der Anblick verschlug ihr den Atem.

Das Schiff glühte in einem kalten, inneren Feuer. Weißes Licht drang durch die metallenen Wände, so dass sie wie auf einer bizarren Röntgenaufnahme das Innere des kleinen Raumschiffes sehen konnten – *und die Gestalten, die sich darin bewegten!*

Es waren schwarze, mit harten Strichen gemalte Umrisse, die sich mit ruckhaften Bewegungen wanden und herumwarfen und rannten, ohne von der Stelle zu kommen, verzweifelt die Arme in die Höhe warfen, auf die Wände einschlugen ...

French, dachte sie entsetzt. *Das waren French und seine Leute!* Aber das war doch unmöglich! Der Gang war leer gewesen!

Aber jetzt waren sie da. Dort, wo sie sie zurückgelassen hatten, in der winzigen Schleusenkammer vor dem Steuerraum, durch die *Skudder und Stone und sie selbst vor Sekunden gerannt waren!*

Sie spürte, wie Skudder neben sie trat und etwas sagte, und diesmal hörte sie seine Stimme. Aber es war ihr unmöglich, sich auf seine Worte zu konzentrieren. Fassungslos und zu Tode erschrocken starrte sie die Umrisse der Orbit-Geborenen an, die sich wie in Todeskrämpfen wanden. Skudder und sie mussten direkt durch sie hindurchgelaufen sein!

Instinktiv machte sie einen Schritt auf den Gleiter zu, aber Skudder hielt sie zurück. Das unheimliche Glühen des Schiffsrumpfes hatte noch an Intensität zugenommen – und plötzlich begann das Schiff vor ihren Augen zu schrumpfen! Sein Rumpf verbog sich, wurde kleiner, schien wie von unsichtbaren Riesenfäusten gepackt und wie ein Modell aus Silberpapier zusammengedrückt zu werden. Binnen weniger Sekunden schrumpfte es auf ein Drittel seiner ursprünglichen Größe zusammen und schmolz weiter. Etwas Schwarzes begann seine Umrisse nachzuzeichnen, als löse es sich im Feuer einer schwarzen Sonne auf.

»Großer Gott, was ist das?«, flüsterte Skudder.

»Das ist noch gar nichts! Das ist erst der Anfang – wenn wir Glück haben!«

Verwirrt senkte Charity den Blick und sah auf Gurk herab. Die Stimme des Zwerges hatte nichts mehr von ihrem gewohnt spöttischen Klang. Sie zitterte vor Angst, und die gleiche, unbeschreibliche Furcht stand auch in seinen Augen geschrieben, während er der Vernichtung des Moroni-Gleiters zusah. Plötzlich fuhr er herum, riss sich mit einer überraschenden Bewegung von Skudder los und deutete hasserfüllt auf Kias.

»Weißt du, was sie getan haben?«, kreischte er. *»Weißt du, was diese Wahnsinnigen getan haben!?«*

Charity sah sich schaudernd in der Runde um, ehe sie antwortete. Alles war so schnell gegangen und so unwirklich gewesen, dass sie sich bisher nicht einmal gefragt hatte, wo sie überhaupt waren. Aber immerhin erkannte sie, dass der flüchtige Eindruck, den sie kurz vor der

Explosion des Monitors auf dem Bildschirm gehabt hatte, richtig gewesen war: Der Gleiter befand sich nicht mehr im Raum; über ihnen spannte sich eine gewaltige, eisengraue Kuppel, ein Dom aus Stahl, der mindestens einen halben Kilometer Durchmesser haben musste, und ...

... und plötzlich wusste sie, wo sie waren.

»Das Schiff!«, flüsterte sie überrascht. »Wir ... wir sind am Nordpol!«

»Ja«, bestätigte Gurk säuerlich. »Solange er noch existiert.«

Sie *waren* in der Schwarzen Festung, dachte Charity verwirrt. Aber die Festung war kaum wiederzuerkennen.

Es war nicht das erste Mal, dass sie hier war. Sie war der erste lebende Mensch gewesen, der das Schiff der Moroni betreten hatte, und sie hatte es auch später noch einmal gesehen, wenn auch nur kurz und unter Umständen, die nicht unbedingt dazu angetan waren, sie sich in aller Ruhe umsehen zu lassen. Trotzdem fiel es ihr im ersten Moment schwer, diese zerstörte, brennende Trümmerwüste mit der gigantischen Transmitterstation am Nordpol zu identifizieren, die sie alle unter dem Namen Schwarze Festung kannten. Ein Teil der gewaltigen Eisenkuppel war zerstört worden. Überall brannte es. Die riesigen Maschinenblöcke, die sie bei ihrem letzten Besuch hier gesehen hatte, waren fast völlig vernichtet worden. Nur wenige Meter entfernt hatte sich das Wrack eines zweiten Gleiters in den Boden gebohrt. Tote *Ameisen* lagen zwischen den Trümmern, und der große Transmitterring, das Tor zu den Sternen, durch das die Invasoren von Moron gekommen waren, war verschwunden. An seiner Stelle gähnte ein schwarzes Loch in der Wirklichkeit.

Charity fand keine andere Beschreibung. Wo der dreißig Meter durchmessende Silberring gehangen hatte, drehte sich ein schwarzer, kochender Wirbel, hinter dem das Nichts begann. Hastig riss sie ihren Blick von der unheimlichen Erscheinung los und griff automatisch nach ihrer Waffe, als sich einige der spinnengliedrigen Insektenwesen auf sie zuzubewegen begannen.

»Das ist nicht nötig, Captain Laird«, sagte Kias rasch. »Sie haben nichts zu befürchten. Es sind Jared.«

Charity warf ihm einen unsicheren Blick zu und zog die Hand wieder zurück, behielt die näher kommenden *Ameisen* jedoch im Auge. Es waren acht oder zehn der sechsgliedrigen Gestalten, und sie unterschieden sich in nichts von den Moroni, die sie kannte.

»Wir haben die Schlacht gewonnen«, fuhr Kias fort. »Die Schwarze Festung gehört uns.«

»Unsinn«, sagte Gurk leise.

Charity ignorierte ihn. »Was hat das zu bedeuten?«, fragte sie. »Wieso ... sind wir hier?«

»Alles ist plangemäß verlaufen«, behauptete Kias. »Meine Brüder haben diese Festung angegriffen, während wir die Black-Hole-Bombe unschädlich gemacht haben.«

»Plangemäß?!«, kreischte Gurk. Mit wild gestikulierenden Armen deutete er auf das saugende schwarze Nichts, das die Stelle des Transmitters eingenommen hatte. »Das da nennst du *plangemäß?*«

»Bitte, Gurk!«, sagte Charity. Es fiel ihr immer schwerer, Ruhe zu bewahren. Eine Sekunde lang überlegte sie, ob es vielleicht nichts anderes als Gurks Nervosität war, die sie ansteckte, aber sie spürte selbst, dass dem nicht so war. Gleichgültig, was Kias und seine Brüder auch behaupten mochten: Irgendetwas war hier ganz und gar *nicht* plangemäß verlaufen.

Kias hob eine seiner vier Hände. »Es wäre besser für Sie und Ihre Begleiter, diesen Ort zu verlassen. Wir haben den Kampf gewonnen, aber die Gefahr ist noch nicht ganz vorbei.«

»Das kannst du laut sagen, Krötenfresse!«, giftete Gurk. Er deutete auf das zuckende Loch in der Wirklichkeit. »Hat einer von euch überhaupt eine Ahnung, was ihr angerichtet habt?« Ohne Kias' Antwort abzuwarten, wandte er sich zu Charity herum und fuhr mit schriller Stimme fort: »Die Wahnsinnigen! Weißt du, was sie getan haben?«

»Nein.« Charity seufzte. Kias machte einen Schritt auf sie zu, und Skudder bemerkte in resignierend klingendem Tonfall: »Aber du wirst es uns gleich erzählen, nehme ich an.«

»Dazu ist im Moment nicht der ...«, begann Kias, aber Charity unterbrach ihn: »Lass ihn, Kias. Ich fürchte, vorher bekommen wir ohnehin keine Ruhe.« Sie lächelte, obwohl sie plötzlich wieder von Misstrauen erfüllt war. Kias verschwieg ihnen etwas. Etwas Wichtiges. Mit einer auffordernden Geste wandte sie sich an Gurk.

»Sie haben die ganze Orbit-Stadt in einen Transmitter verwandelt!«, sagte der Zwerg.

»Ich weiß«, antwortete Charity ruhig. »Ich bin nicht blind. Ich habe die Projektoren gesehen, kurz bevor die Bombe explodierte.«

»Du meinst, *als* sie explodierte«, berichtigte sie Gurk. »Begreifst du denn nicht? Sie ist nicht hier über der Erde explodiert!«

»Verdammt, was soll das?«, mischte sich Skudder ein. »Wenn das so wäre, könnten wir kaum hier stehen und uns dein dummes Gerede anhören. Natürlich ist sie nicht über der Erde explodiert. Ich nehme an, sie haben sie an einen Ort geschickt, an dem sie keinen Schaden anrichten konnte.« Er deutete dorthin, wo der Sternentransmitter gestanden hatte. »Damit.«

»Das haben sie vielleicht vorgehabt«, sagte Gurk abfällig. »Aber sie haben sich verrechnet. Nicht wahr, Kias?«

Der Jared starrte ihn an und schwieg, aber in seinen Augen war plötzlich etwas, das Charity nicht gefiel; eine Drohung, wie sie sie noch nie zuvor an einem Jared bemerkt hatte. Gurk schien dieser Ausdruck zu entgehen – oder er beeindruckte ihn nicht, denn er fuhr im gleichen gehässigen Ton fort: »Nur um eine Kleinigkeit, nicht wahr? Das Ding ist nicht irgendwo in der Galaxis explodiert, sondern im gleichen Moment, in dem es in das Entmaterialisierungsfeld geriet. Richtig?«

Ohne dass Charity den Grund benennen konnte, jagten ihr Gurks Worte einen eisigen Schauer über den Rücken. Sie blickte Kias an. Der Jared schwieg noch immer, aber sie glaubte Zorn in seinem Blick zu entdecken. »Ist das ... wahr?«, fragte sie.

»Mit großer Wahrscheinlichkeit«, antwortete Kias. »Ein Teil der Energie scheint in das Transmitternetz geflossen zu sein, so dass es zu einer kurzzeitigen Funktionsstörung kam. Das würde auch die sonderbaren Umstände unserer Wiederverstofflichung erklären.«

»Eine *kurzzeitige Funktionsstörung?!*«, kreischte Gurk. »Ihr hättet das gesamte Transmitternetz zerstören können!«

»Das wäre vielleicht nicht das Schlechteste«, bemerkte Skudder trocken.

Gurk funkelte ihn an. »Und nicht das Schlimmste«, fügte er hinzu. »Zum Teufel, versteht doch – niemand weiß, wie diese Transmitter überhaupt funktionieren!

Aber das Netz ist gigantisch. Es umfasst diese ganze Galaxis, vielleicht sogar mehr.«

»Und?«, fragte Skudder.

»Und, und, und!«, äffte Gurk seinen Tonfall böse nach. »Stell dir mal ein Haus vor, das vom Keller bis zum Dachboden von Starkstromkabeln durchzogen ist. Und dann stell dir vor, was passiert, wenn jedes einzelne dieser Kabel im gleichen Moment explodiert – falls deine Phantasie dazu ausreicht. Diese Irren hätten die ganze Milchstraße in die Luft sprengen können! Kleine Schwierigkeiten bei unserer Wiederverstofflichung? Verdammt, es hätte sein können, dass nichts mehr dagewesen wäre, in das wir hätten zurückkehren können!«

»Du übertreibst«, sagte Kias ruhig. »Die Wahrscheinlichkeit einer Katastrophe, wie du sie beschreibst, war recht gering.«

»Aber sie war gegeben?«, fragte Charity erschrocken.

Kias machte eine beruhigende Geste. »Der Zwerg hat Recht, was die Größe des Transmitternetzes angeht«, erklärte er. »Ein Gebilde von dieser Ausdehnung ist sehr belastungsfähig. Um das gesamte Transmitternetz zusammenbrechen zu lassen, wäre ein Vielfaches der angefallenen Energie nötig gewesen. Es kam zu ein paar kurzzeitigen Störungen, das ist alles.«

»So?«, keifte Gurk. »Und wie nennst du das da?« Wütend deutete er auf das Tor ins Nichts, das sich noch immer über dem schwarzen Block drehte, auf dem der Transmitter gestanden hatte.

Charitys Blick folgte seiner Geste – und erst in diesem Moment wurde ihr klar, dass sie sich die Bewegung, die sie im Inneren des schwarzen Wirbels gesehen zu haben glaubte, nicht eingebildet hatte. Was sie sah, war das dunkle Wogen des Hyperraumes, jener unfasslichen

Dimension, durch die jene geheimnisvollen Transmitterstraßen führten. Rauchschwaden trieben auf das zuckende Loch in der Wirklichkeit zu und verschwanden darin, und als sie noch einmal und genauer hinsah, erkannte sie etwas wie Nebel, der sich vom Boden löste und ebenfalls verschlungen wurde: Staub und mikroskopisch feine Trümmerstücke, die wie von Geisterhand bewegt auf den Riss im Raum-Zeit-Kontinuum zuglitten. Und ganz plötzlich, als hätte es erst der optischen Bestätigung bedurft, um sie das Gefühl spüren zu lassen, fühlte sie den Wind: einen ganz sachten, aber beständigen Wind, der in das schwarze Nichts hineinströmte wie in ein Fenster in die Unendlichkeit.

»Er ... er arbeitet noch!«, murmelte sie erschrocken.

»Ganz recht!«, sagte Gurk heftig. »Er arbeite noch, wenigstens in *einer* Richtung. Aber ich sehe keinen Knopf mehr, um ihn abzuschalten.«

Es dauerte ein paar Sekunden, bis Charity *wirklich* verstand, was Gurk mit diesen Worten sagen wollte. »Du ... meinst, diese Transmitterverbindung ist ...«

»Ist keine Transmitterverbindung mehr, sondern ein Riss in der Welt!«, unterbrach sie Gurk. »Ein Loch, durch das euer ganzer schöner Planet hindurchplumpsen kann, wenn es ihnen nicht gelingt, es zu stopfen. Und ich wüsste nicht, wie das geschehen sollte.«

Charity fuhr herum und starrte Kias mit einer Mischung aus Entsetzen und Unglauben an.

»Ihr könnt es doch schließen, oder?«, fragte sie.

»Selbstverständlich«, antwortete Kias. »Wir werden das Problem analysieren und lösen – sobald Morons Herrschaft auf diesem Planeten endgültig gebrochen ist.«

»Dann wollen wir nur hoffen, dass das bald der Fall ist«,

sagte Gurk böse. »Sehr bald.« Er kicherte, aber es hörte sich gekünstelt an. »Fällt euch irgendetwas auf?«

Sowohl Charity als auch Stone und Skudder blickten erneut zu dem wirbelnden Nichts im hinteren Teil der Halle empor. Der Anblick war unangenehm, so fremd und bizarr, dass er Charity noch eine Weile körperliches Unbehagen zu bereiten begann. Trotzdem zwang sie sich, fast eine Minute lang hinzusehen, ehe sie sich mit einem Kopfschütteln wieder an Gurk wandte. »Nein. Was?«

»Er wird größer«, sagte Gurk beinahe fröhlich.

4

Dem entsetzlichen Gefühl, in nichts aufgelöst und einen zeitlosen Moment später an einem anderen Ort und aus dem gleichen Nichts wieder neu geschaffen zu werden, folgten zwei Augenblicke voll noch größerem Schrecken. Der erste bestand darin, dass er weder seinen Körper noch seine Umgebung fühlte und für einen winzigen Moment felsenfest davon überzeugt war, tot zu sein. Der zweite Schrecken kam, als er begriff, dass das nicht stimmte, dass er aber nichts sehen konnte. Er lebte, und er konnte sich bewegen, er fühlte den klaren, harten Boden unter sich und eisige Luft, die über sein Gesicht strich, aber vor seinen weit aufgerissenen Augen war nichts als absolute Schwärze, und die Vorstellung, blind zu sein, war für eine Sekunde noch schlimmer als der Tod. Dann hörte er Nets Stimme neben sich, die sich lauthals fluchend darüber beklagte, dass es so dunkel war.

Die Erleichterung war so groß, dass sich Hartmann mit einem hörbaren Seufzer zurücksinken ließ und für einen Moment die Augen schloss. Etwas raschelte in der Nähe, und plötzlich spürte er einen Körper neben sich, dann fragte Net: »Hartmann? Sind Sie das?«

»Ja.« Er streckte die Hand aus, ertastete ihre Finger und drückte sie kurz und heftig.

»Kein Grund, mir die Hand zu brechen«, sagte Net.

Hartmann lockerte seinen Griff erschrocken, setzte sich zögernd auf und versuchte, die Dunkelheit ringsum mit Blicken zu durchdringen. Ohne Erfolg. Aber ihm fiel auf, wie sonderbar leicht ihm die Bewegung fiel. Sein Körper schien viel weniger zu wiegen als gewöhnlich.

»Ist ... sonst noch jemand hier?«, fragte er zögernd.

»Ich.« Kyles Stimme kam irgendwo von links, und sie klang gepresst und verriet Hartmann, dass der Megamann verletzt war. »Aber ich an Ihrer Stelle wäre ruhig, bis wir genau wissen, *wo* wir sind.«

Hartmann ersparte sich eine Antwort. Stattdessen setzte er sich vorsichtig auf, griff in die rechte Tasche seiner Jacke und zog eine winzige Taschenlampe heraus. Er brauchte vier Versuche, bis er sich eingestand, dass das Gerät den Sturz auf den Boden weniger gut überstanden hatte als er. Ein kaum hörbares Klicken war das einzige Ergebnis, als er den Schalter mehrmals vor- und zurückschob. Enttäuscht ließ er die Lampe wieder sinken, griff abermals in die Tasche und zog die halb leere Zigarettenpackung und sein Feuerzeug hervor. Die winzige gelbe Flamme schuf einen Bereich flackernder Helligkeit, der gerade ausreichte, seine eigene Hand und ein Stück seines Unterarms zu erkennen, und das Zischen des ausströmenden Gases schien die Dunkelheit dahinter mit wisperndem, unheimlichem Leben zu erfüllen. Hartmann schwenkte das Feuerzeug herum, bis der Lichtschein auf Nets bleiches Gesicht fiel. Sie blinzelte in der plötzlichen Helligkeit, und er sah, dass sie verletzt war. Ihr Gesicht war bleich und dunkel von eingetrocknetem Blut, und auch auf ihrer Jacke hatte sich ein hässlicher Fleck gebildet.

Das Feuerzeug in seiner Hand wurde so heiß, dass er den Daumen hob und die Flamme erlöschen ließ. Er musste vorsichtig damit sein. Wie es aussah, war das winzige Feuerzeug zumindest im Augenblick ihre einzige Lichtquelle.

»Kyle?«, fragte er.

»Ich bin hier.« Die Stimme des Megamannes drang irgendwo aus der Dunkelheit. »Kommen Sie her. Ich brauche Ihre Hilfe.«

»Hilfe?« Hartmann war verwirrt, aber gleichzeitig auch ein wenig alarmiert. Wozu um alles in der Welt brauchte jemand wie Kyle *seine* Hilfe? Behutsam drehte er sich herum, hob die Hand und ließ das Feuerzeug gerade lange genug aufflammen, um einen Schatten vor sich zu erkennen. »Warte hier«, sagte er, an Net gewandt, während er auf Händen und Knien loskroch. Erneut spürte er, dass er irgendwie ... *leichter* geworden war?

»Fällt mir nicht ein«, antwortete Net. »Ich werde einen kleinen Spaziergang machen, bis du zurückkommst.«

Hartmann lächelte – nicht einmal so sehr wegen Nets Antwort, sondern vielmehr, weil sie ganz selbstverständlich wie er zum vertrauten *Du* übergewechselt war.

Er benutzte sein Feuerzeug noch zweimal, dann stießen seine tastenden Finger auf Widerstand. Kyles Gesicht. Er ließ die Hand einen Sekundenbruchteil länger darauf ruhen, als nötig gewesen wäre. Kyles Haut fühlte sich heiß und trocken an, obwohl sie von einem dünnen Schweißfilm benetzt war. Er konnte spüren, wie schnell und ungleichmäßig sein Puls ging. Hartmann erschrak. Er hatte Kyle bisher für unverwundbar gehalten. Aber vielleicht waren selbst die unheimlichen Regenerationskräfte des Megamannes irgendwann einmal erschöpft.

»Was ist mit Ihnen?«, fragte Hartmann.

»Ich bin verletzt«, antwortete Kyle. »Aber das spielt keine Rolle. Können Sie aufstehen?«

»Sicher«, antwortete Hartmann. »Sie sind verletzt? Wo? Ist es schlimm?«

»Meine Beine«, antwortete Kyle. Hartmann hob sein Feuerzeug und wollte sich vorbeugen, aber Kyle ergriff blitzschnell sein Handgelenk und hielt es mit so eiserner Kraft fest, dass Hartmann vor Schmerz zusammenzuckte.

»Ich sagte doch, es spielt keine Rolle«, sagte Kyle noch einmal. »Außerdem glaube ich nicht, dass Sie das wirklich sehen wollen.«

»Oh«, sagte Hartmann nur.

»Stehen Sie auf«, wiederholte Kyle. Diesmal gehorchte Hartmann ohne Widerspruch.

»Treten Sie an den Transmitter heran«, befahl Kyle. »Er befindet sich genau hinter mir. Sie müssen versuchen, ihn einzuschalten. Ich würde es selbst tun, aber ich kann nicht aufstehen.«

Hartmann streckte tastend wie ein Blinder beide Arme aus, machte einen Schritt und fühlte glattes Metall unter den Fingern. Er wollte sein Feuerzeug wieder entzünden, aber Kyle rief ihn mit scharfer Stimme zurück. »Lassen Sie das! Das Gas reicht nicht ewig, und Sie werden das Licht vielleicht noch bitter nötig brauchen.«

»Ich denke, Sie können im Dunkeln sehen?«, fragte Hartmann.

»Das kann ich«, antwortete Kyle ruhig. »Sie auch?«

Hartmann gab auf. Vermutlich hatte Kyle Recht – außerdem hatte es wenig Sinn, mit ihm zu streiten. Seufzend steckte er sein Feuerzeug wieder ein und fragte: »Was soll ich tun?«

»An der linken Seite ist ein Schaltkasten«, antwortete Kyle. »Fühlen Sie ihn?«

»Ja.«

»Gut. Drücken Sie die beiden oberen Tasten. Gleichzeitig und so fest Sie können.«

Hartmann gehorchte. Ein metallisches Klicken erscholl.

»Versuchen Sie es noch einmal«, sagte Kyle. Irrte sich Hartmann, oder hörte er wirklich so etwas wie Panik in der Stimme des Megamannes?

Er gehorchte und versuchte es noch einmal. Und noch einmal. Und noch einmal. Sinnlos.

»Das habe ich befürchtet«, murmelte Kyle. »Verdammt!«

»*Was* haben Sie befürchtet?« Allmählich wurde Hartmann zornig. »Verdammt, Kyle, hören Sie auf, den Geheimnisvollen zu spielen.«

»Die Transmitter, Hartmann«, sagte Kyle leise. »Sie funktionieren nicht mehr.«

»Natürlich funktionieren sie nicht mehr!«, ereiferte sich Hartmann. »Sie haben doch selbst gesehen, wie Ihre Freunde sie abgeschaltet haben. Wahrscheinlich wollen sie nicht, dass wir aus der Festung entkommen.«

»Ich wollte, es wäre so«, murmelte Kyle. »Aber Sie täuschen sich. Man kann einen Transmitter nicht abschalten. Nicht wirklich.«

Hartmann schwieg einen Augenblick. Ein sehr ungutes Gefühl beschlich ihn. »Dieser hier *ist* abgeschaltet«, murmelte er schließlich.

»Ich weiß«, antwortete Kyle. »Ich wusste es schon vorher. Ich ...« Er brach ab, lachte leise und unsicher und suchte einen Moment nach Worten. »Manchmal tut man Dinge eben wider besseres Wissen, nicht wahr? Ich meine, nur um ... um etwas nicht zugeben zu müssen. Ich fürchte, das ganze Netz ist zusammengebrochen.«

»Das ganze Netz?«

Hartmann hatte Nets Schritte nicht einmal gehört, und so schrak er heftig zusammen, als ihre Stimme plötzlich neben ihm erklang. »Sie meinen – *alle* Transmitter? Jeder Einzelne auf der Erde?«

»Vielleicht nicht nur auf der Erde.«

Obwohl er wusste, wie sinnlos es war, hob Hartmann die Hand und drückte noch einmal die beiden Schalter. »Vielleicht ... ist nur dieser eine hier kaputt«, murmelte er. »Ich meine ... vielleicht ... vielleicht ist er durchgebrannt oder irgend so etwas.«

»Diese Geräte gehen nicht kaputt«, sagte Kyle ruhig. »Niemals.«

»Na gut!«, sagte Net heftig. »Dann ist dieses verdammte Transmitternetz eben zusammengebrochen! Was ist so schlimm daran? Wenn ich mich richtig erinnere, dann sind wir genau aus diesem Grund zum Nordpol geflogen, um das verdammte Ding in die Luft zu sprengen!«

Das stimmte nicht ganz, wie Hartmann sehr wohl wusste, aber Kyle verzichtete darauf, sie zu korrigieren. »Ich fürchte, ganz so einfach ist das nicht«, sagte er ernst. »Erinnern Sie sich, was geschah, bevor wir geflohen sind?«

»Ich erinnere mich vor allem an das, was Sie gefaselt haben, Kyle«, antwortete Net heftig. »Was haben Sie damit gemeint – der Hyperraum reißt auf? Was zum Teufel soll das sein?«

»Nur ein nützlicher Ausdruck für etwas, das niemand wirklich versteht«, antwortete Kyle. »Ein übergeordnetes Kontinuum, das ...«

»Bitte, keine wissenschaftlichen Vorträge, Kyle«, unterbrach ihn Hartmann nervös. Es war ihm plötzlich nicht mehr möglich, stillzustehen. Er weigerte sich noch selbst, es zuzugeben – aber er hatte Angst. Das, was Kyle gesagt hatte, erfüllte ihn mit einer an Panik grenzenden Furcht. »Von was für einer Bombe haben Sie gesprochen?«

»Von der Waffe, die Captain Laird und Skudder entschärfen wollten«, antwortete Kyle.

»Ich nehme an, sie haben es geschafft«, sagte Net. Ihre Stimme klang nervös. »Wenn nicht, wären wir kaum hier.«

»Es tut mir Leid, aber ich fürchte, Sie täuschen sich«, sagte Kyle. »Man kann diese Waffe nicht entschärfen. Sie ist so konstruiert, dass sie auf jeden Fall explodiert, wenn der Zünder einmal betätigt wurde.«

Net atmete scharf ein, und obwohl Hartmann sie nicht sehen konnte, spürte er, wie ihr Schrecken jäh in Zorn umschlug. »Und das hast du gewusst?«, fragte sie. »Und hast sie trotzdem gehen lassen? Du hast gewusst, dass ...«

»Es war die einzige Möglichkeit«, unterbrach sie Kyle. »Einer von uns musste hinauf zur Raumstation. Es tut mir Leid, wenn ich euch die Wahrheit verschweigen musste.«

»Die Wahrheit verschweigen!?« Net schrie beinahe. »Du ... du hast sie und die anderen in den sicheren Tod geschickt – und das nennst du *die Wahrheit verschweigen?*«

»Es ist nicht sicher, dass sie tot sind«, sagte Kyle. »Ganz im Gegenteil – sie hatten eine gute Chance, davonzukommen. Ich bin fast sicher, dass sie es geschafft haben.«

»Bevor was passiert?«, fragte Net erregt. »Vor fünf Sekunden hast du behauptet, man könnte diese Bombe nicht entschärfen! Ist das wieder eine neue Lüge?«

»Nein«, sagte Kyle. »Es ist die Wahrheit. Wir haben ein Transmitterfeld erschaffen, das die Waffe an einen Ort teleportieren sollte, an dem sie keinen Schaden mehr anrichtet.«

»Sollte?«, fragte Hartmann betont.

Kyle schwieg einige Sekunden. »Ich fürchte, wir waren

nicht schnell genug«, gestand er dann. »Es ist nur eine Vermutung, aber nach dem, was ich in der Schwarzen Festung gesehen habe ...« Er atmete hörbar ein. Als er weitersprach, hatte sich seine Stimme verändert und klang sachlich, beinahe dozierend. Aber es war eine erzwungene Ruhe, und sie vermochte seine wirklichen Gefühle nicht ganz zu verbergen. »Die Transmitter benutzen eine übergeordnete Dimension«, sagte er, »die wir den Hyperraum nennen. Wir wissen wenig darüber; im Grunde kaum mehr, als dass es ihn gibt. Selbst dieses Wort ist eigentlich nur ein Begriff, um etwas zu beschreiben, das man nicht beschreiben kann. Aber ich fürchte, die Bombe ist im gleichen Moment explodiert, in dem sie in diese Dimension versetzt wurde. Es muss zu einer Art ... Kurzschluss gekommen sein.

»Und dieser *Kurzschluss* hat das gesamte Transmitternetz lahm gelegt?«, fragte Hartmann. Es gelang ihm nicht ganz, seine Stimme so beherrscht klingen zu lassen, wie er wollte. Er hatte die furchtbaren Bilder, die er in der riesigen Transmitterhalle der Schwarzen Festung gesehen hatte, nicht vergessen. So wenig wie das entsetzliche Gefühl, das dabei von ihm Besitz ergriffen hatte. Im Grunde bedurfte es Kyles Antwort gar nicht mehr. Sie alle hatten überdeutlich gespürt, dass etwas Unvorstellbares geschah.

Kyle antwortete erst nach einer Weile. »Vielleicht«, sagte er. »Aber ich fürchte, das ist nicht alles. Die Energie muss sehr viel größer gewesen sein, als ich annahm. Es kann sein, dass die Grenze zwischen den Dimensionen niedergerissen wurde.«

»Die Grenze zwischen den Dimensionen ... so«, wiederholte Hartmann.

»Aber jetzt suchen Sie besser den Ausgang«, erklärte

Kyle, der offensichtlich das Thema wechseln wollte. »Ich will Sie ja nicht beunruhigen, aber ...«

»Wissen Sie, was mich am meisten beunruhigt, Kyle?«, fragte Hartmann, während er aufstand und sich vorsichtig herumdrehte, um nicht im Dunkeln gegen ein Hindernis zu stoßen. »Sätze, die mit *Ich will Sie ja nicht beunruhigen* anfangen.«

Kyle lachte gezwungen. Hartmann konnte hören, wie sich Net irgendwo ein paar Schritte entfernt von ihm bewegte; in Anbetracht der niedrigen Schwerkraft so vorsichtig und unbeholfen wie er selbst. Über den *Grund* dieser so drastisch reduzierten Anziehungskraft wollte Hartmann noch immer nicht nachdenken. Natürlich war es möglich, dass sie sich in einem Teil der Moroni-Wekt befanden, in dem die Erdanziehung reduziert war. Aber es gab auch noch eine andere Erklärung, und die ...

Nein, über *diese* Möglichkeit weigerte er sich im Moment nachzudenken. Behutsam tastete er sich durch die Dunkelheit nach vorn, bis seine Finger auf Widerstand stießen.

Es dauerte eine gute halbe Stunde, die sie fast den gesamten Gasvorrat ihres Feuerzeuges kostete, doch am Ende entdeckten sie eine Tür – oder jedenfalls etwas, von dem Kyle behauptete, dass es eine Tür war.

Hartmann hatte da so seine Zweifel. Die *Tür* hatte keine bestimmte Form, sondern hätte ebenso gut ein reichlich schlampig geflicktes Loch in der Wand sein können, wären ihre Ränder nicht sorgsam mit dicken Kunststoffdichtungen und Scharnieren versehen worden. Wer immer sie konstruiert hatte, musste ein gründlich gestörtes Verhältnis zur euklidischen Geometrie haben – und ziemlich lange Beine, denn ihre Unterkante lag gut anderthalb Meter über dem Boden.

»Auf der linken Seite müsste eine Schalttafel sein«, sagte Kyle, nachdem ihm Hartmann von seiner Entdeckung berichtet hatte.

Hartmann hob das Feuerzeug. Die Flamme war kaum noch so groß wie sein Fingernagel und spendete kein nennenswertes Licht mehr.

»Haben Sie sie?« Hartmann ließ die Flamme erlöschen und tastete mit der anderen Hand über das glatte Metall vor sich. Er musste sich auf die Zehenspitzen stellen, um die kleine Schalttafel zu erreichen. »Ja. Zwei Knöpfe. Sie sind ... eigenartig geformt.«

»Ich weiß«, antwortete Kyle aus der Dunkelheit heraus. »Wenn Sie den oberen drücken, müsste sie aufgehen. Falls die Automatik noch funktioniert.«

Hartmann streckte die Finger nach dem Knopf aus, drückte ihn aber noch nicht. »Was erwartet uns auf der anderen Seite?«, fragte er misstrauisch.

»Ich wollte, ich wüsste es«, antwortete Kyle. »Vielleicht nichts. Vielleicht auch der Tod.« Er lachte leise. »Probieren Sie es aus, Hartmann. Sie werden der Erste sein, der es herausfindet.«

»Reizend«, knurrte Hartmann. »Machen Sie so weiter, Kyle, und ich bin nicht mehr sicher, ob Sie wirklich wünschen sollten, lebend hier herauszukommen.«

Kyle lachte abermals, und Hartmann schlug wütend mit der Faust auf den Schalter. Gleichzeitig sprang er zwei Schritte zurück und brachte sein Gewehr in Anschlag.

Sekundenlang geschah nichts, und Hartmann begann sich schon mit dem Gedanken abzufinden, dass nicht nur die Beleuchtung, sondern jedes technische Gerät in dieser Anlage ausgefallen war, da hörte er ein lautes, trockenes *Klack* – und die Tür verschwand mit einem Schlag im

Boden. Rotes Licht und ein Schwall stickiger, nach Eisen riechender Luft drangen zu ihnen herein.

Hartmann wich einen weiteren Schritt zurück, hob seine Waffe und duckte sich instinktiv. Nach der Zeit, die sie in fast vollkommener Finsternis verbracht hatten, machte ihn der matte Schimmer beinahe blind. Aber er konnte hören, dass sich dort draußen etwas bewegte.

Mit klopfendem Herzen wartete er, bis sich seine Augen an das Licht gewöhnt hatten. Erst dann wagte er es, sich der Tür zu nähern und hinauszusehen. Beinahe lautlos trat Net neben ihn.

Sie standen fast eine Minute da und starrten nach unten, bis Kyle fragte: »Was sehen Sie?«

»Das ist ... schwer zu beschreiben«, murmelte Hartmann. Sein Gaumen war mit einem Mal so trocken, dass er Mühe hatte zu sprechen. »Ich hätte ein passendes Wort dafür. Ich bin nicht sicher, ob Sie es verstehen.«

»Und welches?«, fragte Kyle.

»Die Hölle«, antwortete Hartmann.

5

Der Rückflug nach Europa dauerte acht oder zehn Stunden, obwohl sie einen der Moroni-Gleiter benutzten. Aber sie konnten nicht die direkte Route über den Atlantik nehmen, sondern flogen einen geradezu aberwitzigen Zickzackkurs, der sie mit Ausnahme Neukaledoniens und Andorras wahrscheinlich über den gesamten Planeten fliegen ließ. Trotzdem wurde der Gleiter mehrmals angegriffen; und mindestens einmal geriet er dabei so sehr in Bedrängnis, dass er wahrscheinlich abgestürzt wäre, hätte sie nicht im letzten Moment eine von Jared kommandierte Staffel unterstützt.

Charity erfuhr all diese Dinge allerdings erst am nächsten Tag, denn sie hatte den Gleiter kaum betreten und die Schwarze Festung verlassen, da fiel sie auch schon in einen tiefen Schlaf, aus dem sie erst spät am Abend des darauf folgenden Tages erwachte; mit einem schlechten Geschmack im Mund, schmerzendem Kopf und der Erinnerung an wirre, sinnlose Albträume, die sie geplagt hatten.

Vorsichtig setzte Charity sich auf; ihr Kopf schien wie in einem Schmerzkrampf zu pulsieren. Sie schwankte, presste Daumen und Zeigefinger so fest auf die geschlossenen Lider, dass sie bunte Sterne vor den Augen flimmern sah, und hielt den Atem an, bis der Schwindelanfall allmählich verebbte. Danach bewegte sie sich mehr als behutsam.

Zumindest fand sie sich in einer Umgebung wieder, die sie kannte; sie war in dem gleichen Zimmer unterhalb der Kommandoebene des Eifelbunkers, das sie schon zuvor bewohnt hatte, so dass sie sich weder den Schädel einrannte noch über irgendein unvermutetes Hindernis stolperte, als sie mit halb geschlossenen Augen ins Bad schlurfte. Ihr Kopf dröhnte, als säße hinter ihren Schläfen ein Zwerg, der mit wachsender Begeisterung auf einer Kesselpauke das Steptanzen übte. Sie brauchte fast eine Stunde, in der sie sich abwechselnd eiskaltes Wasser über Gesicht, Handgelenke und Nacken laufen ließ, bis sie das Gefühl hatte, wenigstens wieder halbwegs klar zu sein. Und diese Zeit machte ihr endgültig klar, wieso sie so rasch eingeschlafen und so lange danach erst wieder aufgewacht war. Es war nicht das erste Mal, dass man ihr ein Betäubungsmittel verabreichte. Allerdings das erste Mal, dass sie eine Dosis bekam, die ausgereicht hätte, einen argentinischen Zuchtbullen flachzulegen.

Der erste halbwegs klare Blick in den Spiegel brachte die nächste unangenehme Überraschung. Dass sie so schlecht aussah, wie sie sich fühlte, überraschte sie nicht einmal besonders, aber was sie schockierte, war ihr Haar. Sie hatte eine graue Strähne bekommen.

Eine Zeit lang musterte sie ihr eigenes Spiegelbild missmutig, dann streckte sie ihm die Zunge heraus, drehte sich herum und verließ das Bad. Die Kleider, die sie bei ihrer Rückkehr getragen hatte, waren ebenso verschwunden wie der improvisierte Raumanzug und ihre Waffen, aber dafür fand sie etwas, dessen Anblick sie ebenso überraschte, wie es sie mit einer fast kindlichen Freude erfüllte: Auf einem Stuhl neben ihrem Bett lag säuberlich zusammengefaltet eine dunkelblaue Uniform der Space Force, in der richtigen Größe, mit korrekten Rangabzeichen und sogar einem winzigen Namensschildchen, auf dem ›Laird, C. Cptn‹ zu lesen stand. Leider war der Waffengurt leer, und jemand hatte sich die Mühe gemacht, die winzige Atombatterie aus dem Körperschild-Generator auszubauen.

Sie zog sich an, eilte ins Bad zurück und gönnte sich für einige Augenblicke das Vergnügen, sich selbst im Spiegel zu betrachten. Ihr bleiches Gesicht, die Ringe unter den Augen und die graue Strähne im Haar störten den Gesamteindruck ein wenig, aber alles in allem sah sie für eine eigentlich sechsundachtzigjährige Frau nicht schlecht aus.

Als sie den Raum verlassen wollte, erlebte sie die zweite unangenehme Überraschung des Tages: Die Tür ließ sich nicht öffnen.

Charity drückte ein halbes Dutzend Mal mit wachsendem Zorn auf den Knopf, ehe sie sich eingestand, dass der Mechanismus elektronisch gesperrt war. Nicht defekt – die Standby-Lampe brannte in beruhigendem Grün.

»Verdammt, was soll das?«, sagte sie verärgert. Mit einem Ruck fuhr sie herum, trat an das Interkom-Gerät neben der Tür und drückte den Rufknopf. Der Bildschirm leuchtete so prompt auf, als hätte jemand am anderen Ende nur darauf gewartet, dass sie sich meldete, und die ausdruckslosen Facettenaugen einer *Ameise* starrten sie an.

Eine halbe Sekunde lang war Charity gelähmt vor Schrecken – obwohl sie nach allem, was geschehen war, eigentlich mit diesem Anblick hätte rechnen müssen. Erst dann fragte sie unsicher: »Kias?«

Die *Ameise* versuchte ein menschliches Kopfschütteln zustande zu bringen. »Mein Name ist Tipa, Captain Laird«, sagte sie. »Die Ihnen unter dem Namen Kias bekannte Jared-Einheit befindet sich zur Zeit nicht in der Kommandozentrale.«

»Ich möchte mit Kias sprechen«, verlangte Charity.

Tipa versuchte, mit den Schultern zu zucken. »Das ist nicht notwendig«, sagte sie.

»Ich kann alle Ihre Wünsche ebenso erfüllen wie Kias, und ...«

»Befindet sich die mir unter dem Namen Kias bekannte Jared-Einheit in diesem Bunker?«, unterbrach ihn Charity. Sie bezweifelte, dass Tipa den Sarkasmus, der in ihren Worten zum Ausdruck kam, überhaupt begriff, aber zumindest beantwortete er ihre Frage nach einer Sekunde mit einem Kopfnicken.

»Ja.«

»Dann beweg deinen knochigen Hintern und schaff ihn an den Monitor!«, verlangte Charity. »Ich rede nicht mit einer Ameise, die Tipa heißt und jedes Mal auseinander zu fallen scheint, wenn sie eine Bewegung macht.«

»Aber ich versichere Ihnen, dass ...«

Charity schaltete das Gerät ab, kramte einen Moment lang in ihrer Erinnerung und gab dann eine vierstellige Zahl in die Tastatur ein. Diesmal dauerte es wesentlich länger, bis der Bildschirm hell wurde, aber sie hatte die richtige Nummer erwischt: Auf der Mattscheibe erschien ein Gesicht, das Skudder zu gehören schien.

»Hallo!«, begrüßte ihn Charity fröhlich. »Wie ich sehe, hast du dir die gleichen schlechten Angewohnheiten zugelegt wie ich.«

Skudder öffnete müde ein Auge und blickte sie fragend an.

»Du siehst in den Spiegel und wäschst dem Fremden das Gesicht, den du darin erblickst.«

»Wie?«, machte Skudder. Er gähnte ungeniert. »O Gott ... sag mal: Fühlst du dich eigentlich so, wie du aussiehst?«

»Ich glaube schon«, antwortete Charity. »Wieso?«

»Mein Beileid. Wie lange bist du schon tot?«

»Du bist also doch schon wach.« Charity wurde übergangslos ernst. »Sie haben auch dich betäubt.«

»Ja. Und das ist noch nicht alles.« Skudder gähnte wieder, rieb sich über die Augen und blinzelte ein paar Mal heftig. Offensichtlich hatte er erheblich größere Mühe als sie, wach zu werden. »Meine Tür geht nicht auf.«

»Meine auch nicht«, sagte Charity. »Es sieht so aus, als wären wir gefangen.« Seltsam – erst jetzt, da sie die Worte aussprach, wurde ihr ihre wahre Bedeutung klar.

»Gefangen?« Skudder gähnte erneut, fuhr sich mit beiden Händen über das Gesicht und trat einen Schritt von der Kamera zurück, so dass sie seinen Oberkörper sehen konnte. Mit einem Gefühl leiser Überraschung registrierte sie, dass auch er neue Kleider bekommen hatte. Er trug wieder die gleiche schwarze Lederkluft, in der sie ihm das erste Mal begegnet war: Motorradjacke und -hose, Stiefel und einen schweren, nietenbesetzten Gürtel. Und obwohl sie seinen Rücken nicht sehen konnte, wusste sie, dass sie auf der Jacke einen silbernen Hai mit aufgerissenem Maul entdecken würde; das Emblem der Sharks, deren Anführer er damals gewesen war. Jemand hatte sich verdammt viel Mühe gegeben, ihnen beiden eine kleine Freude zu bereiten. Und der gleiche Jemand musste eine Menge über sie wissen. Eigentlich kam dafür nur einer in Frage.

»Stone.«

»Wie?«, murmelte Skudder verschlafen.

Charity winkte ab. »Nichts. Ich habe nur laut gedacht.« Sie wechselte abrupt das Thema. »Was glaubst du, warum sie uns eingesperrt haben?« Bevor Skudder antworten konnte, erschien in der oberen rechten Ecke des Bildschirmes ein winziges Fenster, in dem Tipas Kopf auftauchte. »Sie täuschen sich, Captain Laird«, sagte der Jared. »Sie sind keineswegs gefangen. Es hat in dieser Anlage nur gewisse Veränderungen gegeben, so dass es uns besser erschien, Sie und Ihren Begleiter zu Ihrer eigenen Sicherheit zu isolieren.«

Charity starrte die *Ameise* an, und plötzlich wurde sie doch zornig. »Zu unserer eigenen Sicherheit, so?«, schnappte sie. »Wie schön. Dann nehme ich auch an, dass du uns zu unserer eigenen Sicherheit belauscht, wie?«

Der Moroni brachte es tatsächlich fertig, verwirrt auszusehen. »Ich fürchte, ich verstehe nicht ganz, was Sie meinen, Captain Laird«, sagte er.

»Wir schätzen es nicht besonders«, antwortete Charity gereizt, »wenn man unseren Gesprächen zuhört, ohne dass wir es wissen. Für euch mag das ja ein Fremdwort sein, aber wir Menschen haben so etwas wie eine Intimsphäre, und wir mögen es gar nicht, wenn jemand ohne unsere Erlaubnis darin herumschnüffelt.«

»Ich glaube, jetzt verstehe ich«, sagte Jared. »Sie meinen, wir sollten damit aufhören, Ihre Interkom-Leitung zu überwachen.«

»Das wäre eine ausgezeichnete Idee«, sagte Charity.

»Ich werde es veranlassen«, versprach Tipa. »Wünschen Sie auch, dass die Video-Überwachung Ihres Quartiers eingestellt wird?«

Charity riss die Augen auf. »Wie?!«

»Ich verstehe«, sagte Tipa hastig. »Ich werde das Wort Intimsphäre in unsere Verhaltensmuster aufnehmen lassen, Captain Laird.«

Das Gesicht der *Ameise* verschwand vom Bildschirm.

Eine Sekunde später hörte Charity ein leises Klicken,

und die Tür glitt einen Spaltbreit auf. Und dann verschwand auch Skudders Gesicht vom Bildschirm.

Ihre Quartiere lagen unmittelbar nebeneinander, so dass er nur wenige Augenblicke brauchte, um zu ihr zu kommen. Er wirkte noch blasser und kranker als auf dem Monitor. Seine Hände zitterten ununterbrochen, und sein Atem roch schlecht. Was um alles in der Welt hatte man ihnen gegeben, damit sie schliefen?

Sie umarmten sich flüchtig, aber auf eine sonderbare vertraute, warme Art. Irritiert fuhr Charity sich mit dem Handrücken über die Stirn und maß Skudder mit einem langen, sehr verwirrten Blick, und Skudder seinerseits sah sie beinahe erschrocken an. Es war nicht der Umstand, dass sie sich berührt hatten – ihr Verhältnis ging weit über eine gewöhnliche Freundschaft hinaus –, aber Charity hatte bisher geglaubt, dass sie für Skudder gegenüber allenfalls geschwisterliche Liebe empfand.

Aber das stimmte nicht. Ganz plötzlich wusste sie, dass da viel mehr war. Wieso hatte sie das eigentlich niemals erkannt? Und wieso begriff sie es eigentlich jetzt?

Auch auf Skudders Gesicht zeigte sich ein Ausdruck tiefer Verwirrung. Sie fragte sich, ob es nur die Reaktion auf ihr sonderbares Verhalten war.

»Hal . . .lo«, sagte Skudder unbeholfen. Er versuchte zu lachen und bewegte die Hände, als wüsste er plötzlich nicht mehr, wohin damit. »Ich weiß nicht, ob es die richtige Uhrzeit dafür ist, aber auf jeden Fall: Guten Morgen.«

Was um alles in der Welt . . .? Charity trat einen Schritt zurück und maß ihn mit einem neuen, sehr aufmerksamen Blick von Kopf bis Fuß. Abgesehen von seiner bleichen Gesichtsfarbe und den noch immer zitternden Händen sah Skudder tatsächlich genauso aus wie an dem

Tag, an dem sie ihn das erste Mal gesehen hatte. Selbst die kleine Wurfaxt, die sein Markenzeichen bei den Sharks gewesen war, steckte wieder in seinem Gürtel. Offensichtlich hielten die Jared den Tomahawk nicht für gefährlich genug, um ihn Skudder wegzunehmen.

»Erstaunlich«, sagte Charity. »Jemand scheint ziemlich großen Wert darauf zu legen, dass wir uns wohl fühlen.«

Skudder zog eine Grimasse und griff sich an den schmerzenden Schädel. »Ja, ich merke es. Ob Stone und Gurk auch hier sind?«

»Sehen wir nach«, schlug Charity vor.

Sie verließen das Zimmer und kontrollierten der Reihe nach alle anderen Räume im Gang. Sie waren allesamt leer. Die letzte Tür, die auf den Hauptkorridor hinausführte, war verschlossen.

Charity sparte sich die Mühe, ein zweites Mal auf den Knopf zu drücken – aber sie verpasste der Tür einen kräftigen Fußtritt. Mehr als nur ein *wenig verärgert* stapfte sie in ihr Quartier zurück und trat an das Interkom-Gerät. Tipas schwarzes *Ameisen*gesicht erschien auf dem Monitor, und Charity fuhr ihn an, noch bevor der Jared überhaupt Zeit fand, etwas zu sagen.

»Verdammt, ich frage dich noch einmal: Wieso sind wir eingesperrt? Und jetzt sag bloß nicht wieder, das geschähe alles nur zu unserer eigenen Sicherheit!«

»Du wirst auch allmählich wach, wie?«, flüsterte Skudder hinter ihr.

Charity ignorierte ihn. »Und wo sind Stone und Gurk?«, fügte sie erregt hinzu, ehe Tipa auch nur auf ihre erste Frage antworten konnte.

»Sie sind sehr verwirrt, Captain Laird«, sagte Tipa. »Ich verstehe das ebenso wie Ihre momentane Erregung.«

»Wie schön!«, sagte Charity gereizt. »Dann tu etwas dagegen!«

»Die Jared-Einheit Kias und Governor Stone sind auf dem Weg zu Ihnen«, antwortete die *Ameise.* »Sie werden alle Ihre Fragen beantworten.«

Er schaltete ab, und Charity starrte den erloschenen Monitor mit einer Mischung aus Zorn und Verblüffung an.

»Habe ich das richtig verstanden?«, frage Skudder zögernd. »Sagte er: *Governor* Stone?«

»Ich habe das auch gehört«, bestätigte Charity verwirrt. Sie zuckte mit den Schultern. »Warten wir ab. Wir werden es erfahren.«

»Ich hoffe es«, knurrte Skudder. »Und eine Menge anderer Dinge hoffentlich auch. Wenn dieser Kias nicht mit ein paar überzeugenden Antworten herausrückt, dann mache ich ihm einen Knoten in seine vier Arme!«

Charity lächelte flüchtig. Mit angezogenen Knien hockte sie sich auf die Bettkante und blickte an Skudder vorbei ins Leere. Skudder sah sie an. Sie spürte seinen Blick, obwohl sie nicht einmal in seine Richtung sah, und plötzlich war eine fast greifbare Spannung zwischen ihnen. Was war mit ihnen geschehen, während sie dort draußen im Raum gewesen waren?

Sie versuchte sich zu erinnern, aber es war schwer. Da war ... ein Moment gewesen, an den sie sich nur undeutlich erinnerte. Es hatte mit Skudder zu tun gehabt, aber auch mit ihr, mit Stone, mit Gurk und Kias und den Jared und ...

Der Gedanke erlosch so rasch, als hätte ihn jemand abgeschaltet, und zurück blieb nichts als ein Gefühl tiefer Verwirrung. Etwas war dort draußen geschehen.

»Sie haben an unseren Erinnerungen herumgepfuscht«, sagte Skudder plötzlich. Charity sah ihn fragend an, und Skudder tippte sich mit dem Zeigefinger gegen die rechte Schläfe. »Ich weiß nicht, wieso, aber irgendwie ... habe ich das Gefühl, dass da ein Loch ist.«

»Kannst du neuerdings Gedanken lesen?«, fragte Charity.

»Wenn sie so deutlich auf deinem Gesicht geschrieben stehen, dann kann ich es«, antwortete Skudder. »Außerdem habe ich ein wenig Erfahrung in solchen Dingen.«

»Du?«

»Nicht direkt«, schränkte Skudder ein. »Daniel hat einmal ein paar meiner Männer auf eine Mission geschickt. Als sie zurückkamen, fühlten sie sich so wie ich jetzt – sie konnten sich an nichts mehr erinnern. Wir haben nie herausgefunden, wo sie waren oder was sie erlebt haben.«

Skudders Worte klangen einleuchtend. Auch sie hatte schon mit diesem Gedanken gespielt. Und doch ... Charity spürte, dass es nicht stimmte. Sie hatte nichts *vergessen*. Ganz im Gegenteil hatte sie plötzlich das absurde Gefühl, *zusätzliche* Erinnerungen zu haben.

Es vergingen gute zehn Minuten, bis sie das Geräusch der Tür draußen im Gang hörte und Stone und Kias in Begleitung zweier *Ameisen* bei ihnen erschienen.

Charity sah Daniel Stone mit wenig freundlichem Gesichtsausdruck an. Er hatte sich umgezogen und trug jetzt wieder die nachtschwarze Kleidung, in der sie ihm damals im *Shai-taan* begegnet war. Doch sein Gesicht sah makellos aus. Frisch rasiert, keine Schatten unter den Augen, kein ungesunder Glanz.

»Gut sehen Sie aus, Stone«, begann sie übergangslos. »Ich nehme an, Sie hatten nicht denselben Begrüßungscocktail wie Skudder und ich?«

Stones Lächeln blieb unverändert. Doch es war Kias, der antwortete, nicht er. »Tipa unterrichtete mich bereits über Ihre Verärgerung, Captain Laird. Ich entschuldige mich für die Unbequemlichkeiten, die Ihnen und Mister Skudder entstanden sind.«

»Unbequemlichkeiten?« Skudder reckte kampflustig das Kinn vor. »Komm doch mal mit nach draußen, Spinnengesicht. Dann zeige ich dir, was *Unbequemlichkeiten* sind.«

Stone lächelte flüchtig, während Kias wahrscheinlich nicht einmal verstand, wovon Skudder sprach. Charity sagte rasch: »Ihr hättet uns umbringen können, Kias. Was soll das? Weshalb wurden wir betäubt? Was ist dort draußen passiert, das wir nicht sehen sollten?«

»Es war ein Versehen«, sagte Stone. »Bitte glauben Sie mir – Kias und seine Freunde haben es nur gut gemeint. Sie und Skudder waren vollkommen erschöpft. Wir dachten, Sie könnten zwölf Stunden Tiefschlaf gut gebrauchen.« Er lächelte entschuldigend. »Ich schätze, die Dosis war ein bisschen zu stark.«

»Und ich schätze, du hast dich wieder einmal gut arrangiert«, sagte Skudder. Unwillkürlich verfiel er wieder in die gewohnte Anrede von früher. Er trat auf Stone zu und hob einen Zipfel des albernen schwarzen Capes an, das er über der Kombination trug. »Du hättest lieber den Schneider wechseln sollen statt den Dienstherrn.«

»Du täuscht dich, Skudder«, sagte Stone.

»Wir haben Governor Stone gebeten, uns beratend zur Seite zu stehen«, sagte Kias. »Seine Erfahrung ist für uns von großem Wert.«

»Seine Erfahrung?« Skudder machte ein abfälliges Geräusch und sah den Jared von der Seite her an. »Warum habt ihr sie euch nicht einfach genommen? Ich könnte mir Daniel Stone gut als Jared vorstellen.«

»Es war nicht sein Wunsch«, antwortete Kias. »Wir würden niemals ein denkendes Individuum gegen seinen Willen in unsere Gemeinschaft aufnehmen.«

»Wie schön«, sagte Skudder kalt und wandte sich wieder an Stone. »Wie ist es, Daniel – hättest du nicht Lust auf einen kleinen Spaziergang? Ich könnte dir auch noch zu der einen oder anderen Erfahrung verhelfen.«

»Lass ihn, Skudder«, sagte Charity.

»Lassen?« Skudder schnappte nach Luft. »Was ist in dich gefahren? Dieser Kerl hat uns alle an die Moroni verkauft. Er hat...« Vor lauter Zorn fehlten ihm die Worte. Erregt fuhr er herum und wandte sich heftig gestikulierend an Kias. »Ihr könnt diesem Kerl nicht trauen! Er ... er hat sein eigenes Volk verraten, und jetzt verrät er die, an die er es verraten hat! Er wird auch euch bei der erstbesten Gelegenheit verraten!«

»Man kann uns nicht betrügen«, sagte Kias ruhig. »Aber ich verstehe Ihre Gefühle, Mister Skudder. Governor Stones Einverständnis vorausgesetzt, werden wir dafür sorgen, dass Sie so wenig unmittelbaren Kontakt wie möglich miteinander haben. Zumindest für die erste Zeit.«

»Das ist vielleicht keine schlechte Idee«, sagte Charity. Sie warf Skudder einen fast beschwörenden Blick zu, den er aus trotzig funkelnden Augen erwiderte, und wandte sich wieder an Kias.

»Was ist hier eigentlich los? Wieso sind wir eingeschlossen worden? Und wo ist Gurk?«

»In der Kommandozentrale«, sagte Stone. Offensichtlich, dachte Charity verärgert, hatten die beiden eine geheime Absprache, dass prinzipiell nie der auf eine Frage antwortete, an den sie gerichtet war. »Und Sie sind *nicht* eingesperrt, Captain Laird. Es hat ... gewisse Veränderungen gegeben. Ich hielt es lediglich für besser, zuerst mit Ihnen zu reden. Selbstverständlich können Sie sich frei bewegen und tun, was Sie wollen.«

Skudders Hand glitt zu der kleinen Axt in seinem Gürtel. »Meinst du das ernst?«

»Was ist passiert?«, fragte Charity noch einmal. Sie sah ein, dass es wahrscheinlich das Beste war, Skudder einfach zu ignorieren.

»Nichts. Alles läuft nach Plan«, antwortete Stone in einem Tonfall, der bewies, dass ganz und gar *nicht* alles nach Plan verlief. Das schien ihm sogar selbst aufzufallen, denn er lächelte plötzlich verlegen. »Nur haben wir diesen Plan anscheinend falsch eingeschätzt.«

»Haben wir da?«

Stone zuckte mit den Schultern. »Ich denke, wir sind alle davon ausgegangen, dass die Sache vorbei ist, wenn wir die Bombe entschärfen. Aber offenbar ist das nicht der Fall. Die Schwarze Festung ist gefallen, aber ...«

»... die Moroni sind so unfreundlich, sich weiter zur Wehr zu setzen«, vermutete Charity. »Nicht wahr?«

»Alles geschieht, wie wir es vorausgesehen haben«, sagte Kias. »Die Sklaven der *Shait* leisten erbitterten Widerstand. Aber wir werden sie besiegen.«

Shait?

Etwas am Klang dieses Wortes ließ Charity schaudern. Sie hatte es nie zuvor gehört, und doch schien es etwas tief in ihrer Seele zu berühren und sie mit einem Gefühl eisiger Furcht zu erfüllen.

Und dann wusste sie es.

Shait.

Shai-taan.

Das Gefühl des Fremden und doch auf furchtbare Weise

Bekannten, das sie immer überkommen hatte, wenn sie sich in der Nähe eines Moroni aufhielt. Die instinktive Furcht beinahe aller Menschen den Außerirdischen gegenüber ... das alles ergab plötzlich einen Sinn, weil ...

Der Gedanke war fort und mit ihm das Wissen, was er bedeutet hatte. Zurück blieb nur der Schrecken, eine an Entsetzen grenzende Lähmung, die es ihr sekundenlang unmöglich machte, einen klaren Gedanken zu fassen.

»Was hast du?«, fragte Skuddar alarmiert. Offensichtlich zeigte sich ihr Erschrecken deutlich auf ihrem Gesicht.

»Nichts«, sagte Charity rasch. Mit einer nervösen Geste wandte sie sich wieder an Kias. *»Shait?«*

»Ihr nennt diese Wesen die Herren der Schwarzen Festung«, antwortete Kias. »Sie sind ebenso unsere Feinde wie die Ihres Volkes. Wir hatten gehofft, beide auf diesem Planeten anwesenden *Shait* bei unserem Angriff auf die Transmitterstation am Nordpol Ihrer Welt zu eliminieren, aber leider konnte einer entkommen.«

»Und?«, fragte Skudder. »Wo ist das Problem? Sucht ihn.«

»Sie verstehen das Wesen der *Shait* nicht«, antwortete Kias. »Sie üben geistige Kontrolle über alle Moron-Geschöpfe auf diesem Planeten aus. Solange dieser eine *Shait* existiert, wird der Widerstand der Arbeiter und Soldaten nicht aufhören. Aber wir sind durchaus in der Lage, ihn mit anderen Mitteln zu brechen.«

»Dann sollte man diesen einen *Shait* erledigen«, schlug Skudder erneut vor.

Stone maß ihn mit einem abfälligen Blick. »Genial«, sagte er spöttisch. »Das ist *die* Idee. Wieso sind wir nur nicht von selbst darauf gekommen? Aber jetzt, wo Sie uns gesagt haben, was wir tun müssen, werden wir diesen Krieg sicher in ein paar Stunden beenden.«

Skudder setzte zu einer wütenden Entgegnung an, aber Charity unterbrach ihn mit einer warnenden Geste und trat mit einem Schritt zwischen ihn und Stone. »So völlig Unrecht hat er nicht«, sagte sie.

»Natürlich nicht!«, erklärte Stone verärgert. »Der halbe Planet sucht nach diesem Monster!«

»Und die andere Hälfte versucht, ihn daran zu hindern, nehme ich an.«

»So ungefähr«, gestand Stone.

»Das heißt, es herrscht Krieg«, sagte Charity ruhig. »Und wahrscheinlich auf der ganzen Erde. Was zum Teufel hat sich eigentlich geändert?«

Obwohl sie Stone angesprochen hatte, antwortete Kias. »Ich höre einen gewissen Unterton von Verbitterung in Ihrer Stimme, Captain Laird«, sagte er. »Ich verstehe das. Es ist Ihr Heimatplanet, über den wir reden. Aber die Lage ist nicht so ernst, wie es vielleicht auf den ersten Blick den Anschein hat. Der Sternentransmitter am Nordpol ist deaktiviert, so dass die *Shai* von jeglichem Nachschub abgeschnitten sind. Es ist uns gelungen, etwa zwanzig Prozent ihrer Streitkräfte zu übernehmen, und der verbliebene Rest wird sich nicht sehr lange halten. Ein einzelner *Shait* besitzt nicht die nötige geistige Kapazität, einen ganzen Planeten auf Dauer unter seiner Kontrolle zu halten. Wir werden diesen Kampf zweifellos gewinnen.«

»Sicher«, antwortete Charity düster. »Es fragt sich nur, was dann noch von der Erde übrig ist, nicht wahr?«

Kias wollte antworten, aber Stone unterbrach ihn mit

einer Handbewegung – und einem raschen, verschwörerischen Blick. »Dieselbe Befürchtung teile ich auch«, sagte er. »Und das ist auch der Grund, aus dem ich mich bereit erklärt habe, das Angebot der Jared anzunehmen und ihnen zu helfen, die *Shait* zu besiegen. Und der Grund, aus dem wir alle *Ihre* Hilfe brauchen, Captain Laird.« Er sah Skudder an, zögerte eine Sekunde, dann fuhr er mit hörbarer Überwindung fort: »Und Ihre auch, Mister Skudder.«

Charity funkelte ihn an. »Wissen Sie, was mir an Ihnen so wenig gefällt, Stone?«, fragte sie. »Sie sind schon wieder dabei, das Kommando zu übernehmen. Ich frage mich allmählich, ob Skudder nicht vielleicht Recht hat.«

»Ich übernehme überhaupt nichts«, antwortete Stone. »Kias hat mich gebeten, mit Ihnen zu reden, das ist alles. Sie müssen uns nicht helfen.« Er machte eine zornige Handbewegung zur Tür. »Sie sind frei. Sie und Skudder können tun und lassen, was immer Sie wollen. Sie können hier bleiben und uns helfen, die Erde endgültig zu befreien, oder aber gehen. Überlassen Sie es Kias und seinen Leuten, den *Shait* zu vernichten. Ich zweifle nicht daran, dass es ihnen auch allein gelingen wird. Aber beschweren Sie sich danach über nichts!«

Charity kochte innerlich vor Wut. Aber sie beherrschte sich. Das Schlimmste war, dass Stone Recht hatte. Sie konnte sich nicht über Dinge beklagen, die zu ändern vielleicht in ihrer Macht stand.

»Also?«, fragte sie gepresst. »Was sollen wir tun?«

Stone beherrschte sich meisterhaft, aber Charity spürte seine Erleichterung. »Im Moment gar nichts«, antwortete er. »Ich erkläre Ihnen alles später, wenn Sie sich einen ersten Überblick über die aktuelle Situation verschafft haben. Ihre unmittelbare Hilfe brauchen wir später –

sobald Kias' Leute das Versteck des *Shait* ausfindig gemacht haben.«

»Wieso?«, fragte Charity misstrauisch.

»Die *Jared* könnten sich diesem Geschöpf nicht einmal auf eine Meile nähern, ohne entdeckt zu werden«, sagte Stone. »Aber irgendjemand muss es schließlich erledigen, oder?«

6

Das Bild hätte tatsächlich aus Dantes Inferno stammen können, nur dass es farbig und dreidimensional und *wirklich* war – und viel entsetzlicher, als jede menschliche Phantasie sich hätte ausmalen können.

Hartmanns Herz jagte. Seine Hände und seine Stirn waren feucht vor Schweiß, und es gelang ihm trotz aller Anstrengung nicht, die irrationale Furcht zu vertreiben, mit der ihn der Anblick des höllischen Pfuhls erfüllte. Obwohl es ihm seit länger als einer Minute nicht gelungen war, den Blick von dem schrecklichen Bild loszureißen, spürte er, dass es Net, die neben ihm stand, ebenso erging. Ihr Atem ging schnell und schwer, und sie hatte eine Hand vom Lauf ihres Gewehres gelöst und auf seinen Arm gelegt, so dass er das Beben ihrer Finger spüren konnte. Unter ihnen lag ein kreisrunder, von blutrotem Licht erfüllter Schacht, dessen Wände senkrecht in die Tiefe stürzten und der mit brennender Lava und dem Flimmern kochender Luft gefüllt war. Der ätzende Geruch des flüssigen Steines war so durchdringend, dass Hartmann kaum noch atmen konnte, und die Hitze trieb ihm den Schweiß auf die Stirn. Trotzdem hätte ihn dieser Anblick allein allenfalls mit Interesse erfüllt, vielleicht mit Angst vor der rein physischen Gefahr, die von dem lavagefüllten Schacht ausging.

Nein – was es ihm immer schwerer machte, einen entsetzten Schrei zu unterdrücken, herumzufahren und einfach in die Dunkelheit davonzustürzen, so weit er konnte, das war der Anblick der grotesken Kreatur, die in fünfzig oder sechzig Metern Entfernung am Rande dieses Schachtes hockte. Das flackernde rote Licht und das Flimmern der überhitzten Luft verzerrte ihre Umrisse und ließ sie vermutlich größer und unheimlicher erscheinen, als sie war, und die ätzenden Dämpfe, die aus der Tiefe emporstiegen, trieben ihm die Tränen in die Augen, so dass er nur wie durch einen Schleier hindurch sah. Aber *was* er erkannte, war fast mehr, als er verkraften konnte.

Hinter dem monströsen Umriss bewegte sich eine Anzahl *Ameisen,* so dass er seine Größe zumindest ungefähr schätzen konnte. Es war gewaltig. Der aufgedunsene Leib, der sich nicht nur im Ganzen, sondern auf widerwärtige Weise auch *in sich selbst* unentwegt zu bewegen schien, hockte zwischen einem Paar gewaltiger, unentwegt pumpender Flügel, die dem schwarzen Giganten eine gewisse Ähnlichkeit mit einer monströs verkrüppelten Fledermaus verlieh. Sein Kopf war riesig und schien nur aus Augen und anderen Sinnesorganen zu bestehen. Dort, wo er das Maul erwartet hatte, entsprang ein ganzer Wald dünner, unentwegt zuckender Tentakel. Krallen blitzten im roten Licht.

»Was ist los?«, drang Kyles Stimme in den Nebel von Furcht und Entsetzen, der sich über Hartmanns Denken gelegt hatte.

Hartmann antwortete nicht. So unbeschreiblich der Anblick des Titanen war, so sehr schlug er ihn auch zugleich in seinen Bann. Es war ihm unmöglich, wegzusehen. Es war ihm nicht einmal möglich, an irgendetwas anderes zu denken oder auch nur auf Kyles Frage zu reagieren. Mit einem Teil seines Bewusstseins, das keinen Einfluss mehr auf sein Handeln hatte, registrierte er mühsame, schleifende Gräusche hinter sich und begriff, dass Kyle auf die Tür zuzukriechen begann.

Erst als der Megamann endlose Minuten später neben ihm auftauchte und ihn an der Seite berührte, gelang es ihm, die Augen zu schließen und den fürchterlichen Bann abzuschütteln, in den ihn das Bild versetzt hatte.

Zitternd wie unter Schmerzen senkte er den Blick und sah auf den Megamann herab. Hartmann erschrak zutiefst. Kyles Gesicht war schweißüberströmt und fahl. In seinen Augen stand ein irres Flackern, und sein Atem ging so schwer, dass er zweimal ansetzen musste, um überhaupt sprechen zu können. Erst jetzt begriff Hartmann, dass der Megamann sich nur auf Händen und Ellbogen durch den gesamten Raum geschleppt hatte.

»Helfen Sie mir«, sagte Kyle und streckte ihm eine zitternde Hand entgegen.

Hartmann half dem Megamann, sich halb aufzurichten, und stützte ihn, als er den Kopf über die Unterkante der Tür schob und den Schacht hinabblickte. Er suchte aufmerksam nach Spuren des gleichen Erschreckens in Kyles Gesicht, aber alles, was er sah, war eine tiefe, rein körperliche Erschöpfung.

Es dauerte eine Weile, bis Kyle ihm mit einem Nicken zu verstehen gab, dass er genug gesehen hatte. Hartmann lockerte seinen Griff, und Kyle sank erschöpft an der Wand entlang wieder zu Boden. Abermals verstrich beinahe eine Minute, bis er auch nur genug Kraft gesammelt hatte, um zu sprechen. Hartmanns Blick streifte seine verbrannten Beine. Er verstand nicht mehr, wieso Kyle überhaupt noch lebte, trotz der unvorstellbaren Veränderungen, die die Moroni mit seinem Körper vorgenommen hatten. Letztendlich bestand auch er nur aus Fleisch und Blut, und letztendlich war die Fähigkeit jedes lebenden Wesens, Verletzungen zu verkraften und Schmerzen zu ertragen, begrenzt.

»Er ist es«, murmelte Kyle.

»Wer?«, flüsterte Hartmann. Der Klang seiner eigenen Stimme kam ihm fremd vor, und beinahe erschrak er selbst über die Furcht, die er darin hörte. Er hatte das Gefühl, die Antwort auf seine eigene Frage zu wissen.

»Der Herr der Schwarzen Festung«, murmelte Kyle. »Es waren zwei, Hartmann. Das ist der andere. Verstehen Sie?«

Hartmann blickte den Megamann einen Moment lang verwirrt an, dann machte er eine Bewegung, die eine Mischung aus Nicken, Achselzucken und Kopfschütteln war. »Ich fürchte ... nicht ganz«, sagte er.

Kyle schloss die Augen und blieb einen Moment reglos und mit zuckendem Gesicht sitzen. »Nein«, flüsterte er. »Wie könnten Sie auch.«

Hartmann ahnte, dass er im Moment nicht mehr von Kyle erfahren würde, und sah zu Net hinauf. Sie stand noch immer reglos da und starrte aus schreckgeweiteten Augen in die Tiefe; und sie reagierte auch nicht, als er sie an der Schulter berührte. Erst als er seinen Griff so weit verstärkte, dass er schon wehtun musste, erwachte sie aus dem Bann, schloss mit einem kleinen, erschrockenen Laut die Augen und ließ sich neben Kyle in die Hocke sinken.

Auch sie blieb lange Zeit völlig reglos sitzen, ehe sie die Lider wieder hob. »Mein Gott«, flüsterte sie. »Was ist das?«

»Ich weiß es nicht«, gestand Hartmann. Er deutete mit einer Kopfbewegung auf den Megamann. »Er sagte irgendetwas vom Herrn der Schwarzen Festung. Aber ich bin nicht sicher, ob ich ihn wirklich verstanden habe.«

»Dieses ... Monster?«, flüsterte Net entsetzt. »Du ...

meinst, dieses Ungeheuer ist ... gehört zu der Macht, die Moron lenkt? Aber das ist doch nur ein *Ungeheuer.*«

Hartmanns Finger spielten nervös am Lauf seines Gewehrs. Er verstand sehr wohl, was Net mit diesen Worten meinte. Der Anblick der Kreatur war so entsetzlich, dass er vermutlich für sich allein ausgereicht hätte, manch anderen in den Wahnsinn zu treiben. Und es nutzte sehr wenig, wenn er sich selbst sagte, dass das Äußere eines lebenden Wesens nichts über seine Intelligenz oder seine Absichten verraten musste; dieses *Ding* dort unten *war* ein Monster. Auch ihm war es nicht möglich, dieses Monster mit dem Vertreter eines Volkes zu identifizieren, das Hunderte von Planeten erobert und Dinge wie Transmitter, die Sternenschiffe und all die anderen technischen Errungenschaften Morons geschaffen hatte. Eine tiefe Angst erweckte dieser Anblick, von dessen Existenz er nie zuvor gehört hatte und das ihm doch nicht fremd war.

»Wir müssen es vernichten«, sagte Kyle plötzlich. Hartmann sah ihn nur an. »Wenn ... wenn es entkommt, dann war alles umsonst«, fuhr Kyle fort.

»Wieso?«

Kyle zögerte. Hartmann bemerkte, wie schwer es ihm fiel, die Frage der Wasteländerin zu beantworten. »*Sie* sind Moron«, sagte er. »Verstehst du?«

»Nicht ... ganz«, sagte Net hilflos.

»Die Arbeiter und Soldaten und selbst die Inspektoren«, erklärte Kyle langsam, als überlege er jedes einzelne Wort dreimal, ehe er es aussprach, damit ihm nicht etwas entschlüpfte, das er lieber nicht sagen wollte, »sind nur Werkzeuge. Sie sind wirklich nur große, starke Tiere. Ohne die *Shait* sind sie nichts. Wenn wir diesen einen dort unten vernichten, ist der Krieg vorbei. Wenn nicht, wird er vielleicht ewig weitergehen.« Hartmann reagierte immer noch nicht, aber Net nickte plötzlich verkrampft, schloss die Hände fester um ihre Waffe und machte Anstalten, aufzustehen. Auf ihrem Gesicht lag die gleiche unbeschreibliche Angst, wie sie auch Hartmann verspürte; aber auch eine fast ebenso große Entschlossenheit.

»Nein, nicht so.« Kyle hielt die Wasteländerin mit einer angedeuteten Handbewegung zurück. »Das hätte keinen Sinn.«

»Wieso nicht?«

Ein leises, humorloses Lachen erklang. »Würden Sie aus fünfzig Metern Entfernung mit einem Gewehr auf *mich* schießen?«

Eine Sekunde lang blickte Hartmann ihn verständnislos an, aber dann begriff er, was Kyle meinte. »Sie meinen, es ist ... genauso widerstandsfähig wie Sie?«

Kyle verneinte. »Ich schätze, dass es mir so überlegen ist wie ich Ihnen«, sagte er. Er lachte wieder auf die gleiche, bittere Art, als er das Erschrecken auf Hartmanns Gesicht gewahrte. »Sie haben herausgefunden, wie man Lebewesen wie mich konstruiert«, sagte er mit sanftem Tadel. »Glauben Sie, sie hätten diese Technik nur bei Fremden angewandt?«

»Den anderen haben deine Leute auch getötet«, gab Net zu bedenken.

Kyle schüttelte heftig den Kopf. »Nicht getötet«, korrigierte er. »Vernichtet.«

Hartmann erinnerte sich schauernd daran, in welchem Zustand der Leichnam des Moroni gewesen war. Die Jared-Ratten hatten ihn regelrecht in Stücke gerissen. Aber er hatte bisher geglaubt, dass dies nur aus Blutgier geschehen war; oder aus einem uralten Hass zwischen den beiden verfeindeten Völkern heraus.

»Außerdem würde es nicht nutzen«, fuhr Kyle fort, »selbst wenn Sie ihn mit dieser Waffe töten könnten. *Ich* muss es tun. Ich oder ein anderer Jared. Seinen Körper allein zu zerstören wäre sinnlos.«

Wieder verzichtete Hartmann auf eine Antwort, aber Kyle schien zu ahnen, was hinter seiner Stirn vorging. Der Megamann nickte. »Wir sind uns ähnlicher, als Sie glauben«, sagte er, »zumindest in einigen Punkten.«

Net machte eine Handbewegung, als wolle sie seine Worte beiseite wischen. »Und was sollen wir tun?«, fragte sie in fast ärgerlichem Tonfall. »Dich zu ihm hintragen?«

»Natürlich nicht«, erwiderte Kyle. Er blickte auf seine Beine herab, und wieder füllten sich seine Augen mit Schmerz, ein Anblick, der Hartman gleichermaßen mit Mitgefühl wie einer sonderbaren Unruhe erfüllte. Natürlich hatte er von den unheimlichen Regenerationskräften des Megamanns gehört, und auch wenn er selbst noch nie Zeuge dieses an Zauberei grenzenden Vorganges geworden war, so war ihm bisher doch gar nicht der Gedanke gekommen, dass es irgendetwas anderes als schmerzlos sein könnte.

»Auch er muss verletzt sein«, fuhr Kyle nach einer Weile fort. »Oder sehr verstört.«

Hartmann sah ihn fragend an.

Der Megamann fuhr mit einer erklärenden Geste auf sich selbst fort. »Normalerweise spürt er meine Nähe. Ich käme niemals nahe genug an ihn heran, um ihn mit den Händen zu berühren.«

»Und das müssen Sie?«

»Ja«, bestätigte Kyle.

Net stand auf und warf einen Blick nach draußen. Hartmann sah kurz zu ihr auf, aber da sie keine Anzeichen von

Beunruhigung oder auch nur Nervosität zeigte, konzentrierte er seine Aufmerksamkeit wieder ganz auf Kyle. Der Megamann starrte noch immer ins Leere.

»Finden Sie nicht, dass es Zeit für die eine oder andere Erklärung wird, Kyle?«, fragte Hartman leise.

»Erklärung?« Kyle blinzelte, und Hartmann fragte sich, ob er nun ein so guter Schauspieler war – oder wirklich nicht verstanden hatte, was Hartmann überhaupt meinte.

»Erklärung«, bestätigte Hartmann. Er machte eine heftige Handbewegung. »Verdammt, Kyle – Sie reden unentwegt von Dingen, von denen ich nicht einmal die Hälfte verstehe. Ich weiß ja nicht einmal wirklich, was Sie *sind.* Sie erzählen mir etwas von *Jared* und *Shait* und dem *Hyperraum* und ...« Er suchte einen Moment lang verzweifelt nach Worten. »... und verlangen von mir, dass ich meine und Nets und vielleicht das Leben jedes einzelnen Menschen auf diesem Planeten aufs Spiel setze, um etwas zu tun, von dem ich nicht einmal weiß, *warum* ich es tun soll.«

Er spürte selbst, wie hölzern diese Worte klangen. Sie sagten nicht das, was er hatte sagen *wollen.*

»Ich verstehe Sie, Hartmann«, sagte Kyle ruhig. Er seufzte. »Vielleicht haben Sie Recht. Ich hätte Ihnen vieles erklären müssen, Ihnen und Captain Laird und den anderen. Aber die Zeit war so kurz, und es ging alles so schnell ... Ich verspreche Ihnen, dass Sie die Wahrheit erfahren werden, wenn ... wir das hier überstehen.«

»Nein«, sagte Hartmann zornig. »Sofort. Oder *ich* verspreche *Ihnen,* Kyle, dass Net und ich unserer Wege gehen und Sie hier liegen lassen.«

Kyle sah ihn durchdringend an – und plötzlich lachte er ganz leise. »Aber wohin wollen Sie denn gehen, Hartmann?«, fragte er. Hartmann schlug zu, so hart er konnte. Kyles Kopf flog zurück und prallte gegen die Wand, und Net sah überrascht zu ihnen herab, sagte aber nichts, sondern runzelte nur die Stirn.

»Es reicht, Kyle«, sagte Hartmann. Sein Atem ging schnell. Seine Hand schmerzte, so heftig hatte er zugeschlagen, und aus Kyles Mundwinkel lief Blut. Er bezweifelte, dass der Megamann den Schlag überhaupt richtig gespürt hatte – aber das spielte auch keine Rolle. Wichtig war die *Absicht,* die dahinter stand, und *die* hatte Kyle garantiert verstanden.

»Das war nicht nötig, Hartmann«, sagte Kyle nach einer Weile.

Hartmann ballte zornig die Faust, hob den Arm – und ließ die Hand mit einem erschöpften Seufzen wieder sinken. Plötzlich kam er sich unsagbar dumm und hilflos vor. »Es tut mir Leid«, murmelte er. »Ich ... habe die Beherrschung verloren.«

»Es ist nicht nötig, mich zu schlagen«, sagte Kyle, während er sich mit dem Handrücken das Blut von der Unterlippe wischte. Eine Sekunde lang sah er auf den roten Fleck auf seiner Hand herab und runzelte die Stirn, als begriffe er nicht einmal dessen Bedeutung.

»Ich sagte bereits – es tut mir Leid!«, wiederholte Hartmann, bereits wieder zornig werdend.

»Nein, Hartmann, das stimmt nicht«, sagte Kyle. »Es tut Ihnen nicht Leid. Aber Sie haben Angst. Große Angst. Vor mir.« Wieder verging eine Sekunde, in der er Hartmann nur auf diese beunruhigend vertraute Weise ansah: »Warum?«

»Hören Sie auf, Kyle«, flüsterte Hartmann. »Ich habe mich entschuldigt. Was wollen Sie noch?«

»Dass Sie aufhören, mich zu fürchten, Hartmann.« Kyle

hob die Hand und deutete zur Tür hinauf. »Sie haben dieses Ungeheuer gesehen, und Sie fürchten es wie den Tod – mit Recht. Aber ich sehe diese Angst nicht zum ersten Mal in Ihrem Blick. Sie haben Angst vor uns. Vor den Jared. Aber das müssen Sie nicht. Wir sind nicht wie die *Shait.*«

»O nein, ich weiß nicht!«, antwortete Hartmann aufgebracht. Er wollte das nicht sagen. Er wusste nicht einmal genau, was er sagen würde, bis zu dem Moment, in dem er die Worte aussprach. Aber sie waren in ihm, ein Ausdruck einer Furcht, die ihn vom allerersten Moment an, in dem er Kyle und den Jared begegnet war, nicht mehr losgelassen hatte. Plötzlich, als hätte er eine Tür in seinem Geist geöffnet und wäre selbst gar nicht mehr in der Lage, sie wieder zu schließen, sprudelten die Worte nur so aus ihm heraus. Erregt gestikulierte er zur Tür hinauf. »Sie sehen nicht so scheußlich aus, nicht wahr? Sie sind kein *Ungeheuer.* O nein! *Sie* benutzen menschliche Körper – oder die, die Ihnen gerade in den Kram passen! Aber waren es nicht Ihre eigenen Worte, Kyle, dass das Äußere eines Individuums nichts über seine wirklichen Absichten und sein wirkliches Wesen verraten muss? Wer sagt mir, dass Sie nicht genauso wie sie sind? Wer sagt mir, dass ich euch nicht dabei helfe, die Erde zu befreien, sondern sie für *euch* zu erobern statt für die *Shait?*«

Er wusste nicht, welche Reaktion er erwartet hatte – Zorn vielleicht oder eine wohlwollende Herablassung. Aber alles, was er in Kyles Augen las, war ein Ausdruck tiefer Trauer. Doch nicht einmal dieses Gefühl vermochte ihn vollends zu überzeugen. Er wusste nicht, wer dieses Wesen war, von dem sie alle kaum mehr als seinen Namen kannten.

»Es tut mir Leid, Hartmann«, sagte Kyle. »Ich wusste

nicht, dass Sie uns so sehr fürchten. Hätte ich es geahnt, so hätte ich vielleicht ... anders gehandelt.«

»Sie – oder das *Ding,* das von Ihnen Besitz ergriffen hat?«, stieß Hartmann beinahe hasserfüllt hervor.

Der Ausdruck von Trauer in Kyles Augen vertiefte sich. »Ich verstehe Sie, Hartmann«, sagte er. »Sie haben uns zehn Jahre Ihres Lebens für Ihre Feinde gehalten. Sie haben uns bekämpft. Sie haben Männer losgeschickt, um uns zu vernichten. Und Sie haben gesehen, wie dies Männer nicht zurückkamen, sondern zu einem Teil unserer Gemeinschaft wurden. Ich kann Ihnen nicht verübeln, dass Sie uns hassen. Auch wenn es falsch ist.«

»Da draußen tut sich etwas«, sagte Net. Hartmann blickte erschrocken zu ihr herauf, stand aber nicht auf, sondern wandte sich wieder an Kyle.

»Wer sind diese Wesen?«, fragte er. »Ich will es wissen! *Jetzt!*«

»Um das zu verstehen«, antwortete Kyle, »müssten Sie das Wesen der Jared verstehen.«

»Und das kann ich nicht, solange ich nicht selbst einer bin, wie?«, höhnte Hartmann.

Kyle nickte, dann sagte er ernst: »Ich will versuchen, es Ihnen zu erklären. Ich ...« Er zögerte. Wieder hatte Hartmann den sehr sicheren Eindruck, dass er verzweifelt nach Worten suchte, vielleicht um etwas zu erklären, was mit Worten nicht zu erklären war. Er konnte den Kampf, der sich hinter der Stirn des Megamannes abspielte, beinahe sehen. Und plötzlich begriff er eines ganz deutlich: Was immer Kyle auch geworden war, als er mit der mutierten Ameisenkönigin in Köln verschmolz – ein Teil von ihm war Mensch geblieben. Und es war dieser Teil, der ihn zögern ließ, ihm irgendeine überzeugend klingende Lüge, eine weitere Halbwahrheit zu präsentieren.

Er wusste nur nicht, ob dieser Mensch gebliebene Teil von Kyle stark genug sein würde, dass er ihm trauen konnte.

»Es ... bewegt sich«, sagte Net nervös. Ihre Hand fingerte am Abzug des Gewehres herum. »Ich glaube, es ... es geht.« Sie zögerte eine Sekunde, dann: »Könnte es ... hierher kommen? Es hat Flügel.«

»Das sind keine Flügel«, sagte Kyle, ohne dass er Hartmann aus den Augen ließ. Wieder an ihn gewandt, fuhr er fort: »Ich könnte Sie zwingen, zu tun, was ich von Ihnen verlange, Hartmann. Eine einzige Berührung, und Sie und Net würden alles tun, was ich will.«

Er hob die Hand, und obwohl Hartmann die Bewegung vorausgeahnt hatte und ihr zuvorzukommen versuchte, war er nicht schnell genug. Kyles Fingerspitzen berührten flüchtig seinen Arm, und im gleichen Moment schien etwas wie eine schwarze Woge über Hartmanns Geist hereinzubrechen und ihn zu verschlingen. Es war wie eine Springflut, die eine Kerzenflamme auslöschte. Hartmanns Wille wurde niedergeworfen und zermalmt; etwas ungeheuer Starkes hing plötzlich über ihm wie die Schuhsohle eines Riesen, der sich anschickte, einen Käfer zu zertreten, der auf dem Rücken lag und hilflos mit den Beinen strampelte. Und plötzlich sah Hartmann noch einmal in aller Deutlichkeit, was mit den *Ameisen*soldaten in der Schwarzen Festung geschehen war.

Aber der zermalmende Tritt, auf den er wartete, kam nicht. Nach einer endlos andauernden Sekunde zog Kyle die Hand wieder zurück, und im gleichen Moment verschwand der schwarze Sog aus Hartmanns Kopf.

Mit einem erschrockenen Keuchen prallte er zurück und presste die Hand, die Kyle berührt hatte, an sich, als hätte er sich verbrannt.

»Ich könnte es tun«, sagte Kyle noch einmal. »Aber ich werde es nicht tun. Ich wollte nur, dass Sie das wissen, Hartmann.«

»Wie großzügig!«, spottete Hartmann. Aber der Hohn in seiner Stimme klang nicht einmal in seinen eigenen Ohren überzeugend. Entsetzt starrte er Kyle an. Seine Angst vor dem Megamann war nicht schlimmer oder schwächer geworden, aber sie schien mit einem Mal eine andere Qualität bekommen zu haben. Er zitterte am ganzen Leib.

»Was muss ich noch tun, damit Sie mir vertrauen?«, fragte Kyle leise.

Ohne dass er in der Lage gewesen wäre, die Bewegung zu verhindern, wich Hartmann zwei Schritte von Kyle zurück. Der Ausdruck von Trauer im Blick des Jared nahm noch einmal zu. Er schien zu begreifen, dass er einen Fehler gemacht hatte.

»Wer sind Sie, Kyle?«, fragte Hartmann leise. »Was sind die Jared? Was sind sie *wirklich?*«

Und Kyle sagte es ihm.

Sie hatte es niemals zugegeben, aber im Grunde war Charity fast froh, dass Skudder und sie nach ihrem Erwachen nicht einfach ihre Zimmer verlassen hatten und in den Bunker hinausspaziert waren.

Es wäre ein Schock gewesen. So hatten Kias und Stone sie vorgewarnt, als sie den Gang verließen und im Aufzug nach oben fuhren.

Während der letzten Tage, die Skudder und sie in dieser Bunkerstation verbracht hatten, war ihr die Anlage immer gespenstischer vorgekommen. Die riesige, für weit über zehntausend Menschen konzipierte unterirdische Stadt war verlassen gewesen. Sie hatte niemals *viele* Bewohner gehabt; aus den ursprünglich sechshundert Männern und Frauen waren vierhundert geworden, dann zweihundert und zum Schluss weniger als fünfzig. Eine Anzahl, die sich in den schier endlosen Gängen und Hallen hoffnungslos verlor, so dass man das Gefühl haben konnte, sich durch eine überdimensionale Gruft zu bewegen, die längst von jedem menschlichen Leben verlassen war.

Doch mittlerweile platzte der Bunker vor Leben geradezu aus den Nähten. Aber es war zumeist kein *menschliches* Leben.

Die Jared hatten den Bunker übernommen. Allein auf dem kurzen Weg nach oben begegneten ihnen Dutzende von *Ameisen,* aber auch eine ganze Anzahl anderer, zu Jared gewordener Geschöpfe. Einige davon waren Menschen. Manche trugen sogar noch die olivgrünen Uniformen der Bundeswehr, aber ein einziger Blick in ihre erschlafften Gesichter und die leeren Augen machte Charity klar, dass sie nur noch wie Menschen *aussahen.* Es gab auch noch andere Geschöpfe, darunter welche, wie sie Charity noch nie zuvor im Leben gesehen hatte – und eigentlich auch nicht sehen wollte. Sie war fast erleichtert, als sie endlich die Kommandozentrale des Bunkers betraten.

Auch hier warteten sechs oder acht Jared auf sie – zwei Männer in den Uniformen von Hartmanns schlafender Armee und eine Anzahl *Ameisen,* die sich emsig an irgendwelchen Gerätschaften zu schaffen machten oder sich mit ihren hohen, zwitschernden Stimmen unterhielten. Die Monitore an der Wand hinter Cremers überdimensionalem Schreibtisch waren zusammengeschaltet worden, so dass ein großes, aus zwei Dutzend einzelner Teile bestehendes Bild entstand. Eine kleine Gestalt mit einem gewaltigen Kahlkopf stand vor diesem Bild und betrachtete es gebannt – und auch Charity hielt für einen Moment mitten im Schritt inne, als ihr Blick auf die Monitorwand fiel.

Draußen herrschte Nacht, aber keine Dunkelheit. Der Himmel im Norden loderte in einem dunkelroten, blutigen Licht, und in fast regelmäßigen Abständen flammte es jenseits des Horizonts grellweiß auf.

»Großer Gott!«, flüsterte Skudder. »Was ist das?«

Gurk drehte sich halb vom Bildschirm weg und sah spöttisch zu ihm hinauf. »Hallo, Indio!«, sagte er fröhlich. »Endlich ausgeschlafen?« Er deutete auf den Bildschirm. »Imposant, nicht wahr? Dabei hast du das Beste schon verpasst. Ein paar von den Dingern sind ganz schön nahe herangekommen. Ich hab's richtig mit der Angst zu tun gekriegt.« Er kicherte. »Diese Anlage ist wirklich nicht schlecht. Aber unsere neuen Freunde können nicht besonders gut damit umgehen, fürchte ich.«

Skudder blickte den Zwerg finster an. »Wovon, zum Teufel, sprichst du überhaupt?«

»Wir werden angegriffen«, sagte Charity tonlos, während sie neben Gurk trat und den Bildschirm mit wachsendem Schrecken ansah. Das Bild war von einer geradezu brutalen Schönheit. Rot und Schwarz mischten sich zu einem unheimlichen, pulsierenden Schein, der irgendwie lebendig wirkte. Das rote Licht dort draußen war der Schein von glühendem Fels und brennender Erde, und das Flackern hinter dem Horizont ...

»Keine Sorge«, sagte Stone, der ihre Gedanken erraten zu haben schien. »Es sind nur taktische Sprengköpfe. Die meisten explodieren hoch genug in der Atmosphäre, um keinen Schaden anzurichten.«

Wie um seine Worte unter Beweis zu stellen, fuhr plötzlich ein dünner, blutroter Lichtblitz über den Schirm, und den Bruchteil einer Sekunde später flammte es irgendwo hinter dem Horizont grellweiß auf.

»Verdammt, Stone, das sind *Atombomben!*«, sagte Charity entsetzt. »Es interessiert mich nicht, ob es kleine oder große Bomben sind. Wir ... werden angegriffen!«

Stone nickte ungerührt. »Was haben Sie denn erwartet? Sie wissen, wo wir sind. Sie versuchen, uns zu erwischen – genauso, wie ich es umgekehrt machen würde, wenn ich wüsste, wo sich dieser *Shait* verkrochen hat.«

Charity presste die Lippen aufeinander. Stones Wortwahl gefiel ihr nicht besonders, und seinem Blick nach zu urteilen war dieses Gefühl sehr deutlich auf ihrem Gesicht abzulesen. »Wie lange geht das schon so?«, fragte sie gepresst.

Stone zuckte mit den Schultern. »Drei Stunden. Aber ich glaube nicht, dass wir Grund zur Sorge haben. Ihnen wird bald die Munition ausgehen.«

»Wie kommen Sie auf *die* Idee?«

»Ganz einfach«, antwortete Stone. »Ich kenne ihre militärischen Möglichkeiten. Zumindest den größten Teil. Sie haben keine Atomwaffen und keine Nuklearwaffen. Fragen Sie mich nicht, warum. Vielleicht hängt es mit ihrer eigenen Überempfindlichkeit radioaktiver Strahlung gegenüber zusammen.«

»Und womit haben Sie selbst dann Köln bombardiert?«, fragte Charity.

Stone fuhr zusammen, als hätte sie ihm unversehens vor das Schienbein getreten. Aber er fing sich sofort wieder. »Beutestücke«, antwortete er. »Alte US- und Nato-Bestände. Dasselbe, womit sie uns im Moment bepflastern. Ein paar alte Cruise Missiles, von denen die Hälfte nicht mehr funktioniert.« Er machte eine wegwerfende Geste. »Glauben Sie mir, ich weiß, wovon ich rede. Ich habe drei

Jahre lang überall auf der Erde nach genau diesen Dingen suchen lassen. Sehr viel haben wir nicht gefunden. Entweder waren sie gut versteckt, oder sie haben damals bei der Schlacht gegen die Moroni alles verbraucht.«

»Ich wünschte, ich könnte Ihnen glauben«, murmelte Charity.

Stone machte ein beleidigtes Gesicht. »He!«, sagte er. »Sie scheinen zu vergessen, dass ich ebenso mit beiden Füßen in der Zielscheibe stehe wie Sie; nicht einmal einen Meter neben Ihnen.« Er blinzelte ihr zu, und Charitys Blick wurde noch finsterer. »Ich hätte sehr wenig Grund, Sie zu belügen!«

Ein erzwungen aufmunterndes Lächeln erschien auf seinem Gesicht. »Achtzig Prozent dieser Raketen waren auf Köln gerichtet. Sie versuchen verzweifelt, das Nest zu treffen. Glauben Sie mir – wenn Sie irgendetwas Wirkungsvolles hätten, hätten sie es bereits eingesetzt.«

Charity zögerte immer noch. Etwas in Stones Worten irritierte sie. Und es dauerte nur einen Moment, bis sie wusste, was es war. »Sie selbst haben mir doch erzählt, dass sie niemals eine Jared-Kolonie vernichten würden.«

Stone nickte. »Solange sie irgendeine andere Wahl haben, nicht«, sagte er. »Aber die haben sie nicht mehr. Der *Shait* sitzt auf diesem Planeten fest, solange der Transmitter nicht arbeitet. Und es sieht nicht so aus, als würde er in absehbarer Zeit wieder funktionieren. Er hat nur noch die Wahl, mit allen Regeln zu brechen – oder unterzugehen.«

»Gouverneur Stone hat Recht«, mischte sich eine andere Stimme ein.

Charity drehte sich herum und blickte ins Gesicht eines vielleicht dreißigjährigen, dunkelhaarigen Mannes, der bisher schweigend über eines der Computerterminals gebeugt dagestanden hatte. Er trug eine zerknitterte Bundeswehruniform und ein T-Shirt mit dem Aufdruck: *Uncle Scrooge For President.* »Diese Basis ist sicher. Wir können alles abwehren, womit sie uns angreifen. Schlimmstenfalls könnten wir sogar einen Volltreffer verkraften, solange er nicht im Megatonnen-Bereich liegt.« Er grinste schief. »Aber das möchte ich lieber nicht ausprobieren.« Charity sah den Mann mit neuer Aufmerksamkeit an. Etwas in seinem Blick irritierte sie. Und dann wusste sie es. »Sie sind kein Jared!«, sagte sie überrascht.

Der Dunkelhaarige grinste noch breiter. »Ich? Fällt mir nicht ein.« Er grinste noch breiter. »Gestatten Sie, dass ich mich vorstelle?« Er salutierte übertrieben zackig. »Sergeant John Harris, Royal Navy. Abkommandiert zur Nato-Sondereinheit *Backfire* vor ..« Er überlegte angestrengt einige Sekunden lang und zuckte dann mit den Schultern. »Na ja, vor ungefähr sechzig Jahren, schätze ich.« Ein nachdenklicher Ausdruck erschien auf seinem Gesicht. »Was meinen Sie – ob ich eine Chance habe, den Sold für diese Zeit nachgezahlt zu bekommen?«

Charity musste gegen ihren Willen lächeln. Aber nur eine Sekunde lang, dann wurde sie sofort wieder ernst. »Ich glaube nicht, dass wir uns kennen.«

Harris nickte heftig. »Sie haben mich auch erst vor zwei Tagen in die Mikrowelle geschoben, um mich wieder aufzutauen«, sagte er. »Aber ich habe in dieser Zeit eine Menge über Sie gehört, Captain Laird.« Er drehte sich zu Skudder herum. »Und über den Häuptling da auch.«

Ein Anflug von Ärger erschien auf Skudders Gesicht, aber dann registrierte er Harris' Grinsen, und plötzlich lächelte auch er.

»Vor zwei Tagen?«, vergewisserte Charity sich. »Hier?« Sie drehte sich zu Kias Herum. »Ich dachte ...«

Kias beantwortete ihre Frage, bevor sie sie auch nur ganz ausgesprochen hatte. »Nicht alle wurden zu Jared«, sagte er. »Einige wenige befinden sich noch in den Schlafkammern. Harris war einer von ihnen.«

Charity war nicht sehr überzeugt. Sie hatte die verwüsteten Tiefschlafkammern gesehen. Und in diesem Moment erinnerte sie sich wieder an etwas, das sie beinahe vergessen hatte: an das Grauen in den Augen eines jungen Soldaten, der sein Gesicht an eine Glasscheibe presste und sie verzweifelt um Hilfe anflehte.

Sie verscheuchte den Gedanken. »Gibt es noch mehr von ihnen?«, fragte sie, an Stone gewandt.

»Hundertfünfzig ... zweihundert«, sagte Stone und zuckte mit den Schultern. »Die meisten sind verletzt oder krank. Keine Chance, sie wieder aufzuwecken. Außer Sergeant Harris...« Wieder überlegte er einen Moment. »Vielleicht vierzig oder fünfzig.«

»Zusammen mit den verbliebenen Einheiten General Hartmanns können Sie eine Truppe von gut hundert Einheiten aufstellen«, sagte Kias. »Wir würden es begrüßen, wenn Sie das Kommando übernehmen würden, Captain Laird. Ich glaube nicht, dass sie einer Jared-Einheit zuverlässig folgen würden.«

Charity bedachte die Ameise mit einem eisigen Blick. »Ich wäre dir äußerst dankbar, wenn du menschliche Wesen nicht mit dem Wort Einheit bezeichnen würdest«, sagte sie kalt. »Und was das Kommando angeht – was sagt Hartmann dazu?«

Eine unbehagliche Stille begann sich für Sekunden auszubreiten. Selbst Gurk wich ihrem Blick aus, als sie auf ihn herabsah.

»Was ist mit Hartmann?«, fragte Charity noch einmal. »Wo ist er, Stone?«

Stone sah weg, und Kias erklärte: »General Hartmann und seine Begleiter sind nicht von dem Kommandounternehmen gegen die Schwarze Festung zurückgekehrt.«

Ein lähmender Schrecken ergriff Charity. »Seine Begleiter?«

»Kyle und diese kleine Wildkatze«, sagte Stone. »Net heißt sie, glaube ich.«

»Nicht zurückgekehrt?« Charity rang mühsam um ihre Fassung. »Das heißt ... tot.«

»Nicht unbedingt«, erwiderte Kias. »Zumindest die Kyle-Ein ...« Er brach ab und korrigierte sich hastig: »Kyle ist noch am Leben. Da er das letzte Mal gemeinsam mit General Hartmann und der Wasteländerin gesehen wurde, ist anzunehmen, dass auch sie noch leben. Wir wüssten es, wenn Kyles körperliche Existenz beendet worden wäre.«

Selbst Stone wirkte überrascht. »Er lebt noch? Dann wisst ihr auch, wo er ist.«

»Ich fürchte, nein«, antwortete Kias nach einem spürbaren Zögern.

»Was soll das heißen?«, fragte Charity.

Kias druckste eine Weile herum, dann sagte er: »Ich kann es nicht genau erklären. Er lebt, aber es gelingt uns nicht, Kontakt mit ihm aufzunehmen. Es ist, als ... verhindere es irgendetwas. Oder als wäre er sehr weit entfernt.«

»Sehr weit«, wiederholte Charity und sah den Jared durchdringend an. »Wie weit muss eine von euren ... Einheiten entfernt sein, damit ihr sie nicht mehr erreichen könnt?«

»Auch das weiß ich nicht«, gestand Kias. »Um ehrlich zu sein – so etwas ist uns noch nicht passiert. Auf jeden Fall sehr weit. Nicht mehr auf diesem Planeten.«

»Oh«, sagte Charity leise. »Du meinst, ihm ist … dasselbe passiert wie uns? Er geriet in ein Transmitterfeld und ist jetzt irgendwo in der Galaxis?«

»Nicht unbedingt«, antwortete Kias. »Ein Teil der Moron-Flotte konnte der Zerstörung durch die Black-Hole-Bombe entgehen. Möglicherweise befindet sich Kyle an Bord eines dieser Schiffe.«

Charity starrte den Jared an, und zum allerersten Mal, solange sie diese unheimliche Lebensform kannte, wich eine von ihnen ihrem Blick aus. »Hast du noch mehr schlechte Nachrichten?«, fragte sie ernsthaft.

»Ich halte das nicht unbedingt für eine schlechte Nachricht«, mischte sich Stone ein. Er machte eine wedelnde Handbewegung zur Decke hinauf. »Wo immer Kyle auch ist – er ist einer von ihnen. Und nach allem, was ich über ihn weiß, wird er den Ameisen das Leben verdammt schwer machen, ganz egal, wo er gerade herumfliegt.«

»Du musst es ja wissen«, sagte Skudder böse. »Und wenn ich an deiner Stelle wäre, Daniel, dann würde ich beten, dass er nie wieder zurückkommt. Ich glaube nicht, dass er besonders gut auf dich zu sprechen ist.«

Stone sah den Indianer einen Moment lang verunsichert an und wechselte dann abrupt das Thema. Er deutete mit einer herausfordernden Handbewegung auf Kias. »Sie haben sein Angebot gehört. Akzeptieren Sie es?«

»Witzbold!«, antwortete Charity. »Soll ich mich jetzt vielleicht bedanken, dass Sie mir gerade zwanzig Sekunden Zeit zum Überlegen gegeben haben?«

»Ich fürchte, sehr viel mehr Zeit haben wir nicht«, sagte Stone.

Charity sah ihn finster an. Und die Tatsache, dass er

schon wieder einmal Recht hatte, änderte nichts an ihrer Verärgerung. Statt direkt zu antworten, drehte sie sich herum und sah wieder auf die Monitorwand. Das rote Glühen brennender Felsen und geschmolzener Erde hatte sich nicht geändert. Der Anblick erfüllte sie mit einer Mischung aus Entsetzen, Schmerz und einer tiefen Trauer. Sie hatte die Welt dort draußen gesehen, einen geschändeten, halb zerstörten Planeten, der vor einem halben Jahrhundert schon einmal einen nuklearen Feuersturm erlebt hatte und der langsam anfing, sich wieder zu erholen. Und nun schien alles von vorne zu beginnen. Doch vielleicht blieb das atomare Höllenfeuer diesmal auf einen kleinen Teil des Planeten beschränkt. Auch wenn der Gedanke, dass sie selbst sich im Zentrum dieses kleinen Teiles befand, alles andere als erhebend war.

»Wie stellen Sie sich das vor?«, fragte sie und drehte sich wieder zu Stone herum. »Soll ich mein Gewehr nehmen und hinausgehen und auf jeden Moroni schießen, den ich sehe?«

In Stones Augen blitzte es ungeduldig auf. »Ich habe es Ihnen doch erklärt«, sagte er. »Die Schlacht zwischen den Jared und den Moroni geht uns nichts an. Wir könnten nichts an ihrem Verlauf ändern, selbst wenn wir wollten.«

»Aber wir wollen nicht, wie?«, fragte Skudder böse.

Stone spießte ihn mit Blicken regelrecht auf. »Es sind Millionen, Skudder«, sagte er. »Wenn nicht Milliarden. Es spielt überhaupt keine Rolle, ob wir hundert oder hunderttausend Soldaten haben. Wir würden einfach zermalmt werden, wenn wir versuchten, uns zwischen sie zu stellen. Wir brauchen Sie, um dieses ... Ding zu vernichten. Und vielleicht für ein, zwei andere Dinge.«

Er warf einen fast entschuldigenden Blick in Kias' Richtung. »Eines ist leider wahr, bei allem Respekt für unsere neuen Verbündeten: Sie können nicht besonders gut mit technischen Gerätschaften umgehen. Ich habe es selbst gesehen.«

Charity warf einen bezeichnenden Blick auf das halbe Dutzend Ameisen, das an verschiedenen Pulten herumstand und so rasch und geschickt an den Computern und Datenterminals arbeitete, dass sie das Wirbeln und Huschen ihrer Finger manchmal kaum noch richtig sehen konnte.

Stone verstand, was sie mit diesem Blick meinte. »Lassen Sie sich nicht davon täuschen«, sagte er. »Kias wird es Ihnen bestätigen: Sie haben keinerlei technisches Verständnis. Man kann ihnen beibringen, gewisse Dinge zu tun, so wie Sie auch einen Hund abrichten können, Ihre Zeitung zu holen. Aber sobald es um kompliziertere Dinge geht, sind sie ziemlich hilflos.«

Das, was Charity sah, schien Stones Worte Lügen zu strafen. Gleichzeitig wusste sie aber, dass er Recht hatte. Sie selbst hatte oft und lange genug gegen Wesen wie diese gekämpft, um zu wissen, dass sie wenig mehr als Tiere waren. Wäre es anders gewesen, dann hätten sich Menschen wie sie kaum ein halbes Jahrhundert lang gegen die unvorstellbare Übermacht der Invasoren aus dem Weltall halten können.

Trotzdem schüttelte sie nach einem weiteren Moment des Überlegens den Kopf. »Es wäre sinnlos, Stone«, murmelte sie. »Selbst wenn ich es wollte – ich kann nicht mit dreißig oder vierzig Männern in den Krieg ziehen. Nicht einmal mit hundert. Sie waren auch einmal Soldat. Genau wie ich. Sie wissen das.«

»Sie werden so viele Männer bekommen, wie Sie wollen«, antwortete Stone. »Wir haben an die vierzig ausgebildete Soldaten hier im Bunker, noch immer. Und jeder Einzelne wird sich Ihnen freiwillig anschließen. Ich schätze, dass wir noch einmal die gleiche Anzahl aus den Schlafkammern erwecken können. Ich kann Ihnen auch binnen kurzer Zeit noch sehr viel mehr Leute besorgen.«

Charity sah ihn fragend an, und Stone deutete auf den Jared. »Kias hat Schiffe in alle Teile der Welt geschickt, um nach weiteren Überlebenden zu suchen.« Er lächelte auf eine Art, die Charity nicht besonders gefiel. »Vergessen Sie nicht, dass ich ziemlich genau über die Aktivitäten der sogenannten Rebellen Bescheid weiß. Sagen Sie ja, und ich bringe Ihnen innerhalb weniger Tage fünfhundert Freiwillige, die mit bloßen Händen gegen die Moroni kämpfen, wenn Sie es ihnen befehlen.«

»Das werden sie auch müssen«, sagte Skudder. Er machte eine weit ausholende Handbewegung, die den ganzen Bunker einschloss. »Ich bin einer von deinen sogenannten Rebellen. Ich bin bestimmt kein Dummkopf, aber ich verstehe nichts von alledem hier. Und ich bin schon eine ganze Weile in dieser Basis.«

Stone nickte. »Ich verstehe, was du meinst. Aber das ist kein Problem.«

»Gouverneur Stone sagt die Wahrheit«, sagte Kias. »Wenn Sie unser Angebot annehmen, werden wir dieses Problem binnen kurzer Zeit lösen.« Er zögerte einen Moment.

»Wir brauchen Sie, Captain Laird.«

»Ja«, bemerkte Skudder. »Als Kanonenfutter.«

»Es ist ebenso Ihre Welt wie die unsere«, sagte Kias leise.

»Falsch«, verbesserte ihn Charity kalt. »Es ist sehr viel

mehr unsere Welt als eure. Ich hoffe, dass ihr das nicht vergesst, wenn das alles hier vorbei ist.«

Kias schwieg dazu, und auch Stone sah sie eine Sekunde lang irritiert an, dann hellte sich sein Gesicht auf. »Heißt das, Sie stimmen zu?«

»Nein«, antwortete Charity. »Ich werde darüber nachdenken.«

7

Es dauerte eine gute Stunde, bis auch die letzte *Ameise* aus dem Schacht verschwunden war, und weitere zwanzig Minuten, bis es Hartmann und Net mit vereinten Kräften gelungen war, Kyle durch die Tür zu heben und die zehn Meter hohe Wand hinunterzuschaffen. Zum Glück betrug die Schwerkraft an diesem unheimlichen Ort kaum die Hälfte des Normalen.

Hartmann rechnete in jeder Sekunde damit, dass sich die Tür auf der anderen Seite des feuergefüllten Schachtes öffnen und ein Dutzend *Ameisen* ausspeien würde oder gar die entsetzliche Kreatur, die Kyle als *Shait* bezeichnet hatte. Aber weder das eine noch das andere geschah. Zu Tode erschöpft, aber unbehelligt erreichten sie den Boden und luden Kyle behutsam ab, ehe sie neben ihm niedersanken.

Kyle hatte das Bewusstsein verloren. Die innere Seite der Tür lag anderthalb Meter über dem Boden – die äußere gute *zehn.* Wer immer diese Anlage erbaut hatte, schien mit der Geometrie auf Kriegsfuß zu stehen. Oder einen wirklich *sehr* sonderbaren Körperbau zu haben …

»Seltsam«, sagte Net nach einer Weile.

Hartmann hob müde den Kopf und sah sie an. Ihr Gesicht war bleich, und auch ihr Atem ging schnell und stoßweise. Sie zitterte vor Erschöpfung.

»Was?«

Net deutete mit einer Kopfbewegung auf Kyle herab. »Dass er das Bewusstsein verloren hat.«

Statt einer direkten Antwort warf Hartmann einen

bezeichnenden Blick auf Kyles Beine. Der unheimliche Selbstheilungsprozess hatte bereits eingesetzt, aber die Verletzung war nichtsdestotrotz furchtbar. »Sei froh«, sagte er. »Er muss fast wahnsinnig vor Schmerzen geworden sein.«

»Das meine ich nicht.« Net schüttelte heftig mit dem Kopf und strich sich mit einer unbewussten Geste eine Strähne aus der Stirn. »Ich kenne Kyle. Ich weiß, was er aushalten kann. Ich habe mit eigenen Augen gesehen, wie er regelrecht in Stücke gerissen wurde – und eine Stunde später war er wieder auf den Beinen.« Sie machte ein besorgtes Gesicht. »Irgendetwas stimmt nicht mit ihm.«

»Vielleicht ... liegt es an der Art der Verletzung«, erwiderte Hartmann nachdenklich. Als Net ihn fragend anblickte, fügte er hinzu: »Sie wurde durch den Transmitter hervorgerufen. Vielleicht liegt es ja daran.«

»Es könnte auch eine Schusswunde sein«, sagte Net. »Er war der Letzte, der durch den Transmitter ging. Und es liefen noch genug Moroni herum, die nichts Besseres zu tun hatten, als auf uns zu schießen.«

Hartmann schüttelte überzeugt den Kopf. Er zwang sich ein paar Sekunden lang, Kyles schrecklich zugerichteten Unterschenkel anzublicken, bis ihm klar wurde, wie sinnlos das war. Alles, was er damit erreichte, war, dass ihm schlecht wurde. Rasch sah er wieder weg.

»Ich habe so etwas noch nie gesehen. Vielleicht ist das Gerät im gleichen Moment ausgefallen, in dem er hindurchging.« Er machte eine erklärende Handbewegung. »Er ist gesprungen, erinnerst du dich? Möglicherweise wurde er irgendwie ... falsch zusammengesetzt.«

Er konnte sehen, wie Net allein bei der Vorstellung zusammenfuhr. »Vielleicht«, sagte sie nach einer Weile.

Sie fuhr sich nervös mit der Zungenspitze über die Unterlippe. »Glaubst du, dass er ... die Wahrheit gesagt hat?«, fragte sie schließlich.

Er konnte diese Überzeugung nicht begründen, aber Net hatte Recht. Irgendetwas stimmte mit dem Megamann nicht. Kyle begann sich zu verändern.

»Was mag das hier sein?«, fragte Hartmann mit einer Handbewegung in die Runde. Natürlich wusste aber auch Net nicht, wo sie waren. Was Hartmann auf den ersten Blick für einen mit Magma gefüllten Schlund eines Vulkans gehalten hatte, erwies sich bei genauerem Hinsehen als kreisrunder Schacht, dessen Wände entschieden zu glatt waren, um natürlichen Ursprungs zu sein. Jemand hatte diesen Schacht *gemacht.* Hartmann fragte sich nur, aus welchem Grund. Er gab Net mit einem Blick zu verstehen, dass sie wieder aufbrechen sollten. Dies war wahrscheinlich nicht der richtige Ort, um herumzusitzen und über die Geheimnisse der Moroni-Technologie nachzusinnen. Es kam ihm ohnehin mit jeder Minute unwahrscheinlicher vor, dass sie noch nicht entdeckt worden waren.

Kyle erwachte stöhnend, als sie ihn vorsichtig hochhoben. Er konnte allerdings immer noch nicht sprechen. In diesem Moment war Hartmann jedoch beinahe froh darüber. Das letzte Mal, als Kyle mit ihm geredet hatte, hatte der Megamann ihm wenig erfreuliche Neuigkeiten berichtet.

Sie umkreisten den Schacht in respektvollem Abstand und näherten sich dem Ausgang, einer wuchtigen Tür aus Stahl, die Tonnen wiegen musste. Hartmann deutete mit einer Kopfbewegung auf eine buckelige Maschine unmittelbar daneben, und Net verstand. Behutsam luden sie Kyle im Schutz dieser Maschine ab, und Hartmann wollte sich wieder aufrichten, um zur Tür zu gehen.

Net kam ihm zuvor. Ehe er überhaupt richtig begriff, was sie vorhatte, huschte sie los, näherte sich geduckt und mit schussbereiter Waffe der Tür und berührte eine Stelle an der Wand daneben. Sie musste sehr gut zugesehen haben, was die *Ameisen* taten, denn die Tür schwang auf, und Net verschwand in der Dunkelheit dahinter.

Hartmann blickte ihr mit einer Mischung aus Zorn und Schrecken nach. Einen Moment lang überlegte er, ihr nachzulaufen und sie zurückzuholen, dann wurde ihm klar, wie sinnlos das gewesen wäre. Als er den Blick senkte, sah er, dass Kyle die Augen geöffnet hatte und ihn ansah. »Ist sie fort?«

»Net?«

»Kann sie uns hören?«, fragte Kyle.

»Kaum.« Hartmann ließ sich neben ihn in die Hocke sinken und musterte Kyle mit einem langen, forschenden Blick. »Wie fühlen Sie sich?«

»Ich habe auf eine Gelegenheit gewartet, allein mit Ihnen zu reden«, sagte Kyle.

Hartmann war nicht sehr überrascht. »So? Warum?«

»Weil ich möchte, dass Sie mir etwas versprechen«, sagte Kyle. Das Reden fällt ihm immer noch schwer, dachte Hartmann erschrocken. Der Zustand des Megamanns besserte sich keineswegs – er *verschlechterte* sich zusehends.

»Und was wäre das?«

Kyle sammelte seine letzten Kräfte, um zu antworten. »Falls ich es nicht schaffe, ihn zu vernichten, dann müssen Sie mich töten, Hartmann«, sagte er.

Hartmann erschrak nicht einmal. Es war fast, als hätte er diese Worte erwartet. »Ich denke, das wird er dann schon selbst erledigen.«

»Sie verstehen nicht.« Kyle schüttelte mühsam den

Kopf. »Sie müssen mich töten. Ich darf ... auf gar keinen Fall lebend in seine Gewalt geraten. Es ist wichtig, verstehen Sie? Nicht für mich. Für Sie. Für Ihre Freunde. Für Ihren ganzen Planeten, Hartmann. Wenn der *Shait* Gewalt über mich erlangt, dann wird alles noch hundertmal schlimmer, als es war.«

»Sie meinen, er würde ... wie Sie«, vermutete Hartmann.

»Nicht er. Seine Krieger.« Kyle holte rasselnd Atem und versuchte sich aufzurichten, hatte aber nicht mehr die nötige Kraft und sank mit einem lautlosen Seufzer zurück. »Ich habe es Ihnen bisher nicht gesagt. Aber es gibt einen Grund, aus dem die Jared auf der Erde den Moroni so hoffnungslos überlegen sind.«

»Sie.«

Kyle wirkte ehrlich überrascht. »Woher wissen Sie das?«

»Ich habe Augen im Kopf«, antwortete Hartmann. »Ich habe gesehen, wie Ihre Leute mit den *Ameisen* umgesprungen sind. Und ich kann zwei und zwei zusammenzählen.« Er lachte humorlos. »Sie scheinen zu vergessen, dass ich die Jared zehn Jahre lang bekämpft habe, Kyle. Die ganze Zeit über war die Jared-Kolonie in Köln nichts als ein kleines Ärgenis für Moron. Nicht wahr? Und dann tauchten *Sie* auf, und plötzlich fegen sie die Beherrscher dieses Planeten praktisch über Nacht davon.«

Er legte eine kleine, genau bemessene Pause ein, ehe er die Frage stellte, vor der er die meiste Angst hatte: »Sind sie alle wie Sie? Eine ganze Armee von Megakriegern?«

»Nicht ganz«, erwiderte Kyle schwach. »Die Königin hat einen Teil meiner Fähigkeiten assimiliert und gibt sie jetzt an ihre Untergebenen weiter. Ihre Untertanen sind zehnmal so stark wie die Moroni und ungleich zäher und klüger.«

Hartmann lächelte humorlos. »Wäre es nicht so grausam, würde ich darüber lachen«, sagte er. »Sie haben sich ihr eigenes Grab geschaufelt, als sie Sie riefen, um Charity und ihre Freunde auszuschalten.« Mit einem Kopfschütteln kehrte er wieder zu ihrem ursprünglichen Thema zurück. »Und jetzt haben Sie Angst, dass der *Shait* dasselbe tun könnte, wenn er sich Ihrer bemächtigt.« Hartmann blickte an Kyle vorbei ins Leere. »Könnte er es?«

»Ich weiß es nicht«, gestand Kyle. »Ich habe Ihnen alles gesagt, was ich über die *Shait* weiß. Es ist nicht viel. Aber schon die bloße Möglichkeit ... Verstehen Sie, Hartmann? Nie zuvor in der Geschichte Morons ging eine Jared-Königin eine Symbiose mit einem Megakrieger ein. Sie wussten bisher nicht einmal, dass so etwas möglich ist. Wenn die *Shait* davon erfahren, dann wird ein Sturm über die Galaxis hereinbrechen, gegen den Morons bisherige Feldzüge nur ein friedlicher Spaziergang waren.«

Der Megamann hatte sehr leise gesprochen, und Hartmann spürte erneut ein eisiges Frösteln. Er sah Kyle noch immer nicht an, als er antwortete. »Ist Ihnen eigentlich klar, was Sie mir da gerade gesagt haben, Kyle?«

»Ja.« Ein Keuchen folgte. »Wenn meine Befürchtung zutrifft, dann müssten Sie mich eigentlich auf der Stelle töten. Ich würde das verstehen – und akzeptieren.«

Hartmann schwieg lange. Dann wandte er sich mit einem heftigen Kopfschütteln und einem gezwungenen Lächeln wieder an den Megamann. »So, wie es aussieht, bin ich nicht einmal sicher, ob wir Sie lebend hier herauskriegen, Kyle.«

Kyle blieb ernst. »Sie müssen es mir versprechen, Hartmann.«

Hartmann nickte. »Das tue ich.«

»Und ...« Kyle zögerte einen winzigen Augenblick. »Es wäre auch besser, wenn Sie Net und sich selbst erschießen würden, wenn es soweit ist. Glauben Sie mir – der Tod ist dem vorzuziehen, was Sie erwartet, sollten Sie lebend in seine Gewalt gelangen.«

Nach allem, was Kyle ihm vorhin über die *Shait* erzählt hatte, glaubte ihm Hartmann aufs Wort. Und trotzdem machte er plötzlich eine zornige Geste. »Sie reden ein wenig zuviel vom Sterben für einen Mann, der angeblich nicht umzubringen ist. Was ist los mit Ihnen? Hat der Transmitter Ihnen auch Ihren Mut geraubt?«

»Ich weiß es nicht«, sagte Kyle. »Etwas ... ist nicht mehr da. Ich weiß nicht, was es ist.«

»Nicht mehr da? Was soll das heißen?«

Kyles Gesicht zuckte, ob als Antwort auf seine Frage oder vor Schmerz, konnte Hartmann nicht sagen. »Ich fühle mich ... als ob ein Teil von mir fort wäre«, sagte er. »Irgendetwas fehlt. Ich kann nicht sagen, was, aber ... es ist fort.«

Die Tür glitt auf, und Net kam zurück.

Hartmann empfing die Wasteländerin wenig freundlich. »Was, zum Teufel, sollte dieses kleine Kunststück?«, schnappte er. »Bist du verrückt geworden?«

Net blinzelte irritiert. »Mir ist nichts passiert. Aber es tut gut zu wissen, dass da jemand ist, der sich Sorgen um einen macht.«

»Das habe ich tatsächlich!«, fauchte Hartmann. Er begriff selbst, dass sein Ton alles andere als angemessen war. Und es war auch eher der Schrecken, mit dem ihn Kyles Worte erfüllt hatten, der sich nun auf Net entlud.

Zu seinem Erstaunen reagierte sie noch immer nicht gereizt, sondern mit nur noch größerer Verwirrung. »Dort draußen ist nichts«, sagte sie. »Nur ein kurzer Gang und eine Art Schacht. Keine *Ameisen.*« Sie zuckte mit den Schultern. »Ich kann mich natürlich täuschen, aber ich glaube fast, die ganze Anlage ist verlassen.« Sie sah wieder auf Kyle herab. »Wie geht es ihm?«

Kyle hatte die Augen wieder geschlossen und spielte den Bewusstlosen; vielleicht war er es auch. Das Reden hatte ihn sehr angestrengt.

»Unverändert«, sagte Hartmann. »Bist du sicher, dass keine Moroni in der Nähe sind?«

»Nein, das bin ich nicht«, erwiderte Net. »Aber sieh dich doch um! Wenn diese Anlage nicht abgeschaltet ist, dann weiß ich nicht, was man darunter versteht.«

Hartmann sagte nichts, aber er gab ihr im Stillen Recht. Die Halle enthielt zahllose seltsam geformte Maschinen, aber soweit er dies beurteilen konnte, war keine davon in Betrieb. Das einzige Licht war der blutrote, flackernde Schein, der aus dem Schacht heraufdrang. Und sie hörten nicht den mindesten Laut. Sie waren bisher davon ausgegangen, dass all diese Geräte irgendwie durch die Katastrophe am Nordpol in Mitleidenschaft gezogen worden waren, aber das musste gar nicht so sein. Sie waren nicht sicher, ob sie sich überhaupt noch in der Nähe des Nordpols aufhielten – im Grunde wussten sie nicht einmal, ob sie sich überhaupt noch auf der *Erde* aufhielten.

Vor Hartmanns innerem Auge entstand eine schreckliche Vision: Er sah eine verlassene Weltraumstation auf irgendeinem öden Meteoriten, die einzig und allein dazu gedient hatte, den *Shait* an Bord eines wartenden Raumschiffes gehen zu lassen und danach aufgegeben wurde, um für alle Zeiten durch den Kosmos zu treiben.

»Also gut«, sagte er. »Komm!«

Sie nahmen Kyle zwischen sich und trugen ihn, ohne dass er aufwachte. Net öffnete die Tür. Dahinter lag ein kurzer, metallverkleideter Gang, der nach kaum zehn Metern in einen kreisrunden und vielleicht fünf Meter messenden Schacht mündete, genau wie es Net gesagt hatte. Wahrscheinlich war es sein Aufzugschacht.

Hartmann beugte sich vor und blickte schaudernd in die schwarze Tiefe, die unter ihm klaffte. Von irgendwoher kam blasses, rötliches Licht. Vorsichtig lud er Kyle auf dem Boden ab, suchte mit der Hand an der metallverkleideten Wand neben sich nach Halt und beugte sich vor, soweit er es wagte, um in die Höhe zu blicken.

In der Mitte des Schachtes hing ein dünnes, silberfarbenes Drahtseil herab, das sich in unmöglich zu schätzender Höhe in rotem Dunst verlor. Unter normalen Umständen hätte Hartmann nicht einmal die Möglichkeit in Betracht gezogen, daran emporzusteigen; zumal er keine Vorstellung hatte, wie lang dieses Seil war. Aber die Umstände waren alles andere als normal. Sie hatten sich gründlich genug in der Halle umgesehen, um zu wissen, dass es keinen zweiten Ausgang gab.

»Also gut«, murmelte er, während er sich mit einem kräftigen Ruck wieder zurück in den Gang stieß. »Versuchen wir es.«

Net riss die Augen auf. »Versuchen wir *was*?«

Hartmann deutete mit einer Kopfbewegung zuerst auf Kyle, dann auf das Drahtseil. »Du kannst doch gut klettern, oder?«

Nets Augen wurden noch größer. »Bist du verrückt? Das meinst du nicht ernst!«

»Und ob«, antwortete Hartmann. »Oder hast du eine bessere Idee?«

8

Nichts hatte sich verändert, seit Charity das letzte Mal hier gewesen war. Der Raum befand sich noch immer in dem gleichen, völlig verwüsteten Zustand, in dem ihn der Angriff der Jared versetzt hatte. Die Liegen waren umgeworfen und zerbrochen, Laken und Kissen zerfetzt, die Überwachungsgeräte auf den Konsolen waren zertrümmert und die großen, einseitig verspiegelten Fenster in den Seitenwänden zerborsten. Nur an die drei Reihen schmaler Pritschen konnte Charity sich nicht erinnern. Die Liegen waren ebenso unversehrt wie die Gestalten, die auf ihnen ruhten.

»Freuen Sie sich nicht zu früh, Captain Laird«, sagte Stone, der ihr Schweigen offenbar missverstand. »Die wenigsten von ihnen werden jemals wieder aufwachen. Und wenn sie doch aufwachen, dann werden sie geistige und körperliche Wracks sein. Die Jared haben diese Menschen nicht umsonst verschont.«

»Wie ein geistiges Wrack komme ich mir eigentlich nicht vor«, sagte Harris beleidigt.

»Das war in Ihrem Falle etwas anders«, antwortete Stone. »Ihr Überwachungscomputer zeigte eine gestörte Alphawelle an. Es war ein Fehler in dem Gerät; nicht in ihrem Gehirn.«

Harris verdrehte die Augen, bis er schielte, und begann zu hecheln. »Jajajaja«, stammelte er. »I-i-i-ich f-f-fühle mi-mi-mich auch scho-scho-schon wie-wie-wie-der ganz priiima.«

Skudder lachte, während auf Stones Gesicht ein deutlicher Ausdruck von Verärgerung erschien. »Lassen Sie den

Blödsinn!«, sagte er scharf. »Wir haben keine Zeit für solche Mätzchen.«

Charity gab Stone Recht; dennoch warf sie Harris ein freundliches Lächeln zu, ehe sie sich wieder den schlafenden Gestalten zuwandte.

Skudder, Stone, Harris und sie waren nicht die einzigen Besucher hier unten. Zwischen den Liegenden bewegten sich die dürren, vierarmigen Gestalten von Jared; manche scheinbar ziellos, andere mit kleinen, kompliziert aussehenden Gerätschaften ausgestattet, mit denen sie sich dann und wann über einen der Schlafenden beugten oder sich an einem der kleinen Überlebenscomputer neben den Betten zu schaffen machten. Der Anblick erfüllte Charity mit einem Widerwillen, gegen den sie sich nicht wehren konnte. Stone hatte ihr auch erklärt, was die Jared hier taten: Sie untersuchten Hartmanns schlafende Armee, um vielleicht doch noch den einen oder anderen Schläfer zu erwecken. In Charity sträubte sich alles gegen dieses Bild. Es erschien ihr einfach *falsch,* dass die gleichen Kreaturen, die ihre Heimatwelt erobert und verheert und neunzig Prozent ihres Volkes ausgelöscht hatten, sich jetzt um das geistige und körperliche Wohl der wenigen Überlebenden kümmern sollten. Und auch wenn sie sich sagte, dass die *Ameisen* vor ihr nur noch *aussahen* wie Moroni, aber längst keine mehr waren, änderte das nichts an ihren Gefühlen.

Charity hatte so wenig wie irgendein anderer Mensch das Wesen der Jared jemals wirklich verstanden. Sie hatte immer ein wenig Angst vor ihnen gehabt, aber seit ihrer Rückkehr zur Erde empfand sie eine tiefe Furcht. Es war, als wüsste sie plötzlich, dass ihre Angst einen *Grund* hatte.

Ohne Stone noch eines Blickes zu würdigen, löste sie

sich von ihrem Platz und trat an eine der Liegen heran. An der anderen Seite der schmalen Pritsche stand eine *Ameise* und machte sich an den Eingabeinstrumenten des Überlebenscomputers zu schaffen. Charity bedachte ihn mit einem flüchtigen Blick und sah dann auf die schlafende Gestalt vor sich herab. Es war eine junge Frau mit dunklem, militärisch kurz geschnittenem Haar und einem Gesicht, das sicher schön gewesen wäre, hätte es nicht die Farbe von Totenhaut gehabt und wäre da nicht der Ausdruck von Entsetzen und Schmerz gewesen, der sich in ihre Züge eingegraben hatte. Und ganz plötzlich kehrte die Erinnerung zurück. Plötzlich sah Charity ein ähnliches, noch fast kindliches Gesicht, das sich entsetzt gegen eine Glasscheibe presste, einen Mund, der immer und immer wieder ihren Namen schrie und sie um Hilfe anflehte.

Mit einer fordernden Geste wandte sie sich an den Moroni auf der anderen Seite des Bettes. »Was ist mit dieser Frau?«

»Die *Ameise* blickte sie an und antwortete mit einer Folge hoher, pfeifender Laute, und Stone sagte hinter ihr: »Er besitzt keinen Übersetzungscomputer. Aber soweit ich das verstanden habe, wurde ihr Gehirn geschädigt. Er glaubt nicht, dass er sie wieder aufwecken kann.«

»Aber sie lebt!«, sagte Charity mit einem Blick auf die leuchtenden Kontrollinstrumente neben dem Bett.

Stone runzelte die Stirn. »Wenn man das Leben nennen kann«, sagte er düster. »Vielleicht wäre es besser für sie, wenn man das Ding einfach abschalten würde.«

Charity fuhr herum und funkelte ihn an, aber der erwartete Zornesausbruch kam nicht. Nach einigen Sekunden sagte Stone, als hätte er ihre Gedanken gelesen: »Ich habe diese Anlage nicht gebaut, Captain Laird. Ich war es nicht, der all diese jungen Leute überredet hat, diesen Wahnsinn mitzumachen.«

Charity starrte ihn an, dann fuhr sie wortlos auf dem Absatz herum und lief aus dem Raum. Skudder und Harris folgten ihr, während Stone bei dem Moroni zurückblieb und sich mit beiden Händen gestikulierend mit ihm zu unterhalten begann.

Charity blieb erst stehen, als sie fast beim Aufzug angelangt war. Sie fühlte sich verwirrt. Ihre Gedanken überschlugen sich.

»Was ist los mit dir?«, fragte Skudder, als er sie erreicht hatte. Er atmete schnell. Die letzten Meter war er gerannt, um sie einzuholen.

»Nichts«, antwortete Charity und wollte sich abwenden, um in den Aufzug zu treten, aber Skudder ergriff sie am Arm und hielt sie fest.

»Lüg mich nicht an!«, sagte er. »Irgendetwas stimmt nicht mit dir. Schon seit gestern Abend!«

Die Erinnerung an den vergangenen Abend verschlechterte Charitys Laune noch mehr. Sie hatten noch lange mit Stone und Kias geredet, und sie hatten auch versucht, hinterher mit Gurk zu sprechen. Charity hatte keineswegs vergessen, was er über den außer Kontrolle geratenen Transmitter am Nordpol gesagt – und was Skudder und sie schließlich mit eigenen Augen *gesehen* hatten. Aber der Zwerg war ungewohnt schweigsam gewesen und hatte all ihre Fragen mit der lakonischen Bemerkung abgetan, die Jared hätten das Problem in den Griff bekommen. Danach hatte er sich unter einem Vorwand davongestohlen. Seither hatten sie ihn nicht mehr gesehen. Seltsamerweise war Charity beinahe froh darüber.

Obwohl Skudder und Charity mehr als sechzehn Stunden betäubt gewesen waren, waren sie sehr müde geworden. Ihre Körper verlangten nach den Strapazen der vergangenen Wochen nach mehr als nach einigen Stunden künstlich erzwungenen Schlafes, und so hatten sie sich bald zurückgezogen, um noch ein wenig zu reden. Skudder hatte sich große Mühe gegeben. Er war charmant wie niemals zuvor gewesen, aber obwohl sie sich jetzt über ihre wirklichen Gefühle dem Indianer gegenüber mittlerweile im Klaren war, hatte sie sich sehr abweisend verhalten. Mit sanfter Gewalt machte sie sich aus Skudders Griff los, trat in den Aufzug hinein und streckte die Hand nach dem Knopf für die Kommandoebene aus, drückte ihn aber noch nicht. »Ich ... weiß nicht, was mit mir los ist«, sagte sie, ohne Skudder anzusehen. Sie schüttelte hilflos den Kopf. »Ich fühle mich so ... seltsam. Irgendwie ... unwirklich.«

Skudder blickte fragend.

»Ich kann es selbst nicht erklären«, sagte Charity, »aber ich habe das Gefühl, dass hier irgendetwas nicht stimmt.« Sie machte eine Geste in die Richtung, aus der sie gekommen waren. »Ich kann es nicht beschwören, aber ich bin fast sicher, dass all diese Menschen das letzte Mal noch nicht hier waren.«

»Diese Anlage ist ziemlich groß«, sagte Skudder. »Vielleicht haben sie einfach alle auch nur halbwegs hoffnungsvollen Fälle in dieses Zimmer geschafft.«

Diese Erklärung klang zwar einleuchtend, konnte aber nicht die Wahrheit sein. Charity kam sich vor, als wäre sie in einem jener Träume gefangen, in denen man genau weiß, dass man träumt, aus denen man aber trotzdem nicht erwachen kann.

Harris erreichte als Letzter den Aufzug. Die Türen schlossen sich, und der Aufzug begann beinahe lautlos nach oben zu gleiten. Sie sprachen kein Wort, bis die Kabine angekommen war und sie ausstiegen.

Charity wollte sofort zu ihrem Quartier gehen, aber wieder hielt sie Skudder mit einer wenig sanften Bewegung zurück.

Er deutete nach links den Gang hinunter. »Was ist denn noch?«, fragte sie gereizt.

»Ich möchte dir etwas zeigen – falls deine kostbare Zeit es zulässt«, sagte er in einem gereizten Tonfall.

Sie nickte wortlos und folgte ihm. Harris folgte ihnen ebenfalls, obwohl weder Charity noch Skudder ihn aufgefordert hatten, sie zu begleiten. Durch zwei weitere Korridore und über eine kurze Metalltreppe gelangten sie in einen Raum, der früher einmal als Lager gedient haben musste. Was von dem Lager übrig geblieben war, hatte man zu einem unordentlichen Stapel zusammengeschoben, der bis unter die Decke reichte und aussah, als würde er jeden Moment zusammenbrechen. Vor dem Stapel stand ein knappes Dutzend niedriger Metallpritschen, die denen ähnelten, die sie unten in den Tiefschlafkammern gesehen hatten.

Charity stand wie gelähmt da und starrte aus entsetzt aufgerissenen Augen auf das halbe Dutzend nackter Gestalten, die ausgestreckt auf diesen Pritschen lag. Es waren vier Männer und zwei Frauen. Obwohl sie unbekleidet waren, konnte man ihre Gesichter trotzdem nicht erkennen, denn sie waren unter bedrohlich aussehenden Hauben verborgen, die jemand über ihre Köpfe gestülpt hatte. Ein gutes Dutzend *Ameisen* huschte geschäftig zwischen den Liegen hin und her.

»Was zum Teufel geht hier vor?«, fragte Charity fassungslos. Sie trat mit wenigen raschen Schritten an eine der Liegen heran und blieb abermals stehen.

Der Anblick war seltsam und schrecklich zugleich. Der Mann lag reglos ausgestreckt auf der Pritsche, nur locker festgeschnallt, damit er sich nicht im Schlaf bewegte oder sich eine der Nadeln herauszog, die in seinen Venen steckten. Auf seinem Gesicht lag ein buckliges Ding mit langen gekrümmten Beinen, die sich um seinen Hals, den Hinterkopf und die Schläfen schmiegten. Das Wesen sah aus wie eine riesige versteinerte Spinne.

Charity streckte die Hand nach diesem unheimlichen Etwas aus, wagte aber nicht, es zu berühren. Stattdessen fuhr sie herum und packte die erstbeste *Ameise,* die sie erreichen konnte. »Was geht hier vor?«, herrschte sie den Jared an. »Was bedeutet das? Was geschieht mit diesen Menschen?«

Der starre Blick der Insektenkreatur verriet Charity, dass sie die Bedeutung ihrer Worte überhaupt nicht verstand. Zornig ließ sie die *Ameise* los, wandte sich wieder zu der reglosen Gestalt auf der Pritsche um und tat so, als wolle sie den unheimlichen Gesichtsschutz losreißen. Doch plötzlich legte sich eine schmale, chitingepanzerte Hand auf ihren Unterarm und hielt sie mit eiserner Kraft zurück. Zugleich sagte eine schnarrende Computerstimme: »Das sollten Sie nicht tun, Captain Laird. Ganz davon abgesehen, dass Sie den Mann verletzen würden, könnte es sich negativ auf die geistige Stabilität des Mannes auswirken.«

Charity starrte Kias' Hand verärgert an, und der Jared verstand und zog seine Finger fast hastig zurück. Erst dann drehte sie sich herum und blickte ins Gesicht der *Ameise.* Kias war offensichtlich die ganze Zeit über hier im Raum gewesen, aber sie hatte ihn unter all den knochigen schwarzen Gestalten nicht einmal erkannt. Für sie sah ein Moroni aus wie der andere.

»Was tut ihr hier?«, sagte sie noch einmal. Sie beherrschte sich nur noch mühsam.

»Governor Stone versprach Ihnen, für eine Verstärkung Ihrer Truppe zu sorgen«, antwortete Kias. Er deutete mit allen vier Armen zugleich auf vier verschiedene Pritschen, ein Anblick, der so bizarr war, dass Charity einen Moment lang Mühe hatte, seinen Worten zu folgen. »Dies sind die ersten Freiwilligen. Sie erhalten eine Schnellschulung in Ihrer Sprache, Captain Laird. Unglückseligerweise gibt es auf diesem Planeten Dutzende von vollkommen unterschiedlichen Idiomen. Außerdem übertragen wir ihnen ein gewisses Grundwissen im Umgang mit der Technik und den Waffen dieser Militärbasis.«

Es dauerte einen Moment, bis Charity die umständlichen Worte des Moroni verstand. Oder zumindest zu verstehen *glaubte*. »Schulung?«, fragte sie erstaunt.

»Direkte elektrochemische Übertragung von Wissen unter Umgehung des Bewusstseins der lernenden Person«, erklärte Kias. »Ich verstehe, dass Sie der Anblick erschreckt, aber dieses Verfahren ist seit langer Zeit bewährt und so gut wie risikolos.« Er wiederholte seine seltsame Geste. »Diese Einheiten werden erwachen und über ein Wissen verfügen, das auf herkömmlichem Wege zu erlernen sie Wochen gebraucht hätten, vielleicht sogar Monate.«

»Wie kann so etwas funktionieren?«, fragte Skudder verstört.

»Eine Art Hypnose-Schulung«, sagte Charity an Skudder gewandt, aber ohne Kias aus den Augen zu lassen. »Bei uns liefen damals Testreihen, um ein ähnliches Verfahren zu entwickeln. Die Idee ist, dass du praktisch im Schlaf lernst.« Sie tippte sich mit den Fingerknöcheln gegen die Schläfe. »Schnell und sicher und vor allem, ohne dich anzustrengen.«

Skudders Gesichtsausdruck nach zu schließen schien ihn diese Erklärung eher zu verwirren, aber seine Antwort bewies, dass dieser Eindruck täuschte. »Schön, wenn sie im Schlaf lernen, ein Flugzeug zu fliegen und einen Computer zu bedienen«, sagte er. »Ich frage mich nur, was sie sonst noch alles beigebracht bekommen.«

»Ich fürchte, ich verstehe nicht ganz«, sagte Kias.

»Oh, ich glaube, du verstehst ganz gut«, knurrte Skudder. »Ich persönlich hätte etwas dagegen, wenn man an meinem Bewusstsein herumpfuscht.«

»Ich versichere Ihnen, dass sich unsere Behandlung nur auf die Übertragung von reinem Wissen beschränkt«, sagte Kias. »Es steht nicht in unserer Macht, den Willen eines Individuums zu manipulieren. Und es würde auch gegen unsere ethischen Grundsätze verstoßen, so etwas zu tun.«

Skudder setzte zu einer Antwort an, aber Charity machte eine rasche Bewegung und zog Kias' Aufmerksamkeit damit wieder auf sich. »Ich möchte mit Stone reden«, sagte sie. »Sofort. Sag ihm das! Ich erwarte ihn in meinem Zimmer!«

»Governor Stone ...«

»*Governer* Stone«, unterbrach ihn Charity kalt, »wird sicher einige Minuten seiner ach so kostbaren Zeit für mich erübrigen können. Und wenn nicht, dann erinnere ihn daran, dass ich bisher noch nicht zugesagt habe, das Kommando über die Armee zu übernehmen, für die er bereits so fleißig ...« Sie zögerte einen Moment, in dem sie einen langen, beinahe angewiderten Blick auf die reglose Gestalt vor sich warf. »... *Freiwillige* sammelt.«

»Ich werde es ihm ausrichten«, sagte Kias.

»Tu das«, antwortete Charity kalt und wandte sich mit einem Ruck von der Liege um. »Aber vergiss es lieber nicht. Ansonsten könnte es sein, dass *Governor Stone* ziemlich böse auf dich wird.«

Sie stürmte aus dem Raum und blieb erst nach ein paar Schritten wieder stehen, damit Skudder zu ihr aufholen konnte, ohne rennen zu müssen. Hinter dem Hopi verließ auch Harris den ehemaligen Lagerraum, um sich ihnen anzuschließen.

Charity fuhr ihn an, noch ehe er sie ganz erreicht hatte: »Haben Sie nichts zu tun, Harris? Oder hat *Governor Stone* Sie vielleicht beauftragt, uns ein wenig im Auge zu behalten?«

Harris zuckte nur mit den Schultern und verschwand hastig.

Skudder blickte ihm verwirrt nach, dann wandte er sich mit fragendem Gesichtsausdruck an Charity. »Was ist denn plötzlich in dich gefahren? Er wollte nur freundlich sein.«

Charity ging weiter, ehe sie antwortete. »Ich weiß. Aber ich brauche niemanden, der wie ein Schoßhündchen hinter mir herzieht und von dem ich noch nicht einmal genau weiß, wer er ist!«

»Wie meinst du das?«

»Ich meine, dass ...« Charity brach mitten im Satz ab, als ihr klar wurde, dass sie ganz kurz davor stand, Skudder anzuschreien, obwohl er überhaupt keine Schuld an ihrem Zorn trug. Charity schüttelte nur zornig den Kopf und versuchte, sich zusammenzunehmen. In ihrem Quartier schloss Skudder die Tür hinter sich, lehnte sich dagegen und verschränkte herausfordernd die Arme vor der Brust. »Also?«

Charity sagte noch immer nichts, sondern trat wortlos an das Computerterminal auf dem Schreibtisch heran und klinkte sich in die Datenbank der Bunkerstation ein.

Skudder trat stirnrunzelnd hinter sie, während sie mit einem Finger zu tippen begann.

»Weißt du noch, wie Harris mit Vornamen heißt?«, fragte sie.

Skudder nickte verwirrt. »John, glaube ich – warum?«

Charity setzte ein Komma hinter den Namen Harris, der auf dem Bildschirm erschienen war, tippte ›John‹ ein und nickte mit einer Art grimmiger Befriedigung, als genau das geschah, was sie erwartet hatte – nämlich nichts.

»Würdest du mir vielleicht freundlicherweise verraten, was du da *tust*?«, fragte Skudder mit hörbarer Ungeduld.

Charity deutete zornig auf den Monitor. »Sieh selbst, Skudder. Es gibt keinen John Harris in dieser Station. Der Computer wüsste es.«

Skudder schwieg ein paar Augenblicke. »Versuch es mit Jonathan«, schlug er dann vor.

Charity hätte ihm sagen können, dass das Computerprogramm ihr ganz automatisch auch alle ähnlich klingenden Namen aufgelistet hätte, aber sie tat ihm den Gefallen. Ohne Ergebnis. Es gab keinen Mann mit Namen Harris, der im Computer abgespeichert war.

»Hm«, machte Skudder und runzelte die Stirn. »Und was bedeutet das?«

»Dass es keinen John Harris in diesem Bunker gibt. Wer immer der Kerl ist – er lügt, oder er erinnert sich an etwas, das nie passiert ist.«

»Du hast also auch Angst, sie könnten ihnen falsche Erinnerungen eingegeben haben«, sagte Skudder.

Ehe Charity antworten konnte, sagte eine Stimme von der Tür her: »Ich verstehe zwar, dass Sie diese Befürchtungen haben, aber ich versichere Ihnen, dass sie völlig ungerechtfertigt sind, Captain Laird.«

Charity starrte Stone so voller unverhohlener Wut an, dass der Governor für eine Sekunde mitten im Schritt verharrte und sein Lächeln plötzlich sehr unsicher wirkte, als er weitersprach. »Ich versichere Ihnen, dass wir keinerlei Geheimnisse haben.«

»Stone!«, sagte Charity unfreundlich. »Haben Sie nicht gelernt, dass man anklopft, ehe man ein fremdes Zimmer betritt?«

Stone überging ihre Worte. »Sie wollten mich sprechen?« Stones Atem ging schnell, und seine Hände zitterten leicht. Er musste gerannt sein, um so schnell hier heraufzukommen. »Was geht hier vor, Stone?«, fragte Charity unvermittelt. Sie deutete auf den Bildschirm. »Es gibt keinen John Harris unter der Besatzung dieser Anlage.«

Stone zog überrascht die Augenbrauen hoch, trat wortlos hinter sie und warf einen Blick auf den Bildschirm. Plötzlich hellte sich sein Gesicht auf. »Ich verstehe«, sagte er. »Sie haben versucht, seine Personaldaten abzufragen, um herauszufinden, wer er wirklich ist. Der Computer hat Ihnen nicht geantwortet.« Er lachte ganz leise. »Was haben Sie erwartet?«

»Ich habe ...«

»Man kann nicht einfach den Hauptcomputer einer solchen Anlage einschalten und erwarten, dass er einem bereitwillig Auskunft gibt, Captain Laird«, fiel ihr Stone in leicht tadelndem Tonfall ins Wort. »Selbstverständlich haben nur autorisierte Personen Zugriff auf diese Daten.«

»Und das bin ich nicht?«

»Natürlich nicht.« Stone seufzte, sah sich suchend um und ließ sich unaufgefordert in einen Sessel fallen. »Oder sagen wir besser: noch nicht. Ob sich das ändert, liegt bei Ihnen.«

Charity starrte ihn an. Es war absurd, aber für einen Moment ärgerte sie sich am allermeisten über die Selbstverständlichkeit, mit der er Platz genommen hatte.

»Ich glaube, es wird Zeit, dass wir einiges klären«, sagte Stone in verändertem Ton.

»Das scheint mir auch so.«

Stone seufzte tief. »Lassen Sie mich eines klarstellen, Captain Laird«, sagte er. »Ich bin nicht Ihr Feind. Das war ich nie. Wir haben auf verschiedenen Seiten gestanden, aber ich habe nur das getan, was ich selbst für das Beste hielt.«

»Für Sie?«

»Auch«, gestand Stone mit erstaunlicher Offenheit. »Aber hauptsächlich für den Rest der Menschheit. Sich mit Gewalt gegen die Invasoren von Moron stellen zu wollen, war völliger Wahnsinn!«

»Dafür waren wir gar nicht schlecht«, sagte Skudder spöttisch.

Stone schnaubte. »Bist du so dumm oder tust du nur so, Häuptling? Bildest du dir wirklich ein, dass *ihr* die *Shait* geschlagen habt?«

Er sah Skudder an. Auf dem Gesicht des Hopi spiegelte sich Zorn – aber auch eine Betroffenheit, die Charity überraschte.

»Es waren die Jared«, fuhr Stone fort. »Und es war nichts als ein geradezu phantastischer Zufall, dass der *Sprung* genau in diesem Moment stattgefunden hat. Du und deine sogenannten *Rebellenfreunde*...« Er gab sich nicht einmal die Mühe zu verhehlen, für wie lächerlich er dieses Wort hielt. »...wart niemals mehr als ein kleines Ärgernis für die Herren der Schwarzen Festung. Und dasselbe gilt auch für Sie, Captain Laird, auch wenn Sie das vielleicht nicht gern hören.«

Er atmete seufzend aus und sah Skudder und Charity fast erwartungsvoll an. Als er keine Antwort bekam, lachte er gezwungen. »Das musste einmal gesagt werden.«

»Gut«, sagte Charity. »Nun haben Sie es ja gesagt. Und was jetzt? Sollen wir uns bei Ihren neuen Freunden bedanken, dass sie uns am Leben gelassen haben?«

»Das wäre überflüssig«, antwortete Stone ernst. »Ich habe in den letzten Tagen sehr viel mit Kias geredet, Captain Laird. Ich glaube, er sagt die Wahrheit. Ich weiß so wenig wie Sie, was diese Jared wirklich sind. Ich glaube, niemand kann diese Wesen verstehen, der nicht zu ihnen gehört. Aber ich glaube auch, dass sie *ehrlich* sind. Sie stehen auf unserer Seite. Solange es noch Moroni auf diesem Planeten gibt, sind wir Verbündete, ob es uns gefällt oder nicht.«

»Und welche Rolle haben Sie uns dabei zugedacht?«, fragte Charity.

»Eine sehr wichtige«, antwortete Stone. »Ich hatte gehofft, dass Sie das schon von selbst begriffen hätten.«

»Ich habe bisher nur begriffen, dass Sie ein paar Dummköpfe suchen, die für Sie die Kastanien aus dem Feuer holen«, sagte Charity.

»Auch das.« Stone lächelte. »Obwohl ich die Wahl Ihrer Worte für etwas übertrieben halte. Aber Sie haben Recht – es gibt ein paar Dinge, die die Jared nicht tun können. Aber das ist im Grunde nebensächlich.« Er beugte sich leicht im Sessel vor. »Ihre wirkliche Aufgabe, Charity, ist ungleich wichtiger. Vielleicht die wichtigste Aufgabe, die die Jared einem menschlichen Wesen auf diesem Planeten im Moment überhaupt übertragen können.«

»So«, fragte Charity. Ein unangenehmes Gefühl begann sich in ihr auszubreiten. »Und welche?«

»Geben Sie ihnen Hoffnung«, sagte Stone. »Das ist es, was die Menschen dort oben im Moment am dringendsten brauchen.«

»Ich?« Charity versuchte zu lachen, aber es gelang ihr nicht.

»Sie«, bestätigte Stone ernst. »Ich wüsste niemanden, der besser dazu geeignet wäre. Sie sind sich vielleicht selbst nicht darüber im Klaren, oder vielleicht wollen Sie es auch nur nicht wahrhaben, aber Sie sind in den wenigen Monaten seit Ihrem Auftauchen bereits so etwas wie eine Legende geworden.«

»Unsinn!«, sagte Charity heftig.

»Es ist die Wahrheit«, versicherte Stone. »Sie und Ihre paar Freunde waren die ersten, die sich wirklich gegen die Invasoren zur Wehr gesetzt haben. Sie haben sich gewehrt, und Sie haben all diesen Menschen dort draußen gezeigt, dass man sich gegen sie wehren *kann*. Das allein ist wichtig!«

Charity war verwirrt. Stone hatte mit sehr eindringlicher, ernster Stimme gesprochen, und irgendwie glaubte sie zu spüren, dass seine Worte mehr Wahrheit enthielten, als sie ihnen im ersten Augenblick zuzubilligen bereit war. Trotzdem sagte sie: »Das ... ist doch Unsinn, Stone. Wofür halten Sie mich? Für eine Art neuer Messias?«

»Es spielt keine Rolle, wofür ich Sie halte. Wichtig ist allein, was all diese Menschen dort draußen in Ihnen sehen. Auch wenn es nicht die Wahrheit ist – aber sie verbinden den Sieg über die Moroni mit *Ihnen,* Captain Laird, nicht mit den Jared. Ich verlange nicht, dass Ihnen der Gedanke gefällt, aber ich verlange, dass Sie Ihre Pflicht Ihrem Volk gegenüber erfüllen!«

»Indem ich es belüge?«

»Und wenn schon!« Stone machte eine wegwerfende

Handbewegung. »Ganze Weltreiche sind auf einer Lüge aufgebaut worden! Helfen Sie uns, Charity. Helfen Sie den Menschen, indem Sie ihnen das geben, was sie brauchen!«

»Aber wie kann ich das?«, fragte Charity. Sie wandte sich wie unter Schmerzen, aber im Grunde wusste sie, dass sie bereits verloren hatte. »Sie haben es selbst gesagt, Stone! Ob ich hundert oder hunderttausend Männer habe – wir würden einfach zermalmt werden, wenn wir hinausgingen, um uns in den Kampf einzumischen.«

»Niemand verlangt das«, antwortete Stone ernst. »Überlassen Sie die großen Schlachten den Jared und gewinnen Sie ein paar kleine. Ich lasse Ihnen ein paar Ziele heraussuchen, die Sie ohne große Verluste nehmen können. Wichtig sind nicht irgendwelche militärischen Erfolge. Wichtig ist, dass Sie den Menschen zeigen, dass sie sich wehren und gewinnen können!«

»Was soll das alles, Stone?«, fragte Skudder. Er deutete auf Charity. »Ich meine, auch wenn du Recht hast: Hast du uns nicht vor ein paar Stunden erst erzählt, dass die Jared spielend mit den anderen *Ameisen* fertig werden?

Stone nickte. »Das stimmt auch«, sagte er. »Aber das ändert nichts an der Tatsache, dass dieser Kampf Jahre dauern kann, wenn es ihnen nicht gelingt, den *Shait* zu finden. Was ist dir lieber – eine Menschheit, die sich wehrt, oder eine, die sich abschlachten lässt? Und noch etwas ...« Er zögerte einen Moment. »Irgendwann wird das alles vorbei sein. Ich würde mich einfach wohler fühlen, wenn ich dann mit einer Waffe in der Hand auf der Seite der Sieger stehe.«

»Sie trauen den Jared nicht?«, fragte Charity.

Stone antwortete hastig. »Doch, ich traue ihnen. Aber ich fürchte, diese Welt wird nie wieder so werden, wie sie war. Selbst wenn die Jared den Krieg gewinnen, ohne diesen Planeten dabei in Schutt und Asche zu legen, so wird es hinterher *zwei* intelligente Spezies auf dieser Welt geben. Und mir wäre es lieber, wenn sie gleichberechtigt wären.«

Charity schwieg für endlos lange Sekunden. Dann schüttelte sie noch einmal den Kopf, aber schon fast gegen ihre Überzeugung. »Ich glaube, Sie überschätzen mich, Stone«, sagte sie. »Ich bin nicht die, für die Sie mich halten.«

»O doch«, widersprach Stone. »Diese sechs Freiwilligen, über deren ... Schulung Sie so entsetzt waren, Captain Laird, beweisen es.«

Charity sah überrascht und fragend auf, und Stone fuhr mit einer erklärenden Geste fort: »Ich bin gestern Abend selbst nach Paris geflogen, um mit den Leuten dort zu reden. Die Moroni-Basis dort ist geräumt; die Menschen sind frei. Diese sechs sind nur die Ersten. Ich hätte *sechshundert* mitbringen können, wenn ich gewollt hätte. Aber sie sind nicht mir gefolgt. Das Zauberwort hieß *Charity*. Fragen Sie sie, sobald sie aufwachen. Sie werden es Ihnen bestätigen.«

»Das werde ich tun«, versprach Charity.

»Und Ihre Antwort?«

Charity blickte zu Boden. Ihre Gedanken rasten. Sie konnte das nicht. Sie *wollte* das nicht. Aber sie schwieg.

»Darf ich Ihr Schweigen als ›ja‹ auffassen?«, fragte Stone, als sie auch nach mehr als einer Minute nicht reagierte.

Charity seufzte tief. »Habe ich denn eine andere Wahl?«, flüsterte sie.

9

Der Aufzugschacht war etwas über hundert Meter tief, und trotz der verminderten Schwerkraft und des Umstandes, dass es in regelmäßigen Abständen schmale Vorsprünge in seinen Wänden gab, auf denen sie ausruhen konnten, kam es Hartmann hinterher wie ein Wunder vor, dass sie es geschafft hatten.

Seine Arme fühlten sich an, als hätte sie jemand aus den Gelenken gerissen. Es gab buchstäblich keine Stelle an seinem Körper, die *nicht* wehtat. Er hob das rechte Augenlid, sah einen verschwommenen hellen Fleck vor sich und identifizierte ihn nach einigem Nachdenken als Nets Gesicht.

Im ersten Moment war er nicht einmal sicher, dass die Wasteländerin noch lebte. Als er mit einer gewaltigen Kraftanstrengung die Hand ausstreckte und mit den Fingerspitzen ihre Wange berührte, fühlte sich ihre Haut eiskalt an.

Hartmann schloss die Augen wieder, sammelte minutenlang neue Kraft und drehte sich auf die andere Seite, um nach Kyle zu sehen. Von ihnen dreien schien der Megamann am meisten zu Kräften gekommen zu sein. Natürlich, dachte Hartmann, schließlich war *er* den Schacht hinauf*getragen* worden.

»Alles in Ordnung?«, fragte Kyle.

Hartmann zwang sich zu einem schiefen Lächeln. »Ja«, sagte er grimmig. Mühsam und wie ein Betrunkener wankend setzte er sich auf, überzeugte sich mit einem neuerlichen, besorgten Blick davon, dass auch Ned nur erschöpft und nicht ernsthaft verletzt war, und fuhr erschrocken zusammen, als er ihre Hände sah. Das Drahtseil hatte ihr Fleisch stellenweise bis auf die Knochen aufgescheuert. Blut lief in dunklen, glitzernden Bahnen bis zu ihren Ellbogen hinab.

Mit klopfendem Herzen blickte Hartmann auf seine eigenen Hände hinunter. Sie boten keinen wesentlich besseren Anblick als die Nets, und wie es oft der Fall war, spürte er den Schmerz erst, als er die Wunden sah. Stöhnend ballte er die Hände zu Fäusten und setzte sich wankend auf.

Im dritten Versuch endlich kam er auf die Beine. Unsicher wandte er sich um und ging zum Rand des Schachtes zurück, durch den sie heraufgekommen waren. Er war jetzt nicht mehr sicher, dass es sich wirklich um einen Aufzugschacht handelte. Es hatte auch hier oben keine Liftkabine gegeben, sondern nur dieses dünne, aber äußerst stabile Seil aus silberfarbenen Metallfasern. Aber wenn es kein Aufzugschacht war, was war es dann?

Vorsichtig drehte er sich herum und unterzog ihre Umgebung einer ersten, flüchtigen Inspektion. Der Raum war niedrig, aber sehr groß. An den Wänden drängten sich Reihen großer, sonderbar aussehender Geräte und Maschinen, aber auch Apparaturen, deren Konstruktion ihm sonderbar vertraut erschien, ohne dass er sagen konnte, warum. Die Geräte waren allesamt abgeschaltet. Hartmann hatte nicht einmal eine Ahnung, was sie bedeuten mochten. Wo zum Teufel *waren* sie?

Er stellte eine entsprechende Frage an Kyle, erntete aber nur ein Achselzucken. Nachdem er sich wieder um Net gekümmert hatte, machte er sich auf den Weg zur anderen Seite der Halle. Der Weg betrug vielleicht vierzig oder fünfzig Meter, und die niedrige Schwerkraft half ihm, ihn in weniger als fünf Etappen zurückzulegen. An seinem Ziel angelangt, lehnte er sich mit geschlossenen Augen einen Moment lang gegen die Wand, um neue Kraft zu schöpfen. Er war noch immer so müde und ausgelaugt, dass er sich am liebsten auf dem Boden ausgestreckt und geschlafen hätte. Aber er spürte auch, dass seine Kräfte allmählich zurückkehrten.

Hartmann begann, die Wand neben der Tür einer gründlichen Inspektion zu unterziehen – und erlebte eine Überraschung, als er begriff, wieso es Net so leicht gefallen war, das Tor unten in der Halle zu öffnen: In der Wand neben dem Rahmen befanden sich zwei große, deutlich mit ›OPEN‹ und ›CLOSE‹ beschriftete Tasten ...

Der Raum hinter der Tür war vollkommen leer. Durch ein rundes, zu groß geratenes Fenster fiel silbernes, bleiches Licht herein. Nachdem er sich vorsichtig umgeblickt hatte, ging Hartmann zu diesem Fenster hinüber. Er stand lange Zeit reglos und wie gelähmt da und blickte auf die bizarre schwarz-weiße Landschaft auf der anderen Seite des Fensters.

Spätestens jetzt musste er es zugeben.

Hartmann hatte nun wirklich alles getan, um die Augen vor der Wahrheit zu verschließen und sich selbst zu belügen. Er hatte sich eingeredet, dass sie sich irgendwo im Inneren der Erde befanden und dass die drastisch verminderte Schwerkraft künstlich erzeugt worden war, um vielleicht für die *Shait* oder die *Ameisen* angenehmere Lebensbedingungen zu schaffen. Aber für das, was er auf der anderen Seite des Fensters sah, gab es keine Erklärung mehr.

Schroffe, wie mit einem Messer aus weichem Ton herausgeschnittene Berge und Grate erhoben sich vor einem Nachthimmel, der von dem tiefsten, reinsten

Schwarz war, das Hartmann jemals gesehen hatte. Gewaltige Risse und Schlünde durchzogen den Boden, und hier und da entdeckte er riesige Krater. Es gab keine Farben, sondern nur ein Grau in allen vorstellbaren Schattierungen. Nein – alle Versuche, die Augen vor der Wahrheit zu verschließen, waren einfach lächerlich geworden.

Sie befanden sich nicht mehr auf der Erde.

Hartmann brauchte einige Minuten, um diese Erkenntnis zu verarbeiten. Dann drehte er sich abrupt um und wandte sich von dem Fenster ab. Doch was er plötzlich vor sich sah, erschreckte ihn noch mehr als die leblose Landschaft draußen. Er sah Gespenster, die lautlos hinter ihm auf der anderen Seite der Kammer erschienen waren, die ihn einen Moment lang wortlos anblickten und sich dann alle im gleichen Moment umwanden und wieder gingen.

Sie verschwanden einfach in der Wand.

Charitys erster Einsatz kam bereits am übernächsten Tag, und er verlief völlig anders, als sie geglaubt hatte.

Sie war Stone eine direkte Antwort auf seine Frage weiterhin schuldig geblieben, aber ihnen war beiden klar gewesen, dass sie sich im Grunde schon längst entschieden hatte, denn die Umstände sprachen für sich. Nachdem sie ihre erste Verwirrung so weit überwunden hatte, dass sie wieder einigermaßen ruhig über Stones Worte nachdenken konnte, musste sie zugeben, dass sie gar nicht mehr anders konnte, als einzuwilligen. Die einzige Alternative wäre tatsächlich gewesen, ihre Sachen zu packen und zu gehen, um die Welt der Gnade der Jared zu überlassen.

Sie verbrachte fast den gesamten nächsten Tag damit, sich einen ersten allgemeinen Überblick über die Lage zu verschaffen. Zumindest in einem Punkt waren Stones Vorhersagen eingetroffen: Das Raketenbombardement hatte noch im Laufe der Nacht nachgelassen und schließlich fast ganz aufgehört. Dann und wann fingen die radargesteuerten Rubinlaser des Bunkers noch eine vereinzelte Rakete ab, doch keines der Geschosse kam auch nur in die Nähe der Basis oder Kölns. Aber damit hörten die guten Nachrichten auch schon auf.

Der Feldzug der Jared gegen ihre entarteten Brüder lief auf vollen Touren; aber nicht halb so gut, wie die Kollektivintelligenz es gern gehabt hätte. Kias wich ihren Fragen zwar mit einem erstaunlichen Geschick aus, aber Charity war nicht blind. In den zwei Tagen, die seit ihrer Rückkehr zur Erde vergangen waren, waren anscheinend überall auf dem Planeten heftige Kämpfe entbrannt; Kämpfe, aus denen die Jared meistens als Sieger hervorgingen, aber sie rückten nicht annähernd so schnell vor, wie Kias Charity und Skudder bei ihrem ersten Gespräch hatte glauben machen wollen. Die Moroni versuchten zwar nicht weiter, die Eifelbasis oder das Nest der entarteten Königin in Köln mit atomaren Waffen zu zerstören, aber das bedeutete nicht, dass sie ihre Angriffe einstellten. Bei einer der wenigen Gelegenheiten, als Charity unversehens die Bunkerzentrale betrat und Stone die Monitorwand nicht rasch genug abschaltete, so dass sie einen Blick auf die Außenwelt werfen konnte, sah sie es hoch oben am Himmel noch immer silbern und weiß aufblitzen; Kampfgleiter, die versuchten, die elektronischen Barrieren der Festung zu unterlaufen, um eine Kommandoeinheit abzusetzen oder vielleicht sogar in selbstmörderischer Manier eine Bombe ins Ziel zu bringen. Charity sagte nichts dazu. Sie war sich immer noch nicht darüber im Klaren, ob Stone nun wirklich auf ihrer

Seite stand. Aber wenn er log, dann tat er es perfekt und hatte auf jede nur erdenkbare Frage eine glaubwürdige Antwort parat.

Also bedachte Charity Stone nur mit einem eisigen Blick und steuerte auf Gurk zu, der, heftig mit Händen und Füßen gestikulierend, in eine Diskussion mit zwei Jared verwickelt war. Sie hatte Gurk seit ihrer Rückkehr insgesamt nicht länger als fünf Minuten gesehen, und er war in dieser Zeit jeder konkreten Antwort auf irgendeine Frage ausgewichen. Sie fragte sich, was plötzlich mit dem Zwerg los war.

Im allerersten Moment glaubte Charity, Gurk würde sie einfach ignorieren, aber dann registrierte er das warnende Glitzern in ihren Augen, denn er machte eine komplizierte Geste zu seinen beiden horngesichtigen Gesprächspartnern und wandte sich Charity zu. Ungeduld spiegelte sich auf seinem Gesicht. »Was willst du?«, fragte er unwillig. »Ich habe eine Menge zu tun. Wir können uns später unterhalten.«

»Nein«, antwortete Charity. »Jetzt.« Sie wies mit einer Kopfbewegung über die Schulter zurück auf Stone. »Ist es dir lieber hier oder draußen?«

»Ich habe keine Geheimnisse vor Stone«, antwortete Gurk. »Aber ich glaube, es ist *dir* lieber«, fügte er hinzu und ging an ihr vorbei zur Tür. Charity folgte ihm. Sie spürte Stones Blicke. Er wirkte irritiert, vielleicht auch ein wenig besorgt.

»Also?«, fragte Gurk ungeduldig, kaum dass sie auf dem Gang angelangt waren und Charity die Tür hinter sich geschlossen hatte. »Was willst du wissen? Und bitte, beeil dich – ich habe wirklich viel zu tun.«

»Genau darum geht es«, entgegnete Charity mühsam beherrscht. »Was für furchtbar wichtige Dinge hast du zu tun? Wir sind jetzt seit drei Tagen hier, und ich habe dich in dieser Zeit nicht einmal fünf Minuten gesehen.«

Gurk zog eine Grimasse. »Bist du nicht diejenige, die sich einmal darüber beschwert hat, dass ich ihr manchmal auf die Nerven falle?«

Charity machte eine ärgerliche Handbewegung. »Weich mir nicht aus«, sagte sie. »Du weißt ganz genau, wovon ich rede.«

Gurk setzte zu einer seiner typischen Antworten an, aber dann besann er sich doch noch eines Besseren, schwieg einige Sekunden lang und sah sie sehr nachdenklich an. »Ich habe wirklich wenig Zeit gehabt, Charity«, sagte er. Er deutete auf die Tür zur Zentrale. »Sie brauchen meine Hilfe, ob du es glaubst oder nicht.«

»Ich glaube es«, antwortete Charity. »Ich frage mich nur, wobei.«

Gurk verschränkte die Hände hinter dem Rücken und begann, in kleinen Kreisen auf dem Flur auf und ab zu gehen. »Es geht um den Transmitter«, sagte er.

Charity erschrak. »Ist etwas damit nicht in Ordnung?«

Gurk lachte humorlos. »Nicht in Ordnung? Du machst Scherze! Du hast das Ding gesehen, oder?«

»Sicher, aber ich verstehe nicht ...«

»Es besteht kein Grund zur Sorge«, unterbrach sie Gurk hastig. »Ich habe vielleicht im ersten Moment ein wenig überreagiert. Der Riss im Raum-Zeit-Kontinuum scheint sich zu stabilisieren.«

»Scheint?«, fragte Charity misstrauisch.

Gurk zuckte mit den Achseln und breitete in einer hilflosen Geste die Hände aus, um sie gleich darauf wieder hinter dem Rücken zu verschränken. »Ich gebe zu, ich verstehe ein wenig von diesen Dingen – schließlich hatte ich Zeit genug, mich damit zu beschäftigen und sie zu beobachten. Aber ich bin auch kein Spezialist für Transmitter. Auf jeden Fall hat er aufgehört zu wachsen. Leider wird er auch nicht kleiner.«

»Und was bedeutet das?« fragte Charity. Sie spürte eine Beunruhigung, die sie sich im ersten Moment nicht erklären konnte, die aber mit jeder Sekunde stärker wurde.

»Wenn ich das wüsste, wären wir ein schönes Stück weiter«, gestand Gurk. »Ich schätze, es gibt zwei Möglichkeiten: Entweder er schließt sich eines Tages von selbst wieder, oder er bleibt, wie er ist.«

»Oder er beginnt wieder zu wachsen«, vermutete Charity.

Gurk nickte widerwillig. »Sicher ... Das ist *möglich.* Aber sehr unwahrscheinlich.« Er registrierte ihren wenig überzeugten Blick und fügte mit einem nervösen Lächeln hinzu: »Ich hänge genauso auf diesem öden Planeten fest wie du, Charity. Ich würde mit solchen Dingen keine Scherze treiben. Ich schätze, die Wahrscheinlichkeit, dass die Erde von einem großen Meteoriten getroffen und zerstört wird, ist ungefähr genauso hoch wie die, dass der Raum-Zeit-Riss plötzlich wieder wächst und sie verschlingt.« Er zögerte einen Moment. »Was mir Sorgen macht, ist ein ganz anderer Gedanke.«

»Und welcher?«

»Die Vorstellung«, antwortete Gurk seufzend, »dass unsere Freunde von Moron eines Tages einen Weg finden, ihn wieder zu dem zu machen, was er war. Sie oder der *Shait,* falls wir ihn nicht früh genug erwischen. Bei allem guten Willen, aber die Jared neigen dazu, sich zu überschätzen. Und ihre Gegner zu *unter*schätzen.« Er zuckte abermals mit den Schultern. »Ich habe natürlich keine Ahnung, wie es draußen in der Galaxis aussieht. Vielleicht sind sämtliche Transmitter zusammengebrochen, vielleicht aber nur dieser eine hier oder einige wenige in der Nähe dieses Sonnensystems. Wenn sie alle ausgeflippt sind, dann haben wir Glück, denn dann haben die Moroni für die nächsten fünfhundert Jahre genug zu tun. Aber wenn es nur dieser eine ist...« Wieder breitete er die Hände aus. »Sie werden nicht untätig herumsitzen und der Dinge harren, die da kommen. Ich bin im Gegenteil sicher, dass sie sich schon emsig die Köpfe zerbrechen, auf welchem Weg sie uns wieder einen Freundschaftsbesuch abstatten können.«

»Dann zerstört dieses verdammte Ding doch!«, sagte Charity. »Jagt es in die Luft! Schießt ein paar Atomraketen hinein oder tut sonst irgendetwas!«

Gurk schüttelte den Kopf und lächelte schwach. »So einfach ist das leider nicht«, antwortete er. »Ich weiß, du hast gedacht, ich hätte den Verstand verloren, als ich auf Kias losgegangen bin, aber ich hatte meine Gründe, so zu reagieren.« Plötzlich wurde seine Stimme sehr ernst, so ernst, dass Charity bei seinen nächsten Worten ein eisiger Schauer über den Rücken lief. »Diese Narren wollen es nicht wahrhaben, aber wir haben großes Glück gehabt, Charity. Wir alle. Und nicht nur diese Welt. Es hätte gut sein können, dass sie das gesamte Universum in die Luft gejagt hätten.«

»Du übertreibst«, sagte Charity.

»Nicht im Geringsten«, erwiderte Gurk, noch immer in diesem ernsten, fast beschwörenden Ton. »Verlange nicht, dass ich versuche, dir etwas zu erklären, das ich selbst kaum verstehe, aber das Gefüge von Raum und Zeit ist eine sehr, sehr empfindliche Sache. Die Mauern zwischen den Dimensionen sind dünn, Charity. Wären sie es nicht, wären Materietransmitter nicht möglich. Und diese Bombe hat Millionen Mal mehr Energie gehabt, als nötig ist, eine Transmitterverbindung herzustellen. Es hätte zu einer Kettenreaktion kommen können, die zuerst diesen Planeten, dann dieses Sonnensystem, dann diese ganze Galaxis und am Ende vielleicht das gesamte Universum vernichtet hätte.«

»Du ... übertreibst«, sagte Charity mit bebender Stimme. »Wenn ... wenn das möglich wäre, dann wäre es schon geschehen.«

»Wieso?«, fragte Gurk verblüfft.

»Weil das Universum unendlich ist, Gurk. Und unvorstellbar alt. Ich glaube, dass alles, was nötig ist, auch geschieht und auch schon geschehen ist.«

Zu ihrer Überraschung dachte Gurk einige Sekunden ganz ernsthaft über dieses Argument nach. Dann lächelte er wieder. »Und wer sagt dir, dass es nicht bereits passiert ist?«, fragte er. »Hast du schon einmal darüber nachgedacht, was *vor* dem Ereignis war, das eure Wissenschaftler den Urknall genannt hatten? Und von dem sie niemals wirklich herausgefunden haben, was er war?«

Darauf wusste Charity keine Antwort. Und nach einigen Augenblicken zuckte Gurk mit den Schultern, machte eine wedelnde Bewegung mit beiden Händen und deutete auf die Tür hinter ihr. »Und jetzt muss ich wirklich zurück. Ich verspreche dir, dass ich dir über alles Rede und Antwort stehen werde, sobald wir dieses Problem gelöst haben.«

Charity versuchte nicht noch einmal, ihn aufzuhalten, sondern sah ihm nur wortlos nach, bis er wieder verschwunden war. Dann wandte auch sie sich um und ging in ihr Quartier zurück, wo Skudder und Harris auf sie warteten.

Sie hörte Skudders Lachen durch die geschlossene Tür, noch ehe sie den Raum betrat. Die beiden Männer saßen am Tisch und spielten eine Partie Schach, aber das war offensichtlich nur ein Vorwand, um beieinander sitzen und reden zu können, denn die Konstellation der Figuren hatte sich nicht geändert, seit Charity vor fast einer Stunde den Raum verlassen hatte. Sie war ein wenig erstaunt, wie schnell Skudder und der Engländer Freundschaft geschlossen hatten; eigentlich war es nicht Skudders Art, binnen weniger Tage Vertrauen zu einem Menschen zu fassen. Bei Harris verhielt es sich anders. Auch Charity mochte ihn. Er war sympathisch, und daran hatte nicht einmal das Misstrauen etwas ändern können, das sie ihm eine Weile lang entgegengebracht hatte. Aber es war kein Misstrauen, das ihm selbst galt. Sie war immer noch der Meinung, dass mit Harris und auch den anderen angeblichen Überlebenden von Hartmanns schlafendem Heer irgendetwas nicht stimmte. Aber wenn, dann war es nichts, was sie getan hatten, sondern etwas, das mit ihnen *getan worden war.*

Sie verscheuchte den Gedanken, lächelte Skudder flüchtig zu und ging an den beiden vorbei zur Kochnische, um sich eine Tasse Kaffee einzuschenken. Sie war nicht durstig, aber ihr Mund war trocken vom langen Reden. Bevor sie zu Stone hinaufgegangen war, hatte sie eine halbe Stunde mit den *Freiwilligen* verbracht, die sie zwei Tage zuvor das erste Mal gesehen hatte. Sie hatte ihnen eine Menge Fragen gestellt – und eine Menge überraschender Antworten erhalten. Was Kias über das Verfahren der Jared behauptet hatte, Menschen im Schlaf binnen weniger Stunden ein Wissen vermitteln zu können, das sie normalerweise nur in Monaten oder Jahren erwerben konnten, entsprach der Wahrheit. Obwohl die vier Männer und zwei Frauen in der Kolonie in Paris geboren und aufgewachsen waren und Zeit ihres Lebens nicht einmal ein so simples Gerät wie einen Fernsehapparat zu Gesicht bekommen hatten, verstanden sie sich perfekt auf den Umgang mit sämtlichen Waffen und Fahrzeugen der Basis. Charity war sicher, hätte sie sich mehr Zeit genommen, um noch mehr Fragen zu stellen, dann hätte *sie* noch etwas von *ihnen* lernen können.

Was ihre Zweifel an der Schlagkraft ihrer improvisierten Truppe allerdings nur wenig milderte. Es war *eine* Sache, etwas zu *wissen.* Es zu *tun,* eine völlig andere.

Sie nippte an ihrem Kaffee, schlenderte zum Tisch und legte Skudder in einer vertrauten Geste die linke Hand auf die Schulter. Mit einer ebenso selbstverständlichen, fast unbewussten Bewegung griff er nach ihren Fingern und drückte sie. Charity lächelte flüchtig. Das war eine der ganz wenigen positiven Veränderungen, mit denen sie in den letzten beiden Tagen umzugehen gelernt hatten. Zwischen ihnen war keine falsche Scheu mehr. Sie hatte bisher nicht mit Skudder darüber gesprochen, aber sie war sicher, dass es ihm genauso erging: Während ihres Aufenthaltes im Hyperraum war irgendetwas mit ihnen geschehen. Es war, als wären sie für einen winzigen Moment *eins* gewesen. Sie erinnerte sich nicht mehr daran. Sie fühlte nur noch die Erinnerung an eine Erinnerung, aber selbst dieses Gefühl war von unbeschreiblicher Wärme und Tiefe. Für einen zeitlosen Moment hatten sie mehr miteinander geteilt als Menschen jemals zuvor, der eine hatte die Gedanken des anderen, seine geheimsten Wünsche und Sehnsüchte, aber auch Ängste gespürt und geteilt.

»Wie steht die Partie?«, fragte sie, als Harris nach einem Bauern griff und die Hand dann wieder zurückzog, ohne die Figur zu berühren.

»Nicht besonders gut, fürchte ich«, sagte Harris.

Skudder winkte ab.

»Glaub ihm kein Wort. Er lässt mich absichtlich gewinnen.«

»Ich spiele nicht besonders konzentriert«, gestand Harris mit einem verlegenen Lächeln. »Um ehrlich zu sein – ich denke die ganze Zeit darüber nach, wie ich Governor Stone unter vier Augen sprechen könnte.« Er sah Charity fragend an. »Sie könnten mir nicht dabei helfen?«

Charity nippte erneut an ihrem Kaffee und zuckte mit den Schultern. Sie verzog das Gesicht; der Kaffee schmeckte widerlich. »Das kommt darauf an, weshalb.«

»Ich habe es durchgerechnet«, antwortete Harris. »Mein Sold betrug damals rund zweihundert Pfund die Woche. Bei siebenundfünfzig Jahren macht das über den Daumen gepeilt hundertdreißigtausend Pfund, die mir die Army schuldet. Ich hätte gern gewusst, ob und wann ich sie bekomme.«

Eine Sekunde lang starrte Charity Harris erstaunt an, dann bemerkte sie das spöttische Glitzern in seinen Augen und begann schallend zu lachen. Auch Skudder lachte, während Harris sich mit erstaunlicher Schauspielkunst völlig ernst hielt und sogar eine gewisse Empörung auf seine Züge zauberte.

»Ich verstehe überhaupt nicht, was es da zu lachen gibt«, sagte er. »Das ist eine Menge Geld.«

»Ihre Sorgen möchte ich haben«, sagte Charity kopfschüttelnd und trank wieder einen Schluck von dem ekelhaften Kaffee. Sie überlegte einen Moment, ob etwas mit dem Wasser nicht in Ordnung war. Aber wahrscheinlich lag es an ihr. Sie war auch an diesem Morgen mit hämmernden Kopfschmerzen und einem widerwärtigen Geschmack im Mund wach geworden, und im Grunde hatte sie sich den ganzen Tag über nicht besonders wohl gefühlt. Wahrscheinlich hatte sie ihrem Körper in den letzten Monaten einfach zuviel zugemutet. Selbst eine berufsmäßige Heldin brauchte vielleicht ab und zu eine Verschnaufpause.

»Sie haben ganz andere Sorgen«, sagte Harris, als sie sich wieder zu ihm herumdrehte.

Charity tauschte einen raschen Blick mit Skudder, ehe sie antwortete. Sie fragte sich, ob der Hopi Harris von ihrem Verdacht erzählt hatte. »Sorgen ist vielleicht zuviel gesagt«, gestand sie. »Ich ...« Sie suchte einen Moment nach Worten und rettete sich dann in ein fast verlegenes Lächeln. »Es ist einfach alles zuviel«, sagte sie. »Und es ging zu schnell. Sie können das wahrscheinlich nicht verstehen, Harris. Aber es fällt mir einfach schwer, die Jared plötzlich als unsere Verbündeten zu sehen.«

Harris nickte. Er nahm den kleinen Bauern, machte aber keinen Zug, sondern begann mit der kleinen Figur zu spielen. »Warum sollte ich das nicht verstehen?«, fragte er.

»Weil Sie erst vor wenigen Tagen aus dem Schlaftank gekommen sind«, antwortete Charity. »Für Sie muss das alles hier neu und erschreckend sein, so wie es für mich damals war, als ich aufwachte.«

Harris nickte. »Ich habe einen Heidenschrecken bekommen, als ich diese Spinnengesichter das erste Mal gesehen habe«, sagte er.

»So wie ich«, antwortete Charity. »Und trotzdem ist es

ein Unterschied. Sehen Sie, Harris – ich kämpfe jetzt seit Monaten gegen diese Wesen. Skudder kennt sie sein Leben lang als seine Feinde. Ich habe gesehen, wie sie Menschen getötet und ganze Städte dem Erdboden gleichgemacht haben. Ich habe Geschöpfe wie Kias gejagt und bin von ihnen gejagt worden. Und ich musste mit ansehen, wie sie meine Freunde umgebracht haben. Ich weiß, dass es falsch ist und vermutlich dumm. Aber ich kann nun einmal nicht aus meiner Haut. Ich brauche Zeit, um zu begreifen, dass sie plötzlich unsere Freunde sein sollen.«

Harris hörte auf, die kleine Elfenbeinfigur in den Fingern zu drehen. »Sein sollen?«, fragte er.

»Sind«, verbesserte sich Charity achselzuckend. »Oder zumindest unsere Verbündeten.«

»Sie trauen ihnen nicht«, stellte Harris fest.

Charity schüttelte heftig den Kopf. »Das ist es nicht«, sagte sie. »Ich *weiß*, dass ich ihnen vertrauen kann. Die Jared lügen nicht. Sie sind die Todfeinde Morons. Und ich glaube sogar, dass sie ihr Wort halten und uns unsere Welt zurückgeben werden, wenn es ihnen gelingt, die Moroni zu schlagen. Es ist nur ...« Sie brach ab, zuckte wieder mit den Schultern und seufzte. »Sehen Sie? Ich kann es nicht einmal in Worte fassen. Vielleicht liegt es an mir. Ich fühle mich einfach nicht wohl, seit sie wieder hier sind.«

»Vielleicht ist das schon der Grund«, vermutete Harris und setzte die Schachfigur mit einem Ruck auf das Feld zurück, von dem er sie genommen hatte. »Ich bin zwar kein Psychologe, aber ich glaube, ich kann mir vorstellen, was in Ihnen vorgeht, Captain Laird. So ungefähr dasselbe wie in mir, als ich das erste Mal mit dem Aufzug nach oben kam und all diese ... *Geschöpfe* sah, die den

Bunker übernommen haben. Mir geht es ähnlich wie Ihnen – ich glaube ehrlich, dass sie auf unserer Seite stehen. Aber ich glaube nicht, dass wir jemals Freunde werden können.«

Plötzlich glaubte Charity etwas zu begreifen. Dass Menschen und Jared vielleicht eines Tages als gleichberechtigte Partner auf dieser Welt leben konnten. Dass sie vielleicht lernen würden, sich gegenseitig als vernunftbegabte und verantwortungsvolle Wesen zu akzeptieren, dass sie Kampfgefährten, vielleicht sogar Verbündete darüber hinaus werden konnten. Aber niemals Freunde. Sie waren einfach zu verschieden. Charity wusste mit einem Mal, dass die Jared etwas ganz anderes waren als das, wofür sie alle sie bisher gehalten hatten. Sie wusste nicht einmal, woher dieses Wissen kam, aber es war zu sicher, um auch nur eine Sekunde lang daran zu zweifeln. Vielleicht lag es nicht einmal an den Jared oder den Moroni. Vielleicht war es einfach so, dass Wesen, die in verschiedenen Schöpfungen entstanden, unter unterschiedlichen Sonnen geboren und auf verschiedenen Welten aufgewachsen waren, einfach nicht miteinander existieren *konnten*. Möglicherweise konnten sie nebeneinander existieren, in respektvoller Entfernung und ohne dass der eine dem anderen jemals zu nahe kam.

Der Gedanke stürzte sie in eine tiefe Verwirrung, und ihr Gefühl musste sich deutlich auf ihrem Gesicht widerspiegeln, denn Harris sah sie plötzlich sehr besorgt an, und Skudder fragte:

»Was ist mir dir?«

»Nichts«, antwortete Charity hastig. Sie zwang sich zu einem Lächeln. »Ich musste nur gerade an etwas ... denken. Aber es ist nicht wichtig.

Sie versuchte den Gedanken zu verscheuchen und

wechselte abrupt das Thema, indem sie sich mit einer fragenden Geste abermals an Harris wandte. »Haben Sie vor, diese Schachpartie zu Ende zu spielen?«

»Wieso?«

»Ich habe vorhin mit unseren *Rekruten* gesprochen.« Sie betonte das Wort absichtlich so, dass Skudder abermals die Stirn runzelte und sie verwirrt anblickte. »Kias scheint die Wahrheit gesagt zu haben. Theoretisch sind sie genauso gut ausgebildet wie Sie und ich. Aber ich würde mich wohler fühlen, wenn ich sie einmal in der Praxis erleben könnte.« Sie sah nur noch Skudder an, um ihn in ihre Einladung mit einzubeziehen. »Ich habe Kias gebeten, uns einen Helikopter zur Verfügung zu stellen.«

»Wozu?«, fragte Skudder.

»Nur ein kleiner Spazierflug«, antwortete Charity. Sie machte eine beruhigende Geste. »Keine Sorge – ich habe nicht vor, sie in einen Kampf zu schicken, um den Überlebenden dann zu sagen, was sie falsch gemacht haben. Ich möchte einfach sehen, wie sie sich verhalten, wenn sie wirklich einen Steuerknüppel in der Hand halten.«

»Hältst du das für eine gute Idee?«, fragte Skudder. »Ich meine«, fuhr er in leicht spöttischem Ton fort. »Nur für den Fall, dass Sie es vergessen haben, Captain Laird – dort draußen herrscht Krieg.«

»Nicht im Umkreis von zehn Meilen«, erwiderte Charity. »Und weiter gedenke ich nicht zu fliegen. Ich möchte endlich wieder etwas *tun.*«

Sie sah an Skudders Reaktion, dass es *dieses* Argument war, das ihn überzeugte. Er zögerte noch eine Sekunde, aber dann nickte er. »In Ordnung«, sagte er. »Ich komme mit.« Er wandte sich wieder dem Schachbrett zu, nahm seinen Springer zur Hand und machte einen Zug. »Du gestattest, dass wir unsere Partie zu Ende spielen?« An Harris gewandt fügte er mit einem Grinsen hinzu: »Matt in drei Zügen, John.«

Harris runzelte die Stirn, starrte wortlos auf das Schachfeld herunter. Wie sich zeigen sollte, trat Skudders Vorhersage nicht ganz ein. Sie machten noch *fünf* Züge, bevor Harris *ihn* matt setzte.

10

Hartmann gab Net mit der Rechten ein Zeichen, zurückzubleiben. Mit der anderen Hand entsicherte er sein Gewehr und schaltete gleichzeitig die Zielautomatik ein, während er sich auf Knien und Ellbogen vorwärts schob. Sein Herz schlug schwer, aber sehr ruhig, und seine Hände hatten aufgehört zu zittern; eigentlich zum ersten Mal, seit sie in der Dunkelheit des Transmitterraumes aufgewacht waren und mit der Erkundung dieser unheimlichen Welt begonnen hatten. Hartmann kannte diese unheimliche Ruhe. Sie überkam ihn stets, wenn er sich in einer gefährlichen Situation befand. Kaum fünf Meter von ihm stand eine *Ameise* und hatte ihm den Rücken zugewandt. Sie hatte sich in den endlosen Minuten, die Net, Kyle und Hartmann sie beobachtet hatten, nicht ein einziges Mal gerührt. Hartmann betete, dass sie es auch in den nächsten zehn oder fünfzehn Sekunden nicht tun würde. So lange würde er brauchen, um das freie Stück zu überwinden und in der Deckung des Maschinenblocks auf der anderen Seite des Ganges zu verschwinden.

Die *Ameise* war der erste Moroni, den sie zu Gesicht bekamen, seit sie die Halle und den Aufzugschacht verlassen hatten. Aber sie war nur die einzige, die sie *sahen.* In der gewaltigen Halle, in die sie der Gang geführt hatte, mussten sie noch Hunderte der Insektenkreaturen aufhalten. Das Zirren und Pfeifen ihrer beinahe ultraschallhohen Stimmen erfüllte die Luft, und Hartmann hatte schon auf der anderen Seite der Tür jenen typischen, scharfen Geruch wahrgenommen, der den Moroni zu eigen war.

Zunächst hatte er umkehren wollen. Doch wo sollten sie hin? Der Gang, durch den sie gekommen waren, hatte in diese gewaltige, auf zwei Ebenen angelegte Felsenhalle geführt, und es hatte weder eine Abzweigung noch eine Tür gegeben. Und die Kraft, sich den ganzen Weg zurückzuschleppen, an dem Drahtseil wieder in die Tiefe zu klettern, hatte keiner von ihnen mehr.

Die Halle war auf zwei unterschiedlich hohen Ebenen angelegt. Die meisten *Ameisen* schienen sich auf der unteren, größeren Ebene aufzuhalten. Sie hatten nur diesen einen Moroni gesehen, der offensichtlich als Wächter zurückgeblieben war, denn er hielt in zwei seiner vier Arme ein Strahlengewehr. Aber entweder war es nicht seine Aufgabe, den Gang zu bewachen, durch den sie gekommen waren, oder selbst diese insektenhaften Geschöpfe waren nicht ganz frei von Neugier, denn statt die Tür im Auge zu behalten, hatte er sich herumgedreht und blickte mit offenkundigem Interesse auf das hinab, was in der Halle unter ihm geschah.

Hartmann interessierte das Geschehen dort unten ebenso wie die *Ameisen*-Wache, und er hatte sich auch entschlossen, das Risiko einzugehen und sich der Ebene zu nähern, um einen Blick in die Tiefe zu werfen.

Er hatte zwei Drittel des Weges zurückgelegt, als sich die *Ameise* plötzlich bewegte. Hartmann erstarrte. Unwillkürlich näherte sich sein Finger dem Feuerknopf seines Gewehres. Er hoffte inständig, dass Net nicht noch nervöser war als er, denn sie saß hinter ihm im Schatten der Tür und hatte auf den Moroni angelegt, um ihn niederzuschießen, sollte er Hartmann entdecken.

Aber er hatte Glück. Der Moroni erstarrte sofort wieder und er rettete damit nicht nur sich selbst, sondern vermutlich auch Hartmann und den beiden anderen das Leben.

Hartmann atmete auf, kroch weiter und erhob sich vorsichtig, als er die Deckung des Metallblocks erreicht hatte. Plötzlich begannen seine Hände zu zittern, und sein Herz raste. Aber es dauerte nur einige Sekunden, dann hatte sich Hartmann wieder in der Gewalt. Aufatmend lehnte er sich gegen den Metallklotz – und fuhr überrascht zusammen.

Das Metall war *warm.* Es vibrierte ganz sacht, und als er es berührte, hatte er das unheimliche Gefühl, einen hohen, singenden Ton *in seinem Kopf* zu hören. Automatisch streckte er die Hand aus, wagte es dann aber doch nicht, den Block noch einmal zu berühren.

Hartmann verspürte ein unangenehmes Prickeln zwischen den Schulterblättern, als er weiterschlich; ein Gefühl, das wohl jeder Soldat kennt, der schon einmal durch feindliches Gebiet geschlichen war und einen bewaffneten Gegner in seinem Rücken wusste. Auch der Gedanke, dass Net den Moroni vermutlich immer noch im Fadenkreuz ihrer Laserwaffe hatte, half nicht sehr viel.

Hartmann benötigte einige Minuten, um das Labyrinth von Maschinen und seltsamen Metallblöcken zu durchqueren und den Rand der Ebene zu erreichen. Vorsichtig schob er sich auf dem Bauch liegend vor, warf noch einen sichernden Blick nach rechts und links und blickte dann in die Tiefe.

Obwohl er auf den Anblick vorbereitet gewesen war, stockte ihm für einen Moment der Atem. Unter ihm breitete sich eine mindestens fünf- oder sechshundert Meter messende Halle aus, deren Boden mit schwarzen, bizarr geformten Moroni-Maschinen vollgestopft war. Zahllose *Ameisen* hasteten zwischen diesen Maschinen hin und her, schleppten Kisten, hantierten an Schaltern oder taten andere Dinge, deren Sinn Hartmann verschlossen blieb.

Seine größte Aufmerksamkeit galt dem gewaltigen Block aus stumpfem, schwarzen Metall, der sich in der Mitte der Halle erhob – und dem über dreißig Meter durchmessenden, silberfarbenen Ring, der schwerelos darüber in der Luft schwebte!

Ein zweiter Sternentransmitter!, dachte er entsetzt. Diese riesige unterirdische Halle mit ihren Maschinen war nichts anderes als eine beinahe perfekte Kopie der Schwarzen Festung am Nordpol, die sie angegriffen hatten. Es war alles umsonst gewesen, dachte er. Das Tor zu den Sternen war keineswegs verschlossen.

Erst dann begriff er, dass auch dieser Transmitter nicht mehr arbeitete. Er spie kein blaues Feuer wie sein Gegenstück in der Schwarzen Festung, aber das wesenlose Wogen und Gleiten in seinem Inneren war ebenso erloschen. Zumindest im Moment war er nichts weiter als ein riesiger, nutzloser Ring aus silberfarbenem Metall.

Unmittelbar vor dem monolithischen Block, über dem der Transmitter schwebte, lag das Wrack eines Moroni-Gleiters. Im allerersten Moment glaubte Hartmann, dass es aus dem Transmitter herausgekommen und abgestürzt sein musste und dabei beschädigt worden war, aber dann erkannte er, dass mit diesem Schiff weit mehr nicht stimmte. Es war kein flacher Diskus mehr, sondern wirkte auf seltsame Weise verformt, als hätte jemand ein Teil aus seiner Hülle herausgeschnitten und so geschickt wieder zusammengefügt, dass keine Nahtstelle zu sehen war.

Dutzende von *Ameisen* machten sich an oder in dem Schiff zu schaffen. Es lag auf der Seite, weil der Pilot offensichtlich keine Zeit mehr gefunden hatte, die Landebeine auszufahren. Die große Bodenschleuse stand offen, und ein ununterbrochener Strom von Moroni bewegte sich in das Schiff hinein oder wieder heraus. Hartmann sah, dass viele von ihnen kleine, kompliziert aussehende Instrumente trugen. Einige waren mit Helmen ausgerüstet, an denen kurze Antennen befestigt waren; offensichtlich, um untereinander oder mit jemandem in größerer Entfernung Kontakt halten zu können. Anscheinend waren doch nicht alle technischen Gerätschaften dieser unterirdischen Basis ausgefallen.

Langsam schob Hartmann sich wieder zurück und schlich geduckt zum Gang. Net winkte ihm flüchtig zu und machte eine beruhigende Geste, und Hartmann kroch mit klopfendem Herzen keine fünf Meter hinter dem *Ameisen*wächter über das freie Stück. Der Moroni regte sich auch jetzt nicht. Offensichtlich faszinierte ihn das Geschehen in der Halle ebenso, wie es Hartmann verwirrt hatte. Vielleicht erschreckte es ihn auch.

Die letzten Meter legte Hartmann im Laufschritt zurück. Net wollte eine Frage stellen, aber er bedeutete ihr mit einer hastigen Geste, still zu sein, wies in den Gang hinein und lief weiter.

Sie hatten Kyle wieder ein Stück den Weg zurückgetragen, den sie gekommen waren, so dass er sicher vor jeder Entdeckung hinter der nächsten Gangbiegung sah. Er hatte das Bewusstsein wiedererlangt und sah ihnen fragend entgegen. Net war es dann, die als Erste das Schweigen brach.

»Also?«, fragte sie ungeduldig. »Was hast du entdeckt?«

»Eine Menge«, antwortete Hartmann. »Aber es wird dir nicht gefallen. Die Halle wimmelt von *Ameisen.*« Er schüttelte entschieden den Kopf. »Keine Chance, da durchzukommen.«

»Was tun sie?«, fragte Kyle.

Hartmann zuckte mit den Schultern, dann berichtete er mit knappen Worten, was er entdeckt hatte. Er hielt Kyle scharf im Auge, als er von dem auf so unheimliche Weise veränderten Scheibenschiff erzählte, und er glaubte, ein leises Zusammenzucken des Megamannes zu registrieren.

»Ich vermute, es ist im gleichen Moment angekommen wie wir«, schloss er. »Einen winzigen Moment, bevor der Transmitter endgültig ausfiel. Anders kann ich mir diese ...« Er suchte krampfhaft nach Worten und konnte ein Schaudern nicht ganz unterdrücken, als er weitersprach. »... *Veränderung* nicht erklären.«

Kyle überging die Frage, die sich hinter Hartmanns Worten verbarg. »Ein zweiter Transmitter?«, fragte er.

»Keine Sorge«, sagte Hartmann. »Er funktioniert nicht. Jedenfalls im Moment nicht.«

»Aber er ist nicht außer Kontrolle geraten wie der auf der Erde?«, vergewisserte sich Kyle.

»Nein«, antwortete Hartmann und zuckte mit den Schultern. »Jedenfalls glaube ich es nicht. Sie haben gesehen, was das Ding auf der Erde angerichtet hat, als es anfing, durchzudrehen. In der Halle sind keinerlei Beschädigungen zu entdecken.«

»Wenn sie es schaffen, ihn wieder in Betrieb zu nehmen, dann war alles umsonst«, sagte Kyle.

»Dann müssen wir es verhindern«, sagte Net.

»Ganz so einfach wird das nicht sein, fürchte ich«, antwortete Hartmann. Er sah die Wasteländerin ernst an, aber alles, was er in ihren Augen las, war ein Ausdruck tiefer Entschlossenheit.

»Ihr würdet es wahrscheinlich nicht überleben«, sagte Kyle.

Net nickte. »Ich weiß. Aber dasselbe galt auch für das,

was wir auf der Erde getan haben, oder?« Ihre Stimme wurde leiser. »Wenn es wirklich einen zweiten Sternentransmitter gibt und sie ihn in Betrieb nehmen, dann sind nicht nur Charity und Skudder vergeblich gestorben, sondern auch alle anderen.«

»Ich habe nicht gesagt, dass sie tot sind«, sagte Kyle.

»Nein«, antwortete Net voll bitterem Spott. »Sie werden einfach die Köpfe eingezogen und sich in irgendein Loch verkrochen haben, als diese verdammte Bombe hochging, nicht wahr?« Sie machte eine fast herrische Handbewegung, als Kyle widersprechen wollte, und fuhr in schärferem Tonfall fort: »Wir kommen hier sowieso nicht mehr heraus. Wenn sie uns schon erwischen, dann will ich wenigstens noch soviel Schaden anrichten, wie ich kann.«

Hartmann sah sie alarmiert an. In Nets Stimme war plötzlich etwas, das ihn aufhorchen ließ und das ihm nicht gefiel. Er kannte diesen Ton. Er hatte ihn oft genug in den Stimmen von Soldaten gehört, die kurz davor standen, die Beherrschung zu verlieren. »Red nicht so einen Unsinn, Net«, sagte er beinahe sanft. »Bis jetzt haben sie nicht einmal bemerkt, dass es uns gibt.«

»Aber das werden sie«, antwortete Net. »Nicht wahr?« Sie deutete in die Richtung, aus der sie gekommen waren. »Wir können nicht zurück. Was hast du vor? Hier sitzen, bis wir verhungert oder verdurstet sind?«

»Natürlich nicht«, antwortete Hartmann gereizt. »Aber ich frage mich, was *du* vorhast. Willst du hinausgehen und mit Steinen nach dem Transmitter werfen?«

»Immerhin haben wir noch unsere Waffen.« Net schlug herausfordernd mit der flachen Hand auf den Lauf ihres Gewehres, aber Hartmann lachte nur.

»Du glaubst doch nicht im Ernst, dass du dieses Ding mit einem Gewehr zerstören kannst?«

»Er hat Recht, Net«, fügte Kyle hinzu. »Du könntest es nicht einmal leicht beschädigen.«

»Aber irgendetwas müssen wir tun!«, widersprach Net.

»Das werden wir auch«, sagte Hartmann beruhigend. »Aber nicht sofort. Und vor allem nicht, ohne einen Plan zu haben.« Er zögerte einen Moment, dann wandte er sich an den Megamann.

»Diese Transmitter müssen eine schwache Stelle haben«, sagte er.

»Ja«, antwortete Kyle lakonisch. »Ich schätze, dass eine 2-Megatonnen-Bombe ausreichen würde, um den Ring ernsthaft zu beschädigen.«

Hartmann schluckte die ärgerliche Antwort, die ihm auf der Zunge lag, herunter. Er gab Net ein Handzeichen, still zu sein, und wandte sich mit erzwungener Ruhe wieder an den Megamann.

»Es muss eine Möglichkeit geben, dieses Ding unschädlich zu machen«, sagte er. Er deutete auf Net. »Sie hat Recht; wenn es ihnen gelingt, ihn irgendwie zu aktivieren, dann war alles umsonst.«

Kyle sah ihn eine Weile schweigend und mit undeutbarem Ausdruck an, aber Hartmann glaubte trotzdem zu wissen, was hinter der Stirn des Megakriegers vor sich ging. Schließlich nickte Kyle.

»Vielleicht gibt es wirklich eine Möglichkeit«, sagte er. »Hören Sie zu ...«

11

Zum ersten Mal seit Tagen hatte sie das Gefühl, wieder frei atmen zu können. Alles in allem war sie nicht mehr als zweiundsiebzig Stunden in der Bunkerfestung gewesen, und trotzdem kam es ihr vor, als sähe sie nach monatelanger Gefangenschaft zum ersten Male wieder Tageslicht.

Sosehr Charity dieses Gefühl auch genoss, es verwirrte sie ein wenig. Hartmanns Bunkerstation war einer der wenigen Orte gewesen, an denen sie sich beinahe zu Hause gefühlt hatte, erinnerte er sie doch auf Schritt und Tritt an die Welt, in der sie geboren und aufgewachsen war. Doch während der letzten drei Tage war sie sich sonderbar fremd vorgekommen, ein Eindringling, der nicht an jenen Ort gehörte. Vielleicht lag es an der Nähe der Jared.

Der Stalscopter gewann langsam an Höhe und wandte sich nach Norden, als Charity dem Piloten ein Zeichen gab. Sie konnte das Gesicht des jungen Mannes nicht erkennen, denn es lag unter dem einseitig verspiegelten Visier des Neurohelmes verborgen. Aber sie behielt ihn trotzdem scharf im Auge. Seine Körperhaltung und die Hände, die mit kräftigem Griff auf dem Steuerknüppel lagen, verrieten Anspannung, aber nicht die mindeste Nervosität oder gar Unsicherheit. Der Stalscopter flog langsam und so ruhig, als bewege er sich auf Schienen, und auch der Start hätte nicht perfekter sein können. Es war mehr als unheimlich. Noch vor drei Tagen war dieser junge Mann nicht einmal in der Lage gewesen, ein Automobil zu fahren. Und jetzt beherrschte er eines der kompliziertesten und empfindlichsten Luftfahrzeuge, das Menschen jemals gebaut hatten, so perfekt, als hätte er sein Lebtag lang nichts anderes getan. Offensichtlich funktionierte die Hypnose-Schulung der Jared tatsächlich so perfekt, wie Kias behauptet hatte.

Charity tauschte ihren Platz neben dem Piloten nach einem auffordernden Blick mit Skudder und ging geduckt ins hintere Abteil des Stalscopters zurück, wo Harris und drei der anderen Kadetten saßen und gebannt aus den Fenstern in die Tiefe sahen. Unter ihnen spulte sich ein wechselndes Muster aus Wald und Trümmerlandschaft ab. Manche der kleinen Städte und Dörfer, die die Moroni bei ihrem Angriff vor einem halben Jahrhundert in Schutt und Asche gelegen hatten, waren schon völlig von Gestrüpp und Bäumen überwuchert. Die Natur hatte nicht lange gebraucht, das verlorene Terrain zurückzuerobern.

Der Anblick der wuchernden Landschaft tröstete Charity irgendwie. Ganz plötzlich begriff sie, wie unwichtig sie alle waren. Selbst wenn die Moroni den letzten Menschen auf diesem Planeten getötet hatten, würde das Leben doch weitergehen.

Plötzlich tauchte unter dem Helikopter eine weitere, völlig zerstörte Stadt auf. Die meisten Häuser waren bis auf die Grundmauern niedergebrannt, und im aufgebrochenen Asphalt des Straßenbelages glitzerten ölige Pfützen. Kein Grün zeigte sich zwischen den verlassenen Straßenblocks. Die Stadt musste von einem Nuklearsprengkopf getroffen worden sein, der eine ganz besonders harte Strahlung zurückgelassen hatte. Vielleicht würde es noch einmal fünfzig Jahre dauern, bis Leben zurückkehrte.

Mit einer fast übertrieben heftigen Geste wandte Charity sich vom Fenster ab und ließ sich Harris gegenüber auf eine der schmalen, ungepolsterten Sitzbänke sinken. Sie lächelte, und Harris lächelte zurück, aber er schien ihre Betroffenheit wohl zu spüren, denn sein Blick blieb ernst. Trotzdem stellte er keine Frage, sondern deutete nur mit einer Kopfbewegung zur Kanzel. »Nun?«

»Perfekt«, sagte Charity. Sie zwang sich zu einem Lächeln. »Kias hat nicht übertrieben. Er fliegt dieses Ding, als wäre er mit dem Neurohelm auf dem Kopf geboren worden.«

Harris' Augen verengten sich. »Wieso werde ich den Eindruck nicht los, dass es Ihnen nicht gefällt?«

Charity sah ihn überrascht an. »Merkt man es so deutlich?«

»Ja«, antwortete Harris. »Ich spüre das schon seit einiger Zeit.«

Eine Sekunde lang dachte Charity darüber nach, was sie von dieser Antwort zu halten hatte, dann zuckte sie mit den Achseln. »Vielleicht muss ich mich erst an den Gedanken gewöhnen«, erwiderte sie. Sie sah Harris ganz bewusst nicht an, sondern musterte die Gesichter der drei anderen Kadetten. Die drei – zwei junge Männer und ein Mädchen – waren jünger als sie selbst, Skudder und Harris. Kleine Metallschildchen an der Brust ihrer grün gefleckten Tarnuniformen, mit denen Stone sie aus den schier unerschöpflichen Lagerhallen der Bunkerfestung versorgt hatte, verrieten ihre Namen: Lerou, Delgard und Tribeaux. Die drei kamen aus Paris, ebenso wie ihr Pilot und zwei oder drei Dutzend anderer Freiwilliger, die Stones Helfer in den beiden letzten Tagen herangebracht hatten. Charity hatte mit jedem Einzelnen gesprochen, und natürlich hatte sie auch darauf bestanden, zumindest mit einigen zu reden, *bevor* sie sich der Hypnosebehandlung der Jared unterzogen. Sie hatte jedes Mal die gleiche Geschichte gehört. Mit Gurks Hilfe war es Stone gelungen, das Vertrauen der Freien Kolonie in Paris zu erringen. Viele junge Männer und Frauen hatten sich als Freiwillige gemeldet. Was nicht zuletzt an Charity lag. Schon die Erwähnung ihres Namens schien ausgereicht zu haben, aus diesen halben Kindern zu allem entschlossene Kämpfer zu machen, die mit Freuden ihr Leben geopfert hätten, wäre es von ihnen verlangt worden.

Charity verstand das nicht. Natürlich wusste sie, dass Stone in einem Punkt Recht hatte: Die Menschen hatten immer und zu allen Zeiten einen Führer gebraucht, eine Figur, zu der sie aufsehen und der sie ihre Bewunderung und ihr Vertrauen entgegenbringen konnten. Aber was Skudder und sie bisher erreicht hatten, das war entschieden zu wenig, um sie selbst gegen ihren Willen in diese Rolle zu drängen. Ihr Aufenthalt in Paris war nur kurz und nicht sonderlich erfolgreich gewesen.

»Wohin fliegen wir?«, drang Harris' Stimme in ihre Gedanken. Charity zuckte mit den Schultern. »Ich wollte einfach sehen, wie sie sich verhalten.« Sie stand auf. »Gut, dass Sie mich daran erinnern. Ich habe Stone versprochen, der Stadt nicht zu nahe zu kommen.«

»Wieso?«

Erneut zuckte Charity die Achseln und begann auf das Cockpit zuzugehen. »Fragen Sie die Jared«, sagte sie.

Sie duckte sich durch die niedrige Tür zum Cockpit hindurch, tauschte einen fragenden Blick mit Skudder und sah dann durch die Kanzel nach vorn. Weit im Norden wurde das matte Grün der Eifelwälder zum schwarzgrauen Schattenmuster einer zerstörten Stadt. Sie würden sicherlich noch eine Viertelstunde brauchen, um den Fluss und somit die Demarkationslinie zu erreichen, die sie nicht überschreiten durften. Aber sie hatte Stone tatsächlich ihr Wort gegeben, sich der Stadt nicht zu nähern. Es war ihr schwer gefallen, dieses Versprechen abzulegen. Mit dieser Stadt, dem Dom und der Jaredkönigin waren zu viele schmerzliche Erinnerungen für sie verbunden.

Sie stützte sich lässig mit den Unterarmen auf die Rückenlehne von Skudders Sitz – und runzelte überrascht die Stirn. »Was ist das?«

Skudder sah auf, um ihr ins Gesicht zu blicken. »Was?«

Charity deutete nach vorn. »Dort zwischen den Bäumen. Siehst du?«

Skudder beugte sich im Sitz vor und sah einen Moment lang in die Richtung, in die Charity deutete. »Das sieht aus wie ... Schnee«, sagte er überrascht.

»Im August?«, fragte Charity zweifelnd. Sie gab dem Piloten einen Wink. »Ändern Sie den Kurs. Das will ich mir ansehen.«

Der junge Mann antwortete nicht, aber der Stalscopter schwenkte gehorsam herum und ging tiefer, während er sich der kleinen Waldlichtung näherte, auf die Charity gedeutet hatte. Nach einigen Augenblicken hatte er sie erreicht und blieb in der Luft stehen.

Es ist tatsächlich Schnee, dachte Charity verwirrt.

Das weiße Gliztern, das ihre Aufmerksamkeit erregt hatte, war das Schimmern von Raureif im Gras. Nur hier und da oben stoben weiße Schneewehen von den Ästen der Bäume oder vom Boden hoch, als der Sturmwind der Rotoren den Schnee aufwirbelte.

»Aber wie ist denn das möglich?«, wunderte sich Skudder.

Charity schwieg. Der Anblick der pulvrigen Schneewehen verstärkte das ungute Gefühl in ihr. Niemand wusste wirklich, was die Moroni in den letzten fünfzig Jahren mit dem Klima dieses Planeten angestellt hatten oder welche Auswirkungen die zahllosen Atomsprengköpfe gehabt haben mochten, die bei der Ankunft der Außerirdischen in der Erdatmosphäre gezündet worden waren. Wahrscheinlich gab es auch noch eine ganze Reihe anderer, ebenso einleuchtender Erklärungen. Und doch ... Dieses Phänomen irritierte sie nicht nur, es *erschreckte* sie.

»Notieren Sie die Position im Computer«, befahl sie dem Piloten. »Vielleicht schauen wir es uns später noch einmal an.« Sie gab ihm ein Zeichen, weiterzufliegen, behielt die kleine, in mattem Weiß schimmernde Lichtung jedoch im Auge, bis sie ihren Blicken entschwunden war.

Sie flogen weitere drei oder vier Minuten dicht über den Baumwipfeln dahin in nördlicher Richtung, ohne auf ein weiteres Anzeichen dafür zu stoßen, dass mit diesem Wald irgendetwas nicht stimmte, dann wandte sich Charity um und machte einen Schritt zur Tür zurück. »Tribeaux?«, fragte sie. »Haben Sie Lust zu übernehmen?«

Die junge Französin stand mit einem wortlosen Nicken auf, und Charity trat wieder neben den Piloten. »Suchen Sie einen Landeplatz«, sagte sie.

Der Helikopter verlor weiter an Geschwindigkeit und ging tiefer. Der Wald war an dieser Stelle sehr dicht, und Charity hatte nicht genug Vertrauen in die Fähigkeiten des Jungen, um eine Landung zwischen den Bäumen zu riskieren. So bedeutete sie ihm mit einer Geste, ein Stück weiter zu fliegen, bis Bäume und Unterholz unter ihnen wieder dem graugrünen Fleckenmuster zerstörter Straßenzüge Platz machten.

Automatisch warf sie einen Blick auf die Instrumente

des Helikopters, ehe sie dem Piloten gestattete, endgültig zu landen. Der Geigerzähler zeigte keine gefährliche Strahlung an.

Der Helikopter setzte so sanft auf, dass Charity nicht einmal eine Erschütterung spürte, und der Pilot erhob sich aus seinem Sitz und streifte den Helm ab. Er wollte ihn an Tribeaux weiterreichen, aber Charity schüttelte den Kopf.

»Schalten Sie die Motoren aus«, sagte sie. »Ich denke, wir sollten uns ein wenig umsehen.«

Skudder sah sie überrascht an, schwieg aber. Er war dabei gewesen, als Charity Stone versprochen hatte, nirgends zu landen, sondern nur ein paar Runden mit der Maschine zu drehen und dann unverzüglich zurückzukehren. Und sie hatte eigentlich auch gar keinen Grund, dieses Versprechen zu brechen.

Sie verließen die Maschine. Charity ließ Lerou als Wächter zurück und sprang als Erste aus dem Helikopter. Nachdem sie sich davon überzeugt hatte, dass ihre Funkgeräte alle auf die gleiche Frequenz eingestellt waren, entfernte sie sich ein paar Schritte von dem gelandeten Hubschrauber und blieb stehen. Das Heulen der Turbine verklang allmählich, aber auch danach kehrte keine wirkliche Stille ein. Sie hörte das Rauschen des Windes im nahen Wald und ein fernes, anhaltendes Rollen und Donnern wie das Geräusch eines weit entfernten Gewitters oder einer schweren Meeresbrandung. Doch in Wahrheit war es das Echo der Schlacht, die fünfzig Meilen von ihnen entfernt tobte.

Trotzdem überkam Charity für einen Moment das Gefühl eines viel zu lang vermissten Friedens, als sie dastand und die kalte, nach Blättern und Gras duftende Luft einzuatmen. Zum allerersten Mal, seit sie auf die Erde zurückgekehrt war, waren ihre Kopfschmerzen verflogen und zum allerersten Mal hatte sie das Gefühl, nicht eingesperrt zu sein.

Nach einer Weile wurde ihr klar, dass die anderen hinter ihr stehen geblieben waren und sie erwartungsvoll anblickten. Sie sah sich kurz um und deutete dann beinahe wahllos auf einen zu vier Fünfteln von Unkraut überwucherten Trümmerblock, vielleicht fünfzig Meter entfernt. Die Reste einer zerborstenen, gelben Lichtreklame reflektierten das Licht der tief stehenden Sonne, und hier und da war sogar noch eine Fensterscheibe erhalten geblieben.

»Dieses Gebäude dort«, sagte sie. »Nehmen wir an, es wäre von Moroni besetzt, die genau wissen, dass wir kommen. Versucht, es zu stürmen.«

Skudder blickte sie mit noch größerer Überraschung an, und auch Harris runzelte missbilligend die Stirn, aber die drei Kadetten nahmen unverzüglich ihre Gewehre von der Schulter und begannen auf die Ruine zuzulaufen. Charity beobachtete sie aufmerksam. Sie stellten sich nicht einmal ungeschickt an. Trotzdem dauerte es nur Augenblicke, bis Charity den Kopf schüttelte und mit einem enttäuschten Seufzer die Luft ausstieß. Es war so, wie sie befürchtet hatte: Die drei mochten wissen, wie man einen Helikopter flog oder einen Panzer bediente, aber sie hatten keinerlei Kampferfahrung.

»Was soll das?«, fragte Skudder.

Charity antwortete nicht, sondern bildete mit den Händen einen Trichter vor dem Mund und rief: »Delgard! Sie können zurückkommen!«

Der junge Franzose blieb mitten im Schritt stehen, warf einen verwirrten Blick zu ihr zurück, gehorchte dann aber, während sich die beiden anderen durchaus geschickt weiter der Ruine näherten.

»Captain?« Delgard salutierte übertrieben zackig, als er vor ihr stehen blieb.

»Sparen Sie sich das«, sagte Charity lächelnd. »Sie sind nämlich tot. Sie waren mindestens zwanzig Sekunden ohne Deckung.«

»Aber ich ...«

»Die Moroni haben moderne Waffen, vergessen Sie das nicht«, fuhr Charity fort. »Ein Busch ist kein besonders zuverlässiger Schutz gegen das Lasergewehr.«

Delgard wirkte enttäuscht. Er schien Charitys Meinung auch nicht zu teilen, widersprach aber nicht, sondern nickte nur knapp.

»Wenn es Sie tröstet, Delgard«, fuhr Charity fort, »die beiden anderen stellen sich auch nicht sehr viel geschickter an.« Sie seufzte. »Nehmen Sie es nicht zu tragisch, junger Mann. Zu wissen, wie eine Waffe funktioniert, bedeutet noch lange nicht, ein guter Soldat zu sein.«

Skudders Gesichtsausdruck verdüsterte sich weiter, aber Charity gab ihm keine Gelegenheit, irgendetwas zu sagen, sondern schlenderte beinahe gemächlich hinter den beiden anderen her. Wären in dem Gebäude wirklich Moroni-Soldaten versteckt gewesen, dann wären auch sie längst nicht mehr am Leben. Aber die Reaktion auf Delgards Gesicht hatte ihr klargemacht, dass sie vielleicht etwas zu hart mit ihm umgesprungen war. Trotz aller Begeisterung und allem künstlich eingetrichterten Wissen waren die drei nicht mehr als Rekruten, die gerade ihre erste Unterrichtsstunde bekamen.

Während die beiden jungen Franzosen weiter Krieg spielten, steuerte Charity ein Gebäude auf der anderen Straßenseite an. Es war ausgebrannt und von Unkraut und Büschen überwuchert, aber seine Vorderfront war beinahe unbeschädigt geblieben. Geschwungene gelbe

Schriftzeichen über der gesplitterten Glastür verrieten ihr, dass es einmal eine Bankfiliale gewesen war.

Sie blieb stehen, überlegte einen Moment – und lachte plötzlich leise auf. Mit einer raschen Bewegung drehte sie sich herum und winkte Skudder zu. »Pass einen Moment auf sie auf!«, rief sie. »Ich bin gleich zurück.«

Sie betrat die Bank, durchquerte den verwüsteten Schalterraum und fand beinahe auf Anhieb, wonach sie gesucht hatte. In einem fensterlosen, kahlen Zimmer, dessen gesamte Einrichtung aus einem Tisch und einem Plastikstuhl bestand, erhob sich ein wuchtiger Tresor. Charity nahm ihr Gewehr von der Schulter, stellte den Laser auf höchste Energieabgabe ein und feuerte zwei kurze, gezielte Schüsse ab. Das Schloss glühte rot auf und verwandelte sich in schmelzendes Metall. Charity benutzte den Lauf des Gewehres, um die Tür ganz aufzuhebeln, ohne sich die Finger an dem heiß gewordenen Stahl zu versengen.

Der Anblick der gestapelten Banknoten, Wertpapiere und Dokumente in dem Safe gab Charity einen tiefen, unerwarteten Stich. Vor nicht einmal sehr langer Zeit hätte der Inhalt dieses kleinen Tresores ausgereicht, ihr ein sorgenfreies Leben für den Rest ihrer Tage zu garantieren. Was dort vor ihr lag, hatte einmal die Welt beherrscht. Menschen waren dafür gestorben oder hatten getötet, hatten ihre Freunde und ihre Familie verraten oder verlassen, hatten Leben zerstört und ihre eigenen ruiniert. Und jetzt war es nicht mehr als wertloses Papier.

Sie begriff, dass sie auf dem besten Wege war, sich selbst in Melancholie zu versetzen, verscheuchte den Gedanken und griff sich eines der Banknotenbündel. Sorgfältig zählte sie nicht weniger als eine halbe Million Deutscher Mark ab und verließ den Raum.

Skudder sah ihr verwirrt entgegen, als sie wieder auf die Straße hinaustrat, während auf Harris' Stirn eine steile, fragende Falte entstand. Erstaunt erblickte er das Banknoten bündel, das Charity in beiden Händen trug.

Seine Überraschung steigerte sich noch, als Charity es ihm in die Hand drückte. »Was ...?«

»Das ist eine halbe Million«, sagte Charity fröhlich.

Harris starrte die Geldscheine an und konnte vor Verwirrung nicht einmal eine Frage stellen.

»Ihr ausstehender Sold«, erklärte Charity. »Sie baten mich doch, mit Stone darüber zu reden.«

Harris' Unterkiefer klappte verblüfft herunter, während Skudder sie eine Sekunde lang verdattert ansah – und dann schallend zu lachen begann. Nach einigen Augenblicken stimmte Harris in dieses Lachen ein, ließ sich in die Hocke sinken und legte den Stapel Banknoten behutsam vor sich auf den Boden. Vorsichtig zog er eine der Banknoten unter der Banderole hervor, faltete sie zu einem dünnen Streifen zusammen und klaubte dann eine Zigarette aus der Brusttasche seiner Uniform. Mit einer fast zeremoniellen Bewegung ließ er sein Feuerzeug aufschnappen, steckte den Hunderter in Brand und entzündete an der Flamme seine Zigarette.

»Das habe ich mir schon immer gewünscht«, sagte er.

»Zu mehr ist es wohl auch nicht mehr zu gebrauchen«, erklärte Skudder. »Was beweist, dass es nichts gibt, das nicht auch seine guten Seiten hat. Wenigstens diesen Irrsinn haben uns die *Ameisen* abgewöhnt.«

Charitys Funkempfänger meldete sich mit einem Piepsen. Sie schaltete das Gerät ein und hielt das Armbandmikrophon an die Lippen. »Ja?«

»Lerou hier«, meldete sich der junge Franzose, der im

Helikopter zurückgeblieben war. »Ein Funkspruch aus der Basis, Captain. Commander Stone verlangt Sie zu sprechen.«

»So, tut er das?«, murmelte Charity. Lauter sagte sie: »Okay. Ich komme.«

Sie gingen zurück zum Helikopter, und Charity nahm im Sitz des Piloten Platz, ehe sie das Bildfunkgerät am Armaturenbrett einschaltete. Stones Gesicht erschien auf dem winzigen Bildschirm, und für einen ganz kurzen Moment hatte sie das Gefühl, einen erschrockenen Ausdruck auf seinen Zügen zu sehen. Als er aber sprach, klang seine Stimme so ruhig und hochmütig wie immer.

»Captain Laird! Wo waren Sie?«

»Ich habe mir ein wenig die Beine vertreten«, antwortete Charity lächelnd. »Haben Sie etwas dagegen?«

»Sie sind gelandet?«

»Ja«, sagte Charity. Sie lächelte weiter, aber sie bemühte sich, dieses Lächeln möglichst herausfordernd wirken zu lassen, obgleich sie sich selbst sagte, wie albern ihr Benehmen war.

»Das ist gut«, sagte Stone. »Bleiben Sie, wo Sie sind. Und geben Sie mir Ihre genaue Position durch.«

Charitys Lächeln erlosch wie abgeschaltet. »Warum?«, fragte sie alarmiert.

»Eine Anzahl Gleiter ist durchgebrochen«, erklärte Stone. Er machte eine hastige Handbewegung. »Kein Grund zur Sorge. Wir erwischen sie. Aber es ist besser, wenn Sie am Boden bleiben, bis unsere Schiffe sie heruntergeholt haben.«

»Gleiter?«, wiederholte Charity verwirrt. »Aber wieso?«

»Woher soll ich das wissen?«, schnappte Stone. »Tun Sie, was ich gesagt habe. Ich melde mich, sobald die Gefahr vorüber ist.« Er schaltete ab, bevor Charity eine weitere Frage stellen konnte, und für eine Sekunde blickte sie den erloschenen Bildschirm wütend und erschrocken zugleich an.

Die Vorstellung, dass die Moroni *hierher kamen,* war völlig absurd. Sie alle hatten mit eigenen Augen gesehen, dass schon die flüchtigste Berührung eines Jared reichte, um aus den *Ameisen* einen Teil der Kollektivintelligenz werden zu lassen. Jeder Soldat, den der *Shait* hierher schickte, war ein potentieller Kämpfer für seinen Gegner.

»Was tun wir?«, fragte Skudder, der hinter sie getreten war und das kurze Gespräch mit angehört hatte.

»Hierbleiben und die Köpfe einziehen«, antwortete Charity nach kurzem Überlegen.

Skudder sah aus, als hätte er eine andere Antwort erwartet. »Er wirkte ziemlich nervös, findest du nicht auch?«, fragte er.

Charity drehte sich zu ihm herum. »Dir ist es auch aufgefallen?«

»Irgendwas stimmt nicht«, bemerkte Skudder nachdenklich. »Ich werde ihn danach fragen, sobald wir zurück sind.«

Charity stand auf, ging nach hinten in die Kabine des Helikopters und unterrichtete Harris und die drei anderen, was geschehen war. »Ich glaube nicht, dass wir Grund haben, uns Sorgen zu machen«, schloss sie. »Trotzdem ist es besser, wir tun so, als wäre es ernst.« Sie machte eine befehlende Geste und deutete dann auf Jean, den Jungen, der sie auch hierher geflogen hatte. »Schnallt euch an. Und Sie übernehmen das Steuer.«

»Sie fliegen nicht selbst?«, fragte Harris überrascht.

»Wir fliegen *überhaupt* nicht«, antwortete Charity. »Ganz davon abgesehen, *kann* ich so ein Ding überhaupt nicht fliegen.« Sie hatte es einmal versucht, und dieser erste und einzige Versuch hatte beinahe in einer Katastrophe geendet.

Während Skudder in der Kabine zurückblieb und sich wie Harris und die anderen auf seinem Sitz festschnallte, ging Charity zurück ins Cockpit, ließ sich auf den Copilotensitz sinken und suchte den Himmel ab. Sie wusste, wie unwahrscheinlich es war, dass die durchgebrochenen Gleiter ausgerechnet hierher kamen. Wahrscheinlich würden sie nicht einmal in die Nähe der Stadt gelangen, ehe die computergesteuerten Lasergeschütze der Eifelfestung sie erfassten und vom Himmel holten.

Jean wollte die Hand zum Instrumentenpult ausstrecken, aber Charity hielt ihn mit einer raschen Bewegung zurück. »Lassen Sie das«, sagte sie.

»Ich wollte nur das Radargerät...«

»...einschalten, damit sie den Radarstrahl auffangen und eine Rakete auf ihn setzen«, fiel ihm Charity ins Wort.

Jeans Augen weiteten sich. »So etwas ist möglich?«

Fast gegen ihren Willen musste Charity lächeln. »So etwas war schon damals bei uns möglich«, sagte sie. »Ich sehe, *alles* haben Ihnen die Jared doch nicht beigebracht.« Sie beugte sich im Sitz vor und suchte weiter konzentriert den Himmel im Süden ab.

Ein helles Funkeln erregte ihre Aufmerksamkeit. Dem ersten silbernen Blitz gesellte sich ein zweiter und dritter hinzu, und wenig später erkannte sie eine ganze Flotte der scheibenförmigen Schiffe, die tief über dem Wald herangerast kamen. Es waren *zwei* Flotten. Die erste Gruppe bestand aus fünf oder sechs Schiffen, die von einem gut dreimal so großen Schwarm verfolgt wurden. Im grellen Licht der tief stehenden Sonne war das Blitzen der Laserkanonen kaum zu sehen, aber aus dem Wald unter den Gleitern schossen immer wieder Flammen hoch, und manchmal taumelte eines der Schiffe, wenn es getroffen wurde.

Die Gleiter näherten sich mit rasender Geschwindigkeit, flogen in kaum zwei oder drei Kilometern Entfernung vorbei – und plötzlich brachen zwei von ihnen aus der Formation aus und kamen in einer engen Kehre zurück.

Direkt auf ihren Helikopter zu.

Charity war so verblüfft, dass ihre Reaktion wahrscheinlich zu spät gekommen wäre, hätte der Pilot die Gefahr nicht im gleichen Moment wie sie erkannt. Mit einer blitzartigen Bewegung zog er den Neurohelm über, griff mit der linken Hand nach dem Steuerknüppel und ließ die rechte auf die rote Taste der Notautomatik krachen. Über ihren Köpfen heulten die Turbinen auf, und im gleichen Augenblick zündeten unter dem Rumpf des Helikopters eine Anzahl kleiner, aber äußerst effektiver Schubraketen, die den Hubschrauber regelrecht in die Höhe katapultierten, so dass er sich schon über den Baumwipfeln befand, ehe die Rotorblätter sich überhaupt zu drehen begannen.

Charity klammerte sich verzweifelt an den Sitz. Der Helikopter taumelte, kippte auf die Seite und drohte für einen Moment wieder abzustürzen.

Sie wusste, wie gefährlich so ein Alarmstart war. Die Wahrscheinlichkeit, dass die Rotoren nicht die notwendige Drehzahl erreichten, um das Fahrzeug in der Luft zu halten, ehe der Schub der Raketen nachließ, war ziemlich hoch.

Trotzdem rettete ihnen allen Jeans Reaktion das Leben, denn während sich der Helikopter schwerfällig auf die

Seite legte, schlug genau an der Stelle, wo er eine halbe Sekunde zuvor noch gestanden hatte, ein ganzes Bündel beinahe unsichtbarer Laserstrahlen ein und verwandelte den Boden in kochende Lava.

Der Helikopter geriet ins Trudeln. Die Rotorblätter zerfetzten den Wipfel eines Baumes, abgerissene Blätter und Äste prasselten gegen die gläserne Kanzel, und für einen winzigen, fürchterlichen Moment legte sich die Maschine auf die andere Seite und näherte sich noch einmal mit heulenden Turbinen dem Boden. Der Baum hinter ihnen verwandelte sich in eine Flammensäule, als die Moroni ihr Laserfeuer neu ausrichteten, und plötzlich erstrahlte die Kabine in einem grausamen, weißen Licht.

Charity schlug mit einem Schrei die Hände vor die Augen. Ihr Gesicht brannte, und die Luft war plötzlich so heiß, dass sie kaum atmen konnte. Trotzdem war ihr klar, dass sie Glück gehabt hatten. Der Strahl hatte den Helikopter nur gestreift.

Sekunden vergingen, bis sie überhaupt wieder etwas sehen konnte. Stöhnend nahm sie die Hände herunter und registrierte, dass sich der Hubschrauber mittlerweile gut fünfzig oder sechzig Meter über dem Wald befand und in einer geradezu irrsinnigen Zickzacklinie flog, um dem Laserfeuer der beiden Gleiter zu entgehen. Trotzdem vibrierte die Kabine immer wieder unter den Einschlägen der nahezu unsichtbaren Strahlen. Früher oder später würde sie einer der Blitze erwischen oder die Rotoren treffen.

Ein riesiges, silbernes Etwas raste an ihnen vorüber, und wieder sackte der Hubschrauber zehn Meter weit und flog in einem irrsinnigen Kurs weiter, als der Gleiter nahezu auf der Stelle wendete und seine Laserkanonen auf sie abfeuerte. Von dem zweiten Angreifer war im Augenblick nichts zu sehen, aber Charity entging nicht das grelle Gewitter, das irgendwo hinter ihnen tobte. Wahrscheinlich waren ihnen einige der Jared-Schiffe zu Hilfe gekommen.

Und doch konnte es für sie keine Rettung mehr geben, begriff Charity plötzlich. Jean flog die Maschine mit geradezu unglaublichem Geschick, aber gegen die überlegene Bewaffnung und Geschwindigkeit des Moroni-Gleiters hatte auch er keine Chance.

»Drehen Sie bei!«, schrie Charity.

Der Pilot wandte verblüfft den Kopf, und für eine halbe Sekunde sah Charity das verzerrte Spiegelbild ihres eigenen schreckensbleichen Gesichtes in der Scheibe seines Helmes. »Beidrehen!«, schrie sie noch einmal. »Greifen Sie an! Das ist unsere einzige Chance!«

Wie um ihre Worte zu unterstreichen, erbebte der Helikopter in diesem Moment und sackte meterweit in die Tiefe, ehe Jean ihn wieder in seine Gewalt bekam. Die Luft roch plötzlich verbrannt, und auf dem Pult vor ihnen begann eine rote Lampe zu flackern.

Wieder raste der Moroni-Gleiter an ihnen vorbei und kehrte in einer engen Schleife zurück, doch diesmal versuchte der Pilot nicht, ein Ausweichmanöver zu fliegen, sondern riss den Stalscopter nahezu auf der Stelle herum – und raste direkt auf die riesige Flugscheibe zu!

Das Manöver schien den Piloten des Moroni-Schiffes völlig zu verblüffen, denn obwohl er in diesem Augenblick die Chance dazu gehabt hätte, verzichtete er darauf, seine Laserkanonen abzuschießen und den Helikopter zu vernichten. Eine halbe Sekunde lang näherten sich die beiden ungleichen Fahrzeuge mit irrsinniger Geschwindigkeit, dann ließ Jean die Maschine nach links in die Tiefe kippen.

Doch diesmal kam seine Reaktion zu spät. Rotes, grausames helles Licht erfüllte plötzlich die Kanzel. Die Temperatur stieg ins Unerträgliche. Irgendetwas explodierte, und im hinteren Teil der Maschine erklangen erschrockene, gellende Schreie. Das Heulen der Turbinen klang plötzlich stotternd, und auf der Instrumentenkonsole glühte und flackerte es, als wäre das gesamte Pult in Flammen aufgegangen.

Während die Maschine abtrudelte, hielt Charity nach dem Angreifer Ausschau. Der Gleiter schwebte hundert Meter über ihnen, aber auch er schien beschädigt zu sein. Offensichtlich hatte Jean seine Bordwaffen im gleichen Moment abgefeuert wie der Pilot des Moroni-Schiffes. Aus einem gewaltigen Loch in der Unterseite der Silberscheibe quoll Rauch, und das Schiff flog nicht mehr gleichmäßig dahin, sondern schwankte von einer Seite auf die andere.

»Festhalten!«, schrie Jean. »Das wird eine Bruchlandung!«

Der Wald schien ihnen mit einem Satz entgegenzuspringen. Charity fand gerade noch Zeit, sich mit verzweifelter Kraft an den Armlehnen des Sitzes festzuklammern, ehe die Maschine durch die Baumwipfel brach. Ein ungeheurer Schlag erschütterte den Helikopter. Die Kanzel vor ihnen zersplitterte, und dann bohrte sich der Helikopter mit solcher Wucht in den Boden, dass Charity fast das Bewusstsein verlor, als sie in die Sicherheitsgurte geschleudert wurde.

Sekundenlang kämpfte sie mit verzweifelter Kraft gegen eine Ohnmacht an. Vor ihren Augen bewegten sich schwarze Schleier, ihr Mund füllte sich mit dem bitteren Geschmack ihres eigenen Blutes. Benommen tastete sie nach dem Verschluss ihres Sicherheitsgurtes, entriegelte ihn und stürzte schwer gegen das Instrumentenpult.

Roter Flammenschein erfüllte die Kanzel. Von irgendwoher drang beißender Rauch herein und machte das Atmen fast unmöglich. Charity brauchte drei Versuche, um überhaupt auf die Füße zu kommen.

Der Pilot hing reglos in seinen Sicherheitsgurten neben ihr im Sitz. Charity beugte sich besorgt über ihn, rüttelte an seiner Schulter und rief seinen Namen, aber er reagierte nicht. Als sie die Hand nach seinem Helm ausstrecken wollte, um ihn abzuziehen, sah sie das Blut, das in breiten Strömen unter dem verspiegelten Visier hervorschoss. Sie erstarrte für eine Sekunde, streckte ihre Hand aus und tastete nach seinem Puls.

Nichts. Er war tot.

So schnell sie konnte, arbeitete Charity sich aus dem Cockpit heraus und in den hinteren Teil des Helikopters. Beinahe wäre sie von Harris von den Füßen gerissen worden, der den Fehler begangen hatte, seinen Sicherheitsgurt zu lösen, ohne sich irgendwo festzuklammern. Auch sein Gesicht war voller Blut, aber er fluchte so laut und ungehemmt, dass Charity begriff, dass er nicht ernsthaft verletzt sein konnte.

Wie es schien, hatten auch die anderen Glück gehabt. Skudder kämpfte fluchend mit dem Verschluss seines Gurtes, der offensichtlich nicht mehr richtig funktionierte, während Lerou, Delgard und Tribeaux sich bereits befreit hatten und mit fast komisch wirkenden Bewegungen die Tür zu erreichen versuchten, die plötzlich anderthalb Meter über ihnen lag.

»Raus hier!«, schrie Charity überflüssigerweise. »Sie sind in ein paar Sekunden hier!«

Während die drei Kadetten hastig weiter auf die Tür

zukrochen, bemühten sich Charity und Harris mit vereinten Kräften darum, Skudders Sicherheitsgurt zu lösen. Das Schloss hatte sich verklemmt. Schließlich zog Harris kurzerhand sein Messer und schnitt den Gurt dicht über Skudders rechter Schulter durch.

Sie schafften es, buchstäblich im allerletzten Moment zu entkommen. Blutrotes Feuer fiel vom Himmel und verwandelte den Helikopter in einen glühenden Schrotthaufen, als Skudder als Letzter in einem gewaltigen Hechtsprung aus der Tür heraussprang. Er prallte ungeschickt auf und fiel mit einem Schmerzensschrei zurück. Ein armdicker Laserstrahl stach in seine Richtung, verfehlte ihn und setzte einen Baum in Brand. Charity wirbelte mitten im Schritt herum, rannte im Zickzack zu Skudder zurück und versuchte ihn in die Höhe zu reißen, aber statt ihn mit sich zu ziehen, fiel auch sie auf die Knie herab und erstarrte. Ein ungeheuerlicher Schatten legte sich über die Schneide, die der abstürzende Helikopter in den Wald geschlagen hatte. Sie hörte das tiefe, drohende Summen eines Gleitermotors, und plötzlich war der Himmel über ihnen nicht mehr blau, sondern silberfarben.

Der Moroni-Gleiter schwebte reglos zehn Meter über dem Wald. Aus dem Loch in seiner Unterseite quoll noch immer dichter, schwarzer Rauch, aber das Fahrzeug war nicht so beschädigt, wie sie gehofft hatte. Sekundenlang hing das riesige scheibenförmige Fahrzeug vollkommen reglos über ihnen, dann begann es ganz langsam tiefer zu sinken und sich gleichzeitig zu drehen. Charity beobachtete aus entsetzt aufgerissenen Augen, wie sich der Lauf einer der großen Laserkanonen direkt auf Skudder und sie richtete. Die Zeit schien stehen zu bleiben. Sie wusste, dass es vorbei war. Alles Glück der Welt würde sie jetzt nicht mehr retten. Aus dieser Entfernung konnten die Moroni gar nicht vorbeischießen.

Erstaunlicherweise hatte sie gar keine Angst. In der letzten Sekunde, die ihr wahrscheinlich noch blieb, streckte sie den Arm aus und ergriff Skudders Hand, und er erwiderte ihren Griff. Auch in seinen Augen stand keine Angst, nur ein tiefer, unstillbarer Zorn.

Charity wollte ihm zuschreien, dass sie ihn liebte, aber die Zeit reichte nicht mehr. Ein unvorstellbar helles, heißes, weißes Licht hüllte sie ein, machte sie blind und versengte ihre Kehle, als sie zu atmen versuchte.

Der Wald erzitterte unter einem ungeheuerlichen Donnerschlag. Etwas traf Charitys Schulter und riss eine rauchende Spur in ihre Jacke, und plötzlich wurde Skudders Griff so hart, dass es wehtat. Wieso lebte sie noch?

Aus tränenden Augen blickte sie auf. Der Gleiter war auf die Seite gekippt und stürzte heulend in den Wald neben ihnen. Das grelle Licht, das sie geblendet hatte, war die reflektierte Energie einer ganzen Lasersalve gewesen, die in seine Flanke eingeschlagen war.

Charity duckte sich instinktiv, als das dumpfe Donnern über sie hinwegrollte, mit dem das Schiff im Wald aufschlug. Dann warf sie sich flach auf den Boden und schlug die Hände über dem Kopf zusammen, aber auch diesmal blieb der erwartete Feuersturm aus. Der Gleiter war abgestürzt, aber nicht explodiert.

Mühsam wälzte sie sich auf den Rücken, wischte sich mit dem Handrücken die Tränen aus den Augen und suchte den Himmel ab. Zwei, drei Scheibenschiffe waren über ihnen aufgetaucht. Nicht weit entfernt kräuselte sich eine gewaltige Rauchsäule aus dem Wald, und durch die Blätter drang der flackernde Widerschein von Feuer. Zwei der drei Schiffe, denen sie ihre Rettung in allerletzter

Sekunde zu verdanken hatten, näherten sich langsam der Absturzstelle, während das dritte über ihnen schwebte. Charity hob die Hand und winkte, um zu zeigen, dass sie noch am Leben waren, dann stemmte sie sich mühsam in die Höhe und sah sich nach den anderen um. Skudder hockte neben ihr, und auch Harris und Lerou waren schon wieder auf den Beinen. Delgard krümmte sich wenige Meter entfernt auf dem Boden, während Tribeaux reglos hinter einem schwelenden Busch lag.

Charity ging zu der jungen Französin hinüber. Noch bevor sie sie erreichte, sah sie, dass jede Hilfe zu spät kam. Ein Splitter des explodierenden Hubschraubers hatte sich wie ein Speer zwischen ihre Schulterblätter gebohrt. Schaudernd wandte sie sich ab, ging zu Delgard zurück und ließ sich neben ihn in die Hocke sinken. Der Kadett presste die rechte Hand gegen den Leib und stöhnte vor Schmerzen. Ein glühender Metallsplitter hatte seinen Arm vom Ellbogen bis zur Handwurzel aufgerissen.

Charity streckte zögernd die Hand aus, berührte ihn an der Schulter, und Delgard sah auf. Sein Gesicht war schweißüberströmt und leichenblass. Tränen liefen über seine Wangen, und zum ersten Mal, seit Charity ihn kennen gelernt hatte, wurde ihr bewusst, *wie* jung er noch war. Die Uniformen, die Begeisterung der Kadetten und die Souveränität, mit der sie mit ihren Waffen und dem technischen Equipment der Basis umzugehen verstanden, hatten sie darüber hinweggetäuscht, woraus die Armee bestand, die Stone ihr versprochen hatte. Es waren Kinder, nichts als Kinder.

Ein rasender Zorn ergriff sie. Zorn auf die Moroni, auf Stone und Kias, aber auch auf sich selbst, dass sie wirklich zugestimmt hatte, sich auf diesen Wahnsinn einzulassen.

»Keine Sorge«, sagte sie. »Wir kriegen Sie wieder hin, mein Junge.«

Delgard starrte sie aus großen, vor Schmerz und Angst trüben Augen an, und sie wusste, dass er ihre Worte nicht verstanden hatte.

Mit einer wütenden Bewegung stand sie auf, winkte Lerou zu sich heran und deutete auf Delgard herab. »Kümmern Sie sich um ihn«, befahl sie. Dann nahm sie ihr Gewehr von der Schulter, entsicherte es und begann in die Richtung loszulaufen, in der der Feuerschein des abgestürzten Gleiters zu sehen war.

12

Hartmann schob sich langsam vor. Seine Nerven waren bis zum Zerreißen angespannt. Er registrierte jedes noch so winzige Geräusch, jede winzige Erschütterung des Bodens in seiner Nähe. Bei Gott, er glaubte fast, die *Ameisen riechen* zu können, wenn sie sich ihm näherten. Was um alles in der Welt hatte Kyle mit ihm getan?

Aber im Grunde wollte Hartmann die Antwort auf diese Frage gar nicht wissen. Der Megamann hatte eine bestimmte Stelle an seinem Rückgrat berührt, was ihm für einen Moment schier übermächtige Schmerzen verursacht hatte. Danach hatte ihn ein Gefühl von Kraft und Energie durchströmt, wie er es nie zuvor im Leben empfunden hatte. Es war, als wäre er zum ersten Mal wirklich *wach.* Doch Kyle hatte ihn gewarnt: Dem Ausbruch berserkerhafter Kräfte würde ein ebenso heftiger Zusammenbruch folgen. Hartmann hatte nicht viel Zeit. Eine halbe Stunde, vielleicht weniger. Bis dahin musste er sein Ziel erreicht haben.

Die Hälfte dieser Frist war abgelaufen, aber Hartmann schätzte, dass er es schaffen konnte. Das Wrack des so unheimlich veränderten Gleiters lag vor ihm. In seinem momentanen Zustand, so vermutete Hartmann, konnte er die Distanz in weniger als zwei Sekunden zurücklegen und im Inneren des Schiffes verschwinden.

Theoretisch.

Praktisch bestanden diese fünf oder sechs Schritte aus völlig freiem Gelände. Er traute sich durchaus zu, das Schiff zu erreichen und in der Schleuse verschwinden zu können, ehe auch nur eine der *Ameisen* auf die Idee kam, auf ihn zu schießen, aber leider würde ihnen das nichts nutzen. Wichtig war, dass er *unbemerkt* an Bord des Schiffes gelangte.

Hartmann wunderte sich, wie gelassen er über den eigenen Tod nachzudenken imstande war. Er hatte sich solch gefährliche Situationen mehr als einmal ausgemalt, und er hatte *gehofft,* dass er in der Lage sein würde, sie ruhig und gefasst zu meistern. Der Gedanke, dass er in wenigen Minuten tot sein würde, wenn er Erfolg hatte, berührte ihn nicht einmal. Vielleicht, überlegte er, hatte Kyle irgendetwas getan, um ihm seine Angst zu nehmen.

Er hatte das Ende der schmalen Gasse erreicht, die zwischen den zyklopischen Maschinenblöcken hindurch zum Sternentransmitter führte, und richtete sich behutsam auf. Sein Blick tastete das freie Stück vor sich ab. Er zählte ein Dutzend *Ameisen.* Er musste warten. Nervös sah er auf die Uhr. Sie hatten zwanzig Minuten ausgemacht, und achtzehn waren verstrichen. Ohne die übermenschliche Schärfe seiner Sinne und die unheimliche Schnelligkeit seiner Reaktionen wäre Hartmann nicht einmal bis hierher gekommen.

Wieder sah er auf die Uhr. Noch eine Minute. Dreißig Sekunden, zwanzig, zehn ...

Hartmann spannte sich, als der Sekundenzeiger sich der zwölf näherte. Jetzt!

Nichts geschah. Die Moroni vor ihm bewegten sich mit der Gleichmäßigkeit von Maschinen weiter, und zum allerersten Mal kam Hartmann die Möglichkeit zu Bewusstsein, dass ihr Plan vielleicht nicht funktionieren würde, weil diese Insektengeschöpfe einfach ihre ihnen aufgetragenen Arbeiten weiterverfolgten, auch wenn rings um sie herum die Welt unterging. Was, wenn ...

Ein greller Lichtblitz zerriss das Halbdunkel der Halle, und eine Sekunde später ließ eine donnernde Explosion den Boden wanken. Ein zweiter und dritter Laserblitz folgten, und plötzlich war die Luft voll vom Kreischen und Zirpen der Moroni. In die Gestalten vor Hartmann kam hektische Bewegung. Sie warfen ihre Lasten davon, wirbelten herum und hielten plötzlich Waffen in den Händen, während sie an Hartmann vorbei in die Richtung stürmten, in der die Schüsse gefallen waren und noch immer fielen.

Wieder zuckten kurz hintereinander zwei, drei Laserstrahlen auf, und plötzlich erscholl ein ungeheures Krachen und Bersten, und eine Woge orangeroten Lichtes überflutete die Halle. Offensichtlich hatte Net eine der Maschinen zur Explosion gebracht.

Hartmann blinzelte, wartete sicherheitshalber noch zwei weitere Sekunden in seinem Versteck, dann rannte er los.

Er brauchte tatsächlich kaum *eine* Sekunde, um das Gleiterwrack zu erreichen, und das Wunder, auf das sie gehofft hatten, geschah: Er wurde weder entdeckt noch angegriffen, sondern warf sich mit weit vorgestreckten Armen in die offen stehende Schleuse des Schiffes. Er kam mit einer eleganten Rolle wieder auf die Beine und hechtete mit einem zweiten gewaltigen Satz ins Innere des Schiffes.

Direkt in die weit ausgebreiteten Arme einer *Ameise* hinein.

Hartmann wusste nicht, wer überraschter war – der Moroni oder er.

Die *Ameise* prallte mit einem schrillen, überraschten Pfeifen zurück und versuchte gleichzeitig nach ihm zu schlagen, aber Hartmann wich dem dreifachen Hieb mit einer geschickten Bewegung aus und rammte dem Rieseninsekt den Lauf seines Lasers in den Leib. Die *Ameise* taumelte und krachte hilflos gegen die Wand. Sofort wollte sie sich wieder aufrichten, aber wieder war Hartmann schneller. Er packte den Moroni, riss ihn in die Höhe und schmetterte ihn ein zweites Mal gegen das Metall des Korridors.

Aus dem wütenden Pfeifen der Kreatur wurde ein schmerzerfülltes Zischeln, das eine Sekunde später abbrach, als Hartmann sein Gewehr herumdrehte und mit dem Kolben zuschlug. Mit zuckenden Gliedmaßen sackte der Moroni vollends in sich zusammen und blieb liegen. Hartmann glaubte nicht, dass die *Ameise* tot war, aber sie war benommen und würde ein paar Minuten brauchen, um wieder auf die Beine zu kommen.

Hartmann konnte hören, wie die Halle draußen in einer raschen Folge weiterer, schwerer Explosionen erbebte, als Kyle und Net ihre Laserfeuer auf die Maschinen konzentrierten, um möglichst viel Schaden anzurichten und somit für die notwendige Ablenkung zu sorgen, die ihm selbst die entscheidenden Sekunden verschaffen sollten. Hartmann stürmte den kurzen Gang entlang, warf sich mit einem Satz durch die offen stehende Tür zur Zentrale und feuerte blindlings in die Runde. Sein Laserstrahl traf das Steuerpult und verwandelte es in einen Funken sprühenden Trümmerhaufen, tötete eine der drei *Ameisen*, die sich in der Zentrale aufhielten, und verwundete eine zweite so schwer, dass er sich keine Sorgen mehr um sie zu machen brauchte.

Die dritte stürzte sich auf ihn, aber sie beging den Fehler, ihn als das abzuschätzen, was er vor einer knappen halben Stunde noch gewesen war: einen verwundbaren schwachen Menschen.

Hartmann taumelte unter einem Krallenhieb zurück, der seinen rechten Arm übel zurichtete. Aber es war nur die pure Wucht des Schlages, die ihn wanken ließ. Er spürte keinen Schmerz, keine Schwäche.

Dafür war der Kolbenhieb, mit dem er den Moroni niederstreckte, umso heftiger.

Keuchend richtete er sich auf und sah sich um. Das Steuerpult brannte, und auch die Wand dahinter glühte in dunklem, flackerndem Rot, von dem erstaunlicherweise aber nicht die mindeste Hitze ausging. Bis auf die drei Moroni, die er erledigt hatte, war er allein. Rasch fuhr er herum, ließ das Panzerschott zugleiten und zerstörte das Schloss mit einem Schuss aus seinem Lasergewehr. Dann kniete er neben dem brennenden Steuerpult nieder.

Er fand fast sofort, wonach er suchte. Die Wartungsklappe war so perfekt in den Boden eingepasst, dass er sie normalerweise übersehen hätte, aber Kyle hatte ihm genau gesagt, wonach er zu suchen hatte. Seine Finger tasteten über das glatte Metgall, fanden eine rauere Stelle und drückten zu.

Ein metallisches Klicken erscholl, und ein Stück des Bodens schob sich lautlos unter Hartmann zur Seite. Darunter kam ein rechteckiger Schacht zum Vorschein, in dessen Wand eine sonderbare Leiter eingelassen war.

Hartmann machte sich nicht die Mühe, sie benutzen zu wollen. Bei der niedrigen Schwerkraft brauchte er das auch nicht. Er überzeugte sich mit einem raschen Blick davon, dass die beiden verwundeten Moroni nicht in der Lage waren, ihm zu folgen, dann sprang er kurzerhand in den Schacht hinab.

Er befand sich in einem runden, mit Maschinen, Computern und Kabeln voll gestopften Raum, der so niedrig war, dass er sich erneut auf Hände und Knie herablassen musste, um sein Ziel zu erreichen, eine niedrige, runde Klappe in der Wand, die einen äußerst massiven Eindruck machte.

Hinter der Wand schlug das atomare Herz des Gleiters, ein winziger Fusionsreaktor, in dem Temperaturen wie im Inneren einer Sonne herrschten.

Und plötzlich spürte Hartmann doch Angst. Seine Hände begannen zu zittern, und sein Herz schlug plötzlich so fest, dass es wehtat. Trotzdem streckte er die Finger nach dem Schott aus und berührte das komplizierte, elektronische Schloss.

Dies war seine letzte Chance. Wenn er diese gepanzerte Klappe öffnete und tat, was Kyle ihm erklärt hatte, dann würde er in wenigen Augenblicken tot sein, er und Net und Kyle und jedes lebende Wesen im Umkreis von zwei Meilen. Kyle hatte ihm nicht sagen können, *wie* verheerend die Wirkung eines durchgehenden Fusionsreaktors in dieser unterirdischen Basis war. Vielleicht würde nur diese Halle einstürzen, vielleicht würden sie aber auch die gesamte Station vernichten, wenn sie eine Kettenreaktion auslösten.

Aber Hartmann wollte plötzlich nicht mehr sterben. Er wusste, dass sein Tod die einzige Möglichkeit war, den zweiten Transmitter zu vernichten, ehe es den Moroni gelang, ihn in Betrieb zu nehmen, aber dieser Preis erschien ihm zu hoch. Viel zu hoch. Er drehte entschlossen das wuchtige Metallrad. Die Tür schwang lautlos und so rasch auf, als wäre sie schwerelos, und Hartmann blinzelte in das grellweiße, harte Licht der kontrollierten Atomexplosion, die dahinter ablief. Er wusste, dass nur ein Bruchteil des sonnenhellen Lichtes wirklich nach außen drang, denn das nukleare Herz des Gleiters war nicht allein durch Stahl abgeschirmt. Kein bekanntes Metall hätte die höllischen Temperaturen der Kernfusion auf Dauer ausgehalten. Was er sah, war auch nicht der Reaktorkern selbst, sondern die leuchtenden Energiefelder, die die Kernfusion bändigten.

Er zögerte noch einmal. Alles in ihm schrie danach, es nicht zu tun. Er wollte nicht sterben, und er wollte vor allem nicht, dass Net starb.

Aber wahrscheinlich war sie schon tot. Ihre Chance, den Ablenkungsangriff zu überleben, den Kyle und sie gestartet hatten, war ungefähr so groß wie die Möglichkeit, dass Hartmann die Explosion des Reaktors überlebte.

Er hob seine Waffe. Seine Augen schmerzten unerträglich, aber er zwang sich, direkt in das höllische weiße Lodern zu blicken. Es war völlig sinnlos, einfach einen ungezielten Schuss auf das Energiefeld abzugeben, aber Kyle hatte ihm gesagt, worauf er zu zielen hatte.

Hartmanns Finger näherten sich dem Auslöser, verharrten noch einmal einen letzten Moment lang darauf – und drückten ihn.

Charity brauchte über zehn Minuten, um die hundert Meter bis zum Wrack des abgestürzten Gleiters zurückzulegen, denn der Wald war so dicht, das sie manchmal kaum von der Stelle kam. Zweimal musste sie ihren Laser einsetzen, um sich einen Weg durch das seit fünfzig Jahren ungehindert wuchernde Gestrüpp zu brennen.

Natürlich kam sie zu spät. Der Gleiter war auf die Seite gestürzt und zerborsten. Neben ihm war eines der beiden anderen Scheibenschiffe niedergegangen. Das Wrack brannte lichterloh, und auf der Charity abgewandten Seite hatte das Feuer bereits auf den Wald übergegriffen. Dichter Qualm nahm ihr die Sicht, und der nahezu unerträgliche Gestank nach glühendem Metall und brennendem Kunststoff reizte sie zum Husten. Die Absturzstelle wimmelte von Jared, die aus dem gelandeten Gleiter hervorgekommen waren und die Trümmer nach Überlebenden durchsuchten, um sie zu einem der ihren zu machen.

Charity suchte auch nach Überlebenden. Aber aus einem anderen Grund.

Sie wusste, wie völlig unlogisch und *falsch* sie handelte, aber das war ihr in diesem Moment gleichgültig. Sie wollte eines dieser Biester haben, um es für das bezahlen zu lassen, was Tribeaux und Jean und den anderen angetan worden war.

»Sie sollten das nicht tun«, sagte eine Stimme hinter ihr.

Sie drehte sich herum und erblickte Harris. Wie Skudder war auch er ihr gefolgt, allerdings ohne zu versuchen, sie zurückzuhalten. Vermutlich hatten sie beide gespürt, was in Charity vorging.

»Sollte ich nicht?«, fragte Charity kalt.

Harris antwortete nicht gleich, sondern sah sie nur beinahe mitleidig an, aber vielleicht war es gerade sein Schweigen, das ihr klarmachte, wie töricht sie sich verhielt.

»Wenn Sie wollen, dass sie dafür bezahlen, dann bringen Sie die beiden anderen zurück zur Basis«, sagte Harris. »Und helfen Sie Stone, diese Ungeheuer dahin zurückzujagen, wo sie hergekommen sind.«

»Und wenn mir das nicht reicht?«

Skudder trat hinter Harris aus dem Wald. Schrecken

malte sich auf seinem Gesicht ab, als er das Wrack des Gleiters und die Flammen sah.

»Ich glaube nicht, dass es Überlebende gibt«, sagte Harris. »Und wenn doch ...« Er ließ den Satz unvollendet, aber sie wusste, was er hatte sagen wollen. ›Und wenn doch, dann gehörten sie in ein paar Augenblicken zu ihnen‹. Aber gerade das trieb Charity in diesem Augenblick fast in den Wahnsinn. Sie drehte sich mit einem Ruck von Harris weg und blickte die Jared an, die mit den eckigen Bewegungen großer, aufrecht gehender *Ameisen* zwischen den Trümmern einherstolzierten und sich dann und wann über einen reglosen Körper beugten, und sie versuchte vergeblich, sich vor Augen zu halten, dass es genau diese Wesen waren, die ihnen allen vor Minuten das Leben gerettet hatten. Alles, was sie in den vierarmigen, schlanken Geschöpfen sah, waren ihre Feinde. Die Kreaturen, die vor einem halben Jahrhundert von den Sternen gekommen und den Menschen ihre Welt und ihre Zukunft gestohlen hatten. Und sie würden nie etwas anderes für sie sein, ganz egal, was geschah. Das wusste sie.

Aber Harris hatte trotzdem erreicht, was er wollte. Ihr Zorn war so schnell verraucht, wie er gekommen war, und zurück blieb nur ein Gefühl tiefer Bitterkeit. Minutenlang stand sie einfach so da und blickte auf die Richtung hinaus, und weder Harris noch Skudder sprachen sie in diesen Momenten an. Schließlich schaltete sie ihr Gewehr aus, hängte es sich über die Schulter und begann langsam auf den gelandeten Gleiter zuzugehen.

Skudder war mit einem schnellen Schritt neben ihr. »Was hast du vor?«

Charity deutete auf das Wrack des Gleiters. »Wir brauchen Hilfe. Delgard ist verletzt. Und ich hatte eigentlich auch nicht vor, zu Fuß zur Basis zurückzugehen.«

Skudder blickte zweifelnd, enthielt sich aber jedes Kommentars, und Harris folgte ihnen schweigend.

Sie schlugen einen Bogen, um einem brennenden Trümmerstück auszuweichen, und Charity beobachtete zwei Jared, die sich über die reglose Gestalt eines Moroni beugten. Die *Ameise* wies keine sichtbaren Verletzungen auf, musste aber tot sein, denn sie reagierte nicht auf die Berührung der Jared.

Nicht, solange die beiden Insektengeschöpfe neben ihr standen.

Charity blieb überrascht stehen und betrachtete den Moroni genauer. Es war schwer, in dem Wesen mehr als einen wirren Haufen durcheinander gewirbelter Glieder zu erkennen – und doch war sie fast sicher, eine Bewegung ausgemacht zu haben.

»Was hast du?«, fragte Skudder. Statt zu antworten, ging Charity auf den Moroni zu und blieb zwei Meter vor ihm stehen. Die beiden Jared, die das gestürzte Insekt untersucht hatten, stolzierten an ihr vorüber und maßen sie im Vorbeigehen mit einem Blick aus ihren kalten, wie geschliffenes Glas funkelnden Facettenaugen. Charity wartete ganz bewusst, bis sie vorüber waren, dann machte sie einen weiteren Schritt, beugte sich vorsichtig vor ...

... und warf sich im allerletzten Moment zur Seite, als drei der vier Arme des vermeintlich toten Moroni zuckten und wie tödliche Messer nach ihr schlugen.

Sie stürzte, rollte über die Schulter ab und versuchte in die Höhe zu kommen, ließ sich aber schnell zur Seite fallen, als der Moroni mit einer unglaublich rasanten Bewegung seinerseits auf die Füße sprang und sie abermals zu packen versuchte.

Diesmal erwischte eine seiner Krallen ihre Jacke und

riss ein Stück Stoff heraus. Skudder schrie erschrocken auf und hob sein Gewehr, wagte es aber nicht zu schießen, aus Angst, sie zu treffen.

Der Arm des Moroni stieß auf Charity herab, die Klaue aus stahlhartem Horn grub sich neben ihr in den Waldboden. Sie blockte den Hieb eines zweiten Armes mit dem Unterarm ab und schrie vor Schmerz auf, als die dritte Hand des Ungeheuers ihre Wange aufriss. Instinktiv zog sie die Beine an den Leib und trat mit aller Kraft zu. Der Tritt schleuderte den Moroni zwar nicht zurück, nahm seinem Angriff aber den entscheidenden Schwung. Statt sie einfach zu überrennen und ihr mit seinen rasiermesserscharfen Klauen den Leib aufzureißen, stolperte der Moroni ungeschickt über sie hinweg, fuhr herum und stürzte plötzlich rücklings zu Boden, als sich eine zweite Insektenkreatur auf ihn warf. Während die beiden *Ameisen* über den Boden rollten, sprang Charity hastig auf die Füße und stolperte rückwärts gehend zwei Schritte davon. Skudder ergriff sie am Arm und stützte sie, und seine Augen weiteten sich vor Schrecken, als er ihre blutende Wange sah. Aber Charity winkte nur hastig ab, als er etwas sagen wollte, und verfolgte mit einer Mischung aus Faszination und Entsetzen den bizarren Zweikampf der Rieseninsekten vor sich.

Sie konnte nicht unterscheiden, wer wer war – aber das spielte auch gar keine Rolle. Das Entscheidende war, dass dieser Kampf *überhaupt nicht hätte stattfinden dürfen!*

Dass es dem Moroni gelungen war, sich tot zu stellen und die Jared zu täuschen, das war unglaublich genug.

Aber wieso wehrte er sich noch?

Auch Skudder verfolgte den Zweikampf der Insekten mit wachsender Fassungslosigkeit. Der stumme Kampf wurde mit einer Verbissenheit geführt, die Charity schaudern ließ. Die *Ameisen* schlugen und hackten mit ihren fürchterlichen Krallen aufeinander ein, versuchten mit den Mandibeln die Augen oder den dürren Hals des Gegners zu packen, ohne dass einer dem anderen wirklich überlegen war.

Charity spürte die unvorstellbare Wut, die beide Gegner beseelte. Ein Hass, der weit über alles hinausging, was sie jemals erlebt hatte. Es war nicht nur einfach Feindschaft, sondern ein Hass, der so alt wie die beiden unterschiedlichen Wesen war, auf deren Seiten die *Ameisen* kämpften.

Ein grellweißer Laserstrahl schnitt vor Charity durch die Luft und traf eine der *Ameisen* in den Rücken. Der Gestank von brennendem Horn und Fleisch erfüllte die Luft, und die beiden *Ameisen* erschlafften.

Erschüttert wandte sich Charity um. Vier, fünf Jared waren herbeigeeilt und hatten ihre Waffen abgefeuert. Für einen Moment war sie fassungslos, dann machte sich ein kaltes, lähmendes Gefühl von Entsetzen in ihr breit. Es war nicht das erste Mal, das sie miterlebte, wie gnadenlos die Jared ihre eigenen Kameraden opferten, wenn sie glaubten, einen Nutzen davon zu haben. Sie dachte an Leßter, und obwohl sie sich dagegen zu wehren versuchte, brachte diese Erinnerung die Frage mit sich, ob die Jared vielleicht eines Tages das Leben eines ganzen Volkes opfern würden, wenn es ihrer absurden Auffassung von Logik entsprach.

Einer der Jared trat vor und senkte seine Waffe. »Sie sind verletzt«, schnarrte eine metallische Stimme.

Charity wich hastig einen Schritt zurück, als das Wesen eine seiner vier Hände hob und nach ihr greifen wollte. »Rühr mich nicht an!«, sagte sie.

»Sie sind verletzt«, wiederholte der Jared stur, ohne auf

ihren zornigen, fast schon hysterischen Ton zu reagieren. Vermutlich hatte er ihn nicht einmal zur Kenntnis genommen. »Bitte begleiten Sie mich an Bord unseres Schiffes. Wir werden Sie dort ärztlich versorgen.«

Charity hob die Hand an die verletzte Wange, spürte Blut und erst in diesem Moment den brennenden Schmerz. Trotzdem sagte sie: »Das ist nicht nötig.«

»Wie Sie wollen«, erwiderte der Jared. »Bitte, verzeihen Sie die Gefahr, in die Sie durch unseren Fehler gerieten. Er wird sich nicht wiederholen.«

Wie eine Maschine, die alles getan hatte, was ihr eingespeichertes Programm vorsah, wandte sich der Jared und im gleichen Moment auch seine Begleiter um und stakste davon. Und nur einen Augenblick später blitzte es überall auf der Lichtung grell und weiß auf. Voller neuerlichem Entsetzen begriff Charity, dass die Jared aufgehört hatten, nach Überlebenden zu suchen, und stattdessen auf die reglos daliegenden Moroni-Krieger schossen.

Schaudernd wandte sie sich um und sah noch einmal auf die beiden toten *Ameisen* neben sich herab. Die beiden Geschöpfe hielten sich noch im Tod umklammert. Die ungeheure Hitze der Laserstrahlen hatte sie regelrecht zusammengeschmolzen, so dass es Charity fast unmöglich war zu sagen, welche Gliedmaßen zu welchem Wesen gehörten. Trotzdem zwang sie sich, die *Ameisen* noch eingehender zu betrachten.

»Es ist vorbei«, sagte Skudder hinter ihr. »Sie sind tot. Und jetzt vergiss deinen albernen Stolz und lass dich verarzten.«

Charity ignorierte ihn, ließ sich neben den toten *Ameisen* in die Hocke sinken und streckte eine zitternde Hand aus.

»Was, zum Teufel, tust du da?«, fragte Skudder. Es klang gereizt, aber auch besorgt, dass das Ungeheuer noch einmal von den Toten auferstehen und zu Ende bringen könnte, was es begonnen hatte.

Charity antwortete noch immer nicht, sondern streckte mit einem Gefühl größten Widerwillens die Hand aus und berührte den verbrannten Schädel einer der beiden *Ameisen.* Mit aller Macht überwand sie ihren Widerwillen, griff fester zu und zog die Hand schließlich zurück.

An ihren Fingern glitzerte ein dünnes, netzartiges Gebilde, das Schläfen und Hinterkopf des Moroni bedeckt hatte.

»Was hast du da?«, fragte Skudder und beugte sich neugierig vor.

Charity stand auf, zuckte mit den Schultern und hielt das Netzgewebe am ausgestreckten Arm so weit von sich fort, wie sie nur konnte. »Ich habe keine Ahnung«, sagte sie. »Oder vielleicht doch.«

Plötzlich schloss sie die Faust um das Netz, zog die Hand an den Körper zurück und ließ ihren Fund in der Jackentasche verschwinden. Skudder blickte verwirrt.

»Komm«, sagte sie entschlossen, »ich will mir noch ein paar von den anderen ansehen. Und wenn ich das finde, was ich vermute, dann wird mir Governor Stone eine ganze Menge Fragen beantworten müssen.«

Nichts geschah. Hartmann drückte noch einmal ab, aber es erklang nur ein leises, metallenes Klicken.

Verzweifelt und zornig zugleich senkte er die Waffe, drehte sie herum – und starrte fassungslos auf das, was vor Momenten noch ein funktionierendes Lasergewehr gewesen war.

Doch was Hartmann nun in der Hand hielt, das war ein

stark verändertes Gewehr. Die Waffe war nicht etwa beschädigt worden, der Lauf war lediglich *gekappt worden*. Wo die klobige Zielautomatik samt der Energiekontrolle und des Nachtsichtgerätes gewesen waren, da begann jetzt übergangslos der Gewehrlauf.

Hartmann schrie und ließ die Waffe fallen, als wäre das Metall plötzlich glühend heiß geworden. Er prallte ein Stück zurück. Er stieß unsanft mit dem Hinterkopf gegen eines der Instrumente, die von der niedrigen Decke hingen und drehte sich in der Hocke herum. Sein Herz stockte. Eine unsichtbare, eisige Hand schien sich um seinen Hinterkopf zu legen und ihn zusammenzupressen.

Hinter ihm stand ein Gespenst.

Hartmann hatte weder Net noch Kyle von seinem unheimlichen Erlebnis erzählt, aber die Gestalt stand vor ihm, groß, in ein unheimliches, inneres grünes Licht getaucht und so transparent, dass er die Umrisse der Gegenstände dahinter wie durch einen Vorhang aus grün leuchtendem Wasser erkennen konnte. Er konnte spüren, wie sich jedes Haar auf seinem Körper aufrichtete. Seine Gesichtshaut spannte sich und begann zu prickeln, als befinde er sich in der Nähe einer starken elektrischen Quelle, und plötzlich raste sein Puls. Er bekam kaum noch Luft. Aus hervorquellenden Augen starrte er die Gestalt an, und obwohl er ihr Gesicht nicht erkennen konnte, spürte er irgendwie, dass sie seinen Blick erwiderte.

Dann hob die Gestalt die Hand und trat auf ihn zu. Hartmann rührte sich nicht, sondern hockte gelähmt und starr da, und das Gespenst führte die Bewegung nicht zu Ende, sondern verhielt seine grün leuchtende, transparente Hand ein kurzes Stück vor seinem Gesicht. Es schien einen Moment zu überlegen – und zog die Hand dann wieder zurück. Hartmann wusste, dass er vor Angst gestorben wäre, hätte das Gespenst ihn berührt.

Einen letzten Moment noch stand das Gespenst da und blickte ihn an, dann drehte es sich um und trat mit einem Schritt in die Wand des Maschinenraumes hinein und war verschwunden. Hartmann starrte die Stelle an, an der es gestanden hatte. Er war wie gelähmt, unfähig, zu denken und irgendetwas zu *fühlen.*

So fanden ihn die Moroni, die eine Viertelstunde später den Eingang zur Steuerzentrale des Gleiters aufschweißten und zu ihm herunterkamen. Er wehrte sich nicht, als sie ihn ergriffen und fortschleppten.

Von einem neuen furiosen Abenteuer Charitys erzählt Wolfgang Hohlbein im nächsten Band

DAS STERNEN-INFERNO
(Bastei-Lübbe 23117)

Drittes Buch

Das Sternen-Inferno

1

Die intensiv rote Blase der Explosion verblasste allmählich, zerfiel in zahlreiche durchscheinende Splitter, die sich auflösten wie Glas in Flusssäure. Im Infrarot sah man die sich nach oben ausweitende Masse heißen, ionisierten und doch hochverdünnten Gases. Das sichtbare Licht stammte hauptsächlich von Sauerstoffatomen.

Die HOME RUN entfernte sich von der Erde. Die gewaltige Kugel, blauweiß mit großen braunen Flächen, die sogar aus dreißigtausend Kilometern Höhe noch mit bloßem Auge auszumachen waren, fiel hinter ihnen, unter ihnen, über ihnen zurück. Auf diesen Abschnitt der Bahn lagen sie nicht mehr im Erdschatten, aber die Sonne befand sich auf der anderen Seite des Schiffes. Der schwarze Samt des Himmels war gesprenkelt mit kalten weißen Sternen, die außerhalb der Lufthülle der Erde weder blinzelten noch zitterten.

Charity Laird, ehemals beschäftigt im Rang eines Captains bei der Space Force, wandte den Blick von der provisorisch installierten Bildschirmreihe ab und sah aus der acht Meter durchmessenden Kuppel aus Panzerglas auf die Erde hinab. Der Nordpol lag außer Sicht. Sie hatten die polare Umlaufbahn, in die sie von der Schwarzen Festung aus gestartet waren, mit erheblichem Aufwand an Treibstoff und Energie in achthundert Kilometern Höhe verändert. Das ionisierte Gas aus den Triebwerken hatte sie vor den Ortungsgeräten der Moroni abgeschirmt, und das diskusförmige Kampfschiff, das sich ihnen von einem afrikanischen Standpunkt aus genähert hatte, war von einer Lenkbombe zerstört oder zumindest aufgehalten worden. Die Reste des nuklearen Feuerballs machten eine Ortung für sie genauso unmöglich wie für ihre Gegner, ganz zu schweigen von den Auswirkungen auf die abgeschirmte Elektronik.

Sie ließ ihren Blick über die sogenannte Brücke wandern. Die HOME RUN war ein ehemaliger US-amerikanischer Lastentransporter, eine riesige Kapsel mit einhundertzwanzig Metern Durchmesser an der Basis und einer Höhe von neunzig Metern. Sie hatte nicht erwartet, noch einmal eine dieser behäbigen Konstruktionen zu Gesicht zu bekommen, aber zu ihrer Überraschung hatten sich in einer der unterirdischen Startbuchten der Schwarzen Festung zwei dieser Transporter befunden. Sie hatte sie beinahe nicht wiedererkannt. Das Grundgerüst war erhalten geblieben, aber eine zusätzliche Panzerung bedeckte den alten Hitzeschild. Die neuen Triebwerksblöcke waren einfach in die neue Panzerung hineingegossen worden, und die Laserkanonen ragten wie gedrungene, borstige Insektenbeine hervor. Das Innere dagegen sah aus, als wäre es von einem kurzsichtigen, betrunkenen Innenarchitekten mit einer starken Abneigung gegen gerade Linien und rechte Winkel entworfen worden. Es gab keine Trennwände mehr und keine durchgehenden Decks.

Charity erwartete beinahe, dass sich einige der lose aufgehängten Plattformen jeden Moment aus ihren spindeldürren Verankerungen lösen konnten. Jetzt, da die Triebwerke nicht mehr arbeiteten und die HOME RUN nicht mehr schlingerte und schwankte, fühlte sie sich ein wenig sicherer, aber ihre Augen irrten ziellos in dem Wirrwarr hin und her, und unwillkürlich stellte sich eine Übelkeit ein, die sie seit ihren ersten Shuttleflügen vergessen geglaubt hatte.

»Alles in Ordnung?«, fragte Skudder. Er hatte sich einfach neben sie zwischen die Träger einer der Plattformen näher am Bug gehängt. Die bizarre Form der so zerbrechlich wirkenden und doch stahlharten Fasern schien ihm nichts auszumachen.

»Ja«, schnappte sie. »Wenn du die Güte besitzen würdest, mich nicht kopfüber wie eine Fledermaus anzusprechen, dann verspreche ich sogar, dass ich mein karges Frühstück bei mir behalten werde.«

»Wäre wohl besser«, sagte er und zog sich grinsend um eine Querstrebe herum. »Die Sauerei kriegen wir hier nie wieder weg, und wir haben noch einen langen Weg vor uns.«

»Er kommt mir plötzlich länger vor«, versetzte sie.

Das Grinsen verschwand. »Hey, ich dachte, du wärest hier der Raumfahrer von uns beiden.«

»Ich bin in einer anständigen Welt aufgewachsen, mit rechten Winkeln und Böden, auf denen man einfach so herumlaufen konnte.« Sie seufzte. »Tut mir Leid. Der Feuerzauber dahinten hat mich ziemlich mitgenommen.«

»Wir sind raus«, versetzte Skudder. »Und die nächsten vier Tage halten wir durch.« Er wies mit einer Kopfbewegung in Richtung Kuppel. »Sieh mal.«

Die Nordpolfläche hatte sich, aufgrund ihrer Bahn, ihnen entgegengeneigt und bot einen guten Blick auf das Inferno. Scheinbar bewegungslos hatte sich eine graue Masse über die Erdoberfläche gelegt. Das Polarmeer war weiß gesprenkelt, jeder der winzigen Flecken eine gewaltige Eisscholle, die von dem Polarmassiv abgebrochen war. Die dichte Decke aus Staub und Ruß schirmte die Reste der Schwarzen Festung vor ihren Blicken ab. Die Erschütterungen in der Region waren noch in Köln zu spüren gewesen, und die Hangars, in denen sie die HOME RUN erbeutet hatten, existierten vielleicht nicht mehr.

»Die Frage ist, ob die da unten durchhalten«, erklärte sie erbittert.

»Gurk meint, dass sie das Loch in den Griff bekommen werden«, sagte Skudder mit deutlichem Zweifel in der Stimme.

»Gurk«, wiederholte sie nur. »Wir haben zu Hause schon zu viele Probleme. Und jetzt machen wir uns auf einen verdammt weiten Weg, nur weil uns irgendein Idiot, von dem wir nicht einmal den Namen kennen, eine Botschaft von der Rückseite des Mondes geschickt hat.«

»Der Idiot hat ein Space-Force-Funkalphabet benutzt«, meinte Skudder ungerührt. »Und er kannte deinen Namen. Vielleicht solltest du bei deinen Bekanntschaften etwas mehr Sorgfalt walten lassen.«

Sie musterte ihn spöttisch von Kopf bis Fuß. »Kann schon sein.«

»Das Moroni-Schiff ist anscheinend schwer beschädigt worden.« Einige Markierungen auf einem Radarbild verdeutlichten die Bewegungen des diskusförmigen Kampfschiffes. Der Beobachter, ein Mann namens Henderson, folgte der Bahn mit einem Lichtmarker. »Sieht so aus, als ob sie in einer elliptischen Bahn bleiben. In zwanzig Minuten verschwinden sie hinter dem Erdhorizont.«

»Und dann?«, fragte Skudder.

»Kommt drauf an. Wenn der Antrieb hin ist, bleiben sie in dieser Umlaufbahn, und nach einem halben Dutzend Umläufen sind sie in der Atmosphäre.« Er deutete mit dem Daumen nach unten.

»Und wenn der Antrieb okay ist?«

»Dann werden sie im Schatten der Erde ihr Bahn drastisch verändern, und wir haben sie in ein, zwei Stunden wieder auf dem Hals.« Henderson zuckte die Achseln. »Zumindest würde ich das so machen.«

Skudder blickte zu Charity.

»Er hat Recht«, sagte sie. »Wir sind sie noch nicht los.«

»Wir passieren in elf Minuten die geostationäre Umlaufbahn«, warf Bender ein, der vor der zweiten Bildschirmgruppe saß. HOME RUN bot genug Platz, also hatten sie alle wichtigen Systeme doppelt installiert. Tatsächlich standen ihnen weit mehr Geräte als Menschen zur Verfügung. Von der Mittelachse ausgehend waren eine große und eine kleinere Plattform eingebaut worden. Einige Träger und ein paar aufgespannte Stahltrossen hielten sie an den glatten Innenwänden der Kapsel, aber bei jedem Beschleunigungsmanöver begann die größte Plattform zu schwingen, und während des kurzen Gefechts hatten sie mehrfach das Gleichgewicht verloren. Die meisten Geräte, die Computerbänke, Bildschirme und Kabelverteiler waren an den Plattformen befestigt. Es hatte Wochen gedauert, die Moroni-Schaltpulte mit neuen Geräten zu verbinden, zu ergänzen oder zu ersetzen. Die Bedienungselemente waren eine angsterregende Mischung aus Hebeln und Tasten, die nur mit Zangenhänden korrekt benutzt werden konnten, simplen Computer-Tastaturen und provisorischen Pulten mit Kippschaltern, Schiebereglern und anderen Kontrollen, für die sie nicht einmal einen Namen hatten. Etiketten, größtenteils von Hand beschriftet, klebten überall auf den Pulten. Seit Beginn der Startvorbereitung vor drei Tagen, als Charitys Mannschaft die HOME RUN übernommen hatte, hatten sie immer wieder Schilder versetzt, geändert oder einfach weggeworfen. Die Bewaffnung war eine ähnliche Mischung aus bizarrer Moroni-Technik und robusten Museumsstücken aus NATO-Arsenalen. Die drei Lasersysteme an der Außenhaut waren Beutestücke, und ihre Ansteuerung erfolgte über ein Moroni-Kontrollpult, an dem sie vorsichtshalber keine Änderungen durchgeführt hatten. Zusätzlich waren außen zwölf Raketenbehälter angebracht worden, die zugleich als Abschussrohre dienten. Nur vier wiesen in Richtung Bug, also zur Kapselspitze, und einer der Behälter war leer. Die Raketen wickelten nach dem Start eine Signalleitung ab, die eine weitere Lenkung gestattete. Sie konnten die Raketen starten oder abwerfen, wie sie es während des ersten Gefechts gemacht hatten. Die Raketen waren nicht für die Schwerelosigkeit gebaut worden. Der Feststoff-Treibsatz konnte, war er erst gezündet worden, nicht abgeschaltet werden. Einmal verbraucht, stellten die Geschosse nicht mehr dar als Lenkbomben, und ohne die kleinen Korrekturdüsen drifteten sie wie Minen auf ihrer festgelegten Bahn. Der Antrieb dagegen war ausschließlich Moroni-Technik, während die Lebenserhaltungssysteme von den Menschen stammten. Charity hatte darauf bestanden. Die Moroni-Systeme waren zwar noch vorhanden, aber nicht eingeschaltet, ein wenig Vertrauen erweckendes Gebilde, das entfernt an eine überdimensionale Himbeere erinnerte, wobei einige der fleischigen roten Blasen nur faustgroß waren, andere fast einen Meter maßen. Wie einige andere beunruhigende Maschinen, deren Zweck sie nur erraten konnten, war auch diese Maschine zur Luftaufbereitung unter der großen Plattform verschwunden. Eine Luke nahe der Mittelachse gestattete den Zugang in diesen unbeleuchteten Teil der HOME RUN, den sie alle nur den ›Keller‹ nannten. Neben der Luke begann die Leiter, die hinauf zur kleineren Plattform führte, welche bis zu einer der drei transparenten Kuppeln reichte und ›Brücke‹ genannt wurde.

»Dreihundertachtzigtausend Kilometer«, sagte Marie Dubois. Die Waffenoffizierin stand in der Nähe des Feuerleitpultes.

»Was ist mit der geostationären Umlaufbahn?«, fragte Charity.

»Leergefegt«, versetzte Henderson. »Da draußen ist nichts mehr, was größer wäre als ein Mülleimer.«

»Minen?«

»Möglich.« Die Antwort war wenig ermutigend.

Charity sah zu den sogenannten Mannschaftsquartieren hinüber, kokonartigen Gebilden, die an gepolsterte Schlafsäcke erinnerten und am Rand der großen Plattform aufgestellt worden waren. Die vier Soldaten, zwei Männer und zwei Frauen, hatten sich nach dem Gefecht ein wenig Bewegungsfreiheit verschafft, aber sie blieben in ihrer ›Verpackung‹. Über der Plattform trieben Bruchstücke von Gurten und Halterungen und einzelne Ausrüstungsgegenstände herum, die sich während der heftigen Ausweichmanöver gelöst hatten. Die pulsierenden, blutroten Alarmtafeln an der Unterseite der Brücke verliehen dem Raum ein gespenstisches Aussehen. Sie hatten den akustischen Alarm nach dreißig Sekunden abgeschaltet, weil das infernalische Geheul jedes Wort übertönt hatte. Inzwischen glaubte Charity sogar das Einrasten einzelner Schalter hören zu können. Einer der Ausrüstungsgegenstände war ihre Atemmaske, die sich in einem besonders kritischen Moment losgerissen hatte. Ihre Reflexe waren schlechter geworden, dachte sie missmutig. Früher wäre ihr so eine Panne nicht passiert.

»Schäden?«

»Das Heckradar ist hin. Die Reserveantenne funktioniert leidlich.« Bender zuckte die Achseln. »Wir haben ein wenig Strahlung abbekommen. Ehrlich gesagt, ich weiß nicht, ob wir in diesem Wirrwarr wirklich feststellen können, weshalb ein System gerade nicht funktioniert.«

»Geschweige, es zu reparieren«, murmelte Skudder.

»Die Ortung ist okay«, erwiderte Henderson beleidigt.

Charity warf ihm einen Blick zu. »Wir bleiben in Bereitschaft«, entschied sie. »Lasst um Himmels willen diesen verdammten Alarm abgeschaltet. Und auch die Innenbeleuchtung.« Sie grinste mürrisch. »Ich traue diesem zusammengeflickten Radar nicht. Und ich weiß nicht, über welche Antiradar-Technologien die Moroni-Schiffe verfügen.«

»Welche Schiffe?«, fragte Henderson verwirrt.

»Die, die wir nicht sehen«, erwiderte Dubois mit bestechender Logik.

Charity lächelte der Frau zu. »Schlimmstenfalls sind wir auf unsere Augen angewiesen«, sagte sie. »Vielleicht sind diese verdammten Sichtkuppeln wirklich noch nützlich.«

»Wir könnten ein paar Raketen abwerfen«, sagte Dubois. »Nur ein kleiner Schubs, damit sie ein paar Kilometer seitlich abdriften und uns zweihundert Kilometer vorauseilen.«

»Oder hinterherhinken«, fügte Charity hinzu und dachte an das Verfolgerschiff.

»Genau. Wir lassen sie einfach an unseren Drähten hängen und warten, bis etwas in ihre Nähe kommt, und dann lösen wir aus.«

»Sprengen uns den Weg frei.« Skudder nickte. »Das klingt gut.«

»Alte Indianerlist«, spottete Charity. »Okay. Drei Raketen aus den heckwärtigen Rohren, eine aus dem Bug. Lassen Sie sich Zeit, aber machen Sie es richtig.«

»Kein Problem«, erwiderte Dubois geschäftig. Charity musterte sie nachdenklich. Ohne Dubois' Fähigkeiten mit der kargen Bewaffnung der HOME RUN wäre ihre Rettungsmission bereits innerhalb der Erdatmosphäre rasch und feurig beendet worden.

»Diese Frau legt eine ungesunde Begeisterung an den Tag«, sagte sie leise zu Skudder, als sie zu den Soldaten hinübergingen.

»Feuereifer«, witzelte Skudder, dann wurde er ernst. »Sie zeigt Initiative, das ist alles.«

»Und schießt auf alles, was sich bewegt.« Charity tat den Gedanken mit einem Schulterzucken ab. »Unsere Munition macht mir Sorgen. Das nächste Gefecht wird irgendwo im Vakuum stattfinden. Keine Atmosphärenausläufer, die wir aufheizen können, um uns dahinter zu verstecken. Könnte sein, dass wir nach einer Minute nackt dastehen.«

»Das ist nicht Ihre Schuld.«

»Ich weiß«, sagte Charity. »Diese Konservendose macht mich unruhig. Zu viele Teile, die ich nicht kenne.«

»Das tut niemand«, sagte Harris, der den letzten Satz mitgehört hatte. Er hatte gewissermaßen die Mittlerrolle zwischen Charity einerseits und der kleinen, vierköpfigen Mannschaft andererseits übernommen. Keiner der Soldaten hatte Vakuumausbildung oder ein Training in niedriger Schwerkraft oder Schwerelosigkeit absolviert. Sie hatten Erfahrungen mit Schutzanzügen und Atemgeräten, und sie waren in die Benutzung der Schlitten und Tornister eingewiesen worden, die in einem der Container unterhalb der Plattform lagen, aber für einen Einsatz auf dem Mond war das mehr als dürftig. Und drei Tage boten wenig Möglichkeit, an diesem Umstand etwas zu ändern.

Charity erklärte ihm die Situation. Die Soldaten waren erstaunlich geduldig und ruhig, obwohl sie sich auf einem Himmelfahrtskommando befanden, auf dessen Ablauf sie noch weniger Einfluss hatten als die dreiköpfige Besatzung der HOME RUN.

»Keine weiteren Schiffe?«, fragte Harris am Ende.

»Henderson hat keine gesehen«, erwiderte Skudder.

»Hmmm«, machte Harris. Er schaffte es, das Geräusch besonders vielsagend klingen zu lassen.

»Was ist mit dem Mond?«, fragte Charity. »Gibt es dort Abwehranlagen?«

»Nicht von Bedeutung«, erwiderte Harris. »Ich meine, aus unserer Zeit. Die Moroni werden daran arbeiten.«

»Die Industrieanlagen auf dem Mond sind groß, aber alt und nur für den Bergbau geeignet.«

»Sie könnten die Anlagen verbessert haben«, wandte Harris ein.

»So wie dieses Schiff?«, fragte Skudder ernsthaft.

»Die Originalversion wäre über die geostationäre Umlaufbahn nicht hinausgekommen«, erwiderte Charity knapp. »Sie haben Recht. Schätze, wir werden es genau wissen, wenn wir erst dort angekommen sind.«

»Sobald wir dort angekommen sind«, korrigierte Harris mit einem charmanten Lächeln.

»Drei Tage«, sagte Charity. »Sobald wir über der Rückseite sind, haben wir Aufnahmen vom Krater.«

»Und die haben Aufnahmen von uns«, versetzte Haris. »Zielfotos, gewissermaßen.«

Charity reagierte mit einem Achselzucken. »In den nächsten Stunden kann nicht viel passieren«, sagte sie.

»Unser Abflug hat eine Menge Staub aufgewirbelt, aber im Moment sind wir die Einzigen hier oben.« Sie tippte auf die würfelförmige Konsole eines taktischen Computers, der direkt neben einem Bildschirm stand. »Wie wäre es mit einer kurzen Einweisung?«

Harris musterte sie. »Wozu?«

»Hören Sie, ich bin auf dieser Fahrt vielleicht nur der Lastwagenfahrer, aber ich bin schon da draußen gewesen, als Sie und Ihre Männer noch Speisequark in den Tiefkühltruhen eines Supermarktes gewesen sind.« Die Bemerkung war nicht gerade glücklich gewählt, und die Anspannung der letzten Tage ließ sie beinahe die Beherrschung verlieren. »Ich erzähle Ihnen, was ich weiß, und Sie erzählen mir, was ich wissen will, und vielleicht kann ich dafür sorgen, dass Sie nicht in irgendeinem Loch im Mare Moscoviense versacken. Kapiert?«

Im Gesicht des Offiziers zeigte sich Anerkennung; ob für ihre Ansicht oder für ihren professionell vorgebrachten Wutausbruch, war nicht auszumachen. Er setzte sich kommentarlos auf eine am Deck befestigte Munitionskiste und schaltete die Konsole ein. Es handelte sich um einen tragbaren Taktikcomputer, komplett mit Empfangsgerät für nicht mehr vorhandene Positionssatelliten, das nun vollkommen nutzlos war, aber immer noch drei Kilogramm Gewicht zu dem integrierten Gerät beitrug. Der insgesamt zentnerschwere Brocken konnte den Überdruck kleinerer Explosionen vertragen, die Schaltkreise waren gegen Strahlung und Störsender gesichert worden, und der Energiespeicher reichte für acht Wochen. Alles in allem hatte dieser unansehnliche Würfel mehr Aussichten, den Trip auf die Rückseite des Mondes zu überleben, als irgendeiner von ihnen.

»TACCOM 370/98 – Selbsttest abgeschlossen.« Die

Stimme klang etwas blechern, aber durchaus kräftig. Charity schwieg ebenso überrascht wie Skudder.

»Hey, ich bin soweit.« Auf dem Bildschirm flackerte es nachdrücklich.

Sie sah den Offizier an. Harris hob die Schultern. In der Schwerelosigkeit führte diese Bewegung nicht selten dazu, dass man den Kontakt mit dem Deck verlor.

»Prototyp der US Army. Schätze, Sie wissen mehr darüber als ich.« Er verzog die Mundwinkel.

»Entzückend«, sagte Skudder. »Ein Blechkumpel.«

»370/98«, versetzte der Würfel mit Würde.

»In Ordnung«, warf Harris ein und hinderte Skudder an einer weiteren bissigen Bemerkung. »Ich wünsche Zugriff auf die Datei INFERNO.«

»Autorisierungscode?«, schnappte der Würfel.

»Weiter Abschlag«, erwiderte Harris gehorsam. Skudder blickte verwundert, und Charity musste gegen ihren Willen lächeln.

»Akzeptiert«, sagte der Würfel. »Wiedergabe oder interaktiver Zugriff?«

»Interaktiv.«

»Euer Wunsch ist mir Befehl.« Ein Auswahlmenü erschien auf dem Bildschirm.

Skudder wandte sich mit hochgezogenen Brauen an Charity.

»Möchte wissen, ob der Hersteller für die Wortwahl verantwortlich ist.«

»Prototyp«, erinnerte sie ihn. »Die Techniker in den großen Computer-Zentren sind ziemlich seltsame Gestalten gewesen.«

Harris hatte inzwischen eine Karte auf den Bildschirm werfen lassen. »Okay«, sagte er geschäftsmäßig. »Das ist das Mare Moscoviense, unser Operationsgebiet, und da ist die MacDonald-Basis.« Er deutete auf eine Markierung, die sich ziemlich genau in der Mitte der Region befand.

»Was verbirgt sich dahinter nun wieder für ein Unsinn?«, fragte Skudder.

»Die Namensgebung MacDonalds«, dozierte der Würfel, »geht auf einen Scherz der Montagetrupps zurück. Das Gelände ist von der Sowjetunion kartographiert und benannt worden. Die Basis wurde von amerikanischen Space-Force-Truppen errichtet. Das Gelände trug damals den Codenamen ›Roter Platz‹, weil es die größte Ebene auf der Rückseite des Mondes ist.«

»Und?«, fragte Skudder.

»Die vollständige Redewendung«, erläuterte der Würfel geduldig, »besagte, dass man sich freue, ein MacDonald auf dem Roten Platz errichten zu können.«

»MacDonald?«

»Archaische amerikanische Schnellimbisskette, die ...«

»Ausgabe unterbrechen«, sagte Harris, der leichte Anzeichen von Ungeduld zeigte.

»Sehr wohl.«

»Ich erkläre es dir«, versprach Charity. »Bei Gelegenheit.«

»Um nun auf die Basis zurückzukommen«, sagte Harris betont deutlich, »in den letzten acht Jahren vor der Invasion ist MacDonald zur größten Bergwerksanlage auf dem Mond ausgebaut worden. Der lange zurückliegende Einschlag und der nachfolgende Austritt von Magma haben große und leicht zugängliche Erzlager entstehen lassen, die im Tagebau ausgebeutet wurden. MacDonald war vor dem Krieg die umfangreichste Anlage der Vereinigten Staaten, und die Space Force unterhielt dort eine ausgedehnte Anlage zur Waffenentwicklung.« Er wandte den Kopf wieder zum Würfel.

»Übersichtskarte«, sagte er. Diesmal gehorchte der Würfel schweigend. Charity fragte sich unwillkürlich, ob er sich einem Programm gemäß an den Sprecher anpasste und dessen Gewohnheiten annahm. Sie nahm sich vor, den Würfel nicht längere Zeit in die Hände Gurks zu geben. »Insgesamt wurden zwei sogenannte Massetreiber errichtet.« Er bemerkte Skudders Blick und kam der Frage zuvor, vermutlich um eine weitere Auseinandersetzung mit 370/98 zu vermeiden. »Das sind große Magnetschienenbahnen, mit denen Frachtschiffe in eine Mondumlaufbahn katapultiert werden konnten.«

»Schienen?«

Charity nickte. »Die Betonung liegt auf groß«, erklärte sie ihm. »Die Katapultstrecke hat eine Länge von achtzig beziehungsweise zweihundert Kilometern, und die Boosterschlitten haben eine Kapazität von mehreren hunderttausend Tonnen.«

»Das ist etwa so, als wenn man einen Öltanker mit Raketen antreibt, um ihn über einen Staudamm zu werfen«, verdeutlichte Harris. »Die Kraftwerksanlage umfasst drei Fusionsreaktoren, und die Energie wurde in großen Speichern über Monate gesammelt, um einen Start zu ermöglichen. Die kürzere Bahn behandelte Transportschiffe wie dieses ...« Er verzog das Gesicht, als ihm einfiel, dass die HOME RUN wenig gemeinsam hatte mit den Transportern, die dort gestartet worden waren. »Die große Anlage transportierte große Container mit eingeschmolzenem Erz.«

»BigMacs«, warf der Würfel ein. Harris überging es zu Charitys Erstaunen. Dieser Computer war ihr ein Rätsel.

»Die Anlagen sind vermutlich voll funktionsfähig«, fasste Harris mehrere Tage fieberhafter und panischer Suche und Auswertung in der zerstörten Nordpolbasis und in Köln zusammen. »Wir haben nicht die geringste Ahnung, was die Moroni da oben eigentlich verloren haben. Vielleicht waren sie an den Kraftwerken interessiert. Die Reaktoren sind wahrscheinlich die letzte intakte Kraftquelle dieser Art, und die Uranlagerstätten garantieren ihnen Brennstoff für eine lange Zeit, aber ich weiß nicht, was sie mit der ganzen Kapazität eigentlich anfangen wollen.«

»Sicherlich keinen Bergbau betreiben«, warf Skudder ein.

Harris nickte. »Vermutlich haben die Moroni die Anlagen umgebaut und die Kapazität noch gesteigert. Wir haben keine aktuellen Bilder.« Er deutete auf die Übersichtskarte, die im Norden drei Kraftwerke zeigte, die große und die kleine Schleife von etwas, das aussah wie eine riesige Achterbahn, und ein großes Landefeld sowie eine Menge Kleinkram, der sich bei näherer Betrachtung als Fährenstartrampen, Treibstofflager, Wohnbaracken und unterirdische Hangars erwies. »Und die Nachricht sagte nichts darüber aus, was sie dort eigentlich treiben. Nur, dass es gefährlich sei.«

»Ich weiß«, sagte Charity. »In welchem Zustand war die Basis, nachdem die Moroni sie eingenommen haben?«

Harris zuckte die Achseln und sah den Würfel an. Charity bemerkte erst jetzt das runde Kameraauge an der Frontseite.

»Keine Unterlagen«, sagte der Würfel.

»Warum?«

»Keine Überlebenden.« Die Antwort kam im selben heiteren Tonfall wie die vorhergehenden Auskünfte, und Charity schauderte plötzlich.

»Wie viele Leute waren dort?«, fragte Skudder.

»Nach den Akten der Sozialversicherung zweitausendeinhundertfünfundachtzig Männer und Frauen. Wünschen Sie genaue Aufschlüsselung nach Beruf, Geschlecht, Hautfarbe ...«

»Nein, danke«, sagte sie heftig.

»Ich bin verpflichtet, Sie darauf hinzuweisen«, fuhr der Würfel ungerührt fort, »dass der Aktenstand des Sozialversicherungsamtes etwa elf Monate hinter dem aktuellen Zustand zurückblieb. Die genannte Zahl muss daher nicht den Tatsachen entsprechen.«

Niemand sagte etwas.

»Versetzungs- und Bestandsunterlagen der Space Force liegen nicht vor«, schloss 370/98 seine Ausführungen.

»Wie viel von diesem Mist steckt in dieser Kiste noch drin?«, fragte Skudder plötzlich.

»Der Inhalt des Festdatenspeichers beträgt 98.2 Terabyte bei einer Kapazitätsauslastung von ...«

»Ausgabe unterbrechen«, sagte Harris. »Falls wir die paar Bruchstücke der Botschaft richtig verstehen, dann sind die Moroni irgendwo dort in der Nähe. Unsere Aufgabe ist es zunächst, Informationen zu sammeln und sicherzugehen, dass wir auf die richtige Ente schießen.«

»Das heißt, wir machen genau eine Umkreisung, und wir haben einen halben Umlauf Zeit, die Bilder auszuwerten und eine Entscheidung über unser weiteres Vorgehen zu treffen.« Charity blickte auf den Bildschirm, der noch immer die Bergwerksanlage zeigte. »Verflucht knapp.«

»Wenn es die richtige Ente ist«, fügte Skudder sarkastisch hinzu, »dann wird sie wohl nicht mehr bloß dasitzen, wenn wir noch mal vorbeikommen.«

»Das ist korrekt.« Harris grinste freudlos. »Deshalb werden wir die Aufnahmen vom Boden erst an die Erde senden, bevor wir sie auswerten. Für den Fall, dass uns die Ente gar nicht mehr weglassen will.«

Charity nickte kurz. »Angenommen, es ist der richtige Vogel, und wir überleben den ersten Umlauf. Was machen wir dann?«

»Das hängt von uns ab und von dem, was wir finden.« Harris grinste. »Wir wissen ja nicht einmal, was wir eigentlich suchen.«

»Und wenn wir dahinter gekommen sind?«

Er zuckte die Achseln. »Wir können weglaufen. Wir können landen und versuchen, irgendetwas zu zerstören.«

»Wie?« Sie deutete auf den Bildschirm. »Das ist ein verdammt großes Areal, und wir sind Fußgänger. Wo fangen wir mit der Suche an?«

»Hängt davon ab, wo wir runterkommen und was von uns noch übrig ist.« Harris bediente die Konsole, die vor dem Würfel stand, und das Bild drehte sich ein wenig. »Dort im Westen und Südwesten sind die Gruben. Wenn wir dort landen, können wir uns buchstäblich eingraben lassen. Da ist nichts außer diesen riesigen Robotbaggern und kilometerlangen Förderbändern, die den Abraum wegschaffen.«

»Was sind die geraden Linien?«, fragte Skudder.

»Das sind Transportschienen. Die Magnetschienenbahnen bedecken das ganze Gebäude bis an die Schleifen. Wenn sie noch in Betrieb sind, dann haben wir viel größere Chancen. Wir könnten dann versuchen, die Kraftwerke zu erreichen oder die unterirdischen Speicherbänke. Oder das, was die Moroni dort errichtet haben.«

»Was?«

»Keine Ahnung.« Er zuckte die Achseln. »Schätze, wir werden es erkennen, sobald wir es sehen.«

Charity nickte besorgt.

»Diese ganze Anlage ist so gewaltig«, sagte Skudder. »Wenn die Moroni dort oben wirklich irgendetwas aufgebaut haben, das uns auf der Erde gefährlich werden könnte, dann wird es mindestens genauso groß sein. Wir könnten nur ein paar Beulen hineinbomben, mehr nicht.«

»Irrtum«, sagte Harris. »Deshalb haben wir dieses kleine Ungeheuer hier dabei«, fügte er erklärend hinzu und tätschelte die Kiste, auf der er saß. »Zwölf Megatonnen Deuterium-Tritium. Das gute Stück stammt aus einem russischen Arsenal; es war ursprünglich für Kanalausschachtungen im Ural gedacht. Bevor sich jemand Gedanken über Fallout gemacht hat. Die Moroni kamen, ehe die Russen das Baby wieder auseinandernehmen konnten.« Er lächelte den Würfel an, und zum ersten Mal zeigte sich aufrichtige Freude auf seinem Gesicht. »Und unser liebenswerter Helfer hier wird so nett sein, die Rolle des Zünders zu übernehmen.«

»Wie?«, fragte Charity knapp.

»Mit ein wenig Improvisation und der entsprechenden Begeisterung für die Sache.« Harris deutete auf ein Bauteil an der Frontseite der Kiste, das im Vergleich zum angelaufenen Metall drum herum neu und sauber wirkte. »Wir haben einen Adapter gebastelt.«

Sehr zuverlässig, dachte Charity missmutig. Ich vertraue diesem sogenannten Adapter genauso wenig wie den Leuten, die ihn gebastelt haben.

»Einen Moment mal«, sagte Skudder, der unwillkürlich einen Meter zurückgewichen war. »Das da ist eine Bombe?«

»Aber natürlich«, sagte Harris liebenswürdig. »Eine erstklassige Wasserstoffbombe aus sowjetischer Produktion, solide und zuverlässig, nicht dieser neumodische Moroni-Schnickschnack.« Er warf dem Indianer einen Blick zu, und an seinen Augenwinkeln zeichneten sich winzige Falten ab. »Ich verstehe, man hat versäumt, Sie über unsere Fracht zu unterrichten.«

Charity seufzte und ignorierte den düsteren Blick, den ihr Skudder zuwarf. »Mach nicht so ein Gesicht«, sagte sie. »Wie transportieren wir das Ding?«

»Keine Ahnung.« Harris schien sich großartig zu amüsieren. »Ich glaube, bei diesem Unternehmen ist zu viel gehandelt und zu wenig geplant worden. Notfalls werden wir sie tragen müssen.

»Nichts leichter als das«, murmelte Skudder.

»Auf dem Mond wird es leichter sein«, erwiderte Harris. »Ziemlich genau fünf Sechstel leichter. Wir haben diesen Transportschlitten außen an der Hülle, den wir aus einem havarierten Moroni-Gleiter gebaut haben.«

Charity nickte. »Wieviel von unserer Ausrüstung ist eigentlich auf der Hülle, und wie viel bei uns im Inneren?«

»Das meiste ist draußen. Tut mir Leid, aber während Sie in Köln waren, hatten wir ein paar Probleme mit dem Umbau. Es war wesentlich weniger Platz hier im Inneren als erwartet. Die Jared sind wohl mit der Moroni-Konstruktion nicht so vertraut, wie sie sagen.« Er grinste. »Ganz zu schweigen von militärischer Taktik und Planung. Ich bin ganz froh darüber, dass wir sie nicht bei uns haben.«

»Ja«, stimmte Charity einsilbig zu. Das war ein Streitpunkt gewesen, und ein Grund, warum sie vom Pol aus nach Köln geflogen war, um sich die Daten über MacDonald persönlich zu holen. Seit Stone innerhalb der Jared aufgestiegen war, vertraute sie ihrem seltsamen Verbündeten noch weniger als den Moroni. In Köln hatte sie ein wenig Ruhe zum Nachdenken gehabt, aber während ihrer Abwesenheit waren am Pol einige Entscheidungen getroffen worden, die ihr nicht gefallen hatten.

So, wie es Stone nicht gefallen hatte, dass sie keine Jared an Bord genommen hatte.

Sie dachte an Hartmann, dessen Sachverstand ihr jetzt fehlte. Eine Pilotenausbildung befähigte sie dazu, Soldaten und Ausrüstung von A nach B zu transportieren, aber sie half ihr wenig dabei, sicherzustellen, dass hinterher auch etwas von B nach A zurücktransportiert werden konnte. Und sie dachte an Kyle. Es war dringend an der Zeit, einem Jared einige Fragen über die Jared zu stellen, aber es gab nur einen Jared, dessen Antworten sie zumindest ansatzweise Vertrauen schenken würde. Sie verzog unwillkürlich das Gesicht zu einem Lächeln. Es war wohl typisch für diese wirren Zeiten, dass sie ausgerechnet einem Mann vertraute, der schon alles gewesen war, Mensch, Moroni und schließlich Jared, und dessen Menschlichkeit von Beginn an in Zweifel zu ziehen war.

Sie sah auf und bemerkte Skudders besorgten Blick. »Ich bin nur müde«, beruhigte sie ihn. »Lass uns ein paar Stunden schlafen.«

2

Auf den ersten Blick sah es wie ein gewaltiger Wirbelsturm aus, eine Spirale aus dunklen Wolken, die zum Rand hin im Sonnenlicht wie weiße Watte wirkten. Der Gleiter schwankte, als sie von Turbulenzen erfasst wurden, und Governor Stone musste sich an seinem Sitz festhalten.

»Kaum zu glauben«, sagte er.

»Was?«, fragte Gurk, der nicht weit entfernt zwischen einer großen Zahl von Messgeräten hockte, von denen jedes Einzelne mehr Platz einnahm als er selbst.

»Dieser Zyklon«, erklärte Stone. »Er wird von denselben Kräften geformt wie jeder kleine Strudel in einer auslaufenden Badewanne, und er sieht genauso aus.« Aber das war nur die halbe Wahrheit. Der Wirbelsturm war da, weil die Corioliskräfte die nach Norden stürzenden Luftmassen in eine spiralförmige Bewegung zwangen, und die Luftmassen bewegten sich nach Norden, da über dem Pol eine Tiefdruckzone entstanden war, wie es sie in dieser Ausdehnung noch nie zuvor auf der Erde gegeben hatte. Der Ursprung der Tiefdruckzone dagegen hatte überhaupt nichts mit Wetterfronten und ungleichmäßiger Erwärmung zu tun. Die gewaltige, zwölf Kilometer hohe Turbine aus Wolken, Wasser und Luft, die sich dem Gleiter rasch näherte, wurde von ganz anderen Kräften angetrieben als der schwachen Polarsonne.

»Natürlich«, versetzte Gurk mit ätzender Stimme. »Überhaupt kein Unterschied, abgesehen davon, dass Ihr sogenannter Zyklon zweihundert Kilometer Durchmesser hat und dass der Abfluss ein vier Kilometer großes Loch in der Wirklichkeit ist, in dem jede Minute ein Teil der Atmosphäre Ihres Planeten auf Nimmerwiedersehen verschwindet, Stone. Von Eis, Meerwasser und Felsgestein einmal ganz zu schweigen.«

Der Gleiter schwankte noch einmal heftig, und der Jared-Pilot zog die Maschine ohne Kommentar auf einen sicheren Kurs. Zwei andere Gleiter bewegten sich auf der bisherigen Bahn weiter, dem Wirbelsturm entgegen. Die Piloten hatten den Befehl, sich in den Wirbelsturm hineintragen zu lassen, um den elektronischen Augen an Bord einen Blick auf die Quelle des dunklen Infernos aus Regenwolken und Sturmfronten zu gewähren. Niemand erwartete, die beiden *Ameisen* jemals wiederzusehen, aber anscheinend machte das für die sich immer rascher ausbreitende Jared-Gemeinschaft keinen großen Unterschied. Die Jared-Gleichgültigkeit gegenüber einem einzelnen Leben übertraf Stones in Jahrzehnten erworbene Kaltschnäuzigkeit bei weitem. Er musste sich beim Anblick einer *Ameise* gewaltsam daran erinnern, dass es sich nicht mehr um Moroni handelte, denen er diente, sondern um ein Kollektiv ganz anderer Art, das auf seine Art sehr viel hellsichtiger und aufmerksamer war, als es die Moroni und ihre verborgen gebliebenen Herren jemals gewesen waren.

»Wir hätten Satelliten einsetzen sollen«, sagte er, als der Gleiter wieder zu schlingern begann.

»Die Wolkendecke hat sich über dem Pol vollkommen geschlossen«, schnappte der Zwerg. »Wir haben oft genug darüber diskutiert. Achten Sie lieber auf die Übertragung. Ich habe keine Lust, diese Besichtigungstour wiederholen zu müssen, nur weil der Kontakt zu den Beobachtern verloren gegangen ist.«

Kein Wort über die beiden Beobachter, die ganz sicher

verloren gehen würden und die bei einer Unterbrechung der Funkverbindung ganz umsonst in den Wirbelsturm hineingeschickt worden wären. Stone wandte sich achselzuckend wieder der Konsole zu. Er traute Gurk nicht über den Weg. Seit die Jared Gurk mit der Aufgabe betraut hatten, das Loch am Pol zu schließen, war der Zwerg die meiste Zeit unausstehlich gewesen. Hinzu kam, dass er Stone inzwischen weit überflügelt hatte, was die Jared-Auffassung von Nützlichkeit betraf; also hatte sich der Governor nach kurzer Zeit als Handlanger eines missgelaunten Zwergs wiedergefunden, nur ein paar Tage, nachdem Charity Laird zum Mond gestartet war. Inzwischen argwöhnte er, dass man ihn benutzt hatte, um Charity aus dem Weg zu schaffen, und dass er seinen Wert für die Jared in dem Moment verloren hatte, in dem ihr Schiff vom Boden abgehoben hatte. Er nahm sich vor, sich die rätselhafte Botschaft bei Gelegenheit noch einmal anzusehen, die der Anlass für das ganze Unternehmen HOME RUN gewesen war.

»Die Übertragung wird schwächer«, sagte er. Ein Regenschauer klatschte gegen die Scheiben im Cockpit. »Wir müssen die Entfernung verringern.«

Gurk reagierte mit einem lästerlichen Fluch. »Das heißt, weiter in den Sturm hinein.« Er reckte sich und machte den Piloten auf sich aufmerksam. »Halte den Abstand zu den Beobachtern«, rief er. »Bleib auf derselben Bahn wie sie, okay?«

Der Jared ließ mit keinem Wort erkennen, ob er die Anweisung verstanden hatte oder was er davon hielt, sein Leben zu riskieren. Zwei Zangenpaare bewegten sich mit augentäuschender Schnelligkeit auf der Konsole, die von menschlichen Händen nur mühsam bedient werden konnte, und der Gleiter kippte scharf zur Seite und folgte den beiden silbernen Scheiben, die vor ihnen in einem riesigen Gewölbe aus Regenwolken verschwanden. Gleich darauf hatte die schwarze Barriere sie verschluckt.

Stone richtete hastig die Augen wieder auf die Funkanlage. »Wozu riskieren wir unseren Hals?«, fragte er. »Ich meine, was nützt es uns, genau zu wissen, wie viel das Loch inzwischen gewachsen ist? Ich sehe von hier aus, was es anrichtet.«

»Es wird nicht einfach größer«, sagte Gurk. »Da steckt ein Muster dahinter, und wenn wir das Muster nicht verstehen, dann haben wir keine Chance, dieses Loch jemals zu stopfen. Nicht einmal, wenn wir Ihren Hintern dazu benutzen würden, Stone.«

»Und was passiert, wenn wir nicht dahinter kommen?«, fragte er und ignorierte die Bosheit. Gurk war ausgesprochen zugänglich auf diesem Flug, und vielleicht war dies die Gelegenheit, ein paar Informationen zu bekommen. »Dann ist die Aufführung zu Ende«, sagte Gurk einfach. »Unsere idiotischen Freunde haben einen schweren Fehler begangen, als sie die Black-Hole-Bombe im Transmitter explodieren ließen.« Er deutete mit spitzem Finger auf Stones Hose. »Das ist ungefähr so, als wenn Sie den Reißverschluss da ein Stück aufgerissen hätten, Stone. Sie können noch so viel daran herumbasteln, die Öffnung wird immer größer werden, und jedes Mal, wenn Sie mit den Fingern daran herumzerren, schnappen noch ein paar Zähne auseinander, und am Ende stehen Sie nackt da.«

Der Zwerg grinste unverschämt. »Bildlich gesprochen.«

»Es macht richtig Spaß, schlechte Nachrichten zu überbringen, was?«, sagte Stone und ärgerte sich im nächsten Moment über sich selbst. Ein Windstoß traf den Gleiter wie eine tonnenschwere Faust, und Gurk musste sich an seiner Konsole festhalten.

»Nun«, sagte er gut gelaunt, »es ist nicht mein Planet, nicht wahr? Ich habe gleich gesagt, dass es ein Fehler war. Und ich habe Recht behalten.«

Erstklassige Grabinschrift, dachte Stone, hütete sich aber wohlweislich, es auszusprechen. »Und was ist mit diesem Ring, den die Jared bauen?«

Gurk sah nach draußen. Der heftige Regen lag wie ein dichter Schleier auf den Glasscheiben. »Sagen wir, sie *könnten* Glück haben«, sagte er.

»Was soll das heißen?«

Der Zwerg fixierte Stone mit diesem starren Blick, der ihn nachhaltig daran erinnerte, dass er keinen deformierten Menschen vor sich hatte, sondern ein fremdes Wesen, dessen Fähigkeiten und Möglichkeiten er überhaupt nicht abschätzen konnte.

»Die Jared tun das Einzige, was sie noch tun können«, sagte Gurk. »Das, was ich ihnen geraten habe. Sie bauen einen Transmitter.«

»Noch einen Transmitter?«, fragte Stone ironisch, bevor er die Worte richtig verstanden hatte. Dann stockte ihm sekundenlang der Atem. Der Ring, von dem er so leichtfertig gesprochen hatte, zog sich Dutzende von Kilometern über die arktischen Eismassen. Hunderttausende von Moroni-*Ameisen,* die während des Krieges in die Jared-Gemeinschaft aufgesogen worden waren, einige tausend als Jared geborene *Ameisen* und vermutlich ebenso viele Menschen arbeiteten mit Moroni-Maschinen und den Resten menschlicher Technologie seit Wochen fieberhaft daran, die einzelnen Segmente eines gewaltigen Rings aus Metall und Maschinen miteinander zu verbinden. Die wirklich schweren Arbeiten wurden von zwölfbeinigen Läufern verrichtet, den gewaltigen Schrottsammler-Maschinen, mit denen die Moroni die Überreste der menschlichen Vorkriegs-Zivilisation geplündert hatten. Allerdings kamen ihm diese Maschinen längst nicht mehr so groß vor wie früher, seit er die Transportgleiter gesehen hatte, mit denen die Läufer in die Arktis gebracht worden waren. Inzwischen hatten die Wolkenmassen die gewaltige Baustelle unter sich begraben, die Flugverbindungen waren fast völlig lahm gelegt, und die ständigen Erschütterungen hatten das Bauwerk mehrmals schwer beschädigt. Der Zeitpunkt war absehbar, an dem der Ring ebenso schnell zerstört werden würde, wie er errichtet werden konnte, und jeden Tag starben Jared bei dem Versuch, diesen Wettlauf zu gewinnen.

Bei dem Versuch, einen Transmitter zu bauen. Stone sah das boshafte Lächeln des Zwergs und begriff, dass Gurk ihn durchschaut hatte und das Schauspiel sichtlich genoss. »Wozu soll das gut sein?«, fragte er schließlich. »Willst du das Loch mit dem Transmitter an einen anderen Ort versetzen?«

Gurk verdrehte die Augen. »Ich bin von Dilettanten umgeben«, jammerte er, »die das Werk eines Künstlers nicht zu würdigen wissen.« Er beugte sich zu Stone herüber und tippte ihm mit seinem übertrieben langen Zeigefinger auf die Brust. »Es gibt keine Transmitter, Dummkopf. Hast du das immer noch nicht begriffen? Diese beeindruckenden Ringe, die Maschinenanlagen, die Kraftwerke ... alles nur Brimborium. Mummenschanz. Das ganze Zeug dient nur dazu, etwas zu manipulieren, das in Wahrheit schon immer da war, überall um uns herum, seit den ersten Millionstel Sekunden nach dem Urknall. Die Wirklichkeit hat unzählige Löcher, Myriaden davon in jedem Kubikzentimeter. Man muss nur genau genug hinsehen.« Er lehnte sich wieder zurück und grinste Stone triumphierend an. »Das Problem besteht ausschließlich darin, sie *groß* genug zu machen.«

Stone dachte einen Moment darüber nach. Er erinnerte sich vage an physikalische Theorien aus der Zeit vor der Invasion, irgendwelchen Unsinn über Wurmlöcher und eine Raumzeit, die aus mikroskopisch feinem, schäumendem Käse gemacht war, und beschloss, die Behauptungen des Zwergs einfach hinzunehmen.

»Nun, das zumindest haben wir geschafft«, sagte er und deutete auf den Wirbelsturm, in den sie immer noch hineinflogen.

Gurk lachte böse. »Das kann man sagen. Nicht einmal die Moroni und ihre Manipulatoren haben es gewagt, ein so großes Tor zu öffnen. Sie hätten nicht einmal die Energie erzeugen können, die dafür notwendig wäre. Diese idiotischen Jared dagegen ...« Er schüttelte die Faust gegen die Piloten-*Ameise,* die ihn vollkommen ignorierte. »Nun, die Black-Hole-Bombe hat wahrlich Energie genug geliefert. Das Problem besteht darin, ein vorhandenes Loch auf einen Durchmesser zu weiten, den man mit bloßem Auge erkennen kann, damit es zu irgendetwas nützlich ist. Danach benötigt man sehr viel weniger Energie, um es offen zu halten, und praktisch keine, um es wieder zu schließen. Schaltet man den Transmitter ab, dann schließen sie sich von ganz alleine.«

»Wie man sieht«, sagte Stone und blickte viel sagend auf die blinden Sichtscheiben.

»Dieses Ungeheuer da draußen versorgt sich selbst«, erklärte Gurk. »Es verschlingt Millionen Tonnen Materie und ernährt sich davon, und es nimmt so viel in sich auf, dass es noch größer wird, um noch mehr zu schlucken. So geht das immer weiter. Keine Materie übersteht den Übergang, was auf der anderen Seite ist, wird in Energie umgesetzt, und ein Teil davon erreicht die andere Seite nicht, sondern bleibt hier. Deshalb ist das Loch stabil. Die einzige Chance besteht darin, es mit einem Transmitter zu umgeben und aus dem Gleichgewicht zu kippen, damit es in sich zusammenfällt.«

»Klingt großartig«, sagte Stone nach ein paar Sekunden. Ein weiterer heftiger Schlag traf den Gleiter, und der Jared im Cockpit entfaltete plötzlich hektische Aktivitäten. »Und wo ist der Haken?«

»Da gibt es eine ganze Reihe davon«, sagte Gurk, und seine Stimme hatte jedes Anzeichen von Spott verloren. »Der Ring muss rechtzeitig geschlossen sein, sonst schluckt das Loch unseren halb fertigen Transmitter genauso achtlos wie alles andere. Und es wird eine Menge Energie notwendig sein, um das Loch zusammenfallen zu lassen.« Er grinste freudlos. »Die Stromrechnung ist allerdings kein Problem, denn wir werden diese Energie beim Kollaps zurückbekommen.«

»Erfreulich«, murmelte der Governor, dem das herzlich gleichgültig war.

»Tatsächlich werden wir den größeren Teil der Energie zurückerhalten, den das Loch bis jetzt in sich aufgenommen hat«, fuhr Gurk fort, und sein diabolisches Grinsen kehrte zurück. »Ich glaube nicht, dass wir es schaffen werden, auch nur einen nennenswerten Teil davon abzuleiten.«

»Und?«, fragte Stone, der das Gefühl hatte, die Pointe nicht verstanden zu haben.

»BUMMM!«, machte Gurk, und er zuckte zusammen.

»Hunderttausende Tonnen Materie«, verdeutlichte der Zwerg nach einem Moment, »umgesetzt in Energie.

Das wird ein ziemlicher Knall.« Er lachte keckernd. »Man könnte ohne weiteres die Sonne damit heizen.«

Jemand schlug ihr auf den Kopf. Mit einem gemurmelten Fluch griff sie nach ihrer Waffe. Im nächsten Moment war sie wach genug, im rötlichen Halbdunkel die Querstrebe zu erkennen, an der sie sich gestoßen hatte.

»He, was ist los?«, fragte Skudder schlaftrunken.

Sie schüttelte den Kopf, sog dann Luft zwischen den zusammengebissenen Zähnen ein, als die Kopfschmerzen begannen. »Nichts«, sagte sie wütend. »Ich habe mir den Kopf gestoßen.«

»Warum?«, lallte der Indianer zusammenhanglos.

»Schien eine gute Idee zu sein«, antwortete sie bissig. »Vergiss es.« Sie befreite sich halb von ihrem Schlafsack, der in der Schwerelosigkeit an ihr haftete wie der Kokon einer Seidenraupe, und achtete darauf, den Kopf von dem Trägergewirr fern zu halten. Skudder war schon wieder eingeschlafen. Dieser Riesenkerl hat ein Gemüt wie ein Kind, dachte sie mit einem plötzlichen Anflug von Zärtlichkeit. Dann fiel ihr ein, warum sie sich den Kopf gestoßen hatte, und ihre gute Laune verschwand. Unwillkürlich begann sie zu zittern.

»Alles in Ordnung?«, fragte jemand leise, einen halben Meter über ihr. Harris spähte zwischen den Streben zu ihr herüber.

»Ja«, antwortete sie im selben unterdrückten Tonfall. »Ich hatte einen schlechten Traum.«

»Worum ging es«, erkundigte sich Harris interessiert.

»Den Pol«, antwortete sie knapp.

»Oh«, machte er und sagte nichts weiter. Vor ihrem inneren Auge sah sie wieder den Mahlstrom, der seinen Umfang in den letzten Wochen stetig vergrößert hatte, begleitet von katastrophalen Verwerfungen in den Eismassen und sogar im Erdboden selbst, tief am Meeresgrund. Niemand kannte die Ursache für die plötzliche Erschütterung, die das Gefüge der Raumzeit selbst getroffen hatte. Gurk hatte versucht, es ihr zu erklären, und nach seinen Worten war es der Raum selbst, der bewegt, verbogen, verworfen und schließlich zerbrochen worden war. Die Materie, ganz gleich ob Eis, Felsen, Luft und Wasser, wurde einfach mitgerissen und folgte der Verformung des Raumes, und was übrig blieb, verschwand in dem Loch in der Wirklichkeit, das sie nicht mehr verschließen konnte. Die Jared hatten die Überreste der alten Kontrollstation eingenommen, und sie waren fieberhaft damit beschäftigt, irgendwelche Maschinen aufzubauen, nach den Plänen der Moroni und den Ratschlägen Gurks, der dieses Unternehmen zu seinem eigenen, ganz persönlichen Kreuzzug gemacht zu haben schien. Sie wusste nicht, wie viele Leben, Moroni und Menschen, der Mahlstrom bereits gefordert hatte, aber die Situation war zunehmend außer Kontrolle geraten. Nicht zuletzt deswegen hatten sie die HOME RUN vor der Zeit in die Umlaufbahn gebracht, die trotz Moroni-Abfangschiffen und Minen immer noch sicherer war als die Überreste der Ausläufer der Schwarzen Festung.

Gurk war ein Teil ihres Traums gewesen. Seltsamerweise hatte sie der Zwerg mehr erschreckt als die gewaltige Katastrophe, die in den Ruinen der Schwarzen Festung tobte.

Missmutig wollte sie sich wieder in ihren Schlafsack hineinwinden, als sie plötzlich ein seltsames Geräusch hörte. Es klang wie ein kleines Kätzchen, das leise miaute und dabei ein Pfund Glasscherben zwischen seinen Zähnen zermalmte.

Unwillkürlich richteten sich ihre Nackenhaare auf, und sie bekam eine Gänsehaut.

»Was war das?«, fragte Skudder neben ihr, und seine Stimme klang diesmal überhaupt nicht mehr verschlafen. Am Rande ihres Bewusstseins bewunderte sie seinen Instinkt, unwichtige von wichtigen Geräuschen zu unterscheiden. Ihr Blick raste durch das Zwielicht, tastete nach den Silhouetten von Dubois und Henderson, die an ihren Konsolen saßen und nichts bemerkt hatten, dann nach den Soldaten, die sich nicht bewegten.

»Ich weiß nicht«, sagte sie hastig. Aus den Augenwinkeln sah sie, wie Harris seinen Schlafsack auf ganzer Länge öffnete und herausstieg. Er trug das unvermeidliche T-Shirt, dessen Witz sie noch immer nicht begriffen hatte.

»Haben Sie das auch gehört?«, fragte er; seine Stimme klang todernst.

Sie nickte nur. Skudder richtete sich entschlossen auf.

»Was zum Teufel war das?«, fragte er noch einmal. »Das kann doch keine Maschine gewesen sein.«

»Keine, die ich kennen lernen möchte«, versetzte Harris. Charity dachte an den Würfel, hielt aber den Mund. Sie versuchte sich zu erinnern, was sie gehört hatte, und wie.

»Es kam von unten«, sagte sie schließlich und zeigte auf die Plattformfläche, die die Jared eingezogen hatten.

»Wie passend«, meinte Harris halblaut. Skudder sagte nichts, stieg nur in die Stiefel mit den Magnetsohlen. Sie folgte seinem Beispiel.

Sie tippte die Sprechanlage an, die an den Trägerstreben befestigt war. Irgendwo über ihnen piepte es leise.

»Brücke«, meldete sich eine leise Stimme.

»Dubois«, sagte sie leise. Ihr Kopf bewegte sich im Halbdunkel. Sie sah zu ihnen herunter. »Haben Sie irgendetwas Ungewöhnliches gehört oder gesehen?«

»Nein, nichts«, kam die verwunderte Antwort.

»Ich meine, bei den Bordsystemen.«

»Die Anzeigen sind nominal«, mischte sich Henderson ein.

»Sprechen Sie leise«, befahl Charity ungehalten. »Ich will die Soldaten nicht unnötig wecken. Hören Sie, irgendetwas stimmt hier nicht. Wenn Sie irgendetwas auf den Kontrollen bemerken, was Ihnen komisch vorkommt, geben Sie sofort Alarm.«

»Was haben Sie vor«, fragte Dubois vernünftig.

»Wir steigen runter«, sagte sie. »In den Keller. Was immer es war, es kam von dort.«

»Verstanden«, sagte sie knapp. »Wie viel Zeit soll ich Ihnen geben?«

»Wie?«

»Ich meine, falls Sie spurlos verschwinden«, präzisierte die Frau.

Na prächtig, dachte Charity und zog eine Braue hoch. »Zehn Minuten«, sagte sie dann und schaltete ab. »Schießwütig«, ergänzte sie dann und sah Skudder an, der wortlos nickte. »Aber das ist vielleicht kein schlechter Gedanke.« Sie zog die Waffe und entsicherte sie. Die beiden Männer taten es ihr nach. Harris stieß einen kleinen Scheinwerfer in ihre Richtung und nahm eine zweite Lampe in die Hand, gerade als sie ihre eingefangen und eingeschaltet hatte. Der abgeblendete Lichtkegel zeichnete eine blasse weiße Ellipse auf die Bodenplatten. Vor der Luke blieben sie stehen. Charity sah ihre Begleiter an, bückte sich dann mit einem Achselzucken und entriegelte die Luke selbst. Um sie zu öffnen, musste sie den Scheinwerfer loslassen. Das Gerät driftete langsam weiter, und der Lichtkegel wanderte behäbig über die Maschinenblöcke, die im Keller sichtbar wurden, zeichnete gespenstische Schatten und Konturen. Sie fing die Lampe wieder ein und kauerte sich neben die offene Luke. Angespannt horchte sie.

»Nichts«, sagte Skudder nach einer Weile. Sie nickte, vertraute seinem scharfen Gehör. Ihre eigenen Ohren hatten in letzter Zeit arg unter Explosionen und anderem Lärm gelitten, und in einer längst vergessenen Zeit unter zu viel lauter Musik. Die beiden wandernden Lichtkegel brachten keine Überraschungen zu Tage, nur das erwartete Moroni-Chaos.

»Na schön«, sagte sie. »Gehen wir.«

Gehen war zu viel gesagt. In der Schwerelosigkeit war es immerhin möglich, sich mit Händen und Waffe zuerst durch die Luke zu manövrieren, anstatt mit dem Hintern voran in eine unbekannte Situation zu rutschen. Sie überließ Skudder die Lampe und wand sich in einem eleganten Bogen durch die Öffnung. Dann hing sie wie eine Fledermaus an der Unterseite der Zwischendeck-Plattform, während Skudder und Harris ihr folgten. Schweigend sahen sie sich um. Es gab drei große Blasen, Treibstofftanks, zwischen denen sich klobige Maschinen und seltsam geschwungene Rohrleitungen befanden. Es gab ein paar Bauteile, die wie mannsgroße Blasebälge wirkten, und dazwischen ein paar enge Durchgänge zu weiteren Höhlungen im Maschinenteil, die sie von ihrer Position aus nicht einsehen konnten. Das meiste Licht kam nicht von den eng begrenzten Lichtkegeln der heruntergeschalteten Lampen, sondern als rötlicher Schimmer von oben. Sie übersah ein dunkel gefärbtes

Rohr und stieß sich an dem eiskalten Metall erneut den Kopf.

»Verdammt noch mal«, fluchte sie, »dieses Loch ist beleuchtet wie ein Bordell.«

»Wie was?«, fragte Skudder geistesabwesend.

»Nichts«, sagte sie und unterdrückte ein Auflachen. Es hätte zu leicht ein hysterisches Kichern daraus werden können. »Es ist einfach viel zu *eng* hier drin.«

»Ich finde, die Beule steht dir«, versetzte Skudder boshaft.

»Herzlichen Dank«, murmelte sie. Die Lichtkegel wanderten weiter, zogen gleichmäßige Kreise, verharrten an unübersichtlichen Stellen und glitten dann hastig weiter, damit keine Teile der Dunkelheit um sie herum zu lange unbeobachtet bleiben konnten.

»Ich habe keine Lust, dieses Loch zu durchsuchen«, sagte Harris, und seine Stimme klang plötzlich ein wenig belegt.

»Ziemlich warm hier unten«, bemerkte Skudder gelassen. Die Metallwände reflektierten das Lampenlicht, und sein Gesicht wirkte vollkommen konzentriert.

»Stimmt«, sagte Charity. »Ich habe es nicht so warm in Erinnerung.«

»Die Maschinen laufen schon eine Weile«, versetzte Harris. »Vielleicht haben sich ein paar Streben verspannt.«

»Eine Verspannung macht nicht solche Geräusche«, erwiderte Charity. Kurz entschlossen stieß sie sich von der Decke ab und zog sich an einen der Durchstiege in die tiefer gelegenen Zwischenräume heran. »Leuchtet mal hierher.«

Skudder folgte ihr. »Was ist da unten?«

»Energiespeicher«, erklärte Harris hinter ihnen. »Ich

habe während der Umbauten gesehen, wie sie da unten herumgemacht haben. Diese Blasebälge hier sind neu, Teil der Luftversorgung, glaube ich.«

»Wie ist das, erwärmen sich Moroni-Energiespeicher, wenn man sie entlädt?« Charity warf Skudder einen Blick zu; der Indianer schüttelte stumm den Kopf.

»Keine Ahnung«, antwortete Harris überflüssigerweise.

»Schade«, sagte Charity.

»Wieso?«

»Weil wir jetzt nachsehen müssen«, stellte sie mit mehr Enthusiasmus fest, als sie empfand. »Gebt mir Deckung.« Sie wartete die Antwort nicht ab, sondern wand sich durch den engen Durchlass. Mehrmals blieb sie an einem Vorsprung hängen. Irgendwie schaffte sie es, den Gedanken an eine plötzliche Bedrohung aus der Dunkelheit zu verdrängen.

Dann war sie auf der anderen Seite. »Du hast zu viele schlechte Filme gesehen«, murmelte sie.

»Was?«, fragte Skudder besorgt.

»Nichts«, antwortete sie laut. »Sieh zu, dass du hinterherkommst.« Sie gestattete sich ein Grinsen. Tatsächlich schaffte er es rascher als sie und mit mehr Eleganz. Sie hatte sich kaum umsehen können, als er schon neben ihr war. Das Lampenlicht tanzte über ein paar Gebilde, die wie metergroße Korallenfächer aussahen, und ein paar große Tanks, die in der Mitte des freien Raumes hingen.

»Die Energiezellen«, sagte Harris, der ihnen mühsam gefolgt war, und deutete auf die pilzförmigen Tanks. Charity näherte sich vorsichtig und berührte die Oberfläche mit der Hand.

»Angenehm kühl«, sagte sie. »Woher kommt diese verdammte Wärme?«

»Hier drüben«, sagte Skudder. Der Indianer kauerte über einer ineinander verwobenen Masse von mindestens zwei Dutzend dicken Schläuchen, die aussahen, als seien sie mit Spinnweben bedeckt, und die sich zu einer Hand voll Blasen von bis zu einem halben Meter Durchmesser verdickten. Bei näherer Betrachtung erkannte sie, dass die Spinnweben feine Kapillaren waren, die die einzelnen Schläuche miteinander verbanden. Sie streckte die Hand aus. Die Stränge waren Ekel erregend weich, und sie pulsierten unregelmäßig. Eine deutlich spürbare Hitze lag über den gummiartigen Windungen.

»Was ist das?«, fragte sie angewidert.

»Ich weiß es nicht«, sagte Harris. »Vielleicht die Wasseraufbereitung.«

Der Gedanke ließ Übelkeit in ihr emporsteigen. »Noch andere Vorschläge?«

»Ich habe dieses Bauteil noch nie gesehen«, meinte Skudder. Er fasste ein unscheinbares, daumendickes Rohr, das hinter dem Schlauchgewirr senkrecht nach oben zog, und wollte sich näher heranziehen. Als sich seine Finger halb geschlossen hatten, schrie er unwillkürlich auf und zog hastig den Arm zurück.

»Verdammt«, sagte er verblüfft. »Das ist ja glühend heiß.«

Charity verkniff sich eine schadenfrohe Bemerkung. Vorsichtig streckte sie die Hand aus, berührte das Rohr aber nicht. Es war ein Gefühl wie bei einer heißen Herdplatte, die Hitze strahlte so stark, dass sie es spüren konnte. Plötzlich bemerkte sie, dass die Schläuche die unscheinbare Stange nirgendwo berührten. Es sah beinahe so aus, als sei das Gewebe zurückgewichen. Unwillkürlich zog sie sich in den freien Raum zurück. Die fünf großen Blasen, die traubenförmig in der großen Nische angeordnet waren, erinnerten sie an etwas.

»Hier sind noch zwei Stangen«, sagte Harris zwei Meter hinter ihr. »Die eine ist eiskalt, und die andere lauwarm.«

»Großartig«, murmelte Skudder undeutlich. »Warum habe immer ich so viel Glück.«

Charity ignorierte das Geplänkel. Sie starrte die großen Blasen an, die im Strahl von Skudders Scheinwerfer so wirkten, als sei das Material beinahe lichtdurchlässig. Die Behälterwände, die die Nische bildeten, waren aus matt schimmerndem Metall, dunkel und unregelmäßig, aber von ganz anderer Beschaffenheit als die weiche Masse, die zwischen ihnen angeklebt worden war. Sie sah sich um und entdeckte in zwei kleineren Nischen drei weitere Ballons.

»Ich weiß, was das ist«, sagte sie plötzlich. »Das sind Eier.«

»Moroni-Eier.« Harris fluchte laut. »Diese Idioten haben beim Umbau die verdammte Fracht übersehen.«

Skudder murmelte einen weiteren Fluch.

»Wie?«, fragte Charity.

»Na, schau dich doch mal um.« Skudder breitete die Hände aus. »Wie willst du in diesem Chaos erkennen, was überhaupt hierher gehört? Das ganze Gerümpel gehört zum Antrieb oder vielleicht auch zur Heißwasserbereitung. Vielleicht haben sie die Eier für Batterien gehalten oder für Mikrowellenherde. Der Ort ist jedenfalls ideal. Hier haben sie es gemütlich warm und dunkel. Sollte mich nicht wundern, wenn wir bald ein paar Mäuler mehr zu stopfen haben.«

»Im wahrsten Sinne des Wortes«, murmelte Harris.

Charity dachte an das Nest in Köln zurück. Die Eier dort hatten anders ausgesehen, erinnerte sie sich.

»Und was machen wir jetzt?«, fragte Skudder.

»Über Bord damit«, schlug Harris vor. Charity sah ihn scharf an, ohne dass er es bemerkte.

»Sehen Sie hier herüber«, sagte sie laut und deutete auf die andere Nische. »Und dort drüben. Da sind noch mehr, und vielleicht sind unten noch weitere Gäste untergebracht.«

»Mist«, lautete sein Kommentar.

»Wir werden Tage brauchen, bis wir das alles ausgeräumt haben.«

»In zwei Tagen sind wir in der Mondumlaufbahn«, versetzte sie. »Und ich habe keine Lust, mich in der Zwischenzeit mit irgendwelchen Sicherungen und Fallen auseinanderzusetzen.«

»Sicherungen?«, fragte Skuddar verständnislos.

»Den Moroni ist zuzutrauen, dass sie diese Eier in irgendwelche Schaltkreise eingebaut haben«, meinte Harris rasch.

»Und wer weiß, vielleicht gehören sie tatsächlich zu den Maschinen.«

Skudder nickte zögernd, während Charity wieder auf das bizarre Gelege blickte. »Aber wir können diese Dinger doch nicht einfach hier herumliegen lassen.«

»Warum nicht?« Sie näherte sich drei von den anderen Eiern und betrachtete sie aus der Nähe.

»Ja«, sekundierte Harris erleichtert. »Warum eigentlich nicht?«

»Was soll das heißen?«

»Ich habe keine Ahnung, wie kleine Moroni aussehen, Skudder, aber sie sind Kinder. Bestenfalls.«

»Verfressene, rauflustige Kinder«, schnappte Skudder. Sie sah ihn an. Er war ernsthaft wütend, und so brauchte er ein paar Sekunden, ehe er begriff.

»Im Moment sind es doch nur Eier«, sagte Harris aus sicherem Abstand. »Ich habe noch nie davon gehört, dass Eier jemandem etwas getan hätten.«

»Vielleicht«, erklärte Skudder besorgt.

Charity nickte. »Ich glaube auch, wir lassen lieber die Finger davon. Insekteneier sind eine heikle Angelegenheit, und im Moment behindern sie uns nicht.« Sie streckte die Hand aus. »Harris, geben Sie mir Ihre Lampe, und dann gehen Sie nach oben und sagen Dubois Bescheid, was los war. Sie sollen auf die Bildschirme schauen, und nicht auf diese verflixte Luke.«

Harris wirkte nicht besonders glücklich, aber warf gehorsam den Scheinwerfer in ihre Richtung. »Okay«, sagte er. »Ich schätze auch, die Moroni draußen sind gefährlicher als diese Brut hier.«

Sie wartete, bis er in dem Durchlass verschwunden war und die Luke erreicht hatte. Das rötliche Licht sickerte durch die Spalten und Nischen zwischen den Tanks und Maschinenteilen.

»Was sollte das?«, fragte Skudder, während er die Brandblasen an seinen Fingern betastete. »Du willst dieses Zeug genauso wenig an Bord behalten wie ich, also was?«

»Es sind ja nur Eier«, sagte sie sarkastisch.

»Wie lange noch?«

»Das«, sagte sie grimmig, »ist die entscheidende Frage. Sieh mal hier.« Sie strahlte mit der Lampe das andere Gelege an. Die drei Eier wirkten klein, kompakt, und ihre Hülle war undurchsichtig matt. »Erkennst du den Unterschied?«

»Verdammt.«

»Schätze, wer immer diesen Kuchen in die Röhre gestellt hat, er hat die falsche Temperatur eingestellt. Es könnte sein, dass wir bald eine Hand voll Probleme mehr haben als vorher.«

»Dann werfen wir sie über Bord. Oder schießen ein paar Löcher hinein.«

»Lieber nicht«, sagte sie trocken. »Der Captain schätzt es nicht, wenn in dem Schiff geschossen wird. Und es könnte sein, dass drastische Maßnahmen etwas voreilig sind.«

»Hast du Angst, die Moroni zu verärgern?«, fragte er ironisch.

»Nicht ganz. Ich glaube nur nicht, dass es Moroni-Eier sind.«

»Was glaubst du denn, was sie sind?«, versetzte Skudder halblaut. »Sie sehen wie Moroni-Eier aus.«

»Schon richtig«, antwortete sie. »Deshalb kann ich mir auch nicht vorstellen, dass unsere *Verbündeten* sie übersehen konnten.«

Er begriff. »Du meinst ... verdammt.«

»Wieder richtig. Niedliche kleine Jareds. Ich glaube, jemand wollte ein Facettenauge auf uns haben.«

»Und was die Temperatur hier betrifft ...«

»... so war das eine kleine Panne. Ich denke, dass sich unsere *Verbündeten* besser mit Eiern als mit Raumschiffen auskennen. Vermutlich wussten sie nicht so recht, wo es warm wird in diesem verdammten Eimer. Und jetzt kommen unsere kleinen Lieblinge ein wenig vor der Zeit ins Schwitzen.«

»Sie sollten also erst nach der Landung schlüpfen.« Skudder nickte grimmig. »Einige Tage, nachdem wir das Schiff verlassen haben, vermute ich. Nicht schlecht ausgedacht. Und trotzdem idiotisch.«

»Denkst du, was ich denke?«

»Stone?«

»Ganz richtig.« Charity verzog das Gesicht. »Dieser Blödmann mit seinen fürsorglichen Intrigen wird mich noch den letzten Nerv kosten.« Sie deutete mit der Lampe nach oben. »Lass uns hier verschwinden. Bevor die lieben Kleinen schlüpfen und dich für ihre Mama halten.«

Als sie aus der Luke stiegen, stand Harris noch auf der Brücke und diskutierte leise mit Henderson. Skudder sah auf. »Sagen wir es den anderen?«

»Nein«, erklärte Charity. »Ich traue ihnen nicht. Besonders Harris nicht. Nenn mich meinetwegen verrückt, aber ich traue niemandem mehr, der in der Hand der Jared gewesen ist.« Sie warf ihm einen Blick zu. »Einschließlich dir und mir«, fügte sie hinzu, dann hakte sie sich lächelnd bei ihm ein, und sie verließen das Deck.

Keiner von ihnen bemerkte die neugierig flackernde Bereitschaftslampe an der kleinen Kiste, die nicht weit entfernt von der Luke an der Plattform befestigt war. Der Würfel hätte schon lange etwas gegen dieses verräterische Licht unternommen, aber ohne Hände ließ sich nur wenig ausrichten.

Zum Glück waren die niedrigen Intelligenzen meistens viel zu sehr mit sich selbst beschäftigt, um auf solche Kleinigkeiten zu achten. Jared, dachte der Würfel. Also ...

3

Für einen Moment wischte der Wind den dichten Wasserschleier von den Scheiben, und Stone konnte einen flüchtigen Blick auf das Inferno werfen, das sie umgab. Er hatte einen vagen Eindruck von etwas, das aussah wie ein riesiges Goldfischglas voll mit Tinte, bevor sich die Wolkendecke über ihnen endgültig schloss. Völlige Finsternis umgab den Gleiter, durchzogen mit einem Netz aus gleißenden Blitzen, in denen sich die Gewitterwolken entluden. Nervös tastete er nach der Atemmaske, die er an einem Riemen um den Hals trug. Das Donnergrollen bildete, abgedämpft durch die Panzerung des Gleiters, einen beständigen Hintergrund für die Geräusche des Funkgerätes, die anzeigten, dass die Übertragung trotz der Störungen noch immer weiterging. Es war ihm ein Rätsel, wie die beiden Beobachter, die elf Kilometer vor ihnen waren, in dieser Hölle hatten überleben können. Inzwischen zerrten die Sturmböen sie mit sich, und der Jared-Pilot bot die gesamte Leistung der Triebwerke auf, um ihren Sturz ein wenig abzubremsen und ihre Lage zu stabilisieren.

Gurk hockte mit leuchtenden Augen vor seiner Konsole, es sah aus, als mache ihm dieser Ausflug Spaß. Tatsächlich hatte es ihm diebische Freude gemacht, zu beobachten, wie Stones Gesicht langsam, aber sicher die Farbe gewechselt hatte. Inzwischen betrachtete der Governor ebenso oft die Tüte in seiner linken Hand, wie er auf die Bildschirme auf seinem Pult sah. Nicht einmal die breiten Sicherheitsgurte konnten sie noch auf den Sitzen halten, wenn die mächtigen Böen den Gleiter plötzlich absacken ließen, und jedes Mal während des Sturzes hatte Stone das Gefühl, sein Magen würde ihm bis in den Mund hinaufsteigen. Er wusste nicht, wie weit sie beim letzten Mal noch vom Boden entfernt gewesen waren, denn in der biblischen Finsternis um sie herum verschwamm der Unterschied zwischen Himmel und Erde vollkommen, aber er hatte den deutlichen Verdacht, dass es ziemlich knapp gewesen war.

»Das ist doch gar nichts«, rief ihm Gurk zu. »In ein paar Monaten ist das Loch groß genug, um die Erdkruste abzureißen. Die Eismassen des Nordpols schwimmen nur auf dem Meer, und am Meeresboden ist die Erdkruste nicht besonders dick. Das ist überhaupt nicht zu vergleichen mit den Kontinentalschollen. Das Loch wird wie ein gewaltiger Mahlstrom den Meeresgrund aufsaugen, und am Rand werden die Wassermassen über das Magma zusammenschlagen. Wie ein Vulkanausbruch, nur viel, viel heftiger.« Gurk lachte schrill. »Es wird Tuff und Bimsstein regnen. Haben Sie schon mal ein Stück Seife gesehen, Stone, so groß wie ein Eisberg?«

Stone verzichtete auf eine Antwort und konzentrierte sich darauf, sein karges Frühstück bei sich zu behalten. Tatsächlich beeindruckten ihn die Katastrophenvisionen des Zwergs nicht halb so viel wie der dumpfe Walzertakt in seinem Bauch.

»Langweile ich Sie?«, fragte Gurk sarkastisch.

»Ganz im Gegenteil«, murmelte Stone säuerlich. »Ich bin begeistert. Du bist voll von schönen Geschichten, was?«

»Wie bitte?«, rief Gurk durch den Lärm. Ein dreifacher Windstoß schüttelte den Gleiter und enthob ihn weiterer Erklärungen. Er hielt sich die Tüte an den Mund und dachte flüchtig, dass die Situation auch ihre Vorzüge hatte.

Eine der Anzeigen flackerte plötzlich und erlosch. Die Übertragung von einem der beiden Beobachter brach zusammen. Er wartete noch ein paar Sekunden, und als der Gleiter wieder ruhiger in der Luft lag, schaltete er den Empfänger aus und wieder ein. Der Kanal blieb tot.

»Wir haben einen Beobachter verloren«, rief er. »Sieht so aus, als wäre er abgestürzt.«

»Blitzschlag«, sagte Gurk ungerührt, »oder ein heftiger Fallwind. Nun, solange wir den anderen noch haben, machen wir weiter. In dreißig Sekunden ist er nah genug herangekommen, damit wir erfahren, was wir wissen wollen.«

»Na großartig«, murmelte Stone in seine Tüte. Er riskierte einen Seitenblick auf die Bildschirme Gurks. Irgendwie schaffte es der Computer, aus dem wirren Datensalat, der ihnen vom Beobachter übermittelt wurde, das Bild eines hässlichen, dunkelgrauen Auges zu rekonstruieren, das inmitten eines wirbelnden Stroms aus weißen und hellgrauen Wolkenmassen praktisch stillstand. Bei näherem Hinsehen erkannte er die perfekt schwarze Kugel, die inmitten des Auges schwebte, völlig ungerührt von dem tosenden Wirbelsturm, der das Auge umgab.

»Wir haben eigentlich eine Menge Glück«, sagte Gurk, der seinen Blick bemerkt hatte. »Der Wirbelsturm hält den größten Teil der Luftmassen vom Loch fern, und deshalb wächst es langsamer als erwartet. Sehen Sie hier, immer noch acht Kilometer. In diesem Zustand kann das Gebilde noch Monate verharren, ehe der Zyklon auseinander bricht.«

Der Governor nickte nur, gebannt von dem Auge, das sich langsam unter den gewaltigen Kräften verformte, die auf die Wolken am Rand einwirkten. Zwei Lichtpunkte näherten sich langsam diesem Rand, und die Bewegung, die auf dem Bildschirm ruhig und gleichmäßig aussah, verlief in Wirklichkeit immer chaotischer. Der Jared konnte die Fluglage des Gleiters nur mühsam stabil halten, nachdem er die Scheibe um dreißig Grad auf die Seite gekippt hatte, eine Lösung, die Stones Magen nicht gerade beruhigte. In einem Flugzeug wären sie schon lange mit zerfetzten Tragflächen und geborstener Druckkabine abgestürzt.

»Es wächst schneller, je größer es ist«, sagte er nach einer Weile.

»Richtig«, antwortete der Zwerg mit einer Begeisterung, die Stone nicht teilen konnte. »Das ist wie die Geschichte mit den Weizenkörnern auf dem Schachbrett. Je größer es wird, desto mehr Materie wird in Energie umgewandelt, und je mehr Energie zur Verfügung steht, desto rascher kann es wachsen. Wenn es wirklich groß geworden ist, dann wird es vielleicht in mehrere Teile auseinander fallen, aber davon sind wir noch weit entfernt.«

»Wie groß?« Wieder erschütterten heftige Regenfälle den Gleiter, und diesmal dachte Stone im ersten Moment, sie seien ins Meer gestürzt, so massiv war die Barriere aus Wasser, in die der Gleiter hineinstieß.

»Was?«, rief Gurk durch den Lärm hindurch.

»Wie groß muss es sein, um auseinander zu fallen?«

»Ich weiß es nicht«, antwortete Gurk gleichmütig. »So groß wie die Sonne vielleicht. Es könnte interessant sein, die Antwort herauszufinden.« Er warf dem Governor einen boshaften Blick zu und grinste breit. »Nur wird dann keiner von uns mehr da sein.«

Großartig, dachte Stone sarkastisch. *Vielleicht fällt bei einem Zwerg zu allem anderen auch noch der Selbsterhaltungstrieb etwas kleiner aus.*

Der Lichtpunkt, der die Position ihres voranfliegenden Beobachters markierte, hatte die turbulente Randzone des Auges erreicht und versuchte nun, sich vom Sturm um das Auge herumtragen zu lassen. Falls er in das Auge hineingeraten sollte, hatte er kaum eine Chance, es wieder zu verlassen. Die Druckdifferenz war einfach zu groß, viel größer als bei jedem natürlich entstandenen Wirbelsturm.

Das Bild flackerte plötzlich. Stone sah hastig auf seine eigenen Messgeräte. »Die Übertragung ist gestört«, rief er dem Zwerg zu.

»Ziemliches Gewitter da drin«, antwortete Gurk seelenruhig. »Ich bin überrascht, dass der Beobachter überhaupt noch sendet.«

Was für ein liebenswürdiger Zeitgenosse, dachte Stone. Inzwischen hatte er einige Übung darin, seine Meinung für sich zu behalten. Bei den Moroni war es darauf nicht so sehr angekommen; anders als die Jared hatten sie sich nicht gut in einen Menschen hineinversetzen können. Nun, eine nennenswerte Zahl von Jared kannte dagegen die Menschen sehr viel besser – gewissermaßen von innen heraus. Er drängte den unerfreulichen Gedanken in den Hintergrund und konzentrierte sich wieder auf die Funkanlage. Ein flüchtiger Blick zeigte ihm, dass der Beobachter inzwischen am Auge vorbei war und damit begann, einen Weg nach draußen zu suchen. Ihr eigener Pilot hielt sich gut acht Kilometer vom Rand entfernt, und trotzdem waren die Turbulenzen kaum auszuhalten. Blitze umgaben den schlingernden, zitternden Gleiter und warfen schmerzhaft intensive Schlaglichter auf das Innere.

Die Übertragung brach diesmal ohne Vorwarnung zusammen. Bevor er den Mund öffnen konnte, hörte er etwas außerhalb des Gleiters, das ihn im ersten Moment an ein riesiges Triebwerk erinnerte. Über die dumpfe Folge von Blitzschlägen hinweg schwoll das Geräusch zu einer grollenden Brandung aus Lärm und Donner an. Er sah zu Gurk hinüber, dessen Augen starr auf die Scheiben gerichtet waren, mit einem Gesichtsausdruck, den er erst nach einem endlos scheinenden Augenblick erkannte.

Furcht, dachte er noch. Die Schockwelle traf den Gleiter frontal und riss ihn einfach mit, so schnell, dass sich Konsolen und Computeranlagen aus ihren Halterungen losrissen und durch die Kabine stürzten, während der Gleiter hilflos wie ein Blatt im Herbststurm von der Druckwelle emporgetragen wurde. Die gepanzerte Hülle dehnte und streckte sich, kreischte wie ein tödlich verwundetes Tier. Metallstreben knickten plötzlich ab, und eine der hinteren Sichtscheiben bekam plötzlich Sprünge, die rasch zu einem spinnwebenartigen Geflecht zusammenwuchsen. Im nächsten Moment war das zentimeterdicke Panzerglas verschwunden, mitgerissen von der Druckwelle, die vor ihnen hereilte und sie in ihrem Kielwasser mit sich riss. Die Luft entwich explosionsartig aus der Kabine, und Stone schrie auf. Blut schoss aus seiner Nase, und sekundenlang glaubte er ersticken zu müssen, bevor es ihm gelang, seine Atemmaske aufzusetzen. Irgendwie schaffte es der Pilot, den Gleiter von einer Böe aus dem Sog der Druckwelle herausreißen zu lassen, und Stone musste erneut einen heftigen Brechreiz unterdrücken, als das übel zugerichtete Fahrzeug wie ein tonnenschwerer Stein in die Tiefe sackte. Endlos dauernde Sekunden lang war der Jared nicht in der Lage, den Sturz abzufangen. Die überlasteten Triebwerke heulten auf und übertönten sogar den Wirbelsturm, und die angebrochene Hülle knirschte, als zusätzliche Kräfte auf sie einwirkten. Ein blasses, dichtes Grau umgab den Gleiter auf seinem Weg nach unten, und dann endlich wurden sie von ihrem eigenen Gewicht in die Sitze gepresst. In einem lang gezogenen Bogen glitt das Fahrzeug aus den Sturzwinden heraus, fing sich nur einige Dutzend Meter über schemenhaft erkennbaren Eismassen und gewann mühsam und torkelnd wieder an Höhe.

Stone sackte keuchend auf seinem Sitz zusammen. Er spürte salzige Feuchtigkeit auf seinen Lippen und begriff angewidert, dass seine Nase gleichmäßig in seine Atemmaske blutete. Er sah dorthin, wo der Sturm die Sichtscheibe herausgerissen hatte. Die Dekompression hatte einen Teil der Hülle nach außen gebogen, und eine metergroße Öffnung klaffte links von ihm. Er konnte die arktische Eisfläche erkennen, in einem fahlgrauen, verschwommenen Licht, das von überall her zu kommen schien, unterbrochen von blauweißen Blitzschlägen, die eine scharfe, grelle Helligkeit auf das Eis warfen. Trotzdem wirkten alle Umrisse seltsam verschwommen, und einen Moment lang glaubte Stone, eine dichte Nebelschicht über dem Boden zu erkennen, dann begriff er, dass das Eis unter ihnen verdampfte. Vermutlich hatten die aufgeheizten Luftmassen die ganze Region weit über den Gefrierpunkt erwärmt.

Er zog sich an seine Konsole heran und überprüfte die Kontrollen. Die Funkanlage war noch intakt, aber es kamen keine Signale mehr von dem Beobachter. Er hatte nichts anderes erwartet. Der andere Gleiter war viel weiter im Inneren des Wirbelsturms gewesen.

Stone blickte zu Gurk hinüber. Der Zwerg hatte hinter

seiner Moroni-Atemmaske überhaupt nichts mehr mit einem Menschen gemein. Er starrte mit dunklen Augen auf den Bildschirm, die seltsamen Hände klauenartig über das Schaltpult ausgebreitet, und murmelte etwas Unverständliches. Trotz der gerade erst überstandenen Gefahr verursachte der Anblick Stone eine Gänsehaut.

Er nahm die Atemmaske ab und ignorierte das Blut, das warm und klebrig über sein Kinn lief. »Was ist passiert?«, rief er, und beim letzten Wort kippte seine Stimme fast.

Gurk hob den Kopf und sah ihn an, und der Governor fühlte sich sekundenlang wie eine Maus, die von einer Klapperschlange überrascht wird. Im nächsten Moment verzog sich der sichtbare Teil von Gurks Gesicht zu einem triumphierenden Grinsen, das nicht einmal die breite Moroni-Atemmaske verdecken konnte.

»Es hat sich ausgedehnt«, rief er. »Um zwei Kilometer, in alle Richtungen.«

Stone sah auf den Bildschirm, auf den der Zwerg mit ausgestrecktem Finger tippte. Der Computer wiederholte anscheinend immer wieder die letzten Sekunden, bevor die Übertragung abgebrochen war. Zwei Sekunden lang war alles unverändert, und dann plötzlich war der schwarze Kreis viel größer, und das Auge brach in sich zusammen. Die Wolkenmassen stürzten nach innen, und eine Schockwelle lief wie ein heller Ring nach außen, und als sie den Beobachter erreichte, begann alles wieder von vorn.

»Ich habe es gewusst«, rief Gurk. »Diese verdammten Idioten. Ich habe es ihnen gleich gesagt.«

Stone konnte nur stumm auf die kleine gelbe Markierung auf dem Bildschirm starren, die immer wieder von den Wolken verschluckt wurde. »Ich denke, es wächst gleichmäßig«, brachte er schließlich heraus.

»Das tut es auch«, antwortete der Zwerg, die Stimme von der Maske gedämpft. »Das tut es. Jetzt und vorhin.« Er kicherte, und diesmal hörte Stone die Hysterie in Gurks Stimme heraus.

»Nur manchmal«, fügte er hinzu, »manchmal überspringt es eben ein paar Wochen.«

Der Mond füllte den größten Teil der Kuppel aus.

»Großartig«, sagte Skudder neben Charity.

»Ja, dieses Panzerglas ist verdammt gut. So, als wäre es überhaupt nicht vorhanden.« Ihr Blick wanderte von einem Krater zum anderen, den ganzen pockennarbigen Rand des Mare Tranquillitatis entlang. Sie hatte einen Teil ihrer Ausbildung dort erhalten, in einer Basis, die zwei Jahre vor der Ankunft der Moroni aufgegeben worden war. Die Menschheit hatte den Mond erschlossen und einige Jahrzehnte lang genutzt, aber sie war nie dort heimisch geworden, und die Moroni hatten nicht viel tun müssen, um die Menschen endgültig von der Mondoberfläche zu vertreiben. Und doch musste es noch Menschen in dieser unwirtschaftlichen Lage oder bis vor kurzer Zeit gegeben haben, Menschen, die ihnen einen Hilferuf geschickt hatten. Die Störungen in der Erdatmosphäre, die den letzten schweren Kampfhandlungen gefolgt waren, hatten einen vollständigen Empfang unmöglich gemacht. Vielleicht wussten die Jared mehr, die inzwischen den größten Teil der technischen Anlagen in Köln in ihrer Hand hatten, aber wenn dem so war, dann hatten sie es den Menschen verschwiegen – mit Ausnahme von Stone vielleicht.

»Sieben Stunden«, sagte sie. »Die erste Umkreisung

wird noch einmal dreißig Minuten dauern. Und dann haben wir wieder festen Boden unter den Füßen.«

»Sehnsucht?«, spottete Skudder sanft. »Also, mir gefällt es hier oben.«

»Wir kommen wieder her«, versprach sie ihm mit einem Hauch Sarkasmus. »Aber im Moment komme ich mir zu verwundbar vor, um mich wohl zu fühlen.«

»Was machen unsere Gäste?«

»Bisher kein Lebenszeichen«, antwortete sie. »Sagt Harris.«

»Schön.«

»Ja. Aber ich denke, er muss es wissen. Und wenn ich ehrlich bin, ich schätze, dass es ihm genauso unangenehm wäre wie uns, wenn diese Eier vor der Zeit ausgebrütet werden.«

»Du traust ihm wirklich nicht über den Weg, was?«

Sie deutete auf die Brücke, wo Dubois mit Bender Dienst tat. »Sieh dir unsere Begleiter doch einmal an. Irgendetwas stimmt nicht mit ihnen, mit keinem von ihnen.«

»Mir ist nichts aufgefallen.«

»Natürlich nicht, großer Eigenbrötler. Es ist auch nur so ein Gefühl, ein flüchtiger Eindruck. Wenn man mit ihnen redet, verhalten sie sich ganz normal, sie reden Unsinn wie andere Menschen, zeigen Angst, machen Fehler ... und trotzdem.« Sie sah Skudder von der Seite an. »Ich habe in den letzten zwei Tagen mehr auf sie als auf die Bildschirme geachtet. Weißt du, dass sie so gut wie nie miteinander reden? Ich meine, untereinander, wenn keiner von uns beiden zuhört. Sogar Harris ist stumm wie ein Fisch, was die anderen betrifft, aber uns beiden kaut er ein Ohr ab, wenn wir ihn nicht auf Distanz halten.«

»Du hörst dich an wie eine Verrückte.«

»Ich weiß. Dieser ganze Bockmist macht mich verrückt. Manchmal denke ich, dass man uns einfach aus dem Weg haben wollte. Dass Stone, Gurk und ihre neuen Freunde uns in eine hübsche Konservendose gesteckt und uns ein paar aufgezogene Spielzeugsoldaten mitgegeben haben, bevor sie das ganze Päckchen sauber verschnürt mit einem kräftigen Tritt in die Umlaufbahn befördert haben.«

»Ich weiß nicht«, sagte er nach einer Weile, und seine Stimme klang wieder ernst. »Ich hatte eher den Eindruck, als wenn unsere sogenannten Freunde am liebsten selbst losgezogen wären. Ich weiß nicht, warum es nicht möglich war, das Schiff mit Jared zu bemannen und uns einfach an den Rand zu drängen, aber was immer wir für die Jared erledigen sollen, sie können es wohl nicht selber tun.«

»Zumindest die Erwachsenen nicht«, sagte Charity. »Das macht Sinn. Aber was können wir, was sie nicht können?«

»Vielleicht geht es gar nicht um das Was, sondern um das Wann oder Wo. Vielleicht mögen sie Mondlicht nicht, was weiß ich.«

»Soweit man das aus dieser Nachricht erkennen konnte, spielt sich die Sache sowiewo im Dunkeln ab«, meinte sie. »Außer MacDonalds und meinem Namen war ja kaum etwas klar zu identifizieren, aber es war zweimal von ›dunkel‹ die Rede.« Sie zuckte mit den Achseln. »Die Rückseite lag damals im Dunkeln, aber in ein paar Stunden wird die Sonne auch wieder das MacDonald-Gelände erreichen. Vielleicht kommen wir zu spät zu dieser Verabredung, oder es ist die falsche.«

»Wir werden sehen«, sagte Skudder desinteressiert.

»Ich habe dieses Herumraten satt. Wir wissen ja nicht einmal, ob man uns hergerufen hat oder ob jemand uns gerade davor warnen wollte.« Er verzog das Gesicht. »Dieses ganze Unternehmen ist ausgemachter Unsinn.«

»Vielleicht.« Sie ließ sich auf diesen Streit nicht ein. Was immer Skudder gegen diesen Flug einzuwenden hatte, eine Sache gab es, die sie genauer untersuchen mussten. Es war die Rede von einem zweiten Tor gewesen, und wenn die Jared dachten, was sie dachte, dann war es höchste Zeit, dass jemand nachsah, was da in der Dunkelheit der Mondrückseite vor sich gegangen war.

»Es könnte sein, dass wir nur einen Teil der Botschaft gehört haben.«

»Wir waren doch in Köln, als sie aufgefangen wurde. Die Jared sind viel zu ungeschickt, um die Aufzeichnungen zu manipulieren. Sie können vielleicht mich täuschen, aber nicht Hartmanns Leute.«

Wenn sie noch Hartmanns Leute sind, versetzte Charity in Gedanken. »Ich glaube auch nicht, dass sie etwas herausgeschnitten haben, aber vielleicht haben wir nicht alles hören können.« Sie fixierte ihn. Im Mondlicht wirkte sein Gesicht fremd und düster. »Weißt du, wie die Jared miteinander sprechen? Oder die Moroni?«

»Ultraschall«, entgegnete er zweifelnd.

»Na, ganz so hoch brauchen wir gar nicht gehen. Du hörst sehr gut, aber ein Kind hört besser.« Reflexhaft hob sie erneut die Schultern. »Ist nicht so wichtig. Ich schätze, wir werden noch einige Überraschungen erleben, bis wir dahinter kommen.«

Wie auf Kommando begannen die Alarmsirenen zu heulen. Auf der Brücke gerieten Dubois und Bender in hektische Bewegung, und auch die Soldaten auf der Plattform eilten zu Haltegriffen und Riemen. Charity hatte sich von der Kuppel in Richtung Brücke abgestoßen, bevor ihr einfiel, dass die HOME RUN von einem Geschoss getroffen werden konnte, während sie unterwegs war. Auch diesmal bestrafte das Universum ihren Fehler nicht. Sie atmete tief ein, als sie die Konsolen erreichte, und schnallte sich hastig in einem der leeren Sitze fest.

»Was ist los?«, brüllte sie über den infernalischen Lärm hinweg, und: »Schalten Sie das verdammte Ding ab.«

Schlagartig war es ruhig. »Ortung«, sagte Dubois knapp und drückte ihre Augen an die Feuerleitkonsole, die wie eine Kreuzung aus Öltank und Stereomikroskop aussah. »Niedrige lunare Umlaufbahn, gleicher Drehsinn wie wir, ziemlich sauber in der Ekliptik. Er muss schon eine Weile über dem Mond-Horizont sein, aber es hängt zu tief über der Oberfläche, als dass wir es hätten sehen können.«

»Was?«

»Diskus«, sagte die Frau lapidar.

»Also Moroni«, folgerte Charity. »Verdammt.«

»Wenn sie jetzt beschleunigen, erwischen sie uns kurz vorm Eintritt in die Umlaufbahn«, sagte Bender. »Es könnte schwierig werden, die richtige Bahnkorrektur vorzunehmen.«

»Was heißt das?«, fragte Charity grimmig.

»Ich schlage vor, wir verzichten auf den Überflug des Zielgebietes und gehen direkt rein«, meinte Dubois. Bender nickte eifrig.

»Klingt vernünftig«, sagte Charity, »aber allmählich werden mir die Ungewissheiten in diesem Unternehmen zu groß. Wir bleiben beim bisherigen Ablauf. Versuchen Sie es einfach. Von mir aus setzen Sie den gesamten Treibstoff ein, aber versuchen Sie es.«

»Verstanden«, sagte Dubois, die den Blick nicht von

ihrer Konsole löste. »Sie haben ihre Triebwerke hochgefahren und verändern den Kurs.«

»Natürlich«, sagte Charity. Hinter ihr rasteten Gurte ein, als sich Skudder und Henserson in ihre Sitze zwängten. »Schalten Sie die Waffensysteme ein, und halten Sie das Radar in Bereitschaft.« Auf den Bildschirmen bewegte sich eine kleine rote Markierung, die die Position des Moroni-Schiffes wiedergab, mitten aus dem Mare Tranquillitatis auf sie zu, während sich der Mond unter ihnen und ihrem Gegner wegdrehte. Tatsächlich fielen beide dem Mondhorizont entgegen, die HOME RUN auf einer elliptischen Bahn, von der aus sie in eine kreisförmige Umlaufbahn überwechseln sollte, und die Moroni aus einer kreisförmigen Umlaufbahn heraus in eine Parabel, die sie nahe an der HOME RUN vorbei in Richtung auf die Erde führen würde.

»Entfernung dreitausend Kilometer«, meldete Bender. »Verringert sich weiter.«

»Sie beschleunigen weiter«, stellte Charity fest. Das bedeutete, dass das Zusammentreffen sich verkürzen würde, denn die Flugbahnen stellten sich immer steiler zueinander, und die Geschwindigkeit, mit der sie aneinander vorbeirasen würden, vergrößerte sich von Sekunde zu Sekunde. »Sagen Sie mir Bescheid, wenn sie aufhören oder bremsen.«

»Wir können zwei unserer Raketen einsetzen«, schlug Dubois vor. »Die anderen beiden sind zu weit ab vom Weg, aber eine von ihnen liegt genau auf der Flugbahn.«

»Wie weit vor ihnen?«

»Noch 800 Kilometer.«

»Und die andere?«, fragte Charity, während sie versuchte, sich das Bild räumlich vorzustellen, ein Fächer von vier kleinen Objekten, die vor einem fünften flogen, während ein sechstes von schräg seitlich in diese Formation hineinbeschleunigte.

»Zu weit draußen, etwa tausend Kilometer.«

»Lassen Sie die zweite hochgehen«, befahl Charity aus einer Eingebung heraus.

»Aber das ist sinnlos ...«, begann Henderson hinter ihr. Dubois hatte den Knopf schon gedrückt. Eine der Kuppeln glänzte plötzlich in einem grellen, gebrochenen Licht, das sofort wieder verschwand. Im Infrarotbild blühte etwas wie eine riesige Seifenblase vor ihnen, etwa anderthalbtausend Kilometer von ihnen entfernt, knapp tausend von dem Moroni-Schiff, dessen Bahn weit an der Blase vorbeilief.

»Die anderen beiden, die zu weit weg sind«, sagte Charity in die Stille hinein. »Lassen Sie sie wenden, und starten Sie die Triebwerke.«

»Das wird ein blinder Schuss«, sagte Dubois. »Und wenn hinter dem Horizont noch ein Empfangskomitee wartet, dann sind wir nackt.«

»Das sind wir jetzt schon«, erwiderte Charity missmutig. »Wir haben nur diese eine Karte. Sehen Sie zu, dass Sie etwas treffen.«

»Verstanden.« Die Blase auf dem Bildschirm wuchs und wurde zugleich dunkler. Die Spuren der Explosion waren nicht mehr zu erkennen. Ohne Luft oder andere Materie, die zur Weißglut erhitzt und in eine Druckwelle gepresst werden konnte, war eine Megatonnen-Explosion ziemlich unspektakulär. Die einzige Wirkung, die Charity an den Instrumenten erkennen konnte, war ein leichter Anstieg des Strahlungspegels, der bereits wieder abflaute.

»Bender, zeichnen Sie auf dem großen Bildschirm noch die Position der Raketen ein.«

»Sie haben aufgehört zu beschleunigen«, sagte Dubois. »Ich habe die Raketen wenden können, vielleicht haben wir jetzt eine Trefferchance.«

»Dann starten Sie.« Zwei der neuen, diesmal blauen Lichtpunkte auf dem Bildschirm setzten sich in Bewegung und wurden langsamer auf ihrer bisherigen Bahn, die sie auf den Mond zufallen ließ. Die Fallkurve wurde steiler, neigte sich von der anderen Seite in die Blase hinein, die sich ebenfalls im freien Fall auf den Mond zubewegte. Der Rand der Blase berührte die vierte Rakete und verschluckte sie.

»Haben Sie noch die Kontrolle über den anderen Flugkörper?«, fragte Charity.

»Ja.« Dubois blickte kurz hoch. »Da ist ein wenig Partikel-Strahlung in die Elektronik geknallt, aber die Hauptkreise sind intakt.«

»Entfernung zum Moroni-Schiff?«

»Fünfhundertzwanzig, fällt noch.« Bender rechnete hastig. »Wenn sie nicht bremsen oder wieder beschleunigen, ist bei dreihundertachtzig Schluss. In elf Sekunden.«

»Vielleicht halten sie die Rakete für ein Trümmerstück«, sagte Charity. »Schalten Sie drei Sekunden vorher unser Radar ein, und gleich danach starten Sie die Rakete. Wenn es uns gelingt, sie zu verwirren ...«

»Verstanden«, sagte Dubois, die nun etwas gehetzt klang. Die beiden blauen Punkte auf dem Bildschirm hatten den dritten fast überholt, als plötzlich eine Reihe Lampen aufleuchtete und das Bild sich geringfügig verschob, während der Computer mit dem scharfen Blick des Radars die bisher ungenauen Bilder verfeinerte und ersetzte. Gleich darauf blühte im Inneren der großen, dunklen Seifenblase eine kleinere, hellere, die sich rasch auf den roten Punkt zubewegte und ihn verschluckte. Niemand bemerkte es, denn die Aufmerksamkeit aller war auf die Kette von zehn gelben Punkten gerichtet, die sich spiralförmig um die Bahn des Moroni-Schiffes ausbreiteten, weit außerhalb der Seifenblasen, die die Atomexplosion an den Himmel gemalt hatten, und nur noch ein paar hundert Kilometer von der HOME RUN entfernt.

»Raketen«, sagte Bender. »Diese hinterlistigen ...«

»Genau wie wir«, sagte Charity. Ihr Herzschlag übertraf alle Rekorde. »Radar aus, Dubois. Bender, Laser und Raketen. Nehmen Sie alles, aber halten Sie uns diesen Hornissenschwarm vom Hals.«

»Okay.« Weiter kam er nicht. Dubois stieß einen unterdrückten Freudenschrei aus. Auf dem Bildschirm zogen sich zwei kurze, blaue Linien in den ineinander verwobenen Seifenblasen bis direkt an das Moroni-Schiff heran, bevor sie ihrerseits in einem neuen Paar Blasen zerplatzten.

»Sie haben ihr Radar eingeschaltet«, sagte die Frau. »In der letzten Sekunde. Die automatische Zielsuche hat übernommen.« Sie sah Charity an, und ihre Augen leuchteten. Es war das erste Mal, dass Charity an einem ihrer Begleiter diese Art von Lebendigkeit entdeckte. »Ein Volltreffer, die andere unmittelbar neben ihnen.«

Der rote Punkt auf dem Bildschirm verschwand. Die neuen Seifenblasen wirkten ein wenig heller und massiver als die anderen. Die mehrere tausend Tonnen Materie eines Sternenschiffes hatten ihnen als zusätzliche Nahrung gedient, gaben dem Feuerball ein wenig mehr Substanz. »Ich glaube, die sind wir los«, sagte Skudder in die Stille hinein.«

»Ihre Raketen nicht«, erwiderte Charity. Wie zur Bestätigung schlug plötzlich gleißendes Licht in die Sichtkuppel. Der geringe Anteil, der reflektiert wurde, genügte, um sie vorübergehend blind werden zu lassen. Zahlreiche grelle Sterne tanzten schmerzhaft auf ihrer Netzhaut.

»Hinter uns«, meldete Dubois, »nicht mal achtzig Kilometer.« Die akustische Strahlungswarnung summte leise vor sich hin. »Wir haben uns gerade rechtzeitig geduckt, was das Radar betrifft.«

Bender betätigte hastig die Kontrollen, und auf der Hülle vibrierten schwere Maschinen, als die Laserkanonen eines der Ziele unter Feuer nahmen. Dann dröhnte die Hülle der HOME RUN, als sich zwei Raketen aus ihren Rohren lösten. Dubois und Bender arbeiteten schweigend und konzentriert, während die anderen hilflos dem tödlichen Ballett zusahen, das sich hoch über der Mondoberfläche entfaltete. Inzwischen konnte Charity wieder etwas erkennen. Sie hielt ihren Blick sorgfältig von den Sichtkuppeln fern. Paradoxerweise spürte man so gut wie nichts von den titanischen Explosionen, die nach astronomischen Maßstäben in unmittelbarer Nähe stattfanden. Im Vakuum spielten Fehlschüsse keine Rolle, auch wenn sie knapp ausfielen, und Treffer spürte man sowieso nicht mehr. Zweimal zeichnete grelles Licht harte Schlagschatten in das Innere der HOME RUN, begleitet von einem heftigen Stakkato der Strahlungsanzeigen. Auf den Bildschirmen verschwanden zwei gelbe Punkte, die die Flugbahn der HOME RUN bereits passiert hatten, und zeichneten zwei zusammenwachsende Seifenblasen. Dort, wo sich die dünnen Hautschichten der schwachen Schockwellen begegneten, entstand eine geringfügig hellere, fast still stehende Zone. In diesem schmalen Streifen staute sich einen kurzen Moment die Hitze, bevor sie wieder auseinander lief. Der Computer setzte die Infrarot-Daten in ein gespenstisch schönes Bild um. Zwei weitere Punkte wurden ausgelöscht, vermutlich hatte Bender mit den Laserkanonen getroffen. Charitys Hände verkrampften sich unwillkürlich am Sitz, als die fünf übrig gebliebenen Geschosse, die den anderen hinterhergelaufen waren, nacheinander ihren Kurs änderten und zu Linien heranwuchsen, die zunehmende Geschwindigkeit anzeigten.

»Zielradar«, rief Bender. Dubois betätigte hektisch eine Schaltergruppe, und die letzten fünf Raketen verließen ihre Abschussrohre. Fünf blaue Linien zogen sich auf die anfliegenden Moroni-Geschosse zu, benutzten deren Zielradar für ihren eigenen Anflug. Ein weiteres Geschoss verschwand plötzlich, und Bender stieß einen verhaltenen Freudenschrei aus. Drei Raketen trafen ihre Ziele, gelbe und blaue Linien schnitten sich und verblassten, als die Raketen in unmittelbarer Nähe der Moroni-Geschosse explodierte, und blühten in neuen Seifenblasen auf, die gleich darauf die Bahn der HOME RUN berührten. Kontrolllampen wechselten von Grün auf Rot, und die Strahlungswarnung heulte warnend los. Die Bildschirme verfärbten sich vorübergehend, und die Darstellungen wurden unregelmäßig, als harte Strahlung die empfindliche Elektronik störte, Schaltkreise ausbrannte und Speicherzellen löschte.

»Das Letzte ist zu nah«, rief Charity. Sie beugte sich vor und hieb mit der Faust auf eine Kontrolle, die den Gefechtskopf der Rakete entschärfte. Dubois sah sie entsetzt an. Es war ein riskantes Spiel. Wenn die eigene Rakete, die sich dem hereinkommenden Geschoss in einem Bogen näherte, ihr Ziel nicht direkt traf und mit der Wucht des Aufpralls zerstörte, dann waren sie praktisch schutzlos. Bender feuerte schwitzend auf das Maroni-Geschoss, aber es war bereits zu nah und zu schnell. Mit angehaltenem Atem verfolgte Charity, wie sich ihre eigene Rakete dem Geschoss näherte. Die Linien berührten sich, aber keine Blase entstand, keine Explosion zerstörte angreifende und abfangende Raketen. Der Computer zeichnete die Linien noch ein wenig länger. Charity biss sich auf die Lippen, registrierte, wie Dubois den Kopf hob und mit nackter Panik auf das Infrarotbild starrte. Die Linien verbreiterten sich geringfügig.

»Sie hat getroffen«, schrie Bender erleichtert. Die Laserkanonen verstummten.

Auf dem Bildschirm verblassten die beiden Linien, nachdem sie zuvor zu kurzen, dünnen Fächern auseinander gelaufen waren, den Bahnen der Trümmerstücke folgend, die nach der Kollision von den Raketen übrig geblieben waren. Der gelbe Fächer passierte die HOME RUN auf ihrer Bahn.

»Verdammt knapp«, sagte Charity und holte tief Luft. »Bender, die Kurskorrektur. Beeilen Sie sich.«

»Das schaffen wir nicht mehr«, sagte Dubois, die ihre maskenhafte Gelassenheit wiedergefunden hatte. Charity betrachtete noch einmal den Schauplatz des Kampfes, der nicht einmal zwei Minuten gedauert hatte. Ein gelber Punkt trieb langsam auf die Mondoberfläche zu. Die letzte eigene Rakete, erinnerte sie sich, deren Ziel Bender mit dem Laser zerstört hatte. Vermutlich würde sie mit ausgebranntem Triebwerk und entschärftem Sprengkopf irgendwo auf dem Mond einschlagen, abseits von MacDonald. Die Bahn wich schon deutlich von dem Kurs der HOME RUN ab. Eine rötliche, immer größer werdende Wolke zeigte an, wo sich die Überreste des Moroni-Schiffes befanden. Einige der Trümmerstücke schienen trotz der nuklearen Explosion noch ziemlich groß zu sein. Panzerung, vermutete Charity, oder massive

Teile des Antriebs. Es konnte keine Überlebenden gegeben haben. Nicht einmal Moroni hätten dieses Inferno überstanden. Eine Hand voll hellblaue und blassgelbe Wölkchen markierten die Reste der Geschosse, die nicht explodiert waren, und ganz schwach waren die inzwischen hauchdünnen Schockwellen der Atomexplosion zu erkennen, die die Wege der HOME RUN und ihres vernichtenden Gegners markierten. In völliger Lautlosigkeit hatten zwanzig Megatonnen Explosivkraft ein Schiff, seine Mannschaft und seine Waffen verschlungen und ein anderes Schiff nahezu entwaffnet.

»Wir sind noch mal davonkommen«, sagte sie zu Skudder, der bleich geworden war. Dubois schaltete eine kurze Entwarnung für den Alarm.

»Kein Umlauf mehr möglich«, sagte Bender von seinem Platz. Der kleine Monitor vor ihm war mit Berechnungen bedeckt. »Tut mir Leid, aber die haben uns vierzig Sekunden zu lange in Atem gehalten. Wenn wir jetzt noch in eine tiefe Umlaufbahn wechseln, haben wir hinterher vermutlich keinen Treibstoff mehr für den Landeanflug.«

»Reserven?«

»Keine Reserven, Captain Laird.« Er hob die Hände. »Wir müssen den Zielanflug direkt machen. Das Fenster ist in zwei Minuten dicht.«

»Harris?«, sagte sie in die Sprechanlage hinein.

Die Antwort kam prompt. »Klingt nicht so, als hätten wir eine Wahl.«

»Wir werden zu Fuß gehen müssen«, warnte sie ihn. »Ich weiß nicht, wie weit.«

»In einer tiefen Umlaufbahn schießen sie uns problemlos ab. Wenn ich richtig mitgezählt habe, haben wir keine Raketen mehr. Wir können eine Bodenstation weder angreifen noch einen Angriff abwehren. Was sollen wir also tun?«

»Wir haben die Laserkanonen«, erwiderte sie ohne Überzeugung. Die vorzeitige Landung widerstrebte ihr, und die Aussicht auf einen Gewaltmarsch durch unwegsames Gelände behagte ihr noch viel weniger.

»Vergessen Sie's«, erwiderte Harris. Bender murmelte etwas und bewegte zustimmend den Kopf. Sie sah Skudder an, der hilflos die Schultern hob. »Okay«, sagte sie und nickte ergeben. »Bringen Sie uns runter, Bender.«

»Wohin?«

»Mitten rein«, entschied sie. »Lassen Sie die Kameras laufen, Dubois, und halten Sie die Augen offen.«

»Verstanden«, sagte die Frau knapp. Charity dachte flüchtig an den Ausdruck der Angst, den sie kurz vor Ende des Raumgefechtes auf Dubois' Gesicht gesehen hatte. Es schien unglaublich, dass die Frau in einem Moment so aussehen konnte, als sei sie nahe am völligen Zusammenbruch, und im nächsten Moment ihre Gefühle wieder derart unter Kontrolle hatte. Sie betrachtete das Profil der Frau. Ihre Gesichtszüge erinnerten sie an etwas, aber sie kam nicht darauf, wieso ihr Anblick ihr eine Gänsehaut bereitete.

»Dann kommen wir nahe an Grube I herunter«, stellte Bender fest. »Bei dem großen Massetreiber. Das ist eine vernünftige Marke.«

»Halten Sie sich westlich«, riet Charity geistesabwesend. »Das Gelände dort ist – war – einigermaßen eben.«

»Okay.« Die Beschleunigungswarnung ertönte und löste hektische Betriebsamkeit auf der Zwischendeck-Plattform aus. Sie stürzten auf den Mondhorizont zu, und gerade als sie in den Mondschatten eintraten und das Sonnenlicht aus den Sichtkuppeln verschwand, als sei es abgeschnitten worden, presste der Andruck sie tiefer in ihre Sitze. Minuten verstrichen. Die HOME RUN verlor sichtlich an Geschwindigkeit, was nur daran zu erkennen war, dass sich der Bogen der berechneten Flugbahn stärker neigte und auf ein Gebiet auf der Mondrückseite zielte, dem sie sich immer mehr näherten. Die Höhe über der Mondoberfläche nahm stetig ab. Gedankenverloren registrierte Charity, dass die letzte ihrer Raketen noch immer vor ihnen war, und verwünschte sich für ihre Unaufmerksamkeit.

»Was ist?«, fragte Skudder.

»Die Rakete«, erklärte sie. »Sie ist eintausendfünfhundert Meter vor und ein Stück hinter uns. Sie wird MacDonald nicht treffen, aber sie wird nah herankommen. Nah genug, um uns anzukündigen.«

»Wieso?«

»Wenn da unten irgendjemand den Himmel beobachtet und ein paar gute Detektoren besitzt, dann sieht er sie, sobald sie über den Horizont ist. Oder die seismischen Sensoren registrieren ihren Einschlag auf dem Boden.« Sie fluchte laut. »Das ist so, als würden wir anklopfen, bevor wir die Tür eintreten. Oder als würden wir eine große Leuchtreklame an den Himmel hängen.«

»Sie wissen sowieso, dass wir kommen«, versetzte Bender. »Denken Sie an das Moroni-Schiff, das uns abgefangen hat.«

»Sie wissen nicht, dass wir noch da sind«, erwiderte Charity missmutig. »Dubois, machen Sie den Sprengkopf wieder scharf. Vielleicht ist uns das verdammte Ding wenigstens noch als Deckung nützlich oder als Ablenkung.«

»Verstanden.« Dubois löste sich von den Geräten. In

diesem Moment erinnerte sich Charity an ihr Gesicht.
»Noch vierzig Sekunden«, sagte die Frau, als Charity gerade ihren Mund öffnete. Im nächsten Moment schrillte ein neuer Alarm in ihren Ohren und übertönte ihren überraschten Aufschrei.

»Wir sind vom Radar erfasst worden«, rief Bender. »Das ist MacDonald.«

Der Computer zeichnete die Umrisse der Basis auf die Mondkarte, nahe am Horizont. Die Mondoberfläche nahm inzwischen über die Hälfte des großen Bildschirms ein. Die HOME RUN passierte gerade in einhundert Kilometern Höhe eine Kratergruppe, deren größter Krater, wie sie sich flüchtig erinnerte, nach Ernst Mach benannt worden war. Ein blinkender Lichtfleck markierte den Standort der starken Radaranlage, die sie erfasst hatte. Zwei weitere Lichtflecken erschienen, als weitere Radaranlagen aktiviert wurden. Eines der auf Empfang geschalteten Funkgeräte plärrte plötzlich mit einer wirren Tonfolge los, irgendeine Aufforderung, die vermutlich nur ein Moroni verstehen konnte oder ein Computer. Wie hypnotisiert betrachtete sie die kurze, schnurgerade Markierung des großen Massetreibers, der ziemlich genau in ihre Richtung zeigte, während Bender die HOME RUN mit ständig sinkender Geschwindigkeit auf ihre Fallkurve hielt. Im Funkkanal herrschte plötzlich Stille. Die Ortungsgeräte entdeckten neue Aktivität in dem Gebiet, das sie anflogen, Maschinen, die hochgefahren wurden, Energie erzeugten und sammelten, zweifellos, um sie unter Beschuss zu nehmen, solange sie noch ein deutlich sichtbares Ziel abgaben.

»Vielleicht doch ganz gut, dass wir auf den Überflug verzichten«, sagte sie zu Skudder, der anscheinend die Übersicht verloren hatte. »Verdammt viel los da unten.«

Die Höhe verringerte sich auf zwanzig Kilometer, die Entfernung betrug nur noch knapp zweihundert Kilometer. Die Warnung oder Aufforderung, die sie über Funk empfangen hatten, wurde wiederholt. Bender schaltete den Antrieb ab, und das tonnenschwere Gewicht, das gerade noch auf ihrer Brust gelastet hatte, verschwand von einem Augenblick auf den anderen. Ihr angespannter Körper katapultierte sich halb in den Gurten nach oben, ein Reflex, den sie nach all den Jahren immer noch nicht ganz abgelegt hatte. Die unsichtbaren Finger des Radars, die nach ihnen griffen, wurden kräftiger und länger, schossen sich ein, wie um den eigentlichen Schüssen den Weg zu bereiten.

Dubois ergriff ungewohnte Initiative und schaltete den Alarm aus, ganz ohne Aufforderung. Im nächsten Moment gellte ein weiterer Alarm.

»Kollisionswarnung«, rief Charity verblüfft. »Was soll das?«

Sie waren nur noch achtzig Kilometer vom Ziel entfernt, und der Himmel vor, über und hinter ihnen war vollkommen leer gefegt. Dann erkannte Charity die gelbe Markierung, die ihnen entgegenkam.

»Entfernung sechzig Kilometer«, meldete Bender. »Teufel, ist der schnell.«

»Ich sehe keinen Antrieb«, schnappte Charity, die auf die Infrarotwiedergabe starrte. Der charakteristische Wärmeschweif eines eingeschalteten Rückstoßtriebwerks fehlte völlig. Trotz des verkürzten Winkels hätten sie irgendetwas sehen *müssen.*

»Da ist keiner. Wie haben die das Ding ohne Antrieb hochbekommen?« Bender schaltete um, und auf seinem Bildschirm erschien etwas, das wie die Umrisszeichnung eines Schuhkartons aussah.

»Was ist das überhaupt?«

»Erzcontainer«, antwortete Charity im selben Moment, in dem sie es erkannte. »Da kommt noch einer.« Ein zweiter Punkt bewegte sich hinter dem ersten. »Sie haben den Massetreiber in Betrieb genommen. Das sind Computer für aufbereitetes Uranerz, so ungefähr fünfzigtausend Bruttoregistertonnen pro Kiste.«

»Sieht so aus, als hätte Goliath dem David die Schleuder weggenommen«, spottete Skudder. »Allerdings, wenn die Moroni jetzt schon mit Steinen schmeißen, dann geht ihnen wohl langsam die Puste aus.«

»Wenn einer dieser Brocken trifft, steht ein wenig Asthma gegen unseren Tod«, erwiderte Charity. Tatsächlich war sie nicht ernsthaft besorgt. Die Container beschrieben eine vorgeplante Bahn, und sie konnten kaum manövrieren. Die Korrekturtriebwerke waren für langsame Drift über einen Zeitraum von Monaten gedacht. Ursprünglich waren diese Container für den Transport zur Orbit-Station und zu den geplanten L5-Basen im Raum zwischen Erde und Mond gedacht gewesen. »Vielleicht sind wir nur in eine Verladeoperation hineingeplatzt«, fügte sie hinzu, gerade als der erste Container explodierte. Der Blitz blendete nicht nur sie, und Bender, der über die Sichtkontrolle der Laserkanonen gebeugt gewesen war, schrie schmerzerfüllt auf.

»Sie haben ihn gesprengt«, rief Dubois, obwohl sie vermutlich auch nicht viel sehen konnte.

»O verdammt«, rief Charity und rieb sich die Augen. »Geben Sie Dekompressionsalarm, rasch.« Sie drehte den Kopf in die Richtung, in der sie die Bordsprechanlage vermutete. »Harris, die Helme zu. Zieht die Köpfe ein, Leute.« Was sie noch sagte, ging im dumpfen Grollen des Deko-Alarms unter. Ein weiterer Blitz leuchtete auf ihre schmerzgepeinigten Netzhaut, und sie presste hastig die Fäuste vor das Gesicht. »Das war der zweite Container«, rief jemand im allgemeinen Lärm. Etwas prasselte gegen die Außenhülle, wie ein Hagelschauer, die kleineren Trümmerstücke, die schneller waren. Charity griff nach hinten, nahm den Druckhelm von der Befestigung hinten am Sitz und schloss das Visier. Dann koppelte sie den Luftschlauch des Sitzes an. Ohne Tornister waren sie von den Bordsystemen abhängig, ein Umstand, der sich in den nächsten Minuten als verhängnisvoll erweisen mochte. Ein weiterer Blitz, der wieder den Strahlungsalarm auf den Plan rief. Wieder einmal fragte sie sich, wem das lähmende, infernalische Getöse verschiedener Alarmsirenen eigentlich nützen sollte. Sie konnten schließlich nicht mehr als einmal sterben. Der Hagelschauer ließ nach, gewann dann aber plötzlich wieder an Kraft. Vermutlich waren sie in die Trümmerwolke des zweiten Erzcontainers hineingeraten. Sie konnte schwach die Kontrollen erkennen und die sich vor den Lichtern hektisch bewegenden Silhouetten von Dubois und Bender, die halb blind versuchten, die HOME RUN von den Explosionen wegzudrehen. Ein vierter Blitz warf Schlagschatten in einen Teil des Schiffes, in dem sich niemand befand. Der Strahlungsmonitor zeigte ein Furcht erregendes Rot. Dann traf der erste große Brocken, und ein mörderischer Schlag schüttelte Menschen und Ausrüstung durcheinander wie Würfel in einem riesigen Becher. Der zweite Treffer war noch schlimmer als der erste. Durch den Lärm konnte Charity das grauenhaft pfeifende Geräusch entweichender Luft hören. Die Zentralachse brach knirschend auseinander, und die Brückenbefestigung gab unter der Wucht einer weiteren Kollision nach. Die Lichter gingen für zwei, drei Sekunden aus, und als sie wieder aufflackerten, explodierte unter Deck eine der Energiezellen in einer Wolke aus hellweißem Licht und pechschwarzem, öligem Rauch. Wieder kollidierte die HOME RUN mit einem Trümmerstück. Charity fühlte sich wie eine Fliege, die im Inneren einer riesigen, dröhnenden Glocke aus Gusseisen verzweifelt versuchte, Wänden und Glockenklöppel auszuweichen. Munitionsbehälter und Ausrüstungsgegenstände hatten sich in den Wandnischen gelöst und bewegten sich mit absurd geringer Geschwindigkeit majestätisch durch ihr Blickfeld.

Dann verebbten die Geräusche, und es wurde totenstill, obwohl sie die neuen Erschütterungen deutlich spüren konnte. Das Schiff fiel torkelnd dem Boden entgegen. Ein Hauch von Raureif bedeckte die Pulte und Bildschirme.

»Die Luft ist raus«, meldete Dubois über Bordfunk. Sie hatte Benders Konsole übernommen.

»Wie viele noch?«, fragte Charity mit deutlicher Furcht in der Stimme.

»Zwei, aber sie sind schon an uns vorbei.« Dubois deutete auf den Bildschirm. »Ich habe diese Rakete hochgejagt, nach der dritten Explosion. Kann sein, dass der Strahlungsschock die Zünder gestört hat. Wir sind durch.«

Charity sah sich um. Das Innere der HOME RUN war ein einziges Chaos aus treibenden Behältern, losgerissenen Verstrebungen, zerbrochenen Tanks. Flüssigkeitstropfen schillerten in apartem Rosa. Nach der Farbe zu schließen, handelte es sich um Kohlenstoff-Schmiermittel oder um die kümmerlichen Reste einer an Bord geschmuggelten Flasche Rotwein. Das Zwischendeck hatte ein großes, unregelmäßiges, brandgeschwärztes Loch, dort, wo die Energiezelle hochgegangen war, und mehrere saubere, rechteckige Löcher dort, wo sich Bodenplatten gelöst hatten. Die Brücke pendelte frei im Raum, nur noch an zwei Seiten mit der Hülle des Schiffes verbunden, und abgerissene Kabel peitschten in das Vakuum, sprühten Funken, wenn sie einander berührten. Jedes Mal, wenn das geschah, flackerten Kontrolllampen und Bildschirme. Trotzdem konnte Charity auf der Computerdarstellung erkenne, wie sich die beiden letzten Container gleichmäßig von ihnen entfernten. Der Massetreiber, der sich wie eine lang gezogene Landebahn vor ihnen streckte, hatte anscheinend seine Munition verschossen.

»Was war das?«, fragte Skudder, die Stimme blechern über den noch immer gestörten Kanal.

»Sie haben die Container vermint«, erklärte Charity, und ihre Wut brach sich Bahn. »Ein paar kleine taktische Atomwaffen, die eigentlich keine Bedrohung für uns gewesen wären, und drum herum mehrere tausend Tonnen Uran und Abraum. Ein besseres Schrapnell kann man sich nicht vorstellen. Sie haben sie einfach in unsere Richtung katapultiert und platzen lassen.«

»Wir haben mehrere dicke Brocken abbekommen«, sagte Bender, der sich noch immer die Augen rieb. »Mindestens drei große Lecks, und ich glaube, die Hülle hat schweren Schaden erlitten.«

»Was ist mit dem Antrieb?«, fragte Charity hastig.

»Keine Anzeige«, entgegnete Dubois lakonisch. Niemand sagte etwas. Charity blickte hinunter auf das rauchende Loch im Zwischendeck, dann auf den Bildschirm. Ihre Höhe betrug nur noch zwei Kilometer, und die Geschwindigkeit, die die HOME RUN noch hatte, war jetzt deutlicher zu erkennen. Sie trieben inzwischen ein gutes Stück seitlich über dem Massetreiber, der am Bildschirmrand aus dem Blickfeld geriet.

»Das heißt, wir werden eine unsanfte Landung erleben«, sagte Charity schließlich. »Sind wir wenigstens auch noch den Treibstoff losgeworden?«

»Die Tanks sind leer«, nickte Dubois. »Das heißt, wenn das Display noch funktioniert. Zumindest werden wir nicht explodieren, wenn der Reaktor zusammenhält.«

Die beiden Frauen sahen sich an.

»Einhundertachtzig Kilometer pro Stunde horizontal«, sagte Dubois einfach. »Den Vertikalanteil können wir vergessen, glaube ich.«

»Wir werden ein gutes Stück rollen«, fasste Charity tonlos zusammen. »Sofern wir nicht von einem wohlmeinenden Berg aufgehalten werden.«

»Keine Chance«, warf Skudder ein, der gebannt auf den Bildschirm starrte. Sein Gesichtsausdruck erinnerte an einen Passanten, der mitten in einen Verkehrsunfall hineingeraten war. »Die Gegend ist flach wie ein Bügelbrett.«

»Wurde ja auch Zeit, dass wir mal etwas Glück haben«, stieß Charity hervor. »Wie lange noch?«

»Neunzig Sekunden«, meldete Bender.

»Bender, sehen Sie zu, dass Sie die Fluglage von diesem Ding stabilisieren. Wenn wir unseren dick gepanzerten Hintern die größte Wucht schlucken lassen, haben wir eine Chance.« Sie löste entschlossen die Gurte und schnappte sich den Tornister, der unter dem Sitz am Boden angebracht war. »Los, die anderen weg hier. Die Brücke geht bestimmt zum Teufel. Sucht euch einen Platz in den Wandnischen, bevor es wieder losgeht, und haltet euch *gut* fest.« Sie stieß sich in den freien Raum ab. »Kommen Sie hinterher, sobald Sie fertig sind, Bender.«

»Verstanden«, kam die Antwort. Skudder, Henderson und Dubois bahnten sich hastig ihren eigenen Weg zu den

Wandnischen, die ihren Inhalt ziemlich vollständig ins Innere ausgeschüttet hatten. Charity fasste mit der freien Hand nach einem Gurt, zog sich in die nächstgelegene Nische hinein und wickelte sich in die zerfetzten Reste eines Sicherungsnetzes, bevor sie damit begann, ihren Druckanzug an den Tornister anzuschließen. Kühle, saubere Luft ersetzte das schon leicht stickige Gemisch in ihrem Helm. Sie fand noch zwei weitere Gurtenden und schnallte sich fest. Skudder winkte ihr aus seiner Nische zu, eingewickelt wie ein kleines Kind. Zufrieden sah sie, dass Harris und zwei seiner Leute sich ebenfalls in Sicherheit gebracht hatten. Die Korrekturdüsen sprangen an, und nach und nach verschwand das Übelkeit erregende Karussellgefühl. Aus den Augenwinkeln registrierte sie, wie sich Bender losschnallte und nach seinem Tornister bückte. Ihre innere Stimme warnte sie. Sie schaltete den Funk um und öffnete den Mund.

In diesem Moment begann die große Glocke wieder zu dröhnen, und die Welt brach auseinander. Nicht schon wieder, dachte sie noch, als ihr Hinterkopf ein weiteres Mal schmerzhaft Bekanntschaft mit irgendeinem harten Gegenstand schloss, dann wurde es endgültig dunkel.

4

Der Jared-Pilot hielt den Gleiter genau auf halber Höhe zwischen den Eismassen unter ihnen und der Wolkendecke über ihren Köpfen. An der Unterseite der riesigen Wolkenbänke war der Wind heftig, aber gleichmäßiger als oben in den Wolken, und die anhaltenden, stürmischen Regenfälle hatten die wenigen Erhebungen in der arktischen Eismasse abgetragen. Inzwischen war es heller geworden, da die Wolkendecke nicht mehr so dicht war wie in der Nähe des Wirbelsturms. Die Druckwelle, die aus der plötzlichen Vergrößerung des Lochs und dem Zusammenbruch des Sturmauges entstanden war, hatte auch hier ihre Spuren hinterlassen. An einigen Stellen schimmerten Wasserflächen in metallischem Grau, und inzwischen taute das Eis rascher, als Schmelzwasser und Regenwasser verdampfen konnten.

»Alles ruhig«, sagte Gurk, was eine deutliche Untertreibung war. Die Wolkenformationen bewegten sich auf dem Radarschirm nach Nordwesten, der Erdrotation vorauseilend. »Es sieht nicht so aus, als wenn sich das Ereignis so bald wiederholen würde. Zumindest nicht, bis wir aus diesem Unwetter heraus sind.«

Stone zog die Jacke enger um seine Schultern. Es war ziemlich kalt und nass geworden im Gleiter. Der Riss in der Hülle ließ sich nicht abdecken, und anscheinend gehörte auch die Kabinenheizung zu den Bordsystemen, die die Druckwelle nicht überstanden hatten. Der Gleiter hatte deutliche Schlagseite bekommen, und jedes Mal, wenn Stone in einer heftigen Windböe das Gleichgewicht verlor, begann seine Nase wieder zu bluten.

»Was ist mit dem Loch?«, fragte er.

»Es wächst und gedeiht«, antwortete Gurk. »Davon gehe ich zumindest aus. Auf diese Entfernung kann ich mit dem Radar nur erkennen, dass sich ein neues Auge gebildet hat, anderthalbmal so groß wie das alte.«

»Ich dachte, der Durchmesser des Lochs habe sich verdoppelt.«

»Natürlich.« Gurk nieste plötzlich und wischte sich ungeniert mit dem Ärmel seiner Jacke über das Gesicht. »Das Auge wächst weniger rasch als das Loch selbst. Noch ein oder zwei Sprünge, und der Wirbelsturm bricht in sich zusammen.« Er drehte sich zu Stone um. »Sie hängen sehr an dem Ding, was?«

»Bitte?« Er folgte dem Blick des Zwergs und erkannte, dass er noch immer die Tüte mit der linken Hand umklammerte. Er war nicht einmal dazu gekommen, sie zu benutzen.

»Ach so«, sagte er peinlich berührt und warf die zerknäulte Tüte weg. Erst jetzt bemerkte er, wie verkrampft seine Hände waren.

»Wieso plötzlich dieser Sprung?«, fragte er hastig.

Gurk grinste. »Sie sind doch ein helles Köpfchen, Stone. Denken Sie nach.« Er winkte mit der Hand. »Na, lassen Sie es lieber bleiben.«

Der Gleiter taumelte wieder. Stone verzichtete auf einen Kommentar.

»Ich bin fest davon überzeugt, dass das nicht die erste plötzliche Erweiterung war«, meinte Gurk, plötzlich wieder ernst geworden. »Wir haben die anderen nur nicht bemerkt, vermutlich, weil sie sehr viel kleiner ausgefallen sind. Und wir haben die Schwarze Festung ziemlich eilig geräumt, nachdem unseren neuen Freunden hier das Malheur passiert ist.«

»Und woher kommt die Energie für diese Sprünge?«

»Das ist die spannende Frage.« Der Zwerg wippte auf seinem Sitz, dann hielt er inne und nieste wieder. »Haben Sie schon einmal einen Stein in eine Pfütze geworfen, Governor?«

»Wie bitte?«

Gurk schneuzte sich lautstark in seinen Ärmel. »Ob Sie schon einmal einen Stein in eine Pfütze geworfen haben.«

Stone nickte ergeben.

»Na, und was ist passiert?«

»Der Stein ließ Wellen entstehen«, antwortete Stone ungeduldig. »Was hat das mit Transmittern zu tun?«

»Sie kommen schon noch dahinter«, antwortete der Zwerg ungerührt. »Denken Sie an die Pfütze. Die Wellen laufen nach außen, und wenn der Rand der Pfütze langsam ansteigt, dann werden sie einfach verschluckt. Aber wenn die Pfütze von irgendeiner Wand begrenzt wird, von geraden, glatten Kanten, dann werden die Wellen dort reflektiert und laufen dahin zurück, wo sie entstanden sind. Einige Wellen sind früher wieder da als andere, und einige sind schwächer als andere...« Gurk breitete die Hände aus. »Doch am Ende kommen sie alle zurück.«

Stone runzelte die Stirn. »Und?«

Eine Serie von heftigen Windstößen schüttelte den Gleiter wie eine leere Plastiktüte und hinderte den Zwerg minutenlang an der Antwort. Sie hielten sich an den Konsolen fest, während der Jared-Pilot sich die Kontrolle über den Gleiter erkämpfte. In der Zwischenzeit hatten sie gefährlich an Höhe verloren, und der Pilot setzte die Triebwerke unter Volllast, um Abstand zum Boden zu gewinnen.

»Nun, unser Stein war die Black-Hole-Bombe«, sagte Gurk, als es wieder ruhiger geworden war. »Was die Pfütze ist, das können Sie sich selbst ausrechnen.«

Tatsächlich, dachte Stone mit aufgesetzter Fröhlichkeit. Vor seinem inneren Auge entstand das Bild eines vielfach verzweigten und verästelten Geflechtes von Röhren und Tunneln, in dem plötzlich an einer abgelegenen Stelle ganz am Rand eine Granate gezündet wurde. Er hatte sich das Transmitternetz der Moroni immer wie eine überdimensionale Spinnwebe oder wie eine Art Kanalisation vorgestellt. Der größte Teil der Energie, die die Black-Hole-Bombe freigesetzt hatte, war in das Netz hineingegangen, und nur ein Bruchteil war bei der Orbit-Stadt, in der Schwarzen Festung und aus Hunderten kleinerer Transmitter im Sonnensystem wieder herausgekommen. Der größte Teil der Energie, die ausgereicht hätte, die Sonne in Stücke zu reißen, befand sich noch immer innerhalb des Hyperraumgeflechts, das die Transmittertore miteinander verband. Er konnte förmlich sehen, wie sich die einzelnen Verbindungsstränge dehnten und bis zum Zerreißen spannten, während die Schockwelle der Explosion sich im Netz ausbreitete. An einigen Stellen würde wie beim Nordpol vielleicht der Raum selbst aufreißen, und an anderen würden die Transmitter Hitze, Strahlung, Tod und Zerstörung ausspucken auf das, was auf der anderen Seite lag, so wie es bei der Orbit-Stadt geschehen war. Aber überall dort, wo die Transmitter abgeschaltet oder verschlossen waren, würde die Schockwelle zurückprallen, die Richtung umkehren und den Weg zurücklaufen, den sie gekommen war.

Zurück zur Erde. Zurück zum Nordpol.

»Ich hatte nicht damit gerechnet, dass die ersten Rückschläge so schnell kommen«, sagte der Zwerg nachdenklich, »oder so heftig. Es hängt von der Entfernung zu den nächsten Durchgängen ab und ob diese verschlossen sind oder nicht.« Er zuckte die Achseln und warf dem Gouverneur einen Blick zu. »Es wird eine Weile dauern, aber die richtig schweren Rückschläge kommen erst noch. Wenn wir das Loch nicht vorher geschlossen haben, dann schaffen wir es nie.«

»Rückschläge«, wiederholte Stone verständnislos und dachte an den übermächtigen Mahlstrom, der zwei Gleiter zermalmt hatte, als wären es Fliegen, und den dritten Gleiter so zugerichtet hatte, dass er schrottreif war. Falls nur ein paar Prozent der Energie, die die Bombe in das Transmitternetz gepumpt hatte, zur Erde zurückgelangten, dann kam es nicht mehr darauf an, ob Moroni oder Jared den noch immer andauernden Krieg auf der Erdoberfläche und im Orbit gewannen. Die Erde würde einfach in einer unregelmäßigen Kette von Explosionen verschwinden, die zum Schluss die Sonne in eine Nova verwandeln würden.

Der Gleiter schwankte erneut, und Stone musste sich wieder an seiner ausgefallenen Funkanlage festhalten. »Der Pilot könnte sich etwas mehr Mühe geben«, sagte er missmutig, »und uns davor bewahren, über die Eisfläche zu schrammen.«

»Er tut seit einer Viertelstunde nichts anderes mehr«, erwiderte Gurk boshaft. »Seit die Triebwerke von einem Blitzschlag beschädigt worden sind.«

Stone schluckte mühsam. Die schmutzig graue Eisfläche unter ihnen schien plötzlich viel näher herangerückt zu sein. Falls der Gleiter in dieser Einöde abstürzen würde, würden sie es nie schaffen, dem Wirbelsturm zu entkommen. Die Wetterbedingungen und die Bodenverhältnisse hätten eine gut ausgerüstete, durchtrainierte und erfahrene Polarexpedition aufgerieben, ganz zu schweigen von einem Zwerg, einer *Ameise* und einem Mann mit Nasenbluten.

»Nur die Ruhe«, sagte Gurk, dem die Angelegenheit anscheinend ungeheuren Spaß machte. »Wir schaffen es.«

»Bis nach Köln?«, fragte Stone ungläubig. »Diese Nussschale kommt nicht einmal bis nach Island zurück.«

»Bis zum Ring«, sagte Gurk. »Sehen Sie nach vorn.«

Er kniff die Augen zusammen und starrte in die angegebene Richtung. Ein schwarzer, gleichmäßig geschwungener Streifen trennte das dunkelgraue Eis vom nicht viel helleren Wolkenhimmel.

»Die Jared werden uns einen anderen Gleiter zur Verfügung stellen«, sagte Gurk.

»Hoffentlich.« Stone rückte näher an die noch intakten Sichtscheiben heran und spähte zum Horizont. Das schmale Band rückte rasch näher, und während sich die Entfernung verringerte, erkannte er Einzelheiten. Der Ring war gewaltig, dreimal so dick wie der Ring, der in der Schwarzen Festung gestanden hatte. Berücksichtigte man allerdings den tausendfach größeren Durchmesser, dann war dieser Ring in Wirklichkeit fragil und zerbrechlich, verglichen mit den anderen Transmittern, die die Explosion nicht hatten eindämmen können. Er fragte sich unwillkürlich, ob die Jared nicht schon daran scheitern mussten, dass sie trotz vieler Millionen Tonnen Material aus den zerstörten Großstädten und den abgerissenen Moroni-Festungen gleichsam nur einen Hauch von Metall um das Loch herum aufbauen konnten. Winzige Gebilde bewegten sich zwischen den Maschinenhallen, die Läufer genannten Schrottsammler, die verschiedene Bauteile an ihren Bestimmungsort bugsierten. Wie Libellen schwebten drei der mächtigen Transportgleiter über dem Ring. Hinter den Maschinen konnte er die Kuppeln der großen Kraftwerke erkennen, zu denen die Jared die erbeuteten großen Moroni-Gleiter umgebaut hatten. Baustelle reihte sich an Baustelle, von einem Rand des Blickfelds bis zum anderen, spannte sich über die gesamte Eisfläche hinweg.

Mit heulenden Triebwerken setzte der Gleiter zum Sinkflug an, und der Ring wuchs zu einer gleichmäßigen, glatten Barriere, die alles andere hinter sich verbarg.

»Die Jared haben sich ganz schön beeilt«, sagte Stone, der angesichts der hektischen Aktivität am Boden zum ersten Mal wieder so etwas wie Hoffnung empfand.

»Sie werden sich noch um einiges mehr beeilen müssen«, erwiderte der Zwerg geringschätzig.

Irgendjemand weckte sie, indem er begann, daumenlange Hufnägel in ihren Hinterkopf zu schlagen. In ihrer gegenwärtigen Verfassung hatte sie dagegen nicht viel einzuwenden, aber dass der unbekannte Plagegeist dazu eine Pressluftramme benutzte, war schlicht unverzeihlich.

»Nein«, stieß sie wütend hervor und wollte sich aufrichten. Ihr Kopf platzte gemächlich auseinander, und die Einzelteile tanzten einen verhaltenen Tango, bevor sie wieder zusammenfanden. Charity war sich nicht sicher, ob alle Teile wieder an ihrem ursprünglichen Platz angekommen waren, aber immerhin war ihr wenigstens der eigene Name wieder eingefallen.

Vorsichtig öffnete sie das linke Auge und schielte in die Richtung, die sie für oben hielt. Eine helle, weiße Scheibe schimmerte, nur eine Handbreit von ihrem Auge entfernt. *Der Mond,* dachte sie zusammenhanglos. Dann erkannte sie das Gesicht.

»Verdammter Mist«, murmelte sie.

»Alles in Ordnung?«, flüsterte er, und ihre Trommelfelle wölbten in ihren Kopf und verwandelten ihr Gehirn in Kartoffelbrei. Sie schloss das Auge wieder und atmete ein Dutzend Mal tief ein. Dann hob sie die rechte Hand und schwenkte sie vorsichtig.

»Sieht aber nicht so aus.«

»Ruhe«, schnappte sie und öffnete beide Augen. Das Licht tat weh, aber als der Tränenschleier ihren Blick nicht mehr trübte, erkannte sie, dass es um sie herum fast vollkommen dunkel war. Sie lag in etwas, das sie nach längerer Betrachtung als einen wirren Haufen von Proviantrationen, Schlafsäcken, Ersatzteilen, Schusswaffen und Munitionskanistern identifizieren konnte. Ein verbogenes, längliches Ding links unterhalb von ihr erwies sich als ihr linkes Bein. Den Schmerzen nach zu urteilen, hatte sie dort ein paar heftige Prellungen davongetragen, aber die Knochen waren intakt. Ob sie das auch von ihrem Kopf sagen konnte, war längst nicht so klar.

»Nicht zu fassen«, murmelte sie und stützte die Ellenbogen auf.

»Was?«, fragte Skudder besorgt.

»Hör auf zu brüllen!«, schnauzte sie und schloss gleich darauf wieder die Augen.

»Ich brülle nicht«, antwortete er beleidigt.

»Tut mir Leid«, brachte sie schwerfällig heraus. »Ich fühle mich nicht besonders.«

»Das kommt bei Frauen immer wieder mal vor«, versetzte er missmutig.

Sie schüttelte den Kopf in ihrem Helm und bereute es umgehend. »Nein«, sagte sie. »Du musst einfach nur leiser atmen, und hör auf, mit deiner Haut zu knistern.«

Anscheinend war er ernsthaft in Sorge gewesen. Er lächelte sie erleichtert an.

»Da«, sagte sie und fragte sich flüchtig, wie sie wohl aussehen mochte. »Du machst es schon wieder. Hör auf zu grinsen.«

Er ignorierte sie, schloss sie wortlos in seine Arme und drückte sie an sich. Vermutlich zersplitterten dabei einige ihrer angebrochenen Knochen, aber seltsamerweise war ihr das gleichgültig. Sie erwiderte die Umarmung, so gut sie konnte, und ließ sich von ihm auf die Knie helfen. Ihre Beine zitterten zu sehr, als dass sie hätte aufstehen können.

Langsam sah sie sich um, und ihr Verstand weigerte sich, das Bild zu akzeptieren, das von allen Seiten auf sie herabzustürzen schien. Halb rechts von ihr hingen die auseinander gebrochenen Reste der Brücke aus der Dunkelheit herab, und ein Gewirr von Kabeln, Schläuchen und Leitungen spannte sich wie eine Kreuzung aus Spinnennetz und Hängematte bis zu der in drei Teile gebrochenen Zwischendeck-Plattform. Über ihr erkannte sie nach einiger Zeit die schemenhaften Umrisse der tonnenschweren Maschinenblocks und Energiespeicher, die sich ursprünglich *unter* dem Zwischendeck befunden hatten. Einige der gewaltigen Aggregate aus dem Keller hatten sich aus ihren Verankerungen gelöst, hingen in einem Gewirr aus Trägerholmen und Spannseilen. Ein paar Lichter leuchteten noch, wo einige der Konsolen wie durch ein Wunder nicht von der Notstromversorgung getrennt worden waren. Eine dunkelblaue, dünne Flüssigkeit schwappte zwischen den Trümmerstücken, und Dampfschwaden zogen sich nach oben. Sie wollte gar nicht wissen, welche bizarre Substanz so lange brauchte, um sich ins Vakuum zu verflüchtigen.

Ein paar Kanister schwammen in der seltsamen Brühe. Auf der anderen Seite erkannte sie undeutliche Bewegungen.

»Was ist mit den anderen?«, fragte sie.

»Dubois und Harris sind drüben, bei Steiner und Estevez«, antwortete Skudder. »Die anderen beiden Soldaten sind unter einem Maschinenteil begraben worden.« Er sagte nichts weiter.

»Keine Hoffnung mehr.« Ein bitterer Geschmack lag auf ihrer Zunge. In letzter Zeit war es zu einer schlechten Gewohnheit geworden, dass sie ihre Begleiter überlebte. »Was ist mit Bender?«

Skudder schüttelte stumm den Kopf. Sie erinnerte sich daran, wie der Mann die Gurte abgeworfen hatte, unmittelbar vor dem Aufprall, und unterdrückte einen Anfall von Übelheit. »Verdammter Mist.«

»Henderson ist draußen«, sagte Skudder in dem Bemühen, sie aufzumuntern. »Dieser Tolpatsch hat es ohne einen Kratzer überstanden.«

»Dann wollen wir hoffen, dass er sich nicht verläuft«, sagte sie. Mühsam rappelte sie sich hoch. Er musste sie stützen, damit sie nicht das Gleichgewicht verlor. Trotz der geringen Schwerkraft schien es ihr im ersten Moment, als würde ein Tonnengewicht auf ihren Schultern lasten.

»Wir sind unten«, sagte sie dann. »Ich glaube nicht, dass wir noch weiter runterkommen könnten.« Später einmal sollte sie sich für diese voreilige Bemerkung selbst verfluchen. »Ich will hoffen, dass es für diese endlose Katastrophe wenigstens einen guten Anlass gibt.«

»Wir sind am Rand von Grube I runtergekommen«, sagte Skudder. »Bisher ist alles ruhig geblieben. Es sieht ganz danach aus, als wenn hier draußen niemand wäre.«

»Wie weit sind wir vom Massetreiber entfernt?«

»Zwanzig, dreißig Kilometer«, antwortete er. »Henderson behauptet, dass er die Leitungstürme sehen kann. Warum?«

»Die Magnetschienen können Schlitten für Container transportieren, aber auch kleine Personenwagen. Falls die Moroni uns einsammeln wollen, dann werden sie wohl von dort kommen.« Sie humpelte versuchsweise einen Schritt weiter. »Und wenn wir uns verdrücken wollen, haben wir dort die besten Chancen. Oder auf einem der Transportbänder, wenn eins in der Nähe ist.«

Skudder half ihr über den Berg aus Trümmern. Der kleine blaue Teich war inzwischen fast ganz verschwunden. Irgendwo in der Dunkelheit sah sie winzige, weiße Lichter, und es dauerte einen Moment, ehe sie die Umrisse des riesigen, lang gezogenen Lochs in der Hülle erfasste, das den Blick auf den Sternenhimmel freigab. Sie hatte den Anblick des Sternenhimmels immer geliebt. Tatsächlich war es dieser Anblick gewesen, der ihr auf der Universität und später auf der Militärakademie in den harten Zeiten die Kraft gegeben hatte, durchzuhalten und weiterzumachen. Jetzt, als sie in einem Wrack über die zertrümmerten Überreste von Maschinen, Gerät und vielleicht auch Menschen humpelte, begann sie den Anblick zu hassen.

Ein Lichtkegel streifte sie. »Da sind Sie ja«, sagte Dubois. Sie hockte zwischen den beiden auseinander klaffenden Hälften eines Maschinenblocks, dessen Zweck jetzt noch weniger zu erkennen war als vorher. Esteban, eine schlanke, hoch gewachsene Frau, deren aufrechte und beinahe steife Haltung auch im unförmigen Druckanzug noch zu erkennen war, nickte ihr wortlos zu. Sie hatte irgendwo einen Schneidlaser gefunden und hantierte damit zwischen einem wirren Drahtspaghetti, das Charity schließlich als die Überbleibsel des Zentralachsen-Kabelschachts erkennen konnte. Der im Vakuum unsichtbare Laserstrahl zerschnitt ein Bündel von Leitungen, und irgendwo über ihr erloschen die letzten Lichter an einer der verbeulten Konsolen.

»Wir haben Daniela gefunden«, sagte Dubois. »Nichts mehr zu machen.«

»Und Cortez?«, fragte Charity ohne rechte Hoffnung.

»Da unten«, sagte Estevez und deutete viel sagend auf einen Fetzen von einer Druckkombination, der anderthalb Meter tief zwischen den Trümmern begraben lag, ein schwacher roter Schimmer im Scheinwerferlicht.

»Irgendeine Chance, ihn da rauszuholen?«

Dubois schüttelte stumm den Kopf. Im seltsamen Halblicht des reflektierten Scheinwerferlichts konnte Charity an Estevez' Gesichtsausdruck erkennen, dass die Frau keineswegs einverstanden war, aber den Mund hielt.

»Wo sind Steiner und Harris?«

»Versuchen es von der anderen Seite«, sagte Dubois gleichmütig.

»Vergewissern Sie sich, dass er tot ist«, sagte Charity. »Aber beeilen Sie sich. Wir müssen hier weg.« Sie richtete sich auf und blickte auf die andere Seite der Trümmerbarriere. »Harris, wie nahe sind Sie an ihn herangekommen?«

»Überhaupt nicht.«

»Dann kommen Sie hierher und helfen Sie Estevez. Ich will wenigstens sicher sein.«

Die Silhouetten von Harris und Steiner tauchten auf der anderen Seite auf. Charity nickte Estevez zu, die wieder in die Hocke ging und weiterarbeitete, dann wandte sie sich ab, auf das Loch in der Hülle zu. Skudder folgte ihr stumm und fing sie auf, als sie unterwegs den Halt verlor.

»Was ist das?«, sagte sie angeekelt und befreite ihren Stiefel von der glitschigen, hellen Masse.

»Sieht aus wie Honig«, meinte Skudder. »Vielleicht Teil des Proviantes?«

Charity nahm ihm den Scheinwerfer aus der Hand und leuchtete auf den Boden. Ein Teil der Trümmerstücke kam ihr bekannt vor. Dann sah sie drei ziemlich große, dunkle Klumpen.

»Die Eier«, sagte sie.

Skudder stieß einen leisen Pfiff aus. »Himmel«, sagte sie, »*sind* die Dinger zäh.«

Sie beugte sich über den nächstgelegenen der Klumpen und berührte ihn vorsichtig mit dem Handschuh. Die Schale fühlte sich wie Hartgummi an, im ersten Moment nachgiebig, dann aber hart wie Granit. Die Metallstangen, in denen das Ei lag, waren verbogen und erinnerten in ihrer Anordnung entfernt an ein Vogelnest.

»Sieht ganz intakt aus«, meinte sie und warf einen Blick auf die Temperaturanzeige an ihrem Handgelenk. »Es ist noch ziemlich warm. Sollte mich nicht wundern, wenn es unversehrt ist.« In ihrer Stimme klang Unglauben. Dieser Teil der Mondrückseite lag noch in Dunkelheit, und die Temperaturen im Schiff waren rapide gefallen, seit die Hülle das erste Loch bekommen hatte. Es war unvorstellbar, dass ein lebendes Wesen ohne Schutzanzug diese Bedingungen länger als ein paar Minuten hätte überstehen können.

»Wie viele siehst du?«, fragte Skudder. Sie ließ den

Lichtkegel die gesamte Fläche vor ihnen absuchen. »Mindestens drei«, sagte sie. »Kann sein, dass die anderen weiter unten liegen.«

»Was sollen wir machen?«

»Nichts«, entschied sie nach einem Moment. »Offiziell wissen wir nichts davon.« Und, fügte sie in Gedanken hinzu, solange Harris sich nicht beschwert, ist es wohl in Ordnung. Sie warf Skudder einen warnenden Blick zu und wies mit einer Kopfbewegung auf die vier Gestalten, die hinter ihnen im Lichtkreis versuchten, ein größeres Wandstück aus dem Trümmerhaufen zu lösen. Er nickte rasch.

»Lass uns hier verschwinden«, sagte sie und gab ihm den Scheinwerfer zurück.

Draußen versank sie bis zu den Knöcheln im Staub. Der Mondboden war gleichmäßig mit feinem Abrieb bedeckt, ein weiches Polster, das ihren Aufprall abgemildert hatte. Sie sah sich um, konnte aber keine Felsen oder Kraterformationen in der Nähe entdecken. Der Himmel war tiefschwarz und gesprenkelt mit den Sternen der Milchstraße. Sie stand inmitten einer ausgedehnten Ebene, die sich sanft zu ein paar entfernten Hügeln aufschwang. Die Landschaft war schwarz in schwarz, wie am Grunde des Meeres oder in einem Kohlenkeller bei Nacht. Es gab keine scharfen Konturen, keine harten Kanten, keine rechten Winkel, nur watteweiche Dunkelheit. Der Verlauf des Horizonts ließ sich am leichtesten daran erkennen, dass die ungleichmäßige Verteilung der Sterne plötzlich ein abruptes Ende fand, je tiefer sie den Blick senkte. Ihr Gleichgewichtssinn geriet außer Kontrolle. Erneut kämpfte sie mit Übelkeit, und ein überwältigendes Gefühl der Desorientierung breitete sich in ihr aus, bis sie nach Skudders Arm griff und festen Halt fand. Dann sah sie eine tiefe Furche, die sich zwischen Felsbrocken zum Horizont hinzog.

»Um Himmels willen«, brachte sie heraus.

Skudder folgte ihrem Blick. »Unsere Schleifspur«, stellte er mit ungläubigem Erstaunen fest.

»Das sind mindestens zehn Kilometer«, sagte sie und setzte sich in Bewegung. Er folgte ihr. Die Furche war stellenweise drei oder vier Meter tief. In unregelmäßigen Abständen entdeckten sie Teile der Panzerung, die gebrochenen Holme von Verstrebungen und Maschinentrümmer. Hier und da glitzerte ein Hauch feiner Splitter, Überreste der Panzerglasscherben aus den Sichtkuppeln vermutlich. Charitys Gedanken waren wie eingefroren. Trägheit, Masse und Geschwindigkeit hatten nicht einmal eine Minute gebraucht, um ein kompliziertes, widerstandsfähiges und leistungsfähiges Stück menschlicher Technologie in herumliegenden Müll zu verwandeln.

Skudder holte sie ein. Sie legte einen Arm um ihn, ehe sie tief Luft holte und sich nach der HOME RUN umdrehte. Sie hatten sich rund fünfzig Meter von dem Wrack entfernt, und trotz der Dunkelheit waren die grausamen Wunden zu erkennen, die in die Hülle hineingerissen worden waren. Die Panzerung war in großen Stücken abgerissen worden. Sie konnte einige der Verriegelungen erkennen, an denen Abschussrohre für Raketen oder Außentanks befestigt gewesen waren. Der größte Teil des Hitzeschildes und der Antriebsaggregate fehlte, war einfach verschwunden, zurückgelassen irgendwo auf der Oberfläche des Mondes.

»Die Konservendose hat ein paar Beulen bekommen, was?«, witzelte sie, aber ihre Stimme klang gequält.

»Es ist ein Wunder, dass wir noch am Leben sind«, versetzte Skudder mit seltenem Ernst. Eine rot gekleidete Gestalt kletterte über eine lange, zweimal geknickte Röhre und winkte ihnen zu.

»Captain?«, vergewisserte sich Henderson über Funk.

»Ja, wir sind hier«, antwortete Charity nach einem Moment. »Haben Sie irgendwelche Zeichen von Leben gesehen?«

»Nein. Es ist alles ruhig.«

»Kein Besuch also«, meinte Charity ohne wirkliche Erleichterung. »Dann gehen Sie rein und helfen Sie den anderen. Versuchen Sie, Waffen und Ausrüstung zu bergen, vor allem diesen Computer und diese verdammte Bombe, wenn irgendwas davon noch auffindbar ist.«

»In Ordnung«, sagte Henderson und bewegte sich auf das Loch in der Hülle zu. »Ich habe den Transportschlitten gefunden. Er sieht etwas mitgenommen aus, aber vielleicht funktioniert er noch.«

Sie sah ihm nach, bis der rote Druckanzug in der Dunkelheit des Wracks verschwunden war. Der Anblick erinnerte sie an etwas anderes.

»Gehen wir ein paar Schritte«, sagte sie. »Wo ist der Massetreiber?«

Skudder deutete nach Nordwesten. »Da drüben. Henderson ist ein Stück die Hülle hinaufgeklettert, bevor er sich sicher war.«

»Ich sehe nichts«, sagte sie nach einer Weile. »Na, bei der Entfernung kein Wunder.«

Skudder warf ihr einen skeptischen Blick zu.

»Immerhin sind wir auf dem Mond«, erklärte sie. »Besonders weit sehen kann man bei der Oberflächenkrümmung nicht.« Sie hob die Hand und legte den Zeigefinger vor ihre Lippen an den Helm, dann tippte sie auf den Schalter für die Funkanlage. Skudders Blick zeigte

Verwirrung, dann rasches Begreifen. Sie schaltete den Helmfunk ab, und er folgte ihr ohne Zögern. Vorsichtig neigte sie ihm den Helm entgegen, bis sich die Visierscheiben berührten.

»Kannst du mich hören?«

»Ganz gut«, kam seine Antwort, deren Undeutlichkeit eher das Gegenteil aussagte.

»Schallübertragung«, erklärte sie hastig. »Dieses Plastikglas dämpft leider zu gut, aber dafür ist es auch bruchsicher. Es gibt eben nichts umsonst im Leben.« Sie grinste ihn an. »Ich verlasse mich ungern auf Hendersons Beobachtungsgabe, aber für den Moment sind wir hier wohl noch sicher. Wenn sie Gleiter hätten, dann wären sie schon lange über uns hergefallen.«

Er nickte. »Alles in Ordnung?«, fragte er besorgt.

»Nein«, gestand sie nach einer Weile. »Ich fühle mich wie ausgewrungen, wenn ich ehrlich sein soll.« Sie wechselte rasch das Thema. »Ist dir an Dubois etwas aufgefallen?«

»Sie ist kalt wie ein Hai«, erwiderte Skudder. »Und genauso tüchtig.«

»Kommt sie dir nicht irgendwie bekannt vor?«

»Bekannt?« Skudder lachte unwillkürlich auf. »Ich kenne sie genauso lange wie du.«

»Stimmt genau«, sagte Charity knapp. »Und zwar vor zwei Monaten, in Köln.«

»Vor zwei Monaten?«, wiederholte Skudder. »Blödsinn.«

»Harris war dabei, du ... und Stone.«

»Stone?«

»Und ein paar Jared, die uns leider nie vorgestellt wurden.« Ihre Stimme klang jetzt eiskalt und überhaupt nicht mehr nach Gehirnerschütterung. »Marie Dubois hat zu unserer Unterhaltung nicht viel beigetragen. Tatsächlich bestand ihr Beitrag darin, reglos auf einem Untersuchungstisch zu liegen, während unsere Verbündeten ihre sauberen Klauen in ihr Gehirn gesteckt haben. Nun, fällt es dir wieder ein?«

»Du meinst, diese Frau auf dem Tisch war Dubois?«

»Ich bin absolut sicher.« Charity verzog das Gesicht zu einem düsteren Lächeln. »Es ist erschreckend, wie sehr ein menschliches Gesicht allein durch den Ausdruck verändert werden kann. Damals, auf diesem Tisch, da war es ein Durcheinander aus Schmerz und Entsetzen, die panische Angst eines Kindes, dem ein unglaublich schreckliches Erlebnis widerfahren ist. Und heute ist es eine kalte, präzise Maske, wie der Helm einer Rüstung, und Gefühlsregungen sind nur durch die Sehschlitze hindurch wahrzunehmen.«

»Wir haben seit drei Wochen jeden Tag mit ihr zu tun«, entgegnete der Indianer skeptisch.

»Es ist dieselbe Frau.« Sie packte Skudder bei den Schultern. »Während der Schlacht im Orbit hat sich die Maske etwas gelockert. Das und die unzureichende Beleuchtung waren der Grund, warum ich sie plötzlich wiedererkannt habe.« Sie merkte, dass ihre Stimme in ihren eigenen Ohren gellte, und ließ ihn verlegen los.

»Entschuldige«, sagte sie nach einem Moment. »Seit Tagen hatte ich ein komisches Gefühl, wann immer ich Dubois angesehen habe.«

»Und Harris.«

»Das ist nicht dasselbe. Harris traue ich nicht. Himmel, jeder von uns ist Strandgut aus einer anderen Zeit, und dieser Krieg hat jeden von uns umgekrempelt. Und jeder von uns trägt Narben, außen *und* innen. Nur Harris nicht, der seinen ausstehenden Sold im Sparstrumpf trägt, Schach spielt, seinen Würfel programmiert und dumme Witze reißt. Und geflissentlich allem zustimmt, was wir sagen. Dieser Mann ist eine einzige Karikatur.«

»Das ist nicht fair«, sagte Skudder.

»Weil eine Karikatur dich nicht im Schachspiel schlagen darf?«, fragte sie heftig. Er wich von ihr zurück. Sie streckte die Hand aus, legte sie auf sein Helmvisier. Beugte ihren Kopf nach vorn, bis sich die Glasplatten wieder berührten.

»He, tut mir Leid«, sagte sie nach einer Weile. Seine Augen gaben die ihren nicht frei. »Es wächst mir alles über den Kopf, weißt du.«

»Nein, weiß ich nicht«, sagte er unversöhnlich.

»So.« Sie unterdrückte mit aller Kraft die unvernünftige Wut, die in ihr emporstieg. »Benders Tod ist meine Schuld. Ich habe ihn auf der Brücke gelassen. Wenn er mit uns gekommen wäre, dann wäre er noch am Leben.«

»Dann wären wir alle tot«, erwiderte Skudder sanft.

»Du redest wie ein Teil von mir«, erwiderte sie langsam. »Eine innere Stimme sagt, dass die letzte Kurskorrektur notwendig war. Eine andere meint, dass er sich hätte beeilen müssen. Das ist ein ganzer Chor, der Rechtfertigungen skandiert und Entschuldigungen in allen Tonarten singt. Weißt du, mit allen diesen Stimmen habe ich keine Probleme.« Sie strich mit den behandschuhten Fingern über die Glasscheibe vor seinem Gesicht. Immer wenn sie ihm nahe sein wollte, gerieten sie in solche Situationen, in halb gepanzerten Druckanzügen, hinter bruchsicherem Glas und getönten Blendvisieren. »Die anderen Stimmen sind es, die mir Schwierigkeiten machen. Und dann sind da noch andere, die von Daniela Reilly reden, von Cortez, von Hartmann, von Net, von Jean und Tribeaux und ...«

Ihre Stimme versagte. Skudder schloss die Arme um sie, und sie hielt sich an ihm fest. Das ist die Gehirnerschütterung, wisperte ihr eine zynische, bösartige Stimme zu. »Die Liste ist schon so lang geworden«, sagte sie. »Weißt du, es kommt gar nicht darauf an, dass ich die Moroni nicht erfunden habe und dass ich sie nicht hergebracht habe. Es kommt überhaupt nicht darauf an.«

Und, fügte die böse Stimme hinzu, vielleicht hast du sie ja doch hergebracht. Du hattest ja unbedingt den Ehrgeiz, bei der ersten Begegnung mit einer nichtmenschlichen Intelligenz dabei zu sein. Ohne deinen Einsatz und deine Fähigkeiten hätte die Space Force das Rendezvous mit dem fremden Schiff nie geschafft.

»Ich verliere den Verstand«, murmelte sie. Skudder schüttelte sie in ihrem Schutzanzug.

»Hör mit dem Unsinn auf«, brüllte er, und die unverfälschte, tiefe Angst und Hilflosigkeit in seiner Stimme riss sie aus ihrer Apathie. Mühsam machte sie sich los und hob abwehrend die Hand, als er nach ihr greifen wollte. Sie kniff die Augen zusammen und schüttelte ein paar Mal den Kopf, begrüßte die Kopfschmerzen, die sofort wieder da waren.

»Es geht schon wieder«, sagte sie, als sie wieder voreinander standen. »Für einen Augenblick wenigstens.« Sie ergriff seine Hand und drückte sie. »Ich bin wohl ziemlich am Ende.«

»Aber du bist nicht verrückt«, sagte er nach einem Moment. »Du hörst dich an wie eine Irrsinnige, aber du siehst nicht so aus.« Was ein seltsames Kompliment war, dachte sie bei sich. »Ich werde Dubois im Auge behalten, okay?«

»Und Harris«, ergänzte sie. »Spiel ruhig noch ein paar Partien mit ihm.«

Er nickte wortlos. Sie schaltete das Funkgerät wieder ein, und er folgte ihrem Beispiel.

»... ist eigentlich da draußen los«, klang Harris' Stimme in ihren Ohren. Sie blickte auf und sah drei rote Gestalten vor dem Schiffswrack stehen. Weder sie noch Skudder hatten auf die Umgebung geachtet.

»Alles in Ordnung«, sagte sie mit fester Stimme. »Wir kommen zurück.«

»Na großartig«, sagte Harris sarkastisch. »Wir haben Sie die ganze Zeit über nicht erreichen können. Es hätte sonst was passieren können.«

»Das heißt, es ist nichts passiert?«, fragte Charity und setzte sich in Bewegung.

»Daraufhin hielt Harris einen Moment lang den Mund. »Wir haben Ausrüstung und Waffen geborgen«, sagte er dann. »Proviant für zwei Monate und Sauerstoff für vier Tage.«

»Cortez?«

»Tot«, kam die knappe Antwort. »Die Bombe scheint intakt zu sein. Soweit man das ohne einen Trost sagen kann.«

»Wie schön«, murmelte Skudder neben ihr. Sie erreichten die kleine Gruppe. Henderson und Dubois standen hinter Harris und sahen ihnen stumm entgegen.

»Und Ihr Spielzeug, dieser Würfel?«

»Estevez schneidet ihn gerade aus dem ganzen Gerümpel heraus.« Harris kam ihr die letzten drei Schritte entgegen und verstellte ihr den Weg. »Sagen Sie, wieso haben Sie sich aus dem Funk geschaltet?«

»Privatgespräch«, antwortete sie dreist und ging an ihm vorbei, ignorierte den verwirrten Blick Hendersons und den misstrauischen Blick Dubois'.

5

Es dauerte noch eine halbe Stunde, bis sie aufbrechen konnten. Der seltsame Transportschlitten, den die Jared aus den Teilen eines kleinen Moroni-Gleiters konstruiert hatten, war wie durch ein Wunder fast unbeschädigt geblieben, und mit vereinten Kräften konnten sie die zentnerschwere Bombe und den wesentlich leichteren Taktikcomputer aufladen. Allerdings vertraute Charity der angeschlagenen Steuerungsanlage nicht mehr.

Charity drängte zum Aufbruch. Nach ihrer Erinnerung konnte der Sonnenaufgang im Gebiet von MacDonald in jedem Moment beginnen. Ihre Schutzanzüge waren alt, und nach Jahrzehnten ohne regelmäßige Wartung bargen sie mehr als nur ein kleines Risiko für ihre Träger. Und im Vakuum war es einfacher, einen Anzug zu heizen. Eine Überhitzung dagegen war viel schwieriger zu verhindern, und die Wahrscheinlichkeit, dass sie in der Sonnenhitze Probleme bekommen würden, war hoch. In ihrer momentanen Situation konnte ein Problem nur tödlicher Natur sein. Es gab keine Bagatellen in einer von Menschen und sogar von Moroni verlassenen Gegend.

Der Transportschlitten schwebte einen halben Meter über dem Mondstaub, der unter dem Druck des Feldes geringfügig nachgab. Soweit sie die Erklärungen der Jared verstanden hatte, verteilte das Feld einfach das Gewicht des Schlittens und seiner Ladung auf eine größere Fläche und in die Tiefe hinein. Platz war knapp bemessen, und keiner von ihnen konnte sich auf dem Schlitten von den vergangenen Strapazen erholen oder sich auf die kommenden Strapazen vorbereiten. Mit einer größeren Energiezelle hätte der Schlitten auch fliegen können wie der Gleiter, aus dessen ausgeschlachtetem Wrack er hervorgegangen war, aber das Gewicht einer solchen Zelle hätte seine Kapazität weit überstiegen – und ein Gleiter mit einem Schleppkabel zur Stromversorgung machte wenig Sinn.

Ihr Weg führte sie ziemlich genau an der Furche entlang, die die HOME RUN in den Mondboden gezogen hatte. Damit bewegten sie sich zwar fast parallel zum Massetreiber, aber die Abweichungen von der geplanten Bahn hatten sie weit über das Gelände hinausgetragen, und sie befanden sich in der Nähe der Wendeschleife, wo die leeren Boosterkäfige des Massetreibers umgelenkt und in die Ladehallen dirigiert wurden. Der Anfang der Beschleunigungsstrecke musste irgendwo dort vor ihnen liegen, und Charity wollte den Weg durch die große Verladerampe, die sich seitlich von ihnen befinden mussten, um jeden Preis vermeiden.

Der Mondstaub wallte bei jedem Schritt um ihre Stiefel herum auf, blieb dann reglos in der Luft hängen, bevor er sich wie in Zeitlupe wieder senkte. Trotz der schweren Anzüge konnten sie sich leicht bewegen, verzögerte wie in tiefem Wasser, aber ohne erkennbare Anstrengung. Skudder und Harris zogen mit improvisierten Riemen den Schlitten hinter sich her. Keiner von ihnen wollte riskieren, die Steuerungsanlage des Schlittens zu benutzen, mit dem Risiko, den Schlitten ganz zu verlieren. Es war ein bizarres, beinahe absurdes Bild – zwei Männer stemmten sich in Gurte und zogen einen Schlitten, der nicht auf Kufen über den unwegsamen Boden glitt, sondern in Kniehöhe schwebte, wie von Geisterhand getragen. Zusammen mit den anderen, die neben und vor ihnen dahinstapften, wirkten sie wie eine Polarexpedition, die zur falschen Zeit am falschen Ort war, auf der Suche nach Eis, das es auf diesem Himmelskörper seit Jahrmilliarden nicht mehr gab. Charity und Dubois leuchteten mit den Scheinwerfern den Weg ab, und hin und wieder stocherten sie mit dem Kolben ihrer Waffen im Mondstaub, um sich zu vergewissern, dass der Untergrund stabil war. Henderson, Steiner und Estevez gingen neben dem Schlitten, die entsicherten Gewehre in den Händen. In regelmäßigen Abständen lösten sie einander in den verschiedenen Rollen ab.

Auf diese Weise konnten sie in drei Stunden etwa zwölf Kilometer zurücklegen, bevor die Anstrengung sie langsamer werden ließ. Das Gelände wurde zerklüfteter, immer häufiger schoben sich Felsen wie spitze Zähne aus dem Mondstaub in die Höhe, und Geröll lag an den Hängen, die unmerklich immer mehr Neigung bekamen. Nach anderthalb Kilometern erreichten sie das Ende der Furche, die ihr Schiff hinterlassen hatte.

»Ein ziemliches Stück«, sagte Skudder, der wie Harris inzwischen zum dritten Mal vor dem Schlitten stand und deutlich schwerer atmete als am Beginn des Marsches.

Charity musterte mit leichtem Entsetzen die großen Felsbrocken, die den Anfang der Schleifspur säumten. Die HOME RUN hatte keinen davon erfasst, zu ihrer aller Glück, denn an diesen großen Felsgebilden wäre die Hülle zerschellt wie eine Eierschale. Trümmerstücke, die sich beim ersten Aufprall gelöst haben mussten, lagen in kleinen und größeren Kratern.

»Wir haben viel Glück gehabt«, meinte Charity nur. »Legen wir eine kleine Rast ein. Wir haben vielleicht die Hälfte geschafft, und von hier an wird es nur noch unübersichtlicher.«

Sie bugsierten den Schlitten an ein vier Meter hohes Bruchstück eines Triebwerks heran und hockten sich in ihren Druckanzügen in die Senke, die die Wucht des Aufpralls gegraben hatte. Das pulverisierte Gestein schwebte wie federleichter Nebel um sie herum und senkte sich erst wieder, als sie eine Weile ruhig gesessen hatten.

Die Nahrungsaufnahme erforderte glücklicherweise mehr Geschicklichkeit als körperliche Anstrengung. Sie mussten kleine Tuben oder Flaschen an eine Öffnung vor dem Helmkinn anschließen. Innen im Helm war ein kleiner mechanischer Greifarm angebracht, dessen einzige Funktion es war, einen Schlauch bis zwischen die Lippen des Trägers zu führen. Presste man den Behälter außen am Helm zusammen, dann gelangte bei offener Kupplung ein geschmackloser und farbloser Nährstoffbrei in den Mund des Unglücklichen, der in dem Druckanzug steckte.

Charity hing dunklen Gedanken nach, während sie lustlos auf der zweiten Tube herumdrückte, die angeblich Putenfleisch und Senfsoße enthielt. Der pappige Geschmack lenkte ihre Erinnerungen zu einem anderen Teil der Vergangenheit, die vor sechzig Jahren spurlos verschwunden war. Und das wiederum erinnerte sie an ein Versprechen. Nun, dieses Versprechen würde sie halten können.

»Skudder«, sagte sie.

»Ja?« Er drückte an einer eigenen Plastiktube herum, deren Inhalt ihm keine echte Begeisterung entlocken konnte.

»Du wolltest doch wissen, woher der Name MacDonald stammt«, sagte sie. Er nickte in seinem Helm. »Nun«, sagte sie und hob die dritte Tube, die sie in der Hand hielt, »sie waren berühmt für so etwas hier.«

Er verzichtete auf eine Antwort.

»Damals musste man nicht auf den Mond, um solche Köstlichkeiten zu genießen«, fügte sie mit aufgesetzter Wehmut hinzu. »Damals, vor sechzig Jahren, da ging man einfach auf die andere Straßenseite oder setzte sich ins Auto, und schon war man da. Jeder konnte sich so etwas leisten.«

»Die gute, alte Zeit«, spottete Harris.

»Ja«, sagte sie grinsend. Dann drückte sie noch ein letztes Mal die Tube Putenfleisch in Senfsoße zusammen. Ihr Grinsen verschwand.

Verdammt, sie vermisste es tatsächlich.

»Vielleicht hat die Invasion auch ihre guten Seiten«, murmelte Skudder zwischen zwei Bissen.

Gerade als sie zu einer Antwort ansetzte, bemerkte sie aus den Augenwinkeln ein metallisches Blinken am Horizont.

»Funk aus«, sagte sie und ließ sich auf die Knie fallen. Die anderen starrten sie sekundenlang überrascht an. Wertvolle Zeit verstrich, bevor sie ohne weitere Worte gehorchten. Sie duckten sich nebeneinander in den Krater. Charity spähte aus der Deckung des zertrümmerten Triebwerks heraus die Furche entlang, die sie gekommen waren.

Acht silberne Scheiben bewegten sich auf den Absturzort der HOME RUN zu. Sie kamen aus der Richtung der Verladerampen oder von der dahinter liegenden Grube II. Charity hielt den Atem an und wartete auf die Kursänderung. Die Scheiben flogen einen leichten Bogen, näherten sich dann dem Boden und flogen weiter an der Furche entlang, noch immer dem Absturzort entgegen. Sie atmete erleichtert auf. Ein Mann robbte an ihre Seite. Trotz des abgeschalteten Helmlichts erkannte sie Skudder. Er tippte ihr rechtes Handgelenk an, und sie bemerkte, dass sie noch immer die Tube in der Hand hielt. Wütend verriegelte sie den Anschluss und befreite sich von dem Behälter.

Sie ließ den Helm zu ihm kippen, bis die Visierscheiben aneinander lagen.

»Neun oder zehn Kilometer«, sagte sie mit gesenkter Stimme.

»Sie haben uns nicht entdeckt«, sagte Skudder mit mehr Sicherheit, als sie empfand. Sie entschloss sich, seinem Instinkt zu vertrauen.

»Fliegen zum Wrack«, sagte sie. »Also sind sie doch hier oben.«

»Ich vermute, dass sie das Wrack gründlich untersuchen werden«, versetzte Skudder. »Wie lange wird es dauern, bis sie bemerken, dass es Überlebende gegeben hat?«

»Keine Ahnung«, sagte sie. »In dem Durcheinander merken sie es nie, oder vielleicht schon nach zehn Minuten. Wir haben Spuren hinterlassen.« Sie stieß einen stummen Fluch aus. »Verdammt, wir sind viel zu sorglos gewesen.«

»Sie müssen uns erst mal finden.«

»Unsere Fußabdrücke werden noch in Millionen Jahren zu sehen sein«, versetzte sie grimmig. »Viele kleine Schritte für einen Menschen ...«

»Was?«

»Vergiss es. Ich muss langsam mal auf das achten, was ich so rede.« Die Gleiter näherten sich inzwischen dem Horizont. »Wenn sie außer Sicht sind, packen wir ein und verschwinden.«

»Wohin?«

Sie sah nach hinten, wo die anderen kauerten, die kein Wort von ihrer Diskussion mitbekommen konnten. »Zum

Massetreiber. In zwei Stunden können wir dort sein, wenn wir ein wenig Glück haben.«

»Wäre ja mal etwas anderes«, meinte Skudder sarkastisch. »Dir ist klar, dass wir genau in ihre Arme laufen werden?«

»Wir haben keine andere Wahl«, bekannte sie offen. »Kein Sauerstoff, keine Deckung. Hier draußen sammeln sie uns ein wie Fallobst. Zwischen den Hallen und Maschinenanlagen können sie uns wenigstens nicht orten, und das Gelände ist unübersichtlich. Wir könnten uns Jahre dort versteckt halten. Und wenn die Schienenbahnen noch funktionieren, können wir in einer halben Stunde tausend Kilometer zwischen sie und uns legen.«

»Wenn man uns nicht am Fahrkartenschalter erwischt«, sagte er mit spürbarem Widerwillen. »Ich fürchte, du hast Recht. Uns gehen langsam die Möglichkeiten aus.«

»Na gut, dass wir gerade Rast gemacht haben«, murmelte sie und blickte zu dem aufragenden Antriebsteil, unter das sie sich geduckt hatten. »Dieser ganze Schrott hat uns wenigstens vor ihren Ortungsgeräten abgeschirmt.«

Eine Vierergruppe senkte sich plötzlich herab und verschwand hinter dem Horizont. Vermutlich waren sie gelandet, während die anderen vier zur Sicherheit ihre Position beibehielten.

»Warum haben die so lange gebraucht?«, sagte Charity. »Das frage ich mich schon die ganze Zeit. Selbst wenn sie am anderen Ende von Grube II gewesen wären, hätten sie nur ein paar Minuten gebraucht, bevor sie über uns gewesen wären. Wir hätten keine Chance gehabt. Und sie wussten, dass wir kommen. Wir haben uns laut genug angekündigt.«

»Sie haben uns schließlich abgeschossen«, stimmte Skudder zu.

»Warum also erst jetzt?« Sie runzelte die Stirn. »Oder kommen die gar nicht von der Basis?«

»Wie meinst du das?«

»Die Moroni-Anlagen müssen ja nicht hier sein. Vielleicht liegen wir ganz falsch.« Sie lachte. »Im wahrsten Sinne des Wortes.«

Die zweite Vierergruppe verlor an Höhe und verließ ihre Sicherungsformation. Im nächsten Moment waren alle Gleiter außer Sicht.

Charity schaltete das Funkgerät auf dem militärischen Kanal ein, der nur geringe Leistung hatte. »Los, verschwinden wir«, sagte sie und bedeutete den anderen, ihr zu folgen. »Wenn wir mit heiler Haut hinter die Hügelkette kommen, haben wir sie erst mal abgehängt.«

Sie packten hastig zusammen und setzten den Transportschlitten in Bewegung, wobei jeder sich bemühte, den westlichen Horizont im Auge zu behalten, ohne dabei aufzufallen. Innerhalb von zwanzig Minuten waren sie, in völliger Funkstille und mit vereinten Kräften den Transportschlitten ziehend, bis an die Hügelkette gelangt, die sich auf der anderen Seite als abgetragener Überrest eines ehemals riesigen Einschlagkraters zeigte, der inzwischen nicht mehr war als ein ziemlich langweiliges Plateau, bedeckt mit kleineren Kratern, die einige hundert Millionen Jahre jünger sein mochten. Im Schatten des sanft geschwungenen Kraterrandes stolperten sie auf dieses Plateau hinunter, und diesmal war ihr größtes Problem, ein Abgleiten des Schlittens zu verhindern. Charity gestattete sich ein Gefühl des Triumphes, als sie wohlbehalten im Krater angelangt waren.

So standen sie und rangen nach Luft, als plötzlich die

Hügelkuppen in einem hellen Licht schimmerten, das zunächst nur wenige hoch ragende Stellen erfasste, sich dann aber langsam immer mehr ausbreitete. Es war, als zöge sich ein Saum aus weißem, kaltem Feuer über das Mondgestein. Dubois und Harris hatten ihre Waffen in den Händen, bevor sich irgendjemand bewegen konnte.

»Was ist das?«, fragte Skudder, als er sich instinktiv hinter einen Felsbrocken geduckt hatte. Die anderen waren seinem Beispiel gefolgt. Er winkte hastig.

»Geh runter«, rief er. Das Licht war immer intensiver geworden. Charity blieb stehen, schutzlos auf der freien Fläche, die behandschuhten Fäuste in die Seite gestemmt. Sie schüttelte den Kopf, während sie von einem ihrer Begleiter zu den anderen sah, die ganze kleine Schar verteilt hinter dem spärlichen Sichtschutz, den Felsen und Staub bieten konnten.

Plötzlich begann sie aus vollem Halse zu lachen. Es war ein befreiendes Lachen, in dem schlagartig die ganze Last der letzten Stunden von ihr fiel, und obwohl es ein wenig hysterisch begann, wurde es immer lauter und kräftiger, je länger es dauerte. Sie lachte Tränen, hielt sich hilflos den Bauch und zeigte mit dem Finger auf ihre völlig entgeisterten Begleiter. Skudder rappelte sich auf, blieb aber auf Distanz, als wäre, was immer sie erwischt hatte, durchaus in der Lage, von Druckanzug zu Druckanzug auch ihn anzustecken. Womit er vollkommen Recht hatte. Sie verlor beinahe das Gleichgewicht und stützte sich gegen einen Felsen hinter ihr. Vergessen waren die Moroni, die Jared, die Toten, vergessen war die Bombe.

»Was ist so verdammt komisch«, brüllte Skudder los. Sie versuchte mühsam, die Beherrschung zu wahren, und platzte wieder heraus.

»Keine Panik«, brachte sie schließlich heraus. Ihr Gesicht glättete sich, und sie streckte ihm die Hand entgegen. »Komm her«, sagte sie und unterdrückte einen weiteren Lachanfall. In dem Moment, in dem er zu ihr kam, schimmerte plötzlich auch ihr Helm in diesem Licht, und als er sich hastig umdrehte, sah er die Quelle dieses intensiven Lichtes.

»Jetzt«, sagte Charity mit unüberhörbarem Sarkasus, »geht für uns die Sonne auf.«

Die Bunkerstadt hatte sich in den Wochen von Stones Abwesenheit nachhaltig verändert. Seit das Bombardement durch die Moroni-Streitkräfte beendet war, hielten die Jared auch die Oberfläche besetzt. Stellenweise war der Sand zu Glas geschmolzen, und die freien Flächen markierten die Stellen, an denen hoch radioaktive Trümmer in der Luft abgefangener Raketen herabgestürzt waren, aber die Vegetation hatte den größten Teil der Ruinen von Köln bereits zurückerobert. Es war eine seltsam veränderte Vegetation, knorrige, schwarze Gewächse, deren blauschwarze Blätter keine Ähnlichkeit mit irdischen Pflanzen hatten. Es gab auch andere, pilzartige Formen, die Stone irgendwie an das Nest im Dom erinnerten.

Die Bunkerstadt selbst sah einem Nest täuschend ähnlich. Viele der unterirdischen Hallen und Gänge wurden nicht mehr beleuchtet, und das, was Stone in den anderen Räumen gesehen hatte ließ ihn nicht gerade den Wunsch nach mehr Licht verspüren. Seitdem der Höhepunkt des Krieges zwischen Jared und Moroni überschritten war, waren die *Ameisen* unter den Jared in der Überzahl, und die Menschen, die in die Gemeinschaft der Jared aufgenommen worden waren, hatten sich in ihren Gewohnheiten ihren nichtmenschlichen Partnern angeglichen.

Glücklicherweise gab es noch ein paar Stockwerke nahe der Kommandozentrale, die in ihrem ursprünglichen Zustand belassen worden waren, und glücklicherweise befand sich dort auch sein Quartier. Stone hatte Zugang zu einem Computerraum, den er häufiger nutzte, seit die Jared angefangen hatten, die Kommandozentrale ihren Bedürfnissen entsprechend umzubauen. Die meiste Zeit verbrachte er allein, denn die Jared-Menschen waren ihm zunehmend unheimlich geworden in ihrer wortkargen, geistesabwesenden Verrücktheit, und anscheinend gab es in der Bunkerstadt außer ihm keinen normalen Menschen mehr. Die Tiefschlafkammern waren vollkommen leer, und außer der Hand voll Soldaten, die mit der HOME RUN gestartet waren, hatte er von den Menschen, die sich dem Krieg angeblich freiwillig angeschlossen hatten, keine Spur entdecken können.

»Paris«, murmelte er, den Blick auf die Papiere auf seinem Schreibtisch gerichtet.

»Oder die *Wastelands.*«

»Urlaubspläne?«, fragte eine Stimme von der Tür her. Stone wusste bereits, um wen es sich handelte, bevor er sich umdrehte. Außer ihm gab es nur noch ein Wesen mit Humor in der riesigen Bunkeranlage, und zu allem Überdruss entwickelte dieses Wesen einen ausgesprochen perfiden Humor.

Der Zwerg grinste boshaft. »Sie sehen in der Tat erholungsbedürftig aus, Governor«, spottete er. »Was machen die Unterlagen?«

Stone tippte mit dem Zeigefinger auf die Karten, die er vor sich ausgebreitet hatte. »Ich bin fertig«, sagte er. »Ich habe jedes Moroni-Depot eingezeichnet, von dem ich jemals gehört habe, und noch ein paar zusätzlich, die ich erraten habe.« *Und wenn das nicht reicht,* fügte er in Gedanken hinzu, *dann erfinde ich eben noch welche.*

Gurk musterte ihn, als hätte er seine Gedanken erraten. »Großartig«, sagte er und setzte sich auf eine Pritsche an der gegenüberliegenden Wand. »Wir können jede Schraube gebrauchen, die wir auftreiben können.«

»Was ist passiert?«

»Erdbeben«, sagte der Zwerg lapidar. »Um genau zu sein, Eisbeben. Die arktische Scholle zerbricht, langsam aber sicher.«

»Und der Ring?«

»Das ist die spannende Frage.« Zum ersten Mal konnte Stone so etwas wie Müdigkeit im Gesicht des Zwerges erkennen. »Vielleicht schaffen wir es, das Eis auf der Innenseite vom Ring abzusprengen, bevor die Risse zu groß geworden sind. Es gibt nicht mehr viele Möglichkeiten.« Er grinste wieder. »Schließlich können wir nicht auf dem Meeresboden weiterarbeiten, oder?«

Stone rollte die Karten zusammen und reichte sie zu Gurk hinüber.

»Sie sind jetzt gewissermaßen arbeitslos, was?«

Stone zuckte die Achseln. »Ich bin froh, wenn ich hier herauskomme«, sagte er. »Köln ist nichts für mich.«

Der Zwerg nickte wissend. »Die neue Ordnung ist nichts für Sie, was?«

»Oder für sonst jemanden.«

»Ja.« Gurk kratzte sich am Kinn. Im Halbdunkel sah es für Stone fast so aus, als hätten sich seine Züge in den letzten Tagen geglättet. Tatsächlich schien Gurk immer seltener den ätzenden, bissigen Spott zu zeigen, der früher sein Markenzeichen gewesen war. Die Verantwortung bekam ihm anscheinend nicht, oder vielleicht gab er sich weniger Mühe, sein Image aufrecht zu erhalten. »Der

Ring ist heute geschlossen worden, Stone. Wir haben eine Chance, trotz der Beben. Inzwischen können wir über die Maschinen dort oben das Loch direkt beobachten.«

»Ist es gewachsen?«

»Geringfügig. Ich habe noch keine weiteren Sprünge entdecken können.« Er zog etwas aus einer seiner großen Jackentaschen. »Ich habe mich in den Computern am Ring umgesehen, als wir noch dort waren. Und als unsere Freunde gerade mal in die andere Richtung geschaut haben.«

Stone setzte sich auf und blickte unwillkürlich zur Tür. Vor drei Wochen wäre es ihm nicht im Traum eingefallen, sich vor den Jared zu fürchten, aber die Veränderungen in Köln waren zu umfassend gewesen, und das Ergebnis zu fremdartig. Er vergewisserte sich, dass der Zwerg die Tür hinter sich geschlossen hatte.

»Wie zum Teufel bist du hier überhaupt hereingekommen?«

»Ich kann ganz gut mit Computern umgehen.« Gurk schwenkte ungeduldig die Hand. »Da oben auf der Baustelle habe ich ein paar interessante Dinge gefunden. Ich habe ein wenig gezögert, ob ich sie Ihnen geben soll, aber jetzt, wo Sie nichts mehr zu tun haben ...« Er grinste wieder.

»Interessante Dinge«, wiederholte Stone vorsichtig. »Inwiefern interessant?«

»Erinnern Sie sich an die Radiosignale, die uns der bezaubernden Gegenwart von Charity Laird beraubt haben?« Der Zwerg stand auf und blieb vor Stones Schreibtisch stehen. »Die Signale kamen aus dem Loch«, sagte er. »Die Jared haben einen Teil der Signale an verschiedenen Stellen empfangen, und sie haben den Ursprung rekonstruieren können.«

»Die Nachricht kam vom Pol?«

»Kaum«, sagte Gurk verärgert. »Sie kann von überall hergekommen sein. Wir wissen nur, *dass ein funktionierender Transmitter* in der Nähe gewesen sein muss.«

Natürlich, dachte Stone überrascht. »Das Loch funktioniert als Transmitter?«

Der Zwerg verzog verächtlich das Gesicht. »Solange Sie nichts als Radiosignale oder Kartoffelpüree hindurchschicken. Ich habe es Ihnen doch gesagt, Stone, die Durchgangsstellen sind immer dieselben, und das ganze Zeug drum herum ist nur Brimborium.«

Er warf etwas auf den Tisch, das er die ganze Zeit in der Hand gehalten hatte. Stone erkannte eine Computerdisk.

»Was ist das?«

»Die Original-Aufzeichnung der Botschaft«, sagte der Zwerg gedehnt. »Inklusive der Stellen, die die Jared angeblich nicht aufgefangen haben oder die sie angeblich nicht entschlüsseln konnten.« Er beugte sich mit verschwörerischer Miene zu Stone herüber. »Vielleicht sind unsere Freunde mit menschlichen Funkzeichen nicht so vertraut, wissen Sie?«

»Ich dachte, dass Ihnen vielleicht noch etwas einfallen könnte, Governor.«

Er drehte sich um und ging zur Tür, bevor Stone ein Wort herausbringen konnte. Der Governor starrte die kleine Disk an, als handele es sich um einen besonders giftigen Käfer.

»Vielleicht schaffen Sie es auf diese Weise doch noch in den verdienten Ruhestand«, fügte Gurk noch hinzu, bevor er die Tür hinter sich schloss.

Ihre Glückssträhne setzte sich fort. Im Licht der Sonne, die das Gelände der MacDonald-Basis inzwischen vollständig erfasst hatte, glänzten die Baugerüste des Massetreibers, keine vier Kilometer von der Hügelkette entfernt. Die Absturzstelle lag nicht so weit im Osten, wie sie angenommen hatten, und das Gelände war bei weitem nicht so unwegsam wie befürchtet. Auf ihrem Weg passierten sie leere Frachtcontainer und Haufen von Plastikbehältern, Fahrzeugwracks und Dingen, die zu irgendwelchen Gebäuden gehört haben mussten. Charity begriff nach einiger Zeit, dass sie sich dem Gelände über einen Schrottplatz näherten. Ein Dutzend Kettenfahrzeuge stand aufgereiht, die Motoren zerlegt oder komplett ausgebaut, einige der Ketten gebrochen und hinter den Fahrzeugen ausgerollt. Drei große Tanks für Gas oder Flüssigkeit lagen nicht weit entfernt, der mittlere Tank mit einem Loch, in das man einen Kampfpanzer hätte fahren können. Viele der seltsamen Umrisse hatten Zwecken gedient, die Charity nicht einmal vermuten konnte.

Es war nicht zu befürchten, dass die Moroni zwischen all diesem Gerümpel ihre Spur wiederfinden würden. Sie wahrten weiter die Funkstille, verständigten sich mit Handzeichen und bugsierten den Transportschlitten zwischen dem Müll hindurch zu dem Gebäudetrakt, der sich immer deutlicher vor ihnen abzeichnete. Das Sonnenlicht hatte die Temperatur in die Höhe getrieben, und nach zwanzig Minuten schwitzten sie stumm in ihren Anzügen, die erste Zeichen von Überlastung zeigten.

Nach weiteren fünfhundert Metern entdeckte Charity eine breite Rampe, die in eine gewaltige Halle führte, vermutlich ein Hangar für eine der großen Baumaschinen, an die sie sich noch dunkel erinnern konnte. Das Metall glänzte stumpf, aber sowohl die Rampe als auch die Halle lagen im Schatten der großen Tanks. Ihr Anzug-Thermometer zeigte fünfunddreißig Grad an, und sie spürte ihre Wäsche wie eine zweite, schweißnasse Haut. Flüchtig registrierte sie, wie absurd langsam die Schweißtropfen sich von ihren Brauen lösten und irgendwo in ihren Kragen fielen. Die Dunkelheit wirkte unglaublich einladend. Sie bedeutete den anderen mit ein paar Handzeichen, ihr in sicherem Abstand zu folgen. Skudder, Harris und Dubois kamen mit dem Transportschlitten hinterher, während Henderson, Steiner und Estevez zu ihr aufschlossen. Charity sah die Verbindungsgänge von der Seitenwand des Hangars hinüber zu dem riesigen Gebäudekomplex, der sich wie eine Muschelschale über die Schienen des Massetreibers erhoben. Die Beschleunigungsstrecke war in fünfzig Metern Höhe über dem Boden auf viele Meter durchmessenden massiven Trägerstelzen gelagert, weil die gewaltigen Magnetfelder jede Elektronik störten und alles Metall zu einer Gefahr werden ließ. Im Betrieb hatte man den gesamten Abschnitt um die Hochstrecke gesperrt. Die eigentliche Katapultschiene des Massetreibers war so breit wie eine achtspurige Autobahn. Sie konnten sie vom Boden aus nur von der Seite sehen, aber Charity erinnerte sich an die gewaltige Wanne, die sich pfeilgerade bis zum Horizont zog, wie ein Kanal, aus dem jemand alles Wasser abgelassen hatte. Die Verladerampen waren so ausgedehnt wie eine Werft für Öltanker und so komplex wie ein Flughafenterminal. Der Hangar stellte nur einen kleinen Schuppen in der gesamten Anlage dar, mit einem Kabinenschacht oder einem Laufband beiläufig mit dem Zentrum verbunden, aber das machte ihn zum idealen Hintereingang.

Sie löste ihren Waffengurt von der Schulter und entsicherte das Gewehr. Sie trug dieselbe Waffe wie die anderen, eine Space-Force-Waffe, die sie nur ein- oder zweimal in der Hand gehabt hatte, eine rückstoßfreie Projektilwaffe, keinen Laser. Auf dem Mond war alles gegen hohe Temperaturen und intensives Licht geschützt worden. Und es fiel wesentlich leichter, eine großkalibrige Waffe samt Munition mit sich herumzuschleppen. Das unförmige Ding verschoss kleine, durchschlagende Wuchtgeschosse in unglaublich hoher, vollautomatischer Folge und aus einem zweiten Lauf Explosivgeschosse und Raketengeschosse. Der Granatwerfer saß hinter dem dritten, unteren Rohr, ein Treibsatzsystem mit Einzelschuss-Kontrolle. Die Begriffe fielen ihr nacheinander wieder ein, als sie die Bedienungstasten am Kolben berührte und die Bereitschaftslampen prüfte. Leuchtende Zahlen sprachen von gefüllten Magazinen und entsicherten Rotationsverschlüssen.

Sie hob die Waffe an die Schulter. Das Zielgerät befand sich in ihrem Helm, nicht an der Waffe, wo es nutzlos gewesen wäre.

Ein dünnes Kabel verband die Waffe mit ihrem Anzug, und ein durchsichtiges Display klappte wie eine Spielkarte aus Glas vor ihrem rechten Auge herunter, als sie den entsprechenden Schalter umlegte. Diesen Teil hatte sie früher immer besonders lächerlich gefunden, aber jetzt war sie dankbar für die Sicht, die ihr das Zielgerät bot. Ein tanzendes Fadenkreuz markierte die Stelle, die sie mit der Waffe anvisiert hatte.

»Ein System für Revolverhelden«, murmelte sie in der Stille ihres Helms. Inzwischen schwitzte sie so sehr, dass Helmvisier und Display schon leicht beschlagen waren. Nun, wenn die Präzisionstechnologie versagen sollte, entwickelte die Waffe immer noch eine verheerende Feuerkraft.

Sie ließ Lauf und Blick durch die Dunkelheit wandern,

während sie den Fuß der Rampe erreichten und sich vorsichtig hinaufbewegten. Estevez und Henderson blieben ein wenig zurück. Der Gedanke, das Henderson eine entsicherte Waffe in der Hand hielt, beruhigte Charity nicht sonderlich. Aus den Augenwinkeln sah Charity, dass Dubois ebenfalls ihre Waffe in der Hand hielt und den Himmel über und hinter ihnen absuchte, für den Fall, dass sie so kurz vor dem Ziel noch entdeckt werden sollten. Im gespenstisch grünen Schimmer des Restlichtverstärkers gewannen die Wartungskräne und die gewaltigen Greifarme der Reparaturanlagen langsam Konturen. Die Halle war leer; welche riesenhafte Maschine sich darin auch immer befunden haben mochte, sie war fort.

Sie erreichten die Schattenlinie. Charity verzichtete auf ihr Helmscheinwerfer, doch die schwachen Kontrolllampen innerhalb des Helms ließen die Gesichter in der Dunkelheit schimmern. Die beiden Männer hinter ihnen wuchteten mühsam den widerspenstigen Transportschlitten die Rampe hinauf. Sie wartete, bis Steiner aufgeschlossen hatte, dann betraten sie nebeneinander die Halle.

Innen schaltete Charity den Kanal mit kurzer Reichweite ein und bedeutete den anderen mit einem Wink, es ihr gleichzutun. »Niemand daheim«, sagte sie, während Skudder und Harris den Schlitten mit einer letzten Anstrengung in die Halle wuchteten, über die Kante am Ende der Rampe hinweg.

»Was ist das hier?«, fragte Harris.

»Unterstand für einen Montage-Kran«, vermutete sie. »Sie können sich eines merken, Harris, hier oben ist alles riesig. In der niedrigen Schwerkraft kann man wirklich große Spielzeuge bauen. Nach den ersten Jahren hatte ich manchmal das Gefühl, die Ingenieure seien alle ein wenig verrückt geworden.«

Skudder blickte zu der vierzig Meter über ihnen gezogenen Decke auf. »Sieht nicht sehr stabil aus.«

»Leichtbauweise«, stimmte sie zu, während sie noch einmal das Innere absuchte. »Ist zur Abwehr des Sonnenlichts und der Mikrometeoriten gedacht. Vermutlich hat das Dach Hunderte von millimetergroßen Löchern, wo die etwas größeren Teilchen eingeschlagen sind.« Sie grinste. »Eine Hand voll Schusswaffen würde dieses Ding über uns zusammenbrechen lassen. Aber es schirmt auch den Funk ab, und irgendwo da vorne ist eine Tür, durch die wir in die eigentliche Basis kommen.«

»Und was dann?«, fragte Skudder erschöpft.

»Direkt hinter den Verladerampen lag ein militärischer Komplex, darunter die Kontrollzentrale für den Massetreiber und die Werftanlagen. Und dahinter sind die Kabinenrohre zum Tagebaugebiet. Wenn wir überhaupt irgendetwas finden, dann dort oben in der Zentrale. Und es gibt mit Sicherheit Wasser, Strom und Proviant. Selbst wenn die Moroni damals hier gewesen sind, können sie nicht alles in Stücke geschossen haben, und unser Zeug hat sie nie besonders interessiert.« Ihr Anzug kühlte spürbar ab, und sie nahm erleichtert zur Kenntnis, dass ihr keine weiteren Schweißtropfen von der Stirn fielen. »Beeilen wir uns. Ich könnte ein Bad gebrauchen.«

Sie gingen weiter in die Halle hinein. Der Transportschlitten glitt lautlos und leicht über dem Betonboden dahin. Harris und Estevez legten ihre Waffen auf der Ladefläche ab und übernahmen die Riemen. Sie wichen ein paar Kisten aus, die gelbe und rote Warnzeichen trugen, und kamen an ein paar Kabelbäumen vorbei, von denen mehrere Bündel wirr herunterhingen. Schläuche lagen auf dem Boden. Eine große Stahlplatte bedeckte den Boden und verschloss vermutlich irgendeine Wartungsgrube. Charity wich der geriffelten Metallfläche aus und ging am Rand der Grube entlang. Steiner überholte sie auf der anderen Seite und war ein paar Meter vor ihr, als sie die Platte umgangen hatte. Einer der Container war umgekippt und aufgeplatzt, und ein Dutzend Verpackungseinheiten lagen auf dem Boden verstreut. Es war wie eine surrealistische Landschaft aus Müll und Vakuum-Kartons. Hinter ihr erreichte Henderson die Platte, und bevor sie etwas sagen konnte, setzte er den Fuß auf die freie Fläche. Irgendwo vor ihnen leuchtete ein kleines rotes Licht auf.

»Was ...«

Steiners Druckanzug brannte wie eine Fackel, als der unsichtbare Laserstrahl zwischen den Verstrebungen hindurch sein Ziel fand. Dann explodierte sein Rückentornister, und gleich darauf die Magazine seiner Waffe, und er verschwand in einer geräuschlosen, riesigen Feuerlohe.

Keiner von ihnen hatte Zeit gehabt, irgendwie zu reagieren. Charity ließ sich nach vorn fallen und ging zugleich in die Knie, um die Bewegung in der niedrigen Schwerkraft zu beschleunigen. Ihre Finger zogen alle drei Auslöser gleichzeitig durch, und die dreigeteilten Rückstoßflammen aller drei Läufe zeichneten einen Feuerkranz in die Dunkelheit. Die Explosion der Granate zerfetzte einen Kabelschacht, eine Wand und mehrere Geräte, die sie nicht identifizieren konnte, weil sie nur im Moment der Detonation in Licht getaucht waren. Die Explosivgeschosse zeichneten in völliger Lautlosigkeit eine Wolke aus Trümmern und Glut. Sie konnte die Vibrationen schwach im Betonboden spüren und rollte sich zur Seite ab, erkannte aber noch, dass sie das rote Licht verfehlt hatte. Irgendjemand schoss über sie hinweg in die Dunkelheit, und Henderson jagte eine Geschosssalve in die Decke über ihnen, sinnlos und vermutlich unbeabsichtigt. Hinter ihr streifte ein zweiter Laserpuls den Transportschlitten, und Fetzen aus Metall und Plastik rissen von der Seite des Schlittens ab.

Ihre Glückssträhne war definitiv zu Ende gegangen.

6

Der Transportschlitten begann plötzlich zu schwanken, und dann zerplatzte eine Verstrebung auseinander, getroffen von einem weiteren Laserpuls, der eigentlich Harris gegolten hatte.

Charity brachte ihre Waffe in Anschlag und richtete sie dorthin, wo ihrer Erinnerung nach das rote Licht gewesen war – die Ladeanzeige der Laserkanone, so hoffte sie. Dann zog sie dreimal den unteren Auslöser durch. Drei Granaten schlugen dicht übereinander in der Dunkelheit ein, und der dreifache Lichtblitz blendete sie lange genug, damit sie den Erfolg dieser Salve nicht erkennen konnte. Zumindest hatten die anderen das Feuer eingestellt.

In der Finsternis vor ihnen regneten glühende Trümmer herab, die rasch wieder dunkel wurden. Im Infrarot konnte sie erkennen, wie rasch sogar die Trümmerstücke auskühlten. Dann geriet irgendetwas, das hoch und massiv war, ins Schwanken und neigte sich ihr entgegen. Sie ging das Risiko ein und sprang auf, rannte dem kippenden Stahlträger entgegen, auf den unbekannten Gegner zu. Kein Schuss schlug ihr entgegen und verwandelte sie in eine Fackel, aber sie übersah ein Trümmerstück und stürzte, die freie Hand schützend vor den Helm gelegt. Hinter ihr schaltete jemand einen Scheinwerfer ein, und der Lichtkegel zeigte ein gewaltiges Loch in einer Reihe von Schränken und Regalen, die mit Elektronik und Kabeln angefüllt waren. Zwei weitere Löcher gähnten ganz in der Nähe in der Rückwand der Halle. Die Rückwand begann sich vor ihren Augen aufzulösen, die gewaltigen, mehrere Meter messenden Platten fielen in Zeitlupe auseinander.

»Raus hier«, rief sie über Funk und plagte sich auf. Zwei noch zusammenhängende Platten stürzten über die Trümmerlandschaft, die ihre Granaten hinterlassen hatten. Sie sah sich um, lange genug, um sich zu vergewissern, dass die anderen zurechtkamen, und sprintete auf das Portal zu, das etwa dreißig Meter entfernt lag. Ein dickes Bündel Kabel stürzte auf den Betonboden, und Plastiksplitter flogen gemächlich nach allen Seiten. Auf halber Strecke kniete sie sich hinter die Deckung eines leeren Kanisters und spähte durch die Zieloptik auf das Portal.

Es lag verlassen vor ihr. Die Kontrollen der zweiteiligen Tür waren abgeschaltet, und die Tür war geschlossen. Eine mechanische Handbedienung für Notfälle war direkt neben der Konsole angebracht, halb verborgen hinter einer knallroten Abdeckplatte, die lose in einem Scharnier lag.

Sie drehte sich zu den anderen, die geduckt über die freie Fläche hasteten, die Waffen im Anschlag. Keiner der Anzüge zeigte Brandspuren. Anscheinend hatten sie mehr Glück gehabt als Steiner. Skudder und Harris zogen den Schlitten, der etwas lädiert aussah, der aber seine Höhe hielt, obwohl er deutlich nach vorn links abgekippt war.

»Vorsicht«, rief sie und deutete auf das Portal. Sie blieben stehen, kamen dann vorsichtig heran und bezogen neben ihr Position.

»Alles in Ordnung?«, fragte Charity.

»Wir sind am Leben«, sagte Skudder nur. »Steiner ist tot.«

»Ich hab's gesehen«, meinte sie. »Hat irgendjemand gesehen, wie viele auf uns geschossen haben?«

»Nur ein Geschütz«, erwiderte Dubois, deren Blick immer wieder die Umgebung nach Zielen absuchte. »Vermutlich eine transportable Laserkanone.«

»Alle zwei Sekunden ein Puls«, ergänzte Harris. »Langsam, aber der Feuerstoß hat Stahlplatten zerschlagen.«

»Was ist mit dem Schlitten?«

Skudder warf ihr einen Blick zu, eine undeutliche Bewegung hinter dem Helmvisier. »Keine Ahnung«, sagte er nur.

»Vielleicht könnte jemand meine Befestigung überprüfen«, meldete sich eine andere Stimme. Charity hatte die Waffe ein wenig gehoben, als sie sich an den Tonfall erinnerte. Sie sah sich um. An der kleinen Frontkonsole des Würfels blinkte eine gelbe Bereitschaftslampe.

»Funk?«, fragte sie Harris erstaunt.

»Bevor ich von der Ladefläche rutsche«, ergänzte der Würfel.

»Harris, das ist Ihr Baby«, sagte Charity, als sie ihre Überraschung überwunden hatte. »Kümmern Sie sich darum. Und bringen Sie ihn zum Schweigen.«

»Wie Sie wünschen«, antwortete er leicht beleidigt. Sie ignorierte ihn und seine Spielzeuge und wandte sich zu Dubois und Estevez um.

»Die Tür ist zu«, sagte sie. »Im Moment haben wir unsere Ruhe, aber das wird nicht lange so bleiben.«

»Wir müssen weiter«, stimmte Skudder zu. »Durch die Tür.«

»Natürlich.« Charity verzog das Gesicht. »Die Frage ist, wie wir das anfangen.«

»Wir schlagen ein Loch in die Tür«, schlug Dubois vor. »Und danach schlagen wir ein Loch in alles, was hinter der Tür herumsteht.«

»Das ist der Hintereingang«, erwiderte sie missmutig. »Wenn wir uns reinschleichen wollen, sollten wir nicht mal anklopfen, geschweige denn die Tür eintreten.«

»Darauf kommt es wohl nicht mehr an«, warf Skudder ein, »jetzt, nachdem wir sozusagen schon die Mülltonnen umgeworfen haben.«

Charity verdrehte die Augen. »Ich werde mir das abgewöhnen«, murmelte sie und nahm die Waffe in Anschlag.

»Okay«, sagte sie dann und warf der Handbedienung einen bedauernden Blick zu. »Marie, machen Sie Ihre verdammten Löcher in die verdammte Tür. Und lassen Sie noch irgendetwas stehen.«

»Verstanden«, versetzte Dubois humorlos und zog durch. Die erste Explosion schleuderte die Türflügel auseinander, und die Leuchtspuren mehrerer Raketen bohrten sich mit erschreckender Präzision zwischen den auseinander klaffenden Stahlplatten in die Dunkelheit.

Es blieb ruhig. »Los«, sagte Charity, als die Qualmwolken sich als Staub niederschlugen. »Beeilen wir uns, ehe der Hausherr eintrifft.«

Sie liefen gestaffelt los, die einen gaben den anderen Deckung, bis Estevez mit einem Stiefeltritt den verbogenen rechten Türflügel zur Seite schob und sich in den Gang dahinter duckte. Charity folgte ihr hastig, schaltete mit einer Fingerbewegung den kleinen Punktscheinwerfer an ihrer Waffe an. Ein kleiner Lichtkegel tanzte über den glatten, schwarzen Boden.

»Ein Laufband«, sagte sie enttäuscht und hob die Waffe. Der Lichtfleck verschwand mit rasender Geschwindigkeit in der Ferne. »Mindestens zwei Kilometer. Na großartig.«

»Es funktioniert nicht«, vermutete Estevez.

»Scharf beobachtet«, schnappt Charity. Dubois riss den anderen Türflügel zur Seite und half den beiden Männern, den Transportschlitten in den Gang zu bugsieren, der drei Meter breit und sehr dunkel war. Das Laufband hatte anderthalb Meter Breite und eine leichte Steigung, so dass keiner von ihnen neben dem Schlitten hergehen konnte. Henderson bildete die Nachhut. Sie sah, wie er mit der Waffe in den Trümmern der Tür hängen blieb, und schüttelte stumm den Kopf.

»Geben Sie uns Deckung, Henderson«, sagte sie laut. »Und richten Sie Ihre Waffe nach hinten.«

»Okay«, sagte der Soldat und stolperte über eine Verstrebung.

»Machen wir uns auf den Weg«, sagte sie ergeben und blendete den Scheinwerfer auf, bis er die ganze Breite des Gangs ausleuchtete. »Ich glaube nicht, dass die Moroni diesen Weg benutzt haben, um in den Hangar zu kommen. Sie hätten das Transportband nicht abgeschaltet.«

Sie setzten sich in Bewegung, wobei sie den Schlitten mit der inzwischen neu befestigten Bombe und dem Würfel hinter sich herzogen. Der Gang war so luftleer wie der Hangar, was bedeutete, dass am anderen Ende eine Druckschleuse und ein Magazin für Anzüge und Gerät auf sie wartete. Solange sie sich noch im Vakuum befanden, bedeutete ein Treffer den sofortigen Tod, zumindest eine drastische Einschränkung der Bewegungsfreiheit. Die Druckanzüge hatten an Beinen, Armen und Taille Notfall-Verriegelungen, die den totalen Druckverlust für einige Minuten aufschieben konnten, dabei aber meistens auch die Blutzufuhr abschnitten, und das abgeschnürte Körperteil zu völliger Unbeweglichkeit verdammten.

Das Band vibrierte unter ihren eiligen Schritten, und Charity verfluchte innerlich die Lautlosigkeit des Vakuums. In den Teilen der Basis, die unter Druck standen, würden sie wenigstens einen akustischen Alarm hören können, ganz zu schweigen von dem Lärm, den sie selbst produzierten. Die Moroni waren gründlich, und kleine Taster für Erschütterungen und Licht waren billig und leicht anzubringen. Ihre einzige Chance hatte darin gelegen, dass das Gelände der MacDonald-Basis eigentlich zu groß gewesen war für eine vollständige Absicherung, aber sie hatten wieder einmal vergessen, wie zahlreich die Moroni waren. Beiläufig fragte sie sich, wann sie diese Kanone in dem Hangar montiert hatten und ob sie vielleicht auf den kleinen Trupp gewartet hatte.

»Zu wenig«, murmelte sie.

»Was?«, fragte Dubois, die neben ihr ging.

»Es waren zu wenige Moroni im Hangar«, führte Charity aus, »oder zu viele, je nachdem, wie man es sehen möchte.«

»Ich habe keine Moroni gesehen«, warf Skudder ein.

»Ich auch nicht«, stimmte Harris zu. »Ich habe nicht einmal diese Kanone gesehen.«

»Da war eine Lichtanzeige«, entgegnete Skudder.

»Genau«, sagte Charity. »Eine Ladekontrolle. Sobald die Kanone wieder feuerbereit ist, leuchtet sie auf.« Sie versuchte sich zu erinnern, was sie gesehen hatte, bevor die Explosion sie geblendet hatte. »Ich habe sonst nichts erkennen können«, ergänzte sie nachdenklich.

»Die Salve muss alles in Stücke gerissen haben«, meinte Harris. »Und was die Granaten übrig gelassen haben, hat die Wand unter sich begraben.«

»Vielleicht.« Charity wusste, dass ihr Tonfall nicht

gerade überzeugt klang. »Wir wissen lediglich, dass da eine Kanone war und dass wir sie getroffen haben. Solche Kanonen sind zu schwer, um sie innerhalb von dreißig Sekunden an einen anderen Standort zu schaffen.«

»Und eine Kanone wird von jemandem bedient«, sagte Skudder.

Das Scheinwerferlicht wurde von einer Wand reflektiert, fünfzig Meter vor ihnen. »Achtung«, sagte Charity und hob die Hand. »Wir gehen besser etwas langsamer.« Die anderen blieben stehen. Einen Moment verharrte die Welt regungslos. Dann setzte sich das Laufband mit einem heftigen Ruck in Bewegung, genau auf die verschlossene Schleusentür zu.

»Hinlegen«, schrie Charity, die ohnehin das Gleichgewicht verloren hatte, und wünschte sich verzweifelt höhere Schwerkraft. Die Scheinwerfer tanzten wild durcheinander und beleuchteten wahllos Stellen an Decke, Boden und Wand an, die sich rasch an ihnen vorbeibewegten. Skudder und Harris wurden in ihren Riemen von den Beinen gerissen, da der Schlitten hinter ihnen zurückblieb. Henderson, der erstaunlicherweise nicht das Gleichgewicht verloren hatte, prallte gegen den Schlitten und hielt sich daran fest. Das Laufband wurde immer schneller, hatte sie schon über die ersten fünf, zehn Meter getragen und beschleunigte immer mehr. Sie waren schon zu nahe an der Schleuse, um das Tor mit panzerbrechenden Granaten aufzusprengen. Der Rückschlag der Explosion hätte sie alle getötet. Charity rollte sich herum und drückte Dubois' Waffe sicherheitshalber zur Seite. Die Dunkelheit vor ihnen teilte sich plötzlich, und hellweißes Licht schlug ihnen entgegen, zunächst nur eine dünne Linie, die quälend langsam immer breiter wurde, während sich die Entfernung mit rasender Geschwindigkeit immer mehr verringerte.

Im nächsten Moment wurden sie in eine große Schleusenkammer geschleudert. Charity schützte ihren Helm mit dem linken Arm und presste die entsicherte Waffe mit dem rechten Arm eng an ihren Körper. Sie rollte hilflos über den glatten Boden, bis eine harte Metallkante gegen ihren Rücken schlug und ihre Bewegung schmerzhaft stoppte. Estevez, die sich irgendwie auf den Beinen hatte halten können, stolperte in den Raum und kam über Dubois zu Fall. Bevor irgendeine von ihnen reagieren konnte, folgten die beiden Männer, die sich verzweifelt an dem Band festgekrallt hatten. Diesmal wirkte sich die Masse des Schlittens in der anderen Richtung aus, und der Schlitten glitt über Skudder und Harris hinweg und zog sie ein Stück mit sich, ehe er gegen die andere Tür der Druckschleuse prallte und dabei Henderson abwarf.

Dabei kippte er eine Halterung um, die vor der inneren Tür gestanden hatte, und ein zylindrischer Behälter sprang aus seiner Befestigung und rollte auf Charity zu, die ihn instinktiv mit der Hand stoppte. Dann sah sie die Aufschrift, riss ihn hoch und schob ihn über den Boden auf den Gang zu, den sie gerade erst verlassen hatte. Estevez, die alles mit angesehen hatte, starrte sie mit schreck geweiteten Augen an.

»Die Tür zu«, schrie sie. »Da drüben, die rote Taste.« Harris war aufgesprungen und blickte in die Richtung, in die sie deutete, dann schlug er mehrmals mit der flachen Hand auf die Taste. Nichts geschah.

»Weg von der Tür«, rief Charity und kam auf die Knie. Harris sah sie verwirrt an, zog sich dann hastig zur Seite, als sie an ihm vorbei auf die innere Schleusentür zielte.

Die Explosivgeschosse stanzten acht faustgroße Löcher in den blanken Stahl, und gleich darauf wirbelte Luft in die Kammer und schlug sich sofort in weißem Nebel nieder. Ein gelbrotes Warnlicht links über der Tür drehte sich plötzlich. Im nächsten Moment schlugen die äußeren Türflügel zusammen, als die Notautomatik die Druckschleuse nach außen verriegelte.

»Was war das für ein Ding?«, fragte Skudder. Charity ließ die Waffe fallen und griff nach dem Stellrad, mit dem sich die innere Tür von Hand öffnen ließ.

»Das war eine Bombe«, erklärte sie keuchend. »Wenn die Außentür nicht hält, sind wir geliefert.« Sie setzte das Rad in Bewegung. »Hilf mir, los, mach schon.«

Er fasste das Rad und drängte sie unsanft beiseite. Sie machte Platz, nahm ihm den Riemen vom Schlitten ab, während er sich mit aller Kraft an dem Rad zu schaffen machte. Ein Türflügel der Innentür öffnete sich langsam. Weitere Luft strömte ein, diesmal ohne Niederschlag.

»Estevez, Dubois, aufpassen.« Der Adrenalinstoß ließ alle Bewegungen, die in der niedrigen Mondschwerkraft ohnehin verzögert waren, wie in Zeitlupe erscheinen. Sie drängte die beiden Frauen durch die entstandene Öffnung, überließ es ihnen, sich um eventuelle Schwierigkeiten auf der anderen Seite zu kümmern. Dann traf sie ein furchtbarer Schlag in den Rücken, und da die Schleusenkammer inzwischen auf Normaldruck war, konnten sie die Explosion auch hören. Der Boden bäumte sich unter ihren Füßen auf. Sie stolperte gegen den Türflügel, der sich nicht bewegt hatte, und der ausgezackte Rand eines der Einschusslöcher zerriss ihren Schutzanzug an der Schulter, ein Unfall, der sie vor wenigen Sekunden noch das Leben gekostet hätte.

Charity fand das Gleichgewicht wieder und drehte sich hastig um. Die schwere Außentür war plötzlich ausgebeult; sie wölbte sich jetzt in die Kammer hinein, und der Rahmen, in dem die beiden Türflügel aufgehängt waren, wies Risse auf, aber die Tür hatte gehalten.

»Wir haben Glück gehabt«, sagte sie und schob den völlig verwirrten Skudder aus der Schleusenkammer. »Irgendjemand hat aus einer Wasserstoff-Druckflasche und einer Granate eine niedliche kleine Bombe gebastelt, die hier in der Schleuse auf uns gewartet hat.« Sie half Harris auf die Beine. »Der Schlitten«, sagte sie, nahm ihre Waffe vom Boden, blickte auf und sah zum ersten Mal flüchtig, was hinter der Tür lag. Die Halle war groß, aber recht niedrig. Die Beleuchtung war eingeschaltet. »Als wir hereinkamen, wurde die Bombe scharfgemacht. Die Explosion hätte uns getötet, und die Reste wären in den Gang hinausgeblasen worden oder direkt auf die Mondoberfläche.«

Sie bugsierten den Schlitten aus der Schleusenkammer. Anschließend zerrte sie Henderson mit sich hinaus. Draußen angekommen, blickte Charity noch einmal auf die lädierten Türflügel der äußeren Schleusentür.

»Die Röhre draußen ist bestimmt zerfetzt worden. Wenn die Tür nicht gehalten hätte ...« Sie hob die Schultern. »Ich bin nur froh, dass ich das Ding gerollt und nicht geworfen habe. Das sind entscheidende Sekunden gewesen.« Sie deutete auf das Bedienungspult, das auf dieser Seite der Tür grüne und rote Lichter zeigte. »Machen Sie die Tür zu, Harris. Für den Fall, dass die Außentür doch noch nachgibt.«

»Die rote Taste, richtig?« Diesmal gehorchte die Tür sofort.

»Das Pult auf der Innenseite ist zerstört worden«, sagte sie grimmig. »Jemand hat die Kabel durchschnitten oder den Computer benutzt.«

»Derselbe jemand, der die Bombe aufgebaut hat«, meinte Skudder.

»Deshalb das hier«, sagte Harris und deutete auf die Löcher in der Innentür, die auf dieser Seite kleiner waren. »Und ich hatte schon gedacht, Sie wollten mich unehrenhaft entlassen.« Skudder gab einen verächtlichen Laut von sich. »Was machen wir mit den Löchern?«, fragte er ruhig.

»Flicken«, sagte Charity und öffnete eine Oberschenkeltasche. »Genauso wie meinen Anzug.«

Skudder nahm das kleine Päckchen in die Hand und machte sich an dem fingerlangen Riss an ihrer Schulter zu schaffen, während sich Dubois und Estevez um die Löcher kümmerten.

»Halten die Flicken das aus?«, fragte Skudder zweifelnd, als er mit Charitys Anzug fertig war.

»Der Luftdruck wird sie festhalten«, meinte Charity. »Auf der anderen Seite der Tür hätten wir damit keine Chance.« Ihr Blick wanderte über Schränke und Arbeitstische. Druckanzüge hingen in Metallgerüsten von der Decke herab. Die Käfige waren an Schienen aufgehängt und beweglich. Man konnte die verschiedensten Druckanzüge sehen, von leichten Ausführungen aus dünnem Plastik bis hin zu schweren Rüstungen, wie sie die militärischen Bautrupps getragen hatten. Weiter hinten im Schatten standen zwei Kraftverstärker, Ektoskelette aus Stahlgelenken, Motoren und Hydraulik, in denen ein leichter Druckanzug befestigt war, an der Taille aufgeklappt, damit der Träger über eine kleine Leiter von oben hineinsteigen konnte. Sensoren auf dem Druckanzug und vor den Handschuhen übertrugen die Bewegungen und den Kraftaufwand des Trägers an die Motorsteuerung. In Halterungen an den Wänden sah man tragbare Baumaschinen, wie sie von ein oder zwei Leuten bedient werden konnten, Bohrmaschinen und Schneidgeräte, teils mit Klingen, teils mit Laser. Die Wartungshalle sah aus, als sei sie erst vor Momenten verlassen worden. Hinter dem Durcheinander erkannte Charity einen Durchgang.

»Gehen wir«, sagte sie. »Passen Sie auf Ihre Füße auf, Henderson.«

»Wie Sie meinen«, kam die beleidigte Antwort.

»Irgendwo drinnen müssen die Liftanlagen sein.« Charity lachte grimmig. »Und die Laufbänder funktionieren ja anscheinend auch wieder.«

»Was sich in unmittelbarer Zukunft als sehr nützlich erweisen wird«, maulte der Würfel, diesmal nicht über Funk, sondern über seinen Lautsprecher. Da sie alle ihre Helme vorsichtshalber noch geschlossen hatten, klang der Tonfall stark gedämpft. Vermutlich hatte der Computer beinahe gebrüllt. Er hing noch immer auf dem lädierten Transportschlitten fest, der sich inzwischen noch stärker zum Boden neigte. Die Bombe war in der Halterung verrutscht, und mit ein wenig mehr Schlagseite würde das ganze Gebilde umkippen.

»Wie lange hält das Ding noch durch?«, fragte Charity besorgt.

»Keine Ahnung«, sagte Harris. »Wenn Sie den Schlitten meinen. Der TACCOM ist ziemlich robust.«

»Ich entspreche der Schutzklasse zwei entsprechend der internationalen Norm . . .«

»Ausgabe unterbrechen«, rief Charity.

»Wie Sie wünschen«, antwortete der Würfel verstimmt.

Sie ignorierte ihn und warf einen letzten sorgenvollen Blick auf den Schlitten, der sie stark an ein kenterndes Schiff erinnerte. Er schien an Höhe verloren zu haben, denn die vordere linke Kante hing nur noch zwanzig Zentimeter über dem Boden. Vermutlich war auch der Energiespeicher getroffen worden.

»Gehen wir«, sagte sie noch einmal. »Vielleicht finden wir ja eine Mitfahrgelegenheit für unseren kubischen Freund hier.«

Skudder lachte grimmig. »Oder noch eine Bombe.«

Das Schiffswrack schimmerte im Sonnenlicht wie eine deformierte Perle. Jede Schramme, jeder tiefe Riss der mattglänzenden Panzerung warf scharfe Lichtreflexe, und die winzigen Scherben der Panzerglaskuppeln glitzerten und tanzten bei jedem Blickwechsel. Gelegentlich sah es so aus, als wären Tausende von Sternen aus dem dunklen Himmel auf die Mondoberfläche herabgefallen.

Die diskusförmigen Gleiter duckten sich in einer Ringanordnung um das Schiff herum, und ein Teil ihrer Bordkanonen war auf das Wrack gerichtet, als könnte von dem Haufen zerschundenen, geborstenen Metalls noch irgendeine Bedrohung ausgehen. Die Moroni hatten in ihren Fahrzeugen abgewartet, bis die Sonne Kälte und Dunkelheit vertrieben und den Schauplatz in intensives, grelles Licht getaucht hatte, und dabei aufmerksam auf jedes Anzeichen von Bewegung geachtet. Nun setzte jeder der acht geladenen Gleiter zehn Krieger aus, die sich vorsichtig von allen Seiten dem Wrack näherten. Aus der Entfernung sahen sie aus wie eine Schar Ameisen, die auf die Schale eines toten Käfers zukrabbelten.

Die Krieger trugen keine Druckanzüge, nur eng anliegende Atemmasken, die auch die Augen schützten und deren Tanks sie auf dem Rücken trugen. Die Chitin-Panzerung war hart und widerstandsfähig genug, um ihnen einen kurzen Aufenthalt im Vakuum zu gestatten, und alles andere hatte keine Bedeutung für die, die diesen Trupp ausgerüstet hatten. Das Sonnenlicht gab ihnen genug Wärme, um sie vor der tödlichen Kälte zu schützen. Keiner von ihnen konnte jedoch hoffen, diese Mission zu überleben.

Sie erreichten das Wrack und näherten sich mit erhobenen Waffen den Löchern, die in der Hülle klafften. Einige von ihnen gingen hinter Felsen und Trümmerstücken in Deckung, während andere weitermarschierten. Es gab keine Absprachen und keine Handzeichen, jeder von ihnen dachte und handelte gleich, und die Entscheidung, wer in Deckung ging und wer nicht, ergab sich logisch aus der Anordnung der Trümmer und dem Weg, dem sie alle folgten. Dann verschwanden die ersten *Ameisen* im Schatten und betraten das Wrack, und die, die am weitesten entfernt in Deckung gegangen waren, erhoben sich und folgten ihnen langsam.

Im Inneren des Wracks war die Temperatur erträglich, und statt des blendenden Sonnenlichts erwartete sie Dunkelheit, die angenehme Erinnerungen weckte. Sie benutzten Suchgeräte, denn ihre empfindlichen Fühler hätten die wenigen Minuten ungemildertes Sonnenlicht nicht aushalten können, aber im Inneren gab es keine Spur von Leben. Langsam verteilten sie sich und begannen damit, das Wrack systematisch zu durchsuchen.

Es dauerte nicht lange, dann entdeckten sie den ersten Toten. Er lag halb unter Maschinenteilen begraben und trug einen roten Druckanzug. Es war ein Mensch, und obwohl ihre Anweisungen sie darauf vorbereitet hatten, breitete sich Unruhe unter den Moroni-Kriegern aus. Das Lastschiff konnte nur aus den Beständen der Schwarzen Festung stammen, und es in Menschenhand zu wissen war ein deutliches Zeichen dafür, wie der Krieg auf der Erde verlaufen war.

Sie begannen damit, diesen und die beiden anderen Toten freizulegen. Die Verstrebungen und Kabel konnten ihren Zangen wenig Widerstand entgegensetzen, aber für die Maschinenteile mussten sie Werkzeug benutzen. Diejenigen Krieger, die auf der Erde ausgebrütet worden waren, empfanden vage Verwunderung bei der Erkenntnis, dass sich die Menschen der Moroni-Technologie bedient hatten. Es war beinahe Ironie, dass andererseits menschliche Technologie den Absturz des Lastschiffes bewirkt hatte.

Die Trümmer boten wenig Aufschluss darüber, wie groß die Besatzung des Lastschiffes gewesen war und ob es Überlebende gegeben hatte. Dieser Teil der Moroni-Macht war seit Wochen abgeschnitten gewesen von den Moroni, die auf der Erde zurückgeblieben waren, oder den versprengten Resten der Raumflotte, die der Vernichtung bei der Orbit-Station entgangen waren. Es gab keinen Kontakt mehr dorthin, genauso wie die Gleiter keinen Kontakt zu ihrem Herrn hatten, bis sie wieder zu ihm zurückkehrten. Seit dem Angriff auf die Schwarze Festung hielten sich die Moroni verborgen, und die ungewohnten Anweisungen stürzten die *Ameisen*-Krieger in zunehmende Verunsicherung, soweit sie von der Erde stammten. Die mondgeborenen Moroni zeigten andere Reaktionen. Keiner von ihnen war zu bewussten Gedanken fähig, denn sie entstammten einem früheren Entwicklungsstadium, das weit davon entfernt war, selbstständig handelnde Krieger oder gar Inspektoren hervorzubringen. Ohne erdgeborene Krieger in ihrer Begleitung wären die anderen *Ameisen* trotz körperlicher Überlegenheit zu keiner sinnvollen Handlung in der Lage gewesen.

Drei Inspektoren begleiteten den kleinen Trupp, und einer von ihnen war den Kriegern in das Wrack gefolgt. Im Gegensatz zu ihnen begriff er in einem Winkel seines zweckgerichteten Verstandes, welcher Gefahr er sich im Sonnenlicht aussetzte, aber gegen die Anweisungen, die ihn leiteten, war er machtlos. In fünfzehn Stunden würden die Gleiter wieder den Rückflug antreten, und bis zu diesem Zeitpunkt würden seine Körperfunktionen nicht erkennbar beeinträchtigt werden. Trotzdem verspürte der Inspektor so etwas wie Angst, nicht um seine eigene Unversehrtheit, sondern angesichts der Erkenntnis, dass die Situation verzweifelt genug war, um sogar ihn und die anderen beiden Inspektoren der Gefahr auszusetzen. Es würde lang Zeit dauern, bis das Moronivolk hier wieder Inspektoren hervorbringen konnte, und solange sie abgeschnitten waren von der Erde und vom Transmitternetz, gab es keinen Ersatz für die wenigen von ihnen, die aus der Schwarzen Festung entkommen waren.

Eine stumme Warnung des Unterbewusstseins brachte den Inspektor dazu, sich aus seinen halbbewussten Überlegungen zu lösen. Er schwenkte den mächtigen Kopf und starrte auf zwei *Ameisen*krieger, die regungslos zwischen den Trümmerstücken standen. Sie verharrten schon eine Weile dort. Er näherte sich vorsichtig und erkannte an der kräftigen Statur der *Ameisen,* dass es sich um mondgeborene Krieger handelte, die gebannt auf etwas am Boden vor ihnen starrten. Dann umrundete er den Haufen von Maschinenteilen, der ihm den Blick versperrte.

Die Heftigkeit seiner eigenen Reaktion überraschte den Inspektor noch mehr als der Anblick. Er drängte die beiden Krieger beiseite und beugte sich über das Ei, das in seiner farblos gewordenen, abgestorbenen Hülle zwischen Stahlstangen und Verstrebungen lag. Ein hastiger Blick zeigte ihm, dass noch mindestens zwei weitere Eier zwischen den Trümmern lagen. Seine Klauenhand berührte das Ei, und als er die Bewegung unter der kalt gewordenen Haut spürte, übernahmen uralte, tief verborgene Programme die Kontrolle über seine Handlungen.

Die beiden Krieger lösten sich aus ihrer Erstarrung, in die ihr überforderter Verstand verfallen war, und halfen ihm, die Trümmer beiseite zu räumen. Er entdeckte eine zerplatzte Schale, zerquetscht zwischen zwei Energiezellen, und die Schutzreaktion ließ ihn hilflos die Klauen entblößen. Die Zangen schnappten leer zusammen. Weitere Krieger waren aufmerksam geworden und näherten sich, und gleich darauf bargen sie die ersten beiden Eier und trugen sie beiseite.

Während der Inspektor fieberhaft weiterarbeitete, völlig machtlos gegen die Instinkte, die seinen Körper übernommen hatten, reihten sich zusammenhanglos Gedanken aneinander, Überlegungen, wieso sich Moroni-Eier in einem von Menschen geflogenen Lastschiff befinden konnten, ob sie vielleicht auch *Ameisen* in den Trümmern finden würden oder ob es Jared gewesen waren, in deren Hand sich das Schiff befunden hatte. Und während er ein viertes Ei intakt aus dem spröde gewordenen Gewebe löste, mit dem es geschützt und befestigt worden war, empfand der logische Teil seines Bewusstseins plötzlich eine tiefe Furcht vor dem, was er in den Händen hielt.

7

Die Röhre hatte einen Durchmesser von sechs Metern. Sie begann irgendwo an einem Ende der Welt und endete am anderen Ende, und auf dem Weg dorthin zog sie an einem Bahnsteig in der Nähe der Bauhangars vorbei. Die sechs Magnetschienen an den Wänden wandten sich in einer leicht geschwungenen Linie zum Horizont, was in diesem Fall der Reichweite ihrer Scheinwerfer entsprach. Die Beschriftung an der Wandseite gegenüber dem Bahnsteig war rätselhaft, aber eindeutig menschlichen Ursprungs. Auf dem ersten Kilometer befanden sich zwischen den Magnetschienen in regelmäßigen Abständen kleine Leuchtröhren, die nach beiden Seiten hin einen Abschnitt der Röhre in ein seltsam mattes Licht tauchten. Keine der Leuchtröhren war defekt oder abgeschaltet, und irgendwie war dieser Umstand beunruhigend.

Die Röhre selbst war luftleer, um den Kabinen weniger Reibungswiderstand entgegenzusetzen. Ein Vakuum war auf dem Mond billig zu haben und leicht herzustellen; man musste nur hin und wieder ein Loch in die oberirdische Röhre stanzen oder einen Schlauch legen, wenn die Transportröhre unterirdisch verlief. Eine dicke Wand mit Fenstern aus Panzerglas trennte den Bahnsteig vom Röhreninneren, und eine Druckschleuse mit einem Zieharmonikaschlauch stellte die Verbindung zu den Kabinen her, sofern sich welche auf dem Bahnsteig befanden.

Im Moment war der Bahnsteig leer. Charity hatte nach kurzem Zögern auf die Ruftasten gedrückt, und seitdem warteten sie. Es war immerhin schon fünf Minuten her, und langsam kam sie sich ein wenig lächerlich vor. Der Gedanke, in einer seit sechzig Jahren verlassenen Basis auf einen Zug zu warten, der nicht kam, hatte etwas von einem modernen Theaterstück an sich. Was auf die gesamte Basis zuzutreffen schien, die wie die Kulisse einer gewaltigen, absurden Geisterbahn wirkte. Sie hatten keine weiteren Bomben gefunden, aber zahlreiche Türen, die sich nicht öffnen ließen, während andere sich in unpassenden Momenten von allein schlossen. In einigen Abschnitten war die Luft mit Resten von Wasserstoffgas oder Methan versetzt gewesen. In einem anderen Mischungsverhältnis hätte das zu heftigen Explosionen geführt. Rolltreppen bewegten sich in die falsche Richtung, Laufbänder blieben plötzlich stehen, und hin und wieder fanden sie sich in Räumen wieder, die völlig luftleer waren. Sie hatten es nicht gewagt, die Anzüge zu öffnen. Charity hätte es nicht überrascht, wenn plötzlich Nervengas aus der Belüftungsanlage geströmt wäre oder wenn irgendjemand eine hochaktive Säure in die Sprinkleranlage geleitet hätte.

Sie sah zu Estevez hinüber, die einen Sensor an eine Glasscheibe geheftet hatte, der per Kabel mit ihrem Helm verbunden war. »Irgendeine Bewegung?«, fragte sie, vermutlich zum fünften Mal.

»Nichts zu hören«, kam die gleichmütige Antwort.

»Großartig«, sagte Skudder. »Nur gut, dass wir nicht auch den Weg bis zum Mond zu Fuß zurücklegen mussten.«

»Kommt noch«, erwiderte Charity ohne Humor. »Was den Rückweg betrifft, werden wir wohl noch einmal darüber nachdenken müssen.«

Darauf hatte niemand eine Antwort, und die Gesichter wirkten plötzlich noch angespannter. Charity bedauerte ihre Bemerkung. Es hatte wenig Sinn, ihren momentanen Problemen noch zukünftige hinzuzufügen.

»Wohin führt uns diese Bahn überhaupt?«, fragte Skudder nach einer Weile.

»Direkt in die Zentrale, hoffe ich. Diese Röhren laufen wie die Speichen eines Rades in acht oder zehn Richtungen, aber sie sind verschieden lang.« Sie seufzte. »Wenn die erste Kabine in die falsche Richtung fährt, dann werden wir irgendwo draußen im Tagebau-Gebiet landen. Weiter draußen, wenn wir eine der Ost-Achsen erwischt haben.«

»Können Sie die Bezeichnung nicht klären?«, fragte Harris und deutete auf die kryptische Bahnsteig-Beschriftung.

»Tut mir Leid, nein.« Charity hob die Hand zu einer Geste der Hilflosigkeit. »Die Codierung ist nicht aus meiner Zeit. Ich habe die Mondbasis drei oder vier Jahre vor der Invasion das letzte Mal betreten.« Der Satz weckte Erinnerungen, auf die sie gerne verzichtet hätte. »Ist nicht gerade die schönste Zeit meines Lebens gewesen. Und dieses Geschmiere da sieht aus, als hätten sie es erst kurz vor Schluss angebracht.«

Skudder sah sie von der Seite an, und ein Gefühl der Wärme stieg in ihr auf, als sie es bemerkte. Sie lächelte ihm zu.

»Hier ist eine Karte«, sagte Dubois, die sich seit einigen Minuten am Fahrkarten-Terminal zu schaffen gemacht hatte. Sie hatte die Verkleidung aus ihren Halterungen gelöst und die Verkabelung freigelegt, und anscheinend hatte sie die Leitungen gefunden, die das Terminal mit dem Zentralcomputer verbunden hatten. Henderson stand daneben und reichte hin und wieder eines der elektronischen Werkzeuge an.

»Haben Sie das Terminal abkoppeln können?«, fragte Charity überrascht.

»Ja.« Dubois tippte auf den Bildschirm, der inmitten des freiliegenden Kabelgewirrs hing. »Es funktioniert wieder.«

»Nur Fahrkarten können wir keine mehr kaufen«, murmelte Skudder.

»Witzbold«, versetzte Charity. »Das bedeutet, dass alle Systeme vom Zentralcomputer aus blockiert worden sind, ganz egal, ob Terminals, Schleusenkontrollen, Zugangstüren oder Sicherheitsschotts.«

»Unsere Freunde sind also in der Zentrale«, folgerte Harris.

»Oder sind zumindest dort gewesen«, stimmte Charity zu. »Ich frage mich, ob Stone den Moroni diese detaillierten Kenntnisse über die MacDonald-Systeme verschafft hat, in der guten alten Zeit, als er noch exklusiv für sie gearbeitet hat.« Sie registrierte beiläufig den Blick, den sich Harris und Dubois zuwarfen.

»Achtung«, sagte Estevez in die Pause hinein.

»Was ist?«

Die Frau runzelte die Stirn. Ihre behandschuhten Finger stellten schwerfällig einen Regler nach. »Ich höre etwas«, sagte sie.

»Na endlich«, meinte Skudder erleichtert.

»Moment noch.« Sie hob die Hand, starrte durch die Glasscheibe, während sie einen anderen Drehknopf an der Kinnseite ihres Helms benutzte.

»Es kommt nicht aus der Röhre«, sagte sie dann.

Charity löste ihre Waffe aus der Befestigung hinter der rechten Schulter. Die anderen taten es ihr nach. Je zwei von ihnen blickten in verschiedene Zugangsflure zum Bahnsteig.

»Nichts«, sagte Harris von der einen Tür her. Charity stand neben Skudder und versuchte verzweifelt, ein klares Bild zu bekommen. Das Kabel hatte in der Schleusenkammer etwas abbekommen, und ihre Zielanzeige flackerte von Zeit zu Zeit. Sie konnte nur hoffen, dass der Wackelkontakt nicht gerade in den entscheidenden Sekunden auftrat.

»Ich sehe nichts«, sagte Skudder nach einer Weile. Er zögerte. Die Biegung war nur sechs Meter von ihnen entfernt, und sie konnten den nachfolgenden Abschnitt nicht einsehen.

»Was ist los?«

»Ich bin mir nicht sicher«, sagte er. »Ich werfe einen Blick um die Ecke. Gib mir Deckung.« Er warf ihr einen Blick zu und tippte mit dem Zeigefinger auf ihre lädierte Waffe.

»Aber pass auf, wohin du zielst.«

Er war schon losgegangen, bevor sie einen Einwand erheben konnte. Während der sich der Biegung näherte, schaltete sie versuchsweise ihre Mikrofonanlage um. Seine Schritte dröhnten in ihren Ohren, unterlegt von ihrem eigenen Herzschlag und Atem und dem sirrenden Geräusch von insgesamt fünf Tornisterpumpen, die auf dem Bahnsteig verteilt waren. Es war ihr rätselhaft, wie Estevez trotz aller Filter in diesem Wirrwarr etwas zu erkennen glaubte.

Skudder erreichte die Biegung. Er ging in die Hocke und nahm die Waffe eng an den Körper, bevor er regungslos verharrte. Sie fragte sich schon, worauf er wartete, als er plötzlich blitzartig nach vorn schnellte. Die Waffe im Anschlag, sah er in den Gang hinein. Sie erkannte noch, dass sich sein Körper etwas entspannte, dann ging alles sehr schnell.

Ein dicker Strahl einer weißlichen Flüssigkeit traf ihn und verklebte seinen Helm. Instinktiv hatte er die Waffe hochgerissen, aber sie entglitt seinen verklebten Fingern. Das Kabel zu seinem Helm spannte sich und riss mit einem hellen Glockenton. Die zähe Masse schäumte auf, sobald sie den Druckanzug berührte, und bildete dampfende Pfützen auf dem Boden.

»NEEEIIINNN«, schrie sie und rannte los. Ein dunkler, schwarzer Schatten glitt um die Biegung, und sie hatte einen flüchtigen Eindruck von schlängelnden, zupackenden Armen und einem dicken, wulstigen Körper. Skudder konnte sich losreißen und taumelte in ihre Richtung, wischte mit den Handschuhen hilflos über die geblendete Sichtscheibe seines Helms. Ein schwarzer Arm traf seine rechte Wade, und das Bein knickte unter ihm zusammen. Charity blieb stehen und brachte die Waffe in Anschlag. Ihre Zielanzeige flackerte kurz in allen Farben und weigerte sich dann, von ihrem Gegner Kenntnis zu nehmen. Mit einem erstickten Fluch löste sie eine Hochgeschwindigkeitssalve von kleinen Wuchtgeschossen aus. Die Projektile rissen große Flocken von Schaum aus der weißen, quellenden Masse, und sie sah noch, wie einer der tentakelartigen Arme einfach abgerissen wurde, dann schlug ihr ein dicker Strahl der weißliche Flüssigkeit entgegen und riss sie einfach von den Beinen.

Das Zeug war glitschig wie Schmierseife. Sie versuchte mit panischer Hast, wieder auf die Beine zu kommen, und glitt wieder aus. Ihre Stiefel fanden keinen Halt. Sie verzichtete auf den vergeblichen Versuch, ihren Helm von der klebrigen Masse zu befreien, nachdem schon Skudder keinen Erfolg damit gehabt hatte, und versuchte, sich dorthin zu schieben, wo sie Skudder vermutete. Ihre

Waffe hatte sie bei dem Sturz verloren, aber diesmal hatte das Kabel gehalten, und als sie wieder ausrutschte, hatte sie plötzlich wieder eine Zielanzeige. Im Infrarot war das widerliche Zeug in einem schönen Dunkelblau dargestellt, entsprechend einer erstaunlich niedrigen Temperatur, und drei rote Gestalten bewegten sich am Rand des Gesichtsfeldes. Sie erkannte eine gelbe Linie, die von einer der Gestalten über sie hinwegzuckte, und ihr verklebtes Mikrofon übertrug die Einschlaggeräusche von weiteren Geschossen. Sie fuhr mit der Hand zu der Buchse herunter und dann an dem Kabel entlang, und es gelang ihr, das Kolbenmagazin der Waffe zu packen. Hastig zog sie das Gewehr zu sich heran und drehte es in die andere Richtung. Skudder war als teils gelbe, teils grüne Gestalt zu erkennen, und hinter ihm erhob sich ein grüner, erschreckender Umriss, der auf den ersten Blick an einen Kraken oder eine Spinne erinnerte, wie der Kopf einer riesigen Medusa, mit Schlangenarmen, die wild nach allen Seiten peitschten und sich in Skudders Beine verschlungen hatten.

Dann tanzten gelbe Lichter über den Medusenkopf, und weitere Arme fielen ab, verharrten reglos oder verkürzten sich plötzlich. Sie rappelte sich mühsam auf die Knie und hob die Waffe an. Der eigentliche Körper des Wesens war ein massiver Block, der halb in der schäumenden blauen Masse verborgen war. Bevor sie abdrücken konnte, peitschten zwei grüne Arme auf sie zu, und das geisterhafte Infrarotbild verschwand. Sie wurde nach vorn gerissen.

»Ich bin's«, rief sie noch, als der Stiefel sie schon an einer Stelle traf, wo es wirklich wehtat. Sie schnappte nach Luft, spürte, wie Skudder sie packte, und erwartete weitere Schläge, aber entweder hatte er begriffen, oder er hatte zu viele eigenen Probleme, um sie weiter zu verprügeln. Dann schnürte ihr ein stählerner Arm den Hals ab, und sie hörte, wie der massive Nackenring ihres Helms knirschte. Instinktiv packte sie den glitschigen Arm mit beiden Händen und riss heftig daran. Der Ruck katapultierte sie auf das Wesen zu, und der mörderische Zug ließ nach, bevor der Helm zerbrechen konnte. Sie zog sich weiter, bis sie gegen den Block stieß. Eine schwere Explosion schüttelte sie durch, und irgendetwas, das flach, dünn und schwer war, fiel mit der Kante auf sie und ihren Gegner herab. Dubois, dachte sie wütend, und die Wut verlieh ihr neue Kräfte. Sie hielt sich am Ansatz des Arms fest, der mit einigen anderen zusammen auf sie einpeitschte, ignorierte die Schläge, die ihren Rückentornister trafen, und befreite mühsam ihre Handwaffe aus dem Gürtelholster. Ihre glitschigen Finger glitten dreimal vom Verschluss ab. Ein Stoß traf sie in der Nierengegend, und der neue Schmerz ließ sie aus vollem Halse schreien. Sie trat mit dem Stiefel nach dem Körper des Wesens, traf etwas, das deutlich metallisch widerhallte, und stieß mit der Mündung der Handwaffe in diese Richtung. Die Pistole verschoss Projektile und Laserpulse, und sie zog beide Auslöser durch, verschoss das gesamte Magazin und entleerte die Batterie innerhalb zweier Herzschläge eine Handbreit neben ihren Stiefel.

Die heftigen Zuckungen schleuderten sie gegen die Wand, und die nachfolgende Explosion ließ sie über den verschmierten Boden schlittern, bis sie irgendjemand von den Beinen riss und dadurch selbst zum Halten kam. Etwas, das sie wenig später als einen Wasserschwall erkennen konnte, brandete über sie hinweg, und dann regnete es plötzlich mit schweren, großen Tropfen, die kleine, glasklare Löcher in den dichten Schmierschleier auf ihrem Helm bohrten. Eine Weile war es sehr, sehr ruhig.

»Lebe ich noch?«, fragte sie nach einiger Zeit. Sie lag auf dem Rücken, und inzwischen konnte sie über sich an der Decke die Ursache für den heftigen Regenschwall erkennen. Hunderte winziger Düsen der Feuerlöschanlage versprühten Löschwasser in den Flur.

Ein lauter Fluch antwortete ihr. »Natürlich«, sagte Harris. »Könnten Sie Ihren Fuß aus meinem Gesicht nehmen?«

»Rechts oder links?«

Eine Hand berührte sie am linken Fußgelenk. Sie zog vorsichtig das Bein an, während sie zugleich mit den Händen über das Helmvisier rieb. Im ersten Moment verschlimmerte sich ihre Lage damit, aber mit Hilfe der Sprinkleranlage konnte sie den größten Teil des Schaums entfernen.

Harris war wieder auf den Beinen, und Dubois und Estevez waren bei ihm. Sie sah sich hastig nach Skudder um und fand ihn nicht weit entfernt, mit dem Rücken an der Wand, den Kopf im Helm in den Nacken gelegt, so, als wollte er mit offenem Mund den Regen fangen. Sie atmete hörbar auf, und er warf ihr einen belustigten Blick zu und schwenkte eine längliche, schwarze Trophäe.

»Sieh mal«, sagte er und schubste den abgerissenen Arm in ihre Richtung. Das Ding drehte sich auf dem glitschigen Boden zweimal um sich selbst. Sie sah es an, blickte dann den Gang hinunter. Explosivgeschosse hatten Deckenverkleidung und Wandplatten aus ihren Befestigungen gerissen, und die Reste versanken langsam in der riesigen Schaummasse, die inzwischen den gesamten

Gang ausfüllte. Es sah aus, als habe jemand einen Lastwagen voller Waschmittel in einen riesigen Küchenmixer gefüllt. Eingerahmt von Schaum und Ruß lag bewegungslos die aufgerissene Hülle einer meterhohen Maschine, deren Greifarme kraftlos zu Boden gesunken waren.

»Eine Reinigungsmaschine«, sagte Harris fassungslos. Wir haben eine Reinigungsmaschine erlegt.«

»Kapitales Stück«, brachte Charity noch heraus, ehe sie in hysterisches Gelächter ausbrach. Das weiße Zeug auf ihrem Druckanzug erinnerte sie an Schmierseife. Ein paar große Flocken lösten sich von der Masse und schwebten in der niedrigen Schwerkraft, bis sie dort, wo die Sprinkleranlage nicht von Geschossen zertrümmert worden war, von Wasserstrahlen in Stücke gerissen wurden. Charity musste wieder lachen.

»Was für eine Schaumschlägerei«, sagte Skudder, der in ihr Lachen einstimmte. »Sechs Bewaffnete gegen eine Reinigungsmaschine.«

»Wir haben uns nicht gerade mit Ruhm bekleckert«, stimmte Harris zu.

»Nein«, lachte Charity, »Ruhm kann man das wirklich nicht nennen.« Sie wischte mit dem Zeigefinger durch die seifige Schicht und pustete den entstehenden Schaum von der Fingerspitze.

»Hattest du nicht ein Bad nehmen wollen?«, fragte Skudder, der sich vorbeugte und seine Waffe aus der aufquellenden Schaumlandschaft rettete.

»Hmmm«, machte sie und kam vorsichtig auf die Beine. Das Wasser bildete inzwischen große, zusammenhängende Pfützen. »Packen wir unsere Sachen und verziehen uns, bevor jemand einen Heizlüfter ins Badewasser wirft.«

Sie nahm die Pistole. Harris hatte ihr Gewehr gefunden und reichte es ihr wortlos. Sie wandte sich nach einem letzten Blick auf die Reste des Reinigungsroboters kopfschüttelnd ab und beeilte sich, aus dem bewässerten Teil des Gangs zu verschwinden. Der Bahnsteig war noch unversehrt und trocken, und sie wollte nicht in der Nähe sein, wenn das Wasser irgendwelche Teile der Stromversorgung erreichte. Sie war versucht, Dubois wegen des Feuerzaubers zu maßregeln, aber nachdem sie selbst auch nicht gerade Präzisionsarbeit geleistet hatte, war dies wohl weder der richtige Ort noch der richtige Zeitpunkt.

»Hoffentlich bekommen wir eines Tages nicht noch richtigen Ärger«, sagte sie zu Skudder, der neben ihr stehen geblieben war. Sie hinkte leicht. Dort, wo er sie getreten hatte, würde sie einen prachtvollen blauen Fleck bekommen.

Skudder schien es nicht viel besser zu gehen. »Wir haben jedenfalls alle Chancen dazu«, sagte er müde und deutete mit der Hand auf etwas hinter ihrem Rücken. Sie sah sich um und erkannte einen dunklen Schatten hinter den Glasscheiben. Die Schleuse des Bahnsteigs hatte sich unbemerkt geöffnet.

»Die Kabine ist da«, sagte Harris überflüssigerweise. In diesem Moment gab es einen lauten Knall, und der Transportschlitten sackte mit der vorderen Ecke bis auf den Boden herab.

Wer immer Reinigungsroboter umprogrammiert und Schleusen vermint hatte, die Autorisierungscodes für das Transportsystem hatten sich nicht verändert. Es gelang Charity, die Kabine mit einer sechzig Jahre alten Priorität auf Handkontrolle umzuschalten. Sie wählte einen Bahnsteig in der Nähe der Zentrale, genau eine Haltestelle vor dem Zentralterminal selbst. Wenn es weitere Fallen gab, dann auf jeden Fall dort.

Die Kabine bewegte sich völlig lautlos im Röhrenvakuum, gehalten und angetrieben von starken Magnetfeldern, die sogar die kleinen Displays in ihrem Helm verzerrten. Die Frontseite hatte zwei Fenster, und die Röhrenbeleuchtung wanderte wie eine geisterhafte Bugwelle vor ihnen her und zeigte ihnen einen immer gleich langen, unveränderlich wirkenden Ausschnitt der Röhre. Charity hätte jedes Gefühl für die Bewegung verloren, hätte es nicht immer wieder ausgefallene oder flackernde Leuchtkörper gegeben, die es gestatteten, einen Röhrenabschnitt vom nächsten zu unterscheiden. Die Kabine konnte dreifache Schallgeschwindigkeit erreichen, aber sie hatte die Höchstgeschwindigkeit sicherheitshalber auf zwanzig Kilometer pro Stunde begrenzt. Der Vorfall mit der Reinigungsmaschine steckte ihnen allen in den Knochen.

»Paranoia«, sagte sie halblaut zu Skudder, der neben ihr stand, den Blick wie in Trance auf die aufeinander zulaufenden Linien von Leuchtkörpern gerichtet.

Er riss sich von dem eintönigen Anblick los. »Du traust der Ruhe nicht.«

»Und warte auf eine Mauer, die plötzlich vor uns auftaucht, oder eine Tretmine, die jemand in die Röhre gelegt hat.« Sie lachte sarkastisch. »Oder acht Kubikmeter Schlagsahne, die uns die Frontscheibe verklebt. Das alles hier ist total verrückt. Improvisierte Bomben, verrückt gewordene Maschinen ... Ich frage mich, was als Nächstes kommt.« Bei diesen Worten fiel ihr der Würfel ein, der nicht weit von ihnen zwischen zwei Sitzreihen abgestellt worden war. Die kleine Lampe an der Frontseite wirkte wie ein böses kleines Auge. Charity zweifelte nicht daran, dass sie nur aus psychologischen Gründen an dem Computer angebracht worden war, um die Menschen daran zu erinnern, dass er ständig mithörte und dass er vermutlich erstklassige Ohren besaß. Die besten Ohren, die man bauen konnte.

»Es ergibt überhaupt keinen Sinn«, sagte Charity.

»Ganz genau.« Sie tippte sich mit dem Finger an das Helmvisier. Solange sie in der Vakuumröhre waren, wollte keiner von ihnen riskieren, mit einem offenen Anzug von einem Leck überrascht zu werden. Dekompression brachte keinen schönen Tod, und das Ende kam längst nicht so schnell wie der Druckverlust selbst. »Es ergibt keinen Sinn, und wir ziehen den Kopf ein, soweit wir können.«

»Wie viel haben wir noch vor uns?«, fragte der Indianer. Sie warf einen Blick zu den Kontrollen neben der Zugangstür. Harris, Henderson und Dubois behielten die Bildschirme im Auge, während Estevez vor den Fenstern am anderen Ende der Kabine stand. Der Blick nach hinten hatte Charity seekrank werden lassen, aber der Frau machte er anscheinend nichts aus. Sie fragte sich, ob es überhaupt etwas gab, das Estevez aus der Ruhe bringen konnte. Die Bombe, die Harris und sie dort hinten abgestellt hatten, vermochte es jedenfalls nicht.

»Zwei Kilometer«, sagte sie dann. »Den Rest könnten wir fast zu Fuß gehen.«

»Kein guter Gedanke.«

»Ja, vermutlich nicht.« Sie dachte an den Transportschlitten, der gerade lange genug durchgehalten hatte, und an den Weg, den sie hinter sich hatten. Dann murmelte sie einen halblauten Fluch. »Ich würde wirklich gerne wissen, wie viel gemeingefährlicher Blödsinn uns auf dem Weg noch begegnet wäre«, fügte sie dann hinzu.

»Deine Neugier wird dich noch mal den Kopf kosten«, versetzte Skudder. »Oder zumindest ein paar Barthaare.«

»Wie bitte?«, fragte Harris, der zu ihnen herübersah.

»Eine Redewendung«, erklärte Charity müde. »Neugier war der Katze Tod.«

»Ach so.«

Sie warf einen missmutigen Blick auf ihn und die anderen Soldaten. »Baseballfans haben anscheinend einen kleinen Wortschatz«, sagte sie boshaft.

»Wahrscheinlich, weil die Schach-Eröffnungen so viel Platz im Kopf beanspruchen«, meinte Skudder leichthin und trat ihr unbemerkt gegen das Schienbein. Sie warf ihm einen entrüsteten Blick zu, hielt aber den Mund, als er sie warnend anblickte. In der Reflexion seines Helmvisiers erkannte sie Dubois, die noch immer zu ihnen herübersah, und unwillkürlich stellten sich ihre Nackenhaare auf. Von einem Augenblick zum anderen wusste sie, dass sie Dubois in Zukunft nicht mehr den Rücken zuwenden würde.

»Paranoia«, sagte sie. »Ich glaube, wir sollten wirklich eine Spielunterbrechung beantragen.«

»Ich sehe keine Schiedsrichter«, erwiderte Skudder, und das war eine deutliche Warnung.

Im nächsten Moment stand abrupt die Kabine still, und sie stürzten übereinander.

»Verdammt«, stieß Charity hervor, als sie wieder atmen konnte. »Ich hab's gewusst.«

»Großartig«, ächzte Skudder, der das Pech hatte zwischen ihr und der Frontscheibe eingeklemmt worden zu sein. »Könntest du bitte deinen Ellenbogen aus meinen Eingeweiden ziehen?«

Sie plagte sich wortlos auf. Ihr linkes Knie knickte ein, und nachdem sie es vorsichtig wieder belastet hatte, hatte sie die traurige Gewissheit, dass zu ihren übrigen Blessuren noch eine gründliche Verstauchung hinzugekommen war.

Skudders Gesicht wirkte trotz der getönten Helmscheine ziemlich farblos.

»Ist irgendwas gebrochen?«, erkundigte sie sich erschrocken. Er schüttelte langsam den Kopf. Sie sah sich nach Dubois um, entdeckte sie zwischen zwei Sitzreihen. Harris hing halb bewusstlos an der Konsole, die unter seinem Aufprall die Frontverkleidung verloren hatte. Estevez hatte den weitesten Weg zurückgelegt, über die hinteren drei Sitzreihen hinweg, und die Bombe war ihr ein gutes Stück weit gefolgt. Der Einzige, dem anscheinend nichts zugestoßen war, schien Henderson zu sein. Vermutlich hatte er Übung in solchen Dingen.

»Alles in Ordnung?«, fragte Charity laut und humpelte an der ersten Sitzreihe vorbei.

»Bei mir schon«, sagte Dubois, die inzwischen wieder auf den Beinen war.

»Kümmern Sie sich um Harris«, sagte Charity und beugte sich über Estevez. Die Augen der Frau waren weit geöffnet, und im ersten Moment dachte sie, Estevez habe sich das Genick gebrochen, aber als Charity sie an der Schulter berührte, blinzelte sie plötzlich und richtete den Blick auf Charitys Gesicht. Es war, als habe man eine Maschine wieder eingeschaltet, die sich sekundenlang selbst blockiert hatte. Unwillkürlich fuhr Charity zurück. Estevez ignorierte ihre Reaktion. Sie kam ohne Hilfe auf die Beine.

»Die Bombe«, sagte sie dann.

Charity begegnete ihrem beunruhigenden Blick und nickte. Sie fühlte sich regelrecht erleichtert, als Estevez sich umdrehte und zu dem Behälter ging, der wie ein großes Geschoss in die Sitzreihe eingeschlagen war.

»Wo sind wir?«, fragte Skudder. Er lehnte mit dem Rücken an der Frontscheibe, und seine Stimme klang noch immer ziemlich gepresst.

»Hundert Meter vor unserer Haltestelle«, antwortete sie grimmig und deutete an ihm vorbei. Vor ihnen in der Röhre leuchtete ein Bahnsteig. Die Ausstiegröhre ragte einen Meter weit in die Vakuumröhre hinein, und das rote Licht an der geschlossenen Türschleuse blinkte regelmäßig.

»Warum haben wir gehalten?«, fragte Dubois.

»Keine Ahnung«, sagte Charity unhöflich. »Es war nicht meine Idee.«

»Irgendeine Fangschaltung«, sagte Harris, der sich auf Dubois stützen musste. »Die Konsole hat nichts angezeigt, also muss es draußen passiert sein.«

»Direkt in die Magnetschienen verdrahtet«, stimmte Charity zu. »Wenn wir schneller gewesen wären, dann würden unsere Überreste da vorne liegen, vom Bahnsteig aus zur Besichtigung freigegeben.«

»Du bist vielleicht paranoid, aber deshalb musst du dich noch lange nicht irren«, scherzte Skudder mühsam.

»Das ist wirklich sehr witzig«, sagte sie, und der harsche Tonfall in ihrer Stimme überdeckte ihre Sorge. Skudder wirkte ziemlich angeschlagen. Sie trat an die Konsole heran, die erstaunlicherweise noch funktionierte, obwohl sie sich unter Harris' Aufprall verformt hatte.

»Versuchen wir, ob wir die letzten Meter auch noch schaffen«, sagte sie.

»Ich komme mir vor wie in einer riesigen Kanone«, murmelte Henderson, der durch die Frontscheiben in die taghell erleuchtete Vakuumröhre starrte. Der Vergleich war unglaublich ermutigend.

»Halten Sie den Mund«, versetzte Charity knapp.

Die Kabine setzte sich mit einem merklichen Ruck wieder in Bewegung. Der Zylinder schob sich wie eine überdimensionale Konservendose in die Station hinein. Das Licht aus dem luftgefüllten Bereich auf der anderen Seite der großen Panoramascheiben glitt durch die Kabine, deren Innenbeleuchtung bei der Notbremsung zu schwachem Rot gewechselt hatte. Charitys rechte Hand schwebte dicht über dem Notschalter, und sie beobachtete aufmerksam die Geschwindigkeitsanzeige. Die anderen sammelten schweigend die herumliegende Ausrüstung und die Waffen ein. Harris schnallte sich mit Estevez' Hilfe die Bombe auf den Rücken, eine Last, die er nur aufgrund der niedrigen Mondschwerkraft bewältigen konnte, und Skudder nahm den Taktikcomputer.

Der Koppelschlauch der Schleuse passierte das vordere Ende der Kabine. Charity überließ der automatischen Kontrolle das Andockmanöver, aber sie hielt sich bereit, den Vorgang jederzeit zu unterbrechen. Instinktiv überprüfte sie Helm und Anzug. Wenn sich die Schleuse statt auf den Bahnsteig ins Vakuum öffnen sollte, würde die Kabine innerhalb von Sekundenbruchteilen luftleer sein. Ohne Druckanzug hätte keiner von ihnen den Hauch einer Chance. Die Kabine hielt an, und außen am Zylinder scharrten mechanische Kontakte und schlossen sich. Die Lichtanzeige über der Tür wechselte auf Grün.

Charity legte das System mit dem Notschalter still. »Das war's«, sagte sie überflüssigerweise. »Dubois, machen Sie die Tür auf.«

Die Frau gehorchte wortlos, ihr Gewehr entsichert und im Anschlag. Vor ein paar Stunden noch hätte Charity sie deshalb gestoppt, aber nach dem Zwischenfall mit der Reinigungsmaschine sah sie keinen Grund mehr dazu. Sie selbst ertappte sich immer wieder dabei, sich an ihrer ramponierten Waffe festzuhalten, als böte sie irgendeine Sicherheit.

Die Kabinentür glitt auf, und gleich darauf öffnete sich die Schleusentür zum Bahnsteig, der hell, großräumig und völlig verlassen vor ihnen lag. Charity trat neben Dubois und musterte misstrauisch Boden, Decke und Wände. Die Plastikverkleidung hatte in den vergangenen sechzig Jahren weniger gelitten als in den fünf Jahren, die die Basis in menschlicher Hand gewesen waren, aber die früher weiße Farbe hatte inzwischen einen deutlich gelben Ton angenommen.

»Achten Sie auf Schaumspuren«, sagte Charity, bevor sie an Dubois vorbei in die Schleuse trat. Die Frau hatte den scherzhaften Unterton offensichtlich nicht mitbekommen und sah irritiert hinter ihr her, und Charity hatte die Mündung von Dubois' Waffe nicht mehr im Rücken, bevor diese die Fassung wieder gefunden hatte.

Sie hörte Skudders Lachen über Funk und lächelte flüchtig, während sie im geisterhaften Licht ihrer Infrarot-Zielanzeige den Bahnsteig absuchte. Das kleine rechteckige Display war wie ein kleines Fenster in eine gefährlichere, fremdartige Welt, aber es zeigte nicht mehr als ein beruhigend gleichmäßiges, kaltes Blau. Neben ihr scharrten Stiefel über den Bahnsteig, und Dubois schloss zu ihr auf.

Der Bahnsteig war nicht so groß wie der Terminal an der Kommandozentrale der MacDonald-Basis, aber er hatte die Ausmaße einer kleineren Sporthalle, und es gab auf der gegenüberliegenden Seite noch eine weitere Vakuumröhre. Mehrere Rolltreppen führten zu höher gelegenen und tieferen Ebenen, drei offene Fahrstühle mit fast vollständig verglasten Aufzugkabinen ragten in der Mitte der Halle wie eine tragende Säule zur Decke empor, die sich in zehn Metern Höhe öffnete. Laufbänder führten zu den sternförmig auseinander laufenden Gängen, die neben den Transportbändern auch noch vier Meter breite Gehsteige für Fußgänger und eine abgeteilte Bahn für die kleinen sechsrädrigen Elektrofahrzeuge aufwiesen. Trotzdem waren die Bahnsteige während der Schichtwechsel vor sechzig Jahren ständig überlastet gewesen. Es erinnerte sie daran, wie viele Menschen es hier einmal gegeben hatte, die große Hoffnungen auf die unwirtliche Rückseite des Mondes geführt hatten. Charity dachte an ihre eigenen Hoffnungen, die sie veranlasst hatten, mehrere Jahre ihres Lebens in diesem Getriebe zu verbringen, und spürte plötzlich einen schalen Geschmack auf der Zunge.

»Alles in Ordnung«, sagte sie laut und bedeutete Dubois mit der Hand, auf die andere Seite der Halle zu wechseln. »Beeilt euch. Ich will hier nicht zu lange bleiben. Schließlich hat uns irgendjemand hier angehalten, und ich nehme an, dass er sich dabei etwas gedacht hat.«

»Verstanden«, antwortete Harris geschäftsmäßig und duckte sich hinter ihr durch die Schleuse, seine Schritte ein wenig schwankend unter der Masse der Bombe. Er trug seinen Tornister mit der Luftversorgung in der Hand, weil er seine tödliche Last direkt an die Tragegurte seines

Anzugs hatte hängen müssen. Estevez folgte direkt hinter ihm.

Charity versuchte, die verblichenen Beschriftungen an den Wänden zu identifizieren. Eine dieser Röhren führte direkt zum Zentralbereich und die beiden angrenzenden in die unmittelbare Nähe. Ihr Instinkt sagte ihr, dass es keine gute Idee sein dürfte, es mit dem direkten Weg zu versuchen. Sie erkannte einen der Boulevards parallel zur Vakuumröhre und gleich darauf den anderen, den sie gesucht hatte.

»Wohin?«, fragte Skudder, der die anderen überholt hatte und neben ihr stehen geblieben war, während Henderson als Letzter die Kabine verließ.

»Nord Zwei«, sagte sie und deutete mit dem Gewehr in die Richtung. »Lassen wir es langsam angehen.«

Sie gingen in einer weit auseinander gezogenen Reihe über den verlassenen Bahnsteig, Estevez ein paar Schritte vor den Panoramascheiben zur Transportröhre, dann Harris und Skudder; Charity und Dubois schritten auf der Außenseite. Zwei Leuchtkörper irgendwo vor ihnen flackerten unregelmäßig, und die Beleuchtung in mehreren der kleineren abzweigenden Gänge war ganz angeschaltet worden. Der Klang ihrer Stiefel hallte weit die leeren Gangröhren hinunter und kehrte abgeschwächt wieder zu ihnen zurück, wenn er von einem geschlossenen Schott reflektiert wurde.

Charity schaltete wieder auf Infrarot. Sie hatte sich während der Fahrt die Zeit genommen, die Kabelverbindung vom Gewehr und die Buchse am Helm zu überprüfen, und nach ein paar Minuten hatte sie den Anschluss wiederherstellen und den Wackelkontakt beheben können. Sie konzentrierte sich auf den breiten Weg vor ihnen. Der Gang beschrieb einen leichten Bogen und verschwand nach hundert Metern außer Sicht. Sie waren noch zwanzig Meter vom Eingang entfernt. In diesem Teil des Bahnhofs stand eine Menge Gerümpel herum, große Transportkisten, die offenbar gewaltsam geöffnet worden waren, und Kabeltrommeln. Anscheinend hatte das Personal noch irgendwelche Installationen vornehmen wollen und war durch die Invasion mitten in den Bauarbeiten unterbrochen worden. Werkzeugkisten standen an der Wand neben einem der kleinen Fahrzeuge, die für weitere Strecken benutzt worden waren, und eine große Platte war aus der Wandverkleidung gelöst worden. Im Infrarot war der Kabelschacht nur eine dunkelblaue Höhle mit ein paar hellblau glühenden Kabelbündeln und einem einzelnen blauen Lichtfleck.

Sie blieb stehen und schaltete auf Normalsicht zurück. Noch bevor das kleine blaue Licht in der Dunkelheit des Kabelschachtes sich in seiner echten, roten Farbe zeigte, stieß sie schon einen Warnschrei aus und ging in die Hocke. Neben ihr warf sich Skudder zu Boden, ein falscher Reflex, der ihn sekundenlang waagerecht in der Luft dahinsegeln ließ, während Harris sich unter dem Gewicht der Bombe einfach auf die Knie fallen ließ.

Ein paar Sekunden lang war es ruhig.

»Was ist los, verdammt?«, fragte Skudder, der hinter eine der Ersatzteilkisten gerobbt war.

»Neben Nord Drei«, sagte Charity und spähte vorsichtig über den Rand der Rolltreppe hinweg, die ihr Deckung bot. »Der offene Schacht, auf der linken Seite.«

»Ich sehe es«, sagte Skudder. »Und weiter?«

»Das rote Licht«, sagte Charity. »Ich habe so ein Blinklicht schon einmal in dem Hangar gesehen. Als wir Steiner verloren haben.«

Die nächsten Sekunden erschienen ihr seltsam unwirklich. Aus den Augenwinkeln sah sie fast wie in Zeitlupe Dubois, die hinter einer Gruppe von Plastikcontainern kniete, ihr Gewehr ansetzte und mit tödlicher Gelassenheit auf den offenen Kabelschacht zielte. Sie öffnete noch den Mund und holte tief Luft, aber ihre Muskeln reagierten träge, gleichsam wie gelähmt, während sie hilflos mitansehen musste, wie Dubois Maß nahm. Sie glaubte noch zu sehen, wie sich Daumen, Zeigefinger und Mittelfinger gegen die Auslöser krümmten, und bevor sie noch ein Wort herauspressen konnte, schlug die Geschossgarbe in die Wand ein, und die Kette von Explosionen übertönte brüllend jeden weiteren Laut. Splitter der Wandverkleidung und Teile der dahinter liegenden Verstrebung wirbelten durch die Luft. Dann folgte eine viel größere Explosion, vermutlich die Energiezellen der Anlage, die dort im Kabelschacht installiert gewesen war, und der größte Teil der Beleuchtung im Bahnhof fiel aus. Nur der Gang vor ihnen, der Eingang halb blockiert von qualmenden Trümmern, schimmerte noch in gleichmäßig weißgelbem Halogenlicht.

»Dubois!«, schrie Charity ihre Wut hinaus. Die Frau wandten in ihrem Helm halb den Kopf, und ihre Blicke begegneten sich. Einen Moment lang dachte Charity, die andere würde auf sie schießen, und unwillkürlich richtete sie ihre eigene Waffe auf Dubois, aber der Moment ging vorbei, und bevor eine von ihnen die Gelegenheit bekam, irgendetwas zu sagen oder zu tun, eröffneten die drei anderen Laserkanonen, die über den Bahnsteig verteilt waren, aus ihren getarnten Positionen das Feuer.

Zehn Sekunden lang tobte ein Inferno aus schmelzendem Metall und berstendem Glas, und drei große Flächen des Bahnsteiges verwandelten sich in rauchende Wunden.

Harris kam mühsam auf die Beine und hastete los, nutzte die Ladezeit der Kanonen, um sich in Sicherheit zu bringen. Zwei der Laserpulse hatten ihn nur knapp verfehlt. Skudder schob sich über eine Kante hinter ein Laufband, und Dubois löste sich von den zerschmolzenen Überresten der Plastikbehälter, die ihre Deckung gewesen waren. Ihre Stiefel zogen lange, schwarze Fäden, als sie die in der Hitze flüssig gewordenen Bodenplatten hinter sich ließ.

Dann kam die zweite Lasersalve, und das Rolltreppengeländer neben Charity zerplatzte. Die Hitzewelle ließ ihre Anzug-Kontrollen in warnendem Gelb aufleuchten, und eine kleine Leuchtschrift im Display informierte sie darüber, dass der Druckanzug unter allen Umständen sofort einer umfassenden Wartung unterzogen werden müsste. Sie ignorierte die Aufforderung, feuerte zwei Granaten auf die einzige Kanone, deren Standort sie in der Eile hatte erkennen können. Der Laserpuls hatte für einen winzigen Sekundenbruchteil eine glühende Bahn in die dichter werdenden Rauchschwaden geschnitten, die ihr die Richtung angezeigt hatte. Die Geschosse verfehlten die Kanone, die wie eine klobige, schwere Kamera auf einem niedrigen, massiven Dreibein kauerte, halb verborgen in den Resten ihrer Plastiktarnung. Der Doppelschlag der Explosion erschütterte die Aufzugsäulen in der Bahnhofsmitte und verteilte eine riesige Wolke feiner, glitzernder Glassplitter von einer Liftkabine in der Luft. Kabel lösten sich und fielen majestätisch langsam von der Decke herab, während Estevez auf dasselbe Ziel feuerte, trotz der größeren Entfernung mit größerem Erfolg. Die automatische Kanone verschwand in einem Feuerball, der sich schlagartig noch einmal aufhellte, als auch hier die Energiezelle barst. Die Druckwelle riss Charity einfach von den Beinen.

Als sie wieder hochkam, feuerten die beiden anderen Kanonen zum dritten Mal, brachen der Rolltreppe das stählerne Rückgrat und ließen das untere Drittel auseinander fallen. Splitter wirbelten um Charity herum, während sie auf den Gang mit der Bezeichnung Nord Zwei lief, den Harris und Skudder bereits erreicht hatten. Irgendjemand, vermutlich Henderson, schrie über Funk, ein Schrei, der plötzlich abgeschnitten wurde, als sein Funkgerät in einem knisternden Kurzschluss verbrannte. Dubois stand ein paar Meter entfernt, verteilte ihre gesamte Munition über die Plattform, auf der eine der beiden verbliebenen Kanonen stand, und dann feuerte die andere Kanone einen Puls, der Dubois verfehlte und stattdessen eine der Panoramascheiben an der Vakuumröhre traf.

Irgendwie schaffte Charity es, sich an einer der aus dem geborstenen Boden ragenden Trägerstreben festzuhalten. Der Sog riss schmerzhaft an Handgelenk, Ellenbogen und Schultergelenk, und sie spürte, dass ihr das Gelenk fast ausgekugelt worden wäre, und dann prallte irgendetwas, das die entweichende Luft mitgerissen hatte, schwer gegen ihre linke Seite und trieb ihr die Tränen in die Augen. Charity hörte ein hohes, unterirdisches Pfeifen, das sich in Frequenz und Lautstärker immer mehr steigerte, und als es an die Grenze ihres Hörvermögens gelangte und wieder leiser wurde, riskierte sie es, den Kopf zu heben. Der Bahnsteig sah aus, als würde er von einer Orkanböe leer gefegt. Leere Behälter und Platten aus der Wandverkleidung bewegten sich wie von einem heftigen Wind erfasst an ihr vorbei, auf die Panoramascheibe zu, die auf voller Länge zerborsten war. Sie hörte die dumpfen, grollenden Schläge, mit denen sich in der Vakuumröhre des Magnetbahnsystems die schweren

Druckschotts schlossen, und die weniger lauten Geräusche der zufallenden Sicherheitstüren in den verschiedenen Gängen. Mühsam plagte sie sich auf die Knie. Dubois wankte ein paar Meter vor ihr auf den Gang zu, dessen Doppeltür sich wegen der von der Explosion verbogenen Bodenplatten nur schwerfällig bewegen konnte. Sie sah Henderson auf dem Rücken liegen. Der Druckanzug war brandgeschwärzt und qualmte noch immer. Charity stützte sich auf, aber die Knie gaben unter ihr nach. Sie sah sich vergeblich nach Estevez um, erinnerte sich schließlich daran, dass die Frau nur wenige Meter vor der geborstenen Panoramascheibe gestanden hatte. Sie entdeckte Fetzen des Druckanzuges zwischen den Trümmern der Transportkabine, die unter der Wucht der Explosion aufgerissen worden war. Estevez war so gestorben, wie sie gelebt hatte, unbemerkt und ohne Worte. Charity wandte sich ab und kämpfte die Übelkeit nieder. Der Anblick von Dubois, die inzwischen den Gang erreicht hatte, machte sie wütend, und die Wut verlieh ihr neue Kraft, ließ sie auf die Beine kommen und der allmählich schwächer werdenden Gewalt des Windes widerstehen. Die Wand halb rechts von ihr zerbarst plötzlich wie unter dem Faustschlag eines unsichtbaren Riesen, und sie begriff beiläufig, dass die letzte Kanone noch intakt war. Dann hatte sie die Doppeltür erreicht. Skudder zog sie in den Gang, durch den sich immer rascher schließenden Spalt hindurch.

Auf der anderen Seite fiel sie auf die Knie und rang nach Luft. Ihr Herzschlag übertönte alles andere, löschte jeden Gedanken aus. Irgendwie kam sie wieder auf die Beine, fasste ihr Gewehr mit beiden Händen und stolperte auf Dubois zu, die sie erst im letzten Moment bemerkte. Der Kolben traf die völlig überraschte Frau mitten in den

Rücken und ließ sie vorwärts taumeln, wobei sie ihre eigene Waffe verlor, und als sie sich halb herumgedreht hatte, die Hände zur Abwehr gehoben, traf Charity sie ein zweites Mal brutal in den Bauch, bevor jemand sie mit eiserner Kraft an den Oberarmen packte und unnachgiebig festhielt, obwohl sie sich heftig wehrte. Dubois fiel langsam auf den Rücken und stand nicht wieder auf, und nach einer Weile hörte Charity auf, sich zu winden und nach Skudder zu treten. Sie ließ das Gewehr fallen und wehrte sich nicht, als er sie stumm in die Arme schloss.

Hinter ihnen schloss sich die Doppeltür mit einem dumpfen Laut, und plötzlich wirkten alle Geräusche wie in Watte gepackt.

8

Stone war ein wenig aus der Übung, was die militärischen Funkzeichensysteme betraf. Dass er auf die Unterstützung der Computer verzichten musste, hatte die Sache auch nicht gerade erleichtert. Trotzdem hatte er deutliche Fortschritte gemacht. Die vollständige Botschaft war nicht weniger lückenhaft als die kürzere Fassung, die die Jared Captain Laird und ihm überlassen hatten, aber es gab ein paar zusätzliche Informationen.

Nach einer Weile lehnte er sich in seinem Stuhl zurück und versuchte, die einzelnen Teile des Puzzles zusammenzusetzen. Da war der Satz, der von der Rückseite des Mondes sprach. Diesen Teil kannte er schon, Vom folgenden Satz war nur das Wort *Tiefe* übrig geblieben.

Der nächste Satz allerdings war von den Jared ganz übergangen worden, und obwohl er auch hier nur ein Wort entziffern konnte, erschien das Interesse der Jared an der Expedition zum Mond in einem völlig neuen Licht.

Shait, hieß es lapidar.

Stone betrachtete die Zeichenfolge am Ende des Satzes. Er konnte ein paar Buchstaben zuordnen, aber er wusste nicht einmal, ob sie zu einem Wort oder zu mehreren gehörten. Es hätte *Mitte* heißen können oder *mittel* oder auch ...

»Transmitter«, sagte er entgeistert. »Diese verdammten Halunken.« Und plötzlich hatte er eine ziemlich deutliche Vorstellung davon, *wer* diese Nachricht geschickt hatte und wie es geschehen war.

»Governor Stone«, sagte eine menschliche Stimme respektvoll. Er blickte hastig zur Tür und erkannte den Umriss eines Mannes.

»Wer sind Sie?«, fragte er barsch, um seinen Schreck zu überdecken. In letzter Zeit wurde es anscheinend zur Gewohnheit, dass jeder seine Tür öffnete, wann es ihm passte.

»Diese Einheit hat keinen Namen«, sagte der Mann höflich und trat in den Lichtkreis der Schreibtischlampe. »Ich hoffe, ich störe nicht.«

Stone starrte den Jared wütend an. Der Mann war nicht einmal halb so alt wie er, einer der ausgebrannten Tiefkühlsoldaten, derer sich die Jared so wohlwollend angenommen hatten. Das glatte, faltenlose Gesicht zeigte keine Regung, und die Augen hatten diesen leicht trüben, distanzierten Blick, hinter dem sich jede Spur einer Persönlichkeit versteckte. Falls diese Menschen noch einen Rest eigener Persönlichkeit besaßen.

Andererseits, dachte Stone schauernd, war es vielleicht ganz gut, eine Persönlichkeit zu verstecken, die siebenundfünfzig Jahre in völliger Isolation verbracht hatte.

»Und wenn Sie mich stören, macht das einen Unterschied?«, fragte er schließlich.

»Das hängt davon ab«, versetzte der Jared höflich und blieb vor dem Schreibtisch stehen. Sein Blick klärte sich plötzlich, und er betrachtete neugierig die Computerausdrucke, die mit Stones Notizen bedeckt waren.

»Wovon?«, fragte Stone und verwünschte sich innerlich dafür, die verräterischen Zeilen nicht rechtzeitig abgedeckt zu haben.

»Das hängt davon ab, wobei ich Sie störe.«

Er sah den Jared scharf an, und der Mann erwiderte seinen Blick ungerührt. Auf einmal wirkten seine Augen nicht mehr distanziert und leblos, sondern neugierig und lebendig.

»Sie wissen genau, was ich hier tue«, sagte er doppeldeutig, um seinem seltsamen Besucher auf den Zahn zu fühlen.

»In der Tat«, nickte der Mann. »Haben Sie gefunden, wonach Sie suchten?«

Der Instinkt, der ihn sechzig Jahre lang am Leben erhalten hatte, warnte Stone. »Ich will mit Kias sprechen«, sagte er.

»Bedaure«, antwortete der Jared höflich. »Die Einheit Kias ist zur Zeit nicht verfügbar.«

»Weiß Captain Laird, in was ihr sie hineingeschickt habt?«, fragte er wütend und wusste im selben Moment, dass er einen Fehler gemacht hatte.

Der Jared musterte ihn aufmerksam.

»Weiß sie es?«, wiederholte Stone. Es hatte wenig Sinn, jetzt noch zurückzustecken.

Der Mann lächelte ihn offen an, und in gewisser Weise war dieses sympathische Lächeln schlimmer als jede Drohung. »Wir reden später darüber, Governor Stone«, schlug er vor. »Wir denken, dass der Zeitpunkt gekommen ist, eine andere Frage zu erörtern.«

»Welche Frage?«, sagte Stone verwirrt. Unwillkürlich machte er sich bereit, aufzuspringen und den Jared zu überwältigen. Der Jared musterte ihn besorgt, und hinter ihm zeichnete sich im Türrahmen plötzlich ein anderer Umriss ab, eine Silhouette, die eindeutig nichtmenschlich war. Stone ahnte plötzlich, um welche Frage es ging, und er wünschte sich, eine Waffe bei sich zu haben.

»Sagen wir, der Zeitpunkt ist gekommen, über Ihre Aufnahme in die Gemeinschaft zu entscheiden«, erklärte der Jared, während sich die *Ameise* in das Zimmer schob.

»Bin ich an der Entscheidung beteiligt?«, fragte Stone zur Ablenkung, während sich seine Gedanken überschlugen.

Der Jared lächelte höflich. »Tatsächlich ist die Entscheidung zu Ihren Gunsten ausgefallen, Governor«, teilte er erfreut mit. »Die Jared sind bereit, Sie in die Arme zu schließen.«

Gewissermaßen in alle vier, dachte Stone verbittert. *Unter Räubern gibt es keine Ehre.* Der Jared war aufgestanden und ging um den Schreibtisch herum, und die *Ameise* blockierte den Weg zur Tür. Nach sechzig Jahren waren ihm schließlich doch die Schlupflöcher ausgegangen. Plötzlich fühlte er eine ungeheure Müdigkeit.

»Ihr habt uns erzählt, dass ihr niemanden gegen seinen Willen aufnehmt«, versuchte er es noch einmal. »Ihr habt es versprochen.«

Der Jared blieb stehen, einen halben Meter von ihm entfernt. Einen Moment lang wirkte der Mann verwirrt. Er sah die *Ameise* an, die reglos auf der anderen Seite des Tisches stand, und dachte nach. Stone empfand gegen seinen Willen so etwas wie Hoffnung.

Plötzlich lächelte der Jared wieder. »Dann haben wir gelogen«, sagte er strahlend.

9

Nord Zwei führte als Tangente an dem großen Straßenring um die Zentrale herum. Unter normalen Umständen hätten sie die verbliebene Entfernung in zehn Minuten zurücklegen können, aber sie ließen sich Zeit. Gelegentlich gab es Hindernisse, aber sie stießen auf keinen so ausgeklügelten Hinterhalt wie in der Bahnhofshalle. Schotts waren blockiert, die Beleuchtung ließ sich in gewissen Abschnitten nicht einschalten, und auf hundert Metern Länge waren die Bodenplatten entfernt worden, so dass die elektrische Verkabelung frei lag, aber sie ließen sich davon ebenso wenig aufhalten wie von Drahtsperren und den drei Sprengminen, die sie ganz am Ende, vor dem Durchgang zum Ring entdeckten. Eine grimmige Entschlossenheit hatte von Charity Besitz ergriffen. Sie und Dubois hatten nicht ein einziges Wort miteinander gewechselt, und auch die anderen waren sehr wortkarg gewesen. Eine Viertelstunde hatten sie warten müssen, ehe Dubois das Bewusstsein wiedererlangt hatte und auf die Beine gekommen war. Harris und Dubois gingen seitdem immer ein paar Meter vor Skudder und ihr, und Charity hatte keinen Grund gesehen, sie davon abzuhalten. In einem weit entfernten Winkel ihres Bewusstseins wusste sie, dass sie sich in keiner gesunden Verfassung befand, und dass ihr Verhalten einer gefährlichen Verrücktheit entsprang. Die letzten Tage waren zu viel für sie gewesen. Zwischendurch registrierte sie die besorgten und nachdenklichen Blicke, die Skudder ihr zuwarf, wenn er glaubte, sie bemerkte es nicht, aber nicht einmal die Wachsamkeit, die in seinem Blick lag, vermochte sie noch zu erschrecken. Der Indianer entfernte sich nie besonders weit von ihr und achtete auf sie genauso wie auf seine Umgebung.

Der Ring lag offen vor ihnen, aber Harris feuerte sicherheitshalber eine Projektilsalve in die Steuerelektronik der Sicherheitstüren, bevor sie zwischen die tonnenschweren Türflügel hindurchtraten. Seit dem Feuergefecht auf dem Bahnhof konnte ihre Anwesenheit nicht unbemerkt geblieben sein. Keiner von ihnen wollte es riskieren, zwischen Panzerstahlplatten zermalmt zu werden.

Sie betraten vorsichtig den dreigeschossigen Tunnel des Rings, der in einem Radius von einem Kilometer um die Kommandozentrale der MacDonald-Basis herumführte. Die meisten Sicherungsanlagen lagen schon hinter ihnen. Niemand hatte es für notwendig gehalten, auf der Rückseite des Mondes eine hundertprozentige Abschottung der Zentrale einzurichten. In der Basis war fast ausschließlich Militärpersonal stationiert gewesen, und die wirklichen Kontrollen hatten damals auf den Shuttlehäfen und in den Raumstationen stattgefunden, lange bevor man das Basisgelände erreicht hatte.

Die zehn Meter messenden Transportbänder standen still, und die doppelt so breiten Betonpisten der Fahrzeugstraßen lagen völlig verlassen da. Sie benutzten eine abgeschaltete Rolltreppe und erreichten unbehelligt das Zugangsportal auf der Innenseite des Rings. Es war einer der zahlreichen Diensteingänge, die während der Schichtwechsel von den Bedienungsmannschaften benutzt wurden, leicht zu verteidigen, daher auch nicht übermäßig gesichert. Vor der verschlossenen Tür blieben sie stehen.

»Und jetzt?«, fragte Skudder und berührte die Tür mit dem Handschuh.

»Wir sprengen die Tür auf«, sagte Charity. »Keine Chance, sie ohne den zulässigen Code zu öffnen.«

»Und was passiert dann?«, fragte Harris vorsichtig. »Ich möchte nicht von einer Horde Kaffeemaschinen angefallen werden oder was immer sonst diesen Zugang verteidigt.«

»Keine Kaffeemaschinen«, antwortete Charity humorlos. »Ich habe hier sechs lange und langweilige Monate Dienst geschoben, und ich kenne diese Zugänge wie meine Westentasche. Es gibt eine Menge passiver Kontrollen und viele Warnsysteme, die wir zum größten Teil schon ausgelöst haben, als wir die Treppe hinaufgekommen sind, aber es gibt keine Verteidigungsanlagen.«

»Das ist sechzig Jahre her«, sagte Skudder.

»Erinnere mich nicht daran«, versetzte sie knapp. »Diese Gänge sind nicht besonders groß, und sie verlaufen schnurgerade bis zur Zentrale. Niemand kann sich dort verstecken, und die Wände sind massiv. Der ganze Komplex ist ein massiver Block, der innerhalb des Verteilerringes schwingungsfrei aufgehängt ist. Wenn irgendetwas hinter dieser Tür ist, das nicht von den Geschossen zerfetzt wird, dann werden wir es sehen können, sobald es uns sieht. Und im Gegensatz zu uns hat es keine Deckung.

Skudder sah sich viel sagend auf dem Treppenabsatz um, auf dem sie standen. Von ihrer Position aus konnten sie den größten Teil des Ringabschnittes unter ihnen überblicken, aber zum Zugang hin hatten sie keinen nennenswerten Schutz.

Charity nickte ungeduldig. »Wir werden rechts und links von der Tür stehen müssen«, sagte sie. »An der Wand.«

»Direkt neben der Sprengladung«, sprach Skudder seine Befürchtungen aus.

»Direkt daneben«, gab sie widerwillig zu. »Verdammt, es gefällt mir sowenig wie dir, aber hast du einen besseren Vorschlag?«

»Ich bleibe auf der Rolltreppe«, meldete sich Dubois. »Ich kann von dort aus den Gang einsehen, wenn die Zugangstür aufgesprengt ist, nicht wahr?«

»Sie liegen dort wie auf dem Präsentierteller«, sagte Charity warnend und wunderte sich über sich selbst.

Dubois sah sie nur an.

»Wenn die Tür verstärkt worden ist oder wenn eine zusätzliche Barriere dahinter aufgebaut worden ist, reißt der Rückschlag der Hohlladung Sie die Treppe hinunter«, versuchte Charity es noch mal.

»Ich weiß«, erwiderte Dubois beinahe sanft.

»Na schön«, sagte Charity und war plötzlich auf sich und auf Dubois wütend, die offenbar auf alles eine Antwort hatte. »Ihre Beerdigung, Dubois. Bringen Sie die Ladung an, Harris. Bomben sind doch Ihre Spezialität, oder?«

Harris gehorchte wortlos. Sie fing Skudders Blick ein. Er schüttelte leicht den Kopf, und sie wandte sich ab; sie war noch zorniger als zuvor. Mit mechanischen Bewegungen begann sie damit, noch einmal ihre Waffe zu überprüfen. Sie tauschte ein halb volles gegen ein volles Magazin aus und suchte sich dann einen Platz neben der Tür. Sie hielt sich ziemlich nah an der Kante und beobachtete Harris, der die Hohlladung montierte, bereit, in Deckung zu gehen, falls sich die Tür plötzlich von allein öffnen sollte.

Skudder stellte sich hinter sie. Sie sah sich nicht zu ihm um, aber sie wusste, dass er sie anschaute. Plötzlich spürte sie seine Hand, die durch den schweren Anzugstoff hindurch ihre Schulter berührte. Unwillkürlich versteifte sich ihr Körper, aber dann erkannte sie die Berührung als Ermutigung, und sie entspannte sich ein wenig.

»Danke«, sagte sie leise, ohne sich umzudrehen. Harris sah flüchtig in ihre Richtung und blickte dann wieder auf den flachen Behälter, den er mit einem Unterdruckverschluss an die Tür geheftet hatte. Er setzte einen Zylinder in den Behälter ein, der so dick wie sein Handgelenk war und zwanzig Zentimeter lang.

»Fertig«, sagte er und sah Charity an. Sie warf einen Blick auf Dubois, die sich flach auf den Boden presste, das Gewehr im Anschlag. Ihre Beine hingen über die ersten Stufen der Rolltreppe hinaus. Falls sich die Rolltreppe jetzt in Bewegung setzen sollte, würde die Frau einfach mitgerissen werden. Dann würde sie vermutlich den ganzen Treppenabsatz in Schutt und Asche legen, dachte Charity missmutig.

»Okay«, sagte sie laut. »Nehmen Sie die andere Seite, Harris, und ziehen Sie den Kopf ein.«

»Verstanden«, sagte er.

»Zwanzig Sekunden.« Er betätigte den kleinen Drehschalter an der Bodenfläche des Zylinders und rollte sich hastig an der Wand ab. Der Schalter begann hastig zu blinken.

Zehn, elf, zwölf, zählte Charity stumm mit und rückte dann von der Tür ab, presste sich mit dem Rücken an die Wand und gegen Skudder, der hinter ihr kaum noch Platz hatte. Falls sie sich verschätzt hatte, würde sie wenigstens den größten Teil von der Explosion von ihm abhalten können. Sechzehn, dachte sie und legte den Kopf in den Nacken. Ihr Blick richtete sich auf Dubois. Die Frau sah sie an.

»Viel Glück«, sagte sie beinahe gegen ihren eigenen Willen. Dann kam der unvermeidliche dumpfe Schlag, und die ganze Wand bäumte sich hinter ihr auf. Die breitstreuende Hohlladung durchschlug die Tür und schmolz sich einen glühend heißen Weg in den Raum dahinter, füllte ihn über mehrere Meter hinweg mit einer Stichflamme und heißem Gas. Im nächsten Moment feuerte Dubois zwei Granaten durch die entstandene Öffnung. Der Rückschlag der zweifachen Explosion riss die Fetzen der Tür auseinander und ließ Dubois rücklings auf die Rolltreppe fallen, und dann folgte eine Kette von kleineren Explosionen, die den ganzen Komplex zu erschüttern schien.

Die neu entfachte Wut machte Charity einen Moment lang blind. Wieder war es Skudders Hand, die sie in die Gegenwart zurückholte.

Es blieb ruhig. Dubois schob sich die Rolltreppe wieder hinauf und brachte ihre Waffe in Anschlag, aber ihre Schüsse wurden nicht erwidert.

»Wenn die Tür gehalten hätte, hätten uns die Granaten in Stücke gerissen«, sagte Charity, und ihre Stimme war eiskalt.

»Die Granaten oder die Hohlladung«, erwiderte Dubois ungerührt. »Das Risiko musste ich eingehen.« Sie kam auf die Knie. »Sehen Sie sich's an.«

Charity lag eine bittere Entgegnung auf der Zunge, aber sie hielt den Mund. Sie ging in die Hocke und warf einen Blick in den Gang. Durch Rauchschwaden und Qualm hindurch entdeckte sie die zerschmolzenen Umrisse einer automatischen Kanone. Die Explosionen hatten den gesamten Aufbau von dem Dreibein gerissen.

Harris beugte sich vor. Sein Zieldisplay schimmerte wie eine glühende Spielkarte in seinem Helm.

»Marie hätte keine Chance gehabt, wenn sie erst hingesehen hätte«, sagte er nach einer Weile.

»Und wir hätten keine Chance gehabt, wenn sie das verdammte Loch verfehlt hätte«, erwiderte Charity.

Dubois stand auf und näherte sich der Tür. Neben Charity blieb sie stehen.

»Ich habe nicht verfehlt«, sagte sie. »Können wir jetzt gehen?«

Charity sah ihr und Harris nach. »Ich bin zu alt für solche Sachen«, sagte sie erschöpft und warf Skudder einen Blick zu, der ihm riet, sich jeden Kommentars zu enthalten.

Zu alt, wiederholte sie in Gedanken und erkannte, dass es mehr als eine gedankenlos hingesagte Floskel war. *Zu viele Erinnerungen.*

»Bist du okay?«, fragte Skudder besorgt. Sie lächelte ihn an, dunkel hinter ihrem staubbedeckten Helmvisier. Es war das erste Lächeln, seit dieser Wahnsinn begonnen hatte.

»Nein«, sagte sie ehrlich. »Aber ich kann noch aufrecht gehen. Was kannst du noch verlangen?«

»Nichts«, sagte er und erwiderte ihr Lächeln. »Es tut gut, dein Gesicht zu sehen. Ohne diese Gewitterwolken.«

Sie sagte nichts darauf. Er deutete eine Verbeugung an, mühsam genug mit dem stummen Würfel auf dem Rücken, und ließ ihr mit einer absurd höflichen Geste den Vortritt. Sie wand sich zwischen den glühenden Resten der Tür hindurch und folgte Harris. Die beiden Soldaten hatten die zehn Meter entfernten Reste der Laserkanone erreicht und warteten. Der Gang wirkte, als sei er aus den Fugen geraten. Die Explosion der Energiezelle hatte die Plastikdämmung aus den Wänden gerissen. Ein Teil davon schwelte noch. Charity beglückwünschte sich stumm zu ihrem Druckanzug und seiner geschlossenen Luftversorgung.

»Computergesteuert«, sagte Harris, als sie die Überreste erreicht hatte. »Irgendein automatisches Zielsystem.«

»Genau wie die Kanonen in der Bahnhofshalle«, stimmte Charity zu.

»Aber wie?«, fragte Skudder hinter ihr.

»Bewegungssensoren, Schallsensoren, was weiß ich.« Sie fühlte sich müde. »Oder Infrarot. Ich schätze, man hat irgendeine einfache Elektronik an die Waffe angeschlossen und ein simples Programm installiert.« Sie ging in die Hocke und tastete mit dem Handschuh zwischen den heißen Trümmern herum. »Sobald sich irgendetwas verändert, schießt ihr.«

»Ziemlich konservativ«, sagte Skudder.

»Primitiv, aber wirksam«, erwiderte sie ohne Humor. Sie blickte über die zertrümmerte Waffe hinweg zum Ende des Gangs. Das Schott war offen, dahinter lag nur Dunkelheit. »Sieht so aus, als hätten wir es geschafft.«

Dubois warf ihr einen Blick zu, gelb schimmernd durch das Infrarot-Display.

»Gehen Sie ruhig vor«, sagte Charity. »Ich kenne den Weg.«

»Okay«, sagte Harris. Er folgte Dubois. Charity nahm eine Zange aus einer Tasche ihres Druckanzuges und zerrte eine Strebe aus dem Trümmerhaufen.

»Du kennst diese Waffen«, sagte Skudder. Es war keine Frage.

»Ich kenne die Handschrift«, korrigierte sie. »Die Space Force hat mit solchen Schaltungen experimentiert. Automatische Waffen mit Infrarot und Radar als unfehlbare Wachposten, die nicht schlafen, nicht rauchen und sich nicht mit irgendwelchen Zivilisten einlassen.«

»Und wo war das Problem?«

»Mangelndes Unterscheidungsvermögen«, sagte Charity sarkastisch. »Sie konnten nicht unterscheiden zwischen Angreifern, Bedienungspersonal, Katzen, Hunden und vom Wind herangetragenem Abfall. Wenn sie einmal angefangen hatten zu schießen, dann hörten sie nicht wieder auf. Die ersten Modelle haben sogar auf die eigenen Geschosse gezielt. Oder auf Wolken. Oder auf den Mond.«

»Geschosse?«, fragte er verwirrt.

»Ich habe nur von Projektilwaffen gehört«, sagte sie. »Sonst wäre ich schon früher dahinter gekommen, was es mit diesen Laserkanonen auf sich hat. Ich glaube, wir sind bis jetzt nicht einem einzigen Moroni begegnet. Sogar die Kanone im Hangar war mit Sicherheit selbstgesteuert.« Sie reichte ihm die Strebe, die sie in der Hand hielt. »Sieh es dir an«, sagte sie. »Inventarisierungsnummern. Das hier ist Militäreigentum gewesen.«

»Diese Moroni sind die größten Diebe, die man sich denken kann«, erwiderte Skudder und drehte die Metallstrebe in der Hand, um die eingestanzten Ziffern und Buchstaben besser erkennen zu können.

»Ja«, bemerkte sie viel sagend und blickte in die Richtung, in die Dubois und Harris verschwunden waren. »Sehen wir mal nach, was unsere tapferen Zinnsoldaten inzwischen alles gefunden haben.«

Er folgte ihr mit einem Gesichtsausdruck, der wenig Begeisterung und viel Verwirrung verriet. Sie verzichtete auf ihren Helmscheinwerfer. Als sie am Ende der Zugangsröhre angekommen waren, wurde ihr bewusst, dass sie sich gegen die Beleuchtung wie eine Zielscheibe abzeichnete, und sie schob sich hastig nach links in die Dunkelheit. Skudder tat es ihr nach.

Die Kommandozentrale war unbeleuchtet, aber es war

nicht vollkommen dunkel um sie herum. Irgendein seit sechzig Jahren wartender Servomechanismus hatte registriert, dass alle Personen, die die Zugangsröhre betreten hatten, inzwischen das andere Ende erreicht hatten, und schloss gehorsam die Tür. Charity grinste in ihrem Helm. Maschinenlogik, dachte sie fröhlich. Für die beschränkte Welt der Türkontrolle war alles in Ordnung, auch wenn die äußere Zugangstür in Fetzen lag und die Gangröhre einer Schutthalte glich. Ihre Augen gewöhnten sich an die Dunkelheit. Sie machte zahlreiche Lichtpunkte in Rot, Orange und Gelb aus, die sich vor ihr verteilten, waagerechte und senkrechte Linien bildeten, Ringe und Wolken und Flächen. Hier und da blinkten ein paar Lichter, und andere wechselten die Farbe. Alles geschah in völliger Lautlosigkeit. Nach einer Weile konnte sie die Umrisse von Schaltpulten und Konsolen erahnen.

»Harris«, sagte sie in den offenen Funkkanal. Als keine Antwort kam, fasste sie Skudder an der Schulter und tastete nach ihrem Gewehr.

»Harris?«, fragte sie noch einmal. Sie schaltete die Infrarotsicht ein, und die ganze Welt schimmerte in blassem Rot. Zwei weiße, entfernt menschenähnliche Silhouetten standen fünfzig Meter von ihnen entfernt.

»Wir sind hier unten«, kam die Antwort, und Charity entspannte sich.

»Wir kommen«, sagte sie laut. »Wir treffen uns bei der Kommandokontrolle. Dort, wo der helle Ring zu sehen ist.«

»Verstanden«, sagte Dubois. Von der Zugangstür führte eine breite Treppe herab. Charity fragte sich, ob die anderen die Ausmaße der dunklen Halle überhaupt erfassen konnten. Die beiden Soldaten standen bereits an dem zehn Meter messenden Ring, der im Infrarot ein helles, intensives Rot zeigte. Die Konsolen bildeten das Zentrum der Aktivität.

»Laden Sie Ihren Blechkumpel ab«, sagte Charity zu Harris, als sie und Skudder aufgeschlossen hatten. »Hier gibt es mindestens ein Dutzend Interface-Buchsen. Schließen Sie ihn an.« Sie verzog das Gesicht, unsichtbar in der Dunkelheit ihres unbeleuchteten Helms. »Wenn er keine Einwände hat.«

»Kann er nicht«, versetzte Harris, der sich aus den Transportriemen befreite. »Sie wollten doch, dass ich ihn ruhig stelle.«

»Sie haben ihn abgeschaltet?«, fragte Charity verblüfft.

»Nur die Sprachausgabe.«

»Also deshalb«, murmelte sie. Sie ließ den Blick über die im Infrarot nur schemenhaft erkennbaren Pultreihen wandern und versuchte, das substanzlose Bild mit ihrer Erinnerung zur Deckung zu bringen. »Wir können Scheinwerfer benutzen«, sagte sie dann und schaltete ihre Helmlampe ein. Der Lichtkegel wanderte über leere Konsolen und abgeschaltete Bildschirme. Sie erinnerte sich an die verwirrende Geschäftigkeit, die vor sechzig Jahren an diesem Ort geherrscht hatte, und irgendein sentimentaler Impuls ließ sie nach dem Pult suchen, an dem sie während ihrer Ausbildung Dienst getan hatte. Nach einer Weile wurde ihr klar, dass sie es so nicht wiederfinden würde. Der Gedanke war enttäuschend und erleichternd zugleich.

»Was heißt *also deshalb?*«, schnarrte eine neugierige Stimme in ihre Betrachtungen hinein. Sie sah sich verwirrt um und entdeckte die vorwitzig flackernde Bereitschaftslampe an dem Würfel. Harris hatte den Taktikcomputer auf eine der Arbeitsflächen vor den Pulten abgestellt und war mit der Verkabelung beschäftigt.

»Ihrem Spielzeug scheint die Zwangspause nicht geschadet zu haben«, bemerkte sie spöttisch zu Harris. »Herzlichen Glückwunsch.«

»Danke«, antwortete der Wüfel würdevoll. »Sie können direkt mit mir sprechen, wissen Sie.«

»Was?«, fragte sie verblüfft.

»Eine Frage der Etikette«, verdeutlichte der Computer. »Ich nehme an, Höflichkeit gehört nicht zu Ihren Vorzügen.«

Ihre Antwort gab ihm Recht. Harris richtete sich unwillkürlich auf und warf ihr einen Blick zu, den sie nicht zu deuten vermochte, und sogar Skudder wirkte leicht schockiert.

»Ich habe den Eindruck, dass Sie etwas Ruhe vertragen könnten«, versetzte der Würfel ungerührt.

Charity holfte tief Luft und schloss die Augen. »Harris, sagen Sie Ihrem Spielzeug, er soll sich um sein eigenes Innenleben kümmern, okay?«

»Du hast es gehört«, sagte der Mann und koppelte das Kabel an das Pult. »Ausgabe unterbrechen.«

»Zu Befehl.«

Charity atmete hörbar auf. »Wie weit sind Sie gekommen?«

»Gleich fertig«, antwortete Harris geistesabwesend und sicherte die letzten Kabel. »Die Verbindung steht.« Er zog einen der freischwingenden Sitze zu sich heran und setzte sich neben dem Würfel an eines der Pulte. »Kommunikation«, sagte er dann.

»Status?«

»Nominal«, antwortete der Würfel geschäftsmäßig. »TAC-COM 370/98 in Standby, Internet-Verbindung geschlossen.«

»Verbindung hochfahren«, befahl Harris und warf Charity einen Blick zu. »Selbst wenn man uns bis jetzt noch nicht bemerkt hat, damit sind wir fällig.«

Sie dachte an den verwüsteten Zugang. »Machen Sie sich darüber keine Gedanken«, meinte sie seltsam heiter.

»Verbindung hochgefahren«, meldete der Würfel. »Das Netz ist intakt.«

»Was ist mit den Zentralcomputern?«

»Ich habe vier 390/96 und zwei 420/97 vorgefunden«, sagte der Würfel ehrfürchtig. »Die Anlagen sind in passiver Bereitschaft.«

»Kontakt herstellen.«

»Mit welchem Autorisierungs-Code?«, fragte der Würfel pikiert.

Harris sah Charity fragend an. Sie zuckte die Achseln.

»Nimm irgendeinen«, sagte Harris.

»Wie bitte?«, fragte der Taktikcomputer empört.

Charity beugte sich vor. »Wo liegt das Problem?«

»Wenn wir den falschen Code verwenden, wird wahrscheinlich die Leitung still gelegt«, erklärte Harris. »Oder 370/98 bekommt elektronische Prügel.«

»Wir haben keinen gültigen Code«, erwiderte sie kurz. »Probieren Sie aus, ob das System überhaupt eine Reaktion zeigt.«

»Mit welchem Code?«, beharrte der Würfel.

»Magermilch«, sagte Charity ungeduldig und ignorierte Harris' erstaunten Blick.

»Wie Sie wünschen«, sagte der Würfel in einem Tonfall, der zeigte, dass er an ihrem Verstand zweifelte. »Magermilch.«

Sie warteten. Die Lampe an der Würfelfront flackerte unregelmäßig.

»Kein Autorisierungscode«, sagte er dann, und diesmal war der Tonfall lupenreine Überraschung.

»Natürlich ist *Magermilch* kein gültiger Code«, versetzte Charity mit beißender Stimme.

»Korrektur«, sagte der Würfel. »Es ist ein gültiger Code.«

»Was?«

»Um genau zu sein, jede Eingabe ist ein gültiger Autorisierungscode.« Der Würfel machte eine Pause, und seine Lampe wurde heller. »Das System ist offen«, platzte er heraus. »Alle Kontrollen sind heruntergefahren.«

»Das kann nicht sein«, sagte Charity und sah sich hilflos nach Skudder um. »Das hat es nie gegeben. Ich wusste gar nicht, dass so etwas überhaupt gehen könnte.«

»Wir leben in ungewöhnlichen Zeiten«, antwortete Skudder – was die Untertreibung des Jahrhunderts darstellte.

»Okay«, sagte Charity. »Das System ist offen. Was ist das, eine Falle?«

»Keine Aussicht«, erwiderte der Würfel selbstsicher. »Ich habe direkten Zugriff.«

»Irgendwelche Reaktionen?«

»Man hat uns erwartet«, kam die zögernde Antwort.

»Das habe ich gemerkt«, sagte Skudder bitter.

Charity warf ihm einen ungeduldigen Blick zu. »Was heißt das?«

»Ich finde klare Anweisungen vor, und meine Kontaktaufnahme hat ein paar Programme aktiviert, die in Bereitschaft gewesen sind.«

»Wie lange?«

»Seit sechzig Jahren«, sagte der Würfel. »Das ist eine Menge Rechenzeit.«

Charity lachte auf. »Deine Kollegen haben sich gelangweilt, was?« Sie wurde wieder ernst. »Was für Programme?«

»Keine Ahnung«, gestand der Würfel nach ein paar Sekunden.

»Ich denke, du hast direkten Zugriff?«

»Die Programme sind ... komplex.«

»*Zu* komplex«, vermutete Charity.

»Ja«, sagte der Taktikcomputer kleinlaut. »In ein paar Tagen könnte ich Ihnen mehr sagen, was den Zweck ...«

Urplötzlich leuchteten die Kontrollen und Skalen an den Pulten des Rings in voller Helligkeit, und abgeblendete Beleuchtungsröhren tauchten eng begrenzte Arbeitsflächen in ein neutrales weißes Licht. Überall um sie herum wurden Konsolen hochgefahren, und Schaltwände leuchteten in ihrem eigenen Licht auf.

»Danke«, sagte Charity trocken. »Ich rate lieber.« Weitere Lichter folgten. Die Pultreihen bildeten Kreise um den zentralen Ring herum, insgesamt zwölf hintereinander, wie die Stufen einer gewaltigen Treppe oder die Sitzreihen eines hoch technisierten, vollautomatischen Amphitheaters. Die Kreise waren in sechs Sektoren unterteilt, und Sektor für Sektor zeigte heftige Aktivität. Bildschirme schimmerten wie weiße, blinde Augen, und ihr Streulicht zeichnete die Konturen der Schaltschränke und Computergehäuse nach. Charity legte unwillkürlich den Kopf in den Nacken und blickte zu den frei über den Pultreihen aufgehängten Kontrollgruppen auf, Scheiben von drei Metern Durchmesser, die über schmale Stege erreichbar waren und den koordinierenden Offizieren den Überblick über die Halle geboten hatten. Jede der Scheiben, die auf kranartigen Auslegern beweglich angebracht waren, hatten ihre eigenen frei verschaltbaren Konsolen. Die Anordnung war so flexibel wie möglich ausgelegt worden, um wechselnden Anforderungen zu genügen. Notfalls konnten mehrere dieser Kontrollinseln zu einem Kartenspiel beieinander platziert werden. Darüber schimmerte die leicht gewölbte Projektionsfläche, die den Himmel über MacDonald wiedergeben konnte, komplett mit radargestützter Zielmarkierung und computerberechneten Flugbahnen.

Die rote Wandbeleuchtung oben bei den Zugängen und Liftschächten schloss einen Ring gedämpfter Helligkeit um die Lichtervielfalt. Die Halle wirkte nun, als hätte jemand einen gewaltigen Christbaum über Boden und Wände verschmiert.

Charity musterte ihre drei Begleiter, die sich mit offenen Mündern umsahen. Vor sechzig Jahren hatten über zweihundert Menschen in dieser Halle gearbeitet, jeder mit genug Computerkapazität in der Hand, um ein Shuttle damit auszurüsten. Charity hatte diesen Raum niemals verlassen gesehen. Jetzt, wo das Licht und die Kontrollen wieder eingeschaltet worden waren, wirkte er noch gespenstischer auf sie.

Motoren wurden angeschaltet, und von der Decke schoben sich große, flache Bildschirme herab, einer davon mit zwei Metern Seitenlänge. Die Bildschirme glitten fast geräuschlos in Positionen, die verrieten, dass irgendein Teil der gewaltigen Maschinerie ihren Standort kannte und bei der Anordnung der Bildschirme berücksichtigt hatte.

»Zuvorkommende Programme«, sagte Charity laut. »Irgendein Kommentar, 370/98?«

»Ich bin beeindruckt«, sagte der Würfel säuerlich. Auf dem Bildschirm flackerte heller Schnee, und dann war schlagartig die räumliche, gestochen scharfe Wiedergabe eines Gesichtes zu erkennen. Charity fühlte, wie sich ihr Magen zusammenzog, und plötzlich war ihre Heiterkeit verschwunden.

Der Mann auf dem Bildschirm trug die Uniform der Space Force, die Rangabzeichen waren die eines Colonels. Er lächelte schief in die Kamera, und dieses Lächeln allein traf Charity wie ein Schlag und ließ ihren Adrenalinspiegel in ungekannte Höhen schnellen.

»Willkommen«, sagte der Mann. »Wer immer Sie sein mögen.« Er lächelte wieder, und diesmal war es kein verlegenes Lächeln, sondern ein freudloses, resignierendes Lächeln. »Hier spricht Colonel David Jedediah Laird, zur Zeit kommandierender Offizier der Basis MacDonald. Wir haben seit drei Tagen keinen Kontakt mehr zur Erde und zu Tranquillitatis. Die letzten Berichte handelten von Bombenangriffen auf New York.«

Sie konnte die Stimme genauso wenig ertragen wie das unrasierte Gesicht. Ihre Knie gaben nach, und irgendwie gelang es ihr, sich auf einen der Sitze fallen zu lassen.

»Die Invasion ist nicht aufzuhalten«, fuhr der Mann fort. »Der größte Teil des militärischen Personals ist bereits vor einer Woche abgezogen worden. Inzwischen haben wir auch den Kontakt zu diesem Kontingent verloren. Zur Zeit befinden sich noch vierundachtzig Menschen auf dem Gelände. Ich habe mich entschieden, die Basis MacDonald aufzugeben. Wir werden uns mit drei Lasttransportern auf den Weg zur Erde machen und versuchen, uns einer kämpfenden Einheit anzuschließen.« Er machte eine Pause. »Ich habe die Computer der Basis instruiert, in den nächsten zwei Jahren keinen Zugriff auf Programme und Datenbestände zuzulassen.

Für diesen Zeitraum wird es keinen, ich wiederhole, keinen gültigen Autorisierungscode geben. Da nicht anzunehmen ist, dass die Invasoren während dieser Zeit oder später Zugang zu gültigen Autorisierungscodes haben werden, und da ich nicht sicher sein kann, dass wir noch in der Lage sein werden, einen von uns gewählten Code an irgendeine Dienststelle zu übermitteln, wird nach den genannten zwei Jahren jegliche Zugangskontrolle abgeschaltet.« Der Blick des Offiziers irrte nach unten, wo vermutlich seine Notizen lagen, und richtete sich dann wieder auf die Kamera. »Falls die Invasoren die Basis bis dahin noch nicht eingenommen haben sollten und falls es dann noch irgendjemandem möglich sein sollte, auf den Mond zu gelangen, steht ihm der Zugang über Funk wie über Datennetz offen.«

Charity gab einen erstickten Laut von sich und erkannte, dass sie unwillkürlich die Fäuste geballt hatte.

»Unmittelbar nach der Kontaktaufnahme werden sämtliche Sicherungsmaßnahmen offen gelegt, die wir getroffen haben, um den Invasoren den Zugang zur Basis zu erschweren«, fuhr der Offizier fort. »Die meisten dieser Sicherungssysteme sind nicht zentral kontrolliert und lassen sich daher auch nicht abschalten. Diese Systeme bleiben daher unversehrt, selbst wenn der Feind die Zentralcomputer durch eine Bombe lahm legen sollte. Die gesicherten Abschnitte der Basis sind lebensgefährlich und sollten bis zur Beseitigung der Sicherungssysteme unbedingt gemieden werden. Die äquatorialen Umlaufbahnen sind ebenfalls zu meiden, bis die magnetische Katapultanlage still gelegt werden kann.«

»Das glaube ich nicht«, sagte Skudder. »Das kann nicht wahr sein.«

»Es ist wahr«, sagte Charity deprimiert. »Ich sagte doch, ich kenne die Handschrift.«

»Dies ist die letzte Aufzeichnung«, ergänzte der Mann auf dem Bildschirm. »Unmittelbar nach ihrem Ende werden alle Zugänge, elektronischer und direkter Art, blockiert und gesichert. Die Computerprogramme sind für eine lange Laufzeit ausgelegt, obwohl ich davon ausgehe, dass der Krieg nicht mehr lange dauern wird. Falls unser unbekannter Feind die Hand auch nach dem Mond ausstrecken sollte, wird er feststellen, dass wir ihm einige Überraschungen hinterlassen haben.« Er sah noch einmal auf und zeigte noch einmal dieses unbeholfene Lächeln, das sie so gut kannte. »Ende der Aufzeichnung.«

Keiner von ihnen sagte ein Wort. Das Bild verschwand vom Monitor, und nach ein paar Sekunden begann die Wiedergabe von vorn.

»Willkommen. Wer immer Sie ...«

Charity nahm den Helm ab. Es war ihr herzlich gleichgültig, ob irgendein verrückt gewordener Servo in genau diesem Moment damit beschäftigt war, Nervengas in die Ventilationsanlage einzuleiten. »Schalten Sie das ab«, sagte Charity, und ihre Stimme, die durch den großen Raum hallte, klang sogar in ihren eigenen Ohren ungewöhnlich heftig. Bevor Harris etwas sagen konnte, flackerten die Pulskontrollen, an denen der Würfel angeschlossen war, und das Bild blieb mitten im Satz stehen.

»Danke«, sagte sie heiser und sah auf. Skudder hatte es ihr nachgetan und den Helm abgenommen, und auch die anderen beiden öffneten ihre Helmvisiere. Sie bemerkte, dass die anderen sie anstarrten.

»Was ist?«, schnappte sie.

Harris öffnete den Mund und schloss ihn wieder. Es war Skudder, der schließlich die Frage stellte. »Laird?«, sagte er nur.

Sie schloss die Augen und atmete tief ein. Irgendwie hatte sie diesen Augenblick gefürchtet. Es war, als seien sechzig Jahre Krieg und Verwüstung plötzlich bedeutungslos geworden.

»Ja«, sagte sie schließlich. »David.« Ihre Augen richteten sich auf das still stehende Bild hinter Skudder, dann wieder auf ihn. »*Mein* Ex-Mann, der Teufel soll ihn holen.« Ihre Stimme entglitt ihr.

»He«, sagte Skudder besorgt, »alles in Ordnung?«

»Nichts ist in Ordnung«, sagte sie, wütend auf sich selbst, auf ihn und auf den Mann, der vermutlich seit sechzig Jahren tot war. Sie starrte sein Bild an, und die Wut ließ ihren Blick unscharf werden und ihre Schultern zittern. »Typisch für dich«, sagte sie zu dem Bild eines toten Mannes und empfand nichts als Zorn. »Du hast es verpfuscht. Nicht ein einziges Mal in deinem ganzen verdammten Leben hast du etwas so gemacht, wie es sein sollte. Verdammt noch mal ...«

Skudder war plötzlich neben ihr und hielt ihre Schultern mit beiden Händen fest. Sie zitterte noch immer. Die Erinnerungen waren übermächtig. Ihr Blick fiel auf Harris, der sie verwirrt anstarrte. »Achten Sie auf Ihren Computer, Soldat«, sagte sie eisig, aber ihre Stimme schwankte mehr, als ihr lieb war. Harris wandte den Blick ab, ungewöhnlich taktvoll.

»Unsere eigenen Leute«, sagte Skudder nach einer Weile ernüchtert.

»Sechs Tote«, sagte Charity. »So sinnlos, so verdammt sinnlos.«

»Ich kann es immer noch nicht glauben.« Skudder

schüttelte den Kopf. Es tat ihr gut, seine Stimme zu hören, direkt und ohne die Verzerrungen des Funkkanals. »Die Laserkanonen, diese verflixte Putzmaschine – das ist vollkommen idiotisch.«

»Der Schuss, der uns heruntergeholt hat«, fügte sie hinzu.

»Er hätte uns allen mit dem Katapultgeschoss das Genick brechen können, in einem Krieg, den wir vor sechzig Jahren verloren haben.«

»Was hat er sich davon erhofft?«, fragte Dubois tonlos. Sie stand ein paar Meter entfernt, die Waffe noch immer in der Hand.

»Begreifen Sie den Unterschied zwischen *gut gemacht* und *gut gemeint*?«, fragte Charity, und die Bitterkeit ließ ihre Stimme fremd klingen.

»Ja?«, fragte Dubois und starrte sie mit offenkundiger Verwirrung an. Nach einem Moment hatte sie verstanden, und ihr Gesicht zeigte Betroffenheit.

Charity wies mit einer Kopfbewegung auf das Bild über dem Ring. »Er hat es nie begriffen«, sagte sie und stand auf. »Belassen wir es dabei, ja?«

»Einverstanden«, sagte Skudder ruhig. Sie sah ihn scharf an. Er erwiderte den Blick mit einem angedeuteten Lächeln, und nach einem Moment lächelte sie auch.

»Versuchen wir, eine Funkverbindung nach Köln zu bekommen«, sagte sie. »Und einen Überblick über das Basisgelände.« Charity trat um die Konsolen herum in den Ring hinein und blieb hinter Harris stehen. »Sind diese Programme abgelaufen, oder erwartet uns noch irgendeine Überraschung?«

»Die Programme sind im Wartezustand«, meldete der Würfel an Harris' Stelle.

»Ich möchte direkten Zugang auf den Konsolen«,

sagte Charity ruhig. »Leg die Kontrolle auf diesen Ring, 370/98.«

»Wie Sie wünschen«, sagte der Würfel leicht beleidigt. »Ich darf darauf hinweisen, dass meine Unterstützung bei der Kommunikation ...«

»Tu es einfach«, unterbrach ihn Charity.

»Wie Sie wünschen«, wiederholte der Würfel nach einem Moment. Die Pulte leuchteten auf. Sie setzte sich und betätigte versuchsweise eine Tastatur. Die Reaktionen kamen prompt.

»Ich komme auf deine Unterstützung zurück«, sagte sie. »Stell die Funkverbindung nach Köln her. Die Lagrange-Relais sind noch intakt, soweit wir wissen.«

»Das ist korrekt«, antwortete der Würfel förmlich. »Es wird trotzdem etwas Zeit in Anspruch nehmen.

»Das ist in Ordnung«, sagte Charity geistesabwesend und konzentrierte sich auf die Eingabe. Hinter ihr verschwand das Bild ihres glücklosen Ex-Ehemanns und wurde durch eine Zustandsübersicht ersetzt.

»Nehmen Sie die andere Konsole, Harris«, sagte sie nach einer Weile. »Sehen Sie die Aufzeichnungen durch, ob die Moroni jemals hier gewesen sind oder irgendwo in der Nähe.

»Irgendwo müssen sie sein«, warf Skudder ein und beugte sich interessiert von der anderen Seite über die Konsolen. »Sie waren schließlich da draußen, nicht weit hinter uns.«

»Drei Stunden«, erinnerte sie ihn. »In dieser Zeit hätten sie notfalls sogar direkt von der Erde kommen können, wenn ihre richtigen Raumschiffe nur halb so gut sind wie meine alte CONQUEROR.«

»Wir haben drei Tage gebraucht«, sagte Harris neben ihr.

»Nicht jeder da draußen ist ein Fußgänger«, versetzte Charity missmutig. »Gewöhnen Sie sich besser an den Gedanken.« Sie schickte noch ein paar Anforderungen in das System. »Dabei fällt mir ein, lassen Sie sich den Status der Startbahn und der Katapultanlage geben.«

Harris setzte zu einer Frage an, warf einen Blick auf ihr Gesicht und verstummte. Charity gestattete sich ein verhaltenes Grinsen, bevor sie weitermachte.

»Keine Anzeichen von Moroni-Aktivität auf dem Basisgelände«, meldete sich der Würfel unaufgefordert. Sie seufzte leise.

»Angeber«, sagte sie mit gelindem Spott. »In den gesamten sechzig Jahren?«

»Korrekt«, antwortete 370/98. »Es hat ein paar nicht identifizierte Radarkontakte im Süden und Südosten gegeben, und seismologische Registrierungen, aber keine Moroni-Identifizierung.«

»Wieso seismologisch?«, fragte Skudder verwirrt.

»Erschütterungen im Tagebau-Gebiet«, vermutete Charity. »Was immer das heißt. Vielleicht sind auch die Bagger mit in diesen Spuk einbezogen worden. Überprüfung, 370.«

»370/98«, sagte der Würfel. »Soviel Zeit muss sein.«

»Entschuldigung«, murmelte sie.

»Was ist mit Moroni-Aktivität im Bereich der Gruben?«, fragte sie dann.

»Keine Daten aus Grube II und III«, sagte Harris, der seine eigene Abfrage parallel laufen ließ. Charity dachte flüchtig, dass es sinnvoll war, Harris' Angaben und die des Würfels wechselseitig überprüfen zu lassen. Vorausgesetzt, dass sie nicht dieselben Motive hatten, etwas zu verschweigen oder zu erfinden. In letzter Zeit war das Leben ungeheuer kompliziert geworden.

»Was heißt das, keine Daten?«

»Entweder ist nichts passiert«, mutmaßte Harris, »oder es konnte nicht beobachtet werden. In Grube I gibt es nur die normalen Registrierungen. Keine besonderen Vorkommnisse.«

»Versuchen Sie, ein paar Videobilder aus II und III zu bekommen«, empfahl Charity nach kurzer Überlegung. »Wo war der Ursprung der registrierten Erschütterungen?«

»Südost«, antwortete der Würfel.

»Fangen Sie mit Grube III an«, sagte sie.

Harris blickte auf. »Die liegt im Süden«, sagte er.

»Sie ist übersichtlicher«, antwortete Charity. »Üben Sie. Mit Grube II können Sie sich den ganzen Tag beschäftigen, und Sie würden es nicht einmal merken, wenn dort jemand ein paar Footballfelder klaut.« Er machte sich wortlos an die Arbeit. Auf den Bildschirmen wechselten rasch undeutliche Kamerabilder von Maschinenhallen, freitragenden Transportbändern, Kontrolltürmen und riesigen Baggern, die regungslos zwischen terrassenförmigen Abbaustufen standen. Das Sonnenlicht tauchte das Gelände von Grube III in eine erbarmungslose gleißende Helligkeit, die die Sichtfilter der Kameras nur teilweise mildern konnten. Metall warf scharfe Lichtreflexe und Spiegelungen auf den dunklen Boden, aber nirgendwo zeigten sich die charakteristischen Spuren von Moroni-Bauten oder Moroni-Maschinen.

»Das Gelände scheint sauber zu sein«, sagte Harris nach zehn Minuten.

»Was ist mit den Startanlagen?«

»Die Abfrage läuft noch«, sagte Harris. »Lassen Sie mir ein wenig Luft, okay?«

»Was immer Sie brauchen«, antwortete Charity. Ihre

eigenen Abfragen lieferten regelmäßig Fehlanzeigen. Sie fragte sich, ob Harris oder der Würfel herauszubekommen versuchten, was sie tat. Ihre Fähigkeiten als Operator waren etwas eingerostet, aber soweit es Harris betraf, glaubte sie einen sicheren Überblick über *seine* Aktivitäten im Computernetz zu haben. Was den Würfel anging, war sie sich da weitaus weniger sicher.

»Ich fange jetzt mit Grube II an«, meldete Harris neben ihr. Sie brummte zustimmend und nahm den nächsten Fehlschlag zur Kenntnis. Dann hörte sie, wie Skudder einen erstaunten Pfiff ausstieß, und runzelte die Stirn.

»Himmel«, sagte Harris verblüfft. »Sehen Sie sich *das* an.«

Sie hob den Kopf und folgte seiner ausgestreckten Hand zu den von der Decke herabhängenden Bildschirmen, die ein Dutzend verschiedener Übersichtsbilder des südöstlichen Tagebaugebietes zeigten. Im harten Licht der Sonne erstreckte sich die riesige Grube II, das mit Abstand größte der vier Abbaugebiete. Einige der Aushebungen reichten drei bis vier Kilometer in den Mondboden hinein, und die Bahnen, die die Schaufelbagger dabei terrassenartig angelegt hatten, boten genug Platz für mehrere Shuttle-Landebahnen nebeneinander. Abraumhalden zogen sich zum Horizont, die Nischen für die Transportbänder tief in ihre hochgeworfenen Flanken gebohrt. Felswände standen schroff im Westen, dort, wo das Deckgestein nicht beseitigt worden war und wo der Erzabbau in gewaltigen Höhlen fortgesetzt worden war, geschaffen mit atomaren Sprengsätzen, die das Metall in einer radioaktiven Schmelze am Boden kilometerhoher Kavernen angesammelt hatten. Platz genug für die Millionen Tonnen Material und Maschinen, die dort in zehn Jahren verbaut worden waren.

Nur, es war nichts von alldem zu sehen. Es gab keine Transportbänder, keine Beleuchtung, keine Bohranlagen, keine Magazine, Hallen, Hangars, keine Landebahnen, keine Shuttle-Startanlagen, keine Bunker, kein Kraftwerk, kein einziges Gebilde von Menschenhand. Nichts außer Fels, Sand und Staub erstreckte sich vor ihnen, so weit das Auge reichte.

»Scheiße im Schuhkarton«, sagte Charity entgeistert. »Wo ist das ganze Zeig hingekommen?«

Die Kameras schwenkten langsam, und andere Teile des Areals wurden sichtbar. Nirgendwo war eine Spur von blankem Metall zu entdecken. Skudder schüttelte den Kopf. »Das übersteigt mein Vorstellungsvermögen«, sagte er. »Was wollen die Moroni mit dem ganzen Zeug?« Er kratzte sich an der Wange, die nach fast anderthalb Tagen Druckanzug Rasiermesser und Seife hätte vertragen können. »Die haben nicht eine einzige Schraube übrig gelassen.«

»Sogar Diebe haben ihren Stolz«, versetzte Charity. Sie sah auf das viele hundert Quadratkilometer große Grubengelände, ohne wirklich zu begreifen. Sie konnte sich ebenso wenig wie Skudder vorstellen, wie man mehrere Dutzend Großraumbagger und ihre mobilen Maschinenhallen verschwinden lassen konnte, ganz zu schweigen von zweihundert Kilometer langen Transportbändern, die pro Sekunde Hunderte von Tonnen verlagern konnten. »Ohne Transmitter haben die das unmöglich schaffen können«, dachte sie laut. »Aber wenn man Transmitter hat, wozu braucht man dann Transportbänder oder Bagger?«

Niemand hatte eine Antwort darauf. Sie betrachteten stumm das leer geräumte Gelände. Die schweren Räumbagger hatten tiefe Kettenspuren im harten Boden hinterlassen.

»Kein Wunder, dass sie MacDonald nicht besucht haben«, sagte Charity nah einer Weile ehrfürchtig. »Sie waren einfach zu beschäftigt.«

»Deshalb auch die registrierten Erschütterungen«, kommentierte Harris. »Sie müssen eine Menge Lärm gemacht haben, als sie das ganze Material verlegt haben.«

Die Bilder wanderten weiter.

»Ich habe eine Übertragungsstrecke nach Köln«, meldete sich der Würfel. »In drei Minuten.«

Keiner von ihnen reagierte darauf. Die Bildschirme zeigten Teilansichten der ausgeräumten Bergwerksanlage, unterteilt wie das Mosaikbild eines Moroni-Insektenauges.

»Nummer Drei«, sagte Skudder plötzlich. Harris schlug mit dem Finger auf eine Taste, und eines der Bilder blieb stehen. Die gewaltige, schattenlose Ebene breitete sich vor ihnen aus, endete in den nahezu senkrechten Wänden eines anderthalb Kilometer hohen Steinbruchs, dessen Kliffs halb im Dunkeln lagen, im toten Winkel des Sonnenlichts. Dennoch konnte Charity die Umrisse eines gewaltigen Rings aus weißem Metall ausmachen, der wie ein abstraktes Kunstwerk in die Felswand eingepasst worden war.

»Da haben wir es«, sagte sie tonlos. »Ein hübsches kleines Schlupfloch.«

»Er sieht anders aus, als ich erwartet habe«, sagte Harris vorsichtig.

»Das macht nichts«, erwiderte Charity. »Das Ding sieht aus wie der Ring in dem Schiffswrack. Der, mit dem alles angefangen hat.« Sie ließ den Sitz nach hinten schwingen. »Er ist nicht eingeschaltet, das ist alles.«

»Die Black-Hole-Hombe wird ihn genau erwischt haben wie alle anderen«, sagte Skudder.

»Er sieht ziemlich unversehrt aus«, entgegnete Charity.

Er kniff die Augen zusammen. »Auf diesem Bild kann ich überhaupt nicht viel erkennen«, beschwerte er sich.

»Die Moroni hätten keine drei Stunden bis zum Wrack benötigt, wenn sie von dort gekommen wären«, gab Harris zu bedenken.

»Ich vermute, dass wir dort keine Moroni finden werden«, bestätigte Charity müde. »Da draußen ist nichts. Wir müssen von vorne anfangen.« Sie sah sich nach dem Würfel um. »Gib mir die Leitung nach Köln, 370/98.«

Die Bildschirme flackerten kurz und zeigten dann ein nichts sagendes *Ameisen*gesicht.

»Captain Laird«, verkündete der Jared. »Wir sind erfreut, Sie wohlbehalten zu sehen.«

»Ich weiß, wer ich bin«, schnappte sie. »Wer bist du?« Was eine unsinnige Frage war, denn in gewisser Weise waren sie alle ein und dasselbe Wesen.

Drei Sekunden waren eine lange Zeit, dreihunderttausend Kilometer waren selbst für Radiowellen eine weite Strecke, und der Umweg über die Relais-Satelliten machte es noch schlimmer. Sie hatte fast vergessen, wie diese verzögerten Gespräche aussahen. Ein Streit ließ sich unter diesen Bedingungen einfach nicht austragen. Man hatte zu viel Zeit, etwas zu sagen, das man später bereute, bis es am Ende nichts mehr zu sagen gab. Sie wusste es aus eigener Erfahrung.

Das Insektengesicht geriet in Bewegung. »Diese Einheit trägt keinen Namen.«

»Na schön«, sagte sie. »Ich will jemanden sprechen, den ich kenne. Jemanden mit einem Namen. Geben Sie mir Kias oder Gurk oder meinetwegen auch Stone.«

Die nächste Pause. Sie tippte mechanisch mit den Fingerspitzen auf die Plastikfläche vor ihrem Pult, einen lange vergessenen Schlagzeug-Rhythmus.

Die namenlose *Ameise* verschwand ohne weiteren Kommentar vom Bildschirm. Eine andere *Ameise* erschien.

»Kias?«, fragte sie, und ihre Frage überschnitt sich mit der Begrüßung.

»Ich freue mich, Sie wohlbehalten zu sehen, Captain Laird. Tatsächlich hatten wir fast nicht mehr damit ... ja, natürlich. Sie wollten mich sprechen?« Charity verzichtete auf einen Kommentar. »Ich weiß nicht, wie lange die Moroni diese Leitung unbehelligt lassen. Oder uns, was das betrifft.« Sie lächelte grimmig. »Um es kurz zu machen, wir haben sechs Ausfälle gehabt. Und wir haben das Schiff verloren.«

Sie beobachtete aufmerksam den Bildschirm, während sie weiter berichtete, aber Kias zeigte keine erkennbare Reaktion. Falls er etwas über die Eier an Bord der HOME RUN gewusst hatte, konnte er es gut hinter seiner Chitinmaske verbergen.

»Wir haben Probleme mit Sicherungsanlagen gehabt, die von der menschlichen Besatzung hinterlassen worden sind. Skudder, Haris, Dubois und ich haben es bis in die Zentrale geschafft. Die Bombe und der Computer sind intakt, was man von uns nicht behaupten kann.« Sie rieb sich gedankenverloren über die Prellungen an ihrer Hüfte.

»Haben Sie die Moroni entdeckt?«, fragte Kias nach einer Weile.

»Sagen wir, sie haben uns entdeckt.« Sie versuchte es noch einmal. »Um genau zu sein, sie haben das Wrack der HOME RUN in Besitz genommen, keine drei Stunden, nachdem wir uns abgesetzt hatten. Ich weiß nicht, ob sie noch etwas gefunden haben, was sie gebrauchen konnten, aber sie waren bestimmt sehr neugierig.«

Diesmal glaubte sie eine schwache Reaktion zu erkennen, aber sie konnte sie nicht richtig einordnen.

»Das ist bedauerlich«, sagte Kias ungerührt. »Andererseits haben Sie so wenigstens feststellen können, wo sich unsere Feinde aufhalten.«

»Bedaure«, sagte Charity. »Wir haben keinen Anhaltspunkt, woher diese Moroni-Gleiter gekommen sind. Ich weiß nicht einmal, ob sie noch an der Aufschlagsstelle sind, geschweige denn, was sie unternommen haben, nachdem wir entkommen sind. Das Wrack liegt nicht im Bereich der Kameraüberwachung der Basis.«

»Wissen die Moroni, wo Sie sind?«

»Sie könnten den Spuren folgen«, antwortete Charity. »Da sie es bisher nicht getan haben, nehme ich an, dass sie uns übersehen haben.« Sie zuckte mit den Schultern. »Vielleicht haben sie kein Interesse an uns.«

»Oder sie haben nicht die Kapazität, diesem Interesse nachzugehen«, erwiderte Kias, was eine seltsame Bemerkung war.

»Was ist mit der Botschaft?«, fragte Charity. »Hat Stone inzwischen etwas mehr aus dieser Botschaft herausbekommen können?«

»Governor Stone ist leider nicht erreichbar«, teilte Kias mit. »Die Dechiffrierung der Botschaft hat keine nennenswerten Fortschritte gemacht. Die Störungen auf dem Übertragungsweg waren zu groß.«

»Was heißt das, nicht erreichbar?«, fragte Charity.

»Governor Stone hatte ein paar Anpassungsschwierigkeiten«, antwortete der Jared höflich.

»Wie ungewöhnlich für ihn«, spottete Charity. »Hat er

denn wenigstens herausbekommen können, woher die Nachricht stammt?«

»In gewissem Sinne«, sagte Kias zögernd. »Die Untersuchung der Aufzeichnungen hat ergeben, dass jemand einen gewöhnlichen Moroni-Handsender verwendet hat, um mit der Notfrequenz Funkzeichen zu erzeugen.«

»Einen Handsender?«, fragte Charity ungläubig. »Das ist völlig unmöglich.«

»Das Profil ist charakteristisch«, kam die verzögerte Antwort. »Diese Funkgeräte entwickeln viel Leistung auf der Notfrequenz, aber sie erzeugen nur einen Dauerton, um Peilungen zu erleichtern. Der Sender wurde regelmäßig ein- und ausgeschaltet, um die Funkzeichen zu setzen. Die gesamte Botschaft dauerte zwanzig Minuten oder wurde entsprechend oft wiederholt, aber wir haben nur eine Folge über etwa eine Minute intakt erhalten. Falls der Unbekannte versucht haben sollte, seine Nachricht auch über Sprechfunk abzusetzen, dann ist die Übertragung mit Sicherheit in den atmosphärischen Störungen verloren gegangen, weil die Leistung des Gerätes nicht ausreichte.«

»Das glaube ich sofort«, sagte Charity. »Kias, diese Geräte haben eine Reichweite von zweihundert Kilometern, und in der Botschaft ist von der Rückseite des Mondes die Rede. Keine Relaisstrecke der Welt kann ein Funksignal aus einem Moroni-Handgerät von hier bis zum Nordpol übertragen. Habt ihr uns vielleicht in die falsche Richtung geschickt?«

»Die Botschaft wurde korrekt dechiffriert«, verteidigte sich Kias. »Die einzelnen Worte werden von verstümmelten Abschnitten getrennt, aber die Botschaft erwähnt definitiv *Mond, dunkel,* irgendetwas mit ... *Seite* und später wieder *Rückseite, Tiefe,* und darüber hinaus die zwei zusammenhängenden Sätze, die Ihnen bekannt sind. Es handelt sich eindeutig um eine Warnung, die die Moroni betrifft und an Sie gerichtet ist, Captain Laird.«

»Ich weiß«, sagte sie wütend. »Ich habe mir das oft genug vorhalten lassen müssen, sonst wäre ich nicht hier.« Sie fixierte die *Ameise.* »*Woher* kamen die Funksignale?«

Diesmal dauerte die Pause deutlich länger als drei Sekunden.

»Vom Nordpol«, sagte Kias schließlich. »Unsere Nachforschungen beweisen eindeutig, dass die Funksignale aus dem zerstörten Transmitter stammen.«

»Aus dem Loch?« Charity massierte sich nervös den Nacken. »Das glaube ich einfach nicht. Was sagt Gurk dazu?«

»Er sagt, mit einem intakten Transmitter an irgendeinem anderen Ort im Netz könnte es funktionieren.«

»Ich dachte, die Black-Hole-Bombe hätte alle Transmitter in diesem Teil des Netzes ausgebrannt und uns abgeschnitten?«

»Sie vereinfachen«, sagte Kias.

»Natürlich«, murmelte sie dazwischen.

»Das Netz ist nicht einfach über dem normalen Raum ausgebreitet«, fuhr Kias fort. »Es ist vielfach umgestülpt und gefaltet. Transmitter in unmittelbarer räumlicher Nähe zueinander sind im Netz möglicherweise weit voneinander entfernt, und andere, die Tausende von Lichtjahren auseinander liegen, sind im Netz kaum voneinander zu trennen. Und die Schockwelle der Explosion breitete sich in diesem Gebilde nach eigenen Regeln aus. Der größte Teil des Netzes ist bis jetzt noch gar nicht davon erfasst worden.«

»Na großartig«, sagte Charity. »Was ist mit dem Loch am Pol?«

Kias zögerte kaum merklich. »Es hat einen stabilen Zustand erreicht.«

»Wann?«

»Der augenblickliche Durchmesser ist vor vierzehn Stunden erreicht worden.«

Sie warf Skudder einen viel sagenden Blick zu. »Na los, Kias«, sagte sie. »Wie *ist* der augenblickliche Durchmesser?«

»Zwanzig Kilometer.« Die *Ameise* wartete ihre Reaktion ab, sprach dann weiter, als sie stumm blieb. »Der Durchmesser hat sich gegenüber vorher fast verdoppelt.«

Charity hatte das undeutliche Gefühl, dass Kias ihr das wahre Ausmaß der Katastrophe verheimlichte, aber was sie gehört hatte, genügte ihr für den Augenblick. Als sie gestartet waren, hatte das Loch einen Durchmesser von ein paar Kilometern gehabt, und die Beben der verformten Erdkruste hatten sie noch in Köln aus dem Schlaf gerissen. Das Universum war aus den Fugen geraten, und anderthalb Lichtsekunden entfernt war nichts davon zu spüren, dachte sie beklommen, und dann hatte sie eine Idee.

»Zu welchen Zeitpunkten sind die seismologischen Aufzeichnungen angefertigt worden?«, fragte sie Harris.

»In der Zone um Grube II?« Er blickte zum Würfel hinüber.

»Die ersten Erschütterungen wurden vor drei Monaten registriert«, teilte der Computer nach ein paar Sekunden Wartezeit mit. »Zu diesem Zeitpunkt werden auch deutlich mehr Radarkontakte als früher verzeichnet, mehr als während der gesamten Zeit seit der Invasion.«

»Das war, bevor die Schwarze Festung angegriffen wurde«, sagte Skudder nachdenklich.

»Und wann sind die letzten Daten aufgenommen worden?«, fragte Charity.

»Vor anderthalb Wochen«, antwortete der Würfel prompt. »Zu Beginn blieb die Häufigkeit der registrierten Erschütterungen konstant. Es gab eine Unterbrechung von mehreren Tagen genau zu der Zeit, als die Black-Hole-Bombe gezündet wurde. Danach folgten drei Wochen zunehmender Bodenaktivität.«

»Drei Wochen.« Charity sah zu dem Bildschirm hinauf. zu der Jared-*Ameise,* die geduldig wartete. »Wir haben die Moroni nicht aufspüren können«, erklärte sie, »aber wir haben gewissermaßen ihre Fingerabdrücke entdeckt. Sie haben Material aus den Tagebaugebieten fortgeschafft, und es sieht so aus, als hätten sie dazu einen Transmitter verwendet.«

»Bis vor anderthalb Wochen?«, vergewisserte sich Kias.

Charity lachte grimmig. »Das ist der springende Punkt, was? Hier oben gab es einen funktionierenden Transmitter, während die Black-Hole-Bombe alle anderen Zugänge zum Transmitternetz zerstört hat, und er war danach noch in Betrieb.«

»Die Botschaft hätte in dieser Zeit gesendet werden können«, sagte Kias.

»Die Asche ist noch nicht kalt«, kommentierte Skudder spöttisch.

Charity nickte humorlos. »Ich möchte mit Gurk sprechen«, sagte sie. »Er kennt das Transmitternetz ja angeblich wie seine eigene Hosentasche. Vielleicht hat er eine Idee.«

»Ich werde sehen, was sich machen lässt«, sagte Kias. »Es kann einige Zeit in Anspruch nehmen.«

»Wir laufen nicht weg«, sagte Charity. »Irgendetwas Neues über Kyle und die anderen?«

»Captain Laird, die genannten Personen sind seit vier Wochen verschollen.« Kias wirkte ernstlich erstaunt. »Sie waren am Pol. Wie kommen Sie auf den Gedanken, dass diese Personen überlebt haben könnten?«

»Nun, man gibt die Hoffnung nicht auf«, murmelte sie. »Ich schlage vor, wir unterbrechen den Kontakt.«

Kias verschwand drei Sekunden später vom Bildschirm, wortlos in der spartanischen Höflichkeit, die die Jared mit den Moroni gemeinsam hatten.

»Das gibt uns Stoff zum Nachdenken, was?« Skudder starrte noch immer auf den weißen Bildschirm.

»Zumindest haben wir den weiten Weg nicht umsonst gemacht«, warf Dubois ein. Der Gedanke schien sie tatsächlich zu freuen, erkannte Charity.

»Und vielleicht müssen wir den Rückweg nicht zu Fuß machen«, bemerkte Harris.

»Ich werde freiwillig keinen Transmitter mehr betreten«, versetzte Charity knapp. Dann fiel ihr Blick auf den Bildschirm vor Harris, und sie stieß einen anhaltenden Pfiff aus.

»Deshalb die Abfrage über die Startanlagen«, sagte Harris anerkennend. »Drei Startbuchten am kleinen Katapult sind leer, aber in der vierten Startbucht liegt ein Lasttransporter.«

Die Kamera zeigte einen kapselförmigen Schwerlast-Transporter mit den Hoheitszeichen der Space Force in einer zylinderförmigen Startbucht. Der Name war nicht zu entziffern, aber das Transportschiff entstammte derselben Baureihe wie die HOME RUN; bevor sie den Moroni in die Zangen gefallen war. Die gewaltigen Kranausleger an der Decke der Halle waren dazu gedacht, den Transporter auf die Katapultstrecke zu versetzen, deren Abschussröhre unmittelbar vor der Bucht begann.

»Typisch«, sagte Charity halblaut. »Irgendwas hat er immer herumliegen lassen, mein Ex-Mann.«

»Nun, diesmal war es nicht sein Fehler«, entgegnete Harris und tippte mit dem Finger auf das Status-Protokoll auf dem anderen Monitor. »Der Computer sagt, dass die Triebwerke hinüber sind. Das Ding kommt bis in die Umlaufbahn und noch ein Stück darüber hinaus, aber ohne Hilfe kommt es nie wieder herunter.«

Charity zuckte die Achseln. »Nun, es wäre wohl zu viel verlangt gewesen.«

»Glück ist wie Seife«, sagte Harris. »Wenn man es aufgebraucht hat, dann findet man nur noch Dreck.«

Die Bemerkung erinnerte Charity an das Bad, von dem sie geträumt hatte. Sie registrierte seinen viel sagenden Blick.

»Halten Sie lieber den Mund«, sagte sie nur. »Seit wir diese verfluchte Botschaft empfangen haben, habe ich für Rätsel nichts mehr übrig.«

»Nun, wir sind auf der dunklen Seite des Mondes«, sagte Skudder. »Ich wüsste nicht, was wir mit den paar Wortfetzen noch mehr anfangen sollten.«

Charity beugte sich vor und schaltete die Bildschirme wieder auf Harris' Pult um. Die Kameras zeigten das Tagebaugebiet, friedlich und völlig leer im gleißenden Sonnenlicht.

»Sieh genau hin«, sagte sie zu Skudder.

Er tat es. »Und?«, sagte er nach einer Weile.

»Blödsinn«, sagte sie. »Dieses ganze Gerede über die dunkle Seite des Mondes ist schlicht und ergreifend Blödsinn.«

»Was ist daran Blödsinn?«, wollte Harris wissen.

»Verdammt noch mal, macht die Augen auf und seht hin.« Sie kam auf die Füße, eine zu schwungvolle Bewegung, die in der niedrigen Schwerkraft leicht lächerlich wirkte, und stieß mit ausgestrecktem Zeigefinger in Richtung auf die Bildschirme. »Das da draußen ist Sonnenlicht. Der Mond hat keine dunkle Seite. Ich meine keine Seite, die immer dunkel ist. Von der Erde aus bekommt man die Rückseite nie zu Gesicht, aber sie hat trotzdem Tag und Nacht, genau die der Erde zugewandte Seite. Wir waren draußen, als der Sonnenaufgang kam. Es gibt einfach keinen Unterschied.«

Harris' Gesichtsausdruck wäre eine Eintrittskarte wert gewesen.

»Vielleicht suchen wir in der falschen Richtung«, warf Skudder ein.

»Wie meinst du das?«

»Nun, jedes Ding hat zwei Seiten.«

»Eine Kugel nicht. Verdammt, spiel keine Rätselspiele mit mir«, sagte Charity gereizt.

»Sogar eine Kugel«, erwiderte der Indianer grinsend. »Denk doch mal an die Gruben. Wenn es schon kein hinten und vorn gibt, dann auf jeden Fall oben und unten oder besser außen und ...«

»Innen«, vollendete Charity ironisch. Dann erinnerte sie sich an die paar Worte, die sie entziffert hatten. »Natürlich«, sagte sie entgeistert. »Ich werde verrückt. Die *Innenseite*.

Die dunkle Seite des Mondes ist INNEN!«

Abwechslungsreich und farbenfroh:
für alle Leser von *Peter Hamilton*.

Samarkand ist eine lebensfeindliche Welt, die terrageformt werden soll. Erste Erfolge stellen sich ein, doch dann geschieht ein katastrophaler Unfall, der jedes menschliche Wesen auf Samarkand tötet.
Ian Cormac, seit dreißig Jahren dauerhaft mit einem galaxisweiten Computersystem vernetzt, wird nach Samarkand geschickt. Dort findet er zwei menschenähnliche Kreaturen, ein Dienerwesen und den sogenannten DRACHEN, eine monströse außerirdische Lebensform – die sich bald als künstliche Intelligenz erweist. Doch wer hat den Drachen erbaut, und zu welchem Zweck?

3–404–23242–9

BASTEI LÜBBE

*Für alle Freunde von Peter Hamilton:
meisterhafte SF, spannend und hintergründig!*

New Crobuzon ist ein Moloch von einer Stadt. Menschen und Mutanten leben in ihr, Arbeiter und Sklaven, Künstler und Huren, Magier und Wissenschaftler.
Tausende Jahre lang sorgte eine brutale Miliz für Frieden.
Und dann kommt ein Fremder in die Stadt. Mit Gold in den Taschen und einem unmöglichen Anliegen. Und er löst eine Katastrophe aus: Ein ›Falter‹, ein alles vernichtender Mutant, entkommt den Labors der Wissenschaftler und beginnt die Stadt zu verwüsten …

ISBN 3–404–23245–3

BASTEI LÜBBE